Taming 7

Também de Chloe Walsh

SÉRIE OS GAROTOS DE TOMMEN

Vol. 1: *Binding 13*
Vol. 2: *Keeping 13*
Vol. 3: *Saving 6*
Vol. 4: *Redeeming 6*
Vol. 5: *Taming 7*

CHLOE WALSH

Taming 7

ELA É O SOL NA TEMPESTADE

Tradução

RAQUEL NAKASONE

Bloom Brasil

Publicado por Companhia das Letras em associação com Sourcebooks USA.

Grafia atualizada segundo o Acordo Ortográfico da Língua Portuguesa de 1990, que entrou em vigor no Brasil em 2009.

TÍTULO ORIGINAL Taming 7

CAPA Brittany Vibbert/Sourcebooks

FOTO DE CAPA Yamada Taro/Getty Images, Ekaterina Goncharova/Getty Images, fotograzia/Getty Images, Biwa Studio/Getty Images

ADAPTAÇÃO DE CAPA Danielle Fróes/BR75

PRODUÇÃO EDITORIAL BR75 texto | design | produção

Dados Internacionais de Catalogação na Publicação (CIP)
(Câmara Brasileira do Livro, SP, Brasil)

Walsh, Chloe
Taming 7: Ela é o sol na tempestade / Chloe Walsh; tradução Raquel Nakasone. — São Paulo: Bloom Brasil, 2025. — (Os Garotos de Tommen; 5)

Título original: Taming 7
ISBN 978-65-83127-05-1

1. Ficção irlandesa (Inglês) I. Título. II. Série.

25-280372 CDD-Ir823

Índices para catálogo sistemático:
1. Ficção: Literatura irlandesa Ir823

Cibele Maria Dias — Bibliotecária — CRB-8/9427

EDITORA SCHWARCZ S.A.
Rua Bandeira Paulista, 702, cj. 32
04532-002 – São Paulo – SP
Telefone: (11) 3707-3500
facebook.com/editorabloombrasil
instagram.com/editorabloombrasil
tiktok.com/@editorabloombrasil
threads.net/editorabloombrasil

Para Caitlin.

Nota da autora

Taming 7 é o quinto livro da série Os Garotos de Tommen e conta a história de Gerard Gibson e Claire Biggs.

Algumas cenas aqui retratadas podem causar mal-estar em certas pessoas, portanto, sugiro que avalie a lista abaixo antes de seguir com sua leitura.

Em razão de cenas explícitas de conteúdo sexual, violência, temas adultos, gatilhos e linguagem chula, a leitura desta obra é recomendada para leitores maduros.

A história se passa no sul da Irlanda, no ano de 2005, e contém diálogos e gírias irlandesas. Os termos, referências, jargões e diálogos dos personagens estão em consonância com aquele período da história e não refletem de forma alguma as opiniões ou valores pessoais da autora.

Muito obrigada por se juntarem a mim nesta aventura.

Com amor,
Chloe xxx

Prefácio

Momentos antes de meus pulmões explodirem de dor e tudo escurecer, eu vi uma luz. Era puro sol.

Ela.

Era ela.

E foi quando eu soube.

Foi quando eu soube...

PRÓLOGO

Maio de 1995

Não levem a garota

CLAIRE

Senti o cheiro de fumaça no meu nariz e não curti. Minha mãe disse que era incenso — a mesma coisa que o padre Murphy queimava na missa aos domingos.

Eu não gostava de ir à missa. A igreja era abafada, velha e triste.

Pior de tudo: não podíamos falar nada por uma hora inteira.

Para quem tem cinco anos, uma hora parecia uma eternidade.

De alguma forma, aquele dia a igreja estava ainda pior, e era só terça-feira.

Estava mais triste.

Fiquei olhando para todos os rostos chorosos ao meu redor, puxando um fio solto no casaco, balançando as pernas, sorrindo sozinha toda vez que chutava o banco à minha frente.

— Fica parada, Claire — meu pai disse, colocando a mão no meu joelho. — Já está quase acabando, querida.

— Está fedendo — sussurrei, apertando o nariz. — Não gosto, pai.

— Eu sei, filha — ele falou, mexendo nos meus cachinhos. — Seja boazinha com o papai e aguenta aí quietinha por mais cinco minutos.

— Depois posso brincar com o Gerard?

Ele não me respondeu.

— Posso brincar com o Gerard hoje, papai? — perguntei de novo, puxando sua calça. — Por favor? Estou com saudade dele.

— Talvez hoje não seja uma boa — ele respondeu, e então fez o que os outros homens estavam fazendo: se inclinou para a frente e passou os dedos nos olhos para esconder as lágrimas.

— Mas por quê? O Gerard está bem ali. — Apontei para a frente da igreja. — Estou vendo, papai.

— Não, Claire.

— Mas...

— Shhh.

Eu não entendia.

Me virei de lado e olhei para o meu irmão. Também estava chorando. Minha mãe o segurava ao seu lado enquanto ele se apoiava no ombro dela.

— Ei, Hugh? — sussurrei, cobrindo a boca. — Quer brincar com o Gerard depois da missa?

— Shhh, Claire — minha mãe disse, fungando e usando o lenço enfiado dentro da manga para enxugar o rosto. — Aqui não.

Aqui não?

Como assim?

Eu não entendia o que estava acontecendo, mas não estava gostando nada daquilo.

Sentia uma coisa estranha na barriga, que ficava mais forte cada vez que olhava para os caixões — era como Hugh chamava as caixas perto do altar.

Havia uma caixa grande, marrom, e uma pequena, branca. Hugh disse que Joe, o pai do Gerard, estava na grande, e Bethany, a irmã dele, estava na pequena.

Tinham se afogado no sábado passado.

Aquela era uma nova palavra para mim, e eu achava difícil entender, mas mesmo assim fiquei supertriste. Porque, quando alguém se afogava, ia parar em uma caixa.

— *Afogado.* — Com a testa franzida de concentração, tentei soletrar a palavra. — a, f...

— Shhh, Claire.

Não, a palavra era grande demais para mim.

Cruzando e descruzando as mãos, olhei em volta e acenei quando vi a professora do Hugh e do Gerard do outro lado do banco.

— Para com isso, Claire — minha mãe pediu, pegando a minha mão e a colocando no meu colo. — Se comporta.

Pensei que *estivesse* me comportando.

Me esforçando para ser boa para a mamãe, me sentei em cima das mãos e parei de balançar as pernas.

Até que a música começou e todo mundo se levantou.

— Oasis, papai — falei, mal conseguindo conter a empolgação.

Eu conhecia aquela música. Era a banda favorita do meu pai e do Joe. A música se chamava "Stop Crying Your Heart Out".

Meu pai não sorriu. Estava triste demais. Joe era seu melhor amigo no mundo todo e estava no caixão marrom; já o Gerard era o meu melhor amigo no mundo todo, e eu estava feliz porque ele não tinha se afogado com o Joe e a Bethany.

Meu pai tinha tirado o Gerard da água. Pulou e o resgatou. De roupa e sapato. E meias. Meu pai era um herói. Foi o que os vizinhos falaram.

Quando o padre Murphy avançou pelo corredor espalhando aquela fumaça fedorenta, tampei meu nariz e me contorci de desconforto, mas me esqueci do cheiro assim que olhei os caixões. Estavam sendo carregados.

Primeiro, o marrom grande.

Depois, o branco pequeno.

O choro foi ficando cada vez mais alto, me deixando muito triste. Quando o caixão branco passou pelo nosso banco, meu irmão caiu no choro, soluçando no peito da nossa mãe.

— Shhh, Hugh — repreendi. — Se comporta.

— Shhh, Claire — meus pais falaram ao mesmo tempo.

Eu não entendia.

As pessoas começaram a seguir o caixão.

Primeiro, foram os avós do Gerard, os tios e primos. Depois a mamãe dele, Sadhbh, amparada pelo namorado, Keith, e seu filho fedido, Mark.

Eu não gostava do Mark.

Não gostava dos seus olhos malvados, das suas mãos gigantes nem do fato de ele estar sempre dando bronca na gente.

Logo atrás, com a tia Jacqui, estava o meu melhor amigo.

Gerard.

A empolgação borbulhou dentro de mim assim que o vi e mal consegui me segurar para não saltitar de alegria.

De olhos arregalados, fiquei observando o garoto loiro com cachos iguais aos meus limpar o nariz com a manga da camisa branca e olhar para mim.

— Oi — balbuciei, acenando para ele.

Ele parecia muito triste, seu rosto estava molhado, mas ele ergueu a mão e acenou de volta.

— Oi.

Meu coração disparou como se eu estivesse em uma corrida, e minha barriga deu uma cambalhota feito uma panqueca em uma frigideira.

— Não se mexe — mamãe disse, mas eu não conseguia me conter. Já estava escapulindo do banco e voando pelo corredor. — Peter, pega ela!

— Claire — papai sussurrou, mas era tarde demais.

Eu tinha conseguido voltar para ele.

Só parei quando estava ao lado do meu melhor amigo, apertando a mão dele.

— Eu estava com saudade de você.

Gerard fungou e segurou minha mão com firmeza, enxugando o rosto com a manga do terno preto enquanto atravessávamos a igreja atrás dos caixões.

— Eu também estava com saudade.

— Que bom que não é você na caixa — cochichei no seu ouvido, me inclinando para perto para que apenas ele me escutasse. — Você é a minha pessoa favorita no mundo todinho e eu trocaria qualquer um por você. Até o Hugh.

— Você não pode falar essas coisas — ele disse, mas não parecia bravo. Em vez disso, apertou mais a minha mão, e seguimos a multidão para o cemitério.

— Rezei pra que você se salvasse — falei depressa, precisando lhe contar todas as coisas que eu tinha guardado na cabeça desde o barco. Desde o afogamento. Quando disseram que alguém tinha se salvado. — Rezei pra que fosse você.

Ele conteve um soluço e se virou para me olhar.

— É m-mesmo?

Fiz que sim.

— Prometi pra Deus que eu faria todas as coisas boas do mundo se Ele te trouxesse de volta. — Abri um sorriso radiante. — E Ele me ouviu.

— Não foi Deus, Claire — ele sussurrou, limpando o nariz com a manga. — Foi o seu pai.

— Não ligo pra quem foi. Contanto que você esteja aqui.

— Acho que minha família não pensa assim — ele disse, olhando para o chão sem parar de andar. — Acho que queriam que seu pai tivesse salvado a Bethany.

— Bem, eu não queria — admiti com sinceridade. — Eu queria ficar com você mais do que todos.

— Claire, volta aqui, por favor — meu pai nos interrompeu, nos alcançando e colocando a mão no meu ombro. — Você não pode ficar com o Gerard agora.

Abri a boca para reclamar, mas o Gerard respondeu por mim.

— Por favor, não levem ela embora.

— Deixa eles, Pete — tia Jacqui falou para o papai. — Só Deus sabe como o coitadinho precisa de um ombro amigo agora.

Papai não parecia concordar, mas me deixou caminhar até o cemitério com o Gerard.

— Não sei o que vou fazer agora — ele disse quando chegamos à sepultura. — Não quero ir pra casa com eles.

— Com a sua mãe e o Keith? — Franzi o nariz de desgosto e murmurei: — E o fedorento do Mark?

Gerard assentiu com veemência.

— Quero o meu pai.

— Mas o seu pai é um anjinho agora, né?

Ele deu de ombros.

— Foi o que o padre Murphy disse.

— Você não acredita nele?

— Não sei mais no que acreditar — ele respondeu, e ficou quieto por um longo momento antes de soltar um suspiro frustrado. — Eu parecia um burro.

— Quando?

— Na missa.

— Por quê?

— Porque não conseguia ler — falou baixinho.

— A oração? — perguntei, lembrando da oração que o Gerard leu no altar durante a missa. — Achei que você foi ótimo.

— Eu não conseguia ler a porra das palavras, Claire — admitiu com os olhos cinzentos cheios de lágrimas fixos nos meus. — Inventei tudo.

— Tudo bem, Gerard. — Caprichei no sorriso para que ele se sentisse melhor. — Você arrasou.

— O Mark disse que sou burro — acrescentou, apertando minha mão com mais força. — Falou no meu ouvido quando voltei do altar.

— Ele que é burro — grunhi, irritada. — Você é a pessoa mais inteligente que eu conheço. Você é, tipo, superinteligente.

— É só quando as palavras estão na página — explicou, bufando de frustração. — Juro que lembro de tudo na minha cabeça. Eu poderia ter falado tudo sem problemas se não tivesse olhado para aquela página idiota.

— Gerard...

— Não faz sentido pra mim — ele continuou, depressa. — Não importa se sou eu que escrevo ou se é a minha mãe. Nenhuma palavra escrita faz sentido pra mim.

— Posso te ajudar. Estou ficando boa na leitura.

— É só ficar comigo. — Gerard apertou minha mão. — Ajuda.

— Sério?

Ele concordou de novo. Depois, deu um passo para a sepultura aberta e espiou lá dentro.

— Que fundo!

— Pois é, superfundo — concordei, observando o enorme buraco no chão.

— É escuro.

— Uhum. — Acenei a cabeça. — Bem escuro.

— Ela tem medo do escuro.

— Bethany?

— É.

— Mas tudo bem, porque o seu pai está com ela. Vai cuidar dela.

— Mas e eu? — sussurrou, e uma lágrima solitária escorreu pelo seu rosto. — Quem é que vai cuidar de mim?

— Eu, bobinho — respondi, soltando a mão dele para abraçá-lo. — Vou cuidar de você, Gerard.

Ele prendeu o fôlego e pensei que ia recomeçar a chorar. Mas não chorou. Em vez disso, se desvencilhou do abraço, se virou para o buraco e saiu correndo pela trilha, se afastando da multidão, ignorando a mãe e as tias que o chamavam.

Era mais rápido que eu.

E tinha pernas mais compridas.

Só que o Gerard nunca tinha fugido de mim.

Fiquei triste.

— Ei, Gerard! — falei, bufando e arfando e disparando atrás dele. — Me espera.

— Deixa comigo — Hugh e Patrick falaram ao mesmo tempo, me ultrapassando como se fossem os corredores mais rápidos da Irlanda.

Meu irmão e o amigo tinham sete anos. Eu só tinha cinco. Não era justo.

Alguém colocou a mãozinha na minha e, quando me virei, me deparei com um par de reluzentes olhos azuis.

— Oi.

— Lizzie! — Sorri ao ver minha outra melhor amiga e a abracei com força. — Você veio.

— Todo mundo veio.

— Até a Caoimhe?

— Sim. Você vai ficar com os seus pais?

— Preciso encontrar o Gerard.

— Quer que eu vá com você?

Fiz que sim alegremente.

Lizzie sorriu de volta para mim, enlaçou o braço no meu e saiu na direção dos meninos.

— Não gosto do cheiro da igreja.

— Também não — ela concordou. — É bem fedido.

— E é quente demais lá dentro. Mamãe me fez botar meia-calça e esse casaco enorme. — Como eu estava com calor, tentei abrir o casaco e soltei um suspiro exagerado quando não consegui. — Ainda não sou boa com botões, Liz.

— Tudo bem — ela disse, esticando o braço para mim. — Sou excelente.

Era *mesmo*.

Lizzie era tão excelente que podia até soletrar a palavra *excelente*.

Ela sempre ganhava cinco estrelinhas da nossa professora.

Mas eu não ligava.

Além do Gerard e da Shannon, Lizzie era a minha terceira amiga favorita no mundo.

— Você acha que ele vai ficar bem? — perguntei pouco depois, ao chegarmos a uma parte vazia do cemitério, onde os meninos estavam.

Mais à frente, vi meu irmão Hugh. Ele estava abraçando Gerard, mantendo-o pertinho enquanto seu amigo Patrick estava sentado no chão com o braço em torno dos dois. Eu não conseguia ouvir o que meu irmão falava para o Gerard, mas sabia que era algo inteligente. Hugh era bom assim. Sempre sabia o que dizer.

— Quem?

— O Gerard.

— Não sei, Claire. — Ela deu de ombros, me ajudando a amarrar o casaco na cintura. — A Caoimhe disse que o Gibsie vai ficar triste por um bom tempo.

— Um bom tempo — repeti com tristeza.

— Falou que a gente precisa deixar ele quieto, dar um tempo pra ele.

— Tempo?

— É.

— Pra quê?

— Sei lá — ela falou, encolhendo os ombros. — Mas a Caoimhe disse que é importante.

— Quero abraçar ele.

— Você devia mesmo. Você tem os melhores abraços.

— Os seus abraços também são ótimos — comentei. — Supermacios.

— E os seus abraços parecem raios de sol.

— Raios de sol? — Franzi a testa, confusa. — Como assim?

— Você é um raio de sol, bobinha. — Ela deu risada antes de sair correndo na direção dos meninos. — Ou talvez seja o seu xampu.

— O meu xampu? — Ergui a mão para pegar um cacho e dei uma fungada. — Meu cabelo não tem cheiro de sol, Liz. É de morango.

— Sinto muito pelo seu pai, Gibsie — Lizzie disse ao se aproximar do grupinho. Ela se ajoelhou na frente dele e o abraçou com força. — E pela sua irmã também.

— Valeu, Liz — Gerard disse, fungando e retribuindo o abraço.

— Ah, trouxe isso pra você — acrescentou, enfiando a mão no bolso da saia. — Desculpe, amassou um pouquinho. — Colocou uma margarida torta no colo dele antes de se sentar no chão ao lado do meu irmão. — Pra você colocar na sepultura.

— Valeu, Liz. — Ele guardou a margarida no bolso antes de se virar para o meu irmão e, depois, para o Patrick. — Obrigado por ficarem comigo, gente.

— A gente sempre vai ficar com você, Gibs — Hugh disse, ainda com o braço em torno do Gerard, puxando Lizzie para si com o outro.

— Exatamente — Patrick concordou, abraçando Gerard pelo outro lado. — Pra que servem os amigos?

Senti algo quente e raivoso na minha barriga.

Isso sempre acontecia quando a Liz e o Hugh estavam juntos. Ela era minha amiga, mas sempre brincava com o meu irmão quando vinha em casa, e eu não gostava nem um pouco.

Me sentei de pernas cruzadas na frente deles e fiquei cutucando uma casquinha no cotovelo, tentando pensar coisas boas. Coisas gentis. Afinal de contas, eu tinha feito uma promessa para Deus. Eu tinha ficado com o Gerard.

— Liz! — A conhecida voz da Caoimhe ressoou. — O que deu em você pra sair correndo desse jeito? Minha mãe está te procurando por todo canto.

— Ah, merda — Lizzie grunhiu, se levantando depressa. — É melhor eu voltar.

— Vou com você — Hugh disse, se juntando a ela rápido. — Já volto, Gibs.

— Ele com certeza está a fim dela — Patrick comentou, olhando para os dois se afastando.

— Ah, certeza — Gerard concordou baixinho. — Está na cara.

Patrick franziu a testa e acrescentou:

— Acho que ela também está a fim dele.

— Pois é — Gerard disse. — Também está na cara.

— O que significa isso? — perguntei.

— É quando duas pessoas querem ficar de mãos dadas e passar todo o recreio brincando só os dois — Patrick explicou.

— Mas o Hugh não estuda na mesma escola que a Liz, como é que estão a fim um do outro se não brincam juntos no recreio?

— Eles brincam em casa — Gerard comentou.

— É?

— É.

— Mas você também brinca com a Lizzie, Patrick — observei. — Então você também está a fim dela?

— Sei lá, às vezes, talvez — ele respondeu de um jeito distraído, e então ficou de pé. — Já volto.

— Me desculpa por ter fugido — Gerard falou quando o Patrick saiu. — Eu não estava fugindo de você.

— Foi o buracão no chão, né? — perguntei, me aproximando. — Também fiquei com medo.

Ele assentiu com os olhos marejados.

— Eu não queria ver eles botando minha irmã naquele buraco.

— Ei, Gerard?

— Sim, Claire?

— Você precisa de um tempo?

— Pra quê?

— Sei lá. — Dei de ombros e ajeitei o casaco amarrado na cintura. — A Caoimhe disse que você precisa de um tempo e que a gente devia te deixar quieto.

— Não, não, não vá embora — ele pediu, pegando minha mão. — Pode ser?

— Eu não ia embora, bobinho — falei, dando risada e pensando como a mão dele fazia a minha parecer pequenininha. — Nunca te deixaria sozinho, Gerard.

— Foi o que o meu pai disse. — Ele soltou um suspiro trêmulo e fechou os olhos antes de sussurrar: — Então... por favor, por favor, não vai embora, está bem?

— Não vou, Gerard — respondi, chegando tão perto que nossos ombros se tocaram. Era isso o que acontecia quando eu estava com o Gerard. Eu queria encostar a minha mão nele o tempo todo. Ou o meu ombro. Ou os meus pés. Nunca queria que ele se afastasse ou fosse embora. Só queria que ficasse do meu lado. Mesmo quando ele estava supertriste. — Nunca vou te deixar.

— É sério — ele insistiu, se virando para mim. — Não posso perder mais alguém que eu amo.

— Você me ama?

Gerard fez que sim tristemente, enquanto outra lágrima escorria pelo seu rosto.

— Amo você mais que todos.

Abri um sorriso radiante.

— Mais que o Hugh?

Ele franziu o nariz de aversão.

— Não amo o Hugh.

— Então mais que o Patrick?

— Também não amo o Feely.

— Não?

— Só você.

— Sabe, Gerard, se você ficar muito triste, também posso ser sua irmã. O Hugh não vai ligar.

— Você não pode ser minha irmã, Claire.

— Por que não?

— Porque ninguém pode estar a fim da irmã.

— Você está a fim de mim? — Minha barriga virou uma panqueca de novo. — E não da Lizzie? Porque ouvi o Hugh falar que ela é superlinda.

— Lizzie? Aff, sem chance — ele grunhiu, contraindo os lábios de desgosto. — Nem ligo pra Lizzie.

— Não?

— Não ligo pra ninguém. — Deu um sorrisinho e acrescentou: — A não ser pra você.

— Gerard, querido, está na hora de ir pra casa — uma voz familiar falou, e ele enrijeceu ao meu lado quando os nossos parentes se aproximaram. — O pessoal vai pra lá.

— Só mais cinco minutinhos — ele pediu, respirando rápido e com força. — Por favor.

— Precisamos ir agora, filho — a mãe dele insistiu.

— Por favor... — repetiu, olhando para o chão. — Só cinco minutinhos.

— Gerard...

— O garoto pode ir com a gente, Sadhbh — sugeri, tentando passar o braço pelos ombros dele. Não era fácil, pois ele era bem maior que eu, mas tentei. — Temos espaço no carro.

— Hoje não, Claire, querida — ela respondeu, fungando. — O Gerard tem que ficar com a família.

— Eles não são minha família — Gerard disse com o peito pesado. — Eles são minha família — acrescentou, apontando para a direção oposta, para as sepulturas do pai e da irmã. — Então me deixa em paz, está bem?

— Gerard! — Sadhbh o repreendeu, logo entrando em outra crise de choro. — Preciso de você comigo agora.

— Deixa ele ficar com os amigos, querida — Keith falou. — Ele vai se sentir melhor com gente da mesma idade.

— Sim, deixa ele — Mark grunhiu. — Estou de saco cheio dessa choradeira.

— Mark, você não está ajudando!

— Não consigo respirar — Gerard disse, se virando para mim com os olhos cinzentos tomados pelo pânico, resfolegando. — Não consigo respirar, Claire.

Arregalei os olhos de pavor.

— Não consegue?

Ele balançou a cabeça aterrorizado.

— Estou me afogando.

— Você está se afogando? — Dei um grito de susto, fiquei de pé e o puxei comigo. — Tudo bem, Gerard. Você só tem que abrir a boca e deixar o ar entrar.

— Não c-consigo!

— Não consegue?

— N-não...

Depois disso, tudo virou um caos.

— O que está acontecendo com ele?

— Está tendo uma crise de pânico.

— Gibs?

— Gerard, querido, sou eu, Sinead, está me ouvindo?

— Não consigo respirar!

— Ajudem ele!

— Não, não s-solta a minha m-mão!

— Não vou soltar, Gerard.

Deitada no escuro, fiquei olhando para o teto, me esforçando para ser corajosa. Eu não gostava de dormir no escuro, mas estava no quarto do meu irmão, então não podia escolher. Só que não era assustador. A lua estava enorme e brilhante, reluzindo pela janela.

— Ainda está acordada? — Hugh perguntou.

— Sim. E você?

— Claro. Eu que perguntei, né?

— Ah, é.

— Ele ainda está segurando a sua mão?

Olhei para baixo, para a minha mão ainda unida à de Gerard.

— Sim.

Meu irmão se ergueu sobre os cotovelos, se inclinou sobre o corpo adormecido do amigo e sussurrou:

— Você não quer ir ao banheiro antes de dormir?

— Estou morrendo de vontade — falei, mordendo o lábio de preocupação. — E se eu fizer xixi na cama?

— Não ouse fazer xixi na minha cama.

— Mas e se eu pegar no sono e fizer xixi sem querer?

— Vai fazer xixi antes.

— Não posso. Ele não me solta e a gente passou o dia todo assim.

— Bem, agora ele está apagado — Hugh sussurrou. — Deram remédio pra ele dormir.

— Pois é — falei, franzindo as sobrancelhas ao me lembrar. — Ele estava tão triste.

— Eu sei. — Hugh deu um suspiro pesado. — Só solta a mão dele e vai.

— Já tentei. — Minha mão estava quente e suada, mas o Gerard não a soltava desde o enterro. — Estou presa, Hugh.

— Merda.

— Não fala palavrão.

— Deixa ele passar a noite com as crianças, Sadhbh — minha mãe disse do outro lado da porta. — Já está dormindo, o pobrezinho. Levo ele pra casa de manhã.

— Ah, merda — Hugh disse, se deitando de novo.

— Não fala palavrão — sussurrei, também me deitando.

— Não sei o que fazer, Sinead — a mãe de Gerard choramingou. — Ele está arrasado.

— É um menino forte... e tem uma mãe maravilhosa que o ama muito. Ele pode superar qualquer coisa.

— É terrível porque ele já estava sofrendo com a separação, daí o Keith veio morar com a gente mês passado e agora o Joe se foi... — Ela deixou escapar outro soluço de choro. — Tenho medo de ele pensar que estou querendo substituir o pai.

Ouvimos mais alguns murmúrios e, então, o barulho de passos se afastando preencheu o silêncio.

— Mas ela substituiu o Joe mesmo — Hugh comentou baixinho.

— Hugh!

— O que foi? É verdade.

— É, mas você não pode falar isso em voz alta.

— Eu falando em voz alta, ou só na minha cabeça, continua sendo verdade, Claire. A Sadhbh deu um pé na bunda do Joe pra ficar com o Keith, e todo mundo sabe.

— Até o Gerard?

— Especialmente ele.

— Ele nunca comentou nada comigo.

— Porque pensa que você é frágil.

— É?

— É.

— Ah. — Franzi a testa e me virei de lado para olhar para o meu irmão. — Ei, Hugh? Como assim "deu um pé na bunda do Joe"?

— É quando alguém que você ama termina com você porque ama mais outra pessoa — ele respondeu, também se virando para mim.

— Ah. — Mordi os lábios e fiquei pensando. — A mamãe vai dar um pé na bunda do papai que nem a Sadhbh fez com o Joe?

— Sem chance — Hugh respondeu com firmeza. — A mamãe ama o papai do jeito certo.

— A Sadhbh não amava o Joe do jeito certo?

— Ela amava antes — disse, dando de ombros. — Mas acho que deve ter parado de amar.

— Nossa, supertriste.

— Para de ficar falando "super" o tempo todo, Claire.

— Gosto dessa palavra — protestei. — Até sei soletrar.

— Está bem, está bem — falou, bocejando. — Entendi. Acho que tenho um plano.

— Tem?

— Sim. — Meu irmão assentiu, se inclinou sobre o Gerard e pegou a mão dele. — Eu seguro a mão dele enquanto você vai ao banheiro.

— Mas e se ele acordar e tiver outra crise de pânico?

— É melhor você fazer xixi rapidinho então — ele grunhiu, arrancando a minha mão da mão do amigo. — Vai, Claire. Corre.

O som de alguém chorando me acordou mais tarde aquela noite.

— Hugh? — Pisquei e olhei em volta do quarto, confusa. — É você?

— N-não, ele a-ainda está dormindo.

— Gerard? — Minha barriga virou que nem panqueca quando ouvi a voz dele, e me deitei de lado depressa para olhar para ele. — Oi.

Ele já estava de lado me olhando e segurando minha mão.

— Oi.

— Você está bem?

Ele fungou, limpou a bochecha no travesseiro e balançou a cabeça devagar.

— Você teve um sonho feio?

Ele fez que sim.

— Com o barco? — perguntei, colocando a outra mão sobre a sua. — Você caiu na água?

Fez que sim de novo.

Tentei deixá-lo feliz dizendo:

— Você está seguro agora. Está quentinho e sequinho... e está aqui comigo.

Ele não sorriu.

Só ficou me encarando enquanto lágrimas grandes e gordas escorriam pelo rosto.

— O que é que eu vou fazer, Claire?

— Como assim? — perguntei, me aproximando para que nossos pés se tocassem.

Os meus pés sempre estavam gelados, e os do Gerard sempre estavam quentes. A não ser no sábado, no dia da Primeira Comunhão dele e do Hugh. O dia que os nossos papais levaram a nossa família para passear naquele barco grandão para comemorar. Naquele dia, Gerard estava azul e todo gelado.

— Sem o meu pai — ele sussurrou, cobrindo meu pé com o seu. Fechou os olhos e falou: — E a m-minha irmã. — Fungou para conter outro soluço de choro e soltou um suspiro trêmulo. — Estou sozinho agora.

— Não está, não — retruquei, limpando uma lágrima supergrande na minha bochecha. — Você tem a Sadhbh e o Keith e o Mark...

— Odeio ele — Gerard me interrompeu, sussurrando.

— Quem? O Keith?

Ele assentiu com firmeza.

— E n-não só ele.

— O Mark também?

Fungou e engoliu em seco antes de dizer:

— Não gosto de como ele me olha.

Arregalei os olhos.

— Ele te olha feio?

— Me olha de um jeito malvado. Como se quisesse me machucar.

Senti a raiva crescendo na minha barriga.

— Te machucar?

Ele assentiu mais uma vez.

— Quem sabe até me matar.

— Bem, vou chutar o pipi dele se ele te machucar — rosnei. — Eu sei fazer, é só perguntar pro Hugh. Chutei o pipi dele na semana passada quando ele quebrou a minha Barbie, e ele chorou.

— Ah, é. — Gerard sorriu. — Eu lembro.

Era o primeiro sorriso que ele dava aquele dia.

— Gosto da sua cara quando você faz isso — falei, esticando o braço para tocar a covinha que aparecia quando ele sorria.

— Isso o quê?

— Sorrir — respondi. — Minha barriga balança.

— Balança?

— Uhum. — Assenti com entusiasmo e ri quando aconteceu de novo. — Que nem gelatina.

— Hum. — Gerard franziu as sobrancelhas e ficou superconcentrado. — Comigo é igual.

— Ei, Gerard?

— Sim, Claire?

— Você ainda está segurando a minha mão.

— Eu sei. — Ele estremeceu e apertou minha mão com mais força. — Desculpa. É que... segurar a sua mão me acalma.

— É?

— É. — Ele me observou com cautela. — Tudo bem?

— Tudo. — Abri um sorriso largo. — Pode segurar minha mão pra sempre.

— Promete?

— Uhum. — Bocejei, sonolenta. — Prometo.

10 ANOS DEPOIS

1

De volta com força total

GIBSIE

Grita, seu merdinha patético, a voz na minha cabeça ordenou.

Seria a minha voz?

Ou a de outra pessoa?

Eu não sabia mais.

Tudo o que sabia naquele momento era que só queria me mexer, correr, gritar, mas *não conseguia*.

Pede ajuda, caralho!

Não consigo!

Nada estava funcionando.

Eu não conseguia mover um músculo.

Um dedo.

Estava paralisado de medo.

De novo.

Desamparado, encharquei o lençol de lágrimas com o rosto enfiado na cama.

Pressão.

Subia pela minha garganta.

Me afundando cada vez mais no colchão.

Lágrimas silenciosas seguidas por gritos silenciosos que não ativavam minhas cordas vocais.

Pinga. Pinga. Pinga.

O peso acima de mim me mantinha preso no meu eterno poço de terror.

Me afogando.

Pressionando meu rosto na cama até que eu não pudesse respirar. Enchendo meus pulmões de água até que explodissem.

Dilatando minhas narinas.

Não é real.

Braços agitados.

Você não está aqui.

A escuridão se infiltrando.

Não dói mais.

A imagem das ondas quebrando mudou para a familiar visão do corredor do andar de cima.

Estou me afogando, mãe.

Eu via a luz fraca do abajur do quarto dela brilhando por baixo da porta.

Estou afundando de novo.

Aquela velha dor horrível e abrasadora me dominou, fazendo meu corpo se debater, impotente.

Por que você não consegue me ver?

A morte seria melhor que isso.

Dói.

Eu já estava morrendo por dentro.

Faz parar.

Minhas entranhas já estavam contorcidas.

Faz ele parar.

Meu coração se desintegrava aos poucos no peito.

Não, não me leva para longe deles.

Meus batimentos desaceleraram, mas eu ainda conseguia ouvir meu pulso trovejando nos ouvidos.

Não. Por favor. Não deixa ele me salvar.

Porque eu nunca poderia ser curado.

A morte dela não é culpa sua.

Senti as mãos dele em mim.

Mantém os olhos na porta.

Pressão.

Por favor, me solta.

Crescendo no meu peito.

Quero o meu pai.

Fechando a minha garganta.

Não me faz soltar a mão dele.

Me afogando.

Não consigo ver minha irmã.

Me sufocando.

Ela está desaparecendo cada vez mais fundo na escuridão.

Esmagando meus pulmões a ponto de eu não conseguir respirar.

Ele está se aproximando.

— Não!

Vai com ela.

— Para!

Prometo que vai ser melhor lá embaixo.

— Pai!

Prende o fôlego.

Então ele estava me tirando da água.

— Respira, garoto, respira!

Você merece ser punido.

— Continue tentando, caramba!

Você merece sofrer.

— Um, dois, três, quatro, cinco!

Você merece ser destruído.

— Se afastem.

De dentro para fora.

— Consegui uma pulsação...

— Não! — Desci da cama ofegante e caí no chão do quarto. — Meu Deus.

Desesperado, passei as mãos pelo cabelo molhado de suor e esfreguei o rosto. A ansiedade se agitava dentro de mim, fazendo meu coração disparar feito uma maldita bola de pingue-pongue no peito.

Eu ainda sentia o gosto da água e o pânico enchendo meus pulmões, que ardiam, quase explodindo.

Com o peito arfando e a respiração entrecortada, fiquei olhando para o teto na escuridão, buscando o ar desesperadamente.

Tum.

Tum.

Tum.

Meu coração estava batendo muito forte, quase saindo pela boca e deixando o gosto na garganta.

Metálico.

Perverso.

Errado!

— Você está bem — tentei dizer a mim mesmo, mas não senti alívio algum. — Você está bem.

Tum.

Tum.

Tum.

Eu não conseguia respirar.

Consegue, sim.

Você já está respirando, otário.

Era um pesadelo.

Não era real.

Mas *era*.

É real.

Errado.

Errado.

Errado!

— Para, caralho — ordenei para a minha mente dispersa enquanto engatinhava na escuridão. — Cala a boca por pelo menos um minuto, porra!

Tum.

Tum.

Tum.

Será que eu ainda estava acordado?

Tum.

Tum.

Tum.

Ou eu tinha pegado no sono de novo?

Tum.

Tum.

Tum.

Eu estava me mexendo, tropeçando na escuridão, guiado apenas pela minha memória.

Tum.

Tum.

Tum.

Uma forte névoa no meu cérebro varreu os meus sentidos, e então eu estava caindo.

Afundando de novo.

Em outro pesadelo.

Meu Deus, não!

— Não, não, não... — Chorando, lutei mentalmente contra o que eu sabia que viria a seguir, mas não adiantou.

Mesmo nos meus sonhos, eu não podia mudar nada.

— Gerard?

Eu a ouvi ao longe.

— Ah, meu Deus, Gerard.

Meu coração batia forte.

— Você está bem. Shhh, shhh, tudo bem.

Meus pés estavam se mexendo.

— Sou eu. Você está seguro.

Estendi as mãos para ela.

— Te peguei.

Mas eu não conseguia ver nada.

— Shhh, baby, te peguei.

Minha pulsação rugia nos meus ouvidos.

— Estou bem aqui com você.

As ondas se quebravam no meu corpo.

— Abre os olhos, Gerard.

O toque dele esmagava a minha alma.

— Volta pra mim...

— Porra! — falei, tossindo e cuspindo enquanto a sensação do afogamento continuava atormentando minha cabeça. — Claire? — Desvairado, abri os olhos de uma vez. — Claire? — A névoa se dissipou e de repente consegui enxergar de novo. — *Claire?*

— Sou eu. — Mãos que eu conhecia envolveram minha cintura por trás, fazendo meu corpo todo enrijecer e se sacudir ao mesmo tempo. — Estou bem aqui, Gerard.

Então senti o cheiro do seu xampu, do sabão que a mãe dela sempre usava para lavar as roupas, a sensação do seu peito nas minhas costas. Ela embalava o meu corpo.

Alívio.

O alívio inundou meu corpo com tanta força que erradicou cada gota de adrenalina correndo dentro de mim, me fazendo desabar em seus braços.

— *Claire.*

— Estou com você.

Quando ela me tocava, eu não me encolhia. Eu não sentia aquele velho sentimento de pânico me consumindo ao ser agarrado por trás.

Eu não precisava abrir os olhos para saber que tinha entrado sonâmbulo no seu quarto. *De novo.* Era o único lugar para onde minhas pernas me levavam. Era o único lugar onde eu conseguia *respirar.*

Também não precisava olhar para saber que ela estava usando seu pijama favorito de unicórnio. Eu estava tão familiarizado que reconheci o tecido nas minhas costas enquanto ela me abraçava.

As sensações dela se tornaram as *minhas*, e encontrei uma forma de me ancorar naquele momento. Encontrei a força necessária para arrastar a minha versão do presente para fora do pesadelo. *Para fora do meu passado.*

— Você está seguro agora. — A voz da Claire carregava uma confiança tranquila, e me agarrei desesperadamente nela.

Claire tinha o direito de se sentir confiante. Foi a infeliz escolhida para me trazer de volta do abismo todos os dias desde o afogamento.

— Estou com você.

Claire Biggs tinha muitas coisas.

Minha atenção.

Meu coração.

Minha alma.

Sim, eu era todinho dela e não era exagero nenhum.

Eu sabia que invadir o quarto dela não era certo, eu não era burro, mas era um hábito que adquiri depois da morte do meu pai, e não estava pronto para abandoná-lo. Ela era o cigarro que eu não conseguia largar. A muleta sem a qual eu não conseguia andar.

Sai do quarto dela, babaca.

Se recomponha.

Você não tem o direito de encher o saco da Claire desse jeito.

— Eles estão piorando, Gerard.

Não era uma pergunta, mas me obriguei a responder mesmo assim.

— Pois é.

— Estão mais violentos.

Mais uma vez, não era uma pergunta, mas repeti com a voz trêmula:

— Pois é.

Meus pesadelos sempre foram horríveis. Geralmente, eu conseguia escondê-los, o que era bastante impressionante, já que eu dormia na cama dela quase todas as noites desde que tinha sete anos.

Quando os terrores noturnos ficavam ruins, como no verão passado, eu tentava evitá-la e me esforçava para dormir na minha própria casa. Mas isso nunca fazia diferença, porque mesmo dormindo eu sempre voltava para ela.

— Por quê? — ela perguntou, preocupada. — O que está acontecendo com você?

Nada.

Não estava acontecendo *nada* comigo, e era por isso que eu me sentia tão frustrado. Os terrores noturnos me atormentavam desde o acidente. Claro, foram piorando aos poucos uns anos atrás enquanto eu lidava com umas merdas, mas eu estava *bem*.

Decidi ser feliz e, por um milagre, isso ajudou. Não era real, eu não me sentia assim de verdade, mas acreditava piamente que, se fingisse bastante, uma hora daria certo. Afinal, do contrário, estaria morto.

Era como qualquer outra coisa que eu já tinha manifestado na vida. Mesmo que essa coisa não se tornasse realidade logo, eu agia como se ela já tivesse acontecido, até que acontecia.

Por exemplo, eu queria ser normal, então eu era. Queria ser talentoso como o Johnny, inteligente como o Hugh, criativo como o Patrick, então me *tornei* tudo isso.

Podia não ser naturalmente, mas as chances de dar certo eram altas se eu fingisse pelo tempo necessário.

Talvez Lizzie tivesse razão e eu fosse mesmo um idiota. Eu definitivamente não ia entrar em nenhuma universidade depois do Tommen.

Mas sempre pude contar com meu senso de humor.

O fingimento estava funcionando bem até então. E o bônus é que eu não estava machucando ninguém. Ao contrário da Lizzie, aprendi a lidar com as coisas e com o luto e me proteger sem fazer mal para os outros.

Por que eu seria Gerard, o ferrado, quando podia ser Gibsie, o palhaço?

Eu não poderia sofrer sendo o Gibsie, porque o Gibsie era a minha armadura, e o humor era a minha espada.

Eu não pensava muito nas palavras que saíam da minha boca. Costumava dizer o que quer que estivesse na minha cabeça na hora, e isso formou a pessoa que me tornei para os meus amigos. Eu fazia piadas autodepreciativas, nunca era cruel de propósito e fazia as pessoas rirem. Da minha boca saía um monte de merda às custas do meu próprio personagem, o que funcionava como uma capa de proteção autodestrutiva.

Nada do que eu dizia tinha fins venenosos ou de ostentação. Era pura defesa. Aquilo era a minha rede de segurança. Porque eu tinha uma necessidade atroz de me proteger e não sabia fazer isso de outra forma em um mundo onde todos, exceto eu, pareciam ter as coisas sob controle.

Só havia uma pessoa na minha vida que ainda me via como *eu*.

Só havia uma pessoa que se recusava a abandonar a minha versão do passado.

A garota que estava me abraçando.

A minha garota.

— Então deve ser o que aconteceu no acampamento — ela disse com um tom impetuoso. — Quando a Lizzie te empurrou no rio, isso deve ter sido gatilho para alguma lembrança daquele dia.

— Talvez — falei, com a respiração ainda irregular. — Sei lá. — Me inclinei para a frente, pressionei o rosto e tentei me recompor. — Não importa.

— Importa, *sim*, Gerard. Você está um caco quase toda noite desde então. — Ela puxou minhas mãos do meu rosto e entrelaçou os dedos nos meus. — Estou preocupada com você.

Eu não tinha que me obrigar a olhar para a garota que segurava minha mão; meus olhos a procuravam automaticamente, desde a infância se concentrando nos seus cachos loiros e olhos castanhos.

— Ei, ei, só fala comigo — ela pediu suavemente, colocando as mãos no meu rosto. — Vamos, Gerard. Me diz o que está se passando nessa sua cabecinha.

Eu *não conseguia* falar com ela.

Não conseguia falar com ninguém.

O lado feio que me apresentaram da vida era algo que eu levaria para o túmulo.

Para!

Não pensa nisso.

Bloqueia tudo.

O presente era o lugar mais seguro para a minha mente, porque o passado era horrendo, e o futuro me apavorava.

— Está tudo bem — eu disse, tentando apaziguá-la. Cobri suas mãos com a minha e contive a vontade de estremecer. — Não se preocupa comigo.

— É pra isso que servem os amigos, Gerard. — Sem tirar os enormes olhos castanhos de mim, ela se inclinou para a frente e apoiou a testa na minha. — A gente se preocupa uns com os outros.

Se eu pudesse costurar aquela garota na minha pele sem causar danos a ela, eu faria isso num piscar de olhos. Ela era vital na minha vida nesse nível. Era essencial para a minha existência.

Se as drogas eram para o Joey Lynch o que a Claire Biggs era para mim, não havia clínica de reabilitação alguma capaz de me fazer largar o vício. Porque ela era o *meu* eterno vício.

Estranhamente, foi por isso que acabei ajudando a Aoife Molloy tantos meses atrás. Eu a teria ajudado de qualquer maneira, mas pelo desamparo total que vi em seus olhos aquela noite enquanto ela lidava com o amor e a dor, me identifiquei com o sofrimento dela. Eu conhecia aquela sensação de desamparo e não queria que ninguém *jamais* passasse por aquilo. Vi sua expressão. Conhecia aquele olhar. Queria que alguém tivesse interferido para me salvar daquela dor. Mas o dinheiro não podia aliviar a dor do meu passado. A dor de me sentir destruído e impotente. Se alguns euros pudessem poupá-la daquela provação, eu os ofereceria de bom grado.

Claire continuou derrubando os meus muros.

— Pode falar comigo... pode contar comigo.

— Claire... — Fechei os olhos, respirei fundo para me acalmar e me esforcei para lembrar por que eu *não* podia fazer o que meu coração tanto *implorava*.

Meu Deus, eu queria beijá-la. Queria fazer todas as coisas que os caras faziam com suas garotas. Queria que ela fosse *minha*, mas e se eu estivesse errado? Não sobre nós como casal, mas sobre mim como *homem*? E se não funcionasse? E se *eu* não funcionasse? Porque eu não sentia nada com as garotas. Nunca senti nada. Eu estava tão entorpecido que era quase como se estivesse morto, e se eu não sentisse coisas com a *Claire*, seria uma confirmação de que o meu passado tinha me quebrado de um jeito que não tinha conserto.

Eu ainda lembrava o que senti da primeira vez que ela colou os lábios nos meus. Anos tinham se passado e eu experimentei vários outros lábios, mas nunca esqueci aquela faísca. Aquele sinal. Aquela excitação incendiária que apertou meu peito e fez minha pele formigar, quente e fria ao mesmo tempo. Isso só aconteceu uma vez, com uma garota. Aquele dia, ela provocou algo em mim e me ofereceu uma espécie de conforto que só alguém na minha posição entenderia. Senti algo. Por ela. E curti. Seu toque era bem-vindo e desejado e maravilhoso. Depois disso, tentei esquecer tudo pelo bem da minha amizade com o Hugh, mas não consegui. Eu não era capaz de esquecer a Claire, e ele sabia.

Qualquer forma de intimidade que eu imaginasse, queria experimentar apenas com ela. *Só com ela*.

Porque eu me importava com aquela garota. Eu me importava tanto que ela me distraía. Eu me importava quando a gata dela ficava doente. Quando ela chorava. Quando a mãe dela não comprava seu cereal favorito e ela tinha que comer mingau. Eu me importava tanto que era difícil até saber onde ela começava e eu terminava.

Eu sabia as músicas favoritas dela de todos os anos desde o dia 7 de agosto de 1989. Sabia seus segredos, suas pequenas manias e características que ninguém mais notava. Queria passar meu tempo com ela. Todo o meu tempo. O tempo todo.

Ela sempre foi o furacão de cabelos cacheados do outro lado da rua que fazia meu coração disparar, mas, depois do acidente, acabei projetando muitas das minhas emoções nela. Que inferno! Talvez até para ela.

Meu pai e o pai dela cresceram juntos, e, quando se casaram, decidiram morar na mesma rua e criar os filhos juntos.

Um pouco mais novo que o Hugh e um pouco mais velho que a Claire, eu de alguma forma me encaixei no meio e vivia ao lado dos irmãos Biggs. Amava todos como se fossem sangue do meu sangue, mas ficou muito claro para mim desde cedo que os sentimentos que eu tinha pela caçula dos Biggs *não* eram nada fraternos.

Desde que eu me entendia por gente, sempre soube de três coisas.

Primeira: o Hugh era meu irmão.

Segunda: a Bethany era minha irmã.

Terceira: a Claire era *minha*.

Depois do acidente, quando aprendi como a vida podia ser instável, como alguém que a gente amava podia ser arrancada da gente do nada, os sentimentos que eu tinha pela Claire se aprofundaram rápido, ficando mais selvagens e fortes a cada dia, espalhando-se em padrões intrincados e permanentes em volta do meu coração como se fossem uma planta.

Essa garota era tudo para mim, sem exagero. Era um fato. Só de pensar em decepcioná-la, eu ficava enjoado. Só de pensar em algo ruim acontecendo com ela, emocional ou físico, eu me sentia um homicida.

Então banquei o amigo, cumprindo o papel que me foi atribuído desde que nasci e dando o meu melhor para não estragar tudo enquanto aproveitava cada segundo do meu tempo livre com ela. Eu não ia à casa dos Biggs para ver o Hugh. Era sempre por ela. Eu sempre cuidaria dela, mesmo que só pudesse ficar olhando de longe. Seria o suficiente para mim. Teria que ser. Porque magoá-la ou corrompê-la não era uma opção. Decepcioná-la menos ainda.

Hugh não me queria nem perto da irmã, só que ele não precisava se preocupar. Porque eu definitivamente nunca faria mal a Claire Biggs.

Ela era importante demais para mim.

Era *tudo* para mim.

Saber que nossas mães achavam que daríamos um bom casal e que sempre nos encorajavam me comovia, mas não era suficiente para apaziguar o medo persistente que eu tinha de estragar tudo e afastar a única pessoa sem a qual eu não conseguiria viver.

Porque eu jamais ia querer que ela fugisse ou tivesse medo de mim ou que se sentisse como eu me sentia por minha culpa. Eu jamais ia querer que ela experimentasse esse tipo de desespero.

Eu *queria* ter o futuro que sempre comentava de brincadeira. Queria *tudo* com ela. O problema era que não confiava em mim mesmo. Morria de medo de me tornar aquilo que me arruinou. De tirar vantagem do seu amor e decepcioná-la.

Porque, depois que a gente atravessasse essa fronteira, as coisas nunca mais seriam as mesmas. Não conseguiríamos voltar ao que éramos antes. E eu precisava garantir que não ia fazer merda. Que não ia ser insensível com o seu coração. Que poderia amá-la do jeito certo. Porque eu amava aquela garota. Com todas as forças. Com todo o meu coração defeituoso. Eu a amava intensamente, exclusivamente, inteiramente. Meus desejos físicos eram direcionados apenas a ela. Só que a vida não dava garantias, e eu não podia arriscar.

Fechei os olhos e levei um tempo para me recompor, para colocar a máscara cômica e despreocupada no lugar, vestindo meu cobertor de falsidade e proteção.

Foi assim que me reinventei quando meu mundo desmoronou.

Não, era mais que isso.

Eu não tinha apenas me reinventado.

Aquela máscara era uma espécie de ressurreição.

Quando abri os olhos de novo, eu era a versão que eu tolerava.

A versão que não poderia se ferir.

Nunca mais.

— Você me conhece, ursinha — falei, abrindo um sorriso tranquilizador. Porque, apesar de ser fácil olhar para ela, ver a preocupação cintilando nos seus olhos *não* era nada fácil. — Estou sempre bem.

Ela não se impressionou. Nem se deixou enganar.

— Então vai ser assim?

A culpa se agitou dentro de mim, mas fiquei firme e abri um sorriso mais largo ainda.

— Assim como?

Ela não falou nada.

Ficou me encarando por um tempão antes de balançar a cabeça, resignada.

— Beleza, Gerard. — Ela me soltou e ficou de pé. — Pode erguer esses muros de volta — ela disse, ajeitando os travesseiros e o edredom que estavam espalhados por todo lugar, junto com a mesinha de cabeceira e a luminária. — Estou cansada demais pra derrubar eles hoje.

Foi então que percebi que eu não só a tinha acordado com aquela merda, mas também tinha bagunçado todo o seu quarto na minha tentativa patética de encontrá-la no escuro.

— Que droga, baby... — murmurei, tentando consertar meus erros. — Eu não queria ter feito nada disso. — Ergui a mesinha de cabeceira, liguei a luminária, por sorte intacta, e a coloquei no lugar. — Caralho! — Então meu olhar se voltou para a gata adormecida no canto do quarto com sua ninhada de filhotes e relaxei de alívio, grato por não os ter perturbado. — Me desculpa.

— Está bem. — Bocejando, voltou para a cama e se enfiou debaixo do edredom, dando tapinhas ao seu lado no colchão. — Foi como se você estivesse tentando lutar comigo e correr pra mim ao mesmo tempo.

Um calafrio me percorreu.

— Me desculpa.

— Não precisa pedir desculpas. Que bom que você está aqui. — Ela deu mais um tapinha no colchão, fazendo uma mistura de culpa e alívio correr pelo meu sangue. — Agora, vem aqui me abraçar. Você sabe que eu odeio dormir sem você.

Sim, eu sabia, e era perturbador, porque significava que os meus problemas cagados tinham se infiltrado na inocência dela.

Significava que eu tinha contaminado a Claire com as minhas merdas. O que me parecia uma técnica de codependência doentia. Isso me incomodava porque eu não queria que aquela garota dependesse de mim para nada.

Porque eu não a merecia e, com certeza, não era bom o suficiente.

Ainda assim, me acomodei ao seu lado na cama, como eu fazia todas as noites desde os sete anos de idade, com apenas um objetivo em mente: ficar o mais perto possível da única forma de conforto físico que encontrei nos meus dezessete anos na Terra.

Assim que entrei debaixo das cobertas, automaticamente passei para o meio da cama e então virei para o lado direito, sentindo a velha marca que o meu corpo imprimiu no colchão.

Como um relógio, Claire também se virou de lado e levantou o braço, esperando o meu abraço.

— Hum... — ronronou feito uma gatinha. — Você está sempre quentinho.

— Sim. — Me aproximei até nossos corpos se alinharem, com as costas dela no meu peito, minha mão no seu quadril e a mão dela no meu braço. Perfeitamente sincronizados de todos os jeitos possíveis. — Claire?

— Hã?

— Me desculpa. — *De novo.* — Por hoje. — *De novo.*

— Tudo bem — ela murmurou sonolenta, acomodando as costas em mim. — Boa noite, Gerard... te amo.

— Também te amo — sussurrei, sentindo a já familiar onda de adrenalina que disparava pelas minhas veias sempre que essas palavras se derramavam dos seus lábios.

Claire estava falando sério quando dizia que me amava. Era uma das duas coisas na vida que eu *tinha* certeza. E eu também falava sério. Pois a segunda coisa que eu tinha certeza era que amava Claire Biggs.

Mais do que ela jamais saberia.

Mais do que uma mísera palavra de quatro letras poderia descrever.

E, pela minha própria experiência limitada, eu sabia que amar alguém podia ser caótico. Porque o amor *doía*. Queimava como o inferno. Eu entendia isso. Aceitava a dor. As feridas autoinfligidas na carne necessárias para amar outro ser humano. Eu não tinha medo disso. De sofrer. De nada que acontecesse comigo. Meu medo residia na minha incapacidade de amá-la do jeito certo. No potencial que eu tinha de machucá-la além do reparo.

Da mesma forma que *ele* me machucou.

2

Amores sonâmbulos e irmãos teimosos

CLAIRE

— Estou te falando, ursinha, a gente vai conseguir — Gerard declarou, segurando a caixa de transporte do Brian. — Está na mala. — Ele atravessou a feira e só parou quando chegamos na área de exposição de cães. — Confia em mim.

— Não sei, não, Gerard — falei, mordendo os lábios e me apressando para acompanhá-lo. — E se não deixarem a gente entrar?

— Até parece — ele respondeu, se sacodindo de um jeito engraçado quando Brian botou a patinha entre as grades da caixa. — Eles não podem fazer isso.

— Brian é um gato.

— E daí?

— Daí que isso é uma exposição de cães.

— Não está escrito em nenhum lugar que só podíamos inscrever cachorros.

— Acho que é porque já está explícito no título "exposição de cães", Gerard.

— E tem alguma exposição de gatos acontecendo?

— Não.

— Pois é. Então confia que vai funcionar, Claire.

— E se rirem da nossa cara?

— E daí? — desdenhou, sem se abalar. — Deixa rirem. A gente precisa da grana do prêmio, baby. E a gente merece o troféu de primeiro lugar por ter dado banho naquele maldito lunático. — Ele ergueu a mão e tocou o ombro machucado. — Tenho arranhões pra provar.

— Mas você sabe que o Brian não é muito amigável.

— Não é mesmo — Gerard concordou. — Mas prometi que ficaria do seu lado e cuidaria dos nossos bebês, então é exatamente isso que vou fazer. — Ele deu de ombros e acrescentou: — Além disso, é ele que está comendo a Cherub. Ele pode fazer essa por você.

— A gente devia ter trazido a Cherub.

— Bem, ela está um pouco ocupada agora com essa coisa de família e com um barrigão enorme. — Ele deu um sorriso e acrescentou: — Vamos trabalhar com o que temos. Brian pode ser um sacana, mas é lindo.

Era verdade. Brian era mesmo bonitão. Um gato persa de pedigree, de pelagem longa perfeita, branca como a neve. Pena que era um demônio.

— E se ele atacar os juízes?

— Não se preocupa. Já resolvi isso.

— Ah? — Estreitei os olhos e o observei com desconfiança. — Gerard, o que foi que você fez?

— Dei um calmante leve pra ele antes de sair de casa.

— Você fez o quê?

— Como é que eu ia botar ele na caixinha? — perguntou, ofendido. — Você sabe que o Brian se irrita quando encosto nele.

— Ah, não, péssima ideia.

— Foi uma ótima ideia — me corrigiu, abraçando meus ombros. — A gente vai arrasar.

— Ah, Gerard, olha só pra esse cachorro — choraminguei, encarando um lulu-da-pomerânia todo arrumado.

— Ele não tem a menor chance...

— Claire!

— Claire!

— *Claire!* — A voz do meu irmão trovejou nos meus ouvidos, interrompendo o sonho mais maravilhoso e perfeito que tive em semanas e me fazendo despertar, ainda confusa. — Vamos logo, já passou das sete. Vou sair em dez minutos.

— Já passou das sete? — falei, sonolenta. — Da manhã?

— É, vamos — sua voz grave ressoou do outro lado da porta do meu quarto. — Vai logo.

— Mas ainda é verão, Hugh — reclamei, me desesperando por um momento, ao pensar que eu tinha de alguma forma passado os últimos dias das férias de verão dormindo e estava prestes a ser atirada de volta para os corredores do Tommen. — E é sábado!

— Sim, gênia, eu sei que é sábado — falou, com um tom que carregava uma boa dose de sarcasmo fraternal. — Olha, a mamãe está me enchendo o saco desde o seu aniversário pra eu arranjar um trabalho pra você no hotel. A Kim me pediu pra te levar junto hoje porque tem uma vaga de meio período como salva-vidas na piscina e ela quer fazer um teste com você, então levanta logo essa bunda porque meu turno começa às oito e não vou me atrasar por culpa sua.

— Teste? — Franzi o nariz de desgosto, estiquei as pernas e bocejei. — Pra quê?

— Pra um trabalho.

— Mas eu já tenho um trabalho.

— Você é voluntária na piscina pública, Claire — ele retrucou, cada vez mais impaciente. — O hotel tem uma vaga de trabalho remunerado.

— Espertinho. — Bocejei de novo e me afundei no colchão, exausta. — Me dá mais cinco minutinhos. Pode ser? Só estou descansando os olhos.

— Pode descansar seus olhos o quanto quiser. Estou saindo em dez minutos. O papai está enfiado no sótão trabalhando e não vai poder te levar...

— Peço pra mamãe então — interrompi.

Rá.

Chupa essa, babaca.

— A mamãe ainda não voltou do hospital. E não vai voltar a tempo de te levar.

— Hugh, por favor — reclamei, chutando as pernas debaixo do edredom de frustração. — Só mais cinco minutinhos!

— *Não*, porque sei que os seus cinco minutinhos na verdade significam mais quarenta, e preciso sair em dez — ele falou, sem a menor paciência.

— Continua falando que você vai me fazer pegar no sono de novo.

— Está bem, você que sabe. Mas, quando a mamãe te encher o saco falando que você não arranja emprego, nem pense em jogar a culpa em mim, princesinha. — Ele fez uma longa pausa antes de acrescentar: — Ah, e pode falar pra aquele babaca que ele devia ter encontrado o cap na academia duas horas atrás.

Com isso, enfim acordei.

Abri os olhos de uma vez e pulei da cama, só para voltar feito um bumerangue quando minha mão não acompanhou o resto do meu corpo.

Claro que não.

Pois estava soldada a uma outra bem maior.

— Só mais cinco minutinhos, amor — Gerard repetiu minhas próprias palavras debaixo de uma montanha de travesseiros e ursinhos de pelúcia. — Estou descansando os olhos.

— Vamos, levanta — grunhi, tentando recuperar o domínio da minha mão e o perdendo quando ele me puxou de volta para o colchão sem fazer um pingo de esforço e sem sequer abrir os olhos. — Hugh está na porta. Parece que você devia estar na academia.

— Academia de cu é rola — ele murmurou, se virando de lado e me puxando de novo para a conchinha. — Maldito Kav.

— Gerard!

— Conchinha com a minha ursinha deixa o Gibsie feliz. Correr na esteira até vomitar deixa o Gibsie muito triste. — A sensação do seu corpo enorme pressionando o meu libertou algo selvagem no meu peito. — Prioridades, amor.

— Então eu sou sua? — provoquei.

— Sempre — ele confirmou, sonolento, abraçando minha cintura com mais força.

Meu Deus.

Prendi o fôlego e me obriguei a respirar devagar, tentando desesperadamente controlar as cambalhotas na minha barriga. Era como se eu tivesse acabado de passar por cima de um buraco gigante na estrada e meus órgãos tivessem se espalhado pelo meu corpo.

Tudo entre a gente andava diferente. Mais intenso. Mais maduro. Apesar de ainda ser o mesmo garoto que passei a vida toda adorando, ele certamente não parecia mais o mesmo.

Claro, seus olhos cinza-prateados ainda cintilavam travessos, mas aquela pancinha infantil que ele tinha desapareceu. Maçãs do rosto altas e um maxilar definido, coberto por uma barba rala, substituíram as bochechas rechonchudas que costumava ter.

Era possível dizer que Gerard Gibson tinha se transformado em um homem, o que fazia algo em mim se agitar.

E eu gostava disso, percebi. Talvez mais do que gostava.

Meu corpo parecia reagir só de olhar para ele, fazendo minha pele se inundar de calor e meu coração disparar.

— Calma — ele disse, sonolento. Sem se dar ao trabalho de abrir os olhos, envolveu meu corpo com seu grande bíceps e me puxou para si. — Hummm. — Um grave murmúrio de aprovação escapou dos seus lábios quando nossos corpos se fundiram mais uma vez. — Bem melhor.

Incapaz de reprimir o tremor de prazer que percorreu meu corpo inteiro, relaxei contra ele, sabendo que era uma péssima ideia, pois, além do Hugh estar bem ali do lado de fora, dava para sentir o *membro* do Gerard *acordando* bem firme, mas não consegui resistir à tentação.

Completamente alinhados, com as minhas costas no seu peito, Gerard enterrou o rosto no meu pescoço e o cheirou antes de sussurrar no meu ouvido:

— Fica comigo.

Ah, meu Deus.

— Você vai se encrencar com o Johnny — falei, contendo um tremor de prazer quando seus lábios roçaram a minha pele. Foi um movimento acidental e leve como uma pena, mas fez os dedos do meu pé se curvarem. — E você está todo suado.

— Kav vai ficar bem. — Seu hálito soprou no meu pescoço. — E isso sempre acontece depois de... ah, você sabe.

Depois dos seus terrores noturnos. E, sim, eu sabia muito bem.

O episódio da noite anterior foi tão terrível que eu ainda me lembrava vividamente.

O calor emanava da sua pele.

O suor escorria do seu pescoço e descia até seu ombro.

Fiquei observando a gotinha brilhante se movendo.

Deslizando sobre sua carne nua, retirando-se de um corpo do qual eu jamais estaria perto o suficiente.

Não demoraria muito.

Os gritos viriam.

Seguidos rapidamente pelo ataque de pânico que sempre o reduzia a um garotinho de sete anos ofegante, sem fôlego e quebrado.

Eu lembrava dele tão bem quanto no dia que aconteceu.

Afinal, eu estava lá, testemunhando tudo em primeira mão.

O trauma.

A devastação.

Mal tive tempo de registrar o pensamento em minha mente quando ele deu o primeiro grito. Era um som rasgado, estridente e agonizante que vinha de uma memória que eu não podia apagar para ele.

— Não! — Debatendo-se desesperadamente, ele saiu correndo da cama, derrubando minha mesinha de cabeceira em sua tentativa de se libertar dos demônios dos seus sonhos. — Por favor, não...

— Gerard!

Eu tinha experiência suficiente com seus terrores noturnos para saber que lhe dar espaço era a pior coisa que eu poderia fazer. Assim, levantei da cama às pressas atrás dele.

— Shhh! — Mesmo dormindo, ele conhecia o meu toque e me deixava aninhá-lo em meus braços. — Sou eu. — Seu corpo todo estava molhado de suor, mas não recuei. — Estou aqui. — Me inclinei e esfreguei o rosto no dele. — Shhh, Gerard, está tudo bem.

— Não, não, não... — Gemidos de dor se transformaram em lamentos baixinhos, pois, mesmo no sono, ele buscava ansiosamente o meu toque. — Não consigo fazer parar.

— Já acabou — falei, segurando suas bochechas entre as mãos. — Agora, é só um pesadelo.

Sua respiração trabalhosa assumiu um tom desesperado, se transformando logo em pânico.

Como se ele não conseguisse puxar o ar para os pulmões.

Como se estivesse se afogando.

Com eles.

— Estou aqui — continuei falando, fundindo meu corpo no dele, sabendo que isso era o que ele precisava para voltar do abismo. Do sofrimento. — Estou bem aqui com você.

Aos poucos, seu corpo relaxou contra o meu, mergulhando em mim, ouvindo as minhas palavras, sentindo o meu aroma, respirando junto comigo até que ele fosse meu e eu dele. Até que fôssemos nós de novo e ele estivesse seguro.

— Claire? — Seu corpo enrijeceu e percebi que ele tinha acordado. — Claire. Claire?

— Sou eu. — Suspirando forte, o abracei com mais força e enterrei o rosto no seu pescoço. — Estou aqui, Gerard. Está tudo bem...

— É, eu sei — sussurrei, piscando para afastar as lembranças da noite anterior, quando ele entrou no meu quarto tomado pelo desespero e pelo pânico. — Mas estão piorando.

Gerard assentiu.

Ultimamente, os pesadelos andavam tão frequentes que aconteciam quase todas as noites. Era perturbador e me apertava o coração. Porque eu sabia que Gerard estava lutando contra os seus demônios — ou melhor, contra os seus fantasmas. Os fantasmas da infância sobre os quais ele se recusava a falar.

— O que aconteceu no pesadelo de ontem? — perguntei, me sentindo tão impotente naquela manhã quanto em todas as outras vezes que acordei com ele na minha cama.

Acordar com Gerard na minha cama não era nenhuma novidade para nós. Na última década, ele só não tinha dormido comigo algumas noites.

— O mesmo de sempre — ele respondeu em um tom vulnerável, sem um pingo do palhaço que o resto do mundo conhecia. — Escuta, te deixo em qualquer lugar que você precisar, prometo. — Gerard se aproximou e apertou mais o enorme braço na minha cintura. — Só me abraça mais um pouquinho.

Assim que as palavras saíram da sua boca, a porta do meu quarto se abriu com tanta força que bateu com tudo no gesso da parede.

— Ouvi esse babaca te pedindo pra *abraçar* ele?

— Que porra é essa, Hugh? — gritei, me soltando do adolescente gigante na minha cama para impedir que o adolescente gigante atravessando o quarto partisse para cima dele. — Temos regras nessa casa, esqueceu? — Me levantei da cama e interceptei meu irmão antes que começassem a violência. Gerard e Hugh eram mais irmãos que amigos e raramente brigavam pra valer, mas houve algumas cenas ao longo dos anos que eu não queria que se repetissem. — Que tal bater na porta?

— Gibs, é melhor você não estar pelado aí embaixo — meu irmão avisou, me ignorando totalmente, concentrado no amigo espalhado na minha cama.

— Bom dia, cara — Gerard falou, cutucando a fera e agitando os dedos para cumprimentá-lo. — Alguma chance do seu cunhado favorito ganhar um café na cama?

Ali estava.

A máscara.

A divisória que separava o garoto sensível que eu adorava do palhaço brincalhão que todos os nossos amigos gostavam.

Ele a colocou sem o menor esforço.

Gibsie pertencia ao resto do mundo.

Gerard pertencia apenas a mim.

— Você vai ver o café que vou te dar, seu puto. — O rosto do meu irmão assumiu um estranho tom de roxo. — Juro por Deus, cara, se você encostou um dedo nela, vou te matar.

— *Nela* ou *dentro* dela?

— Gibs!

— Ah, se controla, seu idiota. — Revirei os olhos e me aproximei do meu irmão. — Ele só está te provocando. A gente claramente é só amigo.

— *Claramente* — Hugh comentou com sarcasmo. — Se vocês são só amigos, a Bella é a Virgem Maria.

— A Bella é... Qual é a palavra que aquelas garotas de rosa usam no filme, amor? — Gerard perguntou, balançando o dedo. — Um clitóris feio?

— Uma vadia fleia, Gerard — corrigi, sorrindo. — Mas você ganhou pontos pela referência a *Meninas malvadas*.

— Vadia fleia — ele repetiu, dando risada. — Curti.

— Você não vai estar aqui pra curtir nada se não tirar a bunda da cama da minha irmã — Hugh grunhiu.

— Ei, escuta aqui, cara — bufei, segurando os seus ombros e empurrando-o para a porta. — Não entro no seu quarto quando a sua preciosa *Katie* está aqui, então você não tem o direito de entrar no meu.

— Só que tem uma grande diferença nessa equação, Claire — Hugh retrucou. — Katie é uma santa, e ele é um puto. — Furioso, meu irmão me observou com atenção e pareceu temporariamente apaziguado ao notar o meu pijama rosa e fofinho intacto. — Ah, graças a Deus. Você está vestida.

— Como sempre — comentei, cruzando os braços. — E você sempre tirando conclusões precipitadas, Hugh. Aff...

— É, bem, esse lance de sonambulismo tem que parar — meu irmão disse, voltando a atenção para o garoto na minha cama. — Está passando do limite.

— Ele não consegue evitar — protestei, defendendo o garoto que eu tanto adorava desde pequena. — Você sabe que não consegue controlar, Hugh. É uma coisa que só acontece.

— Claro que consegue — Hugh retrucou, me olhando como quem dizia "Não seja tão ingênua". — Ele sabe *exatamente* o que está fazendo.

— Não sabe.

— Sabe, sim — meu irmão insistiu. — Ele não entra no meu quarto quando está sonâmbulo, né?

— Se está se sentindo excluído, posso tentar dar uma passada na sua cama hoje à noite, cara — Gerard disse.

— Experimenta que corto suas bolas fora.

— Eita, não precisa ficar nervosinho.

— Fica longe da cama da minha irmã que a gente não vai ter problema nenhum.

— É a força do hábito — Gerard comentou, se espreguiçando na cama feito um leão lânguido antes de se sentar, com o modo Gibsie totalmente ativado.

— Sei — Hugh bufou, indignado. — Um hábito de dez anos que vai ser abandonado hoje.

— O que eu posso dizer? — Gerard riu baixinho, esticou os braços acima da cabeça e bocejou alto. — Sou uma criatura de hábitos.

O movimento fez meu edredom escorregar, me oferecendo uma visão maravilhosa do seu peito nu.

— Você é mesmo uma criatura — meu irmão esbravejou, avançando para ele. — Uma porra de uma praga corrompendo minha irmã.

— Ah, dá um tempo, Hugh! — interrompi, desviando os olhos dos piercings nos mamilos do Gerard. — Ele não está me corrompendo coisa nenhuma.

— Está vendo? — Gerard deu um sorriso malicioso, agitou as sobrancelhas e estufou o peito. — Não estou corrompendo ela.

— Não balança as tetas pra mim — Hugh avisou com o dedo em riste. — Nem pense em cozinhar alguma safadeza aqui com a minha irmã.

— Não cozinho nada além de delícias, Hugh — Gerard respondeu com uma piscadela. — Na verdade, asso delícias no forno.

— Seu filho...

— Ei... não, não, não, não vem invadindo o meu quarto batendo os punhos no peito só porque o seu cérebro de minhoca não consegue entender que duas pessoas podem dormir na mesma cama e só dormir mesmo — falei, interceptando meu irmão enquanto ele avançava para o Gerard. — Nananinanão, nem vem com essa, cara.

— Só dormir — Hugh rosnou, voltando a atenção para o Gerard. — Sabe de uma coisa? Quanto mais cedo você voltar pra escola, melhor, porque você está agarrado na minha irmã que nem uma mosca na merda...

— Está chamando a sua irmã de merda?

— É. — Estreitei os olhos. — Está me chamando de merda?

— Você entendeu o que eu quis dizer — Hugh grunhiu. — Ele não saiu dessa casa... ou melhor, do seu lado, o verão todo.

— E daí? — perguntei, dando risada. — Ele vive aqui. A gente sempre passou nosso tempo juntos, Hugh. Qual o problema agora?

— O problema agora é que você não é mais uma criança, Claire. É uma adolescente de dezesseis anos, e ele é um galinha com bastante experiência e cheio de segundas intenções.

— Com licença — Gerard disse, claramente ofendido. — *Não* sou galinha.

— Gibs, você é a própria definição de galinha — Hugh retrucou. — Quando as pessoas procuram essa palavra no dicionário, encontram a sua cara!

— Na verdade, essa definição não está no dicionário — decidi acrescentar um pouco de bom senso naquele diálogo.

— Ahá! — Gerard provocou, descendo da cama. — Toma essa, babaca.

— Bem, pelo menos você está de cueca — Hugh disse, meio aliviado ao ver a calvin klein branca do Gerard.

— Sim, desta vez — Gerard brincou.

Os olhos do Hugh se arregalaram tanto que pensei que fossem pular para fora.

— Você está acabando com a minha paciência, idiota.

— Vamos, Gerard — falei, balançando a cabeça. — Não provoca ele.

— A sua irmã que acabou comigo ontem à noite.

Uma veia saltou na testa do meu irmão.

— O que foi que você *disse*? — Hugh sussurrou, com os olhos tão arregalados que chegava a ser cômico. — O que foi que você disse da minha irmã?

— Gerard... — eu meio que o repreendi, meio que ri, colocando a mão sobre a boca.

Ele deu uma piscadinha e abriu um sorriso safado.

— Tudo bem. É isso. Não aguento mais. Sai! — Hugh ordenou, apontando para a porta. — Leva essa sua boca suja e o seu pau mais sujo ainda pra fora daqui.

— Você me entendeu mal, cara — Gerard continuou a provocação, vestindo o meu roupão e dando uma cambalhota para onde eu estava. — Sou tão puro quanto a neve.

— Sei — Hugh grunhiu sarcasticamente. — A neve de um puteiro.

— Boa sorte com a entrevista, ursinha. — Gerard deu um beijo na minha bochecha antes de calçar a pantufa pequena demais para ele. — Se importa se eu tomar um banho aqui? O Keith sempre deixa um toroço digno de exorcismo no vaso antes de sair pro trabalho e juro por Deus que aquilo precisa de umas boas três horas pra ser totalmente levado pela descarga...

— Me importo, sim. Vaza daqui! — Hugh ordenou, apontando para o cesto no canto do meu quarto, onde a Cherub dormia com a ninhada de filhotes adoráveis. — E leva os gatinhos com você.

— Não vou separá-los da mãe! — Gerard falou, perplexo. — Que tipo de monstro você é?

— Cherub vai ficar ótima — Hugh disse.

— Eu estava falando da sua *irmã*.

— Você é um caso perdido, Gibs. Sério, você é completamente maluco.

— Ignora o tio ranzinza, bebezinhos — Gerard falou por cima do ombro enquanto saía do quarto. — O papai volta mais tarde.

— Vai pra porra da sua casa, Gibs!

— Beleza. Preciso dar uma olhada no seu sobrinho, de qualquer jeito.

— Ele não é meu sobrinho, seu doido. É um ser em hibernação no suporte de toalha aquecido da sua mãe, porque você e a minha irmã vivem pegando animais aleatórios por aí.

— Que seja, cara. Te vejo mais tarde na praia, mamãezinha.

Dei risada e ergui a mão para acenar para ele.

— Até mais tarde, papaizinho.

— Por que você faz isso? — Hugh perguntou com um tom resignado. — Por que encoraja a loucura dele?

— Porque eu amo a loucura dele — respondi, ainda sorrindo de orelha a orelha. — E você também.

— Bem, eu amaria a loucura dele muito mais se ele não passasse a maior parte do tempo no quarto da minha irmã — Hugh resmungou. — Vamos, Claire, sei que você é caidinha por ele, mas vê se faz escolhas inteligentes, hein?

— Escolhas inteligentes? — perguntei, rindo na cara dele. Não consegui evitar. — Do que você está falando?

— Estou falando de você e do Gibs e desse "clube do travesseiro" de vocês.

— Ah, meu Deus, eu *adorava* essa série — falei, sorrindo. — Não perdia um episódio, lembra?

— Lembro, mas agora vamos voltar pro clubinho do travesseiro da vida real — ele falou, passando a mão pelo cabelo. — Olha, tem um motivo pra mamãe e pra Sadhbh terem proibido o clubinho de vocês quando saímos do primário.

— Elas *tentaram* proibir a gente — corrigi, bufando. — E falharam.

— Vamos, Claire — ele grunhiu, impaciente. — Você sabe o que pode acontecer no calor do momento.

— No calor do momento? — Dei risada. — Que momento?

— Sei lá — ele falou, agitado. — Vai saber que momentos vocês têm quando estão sozinhos.

Arqueei a sobrancelha.

— O que está querendo dizer?

— Sexo.

— Ah, meu Deus. — Dei risada de novo. — Você é tão engraçado...

— Engraçado? — Ele arregalou os olhos. — Sexo não é piada.

— Não, sexo não é piada — concordei, gargalhando. — Mas você é.

— Duas palavras, Claire — ele retrucou. — Joey e Aoife.

— São três palavras.

— Entendi — ele disse, sem hesitar. — Então toma aqui mais três palavras: gravidez na adolescência. Você viu a garota? Ela está prestes a explodir. — Esbugalhou os olhos para dar ênfase. — Se pode acontecer com o Joey Lynch, pode acontecer com qualquer um de nós.

— Não comigo. — Sorri docemente para ele. — Porque não tenho pênis.

— É, bem, o seu companheirinho de travesseiro tem.

— Hugh — falei o mais calmamente que consegui, me esforçando para não rir e tranquilizar a besta do meu irmão. — Juro que o Gerard e eu somos só amigos. Como sempre.

— Sei — ele disse, sem parecer nem um pouco apaziguado. — Amigos que estão cada vez mais próximos desde que o cap saiu pra temporada em junho.

— A gente sempre foi próximo.

— Verdade, mas esse verão foi diferente, e você sabe — ele insistiu. Não pude deixar de notar a preocupação em sua voz. E em seus olhos. — Fala sério, Claire. Não sou burro. Estou vendo as coisas, assim como todo mundo, e, ao contrário da crença popular, *não* estou tentando controlar a sua vida. Só... conheço o Gibs melhor que qualquer um, e ele... e você... — Ele balançou a cabeça e soltou um suspiro antes de acrescentar: — Olhe, só não quero te ver mal.

Hugh estava certo sobre uma coisa.

Esse verão *tinha* sido diferente.

Estávamos mais próximos.

Era algo mais profundo.

— E por que eu ficaria mal? — perguntei, cruzando os braços.

— Porque ele é todo cagado da cabeça.

— Hugh!

— Para com isso. Não me olha assim. Você sabe que amo o cara como um irmão — explicou logo, nervoso. — Eu levaria um tiro por ele, daria minha vida por ele sem nem pensar, mas o Gerard é cagado, Claire. De verdade. O que aconteceu quando a gente era criança abalou o cérebro dele. Ele não é mais o mesmo desde os sete anos, e a gente sabe.

Sim, eu sabia, mas não era fácil ouvir aquilo.

— Ah, meu Deus, Hugh, quer parar com isso? — Balancei a cabeça de desgosto. — Metade do nosso círculo de amigos é cagado. E isso nunca nos impediu de ter amizade com nenhum deles, né?

— É, mas você não é só amiga do Gibs. Você está apaixonada por ele.

— E daí? — Eu já tinha desistido de negar havia muito tempo. Fora que eu mentia supermal. — Qual é o seu ponto?

— O meu ponto é que você não é cagada — ele disse com sinceridade. — E não quero que isso mude.

— E você acha que vou mudar? — insisti, cruzando os braços. — Se ficar perto demais do Gerard?

— Tenho medo do que pode acontecer se ele ceder e mergulhar de cabeça nisso, e as coisas forem longe demais — ele confessou, com os olhos castanhos fixos nos meus. — Tenho medo das consequências, Claire.

Suas palavras me atingiram de um jeito inédito.

Porque ouvi a preocupação na sua voz.

Era um sentimento genuíno.

Válido.

Mas não adiantava nada, porque eu tinha um ponto cego do tamanho do Gerard Gibson no meu coração.

— Você se sentiria melhor se eu te dissesse que nunca vi nem toquei no pênis do Gerard por motivações sexuais? — falei, decidindo estender uma bandeira branca para o meu irmão.

— O quê? Não, Claire — Hugh grunhiu, perturbado. — Eu não me sentiria nem um pouco melhor... — Balançou a cabeça e perguntou: — Peraí, então quer dizer que você já viu?

— Hum... talvez? — respondi, dando uma risadinha tímida, sem conseguir impedir que a minha mente voltasse para uma *interação* particularmente estranha que tive com o membro do Gerard na Páscoa.

— Está sozinha? — Gerard perguntou ao entrar no meu quarto mancando, equipado com o uniforme do time de rúgbi da nossa cidade, com botas enlameadas e tudo. — Não tem ninguém aí? — Olhou em volta nervoso, cobrindo as partes íntimas com as mãos. — Nenhuma serpente maligna espreitando atrás da porta com uma faca na mão, só esperando a oportunidade de me matar?

— Não, Gerard, estou sozinha — respondi, dando risada, folheando as páginas da minha revista semanal favorita. — Por que você voltou tão cedo do jogo? — Estreitei os olhos, desconfiada. — Foi expulso de novo?

— Sim, mas por mim mesmo dessa vez — explicou, mancando de maneira cômica.

— Quer me contar o porquê?

— Porque seu irmão não conseguiria proteger uma sacola de papel com um maldito maul, por isso — bufou. — Olha, vou te mostrar uma coisa bem ruim e já peço desculpas pelos pesadelos que vou despertar em você, mas estou correndo risco de vida aqui, ursinha. — Ele se sentou ao meu lado na cama, soltou um grunhido de dor e se levantou de novo. — Tipo, posso morrer mesmo e não vai ter volta.

— Por quê? — perguntei, rindo e me sentando. — O que você fez?

— É o meu pau — admitiu com um tom sofrido. — Na verdade, é o meu freio.

— O seu freio? — Meus olhos se arregalaram. — Você está comparando o seu pau a um freio de mão?

— Não, não, não — ele gemeu, se acomodando com cuidado no colchão. — É o freio do meu pau.

— Ok. — Balancei a cabeça. — Estou confusa.

— Olha, botei um piercing chamado Escada de Jacó no pau, e um babaca do outro time me deu um chute no saco durante o jogo — ele falou de uma vez. — Estou ferido, gravemente ferido, ursinha. Estou fora de combate.

— Ah, meu Deus! — Arregalei os olhos de horror enquanto tentava entender a loucura que ele dizia. — Você fez o quê?

— Será que você pode dar uma olhadinha? — ele pediu, fazendo uma careta de desconforto. — Não é uma desculpa para colocar meu pau na sua cara, juro —

acrescentou depressa. — Só amo muito meu pau e não quero que ele apodreça que nem o do Kav.

— Gerard!

— Por favor, Claire — implorou, segurando a barriga. — Você sabe que eu não sei lidar com sangue, e, se o negócio estiver sangrando, vou desmaiar.

— Ah, você não sabe lidar com sangue, é? E eu? — falei com a voz esganiçada, mas me ajoelhei ao sentir uma doentia curiosidade mórbida me invadindo. — E se eu ficar assustada? Ah, meu Deus, e se eu vomitar? Você sabe que detesto vomitar.

— Não vou mentir pra você, Claire. Pode ser assustador e talvez nós dois acabemos vomitando — ele disse sombriamente. — Mas você é minha melhor amiga e eu faria o mesmo por você sem nem pensar.

Caramba, aquilo me pegou.

Sem brincadeira, se a situação fosse inversa e eu fosse burra o suficiente para botar um piercing na genitália, ele certamente me ajudaria.

— Está bem, está bem!

— Valeu — ele disse, suspirando de alívio. — Tudo bem, se estiver feio, não me conta. Só chame uma ambulância.

— E você tem certeza que não prefere que um dos meninos dê uma olhada? — perguntei com mais calma do que eu realmente sentia. — Você não ficaria mais confortável com o Hugh ou o Johnny ou o Keith ou...

— Não — ele me interrompeu. — Aff, não. Só pode ser você.

— Beleza.

Ele me olhou de um jeito inseguro.

— Beleza?

— Beleza — confirmei, com firmeza. Me levantei da cama, me ajoelhei na frente dele e segurei a cintura do seu short. — Estou pronta.

— Pera, pera, pera — ele disse, afastando minhas mãos e se mexendo, sem jeito. — Mudei de ideia.

— Gerard, vamos, não banca o bebezinho. Você está sofrendo e precisa que alguém inspecione o seu freio — falei, pegando seu short de novo. — Seja corajoso e abaixa logo essa cueca.

— É que a coisa pode estar grande, amor — avisou, enfiando os dedos no cós do short. — Assim que te vi com esse shortinho, o negócio se empolgou.

Sorri para ele.

— Sério?

Gerard arregalou os olhos de desespero.

— Se concentra, Claire!

— Tá, tá, não entremos em pânico. — Endireitei os ombros, respirei fundo e segurei o short de novo. Dessa vez, ele deixou. — Não se preocupa, Gerard. Minha mãe é enfermeira — acrescentei, abaixando o short e a cueca dele com cuidado. — A medicina está nos meus genes. Posso te ajudar com... ah, meu Deus!

— O que foi? O que foi? — ele perguntou, cobrindo os olhos com a mão. — Tem sangue, né? Está quebrado, né? — choramingou. — Ah, meu Deus, está muito feio? Me diz que não está tão feio assim! O piercing ainda está aí?

— Hum... — Meus olhos se esbugalharam quando seu pau totalmente ereto se libertou. — Não tem sangue. — Me agachei para dar uma boa olhada na parte de baixo. — Ah, sim, está tudo aí.

— O quê? — ele perguntou, desesperado, ainda cobrindo os olhos. — O quê?

— O brinco de prata — respondi, me aproximando mais para ver melhor. — Uau! É, ah... — Soltei um suspiro trêmulo, olhei para ele e sorri. — É bem diferente do que eu tinha imaginado na minha cabeça.

— Diferente ruim?

— Não, não ruim — falei, agradavelmente surpresa. — Parece um tronco.

— Aff!

— Pintos são estranhos, né, Gerard?

— Você tocou no *pau* dele? — Hugh perguntou, me trazendo de volta ao presente. — Como assim?

Minhas bochechas pegaram fogo, e fui até a penteadeira às pressas. Fiquei arrumando as fotos dos amigos que eu tinha colado no espelho. Quando meus olhos se fixaram na roseta azul pregada no canto com as palavras “Brian, Melhor da Exposição de 2005, Primeiro Lugar”, não consegui conter o sorriso.

— Em minha defesa, só usei o dedinho — eu disse, voltando a atenção para o meu irmão todo nervoso. — E foi por motivos puramente médicos.

— Motivos *médicos?* — O rosto de Hugh assumiu um tom assustador de roxo. — Claire!

— O que foi? — falei, me mexendo, sem jeito. — Você sabe quão sério pode ser quando alguém machuca o freio?

— Em nome de Deus, o que é que você... Quer saber de uma coisa? Deixa pra lá. Não quero saber — meu irmão grunhiu, segurando a barriga e pisando duro até a porta. — Se veste logo. Vou estar com a cabeça enfiada no vaso sanitário quando você estiver pronta.

3

Ligações do cap

GIBSIE

As palpitações que o pesadelo da noite passada tinha provocado me acompanharam quando acordei de manhã e continuaram presentes no caminho de volta para casa.

Tum, tum, tum.

Tum, tum, tum.

Tum, tum, tum, tum... tum, tum...

Meus batimentos ficavam mais selvagens, desesperados e ensurdecedores a cada passo que eu dava para longe da casa dos Biggs. Para longe dela.

Volta.

Volta agora.

Corre.

Não...

— Cala a boca, porra! — Ergui a mão e bati na testa, em uma tentativa de fazer meu cérebro parar. — Calma — falei, esfregando o peito com a outra mão. — Você está bem. Está tudo bem.

Não adiantava.

Nunca consegui me acalmar sozinho com minhas palavras nem com o meu próprio toque. Meu cérebro não gostava da minha voz e meu corpo não gostava do meu toque.

Me recusei a ceder à tentação de dar meia-volta e disparar para a garota que tinha a habilidade inata de fazer o que eu nunca poderia por mim mesmo e atravessei a rua na direção de casa.

Se controla, seu idiota.

A voz da minha mãe foi a primeira coisa que me recebeu quando cruzei a porta, seguida pela voz irritante do meu padrasto me dizendo:

— Gibs, é você, filho?

Não sou seu filho, otário, sussurrei, mostrando o dedo do meio para a porta da cozinha com entusiasmo antes de controlar as emoções e me recompor.

— Eu mesmo — falei, me esforçando para parecer casual, ignorando de propósito os dois de mãos dadas na mesa.

De mãos dadas?

Na idade deles?

Credo!

— Você devia estar de castigo — ele me disse. — Ou se esqueceu do paisagismo caríssimo que tive que bancar mês passado na casa da sra. Kingston?

— Não. — Sorri ao me lembrar. — Não esqueci.

— Meu Deus, Gibs. — Keith estreitou os olhos. — Você podia pelo menos fingir que se sente mal.

— Eu podia — concordei, ainda sorrindo. — Mas não sou mentiroso.

— Você precisa dar um jeito nele — falou para a minha mãe com um tom cheio de desdém. — O Mark nunca nos deu esse trabalho.

— Eu dei — ela respondeu. — Ele está de castigo. Faz três semanas que não vê os amigos.

— Só que não — Keith retrucou. — Pois está voltando pra casa às sete da manhã depois de ter passado a noite na casa dos vizinhos feito um gato vadio.

— E você sabe exatamente o que é isso, né, Keith? — falei, sem conseguir me conter. — Vadiar na casa dos outros?

— Parem, vocês dois — minha mãe pediu, se virando para mim. — Seu pai está certo...

— Ele *não* é meu pai.

— Isso tem que parar. O que você fez com o maquinário do Keith foi completamente inapropriado. Deveria estar de castigo, e não saindo escondido à noite.

— Não saí escondido. Eu estava sonâmbulo.

— Tolerei as suas escapadas noturnas porque, bem, entendo de pesadelos — ela acrescentou, sem hesitar. — Mas as aulas voltam na semana que vem. E vai ser um período importante da sua vida. O sexto ano é decisivo, e nós dois achamos que já passou da hora de você... — Ela se interrompeu e me observou de cima a baixo. — Em nome de Deus, o que é que você está vestindo, Gerard Gibson?

Confuso, olhei para mim mesmo e dei um sorrisinho quando vi o roupão rosa de seda com borlas de pompom.

— Gostou? — Ainda sorrindo, fiquei girando a borla. — É meu novo look, mãe.

— *Por quê*, Gerard?

— Por que não?

— Ah, meu Deus, Keith. — Ela cobriu o rosto com as mãos e grunhiu. — Pode assumir essa pra mim?

— Não entra na dele — Keith, o estraga-prazeres, disse, apertando a mão da minha mãe. — Senão só vai piorar.

— Ah, Keith — falei, sem conseguir manter um tom leve com ele. — Entra na minha. Te imploro.

Meu padrasto balançou a cabeça, se levantou e foi até a chaleira.

— A sua mãe tem razão, Gibs. Você precisa começar a levar a vida mais a sério.

E você precisa dar uma longa caminhada em direção a um penhasco, babaca.

— Ah, é?

— E tira esses brincos dos mamilos — minha mãe disse. — É perigoso jogar rúgbi com piercings no corpo.

— Então é melhor você não ver o meu pau — murmurei, seguindo para a geladeira.

— O que você disse, Bubba?

— Eu disse que nunca uso brincos nos treinos — esclareci. Ou melhor, menti, para não perder o carro. — Sigo as regras, mãe. Não precisa se preocupar.

— Você está tomando os seus remédios? — A preocupação tomou seus olhos. — Porque percebi que está tendo muito mais episódios de sonambulismo esse verão.

— Estou — respondi com um sorrisinho cínico. — Ainda estou tomando uma pílula por dia pra acabar com as vozinhas.

— Ah, Gerard, você sabe que não é pra isso que toma a medicação.

— Com qual Gerard você está falando?

— Para com isso! — Keith disse, nervoso. — Você sabe que esse tipo de conversa deixa sua mãe ansiosa.

— Foi mal — falei, espirrando chantilly de um frasco direto na boca. — Vou... ser... o... Gerard... bonzinho.

— Você não devia estar na padaria? — Keith perguntou. — Você trabalha sábado também, não? Ou decidiu adicionar a habilidade de matar o trabalho no seu currículo? Porque preciso te falar que isso é uma habilidade e tanto pras provas pra entrar na faculdade. Além de ética de trabalho não confiável e boletins nulos... Pra não mencionar o desrespeito às regras estabelecidas.

— Nossa, sou um partidão, né? — soltei, sarcasticamente. — Vão ter que me disputar a tapas.

— Ele está de folga — minha mãe falou, e fiquei puto porque eu não devia explicação alguma para aquele homem. — O castigo termina hoje, lembra?

— Ainda não terminou de pagar o maquinário que quebrou.

— Já paguei, Keith.

— Não lembro de ter concordado com o fim do castigo, Sadhbh.

— Não lembro de ver seu nome na minha certidão de nascimento.

— Gerard!

— Desde quando ele folga aos sábados?

— Desde que é o último fim de semana antes da volta às aulas e fiz planos com os meus amigos — respondi. *Babaca.*

— Pra que esse tom?

— Que tom?

— Esse tom.

— O que vocês acham de eu agendar uma sessão em família com a Anne? — minha mãe interveio antes da discussão começar. Mulher esperta. Ela nos conhecia bem.

— Não preciso de outra sessão com a Anne — respondi entre bocadas de chantilly. *Não com ele, nem sozinho.* — Já tive semana passada.

A boa e velha Anne. Eu a via toda terceira sexta-feira do mês desde os sete anos de idade. Minha mãe achava que ela fazia milagres e era a responsável por eu ter superado a morte do meu pai e da minha irmã sem ter um colapso mental.

Ela não era nada disso.

Eu é que era incrível em me reinventar. Tirando o rótulo de disléxico hiperativo pairando sobre a minha cabeça, estava me saindo muito bem.

Peguei o frasco de comprimidos em cima da geladeira, abri a tampa e enfiei uma ritalina na boca.

— Está feliz agora?

— Você só parece mais agitado ultimamente, filho.

— Não sei o que te falar, mãe. Eu sempre estou agitado. — Dei de ombros e acrescentei: — Vou na Anne no mês que vem, como combinado. Nem um minuto antes.

— A gente não quer ver você surtando.

A gente.

Revirei os olhos.

— Quando foi que surtei?

— Você faz um monte de coisa que não conta pra gente.

Pra gente.

— Nunca surtei.

— Às vezes, me pergunto se isso não seria melhor.

— Como?

— Raiva, Gerard — ela insistiu. — Tudo bem sentir raiva, querido.

— E por que eu estaria com raiva?

— Quem sabe porque o sexto ano está começando e seu pai não está aqui pra ver você se formar.

Todo o resquício de alegria no meu coração evaporou.

— Não faz isso.

— Não tem problema sentir raiva do mundo.

— *Não* estou com raiva do mundo — falei depressa. *Estou com raiva dele.*

— Falando no sexto ano, você reprovou em três matérias no ano passado, filho — Keith disse. Babaca inútil. — Precisamos bolar um plano pra esse ano letivo se quisermos você na universidade.

Que tal eu seguir os passos do meu querido padrasto e arranjar a viúva de um ricaço pra mim? Porque parece ter funcionado para você.

— Vou dar um jeito.

— Você precisa de reforço? — minha mãe perguntou. — Porque, se precisar, o Keith pode ligar pro sr. Twomey e organizar isso pra você. Ele é bem amigo...

— Não preciso que o *Keith* faça nada por mim — esbravejei, sentindo a máscara cair enquanto a raiva se espalhava pelo meu corpo. — Está tudo sob controle — me obriguei a dizer. — Sério, mãe.

— Bem, que bom que o Mark vai voltar da Índia pra passar o Natal com a gente esse ano — ela disse, fazendo meu querido padrasto estufar o peito de orgulho. Ah, sim, o filho perfeito. O que não era todo ferrado. — Tenho certeza que ele vai poder te ajudar com os estudos nas férias. A gente pode montar um cronograma pra ele ser seu tutor...

— Já falei que está tudo bem! — explodi, fechando a geladeira com força e indo até a porta. — Está tudo bem, estou ótimo. Não preciso de favor nenhum do seu marido e, definitivamente, não preciso de aulas de reforço do filho dele!

— Gerard! — minha mãe me repreendeu, perplexa. — Não sai assim desse jeito.

Tarde demais.

Eu já estava na escada.

— Vamos, filho — Keith falou atrás de mim. — Depois de todos esses anos, podemos ter uma conversa civilizada, não?

— Não! — rugi por cima do ombro. — E *não* sou seu filho.

— Gibsie?

Tum. Tum. Tum.

— Esta é a nossa casa.

Tum. Tum. Tum.

— Não podemos nos esforçar?

Tum. Tum. Tum.

— Por mim, Bubba! Por favor!

— Chega, mãe! — berrei, quase pisando no Brian na pressa de chegar ao meu quarto. — Cansei desse papo.

Sentindo meu humor azedar a cada passo que eu dava, soltei um suspiro e chacoalhei as mãos.

— Se acalma — falei para mim mesmo quando meu coração disparou. — Só respira, seu idiota.

Usando toda a minha força de vontade, me esforcei para não arrancar a porta do quarto das dobradiças.

Aquela casa não pertencia ao Keith.

Nem à minha mãe.

A padaria também não.

O sobrenome *Gibson* era o que constava nos documentos de todos os bens da minha mãe, e não *Allen*. Aquela casa era do meu pai. A cama onde o Keith dormia todas as noites era do meu pai, assim como a mulher que dormiu ao lado dele todas as noites nos últimos dez anos.

E ainda falavam em amor verdadeiro.

Meu pai e minha mãe namoraram desde os doze anos de idade e aquele foi o resultado: ela transando com o idiota que construía o quintal novo do nosso jardim, enquanto meu pai se matava de trabalhar para pagar o tal quintal e dar tudo o que ela queria.

Típico.

Não me entendam mal, eu amava minha mãe com todas as forças, de verdade, mas o fato de ela ter transado com aquele homem na casa que o meu pai pagou me deixava enjoado.

Lembrar que o meu pai vinha nos pegar nos fins de semana e ficava nos esperando na porta que ele bancou enquanto o Keith esquentava a cama dele fez uma amargura borbulhar dentro de mim.

Eu só tolerava o relacionamento deles porque... que escolha eu tinha? Eu era educado e cordial sempre que podia, mas aquele era o meu limite. Não queria ter relação nenhuma com aquele homem. Na verdade, queria ter o mínimo de contato possível com o Keith e com qualquer um que tivesse ligação com ele.

O gosto amargo na minha boca se intensificou ainda mais porque minha mãe permitiu que o filho do *marido* dela ficasse com o quarto da *minha* irmã morta. Aos meus olhos, o cara que se casou com a minha mãe representava o começo do fim para a minha família.

Para o meu pai.

Para a minha irmã.

Para mim.

Puta merda, eu não gostava de viver no passado. Afinal, era passado por um motivo. Eu estava bem. Tinha uma boa vida, bons amigos. Estava tudo *bem*, caralho, e eu me recusava a pensar o contrário. Me recusava a deixar minha mente me ferrar.

Podia aguentar Keith e o luto e a raiva. Podia aguentar os dias ruins. Sério. O problema mesmo era o sono — ou a privação de sono.

Era difícil funcionar dormindo tão pouco ou nada, e os pesadelos... meu Deus, os pesadelos eram mais que perturbadores. Eu ficava puto pelo meu subconsciente se recusar a seguir em frente sendo que eu mesmo tinha deixado aquilo para trás fazia tanto tempo. Eu não precisava ficar me lembrando de todos os horrores que passei na infância. Da imagem da minha irmã desaparecendo na água ou da sensação da mão do meu pai na minha ou do medo que vi em seus olhos ou de sentir *aquele*...

— Porra! — falei de uma vez, me levantando para ficar andando de um lado para o outro no quarto. — Isso não é legal. Não é legal, babaca!

Fios de vozes e memórias bombardeavam minha mente, me colocando em sobrecarga sensorial. Em manhãs assim, tudo virava gatilho, me deixando agitado, e eu precisava me movimentar sem parar. A inquietude vibrava dentro de mim feito um tambor, me forçando a me mexer, rir, correr e fazer qualquer coisa que eu pudesse para afastar aquela sensação. Para *afastá-lo* de mim.

Porque era difícil demais lembrar.

Como minha mãe disse uma vez, eu era "cansativo". Ou seja, as pessoas ficavam exaustas de mim e preferiam ficar longe.

Mas não a ursinha.

Ela nunca tinha me abandonado. Sempre tinha uma energia que equilibrava a minha. As nossas personalidades se complementavam, e, quando eu era pequeno, costumava acreditar que Deus a tinha colocado na Terra só para mim. Porque ela era a única pessoa que parecia não se assustar comigo. Que droga! Até o Hugh e o Feely se cansavam de mim. Mas ela nunca.

Acho que é por isso que sempre a achei tão perfeita para mim. Eu era turbulento, e ela, cheia de vida. A gente combinava que nem repolho e bacon. A gente funcionava. Ela parecia nunca se cansar de mim, o que eu não podia dizer sobre as outras pessoas da minha vida.

As janelas dos nossos quartos ficavam de frente uma para a outra, e saber que ela estava perto me dava uma estranha sensação de conforto. Afinal de contas, a ursinha era a melhor parte da minha infância perdida, porque as fotos penduradas nas paredes de casa com certeza representavam tudo menos o que aquelas imagens mostravam. As fotos eram um lembrete cruel de uma infância que tinha terminado cedo demais. Eu não podia sorrir ao olhar para os retratos de família enfeitando as paredes de casa. Não podia ter boas memórias porque, desde aquele dia, tudo o que eu guardava na minha cabeça era ruim.

A minha vida toda mudou em um piscar de olhos, me transformando irreversivelmente, e a única forma de superar era esquecer.

Então eu não me lembrava de nada. Bloqueava tudo. As partes boas, as ruins e as deprimentes. Afastei tudo e me permiti lembrar de apenas um rosto em uma vida de névoa. Dela. Ela era a memória mais segura na minha mente, a única pessoa que eu sabia que não ia me magoar.

Nervoso, peguei o celular na mesinha de cabeceira e percorri os meus contatos. Só parei até encontrar um nome familiar.

Liguei para o número, levei o telefone ao ouvido e fiquei andando pelo cômodo. Meu corpo estava explodindo de energia, e a vontade de fugir era tão forte que cheguei até a pensar em me jogar pela janela.

A queda não me mataria. Que inferno! Eu não quebraria nem um osso, mas talvez me distraísse dos pensamentos cagados que passavam pela minha cabeça.

Porque aquele quarto...

Aquele teto...

Seus fantasmas...

As minhas memórias...

Eu não aguentava mais.

O alívio invadiu meu corpo rápido quando ouvi o sotaque familiar de Dublin do outro lado da linha.

— Já era hora. — Por algum motivo, a voz do Johnny era como uma injeção de alívio para os meus sentidos. — Não pensou em atender o telefone não, Gibs? Te liguei umas cinco vezes, cara. Achei que a sua mãe ia te liberar do castigo hoje. Qual foi? Faz semanas que não te vejo.

Por um instante, pensei em desabafar com o cara. Eu confiava o suficiente nele para lhe contar. Johnny tinha uma paciência comigo que a maioria dos outros amigos não tinha. Ele parecia me entender, mesmo que eu não tivesse falado uma palavra sobre o meu passado.

Passar quase o verão todo sem ele foi uma tortura, e não era exagero. Foi uma merda porque a sua ausência me deu tempo para pensar.

Eu tinha dificuldade de ficar sozinho. Não me sentia bem. Ficava melhor quando estava acompanhado. Estar sozinho mexia com a minha cabeça mais que qualquer outra coisa. Porque me fazia pensar. E eu odiava pensar. O meu raciocínio caótico recebeu um diagnóstico formal dos médicos, mas não me trouxe alívio.

Além da Claire, Johnny era o meu amigo mais próximo no mundo e possivelmente a melhor pessoa que eu conhecia. Ele saberia o que fazer. Era bom em resolver coisas.

Vai em frente.

Conta para ele.

Deixa que ele te ajude.

Não luta contra isso.

Lembra o que aconteceu da última vez que você tentou contar para alguém.

— Desculpe não ter atendido às suas ligações, Kav. Eu passei a noite na casa da Claire e larguei o celular no quarto — resolvi explicar. — E estou oficialmente fora do castigo. Só perdi a hora mesmo.

Johnny não sabia os detalhes do meu drama familiar, e eu gostava disso. Ele já tinha seus próprios problemas, e pais incríveis que lhe ofereciam um lar tão perfeito que seria difícil para ele me entender.

Meu amigo tinha uma estabilidade que me atraía. Era seguro. Era sólido e confiável, e eu seria capaz de morrer por ele. Porque, além da Claire, eu não tinha mais ninguém que me desse tanta paz.

Ele era protetor. Eu não sabia como o Johnny se tornou o que era, mas Mami K e o sr. John fizeram um trabalho fantástico. Sem perceber, tinham criado um salvador.

A gente tinha o nosso próprio mundinho, e eu me recusava a estragar aquilo com minhas lembranças de merda. Preferia ficar de boca fechada a me expor para o sofrimento. Então, mesmo fervendo por dentro, estampava um sorriso no rosto sempre que o Johnny vinha e dizia as coisas certas para o homem que havia destruído a minha família.

— Sim, fiquei sabendo — ele falou com um suspiro de cansaço. — O Hugh me ligou e ficou bradando que ia pegar o Burdizzo emprestado do pai do Feely pra te castrar.

— Legal — falei, dando risada e achando graça do desconforto do Hugh. — Foi mal por ter te dado um bolo no treino, cara.

— Novidade, Gibs — ele disse, mas sua voz bem-humorada me garantiu que ele não guardaria rancor. — A praia ainda está de pé?

— É melhor estar — respondi. — Peguei uma folga no trabalho pra isso.

— Vamos acampar mesmo? Esse é o plano?

— Isso. Minha barraca já está prontinha e o carro está carregado de cerveja e papel higiênico.

— Boa. — Ele deu risada. — Escuta, talvez eu me atrase. O pessoal da Academia me ligou. Tenho uma reunião com os figurões antes do almoço. Querem que meu pai vá comigo pra assinar os contratos, então ele vai me deixar na praia depois.

— Contratos? — Ergui as sobrancelhas. — Não estou gostando disso.

— É só protocolo — meu melhor amigo falou em um tom leve. — Não precisa se preocupar, Gibs. Vou voltar pro Tommen com você na quinta. Não encana.

Senti meu corpo relaxar de alívio. A ideia do meu melhor amigo sendo sequestrado pelos profissionais era um medo que só aumentava, já que estavam literalmente batendo na porta dele com um monte de contratos e ofertas. Johnny ia embora de Ballylaggin, mas pelo menos eu poderia ficar com ele por mais um ano letivo.

— Promete?

— Sim, Gibs, prometo, cara.

— Ufa — falei, aliviado por um instante. — E aí, como vai a vida na mansão?

— Uma loucura — disse, dando risada. Fez uma pausa e, então, perguntou: — Você está bem, Gibs?

Estou todo cagado da cabeça e piorando a cada dia.

— Você me conhece, Johnny, estou sempre bem — falei, me recostando no parapeito da janela. — Por que está perguntando isso?

— Sei lá — ele respondeu, e eu não precisava estar lá para saber que ele estava esfregando o queixo. Eu tinha me acostumado com os seus gestos. — Só achei que devia perguntar.

— E aí, como vai a Shannonzinha? — Apoiei o celular no ombro, segurando-o na orelha, e vasculhei a gaveta de cima da mesinha de cabeceira procurando um chiclete que eu tinha guardado ali na semana anterior. — Já está se sentindo sufocado?

— Sufocado?

— Com tanta gente na sua casa.

— Gibs, eu deixaria minha mãe adotar a porra da escola toda se isso significasse que eu poderia ficar com aquela garota.

— Shannonzinha, hein? — Sorri. — Ela laçou mesmo o seu coração.

— Nem me diga.

— Ela floresceu de verdade esse verão.

— Pois é, cara — concordou com uma voz muito mais empolgada agora que estávamos falando sobre o seu assunto favorito. — Você sabe que a Claire passou o verão todo dando aula de natação pra ela na piscina pública, né? Então, minha mãe levou ela e os meninos pra piscina ontem. — Deu até para sentir seu sorriso. — E ela deu três voltas completas.

— Sério?

— Sem parar. Estou tão orgulhoso dela, Gibs!

— Uau! — falei, igualmente orgulhoso. — Segundo a Claire, ela tem um talento natural.

— Ela tem muitos talentos.

— E ela te contou que o McGarry estava rondando a piscina durante o tempo que você passou fora? — perguntei, feliz ao encontrar o chiclete. Bingo. — Rondando as meninas feito um tubarão-branco?

— Não. E você também não me contou.

— Porque eu não queria ser o responsável por te distrair e estragar o seu futuro.

— Bem, estou aqui agora e meu futuro está seguro — Johnny comentou com um tom duro. — E vou dar um jeito nele na semana que vem.

— Não precisa. — Desembrulhei meia dúzia de chicletes e enfiei tudo na boca. — Eu já dei.

— É mesmo? Na piscina? — perguntou, surpreso. — Você entrou na água?

— Não viaja, cap. — Revirei os olhos. — Encontrei o cara no vestiário depois que ele deu uma de tubarão. — Acrescentei, sorrindo: — Só vou dizer que ele não tem conseguido nadar por causa do gesso no braço.

— Me diz que você não quebrou o braço dele, Gibs.

— Me dá um pouco de crédito, vai? Ele tropeçou.

— No quê?

— No xampu dele. — Espirrei mais chantilly na boca. — E no meu pé.

— Legal — comentou, distraído. Houve uma longa pausa antes de ele voltar a falar, dessa vez de um jeito profissional: — Escuta, Gibs, tenho que me aprontar pra reunião. Te vejo de tarde, beleza?

Uma pontada de tristeza me acertou bem no peito, tornando difícil respirar, até que consegui me recompor.

— Arrasa, cap. — Apertei a ponta do nariz e dei um sorriso forçado, apesar de estar sozinho no quarto. — Até mais tarde.

— Tchau, Gibs.

— Tchau, Kav.

Quando a linha ficou muda, fiquei parado por um longo tempo com o celular na mão, olhando para a janela.

O céu estava azul.

Os pássaros estavam cantando.

O sol estava brilhando.

Era uma linda manhã.

E eu só queria *gritar*.

4

Pequenas cicatrizes irregulares

CLAIRE

— E aí? — Hugh perguntou quando me juntei a ele na beira da piscina depois da entrevista. — Como foi?

— Bem, acho? — falei, dando de ombros, um pouco desanimada com o encontro com a chefe dele. — Ela disse que depois entraria em contato. — Olhei para o meu irmão, precisando de suporte emocional. — Isso é ruim?

— Nah, se a Kim não tivesse gostado de você, você saberia, acredite em mim. — Ele abaixou o rodo e deu um tapinha no meu ombro antes de voltar para a espreguiçadeira. — Aposto que você vai conseguir o emprego.

— Ela era meio assustadora, Hugh.

— Pois é, a Kim pode ser um pouco intimidadora — ele concordou, observando as pessoas espirrando água na piscina. — Tem uma vibe durona, de quem não engole sapo, mas é sensata.

Eu não tinha certeza. Pelo nosso breve encontro, a chefe do meu irmão me passou uma vibe meio sr. Twomey. Eu estava meio que torcendo para que ela *não* entrasse em contato. Claro, seria incrível ter um emprego remunerado, mas eu gostava de ser voluntária na piscina comunitária, e acreditava seriamente que a vida era mais que trabalhar e receber um salário.

— Ah, meu Deus — falei quando vi uma loira familiar na minha visão periférica. — O que foi que aconteceu com você?

— Caí — Lizzie respondeu, se aproximando da espreguiçadeira do Hugh.

Sua presença ali não era surpresa. A família dela era sócia do clube havia anos, assim como a nossa, mas foi a sua cicatriz que me tirou o fôlego.

Eu já tinha visto marcas parecidas na Lizzie, mas não por muito tempo. As leves cicatrizes na parte interna dos seus pulsos apareceram nos meses que se seguiram à morte da irmã. Depois que os pais a colocaram na terapia, pensei que ela tivesse parado. Pensei que estava sob controle. Pelo visto, não era bem assim.

— Caiu como? — perguntei, perplexa com o corte enorme e recente que tomava toda a sua coxa. — Em uma motosserra?

— Não, em uma cerca de arame farpado que eu estava escalando. — De biquíni branco, ela prendeu o cabelo e me ofereceu um sorriso amarelo. Com cicatrizes ou não, Lizzie era linda. Tipo, de verdade. Parecia até um anjo de cabelo loiro e bagunçado. — Está tudo bem, Claire. Foi há muito tempo. Nem dói mais.

— Tem certeza? — Me mexi, desconfortável, observando o machucado feio. — Porque está parecendo recente e me dói só de olhar.

— Pois é — Hugh concordou com um tom duro e os olhos fixos na coxa dela.

— Não sabia que você trabalhava hoje — ela comentou, cruzando os braços.

— Não era pra eu estar trabalhando — ele respondeu, ainda encarando. — O que aconteceu?

Lizzie ignorou meu irmão e foi para a piscina.

— Te vejo depois, Claire.

— Está bem — falei, contraindo os lábios. — Você vai acampar com a gente?

— O Thor vai?

— Você já sabe a resposta.

— Então você também já sabe a minha resposta.

— Tem certeza que não quer ir? — insisti, fingindo animação. — Vai ser superlegal.

— Prefiro me afogar a passar meu tempo com ele — ela retrucou, desaparecendo debaixo da água.

— Ah, merda. — Me virei para o meu irmão, sentindo uma ansiedade tomar meu peito. — Estranho, né? — Gesticulei para a Lizzie. — Ela não está bem, né?

— Como é que eu vou saber? — ele disse com a voz embargada. — Mal falo com ela ultimamente.

— Sim, mas falava — comentei, verbalizando as palavras que eu tinha prometido nunca mais dizer.

Sério, tocar nesse assunto era um tabu tão grande no Tommen quanto dizer Voldemort em Hogwarts. Alerta vermelho.

O relacionamento fracassado de Hugh e Lizzie foi armazenado no cofre da nossa memória com a etiqueta "Nunca mais fale disso para o bem do nosso círculo de amizade".

Os olhos do meu irmão cintilaram de dor, e me senti a maior babaca do mundo.

— Putz. — Me sacudi, desconfortável, e estiquei o braço para dar um tapinha no seu ombro. — Foi mal.

— Sei lá — falou baixinho, acho que para disfarçar o tremor na voz.

Porque Lizzie mexia muito com ele, sempre mexeu. Por algum motivo, meu irmão era apaixonado pela minha melhor amiga desde o início dos tempos. E, por algum motivo mais estranho ainda, o sentimento nunca foi recíproco.

Eles passaram toda a nossa infância grudados. Quando chegamos ao quinto ano do primário, a amizade virou namoro. Não que qualquer um de nós tivesse ideia do que isso significava. Nas nossas cabeças juvenis, namorados eram apenas as pessoas favoritas uma da outra.

De qualquer forma, ficaram juntos por *bastante* tempo, mesmo depois que tudo desmoronou para a Liz, quando a irmã dela morreu. Era nele que ela se apoiava. Pensando bem, durante *meses*, era a única pessoa com quem ela falava. Foi um período bem sombrio nas nossas vidas, que se estendeu para o secundário.

Com o tempo, o sofrimento da Lizzie tomou conta dela de uma forma que nenhum de nós estava preparado nem tinha maturidade para encarar. No início do segundo ano, o relacionamento deles, junto com muitos de seus relacionamentos com outros amigos, ruiu completamente.

Permaneci ao lado dela, aturando as suas oscilações de humor e o seu comportamento errático porque eu a amava como uma irmã, mas não era fácil. Especialmente quando ela concentrava toda a sua dor no Gerard por causa de um boato que envolvia o irmão postiço dele.

Era uma merda, porque a Liz e o Gerard eram bons amigos antes disso. Todos nós éramos. Nosso pequeno círculo se rompeu depois da morte da Caoimhe.

Após o término deles, todos os nossos amigos fizeram um voto silencioso de jamais mencionar o assunto. Até hoje, não fazíamos ideia dos detalhes do que causou o rompimento, porque o Hugh e a Liz mal suportavam passar mais que alguns minutos na companhia um do outro, quanto mais falar sobre isso.

Apesar de estarem juntos desde o primário, o término não pareceu afetar tanto a Lizzie, já que ela começou a sair com outra pessoa dias depois. Hugh, por outro lado, passou vários meses andando pela casa com uma nuvem pesada assomando sobre ele, até que trombou com a Katie nos corredores do Tommen e o sol voltou a brilhar.

No fundo, eu sabia que ele tentava me manter longe do Gerard porque estava projetando a própria experiência em mim. Quando meu irmão disse que tinha medo que eu me magoasse, na verdade estava dizendo que não queria que eu sofresse como *ele* tinha sofrido.

— Hugh, está acontecendo de novo, né?

Ele me encarou, e percebi nos seus olhos que não era a única preocupada.

— Não sei.

— Ela ainda continua tão brava...

— Sim, Claire, eu *sei*.

— Será que a gente não devia... — Dei de ombros, mordi a boca de ansiedade e voltei a atenção para a nossa amiga nadando sem parar. — Sei lá, fazer alguma coisa?

— Tipo o quê?

— Não sei. *Alguma coisa!*

— Não posso, Claire. — Hugh deu um soluço e vi um arrepio percorrendo seu corpo todo. — Não desta vez. Não mais. Não posso continuar salvando... — Ele cobriu a cabeça com as mãos, respirou fundo e soltou os ombros. — Tenho a Katie agora... não *posso* fazer isso de novo.

Eu entendia, mas estava com medo, e ele era meu irmão mais velho, que sempre parecia saber o que fazer. Afinal, era quem a conhecia melhor que qualquer um de nós. Estava bem no meio do colapso dela da última vez. Antes de os muros se fecharem em volta do coração dela, bloqueando todos nós, foi a última pessoa a ser afastada. Ele a conhecia melhor que ninguém. Pelo menos, a antiga versão dela.

— Posso conversar com os pais da Lizzie — sugeri, completamente perdida. — Ou com o Pierce.

— Com o Pierce? — Hugh olhou para mim boquiaberto, como se eu tivesse enlouquecido. — Ele não vale uma conversa. — Estreitou os olhos de raiva. — Ele não é cego, Claire. Só não liga.

— Tem que ligar. *Tem* que enxergar. É o namorado dela, Hugh.

— Só enxerga as partes que quer. E não faz nada, Claire, o que é perfeito pra Liz, já que esse é o único motivo de ela estar com ele.

— Então a gente precisa falar com minha mãe. Ela vai falar com a mãe da Lizzie e resolver as coisas de novo.

— Resolver as coisas de novo — Hugh repetiu baixinho. — Liz não é um computador que precisa de conserto, Claire. Não é tão simples assim. — Murmurou algo ininteligível e se levantou de repente, endireitando os ombros. — Tá bem.

— Tá bem? — A esperança invadiu meu coração. — Você vai fazer alguma coisa?

— Sim, Claire. — Outro calafrio percorreu meu irmão e ele assentiu solenemente. — Vou fazer alguma coisa.

5

Gatos malvados e mães superprotetoras

GIBSIE

Agarrei a pia de porcelana do banheiro do andar de cima e fiquei olhando para o espelho, me concentrando nas gotas que pingavam do meu cabelo para as bochechas, pois tinha acabado de jogar água no rosto.

Um arrepio me dominou assim que me vi e contive um gemido. Tremi de desgosto e aversão a mim mesmo, umedeci os lábios e me obriguei a me controlar.

— Se recompõe, cara.

Aquilo era patético.

Você *é patético.*

Enquanto os meus amigos passaram o verão mergulhando na praia, fiquei na areia feito um covarde. Claro, eu estava com um bronzeado maneiro, com mechas de sol no cabelo que os caras pagavam uma nota para copiar, e construí castelos impressionantes, mas meio que acabei desperdiçando a viagem.

Por mais ridículo que fosse, eu mal conseguia enfiar os pés na água. Sério, entrar na água era uma ideia abominável para mim. Eu jamais conseguiria me afastar o suficiente da minha cabeça ou do meu passado para sequer tentar.

Eu tolerava o chuveiro porque ficava de pé e não corria o risco de afundar. Mas nem me lembrava da última vez que tinha tomado um banho de banheira. Devia ter sido antes daquele dia. Eu estava acompanhado do Batman e das minhas Tartarugas Ninja.

Aliás, onde é que o Raphael foi parar?

— Gibs? — minha mãe falou da base da escada. — As meninas estão aqui.

Cowabunga, porra. Sorri para mim mesmo, deixando o mau humor de lado, e peguei uma toalha para secar o rosto. Saber que o Keith tinha saído de casa uma hora atrás também me animava.

— Estou a caminho, meninas.

Saí do banheiro todo maroto, escolhi uma camisa com estampa floral no armário e peguei um óleo de bebê e os óculos escuros, determinado a aproveitar o sol do fim de agosto.

Era sábado à tarde, o último sábado antes das aulas voltarem na quinta-feira, e eu queria que o bronze durasse até o sr. Sol voltar no próximo verão.

Afastei todas as preocupações, correntezas perigosas e ressacas e corri para a escada. Evitei por pouco um golpe do demônio que minha mãe batizou de Brian na curva da escada e desci os últimos quatro degraus aos tropeços.

— Viu isso? — perguntei, indignado, apontando um dedo acusatório para o gato persa de uma bola só. — Ele tentou me derrubar da escada.

— Não seja dramático, Gibs — minha mãe falou, pegando a bola de pelo branco como a neve. — Brian tem um coração de ouro.

O felino ronronou em resposta ao afeto dela, mas estreitou os olhos verdes e maliciosos para mim, como se dissesse "Da próxima vez, você não me escapa".

Não se eu te pegar primeiro, otário.

— Bem, se você me encontrar derrubado na cama de manhã coberto de arranhões, não diga que não te avisei — falei, bufando e dando de ombros, sem me dar ao trabalho de abotoar a camisa. — Porque te avisei várias vezes, mãe.

— Isso nunca vai acontecer.

— Poderia acontecer.

— Você teria que dormir na sua própria cama pra isso.

— Oi, Gibs — alguém falou com uma vozinha e um sorrisinho tímido.

— Shannonzinha. — Abri um sorriso caloroso para a namorada do meu melhor amigo parada no saguão de entrada, armada com uma montanha de delícias para o nosso piquenique, cortesia de Mami K, toda preparada para o nosso passeio na praia.

— Obrigada pela carona — ela disse quando peguei a cesta e a coloquei no aparador. — O Johnny tem aquela reunião com os figurões da Academia. — Ela soltou um suspiro, jogou o rabo de cavalo por cima do ombro e sorriu. — O pai vai levar ele depois.

A garota ao lado da Shan limpou a garganta, e foi o que bastou para que o meu corpo se incendiasse. Puta merda, se minutos antes eu tinha achado que meu coração acelerou por causa do meu pavor de água, não foi nada comparado ao tornado que ricocheteou por todos os cantos do meu peito ao *vê-la*.

Enquanto eu me esforçava para manter a cabeça no lugar e o coração dentro do peito, meus olhos se concentraram totalmente no seu rosto. Algo que nunca foi difícil para mim. Pois aquela garota tinha toda a minha atenção desde tempos imemoriais.

— Ursinha!

Seus grandes olhos castanhos sorriram de volta para mim. Sim, os olhos dela *sorriam*. Seus volumosos cachos loiros e selvagens estavam presos no alto da cabeça, malcontidos pelo que eu só poderia descrever como uma garra de cabelo. Eu não sabia a terminologia correta para tal invenção feminina, mas como já tinha xeretado seu quarto várias vezes, sabia que aquele treco era traiçoeiro, capaz de prender a pele com uma força surpreendente.

Não era tão ruim quanto o arranhão que Brian me deu na orelha ao sair do chuveiro, mas mesmo assim.

— Gerard! — Claire respondeu naquele tom animado e lírico que eu adorava. — Está fazendo vinte e seis graus lá fora e você está besuntado de óleo de bebê. — Ela balançou a cabeça e estalou a língua para demonstrar desaprovação. — Você vai queimar os mamilos de novo.

— Ah, meu Deus, Gerard — minha mãe me repreendeu, soltando um suspiro pesado. — O que foi que te falei sobre se proteger do sol?

— E eu já te disse que o sol me ama — retruquei antes de me voltar para Claire. — E, se eu queimar meus mamilos, você pode cuidar de mim de novo.

Shannon deu risada.

— De novo?

— Uma longa história — Claire falou, dando um passo à frente para abotoar a minha camisa. — Uma história cheia de peles descascando e mamilos em carne viva que não quero nunca mais repetir.

— Não escuta ela, Shannonzinha — falei, rindo. — Ela adora cuidar de mim.

— E aí, quem mais vai nesse acampamento? — minha mãe perguntou, sorrindo carinhosamente para Shan, que fazia carinho no demoniozinho nos seus braços.

— A turma de sempre — Claire respondeu, mantendo distância de Brian.

— A turma de sempre? — Ela franziu a sobrancelha, e fiquei tenso.

Aí estava.

Ela ia começar.

— Que inclui quem, exatamente?

— Está tudo bem, mãe...

— Fica longe da água — ela ordenou, me interrompendo e projetando seu próprio desespero no que eu torcia para ser um bom dia.

Eu *precisava* que fosse um bom dia, caralho. Afinal, não tinha dormido mais que três horas, pois o meu subconsciente estava tentando me arrastar para um canto obscuro da minha mente.

Bom dia.

Bom dia.

Bom dia.

Eu ia manifestar um bom dia.

— E fique longe daquela...

— Mãe — cortei antes que ela terminasse a frase. Porque eu não aguentaria aquilo. Não hoje. — Vou ficar bem.

— É sério, mocinho — ela insistiu. — Brinca na areia o quanto quiser, mas fica longe da água. Não entra nem pra remar. Não depois do que aconteceu da última vez.

A última vez foi no aniversário do Johnny em maio. O acampamento desastroso, quando quase fui parar na cova. *De novo.* Maldito Johnny, que tinha contado para a minha mãe sobre o incidente no rio. Ela não dormia direito desde então, e eu sabia bem o que era isso, já que não dormia direito desde os meus sete anos.

— Brincar na areia? Remar? — Olhei para ela pasmo, fingindo indignação, tentando desesperadamente levar a conversa para águas mais mansas. — Meu Deus do céu, mãe, eu tenho dezessete anos, não sete. — Peguei a cesta de piquenique e segui para a porta, querendo dar o fora dali. — Você quer passar protetor em mim e me esconder debaixo de um guarda-sol pra passar o dia construindo castelos de areia?

— Não seria a primeira vez — Shannon comentou, dando uma risadinha e cobrindo a boca com a mão.

— Ei, aquilo não era um castelo, era um forte do tamanho de um adulto — me defendi com o dedo em riste. — E *vocês* eram os arquitetos!

— Sim, Gerard, e você foi um ótimo trabalhador — Claire disse, também dando risada e pegando minha mão para me puxar para a porta, seguida pela Shannon. — Não se preocupa com ele, Sadhbh. O Gerard vai estar seguro com a gente.

— Sim — Shannon concordou, passando o braço em mim. — A gente vai ficar de olho nele.

— Espero que sim, meninas — minha mãe disse. — Se cuidem.

— Sempre — nós três respondemos juntos.

— A Sadhbh é tão superprotetora... — Claire observou de um jeito brincalhão, se acomodando no banco do carona do meu ford focus. — É fofo.

Só não quando eu precisava.

— É irritante, isso sim — falei, me sentando no banco do motorista logo depois dela.

— Bem, acho ela um amor — Shannon disse do banco de trás.

— Sim, um amor com lâminas de rotor invisíveis nas costas — grunhi, dando partida e me afastando da casa. — A mulher é implacável. Aposto que, quando a gente estacionar, ela já vai ter me mandado pelo menos umas três mensagens falando pra eu ficar longe da água.

— Acho que ela até que tem motivos pra se preocupar — Shannon falou baixinho. — Sabe, por causa do seu histórico.

— Hum — foi tudo o que respondi. Porque, sinceramente, eu não tinha a menor intenção de entrar naquela. *Bom dia, bom dia, bom dia.*

— Foi mal, Gibs.

— Pelo quê? — perguntei, olhando-a pelo retrovisor.

— Por falar isso — ela disse, dando de ombros. — Tipo, justo eu.

— Não se preocupa, Shannonzinha. — Abri um sorriso forçado. — Está tudo bem.

Senti um toque quente na perna, o que me trouxe um conforto imenso. Nossa, eu não fazia ideia de como ela conseguia isso, mas Claire tinha a capacidade de me ancorar com apenas um gesto.

Bastava isso para que eu ficasse bem de novo.

Para que eu respirasse de novo.

Pelo menos por um tempinho.

— E aí, manda as fofocas, gente! — falei, exausto de ficar na minha própria cabeça. Precisava de uma saída. Uma distração. De qualquer coisa além das minhas lembranças. — Como foi a entrevista, ursinha?

— Terrível — ela respondeu, cruzando os braços. — A chefe do Hugh é uma velha malvada.

— Então você não conseguiu o emprego?

— Meu Deus, tomara que não. — Ela procurou uma música no rádio e escolheu uma das nossas favoritas, "Laid", do Matt Nathanson. — Estou perfeitamente bem assim.

— Sim, você *é* perfeita bem assim mesmo — concordei.

Ela revirou os olhos.

— Ah, e um aviso: o Hugh está surtado desde que chegou do trabalho.

— Por quê?

— É culpa minha — murmurou, tamborilando a porta do carro. — A Liz apareceu na piscina de manhã, e pedi pra ele conversar com ela sobre uma coisa. — Ela deu de ombros, derrotada. — Acho que a conversa não deu muito certo, porque ele está andando pela casa todo perturbado e ranzinza desde que chegou. Tipo, só Deus sabe o que rolou. Não é como se a vida dele fosse horrível. Ele tem uma namorada linda. Uma irmã linda. Uma vida linda, se quer saber a minha opinião.

— Você *é* maravilhosa.

— E você é um banana.

— Fico feliz de ser um banana se você quiser me comer.

— Gibs, você está perdendo o jeito — Shannon falou, rindo. — Essa foi péssima.

— É que estou enferrujado — me defendi, bufando. — Faz semanas que não vejo ninguém e não pratico. Eu estava em prisão domiciliar, esqueceu?

— Bem, você mereceu — Claire falou, dando risada. — Sério, Gerard, o que esperava que eles fizessem?

— Não estragassem o meu verão.

— Você roubou o *trator* do seu padrasto.

— Escavadeira — corrigi. — Era uma escavadeira, não um trator, e só peguei emprestada.

— Daí você meteu a escavadeira no canteiro de flores da sra. Kingston.

— Não consegui me entender com os pedais. — Estreitei os olhos. — E, se me lembro bem, eu não estava sozinho nessa missão.

— Tenho o direito de permanecer calada.

— É melhor mesmo.

— Por que vocês roubaram uma escavadeira? — Shannon perguntou, gargalhando.

— Sei lá.

Também gargalhei.

— Pareceu uma boa ideia na hora — Claire acrescentou.

— E agora?

— Agora? — Cocei o queixo e dei um sorrisinho. — Talvez nem tanto.

— Você destruiu as petúnias dela — Claire falou com um sorriso travesso.

Fiquei boquiaberto de indignação.

— Foi *você*!

— Até parece. — Ela deu um tapinha na minha perna. — Segundo os nossos pais, foi você.

6

Garotos, praias e melhores amigos

CLAIRE

Nossa viagem para a praia acabou sendo maravilhosa. Cercados de amigos, sol, castelos de areia e remadas, celebramos com alegria nossos últimos dias de liberdade antes das aulas voltarem e o verão dar lugar ao outono.

Quando não estávamos tentando afogar uma à outra no mar, Shan e eu passávamos a maior parte do dia deitadas preguiçosamente na areia quentinha, sem nos preocupar com o resto do mundo nos esperando logo ali na esquina.

— Lembra que eu te falei que caras gatos e musculosos complicam tudo? — perguntei algumas horas depois, deitada de bruços, curtindo os últimos raios de sol do dia enquanto os meninos jogavam bola. O sol estava se pondo, as barracas estavam montadas, e eu estava aproveitando o restinho do calor. — Bem, eu estava certa.

— Eufemismo do século — Shan concordou ao meu lado. — Mas são tão lindos!

— Verdade. — Me virei bem na hora em que Gerard pulou para pegar a bola. — Ah, minha Nossa Senhora!

Ele estava tão bonito! Só de short branco, sem camiseta, parecia um sonho. Não, parecia um semideus. Sim, semideus era muito mais adequado.

— Pois é. — Shannon deu um sorrisinho cúmplice. — Sinto o mesmo pelo Johnny.

— É até difícil se concentrar, né?

— Muito. Daí as coisas vão ficando mais profundas porque você começa a desejar as palavras deles tanto quanto os beijos.

— Uau! Intenso...

— Você devia abrir o jogo pro Gibs, Claire.

— O Gerard já sabe o que eu sinto por ele — falei, me deitando de novo. — E ele continua sendo... o Gerard.

— E você é a Claire. Vocês formam a dupla perfeita.

— Talvez.

— Com certeza. Vai rolar. Eu sei.

Tomara.

— Vou sentir saudade dele — eu disse, mudando de assunto. — Queria que a gente vivesse num mundo em que o verão nunca tivesse fim.

— Mas daí a gente não teria o outono. E a gente ama outubro.

— Verdade — concordei, sonhadora. — Tem roupas de lã e folhas caídas.
— Chocolate quente e Halloween. — Shan soltou um suspiro nostálgico.
— Fogueira.
— Noites escuras.
— Doces ou travessuras.
— Conchinha debaixo do cobertor.
— Beleza, novo plano. Vamos construir um mundo cheio de outubro.
— Esse é o mundo onde eu quero viver — ela disse.
— Podemos ser rainhas.
— Ou presidentas.
— Soberanas.
— Isso, soberanas do outono.
— Gênia!
— Ei, Shan?
— Hum?
Me virei de lado, joguei o cabelo para trás e ofereci à minha melhor amiga minha atenção total.
— Você está chateada comigo?
— Nunca ficaria chateada com você, Claire — respondeu, me imitando.
Sorri com tristeza.
— Você nem sabe do que eu estou falando.
— Não importa. — Ela esticou o pé e cutucou minha perna com o dedão. — Eu nunca ficaria chateada com você.
—- Mas eu sabia, Shan. *Sabia* que tinha alguma coisa errada rolando na sua casa — admiti, repetindo a conversa que tivemos algumas vezes aquele verão. — E, mesmo assim não fiz nada, e a culpa está me engolindo.
— Claire, não tem por que se sentir culpada. Você não sabia. Não de verdade. Nunca te contei nada. Você tinha um pressentimento. E fez tudo o que podia por mim. Acredite, eu sei. — Shannon se sentou de joelhos, pegou um elástico do pulso e fez um coque bagunçado. — Eu ainda estou aqui. Sobrevivi. Ele não me destruiu. — Ela abriu um sorriso suave, gesticulou para si mesma e para o entorno. — E olha só pra minha vida agora.
— Pois é, e estou tão grata por você estar aqui... — falei, emocionada.
A família do Johnny acolheu a Shannon e os irmãos quando os pais deles morreram em um incêndio no começo do ano. E o incêndio foi provocado pelo pai abusivo e alcóolatra.
Os seis irmãos Lynch tinham passado pelo inferno e, enfim, encontraram abrigo na casa dos Kavanagh.
O mais velho, Darren, era adulto e morava no Norte. Joey estava fazendo terapia para lidar com o vício. Shannon e os três meninos mais novos — Tadhg, Ollie e Sean — moravam na mansão com os Kavanagh. E, nossa, aquelas crianças estavam *radiantes*.

Me inclinei para a frente, joguei os braços nela e a apertei com força.

— Não sei o que eu faria sem você.

— Certo, o que está pegando? — ela perguntou, dando risada e me abraçando de volta.

— Como assim?

— Você está preocupada com alguma coisa.

— Como você sabe?

— Você é um livro aberto — Shannon disse. — Não vou te obrigar a me contar nada, mas saiba que pode me contar, se quiser, e nunca vou te julgar. Não importa o que seja.

— É a Liz — confessei, me afastando para encará-la. — Acho que ela pode estar se machucando de novo.

— De novo? — Shannon ficou pálida. — Como assim "de novo"?

— Ah, merda... Vivo esquecendo que você não estava aqui antes. Apesar de sermos amigas há um tempão, tem uns períodos da nossa infância em que você não estava com a gente.

— Foco, Claire — Shannon disse, meio desesperada. — Quando foi que aconteceu?

— Depois que a Caoimhe morreu. — Engoli em seco, apertei a testa e lutei contra o pânico me engolindo. — Ela começou a se cortar.

— Se cortar? — Shan arregalou os olhos azuis, horrorizada. — Lizzie se automutilava?

Fiz que sim, séria.

— Hum, foi uma fase bem obscura da vida dela, e eu contei pra minha mãe, que contou pra mãe dela.

— Que bom... — Shannon falou, assentindo de um jeito compreensivo. — Que bom que você fez isso, Claire!

— Pensei que estivesse ajudando, sabe? Os pais botaram ela na terapia e os cortes pararam, mas daí encontrei a Liz na piscina hoje de manhã e ela está com uma cicatriz gigante na coxa que parece muito com as que eu via antes... — Parei de falar e soltei um suspiro trêmulo. — Ela disse que caiu no arame farpado, mas não é verdade, Shan. Eu sei.

— Ah, meu Deus — Shannon sussurrou, cobrindo a boca. — Coitada.

— Então acho que eu queria te perguntar o que fazer — acrescentei, nervosa e insegura. — Não quero que ela fique chateada nem quero dificultar ainda mais as coisas, mas não posso ficar só ficar olhando sem fazer nada. — *Como fiz com você.*

— Não — Shannon concordou baixinho.

— E aí, o que você acha?

— E se você conversar com ela?

— Faz meses que ela está me evitando — respondi, cavando um buraco na areia com o dedão do pé. — Por causa do Gerard.

— Porque ela culpa o Gibs pelo que aconteceu entre o Mark e a Caoimhe.

— Basicamente isso. — Dei um suspiro sofrido, peguei um punhado de areia e fiquei vendo-a escorrer pelos dedos. — Eu entendo. De verdade. Mas não vou me afastar dele. — *Nem pela Lizzie.* — E ela vê minha amizade com o Gerard como uma traição. — Encolhi os ombros, impotente. — Quanto mais próxima eu fico do Gerard, mais ela me evita.

— Que situação! — Shannon comentou, pegando minha mão. — Mas você está lidando com tudo muito bem.

— Eu também achava isso. Que lidava bem com os dois. Mas não mais. — *Desde o acampamento.*

— Vou ajudar. Você não está sozinha. Ela é nossa amiga e estou com você, Claire. A gente vai dar um jeito nisso.

— Como?

— Vamos conversar com ela. E com a mãe dela também.

— Pode ser que ela surte — falei, baixinho.

— Pode ser — Shannon disse, assentindo. — Mas vale a pena correr esse risco.

— Desculpem o atraso, gente. Só saí do trabalho às oito — Katie falou, interrompendo nossa conversa e vindo na nossa direção. — Tem lugar pra mais uma?

Shannon limpou a garganta, abriu um sorrisão e deu um tapinha na canga.

— Sempre.

— Valeu — Katie respondeu, sentando ao lado dela. Suas bochechas estavam coradas e ela ainda estava com o uniforme do trabalho. — Não faço ideia do que deu no seu irmão, Claire, mas ele está parecendo um monge que fez voto de silêncio.

— Sério? — Virei a cabeça para trás e vi meu irmão chegando.

De calção de banho e moletom gigante, ele montou a barraca sem a menor dificuldade e depois voltou a atenção para a fogueira que estava se apagando.

Meu Deus!

Era culpa minha.

As coisas com a Lizzie claramente tinham saído mal.

— Já volto — falei, me levantando. — Dois segundinhos, meninas.

— Traz um moletom pra mim? — Shan pediu. — O sol está se pondo e está ficando friozinho.

— Pode deixar — respondi, indo até o meu irmão. — Você está bem?

— Nunca estive melhor — declarou, com os olhos fixos nas chamas que ele trazia de volta à vida. — E você?

— Vamos, Hugh. — Me aproximei. — O que houve?

— Como assim?

— Com a Lizzie — insisti. — Ela foi cruel com você?

— Quando é que ela não é cruel, Claire? — ele falou, sem emoção.

Ah, meu Deus. Ela era *mesmo* cruel.

— Você sabe que ela não faz de propósito, né? É um mecanismo de defesa.

— Não preciso que ninguém explique os mecanismos de defesa de Lizzie Young pra mim. Estou bastante familiarizado com eles.

— E aí, você perguntou pra ela? — Mordi os lábios, ansiosa. — Sobre o corte?

— Sim, Claire, perguntei.

— E?

— E foi um erro gigantesco — Hugh admitiu, jogando uma vareta no fogo. — Tem um motivo pra gente manter distância um do outro, e me lembrei dele hoje.

— Hugh... — comecei, mas ele balançou a cabeça.

— Chega, Claire. — Hugh endireitou os ombros, arregaçou as mangas do moletom e saiu na direção dos meninos, chutando a areia. — Peça pro Feely conversar com ela, porque eu cansei.

— Está vendo? — Katie falou quando voltei. — Ele está chateado com alguma coisa, né?

— Talvez — murmurei, me sentindo péssima por ter convencido meu irmão a fazer algo que eu sabia que mexeria com ele.

— Liz! — Shannon gritou, se levantando depressa e disparando para a duna onde nossa esbelta amiga estava. Ao lado dela, estava Pierce, com os braços carregados de equipamentos de camping. — Você veio!

— Eu vim. — Ela deu risada, abraçando Shannon em uma rara demonstração de afeto.

Pierce se mexeu, desconfortável, deu a volta nas meninas e foi direto para os caras, que estavam indo cumprimentar os novos convidados.

— Pensei que você tinha dito que não viria — Patrick comentou, bem-humorado, protegendo os olhos do sol, olhando para ela.

— Bem, imaginei que vocês ficariam entediados sem mim — Lizzie respondeu, colocando as mãos em volta da boca para ser ouvida à distância.

— Paz — Katie murmurou. — A gente teria *paz* sem ela.

Decidi não chamar sua atenção, porque, sinceramente, ela não estava errada, e fiquei de pé para abrir espaço para o meu irmão, que tinha se juntado à namorada.

Bati a areia das pernas e acenei para Lizzie. Ela ia fazer o mesmo, mas parou de repente e voltou a atenção para Shannon quando os garotos chegaram.

— Sem brigas — Johnny falou para o Gerard. Ele estava com as mãos no ombro do amigo, como se o estivesse preparando para uma luta de boxe. — Não importa o que ela diga, não importa o golpe que te dê, nada de revidar, Gibs.

— Entendido — Gerard grunhiu, se livrando de Johnny. — Não vou nem olhar pra ela.

— Boa — Johnny o encorajou. — Porque queremos ter uma noite tranquila.

— Queremos — Katie concordou, enlaçando o braço no de Hugh. — *Tranquila*.

— Da minha parte, não vai ter drama nenhum — Gerard prometeu com um tom provocativo, me encarando e se aproximando com olhos travessos. — Só quero saber de uma loirinha.

Aquele ar brincalhão era viciante. Sério, estar com Gerard me lembrava de quando eu tinha cinco anos e ficava esperando o Papai Noel na noite de Natal. Ele extraía todas as emoções do meu coração sem esforço algum.

— Nem vem — falei com a voz esganiçada, correndo para o lado e evitando por pouco seu ataque. — Gerard Gibson, estou te avisando... ahhh!

— E aí, meu bem? Está a fim de dar um passeio ao luar na praia? — Ele me colocou no ombro e começou a correr. — Faço qualquer coisa por você, docinho.

— Ah, meu Deus — soltei, meio rindo, meio gritando, enquanto meu rosto se balançava nas costas dele. — Me solta, senão vou beliscar a sua bunda.

— É uma promessa?

— Vou beliscar mesmo — avisei, gargalhando. — Sério, Gerard. — Estiquei o braço e enfiei a mão dentro do seu short. — Ah, o que é isso? Uma bunda redonda e peluda!

— Está bem, está bem — disse, rindo e me surpreendendo ao ceder e me abaixar. — Você ganhou.

— Ganhei? — perguntei, ofegante. — Como assim?

— Não aguento. — Ele sorriu para mim.

— Não aguenta o quê?

— Ser tocado aí.

Foi só então que percebi que ainda estava com a mão dentro do seu short.

— Ah, merda! — Com as bochechas quentes, afastei a mão rapidamente e sorri para ele. — Opa!

— Opa! — Gerard repetiu com carinho, com as mãos nos meus ombros.

— Por que você não aguenta ser tocado aí?

— Porque sinto a cosquinha mais bizarra do mundo.

— Cosquinha? — Arqueei a sobrancelha. — Na bunda?

— Isso. Bizarra! — confirmou, com veemência. — Perco o controle. Sério. Viro um ninja faixa preta.

— E como é que você sabe que sente cosquinha na bunda?

— Você quer mesmo saber a resposta?

— Hum, não — falei, fazendo careta. — Pensando bem, não me conta.

— Vem. — Ele deu risada e me abraçou pelos ombros. — Bora dar aquele passeio ao luar.

— Esse comportamento é totalmente inapropriado.

— Entendido. Bora?

— Claro.

— Legal.

— Ei, lembra daquela música que falava sobre o verão? — Entrelaçando minha mão na dele, me desvencilhei do seu outro braço e voltei para o seu lado. — Aquela que os nossos pais ouviam sem parar quando a gente era pequeno.

Ele se colocou atrás de mim, envolveu minha cintura e se inclinou para a frente.

— "In the Summertime", do Mungo Jerry. — Imitou a voz do cantor e cantarolou o refrão, fazendo uma interpretação hilária de uma das minhas músicas favoritas da infância. — Essa?

— Sim! — Mordi os lábios, encantada e me agarrei nele com todas as forças quando ele começou a me girar. — Ah, meu Deus! — gritei, me sentindo mais segura nos braços dele do que em qualquer outro lugar do mundo. — Por favor, não me solta.

— Nunca — ele prometeu. — Nem em um milhão de anos.

7

Lord of the Dance da praia

GIBSIE

Várias horas depois, a música ressoava do aparelho de som do Feely e a bebida rolava solta. Minha valente tentativa de manifestar um bom dia parecia ter funcionado, porque a Víbora não apenas se manteve longe a noite toda, mas foi para a barraca com o namorado fazia mais de uma hora e não voltou mais.

Tomei isso como um sinal do velho que olhava para mim lá de cima e decidi comemorar enchendo a cara de cidra. Para ser sincero, tinha pena do Feely, o coitado que dividiria a barraca comigo depois, mas eu estava me divertindo demais para ligar — ou para querer parar.

— Aí estão eles, galera — Feely declarou, aumentando o volume ao máximo. A batida familiar de "Irish Party in Third Class", do Gaelic Storm, ressoou alto, fazendo com que cada parte do meu corpo reagisse instintivamente ao som do bodhrán marcando as batidas do meu coração eternamente irlandês. — A Biggzinha e o próprio Lord of the Dance.

Meus olhos estavam turvos e desfocados, mas eu teria que ser cego para não a ver. Mechas douradas de sol saltitavam enquanto ela se movimentava em volta da fogueira como se tivesse sido colocada na Terra só para dançar comigo.

Com as mãos rígidas ao lado do corpo, tive que me concentrar muito para manter o tronco reto, o que não era uma tarefa nada fácil depois de tanta cidra, mas a garota girando ao meu redor fazia o esforço valer a pena.

Claire sorriu com malícia quando chegou a hora de me juntar a ela e acenou o queixo em um gesto de cumplicidade. Então lá fui eu, voando feito um louco, saltitando na ponta dos pés.

— Vão acabar caindo na fogueira — Hugh comentou, apontando a latinha de cerveja para mim, perto demais do fogo. — Gibs, não vai queimar a minha irmã!

— Cala a boca! Eles sabem o que estão fazendo — Katie falou, dando risada e batendo na mão dele. — Continua, gente. Vocês estão maravilhosos. Parecem o casal daquele sapateado, o *Riverdance*.

— Só que ela é loira.

— E está seminua.

— E ele tem piercing nos mamilos.

Eu não pretendia parar. Não conseguiria nem se quisesse. Nossos corpos se moviam em perfeita sincronia, na coreografia que nos rendeu o primeiro lugar em inúmeras competições durante a nossa infância.

Dei o melhor de mim para lembrar os passos e movimentos da complicada dança tradicional irlandesa que estávamos executando. Não foi difícil, já que foram gravados em mim todas as segundas-feiras à tarde durante os oito anos do primário. Além disso, eu não tinha vergonha de dançar com ela — apesar de o álcool ajudar bastante.

— Boa, Gibsie! — Johnny urrou, batendo na coxa ao ritmo da música, abraçando a namorada risonha contra o peito. — Mostra pra gente esses seus dedinhos dançantes.

— Pezinhos dançantes — Shannon o corrigiu em meio às gargalhadas. — Isso, gente! Bora!

Completamos mais três rodadas um em volta do outro antes de darmos as mãos para o nosso grande final.

Eu a puxei, coloquei a mão no seu quadril e me inclinei para dar um beijo na ponta do seu nariz.

— Ei, sem beijo! — Hugh rugiu, mirando a cerveja na minha cabeça. — Mantém os lábios bem longe da minha irmã, seu filho da puta!

Dei risada e desviei da latinha, trazendo a Claire contra mim e amparando-a gloriosamente bem quando a música acabou.

— Foi épico — Claire falou em meio às risadas, ofegante, enquanto todos batiam palmas e gritavam. A risada dela era a melhor. Era tão cheia de vida e paixão e sinceridade... Quando ela ria, não era falso nem forçado. Era autêntico e real. Seus olhos brilharam de empolgação, e ela sorriu para mim, ainda segurando os meus ombros. — Não estava esperando esse final.

— Bem, era isso ou te beijar — admiti, colocando-a no chão. — Daí me lembrei que prometi pro Kav uma noite tranquila. — Dei um sorriso malicioso e acrescentei: — Não queria começar a Terceira Guerra Mundial com o seu irmão logo ali.

— Mentiroso — ela provocou, batendo o dedo no meu nariz. — Você amarelou.

O que é que eu poderia dizer?

— Vocês deviam continuar competindo — Shan falou, animada. — Aposto que ganhariam todas.

— Com certeza — Katie concordou, puxando Claire para se sentar ao seu lado. — Já vi as medalhas e os troféus na sua sala.

— A gente estaria competindo se os meninos não tivessem roubado o Gerard de mim pra jogar rúgbi — Claire respondeu, ainda arfando. — Mas tudo bem. As melhores coisas da vida não duram pra sempre. É por isso que a gente dá valor pra elas na hora. É que nem o seu chocolate favorito. Ou estrelas cadentes. Não deixamos de comer o doce só porque ele vai acabar.

Nem deixamos de olhar pras estrelas depois de ver uma estrela cadente passar. A gente aproveita o momento porque sabe que vale a pena.

— Uau! — Shannon disse. — Que profundo.

— Oun, tem uma cabecinha cheia de sabedoria debaixo dessas madeixas, né? — Katie brincou, enlaçando o braço na Claire. — Você é tão filosófica, Biggzinha!

8

Merdas, risadinhas e barracas balançando

CLAIRE

— É que eu sinto tanta falta dele... — Shannon estava com a bochecha apoiada no ombro do namorado, grudada nele feito um macaquinho. — Quero que ele volte pra casa, Johnny. — Sua voz estava arrastada e seus olhos estavam fechados, revelando que estava mais que bêbada.

— Eu sei, baby — Johnny, igualmente bêbado, fazia movimentos circulares nas costas dela. — O Joey volta na segunda.

— Eu só... eu amo muito ele — ela murmurou, se agarrando em Johnny como se ele fosse desaparecer a qualquer minuto. — Ah, meu Deus, mas meu coração te ama mais que todos.

— O meu também, Shannon como o rio.

— Vou ficar mesmo com você, hein?

— Experimenta se livrar de mim. — Ele deu risada e se levantou da areia com agilidade, puxando minha amiga. — Te ajudo, my little darling.

— E eu te protejo, meu jogador de rúgbi — ela cantarolou, tentando sem sucesso bagunçar o cabelo dele. — Você é tão lindo!

— A gente vai dormir — Johnny anunciou, carregando sua macaquinha para a barraca e desaparecendo lá dentro. — Boa noite.

— Boa noite — todos respondemos em uníssono.

— Aff, eles estão asquerosamente apaixonados, né? — Feely brincou, dando um gole na cerveja.

— Total — Katie concordou, rindo. — É fofo.

— É épico — eu disse. — Eles merecem.

— E é pra valer — Gerard acrescentou, assentindo. — Anotem minhas palavras, gente. Aconteça o que acontecer depois da nossa formatura, todos estaremos de volta a esta cidade daqui a uns anos pro casamento deles.

— Você acha mesmo? — Katie perguntou.

— Tenho certeza — Gerard respondeu, batendo os dedos nas têmporas. — Está escrito. Conhecendo o Johnny, ele já deve estar com o anel de noivado da avó, só esperando a oportunidade perfeita.

— Sério? — Arregalei os olhos. — Johnny tem um anel desses?

— Ah, sim. — Gerard assentiu vigorosamente. — A joia é do tamanho do meu punho.

— Uau!

— Pois é.

— Quero ser o padrinho — Hugh interveio.

— Até parece — Patrick retrucou.

— Vão se foder — Gerard disse. — Essa vaga é minha.

— Você está delirando.

— E você é um merda — Gerard falou, notando o mau humor persistente do meu irmão. — Está acabando com a minha vibe, cara. Ânimo, homem.

— Estou ótimo.

— Claro. O que você acha, amor?

— Só se ótimo significar inseguro, neurótico e sensível.

— Isso — Gerard disse, sorrindo. — Você, meu amigo, é tudo isso e mais.

— Nem todo mundo pode ser garoto-propaganda de prozac, Gibs.

— Ele não toma mais prozac — eu o defendi.

— Valeu — Gerard falou. — Meus níveis de serotonina estão normais. Agora, voltando ao casamento... Vocês dois vão ser, no máximo, padrinhos na cerimônia, apesar das chances de ele esquecer de vocês quando virar profissional. — Gerard deu uma piscadinha. — Vou ser o padrinho do coração.

— E por que você acha que ele não vai te esquecer também, espertinho?

— Porque sou inesquecível e insubstituível — respondeu, sorrindo. — Ao contrário de vocês, chatões.

— Nossa, que amor.

— É, Gibs. Valeu, hein?

— Só estou falando a verdade — Gerard continuou, sem se abalar. — Quase morri de tédio enquanto o cap estava fora e tive que ficar com vocês dois.

— Ei! — bufei, cutucando-o. — E eu?

— Eu estava me referindo à companhia masculina — ele se corrigiu às pressas, se inclinando para dar um beijo na minha bochecha. — Você é perfeita.

— É — Katie concordou, sorrindo. — Vocês dois passaram o verão grudados.

— O verão? — Hugh falou com desdém. — Acho que todos os verões desde 1989.

— Isso mesmo — Gerard disse, dando outro beijo na minha bochecha. — Meu leãozinho.

— Tira esses lábios da minha irmã — Hugh grunhiu, derrotado. Ele tinha bebido demais para se importar. — Porra, Gibs.

— Graças a Deus essa aqui existe — Gerard continuou, me abraçando. — Agradeço aos céus todos os dias por essa amizade.

— Ei!

— É sério — Gerard disse, dando risada. — Um de vocês é mudo, e o outro é uma nuvem sempre carregada.

— Não sou mudo — Hugh falou.

— Não, você é a nuvem carregada — Gerard respondeu. Depois, apontou para o Patrick: — Ele é o mudo.

— Quem sabe, se você calasse a boca de vez em quando, eu teria chance de falar — Patrick soltou, esticando as pernas.

— Pode falar — Gerard insistiu. — Porque estou cansado de ouvir a voz na minha cabeça.

— A voz ou as vozes?

— Minha voz interna, idiota.

— Só pra saber.

— Vocês são tão maldosos uns com os outros... — Katie comentou, bocejando. — É péssimo.

— Nah, é só nossa linguagem do amor — Hugh explicou, colocando um cobertor nos ombros dela. — Eu morreria por qualquer um desses babacas.

— Igualmente, cara — Gerard disse, mostrando o dedo do meio para ele. — Sem nem pensar.

— Falem por vocês — Patrick disse, dando um bocejo maior que o da Katie. — Eu não me arriscaria por nenhum de vocês, não.

— Legal — Gerard e Hugh disseram juntos, às gargalhadas.

— Meninos são estranhos — Katie observou. — Os códigos deles são ainda mais estranhos.

— Muito — concordei. — Nem tente entender esses aí, amiga. Ando com esses caras há dezesseis anos e a dinâmica da amizade deles ainda me deixa confusa.

Então ouvimos um gemido alto vindo de uma das barracas, e Gerard disse a primeira coisa que veio à sua mente:

— Eita, pelo visto o cap está afogando o ganso, né?

— Aff, Gibs — Patrick resmungou. — Não quero nem pensar nisso.

— É — Hugh falou, estremecendo. — Aquela garota é tipo uma irmã pra gente.

— Eca, não fale assim, Gerard — acrescentei. — Afogar o ganso... — Fiz uma careta de desgosto. — Que jeito horrível de falar sobre um ato de amor!

— Nossa! — Hugh comentou. — Que jeito horrível de falar de sexo!

— Qual? Ato de amor? — perguntei.

— Ugh. — Ele se crispou. — Isso é errado, Claire.

— Por quê? — Katie deu risada. — É o que eles estão fazendo, não?

— Pra ser sincero, amor, não quero pensar no que o cap está fazendo.

— Prefiro afogar o ganso — Gerard declarou.

— Eu também — Hugh e Patrick disseram.

— Eu não — Katie falou. — É grosseiro falar assim.

— Já sei — Gerard anunciou, erguendo a mão. — Estão *trepando* com *sentimentos*!

— Trepando com sentimentos.

— Hummm...

— Até que não é tão ruim.

— É genial.

— Fica parecendo meio sério — Patrick opinou. — Trepar com sentimentos?

— Eu trepo com sentimentos comigo mesmo o tempo todo — Gerard disse. — É bom.

— Gerard! — falei.

— Boa, cara — Patrick soltou, rindo.

— Eca — Katie resmungou.

— Pode me matar agora — Hugh murmurou.

— Trepar com sentimentos — Gerard continuou. — É um movimento centrífugo.

— É o quê? — Hugh e Patrick se viraram para o amigo, perplexos. — Gibs, que porra você está falando?

— De trepar com sentimentos — falou com orgulho. — É movimento centrífugo.

— Onde foi que você ouviu essa palavra? — Patrick perguntou.

— Conheço as palavras — Gerard bufou, na defensiva.

— Falou o cara que tentou convencer o quarto ano todinho que tirano era uma espécie de dinossauro.

— Ei! Você sabe que isso foi um lapso. — Gerard deu de ombros casualmente. — Poderia ter acontecido com qualquer um.

— Engraçado como as coisas que poderiam acontecer com qualquer um normalmente acontecem com você, Gibs.

— Movimento centrífugo — Hugh disse, coçando o queixo. — Acho que estudamos isso no ano passado. — Ele se virou para o Gerard. — Desde quando você estuda física, cara?

— Eu claramente não estudo — Gerard bufou. — Mas, se é bom o suficiente pra estar em uma música da Faith Hill, é bom o suficiente pra mim.

Sorrindo, fiquei ouvindo aquele papo sem sentido. Por mais estranhos e disfuncionais que fossem, eu amava os três garotos ao redor da fogueira — e o capitão deles, que estava cuidando da minha melhor amiga bêbada. Cada um daqueles idiotas tinha algo especial.

Patrick Feely, por exemplo, era quieto e fechado, mas ninguém conhecia o Patrick até *conhecer* o Patrick. Ele não tolerava burrice. Não cedia nem se submetia à pressão dos outros. Não tentava se encaixar. Se isso o fazia parecer sem graça para os nossos colegas, ele não dava a mínima. Tinha seus próprios segredos e problemas, como a gente, mas não ficava falando deles. Na verdade, eu o conhecia desde pequena e ainda me sentia um pouco distante dele às vezes.

Quanto ao meu irmão, Hugh... deixando de lado as briguinhas e implicâncias de irmãos, era um garoto sensato e decente. E, não, eu não achava isso só porque ele era da minha família. Ele simplesmente era assim.

Agora, falando do Johnny, era um garoto vivendo de corpo e mente em um mundo de adulto. Talvez fosse por causa da vida que ele levava ou pelo fato de já ter o futuro todo mapeado e a gente não, mas Johnny era o mais diferente da turma. Não era naturalmente calmo ou reservado como o Patrick, mas tinha trabalhado o autocontrole como se fosse um músculo. Sério, o garoto tinha uma força de vontade astronômica e sabia usá-la a seu favor. Eu nunca tinha visto nada parecido. Ele exalava poder e o dominava com punho de ferro.

A única pessoa capaz de mexer com ele era a minha melhor amiga. Sim, a Shan mandou esse autocontrole dele para os ares logo no primeiro dia de aula.

E então sobrava a *minha* pessoa.

Gerard vibrava com uma energia travessa. Era tão atraente quanto viciante. Daquele tipo de garoto com quem a gente queria passar todo o tempo do mundo, esquecer do resto, porque combinava uma reciprocidade imediata, longa e duradoura ao mesmo tempo.

Ele tinha enfrentado muita escuridão e dor na vida, mas ainda assim se mantinha sempre alegre e ensolarado. Era incrivelmente único estar perto dele sabendo de tudo o que já tinha passado, e ver como ele acordava com um sorriso no rosto, apesar de tudo. Não devia ser nada fácil ter metade da sua família enterrada no cemitério, ao lado dos pais da Shannon. Mas ele seguia em frente.

Às vezes, eu queria que meu coração não o tivesse escolhido para se apegar, porque ele parecia tão distante, tão inacessível... mas, quando estávamos juntos, tudo se encaixava, e todas as minhas dúvidas evaporavam. Era uma coisa perigosa amar alguém do jeito que eu amava Gerard. Mas eu não era capaz de voltar no tempo e apontar o momento em que isso aconteceu. Eu me resignei a amá-lo.

Dizem que é difícil superar seu primeiro amor. Bem, se isso fosse verdade, como meu coração me dizia insistentemente que era, eu jamais superaria Gerard Gibson.

A gente se divertia muito juntos. Mas, quando estávamos com os nossos amigos, ele era o Gibsie. Comigo, era só o Gerard. Eu gostava de pensar neles como duas pessoas diferentes. Dois garotos completamente diferentes. Amava os dois com todas as forças. Às vezes, queria não sentir o que sentia, mas não se pode mudar a direção do coração quando ele escolhe o destino. E o destino do meu coração estava determinado a se fundir com o dele. A se entrelaçar com o dele e nunca mais se soltar.

Eu só queria ficar com ele, segui-lo para todos os lugares, e jamais abandonar os sentimentos que ele evocava em mim. Se eu pudesse colocá-los em um frasco para cheirá-los toda vez que ficasse triste, seria perfeito.

Para falar a verdade, parecia até que uma parte de mim tinha sido programada para amá-lo. Aconteceu tão naturalmente. Assim como respirar. Eu não conseguia identificar um período no tempo em que ele não habitasse os meus pensamentos.

Quando a gente era pequeno, tudo era mais fácil, menos complicado e, bem, sinceramente, mais simples. Mas com a idade vieram os hormônios e os traumas, que romperam laços e destruíram amizades. Acho que foi uma prova e tanto para o nosso grupo conseguir se manter firme quando tais provações e tribulações atacaram o nosso núcleo. Deus sabe que outros teriam jogado a toalha se tivessem passado por coisas parecidas.

As complicações vinham aos montes agora, e apesar dos problemas estarem profundamente enraizados no nosso círculo, de alguma forma estávamos aguentando firme. Juntos. Eu pensava que isso tinha a ver com o fato de meu irmão e eu estarmos unindo dois grupos muito diferentes de pessoas. Não era algo raso quanto dizer que se tratava de um grupo de meninos e outro de meninas. Não era isso. A diferença não era baseada em gênero. Mas as almas se conectavam. Entre Katie e Hugh, Shannon e Johnny, Lizzie e Patrick, mim e Gerard, havia um fio invisível conectando todos nós.

Pouco depois, quando todos estavam encerrando a noite, não fiquei nem um pouco surpresa quando o Gerard me seguiu para a minha barraca. Apesar de ele ter combinado de dormir na barraca do Patrick, nós dois sabíamos que ele acabaria no meu saco de dormir. *Como sempre.*

— Não vira — avisei, tirando o biquíni e colocando uma camiseta velha dele e uma calcinha.

— Hoje foi legal, né? — ele comentou, obedientemente mantendo as costas para mim enquanto eu me trocava. — Pra falar a verdade, pensei que ia dar merda quando o Pierce e a Víbora apareceram — acrescentou, entrando no saco de dormir. — Mas ela manteve distância, ainda bem.

— Gerard... — Soltei um suspiro pesado. — Você sabe que não gosto quando você chama ela assim.

Ele deu de ombros sem o menor remorso, bocejou alto e colocou os braços atrás da cabeça.

— Foi mal.

— Você não está nem um pouco arrependido — falei, dando risada e me aconchegando ao seu lado, tentando desesperadamente desviar os olhos dos seus impressionantes bíceps. Porque o Gerard tinha os braços mais bonitos de todos. E deliciosos.

— Não mesmo — ele concordou, rindo.

— Você é tão irritante!

— Você adora.

— Só tenta ser legal com ela — pedi, me virando para ele. — Por mim.

— Estou sempre tentando. E ela está sempre forçando a barra.

— Eu sei.

Com a luminosidade mais forte da lanterna, me demorei estudando cada centímetro dele, fixando esse momento na memória, pois eu não queria esquecer aquele verão. Ou aquele garoto.

Ele era grande e largo e forte e tinha uma pele linda e bronzeada. Sério, era como se o sol tivesse descido do céu para iluminar esse cara com o mais maravilhoso tom de bronze. Seu cabelo já loiro estava descolorido, fazendo-o parecer quase um surfista — como os garotos que eu assistia em *Home and Away* todas as noites na televisão.

Seus mamilos marrons eram adornados com argolinhas prateadas, e ele tinha uma tatuagem nas costelas esquerdas com a palavra "Resiliência" em itálico, decorada com uma pena preta, e um pequeno Ursinho Carinhoso no lado direito do quadril.

Nunca olhei para os outros garotos do jeito que olhava para Gerard. Ele estava insistente e permanentemente dentro de mim, e eu não poderia me livrar dele nem se tentasse. Não que eu tentasse. Ele era confortável, excitante e surpreendente, tudo de uma vez em uma criação perfeita.

— Te amo, Gerard.

— Também te amo.

Seus lábios estavam tão perto dos meus que, se eu me aproximasse apenas um centímetro, estaríamos nos beijando. Eu queria. Muito. Mas me contive. Pois sabia que meu coração não aguentaria. Pois o beijo poderia ser esplendoroso, só que não viria acompanhado do comprometimento de que eu precisava. Da segurança de que precisava em um relacionamento. Por algum motivo, Gerard me oferecia seu coração, mas mantinha todo o resto escondido atrás de um muro impenetrável de mistério.

— Você parece triste. — A voz dele soava como uma velha música aos meus ouvidos. Familiar, bem-vinda e calmante.

Ele me acalmava feito uma naninha. Afinal, estava na minha vida desde que eu me lembrava por gente. Eu tinha abandonado todas as minhas naninhas. Mas não o Gerard. Quanto mais eu crescia, mais desejava a companhia dele. Mais eu o desejava.

— Não estou triste.

— Não?

— Não. — Sem conseguir conter o arrepio que atravessou o meu corpo quando ele se virou de lado e colocou o braço sobre mim, respirei fundo e sussurrei: — Estou frustrada.

9

Fritando e perdendo o controle

CLAIRE

— Bom dia — Johnny disse para mim quando abri a barraca na manhã seguinte e fui recebida por um delicioso cheiro de fritura. — Você está parecendo descansada.

Ele estava certo. Eu não estava apenas me sentindo descansada, estava com cara de descansada. Meu cabelo, por algum motivo milagroso, tinha decidido me obedecer e não formar frizz — o que não era frequente para alguém com o meu tipo de cabelo.

— É porque sou feita de aço — expliquei, me juntando à fogueira onde ele cozinhava. — Sério, nunca fico de ressaca.

— Você nunca bebe.

— Bebo.

Ele ergueu a sobrancelha.

— Está bem — cedi com um sorrisinho lamentável e me sentei. — Bebi três vezes na vida e nunca tive ressaca.

— Bem, talvez fosse bom contar o seu segredo pra sua melhor amiga então — disse com um tom brincalhão, gesticulando para a barraca. — Porque ela está morrendo ali dentro.

Me crispei em solidariedade.

— Tadinha.

— Vai ficar bem. — Ele deu risada e usou um garfo para virar a carne na grelha. — Nada que umas salsichas não possam curar.

— Oun. Você joga rúgbi *e* sabe cozinhar. — Sorri. — Esse é pra casar.

— Estou cheirando a salsicha? — Gerard saiu da barra e farejou o ar feito um doberman maluco. — Isso vai salvar a minha vida, cap — ele disse, se aproximando só de cueca. — Você é demais.

Assim que meus olhos pousaram nele, me veio um calor na barriga.

Johnny podia ser alto e supersarado, e Hugh e Patrick pareciam Josh Hartnett e Ryan Phillippe com seus abdomens definidos, mas juro que nunca tinha visto nada parecido com Gerard Gibson.

Ele era grandalhão e corpulento, tinha a pele bronzeada e um sorriso maravilhoso de dentes brancos feito pérolas. Seus olhos eram como piscinas de mármore cinza nas quais você poderia se afogar, e ele era absolutamente *aconchegante.*

Quando a gente era pequeno, nossas mães o chamavam de pequeno querubim, porque ele era adorável e gordinho e parecia um anjo com seu cabelinho loiro e grandes olhos cinzentos.

Claro, ele tinha se tornado um cara grande e forte, com músculos em todos os lugares certos, mas ainda havia uma leve suavidade no seu físico que o tornava um pouco mais humano.

Ao contrário dos outros meninos do nosso grupo, Gerard não tinha medo de sair da dieta ou pular o treino, se estivesse a fim. Ele fazia o que queria, quando queria, sem se importar.

E, mesmo comendo porcarias e deixando de treinar de vez em quando, ele tinha a bunda mais linda do mundo. Sério, ninguém chegava nem perto. Gerard Gibson preenchia uma calvin klein melhor que qualquer outro garoto do Tommen.

Johnny, Hugh e Patrick eram todos backs no rúgbi, o que significava que precisavam de velocidade e agilidade. Já o Gerard jogava na posição de asa, com os fowards, e o domínio físico era muito mais vital que a velocidade. No time, ele era um aríete glorioso e tinha a robustez adequada para a função.

Sinceramente, eu sabia que era suspeita para falar, mas o tanquinho impressionante do Johnny Kavanagh ou o sorriso adorável do Patrick Feely não chegavam nem aos pés daquele garoto.

Pelo menos, não para mim.

Porque ele sempre foi o meu favorito.

Meu amigo favorito, minha pessoa favorita, meu humano favorito. Meu tudo.

Quando a gente era pequeno, ele brincava de barbie comigo, apesar de detestar. Claro, levava os seus bonequinhos e causava a maior destruição possível na minha casa da barbie, mas brincava mesmo assim.

Nunca se incomodava quando os meninos o sacaneavam por isso e *nunca* me ignorava.

Nunca me ignorou em dezesseis anos.

Mesmo quando isso queimava sua imagem com o Hugh e os outros.

Gerard não ligava.

Sempre me fazia sentir que eu era a sua prioridade.

Sua amiga número um.

De Gerard Gibson, recebi uma amizade de uma vida inteira que consistia em humor, lealdade, conforto e afeto.

Era por essas e por inúmeras outras razões que eu me agarrava à esperança de que um dia daríamos o próximo passo.

Que a nossa amizade evoluiria para algo *mais*.

Que nem ontem à noite. Conversamos bastante, e passei o tempo todo desejando que ele me beijasse — e não porque a garrafa por acaso caiu em mim em um jogo bobo da nossa infância. Nosso primeiro beijo poderia ter sido apenas um beijo inocente, motivado por uma garrafa girando, mas agora eu queria mais.

Eu queria que ele me quisesse, caramba.

Como eu o queria...

— Pode voltar — Johnny ordenou, bloqueando o amigo fanfarrão com o braço. — Que tal botar uma calça?

— Só quero sentir o cheiro — Gerard disse, se inclinando sobre o ombro do Johnny.

— Bem, não faz isso. Dá o fora. Sério, Gibs. Não fica perto assim do fogo. Vai cair óleo no seu pau, seu idiota.

— Oun — falei, sorrindo para eles. — Você é tão bonzinho, protegendo o bilau do amigo.

— Ah, ele é mesmo — Gerard concordou, roubando um bacon na grelha. — Sempre o herói.

— Ladrão! — Johnny resmungou.

Gerard sorriu e enfiou o bacon crocante na boca antes de se juntar a mim, sentada em um tronco.

— Como vai o meu motorzinho a diesel? — Ele passou o braço grande nos meus ombros e me puxou para si. — Não preciso nem perguntar se você dormiu bem.

— Eu? — falei, dando risada e cutucando as suas costelas. — Gerard, você ronca tanto que parece que estou dormindo com uma betoneira.

— Para com isso, amor, essa é você.

— Vocês dois são um pior que o outro — Johnny interveio. — A nossa barraca estava do lado e ouvi vocês a noite toda. Pareciam um casal de velhos se comunicando através dos roncos.

— Ei, não julgue a nossa linguagem do amor — Gerard retrucou, sorrindo maliciosamente. — Pelo menos a gente não obrigou todo mundo a nos ouvir trepando.

— Gerard!

— Com sentimentos — acrescentou depressa, erguendo o dedo. — Trepando *com* sentimentos.

— Não — Johnny concordou sem hesitar, virando a carne na grelha. — Porque vocês estão ocupados demais contando piadas feito uma dupla de bebezinhos.

— Pelo menos não estamos fazendo bebezinhos.

— Beleza, Gibs. — Johnny revirou os olhos e ignorou as brincadeiras do Gibsie, como se fosse imune a elas. — Pode chamar os outros? A comida está pronta.

Vinte minutos depois, a galera toda estava reunida e empanturrada feito leitões com as fantásticas oferendas de Johnny Kavanagh.

— Ei, gente! Se estivéssemos na idade das trevas, será que a gente seria amigo?

— Hã? — Patrick falou, dando risada. — Explica melhor, Biggzinha.

— Tipo, se a gente morasse em uma caverna e não existisse tecnologia. — Fiz uma pausa para lamber uma gota de ketchup no meu dedo antes de continuar: — Se Ballylaggin fosse a nossa aldeia, vocês acham que o nosso grupo formaria uma tribo?

— O que foi que você fumou na barraca com ele? — meu irmão perguntou, estreitando os olhos, desconfiado. — Porque isso é bem estranho, Claire. Até pra você.

— Que que tem? — perguntei, rindo. — É uma pergunta válida.

— Como isso é uma pergunta válida, pelo amor de Deus?

— Com certeza, seríamos uma tribo — Gerard o interrompeu, atirando uma torrada para o meu irmão. — E, enquanto a gente estivesse caçando o jantar, você estaria cavando buracos pra gente cagar.

— Ou pra te enterrar — Hugh retrucou, abrindo um sorrisinho.

— Acho que seríamos, sim — Shannon disse, ainda um pouco mal pelas aventuras da noite anterior. Sentada no colo do namorado com o moletom dele, ela dobrou as mangas distraidamente enquanto falava. — Eu, pelo menos, ia torcer pra estar na sua tribo.

Sorri carinhosamente para ela.

— Sempre, amiga.

— Eu seria nômade — Lizzie disse, dando uma mordida na torrada. — Mas eu ia aparecer de vez em quando pra visitar vocês.

— Ah, meu Deus, o que é que você está *comendo*? — Katie falou do nada, chamando a atenção de todo mundo para a Lizzie. — O que é que tem na sua torrada?

— Marmite — Lizzie respondeu devagar, dando outra mordida.

Katie ficou boquiaberta.

— Credo!

— Credo você.

— Por que você não come algo normal?

— E qual é a sua definição de "normal"?

— Sei lá. — Katie sorriu. — Geleia ou creme de chocolate.

Lizzie estreitou os olhos e minha bunda começou a suar.

Ah, não.

Sinal vermelho, tentei mandar uma mensagem telepática para a namorada do meu irmão. *Sinal vermelho. Sinal vermelho. Bater em retirada!*

— E por que eu ia querer isso? — Lizzie perguntou com um tom gélido. — Sendo que eu *gosto* de marmite?

— Hum, sei lá — Katie murmurou, murchando sob o olhar intenso da Lizzie. — Era só uma sugestão. Foi mal.

— Se eu quisesse alguma sugestão, teria perguntado pros meus amigos de verdade — Lizzie disse.

— Para com isso — Hugh interveio, encarando Lizzie com a firmeza. — Ela não quis te ofender.

— Aff — Pierce soltou, dando risada e tentando aliviar o clima. — Claramente a gente é o que a gente come. — Ele esticou o braço e bagunçou o cabelo da namorada. — Não se preocupa, baby, eu adoro marmite.

— Rá, engraçadinho — Lizzie disse, afastando a mão dele. — Encosta no meu cabelo de novo e vai perder os dedos.

— Só estava brincando, Liz. Calma.

— Vai se foder.

— Nossa, você não sabe nem aceitar uma piada.

— Ah, eu aceito muitas coisas, Pierce — ela retrucou friamente. — Só estou escolhendo não aceitar nada de você. As suas piadinhas. O seu pau. As suas baboseiras... consegue adivinhar pra onde estamos indo?

Ah, caramba.

Três. Dois. Um...

— Dá um tempo, porra!

— Ei, não fala com ela assim.

— Não precisa me defender. Posso fazer isso sozinha!

Era uma vez a paz.

E a noite relativamente tranquila no acampamento logo se transformou em um campo de batalha diante dos meus olhos.

Soltei um suspiro cansado, apoiei o queixo na mão e fiquei ouvindo todos discutindo ao meu redor. Dei uma olhada nas pessoas, fixei os olhos na Shannon e sorri quando ela me ofereceu uma careta solidária.

Estávamos no mesmo barco.

Shan também não queria participar daquele drama.

Talvez a gente devesse formar a nossa própria tribo e ir morar no mato.

— Por que é que você está sempre tão felizinho? — Lizzie falou, voltando a atenção para o Gerard. — É ridículo.

— Não tão ridículo quanto ter que olhar pra essa sua cara azeda — Gerard devolveu, sem querer recuar ou passar pano para ela. — Não vem descontar em mim o rancor com o seu namorado.

— Ei — Katie disse, corajosamente se intrometendo na briga para evitar que as coisas explodissem, como já tinha acontecido um milhão de vezes antes. — Nada de paus e pedras.

— Isso, porque paus e pedras podem quebrar meus ossos, e palavras vão me fazer morrer de fome. — Lizzie estreitou os olhos. — Não é assim que diz o ditado?

— Hã? Do que vocês estão falando? — perguntei, franzindo as sobrancelhas. — É "Palavras nunca vão me machucar".

Sem dizer nada, Katie se levantou e se afastou. Então o Hugh saiu atrás dela, arrasado.

— Estou perdendo algo? — perguntei para o Gerard.

— Não faço ideia, ursinha — respondeu, dando de ombros antes de voltar a atenção para a Lizzie. — Aff, você é cruel pra caralho.

— Não, babaca — Lizzie retrucou, ficando de pé. — Só sou sincera.

— Ela não é uma pessoa ruim, gente — Shannon disse do banco de trás do ford focus do Gerard. As barracas estavam guardadas, o lixo tinha sido recolhido e um tratado temporário de amizade foi assinado antes de todos saírem da praia de manhã, para que cada um seguisse seu caminho até nos reunirmos na semana seguinte na escola. — Pessoas feridas ferem os outros — continuou. — E ela está ferida. Mas pode ser curada.

— Ninguém disse que ela é ruim — falei, mexendo no rádio do carro. — Mas, definitivamente, força a barra.

— Concordo — Shannon cedeu, diplomática. — Mas forçar a barra não te torna alguém ruim.

— Entendo o que está tentando dizer, Shan — Johnny disse. — Mas, pra mim, acho bem difícil tolerar o comportamento da Lizzie vendo como você lida com as coisas. — Ele passou o braço protetor no ombro dela. — Você sofreu mais que qualquer um que eu conheço e ainda assim emana bondade. Não seria capaz de machucar uma mosca, pelo menos não de propósito.

Shan ficou vermelha feito um pimentão e abaixou o rosto.

— Não é sempre assim.

— É, sim — insistiu, erguendo o queixo dela para que olhasse para ele. — Baby, já te vi sendo picada por uma abelha e você *não* se vingou.

— Porque precisamos salvar as abelhas! — Shannon exclamou.

— Pronto — ele disse, olhando para mim pelo retrovisor. — Era exatamente disso que eu estava falando.

— Por favor, podemos parar de falar da Víbora? — Gerard implorou do banco do motorista. — Sério, gente, amo vocês três, mas, se não calarem a boca, vou abrir essa porta e me jogar.

— Então encosta o carro primeiro — Johnny pediu. — Na verdade, quer parar agora e me deixar dirigir?

— Não, sou perfeitamente capaz de dirigir o meu próprio carro, Jonathan.

— Gibs, cara, você não está conseguindo nem andar na sua faixa — Johnny insistiu. — Acho que eu devia dirigir.

— Beleza então. — Gerard segurou o volante e colocou a outra mão para trás com o dedão levantado. — Vamos lutar.

Johnny deu risada.

— Você quer lutar com o *dedão*?

— Está com medo de perder?

— Se prepara pra vir aqui pra trás, Gibs. — Johnny se ajeitou, colocou a mão na mão do Gerard e sorriu. — Um, dois, três, quatro. É guerra de dedão.

— Cinco, seis, sete, oito... uso essa mão pra me masturbar.

— Gerard... — repreendi.

Na mesma hora, Shannon soltou:

— Gibsie!

— E esse é o fim da guerra de dedão — Johnny murmurou, abaixando a mão de repente. Ele a limpou nos shorts e estremeceu. — Você ganhou.

— Quem é que vai se sentar no banco de trás agora? — Gerard deu risada, aumentando o volume do rádio.

"Original Prankster", do The Offspring, ressoou nas caixas de som, fazendo Gerard balançar a cabeça feito um doido e Johnny e Shan se segurarem no assento, apavorados. Mas eu não estava com medo. Eu confiava naquele garoto com toda a minha vida. Gerard não seria capaz de me matar. Afinal, ele tinha prometido se casar comigo antes.

Totalmente absorto com a sua bateria imaginária, Gerard batia as mãos no volante do focus, cantando a plenos pulmões que ia derrubar paredes.

— Cara, cala a boca — Johnny pediu quando ele diminuiu a velocidade no semáforo para fazer uma "serenata" para uma senhorinha parada na faixa de pedestres.

— Seu arruaceiro — ela gritou, balançando os punhos.

— Ah, meu Deus — falei, dando risada e me virando de lado assim que o sinal ficou verde e o Gerard pisou fundo. — A mulher ainda está xingando a gente.

— Talvez a dona me queira — ele disse, piscando para mim.

Agitei as sobrancelhas.

— Talvez ela precise entrar na linha.

— Gibs, desacelera, porra! — Johnny berrou, protegendo a Shan com a mão. — Se você me matar, juro por Deus que vou voltar pra te matar!

— E como você pretende voltar pra me matar se já estiver morto?

— Ah, pode apostar que vou dar um jeito — Johnny rosnou, abraçando a namorada protetoramente. — Anote o que estou dizendo.

10

De volta ao Tommen

GIBSIE

— Johnny, querido, coloquei vários muffins e bolinhos na cesta pra todo mundo, e não se esqueça de falar pra sua mãe me ligar. Preciso das datas dos aniversários das crianças — minha mãe disse na quinta-feira de manhã quando Johnny foi me buscar para a escola.

Enquanto eu descia as escadas para interceptá-la, ela já tinha encurralado meu melhor amigo no hall de entrada.

— Fiz todos os bolos de aniversário desde os seus doze anos e pretendo fazer o mesmo pros meninos Lynch — continuou, entregando para ele uma cesta gigante de piquenique cheia de gostosuras da padaria. — Sua mãe é uma guerreira poderosa.

— Ela é ótima — Johnny concordou, acenando educadamente. — Muito obrigado, Sadhbh. Ela vai adorar. Vou falar pra ela te ligar. Ela disse que queria te chamar pra um café.

— Ah, vou adorar — respondeu com um sorriso radiante. — Estou ansiosa pra conhecer os novos membros do clã Kavanagh.

— Os mais novos valem a pena — falei, descendo o último degrau. — Mas o do meio é um demônio.

— E aí, Gibs? — Johnny sorriu, voltando a atenção para mim. — Está bonitão, cara.

— Tudo certo, Kav. Digo o mesmo pra você.

— Ah, que bom, você achou o uniforme — minha mãe disse, concentrando todo o seu foco em mim. — Meu Deus do céu, olha só o seu estado. — Segurou minha gravata e quase me estrangulou em sua tentativa de me deixar apresentável. — Hum... — Ficou admirando seu trabalho, puxando e mexendo na minha gola até ficar satisfeita. — Você está mais bonito a cada dia, Bubba.

— Eu sei — concordei com um sorrisinho. — Sou um gato, não sou?

— Vamos, Bubba — Johnny interveio com um tom sarcástico, seguindo para o carro com a cesta cheia de delícias.

— Você vai entregar a cesta pra Edel, né, Johnny? — minha mãe perguntou, nos seguindo até o carro. — E, não importa o que aconteça, não deixa o meu filho chegar perto desses muffins. Você sabe como ele é com chocolate. O coitado não consegue se controlar.

Esse era o lance da minha mãe. Ela podia ter um péssimo gosto para homens, sem falar na bússola mal regulada em se tratando de votos matrimoniais, mas tinha um coração de ouro.

Ao contrário dos meus sentimentos em relação a qualquer coisa a ver com o sobrenome Allen, eu tinha uma boa relação com ela. Eu amava aquela mulher e tinha certeza que ela me amava.

Ela sabia lidar comigo ao me oferecer o espaço que eu precisava quando a minha mente ficava obscura e ao fazer as concessões necessárias quando eu perdia a cabeça e fazia merda. Entendia que eu tinha questões que me atormentavam desde a infância, e que estava tentando superar, e nunca forçou a barra ou me pressionou. Ela me tratava da forma que eu precisava, e as coisas funcionava bem entre nós.

— Pode deixar, Sadhbh — Johnny respondeu de maneira polida, colocando a cesta no porta-malas do carro junto com várias outras coisas. — Muito obrigado.

— E fique de olho nele pra mim na escola, hein?

— Pode deixar.

— Você é um bom garoto, Johnny.

— *Você é um bom garoto, Johnny.* — Revirei os olhos, guardei a mochila no porta-malas e me virei para a minha mãe. — Fique de olho em mim? Que porra é essa, mãe? Por acaso voltei a ter três anos?

— Olha a boca, Bubba.

— Pede desculpas, mãe.

Quando nos aproximamos do audi de Johnny, percebi a pequenina garota apoiada na porta do carona e meu coração amoleceu.

— Oi, Gibs.

— Shannonzinha. — Sorri. — Como vai a minha segunda garota favorita do mundo? — Ela estava parecendo bem melhor que no fim de semana passado, quando estava de ressaca, botando as tripas para fora. — Pronta pro quinto ano?

— Apavorada — ela confessou, rindo de nervoso. — Acho que logo a gente vai descobrir se estou pronta ou não, né?

— Você vai arrasar, guerreirinha — encorajei, bagunçando o cabelo dela. — Esse vai ser o seu ano.

— Pode apostar. — Sem um pingo de hesitação, meu melhor amigo, o trator, passou o braço sobre ela e a puxou para si. — Vai dar tudo certo, Shan — sussurrou, se inclinando para beijar a cabeça dela. — E você tem a mim.

— Sim. — Ela soltou um suspiro trêmulo, abraçou a cintura dele e sorriu. — Sim, tenho.

Sempre soube que o que o Johnny tinha com a Shannon era permanente. Eu nunca vi um sujeito tão atormentado pelos próprios sentimentos quanto o Johnny. Ele amava aquela garota para valer, e, sim, demorou um pouco para prever, ponderar, se desesperar e enfim entender o que sentia, mas fez a lição de casa. Depois que se decidiu, era isso.

Johnny Kavanagh estava aposentado.

Porque, quando ele decidia algo, não voltava atrás. Não era de mudar de ideia, muito menos de fugir. Nunca vi esse nível de comprometimento em ninguém, especialmente em alguém tão jovem, mas esse era o Johnny. A personificação do compromisso. Dedicação era seu nome do meio, e ele sempre cumpria as promessas.

É por isso que tinha sofrido tanto no ano passado quando o Cormac o sacaneou com a Bella. Como jamais faria isso com um amigo, era impossível para ele imaginar tal traição.

Não tinha sido programado dessa forma.

E por isso era o meu melhor amigo. Eu seria capaz de morrer por ele.

Porque ele retribuiria a minha lealdade.

Afinal, foi a chegada dele a Ballylaggin que salvou a minha vida. Se aquele cara não tivesse entrado na minha sala aquele dia, se não tivesse me oferecido a chance de me reinventar, eu sinceramente não sei onde estaria hoje.

Sim, a gente tinha as nossas merdas e bobeiras e piadas sem fim, mas, quando um precisava do outro, ele estava comigo e eu estava com ele. Havia uma estabilidade naquele tipo de amizade que acalmava algo lá no meu âmago.

Eu queria ser tão confiante quanto ele, mas não tinha sido programado da mesma forma. Não pensava nem agia como o cap. Eu era impulsivo e tagarela demais para controlar minhas emoções.

Ao contrário do Johnny, o rúgbi não era tudo para mim. Eu jogava porque era divertido. Minha habilidade era só um bônus. Todos os meus amigos jogavam, então também comecei a jogar. Afinal, o que é que eu faria na hora do almoço e nos fins de semana? Além disso, podia matar várias aulas ao longo do ano. E o fato de eu ser melhor que a maioria dos caras era um só um extra.

Aparentemente, atividades físicas eram meu forte, o que era uma bênção, já que eu com certeza não ganharia prêmio nenhum com os livros.

Queria ser inteligente como os outros. Queria poder entregar a lição de casa sem suar de medo de ser chamado para ler as respostas em voz alta ou de ouvir a mesma ladainha de sempre: "Sua letra é ilegível". Como se eu já não soubesse. Minha caligrafia era ilegível porque eu não sabia escrever, então era mais fácil rabiscar qualquer coisa com os meus garranchos para que os professores não me chamassem.

Meus pensamentos não eram tão claros quanto os dele, e o meu futuro não estava cravado em pedra. Estava mais para rascunhos que mudavam todo dia. Eu não conhecia minha própria mente porque tinha medo dela. Era sufocante viver dentro da minha cabeça. Pensar tanto.

Então eu não pensava.

Me recusava a me ater a um passado que me atrapalhava a planejar meu futuro. Tinha a sensação de que, para prosperar, era preciso deixar o que eu vivi para trás.

Mas eu não conseguia.

Não conseguia enfrentar aquilo.

— E você? — Shannon perguntou, me trazendo de volta para o presente. — Está pronto pro sexto ano?

— Você me conhece, Shannonzinha — respondi, dando uma piscadinha quando o Johnny abriu a porta para ela. — Já nasci pronto.

— Aproveite o primeiro dia de aula, filho — Keith disse, se juntando à minha mãe lá fora um momento depois, com uma xícara de café na mão. — Lembre-se do que conversamos sobre se esforçar.

Uma sensação desconfortável se agitou dentro de mim, vendo-o falar com os meus amigos. Contive a vontade de gritar "Não sou seu filho" pela milionésima vez e engoli a amargura, estampei um sorriso no rosto pelo bem dos meus amigos e disse:

— Pode deixar, pa.

Minha mãe abriu um sorriso radiante, pensando que "pa" era um termo carinhoso direcionado ao homem que ela havia arrastado para a minha vida quando eu tinha seis anos. Na cabeça dela, "pa" era um apelido para "pai". Na minha, era um apelido para "pau no cu".

— Como foi a campanha de verão pra você, Johnny? — Keith perguntou, voltando a atenção para o meu amigo. — Ouvi dizer que te ofereceram um baita contrato no interior.

— Foi bem produtiva — Kav, sempre profissional, respondeu naquele tom de voz que ele usava com os repórteres e a imprensa. Educado, mas distante. Humilde, mas seguro de si. — E não tem nada definido ainda. Vou terminar o último ano da escola antes de tomar qualquer decisão.

— Mas você vai se profissionalizar?

— Como eu disse... — Johnny olhou para a namorada antes de acrescentar: — Não tem nada definido ainda.

— Bem, você deve ter deixado uma impressão e tanto nos treinadores, se querem fechar um contrato com você assim tão cedo.

— Foi uma ótima turnê.

— Ele foi maravilhoso — Shannon interveio do banco do carona.

— Ele foi incrível — eu disse, batendo no ombro do Johnny e entrando no carro. — Foi melhor que todo mundo.

— Declaração ousada. — Keith ergueu as sobrancelhas. — Você tem muita fé no seu amigo aí, filho.

— Com certeza — respondi, abrindo a janela, porque, fala sério, aquele era o meu melhor amigo. Ele tinha controle total sobre o corpo e a mente, o que era algo raro. Algo de se invejar. Ter tanta autoconfiança. Tanto controle, tanta determinação. Conhecer a própria mente e seguir em frente sem duvidar de si.

Aos dezoito anos, Johnny Kavanagh era um dos melhores jogadores de rúgbi do país, e eu não tinha dúvidas de que, dali a uns anos, estaria entre os melhores do mundo. Ele era talentoso *nesse* nível.

— Meu filho Mark jogava como segundo centro no Tommen — o babaca continuou falando, se gabando e nos matando de tédio. — Claro, não se tornou profissional como você. Seguiu o caminho das finanças.

— Provavelmente, foi melhor assim — brinquei, me esforçando para manter o sorriso no rosto. — Considerando tudo. — *Sabe, já que a Academia não contrata estupradores que levam adolescentes a cometer suicídio e tal.*

— Vou perder a carona. Vou perder a carona! — uma voz familiar berrou do outro lado da rua. — Não vão embora sem mim!

Virei a cabeça e vi um turbilhão de cachos loiros saindo da casa dos Biggs, com uma caixa de suco na mão e um sapato de salto alto na outra.

Sim, um sapato de salto no singular.

— Johnny, Gerard!

Porque o outro estava no seu pé.

— Me esperem!

— Bem na hora — Johnny falou para a Claire, pegando a mochila que ela atirou para ele.

— Ah, meu Deus, você está salvando a minha vida — ela disse antes de mergulhar no banco de trás. — Hugh, aquele traíra, me largou pra trás.

— Ursinha... — Assim que meus olhos pousaram nela, senti um alívio imediato. Como se eu tivesse aberto o botão de uma calça apertada demais e pudesse respirar de novo.

— Gerard... — Seu sorriso era largo, genuíno e muito mais necessário do que ela jamais saberia.

Ela se inclinou para a frente e deu um beijo molhado e cheio de gloss na bochecha antes de se virar para a Shannon.

— Bom dia, amiga — disse, abraçando-a com carinho. — Ah, meu Deus, que cheiro *bom*!

— Obrigada — Shannon respondeu com as bochechas coradas. — É o perfume que o Johnny me deu quando voltou de viagem.

— Bem, combinou muito com você. — Claire se sentou ao meu lado, se acomodando no lugar do meio, para a minha alegria, e prendeu o cinto. — Este ano é nosso, Shan. Estou sentindo! O outono é uma ótima estação pra mim.

— Ah, é?

— É — Claire disse, nos cumprimentando com um soquinho. — À amizade, ao quinto ano, às folhas secas e às fantasias de Halloween arrasantes!

— Nossa! — falei, desanimado ao pensar no ano letivo que tínhamos à nossa frente. — Como foi que o verão acabou tão rápido?

— Não faço ideia.

Johnny colocou a mochila da Claire no porta-malas junto com as outras, contornou o carro e acenou educadamente para a minha mãe antes de se acomodar no banco do motorista. Ele se inclinou para o lado para beijar a namorada e deu a partida.

No instante em que o motor ganhou vida, começamos a ouvir "Remember the Name", do Fort Minor, que explodiu no impressionante sistema de som do carro.

A playlist do Kav estava sempre no modo feral. Não importava qual era o dia da semana ou a ocasião, as músicas dele eram brutais, agressivas e altamente motivadoras. Sério, depois de passar um tempo no carro dele ou com o seu iPod, eu tinha vontade sair correndo e sacudindo os punhos.

As músicas que ele ouvia eram um contraste gritante com a persona tranquila que ele apresentava ao mundo. Claro, eu sabia que ele tinha a habilidade de ser um maldito demônio se tivesse oportunidade, mas o cara era bastante contido.

— Não sei direito por que, mas tem algo nesse sujeito que me deixa com a pulga atrás da orelha — Johnny disse, abaixando o volume do rádio.

Deve ser o seu bom senso, cara.

— Sei que ele é casado com a sua mãe, Gibs, e não estou querendo ofender ninguém. — Encolheu os ombros. — O Keith sempre me pareceu sensato, mas tem algo...

— Sórdido nele? — Claire sugeriu, prendendo o cinto.

— Sórdido — falei, dando risada e colocando o braço no seu ombro. — Boa, ursinha.

— Né? — ela disse, sorrindo alegremente para mim.

— *Isso* — Johnny concordou no banco da frente, entusiasmado. — Sórdido. Essa é a palavra. Eu ia dizer *estranho*, mas a Claire acertou na mosca.

— É que ele é um canalha traidor.

— Claire!

— O que foi? — Ela gargalhou, enlaçou o braço no meu e descansou a cabeça no meu ombro, e o cheiro do seu xampu de morango invadiu os meus sentidos. *Perfeito pra caralho.* — Quem rouba a mulher dos outros é um canalha sórdido.

— Ah, meu Deus! — Shannon falou. — Não diga isso.

— Por que não? — Claire zombou sem um pingo de remorso. — É verdade.

Está vendo? É por isso que eu amava a Claire Biggs.

Ela enxergava todas as mentiras e falsidades.

— Ah, ele nem é o pior — acrescentei, porque concordar com a Claire abriria a caixa de Pandora, e eu não estava a fim de lidar com aquilo.

Além disso, por acaso eu estava sentado no mesmo carro em que a garota que tinha enfrentado dezesseis anos debaixo do mesmo teto que um assassino sedento por sangue. Comparado a Teddy Lynch, Keith era um cordeirinho. *Tenha noção, cara.*

— Ah, meu Deus, gente, quase esqueci! — Shannon deu um gritinho de empolgação, se virou para trás e enfiou o celular na nossa cara. — Vocês precisam ver essa foto.

— Ora, ora, olha só pra isso — falei, assobiando e pegando o aparelho para ver melhor o bebê gordinho e loirinho embrulhado em um cobertor azul preenchendo a tela. — Ajudei a fazer ele.

— Você levou eles pro hospital, Gibs, não exagera — Johnny o corrigiu, dando um beijo na mão da Shannon antes de pousá-la na sua perna. — Ele é tão bonitinho, né?

— Acho que está mais pra capetinha — murmurei, ainda um pouco traumatizado com os urros que saíram da boca da Aoife quando ela estava em trabalho de parto. Sim, naquela noite tive o azar de quase ser testemunha do parto do filho do Joey.

— Cala a boca! — Claire berrou, arrancando o celular da minha mão para olhar a foto. — Olha só pra esse Joeyzinho.

— Joey disse que ele tem o meu nariz — Shannon se gabou orgulhosamente, juntando as mãos. — Ele é tão lindo, gente! E, apesar de ainda não termos nos conhecido, juro que já amo ele loucamente.

— Nossa! — Soltei um suspiro e contive um tremor. — Ainda não acredito que o Joey virou pai.

— Ele sempre foi pai — Johnny comentou.

— Verdade, Kav.

— Mais um menino Lynch.

— Ele não é um Lynch, ele é um Joeyzinho.

— Novidade, Gibs: o Joey é um Lynch.

— Nah, ele é só Joey. Que nem o Bono. Ele não precisa de sobrenome. Ícone.

— Acho que o termo que você está procurando é infame.

— Ounnn. — Claire continuou fazendo barulhinhos para a tela do celular. — Quero um desses.

— Você quer um desses? — Olhei para ela perplexo. — Está se sentindo bem?

— Também quero — Shannon admitiu, suspirando. — Quero dois.

— Dois é um bom número — Johnny concordou. — Mas três é ainda melhor.

— Eita, esse negócio é contagioso! — Peguei o celular da Claire e o devolvi para a Shannon depressa. — Aqui, guarde logo esse treco antes que a foto do bebê provoque uma epidemia.

11

Prevendo uma rebelião

CLAIRE

Tudo bem, talvez eu tenha me precipitado um pouquinho quando disse que este seria o nosso ano. Ou talvez eu tenha até atraído uma espécie de mau agouro. De qualquer forma, me sentar na mesa do almoço diante da minha melhor amiga aos prantos não era como eu esperava passar o nosso primeiro dia de volta ao Tommen.

Estávamos na escola por apenas algumas horas, e um dos nossos amigos já tinha sido vítima da temida ira do sr. Twomey.

Joey Lynch tinha sido suspenso por espancar o Ronan McGarry, e o Tadhg Lynch também tinha pagado o pato pelo seu papel na briga.

Pelo visto, o Ronan deu uma de suicida ao chamar a Aoife Molloy de vadia na cara de alguém tão impulsivo quanto o Joey Lynch. *Fala sério.* O que é que ele estava pensando quando chamou a mais nova mãe do pedaço, que por acaso era a namorada dele, de vadia?

O sr. Twomey deu uma suspensão de *duas semanas* para ele. Tipo, isso era inédito no Tommen. O máximo que eu tinha visto desde que comecei a estudar lá foi uma semana. A surra que o Ronan levou foi grave.

Além de todo o drama dos irmãos Lynch, Ronan derramou sangue nos meus sapatos novinhos, Katie foi mandada para casa por conta de cólicas menstruais, e Lizzie e Feely — justo ele — tiveram uma discussão bizarra no começo do intervalo, o que fez com que ela fosse embora furiosa.

Claramente Hugh estava mais por dentro do que eu sobre o que tinha acontecido com os nossos amigos, porque ele foi atrás da Lizzie e, de alguma forma, conseguiu convencê-la a voltar. Ela estava na mesa do almoço, sentada ao lado do meu irmão na cadeira que a Katie tinha desocupado, e não falou uma única palavra com ninguém.

Fiquei me perguntando se a briga da Lizzie com o Patrick tinha algo a ver com a sugestão do Hugh de pedir para o Patrick conversar com ela. De qualquer forma, os três ficaram se encarando intensamente na minha frente.

Enquanto isso, Shannon ficou tão perturbada com a suspensão dos irmãos — no plural — que Johnny passou os últimos dez minutos sussurrando palavras que presumi serem de conforto em seu ouvido, entre beijos no seu rosto.

Quando ele colocou o cabelo atrás da orelha dela para beijar sua têmpora e depois passou o dedão na covinha do seu queixo, terminando com um beijo na ponta do seu nariz, não me aguentei e soltei um:

— Ounnn!

Eu adorava beijinhos assim. Na testa também. Beijinhos de esquimó eram a cereja do bolo. Essas eram minhas demonstrações de afeto favoritas, e minha melhor amiga as recebia em abundância diariamente do seu *namorado*.

— Vai ficar tudo bem, amiga — eu disse, tentando tranquilizá-la ao ver uma lágrima escorrendo pela sua bochecha. — Ei, não chora. — Estiquei o braço por cima da mesa e peguei sua mão, sentindo uma enorme onda de empatia pela minha amiga. — O sr. Twomey fez um favor pro Joey, se você pensar bem. — Joey claramente não queria nem estar na escola, para começo de conversa. A namorada dele ainda estava no hospital, pois tinha acabado de dar à luz seu filho. — Pelo menos agora vai poder passar um tempo de qualidade com a Aoife e o pequeno AJ.

— Exato — Johnny concordou, me olhando com gratidão. — Você sabe que a cabeça dele não estava aqui. Agora vai poder passar umas semanas com a família antes de voltar.

— Cap, é melhor você falar pro seu velho ficar de olho no Twomey. — Gerard chegou com uma enorme cesta de vime na mão. Ele veio direto até mim e deixou a cesta na mesa à minha frente. — Acabei de ver a sua mãe saindo da sala dele com os irmãos Lynch — disse, abrindo a cesta. — E aquele velho ranzinza não parou de secar a bunda dela.

— Ahhh... muffins! — Esfreguei as mãos com alegria assim que meus olhos pousaram nas delícias da Padaria Gibson. — Me dá, me dá.

— Mami K está aqui? — Robbie Mac perguntou, um pouco mais longe na mesa. — Ela estava de calça branca? Ah, merda, Gibs, me diz que estava de calça branca.

— Aquela que mostra a calcinha por baixo? — Pierce perguntou, estendendo a mão para pegar um muffin na cesta.

— Essa mesma — Robbie confirmou, gemendo. — Meu Deus, aquela mulher é uma deusa. Não parece ter mais que trinta e cinco anos.

— Continuem falando da minha mãe assim e vocês vão ver só o que vai acontecer — Johnny avisou, irritado. — Parem com isso.

— Ei, não olha pra mim — Gerard bufou. — Não era eu que estava secando a sua mãe.

— Até parece — um deles disse, fingindo tossir, fazendo toda a mesa explodir de rir.

— Vocês são um bando de pervertidos do caralho.

— Garotos são cachorros mesmo — grunhi, me levantando para Gerard se sentar e então me sentando no seu colo sem a menor cerimônia.

— Verdade — Gerard falou, pegando a chave do carro no bolso. — Não precisa nem começar o sermão — acrescentou, atirando a chave para o Johnny antes de pegar um muffin. — Eu como quando fico ansioso.

— Ah, não, não, não, não — Hugh disse, dando uma risada forçada e apontando o dedo para mim. — Tem lugar na mesa agora que o Lynch foi embora. Não precisa sentar no colo de ninguém, maninha.

— Não estou sentada no colo de ninguém — retruquei, sorrindo. — Estou sentada no colo do Gerard.

— Euzinho — Gerard brincou, abraçando minha cintura e acenando. — Oiê.

— Ahhh, por favor, me deixa dar uma mordidinha — implorei, segurando o pulso do Gerard quando ele levou o mais lindo muffin de chocolate com gotinhas de chocolate até a boca.

— Nada disso, morda com a boca, amor, não com as mãos — disse, afastando o muffin quando tentei pegá-lo. — Abra a boca.

— Claire... — Lizzie quebrou o silêncio de repente. — Não deixa ele te *dar* comida na boca.

— Tarde... demais... — murmurei entre as bocadas. — Foi mal... hum...

— Gibs! — Hugh se juntou a ela. — Para de dar comida pra minha irmã!

— Qual o problema? — Gerard perguntou, catando os farelos que não chegaram à minha boca, me dando mais um pedaço. — Ela quer.

— Ah, deixem eles em paz — Feely disse, rindo. — Não estão fazendo mal pra ninguém.

— Fe, ele acabou de *enfiar* os dedos na boca da menina.

— Não, não. Ele enfiou foi um pedaço de muffin — explicou com calma. — Você está exagerando.

— Aposto que não é só isso que ele enfia na boca da sua irmã, Hughie — Danny comentou, fazendo a maior parte do time gargalhar.

— Até parece que você sabe o que é enfiar alguma coisa na boca de uma garota — Lizzie disse, sem hesitar, me defendendo. — Vai catar coquinho, babaca.

— Parece que não fica com ânsia quando enfiam coisas na boca dela — Pierce provocou. — Filho da puta sortudo.

— Ei! Cuzão! — Gerard falou, nervoso, voltando a atenção para os colegas de time. — Nem começa.

— Ei, Biggzinha — um deles disse. — Quer se sentar no meu colo pra eu botar na sua boquinha algo mais gostoso?

— Oferecida.

— Você está morto, Callaghan! — Hugh rosnou, empurrando a cadeira e se levantando com tudo para defender a minha honra.

Foi um gesto doce, mas desnecessário, porque o Gerard foi mais rápido.

— O que foi que você disse da minha garota? — Ele já estava de pé, partindo para cima do cara antes que eu tivesse a chance de entender que não estava mais sentada no seu colo, mas na cadeira que ele tinha abandonado. — Se você falar dela assim de novo, vou arrancar as suas tripas pelo cu e atirar tudo na sua cara.

Nessa hora, o Gerard me lembrou muito daqueles vulcões adormecidos que as pessoas atravessavam quilômetros para ver. Pareciam lindos e inofensivos, mas quando a temperatura do seu núcleo aumentava o vulcão se tornava verdadeiramente letal.

Bastava uma insinuação sexual sobre mim para disparar algo dentro do seu cérebro, fazendo-o explodir nos próprios companheiros de equipe no meio do refeitório do Tommen.

— Eu só estava brincando — Danny falou, com dificuldade de respirar com as mãos do Gerard em torno da sua garganta.

— Vem, Shan — Johnny disse, empurrando a cadeira para trás. — Vamos sair daqui, baby. — Ele pegou a namorada pelo braço e a levou para fora do refeitório, para longe do perigo.

— Nossa, Gerard — falei, me aproximando do garoto que não só havia arrastado seu colega para a mesa do almoço, mas montado no seu peito, enquanto seus punhos acertavam o rosto dele.

— Gibs, não faz isso — Pierce disse, tentando afastá-lo do Danny só para ganhar uma cabeçada na cara. — Meu Deus, Gibs. — Pierce limpou o sangue do nariz com a manga da blusa e empurrou Gerard com força por trás, fazendo-o perder o equilíbrio. — Você quebrou o meu nariz, porra!

— Ei... — Hugh gritou, mergulhando de cabeça na briga, enquanto a Lizzie permanecia imóvel no lugar. — Tira as mãos do meu amigo, babaca.

— Ele quebrou o meu nariz, Hugh!

— Que pena que não quebrou o seu pescoço!

— Qual é o seu problema, Biggs?

— Você é o meu problema, O'Neill!

— Por que eu? O Gibs vive falando merda!

— Bem, ele é da família!

— Façam alguma coisa, gente! — Robbie gritou, segurando Gerard por trás quando ele tentou avançar no Pierce. Foi uma péssima decisão, que terminou com os cinco derrubando as cadeiras e caindo no chão.

Quando notou que os amigos estavam em desvantagem — eram três contra dois —, Patrick Feely embrulhou seu sanduíche no papel-alumínio e se levantou.

— Puta que pariu... — murmurou antes de se juntar à briga no chão. — Alguém vai atrás do Johnny.

Então vários outros membros do time se aproximaram, e fiquei sem saber se estavam mesmo tentando acabar com a confusão. Minha impressão era que todos estavam curtindo se espancar. Mãos voavam para todos os lados e o sangue jorrava, e todos pareciam estar *adorando*.

O sr. Twomey e vários outros professores chegaram, mas não foram páreo para mais de vinte adolescentes que mais pareciam tijolos, cheios de testosterona.

Sensata demais para fazer alguma coisa, mas agitada demais para não fazer nada, discretamente pisei na mão do Robbie Mac quando ele rolou para perto de onde eu estava. Rá. Bem feito por ter me chamado de oferecida.

— Chega — o sr. Twomey rugiu quando conseguiu separar dois jogadores do quarto ano. — Estou avisando!

Os meninos mais velhos nem piscaram. Em vez disso, continuaram caçando sangue, batendo e socando uns aos outros com violência.

— Eu disse "chega"! — o sr. Twomey berrou. — Vocês têm cinco segundos para parar com isso ou vou chamar a Gardaí e mandar levarem cada um de vocês pra cadeia!

— Ei! — Johnny rosnou, entrando no refeitório sem a Shannon. — Chega — disse com um tom verdadeiramente terrível. — Parem com isso!

Johnny avançou pisando duro, agarrou o maior deles e arrastou Gerard, que estava perturbado, para fora da confusão.

— Chega, porra — Johnny ordenou, segurando-o pela cintura.

— Ele que começou!

— Pra trás, Danny — Johnny avisou, com o dedo em riste para o garoto que ainda tentava chamar o Gerard de volta para a briga. — Nós dois sabemos o que vai acontecer se eu soltar ele.

Uau!

Sério, eu nunca tinha visto o Johnny tão furioso.

— Sentem-se agora — disse, empurrando o Danny para longe do Gerard. — *Agora*!

Sua voz era tão autoritária que até resolvi me sentar, com medo de me encrencar. Felizmente, não fui a única a sentir a pressão do alfa do bando. Um por um, a matilha foi se desvencilhando da confusão e retornando à infame mesa machucados, ensanguentados e em péssimo estado.

— É pra isso que voltei pro Tommen? — Johnny perguntou, ainda segurando o seu beta. — Pra ver um monte de idiotas arrogantes brigando uns com os outros?

— Não, cap.

— Foi mal, Johnny.

— Foi horrível — Johnny rosnou, com um tom cheio de aversão, olhando os colegas com desdém. — Vocês são uma desgraça.

— Aquele babaca que começou — Danny disse, apontando para o Gerard, que tinha conseguido se acalmar. Johnny tinha esse efeito. — A gente só estava brincando e ele surtou do nada.

— Você sabe o que você fez — Gerard retrucou, com os ombros tensos. — Você sabe o que você falou dela.

— Foi só uma brincadeira, Gibs.

— Pois foi uma brincadeira de *merda*, Danny.

— Meu Deus, eu estava tentando provocar o Biggs! Ela é irmã dele.

— Bem, um pequeno aviso pra você: se mexer com ela, mexeu comigo...

— Olha, não ligo a mínima pra quem começou. Estou encerrando a briga — Johnny os interrompeu, sem deixar margem para discussão. — Podem esquecer o que quer que tenha acontecido. Chega. Acabou. *Agora*. Alguém tem algum problema com isso? Alguém ainda está a fim de brigar? Porque posso ir lá pra fora com o idiota do meu time que quiser resolver algum problema.

— Não, cap.

— Não — Johnny repetiu com frieza. — Pensei que não mesmo.

— Eu assumo daqui, Johnny — o sr. Twomey interveio.

Johnny estalou a língua, mas não reagiu negativamente ao diretor. Em vez disso, acenou a cabeça de leve antes de contornar a mesa para retornar ao seu trono. Levando Gerard consigo, Johnny o empurrou para a cadeira da Shannon e afundou ao lado dele, mantendo o braço apoiado nos ombros do amigo o tempo todo.

— Bem, quero que todos os membros do time de rúgbi envolvidos nesta confusão permaneçam sentados — o sr. Twomey instruiu com o telefone na mão. — Todos os outros podem retornar às suas salas. Agora.

12

Flexões e penitência

GIBSIE

— É culpa sua.

— É culpa *sua*.

— Você que começou.

— Não, *você* que começou.

— Você deu o primeiro soco.

— Porque você exagerou.

— Eu só estava brincando.

— Você estava ofendendo a minha garota.

— Ela não é sua garota, idiota. Ela é minha irmã.

— Fica fora disso, Hugh. Estou defendendo a honra da minha noiva.

— Gibs, juro por Deus que se você não parar com essa baboseira de noiva...

— Gibson... Callaghan... Biggs! — o treinador berrou, desviando minha atenção da conversa acalorada que eu estava tendo com os dois babacas do meu time, um de cada lado. — Se estão conseguindo falar, é porque não estão trabalhando duro o suficiente!

— Quando podemos parar, treinador? — Pierce perguntou mais à frente, gemendo de dor enquanto tentava manter a posição. — Estou sofrendo.

— Todos nós estamos sofrendo, imbecil — Murph, outro colega do time, falou. — Mas alguns de nós não merecem.

— Sofrendo? — O treinador deu uma risada forçada. — Você ainda vai ver o que é sofrer, sua besta.

Sofrimento era pouco para descrever o que o nosso treinador estava nos fazendo passar. Vinte e cinco minutos na prancha poderiam até matar um cavalo. Seria mais fácil suportar algumas horas em um quartel.

— Por favor, treinador. As aulas acabaram uma hora atrás.

— Vou segurar vocês aqui a noite toda se vocês não calarem a boca e se concentrarem!

— Odeio vocês — Feely murmurou, a alguns corpos de distância.

— Meu Deus, não consigo — Robbie Mac grunhiu, caindo no chão. — Meus braços estão comprometidos, treinador. Estou morrendo.

— Volta pra prancha! — Ele assoprou o apito feito um lunático, marchando pela fileira de jogadores e usando o pé para empurrar a bunda de quem tinha saído da posição. — Quero vocês comendo grama e vomitando, seus imbecis!

Cinco minutos se passaram dolorosamente devagar antes que o som daquele apito horrível perfurasse o ar.

— Certo. Quero todo mundo de pé. Soltem as pernas e, depois, façam duzentas corridas ida e volta.

— Meu Deus, treinador.

— Tenho lição de casa.

— Tenho que trabalhar.

— Por favor, não!

— Ou melhor, trezentas! — Ele apitou de novo. — E, se vocês estiverem respirando depois, vamos encerrar esse momento em equipe com uma sessão técnica.

— Mexe as pernas, Gibs.

— *Estou* mexendo, cap.

— Não está, não.

— Estou, sim.

— Seu corpo está completamente parado, cara — continuou reclamando. — Mais alto.

— É fácil pra você falar, babaca — resmunguei, lutando contra a pressão nos meus ombros enquanto tentava manter a postura e não derrubar meu companheiro, que eu tentava erguer.

— Não me derruba, Gibs — Danny falou. — Meu corpo já está destroçado.

— Pode deixar, cara — grunhi, pois todos os problemas de antes tinham sido eliminados do meu sistema através do suor.

Era engraçado que o companheiro que eu tentava segurar fosse o mesmo que eu tinha arrancado o couro.

— Estica os braços, Gibs — Johnny instruiu.

— Estou *tentando* — bufei. — Quando foi a última vez que você segurou um babaca de noventa quilos nos seus ombros?

— Carrego o seu rabo bêbado quase todos os fins de semana — Johnny retrucou sarcasticamente, e tive vontade de gritar.

— Seus malditos backs — grunhi. — Vocês só querem se mostrar e caçar a glória enquanto nós, os forwards, fazemos todo o trabalho sujo.

— Trabalho sujo? Você nunca teve um dia de trabalho duro na sua vida, cara.

— Pois saiba que passo a maior parte do verão ajudando minha mãe na padaria.

— Pode crer — Hugh falou, se juntando à conversa. — E você ainda tem a cara de pau de ficar exibindo a pança por aí.

— Me chama de gordo de novo e vou sentar em você — avisei, indignado. — Sério, Hugh. Tenho ossos largos. E sim, ganhei uns quilinhos no verão. Grande coisa. Posso perder peso. Já você não tem como se livrar dessa cara.

— Você está me chamando de *feio*?

— E você está me chamando de *gordo*?

— Chega, gente. Vocês estão parecendo uns bebezinhos — Johnny disse, voltando a atenção para mim. — O problema não é o seu peso, Gibs. É você fumar.

— Já te falei que diminuí.

— Não adianta nada se não parar.

— Que merda!

— Nem começa com mi-mi-mi.

— Mi-mi-mi de cu é rola.

— Foco!

— Peraí... que mi-mi-mi?

— Ele está falando do tabagismo, Gibs.

— Taba... o quê?

— Aff.

— Está me chamando de burro?

— Meu Deus, estou cercado por idiotas.

— Beleza, podem trocar — o treinador Mulcahy nos interrompeu. — O quatro pega o sete e começa tudo de novo. Dois, quero um lance limpo. Nada dessa merda torta.

— Treinador, ele não está pronto ainda — Johnny começou, mas parou de falar quando o treinador o olhou feio. — Quem é que manda aqui, treze?

Johnny estalou a língua e se retirou com muito mais graça do que eu seria capaz.

— O senhor.

— Isso mesmo — o treinador respondeu, saindo por cima ao colocar o nosso capitão no lugar. — Você mandou bem no verão com o time irlandês, mas pode baixar a bola, treze.

— Baixar a bola? — Balancei a cabeça. — A bola dele não devia nem estar nesse campo de merda. Ele é bom demais pra gente, e você só está com inveja.

— Está questionando a minha autoridade, sete? — O treinador estreitou os olhos. — Não comeu grama o suficiente quando estava na prancha?

— Na verdade, desenvolvi uma grande tolerância à grama — retruquei, sorrindo. — Como de pouquinho em pouquinho. Sexta à noite me cai melhor.

— Aff, Gibs — Johnny grunhiu. — Você não se aguenta, né?

— Vai dar uma volta, Gibson — o treinador rosnou, soprando o apito. — E não pisa no meu campo até corrigir esse seu comportamento.

— Uhuuu!

Encantado comigo mesmo, abaixei o Danny como se ele fosse um saco de batatas e corri para a liberdade.

— Você sabe que acabou de dar ao filho da puta preguiçoso justamente o que ele queria, né?

— Olha a boca!

— Por que é que ele pode sair mais cedo?

— Menos conversinha, dez.

— Mas foi ele que começou a briga.

— Porra, Gibson! Mudei de ideia. Volte pra cá!

— Lá-lá-lá. — Tampei os ouvidos e corri muito mais rápido que durante o treino para alcançar a segurança. — Não estou ouvindo nada.

Quando cheguei ao ginásio, três rostos conhecidos me cumprimentaram.

— Como vai a minha garota de olhos castanhos?

— Oba! — Claire deu um gritinho, batendo palmas. — Você não só defendeu minha honra, mas também sobreviveu ao treinamento de castigo. — Ela se levantou de uma vez e avançou direto para mim, só parando quando estava com os braços bem firmes em volta do meu pescoço. Depois, ficou na ponta dos pés para dar um beijo estalado na minha bochecha. — Meu herói!

— Legal — falei, rindo e segurando a sua cintura. — Vou defender a sua honra mais vezes só pra receber essa atenção.

— Não precisava fazer isso — disse com uma expressão séria, e então um sorriso largo se espalhou pelo seu rosto. — Mas foi *fabuloso*.

— Épico e sexy?

— Épico e cavalheiresco.

— E sexy?

— Sim, Gerard, *e* sexy. — Ela deu risada, passando o dedo pela minha bochecha inchada. — Ah, olha só pro seu rosto.

— Ele vai sobreviver — Lizzie grunhiu, ficando de pé e ativando o modo cruel. — Parabéns por fazer o time todo ser punido, Thor. Você se superou.

— Estou à disposição.

— Não foi um elogio, idiota...

— A gente ficou vendo o treino — Shannon explicou, também se levantando e felizmente interrompendo a Víbora. — Pareceu intenso, Gibs. — Mordeu os lábios e olhou para o campo e, depois, para mim. — Você acha que o Johnny está bem? Ele ainda está lá correndo.

— Está me tirando, né? O cap está adorando — disse, gargalhando e a tranquilizando. — Esses treinos são tipo um orgasmo pra um workaholic que nem ele.

— Ah... — As bochechas dela coraram de constrangimento, mas um sorriso logo substituiu sua expressão preocupada. — Entendi... Então... que bom.

— Alguém pode me explicar por que o Joey Lynch recebeu uma suspensão de duas semanas por bater em um jogador de rúgbi enquanto o Thor, que fez o time inteiro brigar, saiu impune? — Lizzie perguntou, cruzando os braços. — Me parece que o sistema está funcionando muito bem no Tommen. Garotos ricos cuidando uns dos outros e tal.

— Me diz você, Liz — retruquei, irritado. — O Twomey pode me dar uma suspensão se quiser. Não vou reclamar.

— Só que ele não vai fazer isso. Porque o Tommen protege os preciosos jogadores de rúgbi a todo custo. Não é, Thor?

— Parem com isso, gente — Shannon interveio. — Por favor, não briguem.

— Não estou brigando, Shannon — Lizzie falou. — Só estou declarando fatos.

— Você está instigando uma discussão — Claire disse, soltando o meu rosto para encarar a amiga. — Para.

— Você está sempre do lado dele — Lizzie reclamou, erguendo as mãos. — Toda vez, Claire.

— Não estou do lado de ninguém — Claire falou, frustrada. — Porque não tem lado nenhum pra tomar, Liz.

— Está bem. Contina dizendo isso pra si mesma. — Lizzie saiu pisando duro, descendo as escadas do ginásio. — Talvez um dia você comece a acreditar.

— Lizzie! — as duas gritaram atrás dela, enquanto eu mentalmente suspirava de alívio ao vê-la se afastando.

Era doloroso estar com a Lizzie, ser a única caixa de ressonância para a sua dor. Eu precisava reunir todas as minhas forças para *não* gritar e retaliar com uma ferocidade que a silenciaria para sempre.

Nossas histórias estavam entrelaçadas, e, apesar de eu me sentir péssimo por tudo o que ela passou, *não* era minha culpa.

Depois que o boato sobre a carta suicida da irmã dela se espalhou, eu passei a prender o fôlego toda vez que a via, esperando que ela contasse ao mundo a verdade. Quando isso não aconteceu, comecei a suspeitar que ela não sabia da história toda.

Só havia um culpado ali, e com certeza não era eu.

Eu não queria brigar com ninguém, mas estava cansado daquilo. De ser o saco de pancadas pelos erros de outra pessoa. *Eu* não fiz mal nenhum a Caoimhe Young. *Eu* não. *Eu* não era o culpado, e de alguma forma consegui me tornar o alvo de toda a raiva e a tristeza da Lizzie.

Não tinha intenção nenhuma de disputar quem havia levado a pior.

Aos meus olhos, todo mundo tinha sua própria cruz para carregar. Mas a da Lizzie não foi feita por mim. Eu não tinha machucado a Caoimhe. Lizzie não conhecia os fatos. Não estava lá e não fazia ideia do que tinha acontecido entre eles.

Eu, por outro lado, tive o azar de estar sentado na primeira fila, testemunhando o desastre. O drama. O começo do fim da sua irmã. E com certeza Lizzie tinha somado dois mais dois e chegado a cinco. Eu não falava nada porque do que adiantaria? Ela não acreditaria em mim mesmo. A Caoimhe não tinha acreditado.

Eu queria desesperadamente silenciá-la com a *verdade*.

Sobre o motivo da irmã dela estar morta.

Sobre o que realmente havia acontecido naquela noite.

Mas não conseguia, porque, além de nunca ter verbalizado a verdade para ninguém vivo na face da Terra, a Lizzie nunca cederia.

Ela nunca pediria desculpas.

Nunca pararia de jogar os nossos amigos contra mim.

Nunca desistiria de me *culpar*.

Suas palavras eram venenosas, e se ela soubesse a minha verdade e a usasse contra mim, eu pararia de funcionar. Eu simplesmente sabia.

Ela usaria a minha dor como uma arma e atiraria direto no meu coração.

Daria um jeito de me culpar.

Todos eles me culpariam.

É por isso que ela não sabia.

É por isso que ninguém sabia.

É por isso que eu tinha que me lembrar de esquecer.

— Shannon como o rio — uma voz familiar disse, e quando nós três viramos vimos Johnny, Hughie e Feely se aproximando.

— Ah, ele não está mancando, graças a Deus — Shannon sussurrou antes de descer os degraus e correr para o meu melhor amigo.

— Ignora a Lizzie — Claire pediu, se virando para mim. — Ela não consegue sair da própria cabeça, Gerard. Nada do que diz pra você é pessoal.

Era aí que Claire estava enganada.

Era tudo pessoal.

Muito pessoal.

Quando sua mão tocou minha cabeça, senti aquela velha onda de alívio. A Claire tinha poderes mágicos, porque juro por Deus que ela sempre fazia eu me sentir melhor. Mais seguro. Estável. *Ancorado.*

— Está tudo bem, Gerard — acrescentou, sorrindo para mim. — Tudo certo.

Não estava.

Mas eu podia fingir.

Por ela.

13

Te dou os meus fins de semana

CLAIRE

— Você faz parecer tão fácil... — falei quando o Gerard deu o toque final em uma bomba de chocolate primorosa antes de entregá-la para mim. Era sábado à noite. Ele tinha fechado a padaria duas horas antes, mas ainda estávamos na cozinha vazia enquanto testava receitas novas e eu experimentava cada uma delas. — Ah, meu Deus! — Quase chorei de alegria quando dei uma mordida e a deliciosa combinação de creme fresco e chocolate derretido invadiu os meus sentidos. — Que... gostoso!

Ele sorriu.

— É bom, né?

— Mais que bom — concordei em meio às mordidas. — Gerard, você é talentoso de verdade.

Ele deu uma risadinha, se aproximou de mim, sentada no balcão, e me pegou com um movimento ágil para me colocar de pé.

— Nada de bunda no balcão, amor.

— Ops — falei, me recostando no balcão. — Me desculpe, chef.

Eu não ligava, mas ele era tão responsável quando estava na padaria que eu gostava de provocá-lo. Sabia que isso tinha bastante a ver com o fato de a Padaria Gibson ser uma das poucas coisas que restavam do pai dele. Fiquei feliz quando a Sadhbh assumiu o negócio para manter a padaria funcionando depois que o Joe morreu. Era um dos poucos lugares que não tinham sido infectados com o selo Allen. Aquele era o legado do Gerard, e era lindo ver que ele enfim mostrava interesse em reivindicá-lo.

Com uma touquinha azul e um avental que dizia "Nunca confie em um chef magrelo", estava muito fofo lavando a pia.

— Você está tão fofo!

— Você sabe que adoro quando você levanta o meu ego, ursinha, mas desconfio que chamar um cara de dezessete anos de fofo não seja bem um elogio.

— No meu mundo, é. — Me desencostei do balcão e peguei o casaco e a bolsa. — Então, escuta só, tive uma ideia meio doida que queria dividir com você. — Coloquei o casaco, tirei a touquinha que o Gerard tinha colocado na minha cabeça assim que entrei na cozinha, e sorri para ele. — Pode parecer algo totalmente fora do comum, mas tenho pensado muito sobre isso.

— Está me soando a encrenca — comentou, enxugando as mãos com um pano. — Estou dentro.

— Você ainda nem sabe o que é — falei, dando risada e colocando a bolsa no ombro. — E se você detestar a ideia?

— Se é ideia sua, não vou detestar. — Gerard tirou o avental, o pendurou junto com os outros e tirou a touquinha. — Além disso, você acabou de passar todo o seu sábado me fazendo companhia no trabalho. — Ele guardou a carteira e a chave do carro e foi até o interruptor. — Posso te oferecer o meu sábado à noite.

— Ah, é? — perguntei com um tom sedutor. — Você quer me dar o seu fim de semana, Gerard Gibson? — Segundos depois, ficamos imersos em uma completa escuridão. — Gerard! — gritei, assustada pela cegueira repentina, apesar de não ter sido pega de surpresa.

— Te dou todos os meus fins de semana, Claire Biggs. — Ele pegou minha mão e entrelaçou os dedos no meu daquele jeito que eu tanto adorava. — E os dias da semana também.

— Você estava certa — Gerard declarou mais tarde aquela noite ao meu lado, só de cueca, enquanto eu estava de camiseta e calcinha. — Detestei essa ideia.

Peguei a sua mão.

— Você consegue.

— Não. — Ele balançou a cabeça. — Não consigo.

— Você pode fazer o que quiser, Gerard Gibson.

— A maioria das coisas — ele disse. Meu coração se partiu quando senti seu braço tremendo. — Mas isso não.

— Confie em mim.

— Confiar em você não é o problema, ursinha. — Ficou encarando a banheira gigante do banheiro do andar de baixo como se fosse sua pior inimiga. — É o terror brutal e genuíno subindo pela minha garganta o problema.

— Sei que você está com medo — falei, me virando para ele. — E tudo bem sentir medo, mas você precisa conseguir entrar na água pra eu poder te ensinar a nadar. Então pensei que a banheira seria o melhor lugar pra começar. É privativa e ninguém vai te ver, então não precisa ficar com vergonha.

— Não preciso aprender a nadar — disse, com pavor nos olhos. — Porque não tenho intenção alguma de me colocar em uma situação em que eu tenha que fazer uso dessa habilidade.

— Acredito em você, Gerard Gibson. — Fiquei na ponta dos pés para segurar seu rosto entre as mãos e roçar o nariz no dele. — Você *consegue.*

Suas mãos se moveram até os meus quadris, afundando os dedos na parte carnuda da minha pele enquanto ele respirava profunda e lentamente, tentando se controlar.

— É só uma banheira.

— Isso — concordei baixinho, quase sussurrando, fazendo carinho nas suas bochechas com mais afeto do que deveria.

Senti seu hálito no meu rosto quando ele disse:

— E você vai estar comigo.

— Sempre — prometi.

Um lamento sofrido lhe escapou, e ele apoiou a sobrancelha na minha.

— Eu consigo.

— Você consegue — falei, me arrepiando ao sentir suas mãos na minha pele.

Seu corpo todo ficou rígido por um longo tempo, e, como ele não falou mais nada por três minutos inteiros, sinceramente pensei que isso era o mais longe que iria, mas então ele me surpreendeu e disse:

— Está bem. Vamos acabar logo com isso.

— Tem certeza? — perguntei com cautela.

— Não, mas você tem, e já é o suficiente pra mim — ele respondeu de um jeito inseguro.

A forma como ele olhava para a água me deixava de coração partido, mas disfarcei. Então estampei o sorriso mais radiante que consegui e entrei na banheira.

— Você consegue — repeti, estendendo a mão para ele. — Eu estou aqui. — Para sempre.

Seus olhos foram da minha mão para a água batendo na minha canela. Um longo e tenso silêncio se instalou entre nós antes de ele enfim se mexer. Então entrou na banheira hesitante, um pé por vez.

Assim que seus pés submergiram, ele soltou um suspiro trêmulo e olhou para mim, surpreso.

— Consegui.

— Você conseguiu. — Toda orgulhosa pelo seu grande e monumental avanço, sorri. — Agora você tem que se virar.

— Me virar? — perguntou, incerto.

Fiz que sim.

— Confia em mim.

Deu outro suspiro e se virou dolorosamente devagar até ficar de costas para mim.

— Boa — incentivei, colocando a mão na sua cintura. — Excelente, Gerard.

Pedir para Gerard fazer isso foi um movimento extremamente arriscado da minha parte, porque havia uma grande chance de dar tudo errado.

Embora eu não tivesse passado o que ele passou, já tinha sentido aquele pânico. Aos cinco anos, quando ele desapareceu sob as ondas. Enfrentei aquele pânico impotente, enquanto ele estava na água e vários minutos depois, quando tentavam reanimar seu corpo.

A imagem do Gerard aos sete anos, todo azul e mole, deu um tilte na minha mente. Eu raramente tinha sonhos ruins ou pesadelos, mas quando tinha era sempre sobre o medo de perdê-lo de novo.

— E agora?

— Agora, a gente vai sentar.

— Nah, estou de boa de pé, valeu.

Já esperando a negativa, me abaixei na banheira e me sentei.

— Você consegue — repeti, estendendo a mão. — Vou ficar bem aqui com você. Prometo.

— Por que é que a gente não vai pro chuveiro? — perguntou, se virando para me olhar. — Sou bom com chuveiros. — Desesperado, apontou para o chuveiro cromado preso à parede. — Não tenho problema nenhum com eles.

— Porque você precisa ficar imerso na água — expliquei pacientemente, vendo-o se mexer e ficar trocando o peso das pernas. O nervosismo que ele emanava era sufocante, mas ele nunca tinha chegado tão longe, e eu estava determinada. — Você consegue, Gerard.

— Eu consigo — repetiu mais para si do que para mim, agarrando as laterais da banheira e paralisando meio curvado, de costas para mim. — Não consigo.

— Estou bem aqui — sussurrei, esticando o braço para tocar suas costas com a mão molhada. — Está vendo? Está tudo bem.

Seus músculos se contorceram, e ele se sacudiu com violência.

— Porra. — A sensação da água na sua pele estava lhe provocando sofrimento emocional. — Porra! Beleza, eu... caralho.

— Vou contar pra você, está bem?

— Está bem.

— Você consegue — encorajei de novo, segurando seu quadril. — Três, dois, um... sente-se.

Não.

Nada.

Ele nem se mexeu.

— Três, dois, um — repeti com calma. — Sente-se.

Mais uma vez, nada.

Não moveu nem um dedo do pé.

Merda.

— Tudo bem, fica aí. — Me ajoelhei atrás dele e estendi o braço para pegar uma bucha. — Tenho um plano.

— Não me deixa, Claire! — Gerard gritou, tentando me segurar.

— Não vou a lugar nenhum, prometo — disse, pegando a bucha e a enfiando na banheira. — Só vou te molhar um pouquinho.

— Me molhar?

— Uhum. — Com a bucha encharcada, fui tocando suas costas sem apertá-la, deixando a água escorrer pela sua pele. — O que está achando disso?

— Tudo bem — ele respondeu, ainda parecendo prestes a sair correndo da banheira a qualquer momento. Sério, ele estava me lembrando o Brian, todo desconfiado e apavorado.

— Suas costas são tão compridas... — comentei, prestando bastante atenção a cada sarda e cicatriz do seu corpo enquanto o lavava devagar. — Você está tão bronzeado, Gerard. Sua pele é linda...

— A sua também — disse, só que sem o tom sedutor e brincalhão de sempre. Ele tinha sido substituído por pavor.

Desesperada para acalmá-lo, me inclinei e beijei suas costas.

— Claire... — ele falou, tremendo. — Não me provoca quando estou em apuros, amor.

— Ei, Gerard! — Travessa, abaixei a bucha e segurei a barra da minha camiseta ensopada. — Quer ver meus peitos?

— Com certeza, porra — ele disse, virando o rosto para mim. — A resposta pra essa pergunta é sempre, ursinha. Sempre.

Rindo, tirei a camiseta por cima da cabeça e a joguei para o lado.

— Maldito seja o inventor dos sutiãs — ele resmungou, tentando sem sucesso vislumbrar meu corpo. — Meu Deus, essa foi cruel!

Soltei uma risada maliciosa e coloquei as mãos nos seus quadris.

— Sente-se na água que te mostro mais.

— Mentirosa — bufou, mas senti seu corpo relaxando aos poucos. — Você não vai mostrar.

— Você nunca vai saber se não tentar — insisti, rindo.

— Hum. — Ele se abaixou um centímetro, depois mais um, até estar ajoelhado na água, ainda agarrando as bordas da banheira como se sua vida dependesse disso.

— Olha só pra você — incentivei, fazendo carinho nos seus ombros largos e ajeitando as pernas de modo que ele ficasse no meio. — Faz qualquer coisa pra ver peitos, Gerard Gibson...

— Eu faço qualquer coisa por você... — ele me corrigiu.

— Certo, vou botar as mãos aqui — falei, abraçando a sua cintura e descansando a cabeça no seu tanquinho. — E, quando estiver pronto, quero que apoie as costas no meu peito, ok?

— Você não vai tacar água no meu rosto, né?

— Não vou tacar água no seu rosto — prometi enquanto ele se abaixava devagar até estar sentado na banheira.

— Posso ficar me segurando?

— Claro, pelo tempo que precisar — concordei, emocionada de vê-lo acomodar as costas no meu peito. — Estou bem aqui.

— Acredite em mim, eu sei — respondeu, tremendo. — Esse é o único motivo de eu estar fazendo isso.

Sem soltar a sua cintura, me acomodei melhor para recostar as costas na banheira, com o enorme corpo dele aninhado entre as minhas coxas.

— Está em mim — arfou, se desesperando ao ver a água cheia de espuma batendo nos nossos corpos. — Não quero isso no meu rosto.

— O seu rosto está bem aqui — tranquilizei, roçando a bochecha na dele. — Não vou te deixar afundar.

— É melhor mesmo, ursinha — Gerard gemeu, se segurando na banheira.

— Pode fazer uma coisa pra mim? — perguntei pouco depois, ainda abraçando a cintura do Gerard, pois eu sabia que ele precisava sentir o meu toque para continuar relaxado. Precisava sentir que estava sendo carregado, apesar de não poder afundar. Era uma reação psicológica ao trauma que tinha enfrentado quando criança.

— Hum?

— Solte os braços.

— *Claire...*

— Pense nos peitos, Gerard.

— Meu Deus, o que é que estou fazendo? — murmurou, soltando com relutância a banheira de ferro fundido e colocando as mãos na barriga.

— Estou tão orgulhosa de você... — sussurrei no seu ouvido, pousando a mão sobre a dele. — Você é incrível, sabia?

A sensação da sua pele na minha era tão sensacional que tive que me lembrar de que aquilo não era nada romântico. Eu só estava tentando ajudar um amigo. Era isso. Éramos apenas amigos. Naquele momento, estávamos só curtindo a nossa amizade e nada mais. *Contenha seus hormônios furiosos, Claire.*

— Por que está fazendo isso?

— Hã? — perguntei, sem parar de roçar o rosto no dele. — Isso o quê?

Gerard virou a mão para cima e entrelaçou os dedos nos meus.

— Desperdiçar o seu tempo comigo?

— Por dois motivos — respondi, sentindo o coração disparar. — Primeiro, porque acredito que não existe isso de desperdiçar o tempo quando estou com você. — Minha bochecha tocou sua testa enquanto eu falava. — Segundo, você é a minha pessoa favorita no mundo todo. Não existe mais ninguém com quem eu queira desperdiçar meu tempo.

— Sério?

— Sério, mas não conte pras meninas.

— Jamais.

— Agora fecha os olhos, Gerard. Absorve a sensação da água no seu corpo e como você está seguro. — Contendo a vontade de beijar a sua testa, rocei o nariz na sua bochecha e apertei as coxas nele. — Quero que você substitua a memória daquele dia por esta.

14

Na sala da diretoria

GIBSIE

Ao contrário do que a Lizzie pensava, eu não tinha saído impune. A história de eu ter incitado um motim no refeitório no primeiro dia de aula me rendeu uma semana de detenção e visitas diárias à sala da diretoria, sem falar em várias inspeções surpresas no meu armário.

Na sala do diretor, eu era diariamente — e minuciosamente — interrogado pelo Twomey, que deixava bastante claro que *ele estava de olho em mim*. Eu não tirava sua razão. Não tinha dúvidas que eu era o destaque da sua carreira. Afinal de contas, ele falou para a minha mãe que nunca tinha visto um estudante tão *incomum* quanto eu ao longo de todos aqueles anos trabalhando com educação.

Entendi isso como um elogio.

Apesar da atenção de Twomey me divertir, não consegui esconder a irritação quando fui chamado para a sala dele após o último sinal na quinta-feira.

Eu tinha planos para depois da escola e já tinha aturado seus sermões e invasões ao meu armário no almoço.

Totalmente puto com o desrespeito ao meu tempo pessoal, entrei na sala dele sem nem me preocupar em não deixar as portas duplas baterem atrás de mim.

— Ei, estranho — uma voz familiar ronronou do outro lado da mesa da recepção. — Quanto tempo!

Não era tempo suficiente.

— Dee. — Estampei um sorriso no rosto, fui até o balcão e me recostei nele. — O Twomey está me procurando de novo?

— Não, eu que estou.

Nossa, eu estava mesmo ferrado.

Fiquei encarando-a sem expressão.

— Está?

Ela deu risada.

— É tão difícil de acreditar nisso?

Não, não era difícil de acreditar, mas era algo audacioso. Me chamar para a sala do diretor pelo alto-falante da escola? Meu Deus, foi um movimento ousado.

— O que eu posso fazer por você?

— Acho que você sabe exatamente o que pode fazer por mim. — Ela deslizou a chave do carro no balcão e disse: — Vou pra lá em dez minutos.

Estava usando uma blusa decotada e uma saia lápis, com o cabelo preso em um coque, parecendo uma bibliotecária sexy. Era uma mulher inegavelmente atraente.

Só que eu não sentia *nada*.

Nadica de nada.

— Não vai rolar.

— Não? — A confusão tomou seu rosto, e ela deu uma olhada no que presumi ser o meu cronograma de atividades escolares antes de dizer: — Mas você não tem treino hoje.

Não, eu não tinha treino, só que isso não significava que estava livre para qualquer outra atividade extracurricular, principalmente que envolvesse a minha cabeça no meio das pernas dela de novo.

Meu Deus!

Quando a Dee demonstrou interesse por mim pela primeira vez, fui imprudente. Era uma péssima característica minha. Me entregar às confusões sem pensar nas consequências. Foi uma decisão minha, e adorei a sensação de estar no controle. De iniciar algo que eu queria, e não o contrário. Havia algo muito errado com a minha cabeça. Eu sabia. Eu só... não podia mudar a minha programação. Acho que, no fundo, sentia que tinha que provar algo a mim mesmo, e quem melhor que uma mulher mais velha?

Eu podia tocar os outros.

Eu conseguia.

Sem problema nenhum.

Só que ser tocado não era tão fácil porque eu não sentia *nada*, então evitava, e acabei me tornando o que essa mulher chamava de seu benfeitor pessoal.

Fui tomado por uma espécie de urgência imprudente. Uma necessidade de ser tocado e ao mesmo tempo evitado. Era complicado, e eu tinha medo de mergulhar muito fundo na minha cabeça, nas minhas memórias, para encontrar a raiz do problema. De qualquer forma, eu estava no controle, e era disso que gostava.

Quando estava com ela, a gente andava no *meu* ritmo. Ela não me forçava a fazer nada, e aprendi tudo o que sabia com aquela mulher. O problema era que, depois de um tempo, ser o *benfeitor* da Dee começou a me parecer algo repulsivo, e, quando ela começou a querer mais, pisei logo no freio.

Fui um completo babaca com a mulher. Eu não ia mentir e dizer que a ideia de botar um piercing no pau no quinto ano não teve nada a ver com ela. Porque teve. Foi uma saída que encontrei para uma situação que tinha ficado complicada demais para mim. E foi uma solução bem-sucedida, porque consegui habilmente evitar a mulher desde a ocasião.

Hugh e os caras pensaram que eu era um safado sem consciência, e deixei rolar, porque... qual o problema? Ficariam surpresos se descobrissem meu eu verdadeiro, a pessoa que eu era lá no fundo, desesperada por um afeto que pudesse controlar.

Me recostei no balcão alto que separava os estudantes dos funcionários e senti um autodesprezo percorrer meu corpo. Eu tinha passado a vida toda tentando me livrar daquela sensação, e, de alguma forma, sempre acabava ali, me afogando em aversão por mim mesmo.

— Não, não tenho treino depois da aula — esclareci, trazendo minha atenção de volta para o presente, para a mulher que me olhava com expectativa. *Por que você é assim?*, minha consciência perguntou, furiosa comigo por eu ter me enfiado mais uma vez em um drama com o qual não tinha maturidade para lidar. — Escuta — falei, tentando uma abordagem diferente. — A gente se divertiu, mas vou ficar bastante ocupado com os estudos esse ano.

Em vez de levar minhas palavras a sério, Dee jogou a cabeça para trás e gargalhou.

— Gibs, você está falando comigo.

Me mantive firme e disse:

— Não estou mais interessado.

— Você não está mais interessado. — Não era uma pergunta, mas seu tom acusatório me garantiu que ela não ia me deixar escapar tão facilmente. — Por causa dela?

O rosto da Claire surgiu na minha mente, enviando uma nova onda de culpa pelo meu corpo e me deixando arrasado.

— Não — respondi devagar. — É que *isso* nunca devia ter acontecido. — Gesticulei para nós discretamente e soltei um suspiro forte. — Só deixa isso pra lá e segue sua vida, Dee.

— Não foi o que você disse antes.

— Bem, é o que estou dizendo agora.

— Você está agindo como se eu tivesse te forçado.

— Não, não estou agindo como se nada. Só estou te falando que não vai mais rolar.

— Então é isso? — Ela se recostou na cadeira, cruzou os braços e ficou me encarando. — Você, enfim, vai ter coragem de assumir seu lance com ela?

— Tenho dezessete anos — retruquei, mais que puto por ela estar trazendo a Claire para a conversa. — Não vou assumir nada.

— Você não parece ter dezessete.

— Bem, se quer ter certeza, é só olhar a minha certidão de nascimento — falei. — Está lá.

Dee se crispou como se eu tivesse lhe dado um tapa, e me senti um idiota.

— Você disse que isso te ajudava.

— Ajudava — falei. Parecia que a minha sanidade se esvaía a cada minuto daquela conversa. — No passado, ok? Já superei.

— Então não sirvo mais pra você.

— Só não estou interessado — grunhi, colocando as mãos na cabeça e apoiando os cotovelos no balcão. — Me desculpa por te magoar.

— Não peça desculpas — falou, chateada, girando a cadeira para trás e se levantando. — E nem pense em contar isso pra sua namoradinha.

Acreditem em mim: se eu pudesse apagar aquilo da minha mente, eu apagaria sem hesitar.

— Ela não é minha namorada, Dee — retruquei, acenando a cabeça. — Mas não se preocupa — acrescentei, seguindo para a porta. — Não pretendo contar pra ela.

— Ela não vai entender como a sua mente funciona. Você nunca vai conseguir fazer dar certo com ela.

— Vou arriscar.

15

Pessoas radiantes e felizes

CLAIRE

— Boa noite, família — falei, entrando na cozinha do Gerard na sexta-feira à noite.

— Boa noite, querida — Sadhbh respondeu da mesa, sorrindo. — Como foi a sua semana?

— Foi boa, e a sua? — Pendurei o casaco em uma cadeira e fui direto para a pizza caseira na mesa. — Ah, meu Deus, você botou morcela! — exclamei, pegando uma fatia daquela delícia queijuda. — Você é uma rainha, Sadhbh Gibson.

— Sadhbh Allen — Keith me corrigiu, rindo e erguendo os olhos do jornal que estava lendo.

— *Allen*... — me obriguei a dizer, abrindo um sorriso que torci para parecer pelo menos um pouco decente. Porque, apesar de não ter vontade nenhuma de agradar aquele homem, eu adorava e respeitava a mulher dele. — Onde está o Gerard?

— No quarto — Sadhbh respondeu, dando um suspiro preocupado.

— Ah? — A preocupação me dominou. — Não desceu pra comer?

— Pelo visto, está fazendo greve de fome — Keith respondeu, virando a página do jornal. — O que não seria um problema se não estivesse fazendo tanto barulho.

— Hum. — Dei uma última mordida na pizza, deixei a borda na mesa e fui para a porta. — Vou subir lá.

— Seja uma boa garota e diga pra ele não quebrar nada, está bem?

Assim que pisei no corredor do andar de cima, os familiares acordes da música "Shiny Happy People" ecoaram da porta do quarto do Gerard, me fazendo grunhir mentalmente. A letra alegre podia fazer os outros pensarem que o Gerard estava de bom humor.

Mas eu não caía nessa.

Não, porque sabia muito bem que, quanto mais animada ou ultrajante e explícita fosse a música que estivesse ouvindo, pior ele estava. Por dentro, claro. Porque Gerard Gibson preferiria escovar os dentes com estilhaços a admitir que estava tendo um dia ruim. O problema era que os dias ruins o deixavam bastante instável e impulsivo.

Quando éramos pequenos, seus dias ruins acabavam com ele de castigo. Hoje em dia, eram suspensões na escola e garotas de coração partido na sua cola. Sim, ele era um cristalzinho complicado.

A música tocando me garantiu que Gerard estava na pior e que eu tinha um trabalho a cumprir. Um trabalho que eu levava bastante a sério.

Respirei fundo, endireitei os ombros e coloquei a mão na maçaneta.

Quando entrei, vi todo o conteúdo do seu quarto, incluindo a cama, no meio do cômodo, formando uma pilha gigante de bagunça.

Roupas, dvds, TV, móveis... tudo o que ele tinha estava empilhado em cima da cama.

A única coisa intacta era seu precioso som, encostado no enorme peitoril da janela, ressoando as músicas do dia em um volume absurdo. Estava tão alto que o velho Eddie Clancy, o vizinho, tocaria a campainha a qualquer momento.

Ah, Gerard...

Dei um suspiro cansado, coloquei as mãos nos quadris e fiquei observando seu colapso.

Alheio à minha presença, de costas para mim, Gerard continuou pintando — ou, pelo menos, parecia que era o que estava tentando fazer — o teto do quarto do amarelo-canário mais horroroso que eu já tinha visto. Equilibrando-se precariamente em uma cadeira de rodinhas, ele se esticava todo para alcançar o teto superalto.

Quando "Fat Lip", do Sum 41, substituiu a música anterior, finalmente encontrei minha voz.

— Por favor, me diga que não é o que parece.

Como ele não respondeu, balancei a cabeça e fui até a janela.

— Gerard! — Abaixei o volume do rádio para decibéis toleráveis e abri a janela, preocupada com a tinta que ele estava inalando no cômodo fechado. — O que diabos você está fazendo?

— Ursinha...

Ele se virou para mim com um sorriso largo e cheio de malícia. Malícia e alegria que não alcançaram seus olhos.

Está fingindo, meu coração me disse. *Não se deixe enganar.*

Era todo risadinhas e gracinhas. Escondendo seu coração partido. Seu sofrimento. Eu queria salvá-lo do seu passado. Queria amá-lo apesar de tudo. *Queria* ele, ponto-final.

Ele apoiou o pincel na lata de tinta aberta e se aproximou, com o corpo vibrando de energia.

Se fosse qualquer outro garoto de dezessete anos, poderiam achar que estava sob influência de narcóticos. Mas Gerard não. Nada a ver. Era uma condição dele mesmo. Esse teatrinho que ele fazia era algo tão deslocado que causava picos de energia. Gerard chegava a tomar remédios para a sua condição, e sua mãe vivia enchendo o saco dele por causa disso. Eu não sabia se ele estava tomando a medicação para o TDAH certinho, mas o Gerard era um desastre quando criança.

— O que é isso? — perguntei ao ver um papel dobrado escapando da ponta da cama. — Gerard Gibson. — Fingi estar magoada. — Você está escondendo cartas de amor de outras garotas debaixo do seu colchão?

— Nada de cartas de amor — ele respondeu, rindo e enfiando o papel mais para dentro. — Juro.

— Se você diz... — Revirei os olhos e observei o quarto. — Se importa de me contar por que está pintando o teto?

— Detesto esse teto — disse, apontando para o local bem acima da cama. — É deprimente.

— O teto do seu quarto é deprimente? — Arqueei a sobrancelha. — Me explica, por favor.

Ele sorriu para mim. Mais um outro sorriso malicioso que não chegou até seus olhos. *Pobrezinho.*

— Você sabe que eu não durmo bem.

— Sei — falei devagar, esperando a ficha cair.

Ele deu de ombros.

— Pelo menos agora vou poder olhar pra alguma coisa.

— Mas é só um rosto sorridente gigante — falei, confusa, já que ele não tinha pintado o resto do teto.

— Eu sei.

— É estranho.

— Eu sei — foi tudo o que disse, completamente indiferente à ideia de que as pessoas pudessem achar estranho que tivesse pintado um círculo gigante bem em cima de onde ficava a sua cama.

— Você vai pintar o quarto todo?

— Ainda não decidi. Aqui... — Ele me entregou o pincel. — Desenha algo aí.

— Desenhar algo?

Ele fez que sim.

— Algo que me faça sorrir.

— Conheço o seu jogo. — Estreitei os olhos, desconfiada. — Você quer me envolver em mais um dos seus planos malucos pra que, quando as coisas forem por água abaixo com a sua mãe depois, o que com certeza *vai* acontecer, você tenha um bode expiatório pra livrar sua cara.

— Você acha que eu deixaria você se ferrar por minha causa? — Ele jogou a cabeça para trás e deu risada. — Jamais, ursinha.

— Rá! — soltei. — Mentiroso. Você me enfiou em cenários bastante questionáveis ao longo dos anos, Gerard Gibson.

Então "Steal My Sunshine", do LEN, começou a tocar e ele agitou as sobrancelhas antes de dar uma batidinha no meu nariz com um pouco de tinta amarela no dedo.

— Desencana, Biggs.

— Você é um idiota — falei, dando risada, sem conseguir evitar a ofensiva dele.

Gargalhando sozinho, ficou cantando, e seus ombros foram relaxando a cada minuto que passávamos juntos.

Bom trabalho, me elogiei silenciosamente. *Você está ancorando ele.*

O afeto que meu coração guardava por esse garoto em particular era quase doentio, e minha necessidade de amenizar seus dias ruins era quase tão forte quanto a necessidade de amenizar os meus próprios dias ruins. Suponho que era isso que acontecia quando duas pessoas passavam grande parte das suas vidas juntas.

Refletindo sobre as nossas travessuras e com o modo brincalhão ativado, fui inspecionar a carinha sorridente do teto, onde o Gerard estava desenhando um baseado com um marcador preto permanente.

— Nossa, a sua mãe vai surtar quando descobrir que você fez isso — falei, rindo, pois ele ainda acrescentou nuvens de fumaça em volta da carinha. — Você sabe que detesta que você fume.

— É arte — retrucou. — E arte... qual é a palavra?

— Abstrata? — sugeri, com as sobrancelhas franzidas.

— É isso, Cabeção — ele disse, se equilibrando precariamente na cadeira de rodinhas. — Agora vem cá me ajudar. Bota a sua marca no meu teto.

Que nem você colocou a sua marca no meu coração?

— Se está pensando que vou quebrar meu tornozelo participando dessa sua armadilha desonesta... ahhh!

— Armadilha? — Ele gargalhou, enfiando a cabeça por trás das minhas coxas para me erguer sobre os ombros com facilidade. — E depois eu é que sou o estranho.

— Você está ficando muito forte — comentei, segurando seu queixo áspero de barba enquanto ele me levantava sobre os ombros para que eu alcançasse o teto.

Com o pincel na mão, inclinei a cabeça para o lado, estudando a sua obra, antes de dar a primeira pincelada.

— Parece solitário.

— Quem?

— O sr. Sorrisinho.

— Estou vendo — concordou, segurando as minhas panturrilhas.
— Precisa de uma sra. Sorrisinha.
— Com certeza.
E foi assim que passei o resto da noite: nos ombros do Gerard Gibson, tentando tornar seu mundo um pouquinho mais alegre.

16
Garotas dorminhocas e corações acelerados

GIBSIE

— Ei, Gerard?

— Sim, ursinha?

— O que significa?

— Hã?

— O amor? — Ela se virou de barriga para baixo, apoiou o queixo na mão e sorriu para mim. — O que significa?

Sorri de volta para ela e imitei seus movimentos, me deitando de barriga para baixo de frente para ela.

— É o que os adultos fazem quando se casam.

— Hum... — Suas sobrancelhas loirinhas se franziram e ela lambeu o sorvete que estava no seu queixo antes de dizer: — Gerard?

— Hã?

— Por que os adultos se casam?

— Porque se apaixonam — expliquei, dando uma lambida no meu sorvete antes de oferecê-lo para ela.

— Mas por que se apaixonam? — perguntou, lambendo a minha casquinha. — É divertido?

— É que nem morar junto com o seu melhor amigo. Daí vocês têm bebês e gatinhos. — Parei para tomar mais um pouco do sorvete antes de continuar: — E uma cama grandona e...

— E rola guerra de travesseiros?

— Claro. — Assenti. — E você pode comer bolo na cama com a mesma pessoa pra sempre.

Seus olhos se arregalaram.

— Mas não quero me casar com ninguém. — Ela se inclinou para perto, lambeu a minha casquinha e sorriu. — A não ser com você...

Deitado de lado com o braço em torno da Claire, afastei os pensamentos do passado e me concentrei no presente.

Linda.

Ela era tão linda que meu peito até doía. Juro por Deus que, se eu olhasse para aquela garota por muito tempo, sentia uma dor nas costelas. Só de olhar para a nuca dela. Era tudo o que eu podia ver dali, e, ainda assim, meu coração disparava em resposta.

Até quando estava dormindo ela dominava meus pensamentos ao ponto de eu não conseguir segurar a vontade de sacudir o seu braço e acordá-la só para poder ouvir a sua voz.

— Ursinha? — sussurrei no escuro, sentindo aquela velha ansiedade crescendo dentro de mim. — Está acordada? — Claro que ela não estava. Eram quatro e meia da madrugada, e ela estava dormindo como qualquer outro ser humano normal, mas eu era egoísta e carente. — Amor?

— Shhh, Gerard — meio que gemeu, meio ronronou. — Hummm. — Ela se virou, empurrou a bunda contra mim e se afundou mais no colchão. — Mais cinco minutinhos. — Segurou meu braço e cravou as unhas na minha carne feito uma gatinha. — Só estou descansando os olhos.

Dei risada na escuridão, sabendo que estava mais acordada que dormindo.

— Shhh. — Ela se virou para mim, colocou a coxa sobre as minhas pernas e se aninhou ao meu lado, roçando o rosto no meu peito nu. — Estou supercansada.

Sorri.

— Diz de novo.

— Hum... o quê?

— Super.

— Shhh.

— Vamos, ursinha.

— Não.

— Vamos, só uma vez.

— Não.

— Por favor.

— Por quê?

— Porque é fofo pra caralho.

— Está bem — bufou, beliscando o meu mamilo. — *Super.*

— Porra. — Não consegui segurar a risada que escapou dos meus lábios. — Você é *superfofa*, sabia?

— Eu tinha cinco anos — grunhiu, totalmente desperta agora. — Pensei que estava sendo sofisticada falando a palavra "super" o tempo todo.

— Ei, a sua versão aos cinco anos ainda é mais sofisticada que a minha versão atual. — Dei risada e acrescentei: — Você ainda faz aquele barulhinho quando fala essa palavra.

— Não faço, não. Aquele barulhinho foi um efeito colateral temporário de quando meus dentes caíram. — Ela se ergueu sobre o cotovelo e sorriu. — Está vendo? Tenho dentes perfeitos de adulta agora e não faço barulhinho nenhum.

— Você é tão linda... — falei. Porque, primeiro, eu não conseguia ficar de boca fechada e, segundo, era verdade. Nunca tinha visto nada parecido com ela. — Juro que você brilha até no escuro.

— Você é tão engraçado...

— Não estou brincando.

Ficou me olhando por um longo tempo, procurando a mentira antes de soltar um suspiro trêmulo e se deitar de novo no meu peito.

— Você é tão frustrante, Gerard Gibson...

— É. — Engoli em seco, a abracei e assenti. — Eu sei.

— Me conte uma história.

Ergui a sobrancelha.

— Uma história?

— Uhum. — Ela assentiu e bocejou, sonolenta. — É o mínimo que você pode fazer, já que me acordou de um sonho maravilhoso.

— Você estava sonhando?

— Sonho toda noite.

Uau! Sortuda.

— Com o que você estava sonhando?

— O de sempre — respondeu, apoiando a bochecha no meu peito de novo.

— Que é...?

— Com você.

Meu coração disparou.

— Me conta.

— Não... — murmurou. — É você que devia me contar uma história.

— Não consigo pensar em nada.

— Então só fala alguma coisa — me encorajou. — Só fala, Gerard. Quero ouvir a sua voz.

— Falar o quê?

— Sobre a gente — sussurrou. — Me diz coisas legais.

— Não tenho sonhos legais quando durmo — falei com cuidado, tentando escolher as palavras certas, algo que não era nada fácil para mim. — Mas, sempre que sonho acordado, você é a estrela do show.

— Sou?

— Claro.

— Continua.

— Tenho dificuldade de me concentrar — disse, sem saber se valia a pena lhe contar isso, mas ela me pediu para falar, então segui em frente. — Mas, quando estou com você, é como se eu conseguisse pensar melhor. — Dobrei um braço atrás da cabeça, tentando formular as frases a partir dos meus pensamentos caóticos. — Você é a única pessoa capaz de prender a minha atenção. Com todo mundo, ela fica se desviando. Mas não com você. Nunca com você.

— Sério?

— Você já sabe disso.

— Talvez, mas é bom te ouvir falando.

Fiquei pensando nas suas palavras por bastante tempo antes de dizer:

— Te amo, Claire.

— Também te amo, Gerard. — Um calafrio a percorreu. — Muito.

17

Bebês e casos perdidos

CLAIRE

— Ah, meu Deus. Ah, meu Deus! Olhe só pra esse pezinho.

— Shhh, Claire. Não grite. Você vai machucar o ouvido dele.

— Ops, foi mal. — Cobri a boca com a mão e fiquei trocando o peso dos pés sem parar, tentando desesperadamente me segurar para não arrancar o bebê dos braços da minha melhor amiga e roubá-lo para mim enquanto "Semi-Charmed Life", do Third Eye Blind, tocava no rádio. — Acho que já amo ele.

Quase um mês tinha se passado desde que voltamos para o Tommen e tudo parecia bem de novo. As suspensões do Joey e do Tadhg tinham acabado, e tirando uma coisinha ou outra no início do semestre, tudo estava funcionando perfeitamente bem no nosso grupo. O melhor de tudo era que eu e o Gerard estávamos passando a maior parte do tempo juntos — isso é, quando ele não estava treinando com o Johnny.

O adorável sobrinho da Shannon tinha quase um mês de idade, e aquela era a primeira vez que eu o via — apesar de eu ter tentado botar as mãos nas suas bochechas gorduchas assim que ele saiu do útero da Aoife.

— Você devia cheirar ele — Shan me encorajou, com o sobrinho no colo. Me inclinei para perto, dei uma fungada no seu cabelo loiro e gemi. — Tem cheirinho de bebê recém-nascido.

— Liz, vem cá! — Sem conseguir tirar os olhos do bebê mais fofo que eu já tinha visto na vida, acenei entusiasmadamente para que ela se juntasse a nós. — Ele é tão... cala a boca! Ele está chupando o dedo.

— Pois é — Shannon falou, animada.

— Não é a coisa mais fofa que você já viu?

— É tão fofo!

— É só um bebê, gente — Lizzie falou do sofá da edícula do Joey e da Aoife, completamente desinteressada, sem fazer a menor questão de paparicá-lo. — É isso o que fazem. Chupam o dedo.

— Mas esse é o melhor bebê — comentei, fazendo carinho na bochecha gorducha do AJ. — Quero um.

— Eu também.

— Vocês são malucas.

— Obrigada, meninas — Aoife disse, reaparecendo do banheiro, de pijama e com uma toalha no cabelo. Estava bem melhor do que quando chegamos, com o leite vazando e uma mancha de vômito do AJ nas costas.

— Parece que eu não tomava banho sozinha há semanas — acrescentou, sorrindo. — Como o AJ está?

— Bem, você meio que não tomou mais banho sozinha — Shan comentou. — E ele está tão perfeito quanto estava dez minutos atrás.

— Isso — concordei, abrindo um sorriso solidário para aquela loira deslumbrante. — Como você está?

— Ela empurrou um ser humano pra fora do corpo há um mês, Claire — Lizzie disse. — Como você acha que está?

— Vagina — Ollie interveio do sofá, brincando no jogo da cobrinha no celular de Aoife. — O nome é vagina.

— Ei, bom trabalho, espertinho — Aoife o elogiou, bagunçando o cabelo do irmãozinho do namorado. — Você está arrasando com a fonoaudióloga.

— Obrigado — ele disse, abrindo um sorriso radiante para ela. — Quando o Joe chega?

— Ele vai trabalhar até tarde hoje, carinha.

A expressão do Ollie murchou, mas Aoife acrescentou depressa, feito a rainha que era:

— Mas está tudo bem, Ols. Você sabe que ele vai dar uma passada no casarão pra dar boa-noite pra vocês antes de ir pra cama. Como sempre.

— Promete que ainda vai estar bem hoje? — Ollie perguntou, com os olhos castanhos arregalados e cheios de inocência. — Que não está doente de novo?

— Prometo — Aoife respondeu. Ela limpou a garganta várias vezes antes de falar: — Hoje é mais um dia bom, Ols.

Tive quase certeza que senti meu coração se partir. Aquela não era uma conversa ordinária. Aquele órfão estava pedindo uma confirmação de que o irmão viciado em heroína continuava limpo para a garota que tinha dado à luz o bebê do irmão há apenas algumas semanas.

Pobrezinho.

E que garota forte!

— Para com isso — Lizzie, que tinha aparecido de repente ao meu lado, sussurrou no meu ouvido. Ela colocou um lenço na minha mão e me empurrou para a porta. — Não na frente do menino.

Fingi que estava atendendo ao telefone, coloquei o aparelho no ouvido e saí, prendendo o fôlego.

Quando a porta da edícula se fechou, contive um soluço de choro e segurei meu peito, enquanto uma série de emoções diferentes se agitavam no meu coração.

— Ah, meu Deus!

— Tudo certo aí, Claire? — Johnny perguntou, surgindo na porta da garagem com uma expressão confusa. Pelas inúmeras horas que passei na mansão no verão, eu sabia que a garagem abrigava uma academia de última geração.

— Uhum — falei, assoando o nariz com o lenço que a Liz me deu. — Só é muito *triste*.

— Triste — uma vozinha repetiu. Foi só, então, que notei o menininho agarrado às pernas do Johnny. — Claire triste.

— Oi, Sean — eu disse, fungando e sorrindo com alegria para o irmãozinho da minha melhor amiga. — Não estou triste. Estou superfeliz.

— A Claire é boba, né? — Johnny falou, pegando-o no colo. — Porque a gente não chora quando está feliz, né? Hein? Diga pra ela que é pra rir.

— Rir — Sean repetiu de maneira solene e, então, fez a coisa mais adorável do mundo: esticou os bracinhos e puxou as bochechas do Johnny para fazê-lo sorrir. — Viu?

Dei risada com vontade.

— Ah, meu Deus, você é tão fofo!

— Faz um favor pra mim, carinha? — Johnny o colocou no chão, bagunçou seus cachinhos e disse: — Vá lá pra dentro perguntar pra Dellie se o jantar do Johnny está pronto.

Sean estufou o peito, fez que sim com veemência e disparou para a porta dos fundos.

— Me desculpa — falei quando o menino se afastou.

— Você só é humana — Johnny comentou, observando o menino feito uma águia até desaparecer na mansão. — É intenso.

— É de destroçar o coração — disse, seguindo-o para a garagem e me sentindo pateticamente sensível. — Como é que você aguenta?

— Com isso — explicou, apontando para os pesos e para os aparelhos de ginástica atrás dele. — Vai ficando mais fácil.

— Geralmente, lido bem com essas coisas. Mas ver a Aoife e o AJ sabendo de tudo o que passaram... — Minha voz falhou, e tive que levar o lenço ao nariz para impedir que escorresse. — Daí o Ollie perguntou pra ela se o Joey continuava bem, e a Aoife só pôde dizer que estava bem hoje... — Contive outro soluço e enxuguei as lágrimas. — Então percebi que o Joe nunca vai ficar totalmente bem, né? Porque não tem cura pra doença dele! — Fungando, acrescentei: — Ele sempre vai ser um adicto e não vai poder prometer nada além de hoje.

— Pois é, Claire.

— Mas é tão triste! — falei, sem conseguir impedir o lamento que me escapou. — Ele está se esforçando tanto com a escola e o trabalho e o bebê! E já passaram por tanta coisa! E a Aoife é tão corajosa! E, *mesmo assim*, não têm garantia nenhuma pro futuro!

Johnny soltou um suspiro pesado, sentou no banco e deu um tapinha ao seu lado.

— Vem cá.

Aos prantos, me sentei com ele e cobri o rosto com as mãos.

— Por que é que coisas ruins acontecem com gente boa?

— Não sei, Claire — ele respondeu, fazendo carinho no meu ombro. — Não sei mesmo.

— Que *merda*!

— Pois é — ele concordou, me oferecendo uma garrafa d'água. — Mas só da Shan e dos meninos estarem aqui, de pé, respirando... é um milagre. E quanto ao Joey... é pura força. Nunca vi um ser humano mais resiliente que ele na vida. Sim, sempre vai ser um adicto, mas agora tem uma família pela qual vale a pena ficar sóbrio. Uma garota e um bebê pelos quais ele não só lutaria até a morte, mas também pelos quais quer *viver*. Então que se fodam as garantias, e não fica torcendo contra. Ele vai assegurar um futuro sensacional pra Aoife e pro AJ, assim como garantiu um futuro pros irmãos.

18

Rhett Butler

GIBSIE

— Sabe, quando você me pediu um palete velho da fazenda, eu devia ter desconfiado que era pra uma das suas maluquices — Feely disse. Estávamos no quintal de casa depois da escola, cercados por ferramentas, serras e pedaços de madeira. — Isso é bem estranho, Gibs. Até pra você.

— Não, não é nada estranho — retruquei, segurando um prego entre os dentes e martelando outro na casinha de madeira que passei a maior parte da noite construindo. — É o cúmulo da sensatez.

— E você se importa em explicar a lógica dessa sua loucura?

— Está ficando frio. Reggie vai precisar de um lugar quentinho pra hibernar.

— Você sabe que, se libertasse o coitado, ele mesmo encontraria um lugar, né?

— Segundo a nossa veterinária, não. Ele já passou por coisa demais. Reggie não sabe que é um ouriço. Ele era só um bebê quando a gente o resgatou. Não vai sobreviver ao inverno na natureza.

— E você sabe que ouriços selvagens podem transmitir doenças, né? — Feely comentou, se recostando na porta fechada do pátio. — Você não devia ficar carregando ele pra lá e pra cá desse jeito.

— Pela última vez, Reginald não está doente! — gritei. — Ele é tão saudável quanto eu.

— Tão saudável quanto você? — Deu uma risada. — Era pra isso me tranquilizar?

— Não liga pra ele, filho — grunhi, voltando a atenção para o trabalho enquanto meu amiguinho se enterrava na minha calça cinza. — O papai vai construir pra você um hibernáculo melhor que o de qualquer outro ouriço.

— Ao menos usa umas luvas pra segurar ele.

— Qual foi, Patrick? Só te pedi ajuda porque você manda bem com madeira e sempre foi o menos julgador dos caras. Pelo menos foi o que havia *pensado*.

— Não estou te julgando, Gibs. — Ele riu de novo e sentou no pátio ao meu lado. — Aqui. — Ele arrancou o martelo das minhas mãos, pegou um prego e começou a trabalhar no telhado de feltro. — Vamos garantir que o hibernáculo do seu *filho* seja à prova d'água.

Sorri.

— Valeu, cara.

— Pergunta — falou pouco tempo depois, quando o telhado estava meticulosamente no lugar. — Você percebeu algo fora do comum na Liz?

— Na Liz? — Virei para ele. — A Víbora?

Ele fez que sim.

— Não, não notei nada fora do comum nela. Na verdade, me esforço bastante pra ignorá-la — respondi, surpreso com a pergunta. — Caso você não tenha percebido, aquela bruxa me odeia, cara.

— Calma, Gibs. Não fala dela assim. Ela já foi sua amiga.

— Sim, e olha só no que isso deu — retruquei, na defensiva. — Fiquei na linha de fogo daquela língua venenosa.

— Não estou justificando nada que ela fez pra você ao longo dos anos — continuou, cauteloso. — Porque sei que ela exagera.

— Mas? — perguntei, sabendo que havia um "mas" naquela lenga-lenga.

— Mas acho mesmo que vocês precisam conversar. Já passou da hora.

Fiquei apenas encarando-o sem piscar e sem conseguir verbalizar qualquer palavra para responder àquela baboseira.

— Vamos, Gibs — insistiu. — Tente entender o meu ponto de vista.

— Não consigo — falei, colocando o Reggie na casinha. — Provavelmente porque estou cego pela traição!

— Ela não é uma pessoa ruim — ele disse quando me levantei e fui para a porta. — Só está ferida.

— Todos nós estamos feridos, cara — retruquei, abrindo a porta e entrando. — E não saímos descontando nos outros.

— Você sabe o que dizem que o Mark fez com a Caoimhe — Feely acrescentou, me seguindo para a cozinha felizmente vazia. — Sei que ele não é seu irmão, Gibs. Sei disso, ok? Mas ela acredita nos boatos. Acha que ele é o responsável, e, se vocês conversarem, acredito realmente que isso pode ajudá-la a se curar.

— Você acha? — falei, fechando a geladeira. — Da última vez que verifiquei, achar não era a mesma coisa que saber, Patrick!

— Vamos, Gibs — continuou tentando. — Todo mundo sabe dos boatos, cara. — Ele se recostou na ilha e acrescentou: — Metade da cidade acha que ele estuprou ela.

— Aparentemente, a Gardaí não está incluída nessa metade — eu disse, nervoso. — Porque liberaram o cara depois do interrogatório!

— É difícil provar a história de uma garota morta.

— Concordo — falei friamente. — Sobretudo quando a história é uma mentira completa.

— Então você acha que o Mark é mesmo inocente? Acha que ele não tem nada a ver com o fato de a irmã da Lizzie ter pulado da ponte aquela noite?

— Eu *não* falei isso — disse, detestando o tremor na minha voz.

— Exatamente. Porque você sabe tão bem quanto ela que tem alguma coisa aí. Vamos, Gibs, pensa nisso, cara. Onde há fumaça, há fogo.

— Não! — rugi. — Não, não vou pensar nisso, Patrick, porque não quero pensar, porra. Porque estou de saco cheio de pensar. De saco cheio de ser culpado. Estou de saco cheio, ok?

— Ok. — Ele ergueu as mãos, com as sobrancelhas franzidas. — Ok, Gibs, relaxa. Não vou mais falar nisso. Só se acalma, cara.

— Obrigado pela ajuda com o hibernáculo do Reggie — falei sem emoção, seguindo para aporta dos fundos.

— Espera, Gibs...

— É melhor você ir agora — disse, fechando a porta antes que ele me seguisse para fora.

— Estão falando que você botou o Feely pra fora mais cedo — uma voz familiar disse pouco tempo depois.

— Parece que estão certos.

— Quer me contar o que rolou?

— Não.

— Então você ainda está puto?

— Sim.

— Merda. — Hugh fechou a porta do meu quarto e foi até o pufe para se sentar. — Ele deve ter feito algo terrível pra você ficar assim, Gibs.

— Ah, por favor. — Revirei os olhos, atirei a bola de rúgbi para cima e a peguei no ar. — Não precisa fingir que o Feely não atravessou a rua correndo pra te contar tudo assim que mandei ele se foder. Vocês são unha e carne.

— Que nem você e o cap?

— Exatamente — concordei. — Por isso sei que ele foi correndo te contar o drama.

A coisa não tinha sido tão feia com o Feely. Amanhã, tudo já estaria esquecido, mas, por enquanto, eu ainda estava bolado.

— Eu não ia negar — Hugh respondeu com calma. — Só achei que seria uma boa vir ver como você estava.

— E por que desperdiçar o seu tempo? — perguntei, jogando a bola de novo. — Estou sempre bem.

— Verdade — Hugh disse, sem emoção. — Tirando quando você não está.

Eu não tinha resposta para aquilo, então fiquei quieto.

— Gibs... — Um suspiro pesado lhe escapou. — Conversa comigo, cara.

— Sobre o quê?

— Você podia começar me contando o que é que te faz se fechar desse jeito.

Me apoiei sobre o cotovelo e me virei para ele.

— *Pareço* fechado?

— Sim — ele disse, sem hesitar. — Como te conheço desde sempre, eu diria que sim, você está claramente fechado. — Ele manteve os olhos castanhos fixos nos meus e disse: — É com a Lizzie.

Meu sangue gelou.

— Não.

— Vamos, Gibs.

— Meu Deus do céu. — Meu peito se encheu de tanta frustração que eu queria arrancar as quatro paredes daquela merda de casa. — Por que é que tudo tem que ser sobre *ela*?

— Não tem.

— Segundo você e o Feely, parece que tem.

— Não — Hugh disse. — Feely me contou o que aconteceu. O que ele estava tentando fazer, e entendo. Sei que ela não tem sido a pessoa mais legal com você, mas...

— Escuta, cara, entendo que você e o Fe têm esse apego esquisito à Víbora desde sempre, mas não tenho nada a ver com isso — interrompi depressa. — Não sou amigo dela, não sou o saco de pancadas dela, não sou porra nenhuma dela. Então, quaisquer que sejam os problemas dela, não vem aqui projetando eles em mim, porque, como dizia Rhett Butler, "francamente, eu não dou a mínima"!

Hugh ficou em silêncio por um bom tempo até que enfim se levantou.

— Claro que você dá a mínima, Gibs. — Foi até a porta. — Você não quer, mas se importa — acrescentou. — Assim como a gente.

— Assim como você, melhor dizendo.

Hugh não negou.

— Parece que você gosta de sofrer, Biggs — falei atrás dele.

— Digo o mesmo de você, Gibson. Agora levanta essa bunda daí e se livra desse mau humor. Minha mãe está colocando a mesa do jantar.

Meu estômago ficou em alerta instantaneamente.

— Qual o menu?

— Sua comida favorita.

— Bacon com repolho?

— E batata assada.

Puta merda.

19

Festas do pijama e conversas sobre sexo

CLAIRE

— Amiga! — Deixei minha mala no chão e pulei na deliciosa cama queen size que continha minha pequenina amiga e uma velha labradora. — Me dá um abraço.

— Não, não, não, não pula em mim... Ahhh! — Encolhida em uma pilha de membros agitados e cabelos rebeldes, Shannon segurou a risada. — Você está de bom humor.

— Estou — concordei, me virando de lado para fazer carinho na barriga da Sookie. A cachorra soltou um gemido contente e ficou chutando as patinhas. — Você é a bebezona mais doce do mundo — falei, derretendo por dentro ao ver os pelos grisalhos em volta do seu focinho. — Não dá pra aguentar, Shan.

— Pois é — disse, fechando o livro que estava lendo. — Está ficando toda dura. — Shan comprimiu os lábios e desviou o olhar da cachorra para mim. — Vamos torcer pra ela ainda ter uns bons anos pela frente, né?

— Ah, meu Deus, consegue imaginar? — Estremeci de pavor.

Além de eu sinceramente achar que os irmãos Lynch não suportariam mais uma morte na família, tinha medo só de pensar na reação do Johnny no dia que sua fiel companheira não estivesse mais aqui.

Johnny era cauteloso. Ele não se abria muito com ninguém da nossa galera além da Shannon ou do Gerard, então às vezes era difícil saber o que estava pensando ou sentindo, mas todo mundo sabia do seu inabalável amor pela cachorra que eu acariciava. Eu frequentava bastante a casa dele desde que os Lynch se mudaram para lá, e estava na cara que ele era tão apaixonado pela cachorra quanto pela namorada.

O comprometimento dele com a Sookie me confortava de uma forma estranha. A mãe dele tinha cachorras mais jovens, mais ativas e bonitas, mas o Johnny nem enxergava Bonnie e Cupcake. Mal olhava para elas. Eu considerava esse tipo de lealdade cega e devoção características extremamente benéfico para uma pessoa.

Na minha cabeça, isso significava que ele não desviaria a atenção da garota de cabelos castanhos à minha frente. Ele tinha um nível de confiabilidade que nenhum dos outros garotos do nosso círculo de amigos demonstrava. Por isso eu sabia que ficariam juntos para sempre.

O que o Johnny e a Shannon tinham era permanente. Nutriam a relação como se ela fosse da maior importância para ambos, em igual medida. Eu tinha certeza que a Shannon seria a garota que estaria em seus braços quando ele recebesse a medalha do Grand Slam, e Johnny estaria comemorando em meio à multidão quando a namorada recebesse seu diploma universitário.

Os dois fariam tudo certo, porque o Johnny tinha sido estruturado para se comportar assim, e a Shannon florescia diante da habilidade dele de equilibrar a vida e fazer a coisa correta.

Suas bússolas morais estavam apontadas na mesma direção, e seus corações estavam voltados um para o outro. A confiança que tinham na relação era impecável, e eu os imaginava dali a muitos anos morando em uma casa no interior parecida com esta, cercados de cães e um bando de crianças.

Se o Johnny fosse como o pai dele em trinta anos, a Shannon podia se considerar uma garota muito, muito sortuda.

Sim, Papi K, ou Papi Gostosão, como Lizzie o chamava, era um belíssimo homem. Eu não sabia direito se era por causa dos ternos sob medida que usava ou por conta da polidez que mascarava a sua aura poderosa, mas todas nós éramos caidinhas por ele.

Shannon, sem dúvida, tinha um colírio para os olhos muito melhor que eu ou a Lizzie. Ou, pior, que o Hugh. *Eca!*

Joey e Aoife eram outro casal que eu sabia que ficaria junto, mas com eles a coisa era diferente. O dois tinham algo incandescente, quase como uma bomba-relógio. Eram duas pessoas imprevisíveis unidas por uma amizade baseada em afeto, camaradagem e, sejamos sinceros, sexo quente. Ninguém engravidava durante o secundário se o cara não fosse um garanhão. E, meu Deus, Joey Lynch certamente era um garanhão. O amor deles tinha uma instabilidade que não estava presente no relacionamento de Johnny e Shannon, o que me fazia desejar mais ainda viver uma experiência como a da Shannon. Apesar de tudo, ainda carregavam uma certa inocência. Ao contrário de Joey e Aoife. A relação deles era como fogo e gelo. Pouquíssimas pessoas, se é que existia alguém, conseguiriam suportar o que esses dois passaram e sair mais fortes disso.

Eu tinha muito orgulho do Joey pelo que tinha enfrentado, mas todos os dias temia que ele pudesse ter uma recaída, e não conseguia nem imaginar como era ser a mãe do filho dele e ter uma parte tão grande da minha vida investida e entrelaçada à dele. Devia ser assustador viver com um garoto que estava sempre lutando contra o vício. Acho que, no fim, isso que é amor verdadeiro. Não era perfeito. Não vinha embrulhado para presente. Ele era caótico e brutal e te empurrava até os seus limites.

Talvez os limites do Joey e da Aoife simplesmente se estendessem um pouco mais para além da zona de conforto do Johnny e da Shannon. Quem poderia saber? Eu, com certeza, não. A garota que tinha beijado um total de dois caras em toda a vida.

Um era o Jamie Kelleher.

O outro era o Gerard.

Um foi de língua, e o outro foi com o coração. Bem, o meu coração, para ser mais precisa, porque só Deus sabia onde é que estava o coração do Gerard. Ele se declarava para mim todos os dias, mas àquela altura era quase um hábito. Era meio que como dizer aos seus pais que você os amava de manhã antes de sair de casa. Uma espécie de comentário passageiro. Uma forma legal de se despedir. Eu não sabia direito quão profundo era o sentimento dele, mas, para mim, era mais profundo que o oceano. Não conseguia nem entender a profundidade. Estava tentando havia dezesseis anos.

— Ei, sonhadora, pra onde você foi? — Shannon perguntou, estalando os dedos na minha cara. — Você estava viajando, né?

— Foi mal — respondi, dando de ombros, meio constrangida. — Voltei. E aí, qual a programação da nossa festinha do pijama, amiga? É melhor você não dizer que é o Johnny, porque vou ficar irritada.

— Não, não é o Johnny. — Ela deu risada. — Na verdade, ele vai ao Biddies com os meninos hoje.

— Ah, é? — Arregalei os olhos. — Convenceram o Johnny a sair?

— Acho que foi mais coerção que convencimento. — Riu de novo. — Ouvi ele discutindo com o Gibsie. — Então acrescentou: — O Gibsie falou que passaria o dia todo treinando com o Johnny se ele fosse pro bar hoje.

— Ah, pobrezinho inocente — comentei, me deitando de costas. — O Johnny vai acabar com ele na esteira amanhã.

— Se o Gibs não matar o Johnny de beber...

— Amigas, apesar de eu adorar a companhia de vocês... — Aoife falou mais tarde aquela noite, deitada no sofá enquanto um episódio de *The OC* passava na televisão, se virando para nós. — É sexta à noite, e a juventude passa rápido. — Sorriu e completou: — Vocês não têm mais nada divertido pra fazer?

— Estávamos tentando assistir um filme — Shannon explicou, abanando a mão enquanto falava. — Já estávamos com a pipoca pronta e tudo, mas os meninos não paravam de entrar no meu quarto. — Depois da milésima interrupção do Tadhg, do Ollie e do Sean, decidimos fugir para a edícula. — Você não liga se a gente ficar aqui, né?

— Não ligo, não. — Riu e deu um tapinha no sofá ao seu lado. — Vocês sabem que são sempre bem-vindas aqui.

— Oba! — Animadas com a perspectiva de dar um tempo dos meninos, fomos até o sofá e nos enfiamos debaixo do cobertor com a cunhada da Shannon. — Você é a melhor.

— Onde está o Joe?

— Lá em cima, tomando banho — respondeu, abrindo uma barra de chocolate que estava no braço do sofá. Gesticulou para o bebê dormindo nos seus braços e sorriu. — A fralda do AJ vazou. Joe ficou preso no fogo cruzado.

— Eca! Isso não acontece com os meus gatinhos. — Franzi o nariz de nojo. — E, se acontece algum acidente, é na bandeja de areia, e o Gerard sempre limpa tudo depois.

Meu comentário fez a Aoife jogar a cabeça para trás e gargalhar.

— Bem, pois fique sabendo que bebês humanos fazem isso o tempo todo, Clairezinha, então é melhor você pensar bem nisso antes de participar de alguma brincadeirinha com aquele seu garanhão.

— Brincadeirinha? — Fiquei encarando-a, confusa. — Seria algum eufemismo pra um movimento de dança ou algo assim?

— Algo assim — Shan respondeu, com as bochechas vermelhas feito um pimentão. — É um eufemismo pra, hum, relação sexual.

— Relação sexual? — Olhei para ela boquiaberta. — É mesmo?

— Ah, minha doce alma inocente — Aoife disse, dando risada com um brilho travesso nos olhos. — Quanta coisa eu poderia te ensinar sobre o mundo...

— Então me ensina, mulher sábia — pedi, sorrindo. — Sou toda ouvidos.

— Tudo bem, isso pode ser divertido. — Seu sorriso se alargou. — Conversa sobre sexo no estilo Aoife Molloy.

— Molloy... — Joey a advertiu, saindo do banho bem na hora e estragando a nossa diversão. — O que quer que você esteja pensando em falar pra elas, não fale. Só estão no quinto ano.

— E o que é que você estava aprontando no quinto ano, Joe?

— Não sou uma boa comparação, Molloy — ele respondeu, atravessando a casa com uma calça cinza de cintura baixa. As tatuagens dos seus braços, exibindo várias formas e círculos pretos, iam até os pulsos e desapareciam sob as mangas da sua camiseta preta.

— Não mesmo — falou, rindo e percorrendo-o com os olhos. — Porque você sabe muito bem o que é que estava aprontando nessa época, né, Joe?

— Acho que todo mundo sabe o que é que eu estava aprontando, Molloy — retrucou sem um pingo de constrangimento, antes de gesticular para o bebê nos braços dela. — Não vamos encorajar minha irmãzinha e a amiga dela a seguir os nossos passos, né?

— Calma, estão se protegendo — falou e, depois, nos olhou com seriedade. — Vocês *estão* se protegendo, né, meninas?

— Claro — Shannon confirmou, ao mesmo tempo que eu disse:

— Sou virgem.

— Que bom! — Joey disse, apontando a faca que estava usando para passar manteiga no pão para mim. — Continue assim, Biggzinha.

Abri um sorriso radiante para ele.

— Valeu, Joe.

— Sempre gostei dessa garota — ele falou para a Shannon, ainda apontando para mim. — Não larga ela, hein? — Então se virou para mim. — Você também. Não larga ela, entendeu?

— Entendi, Joe.

— Antes que a gente fale sobre as partes divertidas do sexo, preciso enfatizar que camisinha *e* pílula são fundamentais — Aoife continuou rápido. — Não é pra escolher uma ou outra. — Ela nos lançou um olhar cúmplice. — É pra usar as duas. *Sempre* as duas.

— E um aviso — Joey a interrompeu. — Se vocês vomitarem a pílula, não vai funcionar. — Colocou presunto no pão, o fechou com outra fatia e cortou o sanduíche no meio. — E, se não se protegerem, vão acabar engravidando — acrescentou, entregando para a Aoife a metade do sanduíche. — E, se engravidarem, vão virar mães.

— Obrigada, garanhão — Aoife disse, dando uma mordida antes de se voltar para nós. — E, se vocês acham que seu corpo vai milagrosamente voltar ao que era antes depois do parto, estão erradas. Vão ficar *destruídas* lá embaixo, meninas. Sério. Tipo, me rasguei feio, mas outra mãe que conheci teve uma fissura da vagina até o fiofó.

— Cala a boca! — gritei, horrorizada. — Credo!

— Juro. — Aoife pressionou a mão no coração, segurando o bebê adormecido com a outra. — Não estou mentindo, gente. A mulher ficou *mutilada*.

20

Chopes e bebedeiras

GIBSIE

— Quer virar uma dose?

— Não.

— Beleza, e um chopinho?

— Vou ficar na água.

— *Vou ficar na água* — imitei, indignado com a criatura enorme parada ao meu lado no bar. — Você vai beber um chope e vai ficar feliz.

— Gibs...

— Nem vem, Jonathan.

— Meu Deus, está bem. Vou beber uma Heineken.

— Boa, cara. — Dei um tapinha no seu ombro. — Quatro copos, Mary — falei para a mulher atrás do bar. — E vamos querer quatro doses de baby guinness enquanto esperamos.

— Gibs...

— Uma pra cada — acrescentei, colocando uma nota de cinquenta euros no balcão. — Estaremos na mesa de sempre.

— Não vou virar dose nenhuma — Johnny grunhiu, seguindo para a mesa comigo, cumprimentando educadamente metade do bar no caminho. Todo mundo queria um pouco do meu melhor amigo, mas aquela noite ele era meu.

— Cap, Gibs... — Hugh e Feely disseram quando nos juntamos a eles na mesa.

— Gente, por favor, lembrem esse imbecil gigantesco que ele só tem dezoito anos — eu disse, puxando um banco para me sentar. — E que precisa fazer coisas normais de adolescente, porque é pra isso que serve esse ano.

O único motivo do Johnny ter adiado a contratação como jogador profissional foi porque achou que tinha perdido grande parte da sua juventude. E eu estava determinado a remediar isso. Meu primeiro plano de ação era curtir uma sexta-feira à noite bebendo feito um grupo de estudantes do sexto ano normal.

— Você está melhor que nunca — Hugh disse, sorrindo polidamente para Mary, que chegou com uma bandeja e serviu os copinhos de dose na nossa frente. — Você pode muito bem tirar uma noite de folga, cara.

— E as aulas?

— Os livros vão estar te esperando na segunda — Feely respondeu. — Não que você precise se preocupar com essa parte.

— Vamos, cap — insisti, dando um tapinha no seu ombro. — Vamos criar memórias do caralho. Senão logo, logo você vai embora e tudo o que você vai levar será seu arrependimento. — Peguei um copinho, o ergui e implorei com os olhos para que ele fizesse o mesmo. — Seja adolescente com a gente, cara.

— *Vamos, cap* — Johnny me imitou várias horas depois. — *Seja adolescente com a gente.* — Ele balançou a cabeça, piscou em meio à visão turva e tentou me encarar. — Por que é que ainda não aprendi a *jamais* te dar ouvidos?

— Porque você tem sorte, acho — eu disse, encostando meu copo meio vazio no dele para brindar. — Bebe tudo, hein.

— Não, não, não — Feely disse, dando risada e chamando minha atenção. — Eu usaria a opção meio a meio nas perguntas mais fáceis. Não tem nada pior do que ver alguém preso na pergunta de 64 mil dólares com quatro opções absurdas pra escolher.

— Do que vocês estão falando agora? — perguntei, curioso.

— Hugh estava perguntando o que eu escolheria se fosse chamado pra participar do *Quem quer ser um milionário?*.

— Bem, pode me ligar se precisar — falei, batendo os dedos na testa. — Sou um gênio nesse programa.

Racharam o bico.

Estreitei os olhos.

— Nossa, valeu, hein!

— O cap seria minha primeira opção — Hugh disse.

— A minha também — Feely acrescentou.

— Depois seria você — Hugh falou para o Feely.

— Pra mim, seria você, Hughie.

Traição.

Meu Deus do céu, que *traição*!

— Não é nada pessoal, Gibs — Feely disse, ainda rindo. — Não fica chateado.

— Ei, Johnny, se você estivesse participando do programa, você me ligaria, né? — perguntei para o meu melhor amigo. — Você escolheria ligar pra mim se pudesse, né?

Johnny ficou me encarando como se eu tivesse três cabeças.

— Que porra você está falando, Gibs?

— Esses idiotas ligariam um pro outro se você não atendesse — expliquei, apontando o dedão para o Feely e o Hugh. — Mas você me ligaria, não?

— Claro que ligaria, Gibs — ele disse, dando um tapinha no meu braço. — Você é o meu número um, cara.

Era mentira, mas só de me defender em público desse jeito significava tudo.

— Viram só, otários? — rosnei, secando o resto do chope antes de erguer a mão para pedir outra rodada.

— Ei, gente, algum de vocês quer ter filhos?

Olhei para o meu amigo chocado.

— Filhos?

— É. — Johnny assentiu solenemente. — Vocês pretendem ter filhos?

— Você quer filhos, cap? — Hugh perguntou.

— Claro.

— Agora?

— Não, agora não, seu idiota — Johnny respondeu, puto da vida. — No futuro.

— Obrigado, Mary — Hugh falou para a senhora que se aproximou da mesa com outra rodada de chopes. Entregou uma nota de vinte euros antes de voltar a atenção para o nosso capitão, absorto naquele tópico horrível. — Quantos filhos?

— Sei lá, talvez uns dois ou três — Johnny disse, bebendo o resto do chope. — Definitivamente, não quero ter só um. — Franziu a testa. — Não quero que ele se sinta sozinho.

— Meninas ou meninos?

— O que está fazendo? — perguntei, olhando feio para o Hugh. — Para de encorajar essa loucura!

— O que a Shan me der — Johnny respondeu, ignorando minha expressão perplexa. — Vou aceitar o que quer que ela queira me dar. — Franziu as sobrancelhas de novo e ficou pensando bastante antes de dizer: — Mas acho que adoraria ter uma filha. — Ele coçou o queixo enquanto falava. — Eu também ficaria feliz de ter meninos, claro, mas acho que adoraria criar uma menininha com a Shan. — Deu de ombros e disse: — Sabe, pra mostrar como as coisas deveriam ter sido diferentes com ela.

— Você vai ser um ótimo pai de menina, cara — Hugh concordou, assentindo solenemente.

— Pois é — Johnny falou, pegando um dos copos novos na mesa. — Porra, vamos ver como as coisas vão ser, né? Só o tempo sabe.

— Não quero ter filhos — Feely disse, coçando o queixo. — Acho que não quero formar família, ponto-final.

— Nossa, isso me parece deprimente e solitário... — Johnny comentou.

Feely deu de ombros, mas não respondeu.

— Meio que gosto de como a Claire e eu fomos criados — Hugh falou, esfregando a calça jeans. — Ter uma irmã mais nova, às vezes, é um pé no saco, mas a gente teve uma vida boa. — Encolheu os ombros. — Se eu fosse ter minha própria família, acho que gostaria de ter algo parecido com o que os meus pais deram pra gente.

— Vocês acham que o Lynchy e a Aoife vão ter mais filhos?

— Provavelmente sim, daqui a uns anos.

— Bem, se alguém quiser saber o paradeiro dos meus futuros filhos — interrompi, levantando a mão. — Deixei um lote fresquinho deles em um lenço de papel no meu quarto hoje de manhã.

— Seu doente — Feely disse, dando risada, enquanto o Hugh estremecia de nojo.

— Filtro, Gibs! — Johnny berrou, me dando uma cotovelada. — *Filtro.*

Dei de ombros sem remorso.

— Sabem em que eu estava pensando?

— Não, Gibs, e duvido que a gente queira saber — responderam ao mesmo tempo.

— Estava pensando que deve ser bom saber que os seus pais te queriam tanto que chegaram ao extremo de te preparar em um laboratório. — Dei um tapinha no ombro do meu melhor amigo. — Sério, cara.

— Comparado ao quê?

— Atravessar uma camisinha furada — falei com sinceridade. — Ouvi isso quando os meus pais estavam se separando, sabia? Parece que eu era um nadador tão forte que fiz um furo na camisinha.

— Não se preocupa com isso — Feely disse depressa. — Também fui um acidente. Minha mãe tinha quarenta e seis anos quando descobriu que estava grávida de mim. Todas as minhas irmãs já eram adultas. Ela pensou que estivesse na menopausa.

— Nossa, Fe. — Johnny ergueu as sobrancelhas. — Sua mãe tem sessenta e três anos?

— Você é rápido nas contas, hein, cara!

Johnny ignorou o elogio.

— Eu não sabia que ela era tão velha...

— Por quê? — Feely perguntou. — Quantos anos a sua mãe tem?

— Uns quarenta e poucos — Johnny respondeu. — Meu pai é um pouco mais velho.

— A minha tem quarenta e três — Hugh disse. — Assim como o meu pai.

— E o meu — comentei. — Estudaram todos juntos.

— O meu pai tem quase setenta — Feely falou baixinho.

— Nossa — soltei, balançando a cabeça. — Você ainda vai ser jovem quando eles morrerem.

— Credo, Gibs! — Johnny e Hugh me repreenderam. — Filtro!

— Não se preocupem — Feely disse, dando risada. — Estou acostumado com ele. — Seu celular vibrou nessa hora e ele o pegou no bolso da calça e clicou na tela.

— Quem está te mandando mensagem? — perguntei, me inclinando sobre a mesa para dar uma olhada na tela. Eu não fazia ideia do motivo, pois já tinha dificuldade de ler em um bom dia, quanto mais com um monte de chope na cabeça.

— Gibs... — Johnny me censurou, segurando a minha camiseta e me puxando para trás. — Não se pergunta isso.

— Nah, tudo certo — Feely disse, digitando algo antes de guardar o celular. — É só a Casey.

— A Casey? — Johnny franziu a testa. — Quem é a Casey?

— Nossa, cap, pra um cara tão inteligente, você tem péssimas habilidades de observação, hein? — Hugh falou, rindo. — Ela é amiga da Aoife.

— É a doidinha — completei, agitando as sobrancelhas. — O Feely anda comendo ela há meses.

— Gibs... — Feely grunhiu. — Não fala assim, pode ser?

— Amiga da Aoife? — Johnny ficou olhando para ele sem se lembrar. — Não faço ideia de quem seja.

— Você anda ocupado demais jogando rúgbi e namorando a Shannon pra prestar atenção na gente — Hugh comentou, dando risada.

— Não é verdade — Johnny retrucou. — Sei o que acontece na vida de vocês.

— Rá! — Dei um tapa no seu ombro. — Boa, Johnny.

— Mas eu sei! — Abaixou o copo, cruzou os braços e ficou olhando feio para nós. — Você — ele disse, começando com o Feely. — Você tem dezoito anos. Pelo visto, tem um relacionamento com a tal da Casey e é o caçula de três irmãs. Seu aniversário é em julho, e você é um cantor de chuveiro, apesar da sua voz ser melhor que a de qualquer um que ouvimos no rádio. — Depois se virou para o Hugh. — Você tem dezessete anos, é o irmão mais velho, seu aniversário é no Halloween, assim como o do Seanzinho, você está com a Katie desde sempre, e ela é a sua primeira namorada séria. — Por fim, ele se voltou para mim e disse: — E você é o bebê do nosso grupo. Seu aniversário é em março. Nunca namorou porque você está apaixonado pela irmã dele desde os primórdios dos tempos, você tem a capacidade de concentração de um peixe e está transando com a recepcionista da escola. — Soltou um suspiro e sorriu para nós antes de dizer: — Faltou alguma coisa?

— Só uns detalhezinhos — Feely respondeu, afastando o cabelo escuro do rosto. — Não estou em um relacionamento com ninguém, mas até que foi bem impressionante, cap. E, pra ser justo, você está um milhão de vezes melhor desde que ficou com a Shannon.

— Foi pavoroso, isso sim — falei, observando-o perplexo. — Meu aniversário é em *fevereiro*, não março. Não tenho a capacidade de concentração de um peixe e não estou transando com a recepcionista da escola.

— E comecei a sair com a Katie no quarto ano — Hugh acrescentou, erguendo a mão. — Não estou com ela desde sempre.

— Não, não, não — Johnny insistiu. — Eu me lembro de você obcecado por essa garota no segundo ano. — Bateu o dedo na testa. — Sei disso porque você vivia perdendo o treino pra ficar atrás dela quando a gente era mais novo.

— Garota errada, cap... — Feely murmurou, esfregando a sobrancelha.

— Como assim, porra? — Johnny perguntou para ele, chocado, antes de se virar para mim. — E o seu aniversário não é em março?

— Não, não é em março, caralho. Que merda de melhor amigo você é, hein! Como ousa esquecer o meu aniversário? — bufei.

— Foi mal, Gibs, eu podia jurar que era em março. — Ele coçou o queixo. — Por que na minha cabeça é em março?

— Porque o aniversário da *Shannon* é em março — grunhi. — Seu babaca viciado em buceta!

— E ele não está apaixonado pela minha irmã — Hugh acrescentou. — Só acha que está.

— Não começa — avisei, olhando feio para o Hugh. — Posso não ser malandro que nem vocês nem fodão em matemática que nem o Cabeção aqui. — Fiz uma pausa para apontar para o Johnny. — Mas tenho um coração que bate e sente coisas. Eu me importo. Me emociono. Amo. E todas essas emoções são direcionadas exclusivamente pra sua irmã.

— Então trata de mudar, Gibs — Hugh falou, me encarando com seriedade. — Porque preciso te falar uma coisa, cara. Se está achando que vai chegar perto da minha irmã enquanto enfia o pau na Dee, está redondamente enganado. A Claire merece mais do que se meter no meio do seu drama bizarro e você sabe muito bem disso.

— Ah, meu Deus! Pela última vez, não estou enfiando meu pau na Dee! — grunhi, erguendo as mãos, desesperado. — Não chego perto daquela mulher desde o quinto ano. — Estreitei os olhos para o Hugh e falei: — E fique sabendo que eu jamais faria qualquer coisa que magoasse a sua irmã. Eu preferiria arrancar a minha própria cabeça primeiro.

— Só que você já faz um monte de coisas que poderiam magoar ela — Hugh disse em um tom severo. — Fala sério, Gibs, se a Claire soubesse dessas suas escapadas extracurriculares, ficaria de coração partido.

— Ele tem um ponto — Feely observou, tomando o partido do Hugh. — A Claire é louca por você, cara. Desde que a gente era criança. Você sabe disso. Não é segredo nenhum. E, se você sentisse o mesmo, já teria feito alguma coisa.

— Esperem aí — Johnny falou, me defendendo. — Até parece que o Gibs é o único que enfiou o pau na garota errada. Não tem nenhum anjo aqui, né, gente? Todo mundo tem um passado.

— Verdade — Feely concordou.

— Eu não — Hugh disse.

— Então quer dizer que você é completamente virgem e puro? — Johnny deu risada. — Hein, santo Hugh?

— Só fiquei com a Katie — Hugh respondeu, olhando fixamente para o Johnny. — Então o que você acha, cap?

— Mas vocês estão junto desde... — Johnny ergueu as sobrancelhas. — Caralho!

— Pois é — Hugh disse. — Ao contrário de vocês, pervertidos, não saio por aí comendo quem aparece pela frente.

Feely arqueou a sobrancelha.

— Quem aparece pela frente?

— É.

— Ei, sou leal — Johnny protestou. — Que nem um maldito labrador.

— Escutem, não importa com quem você esteve no passado, mas, sim, o que você está fazendo no presente — Feely disse, trazendo a conversa de volta para os eixos. — Só estamos tentando falar pra você parar de brincar com os sentimentos da Claire.

— Exatamente — Hugh concordou, assentindo. — Chega de ficar enrolando a minha irmã.

— Ou você quer ela ou não — Feely acrescentou. — Se não quiser, tudo bem, Gibs. É compreensível. Mas, nesse caso, dá um passo pra trás e deixa a garota viver. Porque ela não vai conseguir te superar se você estiver grudado nela.

21

Vibes de sábado à noite

CLAIRE

— Quero pedir uma comida bem gordurosa e lariquenta, com no mínimo três mil calorias e alguma fritura de acompanhamento — Gerard anunciou ao entrar aos tropeços no meu quarto na noite de sábado. — Sério, gata. — Estava de calça de moletom cinza e regata branca, com o cabelo loiro todo bagunçado, parecendo arrasado. — Estou morrendo aqui.

— Ah, meu Deus — falei, meio perplexa, meio rindo, observando-o todo desgrenhado. — Quem foi que te *quebrou*?

— Quem você acha? — ele respondeu, revoltado, cambaleando na minha direção. — Rápido, me segura, amor. Minhas pernas estão avariadas.

— Está querendo dizer que você virou o *Bambi*? — perguntei, dando risada, usando a expressão que eu tinha aprendido com a mãe do bebê do Joey.

— Sério, elas estão tremendo tanto que parece que meus joelhos vão se deslocar a qualquer minuto — grunhiu, me arrancando uma gargalhada.

Segundo a Aoife, você virava o Bambi quando alguém te fazia gozar tão forte que suas pernas tremiam feito as patas de um veadinho tentando se levantar pela primeira vez. Desde que se mudou para a edícula da casa dos Kavanagh com o Joey e o AJ, a Aoife se tornou uma espécie de deusa da sedução para nós, que a reverenciávamos sem cerimônia, pois ela distribuía sabedoria e conhecimentos que explodiam nossa mente.

Sério, eu tinha aprendido mais sobre sexo nas últimas semanas com a namorada do Joey do que em todos os meus dezesseis anos na Terra.

A Aoife ia estudar com a gente no Tommen depois do Halloween, e eu mal podia esperar. Além de ser maravilhoso ver a Katie sair da concha com a presença da amiga de infância, era incrível ver o que fazia pelo Joey.

— Olha só como estão tremendo — falei, gargalhando, quando Gerard caiu de cara no meu colchão, quase esmagando a Cherub, que estava enrolada no meu colo dando um tempo dos barulhentos Tom, Dick e Harry, os três gatinhos que a minha mãe nos deixou adotar da adorável ninhada que o Brian e a Cherub tiveram no verão. Sal e Pimenta foram adotados pelos nossos primos que moravam em Bandon, e um amigo da Sadhbh de Clonakilty adotou a Millicent.

Sim, aquele foi um dia sombrio para a família Biggs-Gibson.

— Você está achando engraçado, mas não é — Gerard resmungou no colchão. — Porque aquele maluco me fodeu no treino hoje mais do que jamais fez com a Shannonzinha.

— Credo, Gerard! — Fiz careta e dei um tapa no seu ombro suado. — Você não podia ter tomado um banho antes de vir pra cá, não?

— Banho? — Ergueu a mão e me olhou boquiaberto. — Claire, precisei reunir todas as minhas forças pra vir aqui!

— Não pode ter sido tão ruim assim.

— Ele é doido. Um sádico. Nunca mais quero pisar naquele lugar de novo.

— Bem, você concordou em treinar com o cara se ele fosse beber com vocês no Biddies ontem — observei. — E, se me lembro direito, você também pediu pra te ajudar a descolar uma vaga na Academia.

— Me ajudar, Claire. Não me quebrar.

Coloquei a mão na boca para abafar a risada.

— Então você não está mais interessado em virar jogador de rúgbi profissional?

— Eu, hein! Até parece — grunhiu, se virando de bruços. — Fui feito pro conforto, não pra ser atleta. Vou entrar no negócio da família e virar confeiteiro.

— Você é um confeiteiro incrível — incentivei.

— Sou *mesmo* — concordou, me olhando com uma expressão maravilhada. — E só tenho melhorado.

— Com certeza. Você virou uma pessoa totalmente diferente na cozinha desde que começou a trabalhar na padaria. — Sorri e acrescentei: — E os seus bolos são os melhores que já comi.

— Está vendo? É por isso que te amo. — Ele esticou a mão para fazer carinho na Cherub. — Você me entende.

— Te entendo. — Dei risada, colocando minha rainha ronronante nas costas dele. — É por isso que devo dizer que essa versão "quebrada" do Gerard Gibson é bonita — parei para passar o dedo sobre o tecido que escondia seu abdômen recentemente trabalhado antes de sair da cama. — Mas gosto mais da versão antiga.

— Você está com saudade dos meus pneuzinhos — ele disse, se deitando com cuidado de barriga para cima e ajeitando a Cherub no seu estômago. — Você prefere o Gibs com uns quilinhos a mais pra te manter quentinha à noite, né?

— Talvez? — falei, rindo. Não que ele tivesse pneuzinhos antes. — Aqui — acrescentei, me afastando dos pensamentos lascivos ao pegar nossos três gatinhos travessos e levando-os até a cama. — Digam oi pro papai.

— Dick! — Gerard cantarolou, pegando o mais peludinho dos filhotes. — Como você está, filho?

— Não se esqueça de dar atenção pro Tom e pro Harry, hein? — avisei, me sentando no colchão. — Você sempre só quer saber do Dick.

— É que amo o Dick — continuou cantarolando, erguendo o gatinho até o rosto para esfregar o nariz no focinho dele. — Não é, filhinho? Você é o meu favorito, né? Sim, você é, com esse narizinho rosa e essas patinhas minúsculas.

— *Gerard*!

— Está bem, está bem. — Abaixou o lindo gatinho ruivo relutantemente e voltou a atenção para os irmãos do Dick. — Escuta, gata, você sabe que amo todos os nossos filhos, e sei que não é culpa deles, mas não consigo olhar pro Tom e pro Harry e não ver *ele*.

— Gerard — falei, horrorizada, pegando Harry. — Como você pode dizer uma coisa *dessas*?

— Eu sei — concordou, gemendo. — É terrível, né? Mas não consigo evitar. Têm esses olhinhos verdes e esse pelo branco e assustador...

— O Brian pode ter concebido eles, mas você é o pai! E pais devem amar todos os filhos igualmente!

— Eu sei! — Ergueu as mãos, derrotado, e acrescentou: — É por isso que eu queria ficar com a Millicent. Ela era igualzinha à mãe. — Apontou para a Cherub, ainda ronronando em cima dele. — Olha só pra essa gatinha. Olha como ela é linda e doce...

— Ah, meu Deus, não acredito nisso! — gritei, pegando os gatinhos e devolvendo-os na cesta. — Você não ama os nossos filhos.

— Amo *sim*! Amo os nossos filhinhos, Claire! — Gerard até esqueceu das pernas de Bambi e saltou da cama para correr atrás de mim. — Mas aquele maldito Brian fez da minha vida um inferno. Você sabe disso. Lembra quando ele se esgueirou no chuveiro e arranhou as minhas partes íntimas? Ou quando mordeu meu dedo e tive que tomar vacina contra tétano? Ele me deixou *traumatizado*, Claire. Não posso fazer nada, se toda vez que olho pro Tom e pro Harry, tenho um gatilho!

— Que horror! — lamentei, me ajoelhando na frente da cesta. — Não se preocupem, queridos, estou tão decepcionada com o seu pai quanto vocês.

— Espera... — Gerard me pegou nos seus braços em um movimento ágil e me colocou de pé diante dele. — Estamos brigando?

— Sabe o que mais, Gerard? — Coloquei as mãos nos quadris. — Acho que sim.

— Mas a gente é um time, amorzinho — tentou me tranquilizar, envolvendo a minha cintura e me puxando para si. — A gente não briga.

— Ah, não, não, não — avisei, esticando a mão para torcer a orelha dele. — Nem vem com essa de "amorzinho", Gerard Gibson. Não tenta se livrar dessa com o seu papinho.

— Está bem! Ai! — grunhiu, cobrindo a orelha com a mão. — Precisava resolver com violência?

— *Sim* — respondi com firmeza.

— Está tudo bem aí? — Alguém bateu na porta de leve e logo a abriu, e a cabeça da minha mãe surgiu na fresta. — Pensei ter ouvido gritos.

— Gerard não ama os nossos filhos — choraminguei, revoltada. — Só ama um!

— Não, amo todos — retrucou, nervoso. — Só não gosto de olhar pra dois deles.

— É o Tom e o Harry? — minha mãe perguntou de um jeito compreensivo. — É porque se parecem com o Brian?

— É — respondemos ao mesmo tempo, igualmente indignados.

— Ah, meu Deus. — Minha mãe abriu totalmente a porta e entrou no quarto, disfarçando o sorriso com a mão na boca. — Tudo bem, vamos lá. — Ela foi até a minha cama, sentou e cruzou as pernas. — Um por vez.

— Passei *meses* cuidando dos nossos bebês — falei. Ou melhor, gritei. — Alimentei eles quando a Cherub se recusava a dar de mamar. Fiquei sem dormir por eles sendo que são responsabilidade do Gerard também!

— Ah, não, não, não, não começa! — avisou, erguendo a mão. — Fiz tudo o que pude pelos nossos bebês!

— A não ser amar eles — retruquei. — Seu canalha!

— Olha a boca, Claire — minha mãe me repreendeu.

— Como é? — Gerard falou, arregalando os olhos. — Quem foi que levou os bebês pra casa todo fim de semana pra te dar um descanso? E quem é que arranjou um emprego na padaria da mãe pra pagar as despesas veterinárias da Cherub? Ou pra pagar a castração dos meninos pra não transarem com a própria mãe e terem bebês incestuosos? — Bateu no peito. — Euzinho, porra!

— Olha a boca, Gibsie.

— Ah, sim, Gerard. — Ignorando minha mãe, revirei os olhos com vontade e berrei: — Que ótimo pai de fim de semana você é, hein! Tornando tudo melhor com a sua carteira de merda. Pois saiba que ser pai é muito mais que botar dinheiro na mesa!

— O Reginald mora comigo o tempo todo! — gritou de volta, erguendo as mãos. — E nunca te pedi uma única lagarta de pensão alimentícia. Não, porque eu mesmo cato todas elas na terra. *Todos os dias*. Então não me vem bancar a superior comigo, gata!

— Obrigada por fazer isso — falei a contragosto. — Você sabe que detesto sujar as unhas de terra.

— Eu *sei*. — Gerard assentiu, com as mãos na cintura. — É por isso que nunca te pedi pra fazer isso.

— E quanto a financiar os custos dos nossos bebês... — falei, ainda meio gritando, mas sentindo a raiva se esvair do meu corpo. — Agradeço por você ser o provedor da nossa família.

— Sem problemas — disse com um tom ainda alterado e duro, me imitando. — É o mínimo que eu podia fazer por você e pelas crianças. Obrigado por ser uma mãe tão maravilhosa. — Acrescentou com uma voz severa: — Não ia querer fazer isso com mais ninguém.

— E você é muito mais que um pai de fim de semana — admiti, suavizando o tom. — E eu também não ia querer fazer isso com mais ninguém.

— Então beleza. — Ele assentiu. — A gente ainda está brigando ou podemos nos abraçar?

— Podemos nos abraçar — respondi, me atirando nele. — Definitivamente.

— Graças a Deus — Gerard falou, me acolhendo em um grande abraço de urso. — Foram os piores minutos da minha vida.

— O que é que vou fazer com vocês dois? — minha mãe disse, dando risada na cama. — Vocês parecem um velho casal.

— Sei lá, Sinead — Gibsie respondeu, dando de ombros. — Mas o que quer que você decida fazer, será que pode envolver comida? Preferencialmente, algo do restaurante chinês ou da lanchonete?

— Não, não, por favor, da lanchonete não — protestei, dando a volta no Gerard para me aproximar da minha mãe. — A gente já comeu a comida deles no sábado à noite. Passei a semana toda morrendo de vontade de comer espetinho *satay*.

— Ahhh, sim. — Os olhos de Gerard se iluminaram. — Dois espetinhos então.

— Com molho de feijão-preto.

— E arroz frito com ovo.

— Será que a gente não pede uma porção de batatinhas também? — perguntei, inclinando a cabeça para o lado. — Ou ficamos só com os biscoitos de camarão?

— Biscoitos de camarão — Gerard confirmou, todo sério. — Lembra da última vez que a gente comeu batata?

— Aquela com sal e pimenta?

— Não, aquela estava ótima. Estou falando daquelas murchas.

— Ah, credo. — Franzi o nariz ao recordar da batata. — Bem lembrado, Gerard. — Me virei para a minha mãe e recitei nosso pedido, dando batidinhas no meu refrigerante de laranja no final.

— Quando perguntei o que estava acontecendo com vocês, estava me referindo aos problemas — minha mãe disse, dando um suspiro divertido. — Não estava querendo encher a pança de vocês.

— Encha a nossa pança — pedi, esticando o braço para a barriga do Gerard ao mesmo tempo que ele fazia o mesmo com a minha.

— Sim, por favor — falou, assentindo. — Estamos morrendo aqui.

— Vocês dois. — Ela deu risada. — Está bem. Vou pedir a comida. Limpem os gatinhos e desçam pra se juntar aos outros.

— Outros?

— O Hugh e a Katie estão na sala — explicou. — Vou ligar pro restaurante chinês pra pedir comida pra vocês quatro antes de ir pro trabalho. Qualquer coisa seu pai está no escritório. Ele tem um prazo pra cumprir, e você sabe o que isso significa, então, por favor, só o procure se realmente precisar.

Meu pai, que outrora já fora um empreiteiro bem-sucedido, tinha desistido do emprego corporativo havia dez anos. Depois que seu melhor amigo morreu, ele quis deixar a correria de lado e escolheu se trancar no sótão para escrever livros de suspense e crimes. A mudança foi catártica para ele, uma maneira de lidar com a dor da morte do Joe. O fato de seus livros terem vendido extremamente bem foi só um bônus.

— Vamos ficar bem — falamos ao mesmo tempo, nos olhando com cumplicidade. Porque sabíamos que, quando ela saísse para o trabalho, meu pai não iria descer para dar uma olhada em nós. *O que significava: casa livre.*

— Hum... — Ela balançou a cabeça de novo e saiu do quarto. — Ah, e só pra referência futura, deixa a porta aberta, Claire.

— Mas e se o Dick escapar e entrar no quarto do Hugh de novo? — perguntei atrás dela.

— Não é com isso que estou preocupada — falou baixinho.

22

Time Clibsie já ganhou

CLAIRE

Duas horas depois, a comida chinesa já tinha sido devorada junto com metade dos conteúdos do aparador que minha mãe mantinha trancado na sala com as bebidas alcóolicas e as latas de biscoitos e doces para o Natal.

Claro que o Hugh e eu por acaso tínhamos a chave reserva "perdida" e demos um jeito de enganar nossa mãe tomando só um pouquinho das bebidas ao longo dos anos. Apenas o suficiente para ficarmos bêbados e nos empanturrarmos de chocolate, mas não o suficiente para que ela percebesse alguma coisa errada.

— E como é que vou jogar se vocês vivem mudando as regras? — Gerard reclamou, atirando a última carta na mesa de centro e pegando um copinho chique cheio de xerez. — Vão se foder vocês dois — grunhiu, dando um gole na bebida com o dedinho levantado. — Sei que vocês estão roubando.

— É bafo, Gibs. — Hugh deu risada, abaixando uma carta na pilha. — Não dá pra roubar no bafo.

Katie bateu na pilha de cartas com tudo, gritando de empolgação.

— Uhul! De novo!

— Está vendo? — Gerard arregalou os olhos, apontando para a enorme pilha na frente do Hugh e da Katie. — Seus ladrões de merda.

— Não xinga a gente, Gibs — Katie falou, rindo e se inclinando contra o meu irmão, sentado atrás dela na poltrona. — Xinga o jogo.

— O Johnny e a Shan não vêm mesmo — disse, lendo a mensagem que eu tinha acabado de receber da Shannon — "Foi mal, gente. Vamos dormir cedo hoje. Nos vemos no café amanhã, bjs." — Soltei um suspiro sonhador, deixei o celular no colo e peguei minha tigela de sorvete misturado com licor. — Ounnn.

— Aposto que vão fazer alguma coisa romântica — Katie comentou.

— Com velas — acrescentei de forma doce.

— E música — completou, dando um gole na garrafa do Hugh.

Gerard bufou.

— Aposto que estão transando.

— Gerard!

— Gibs!

— Ele tem razão — meu irmão disse, dando risada e desviando da cotovelada que Katie mirou nas suas costelas. — Parece que o cap está mais que tratorando a vida da Shannon.

— Com certeza, não estão sentados jogando bafo — Gerard comentou, olhando a mesinha com repulsa. — O que é que está acontecendo com a gente? Sábado à noite e estamos jogando cartas feito um bando de idoso em vez de estar metendo o louco.

— Só tenho dezesseis anos. Esse é o meu problema — respondi. — E vocês três só têm dezessete.

— Não por muito tempo. — Gerard agitou as sobrancelhas e atirou uns chocolates para o Hugh. — Meu cunhado aí vai fazer dezoito no fim do mês.

— Você tem tanta sorte de fazer aniversário no Halloween, amor! — Katie disse. — Não é legal?

— Nossa, cara, seus pais devem ter tido um Valentine's Day e tanto em fevereiro daquele ano.

— Comentário bizarro, Gibs — Hugh grunhiu, enfiando os chocolates na boca antes de atirar o resto para o Gerard. — Mas mandou bem na matemática da concepção.

— Falando nisso... — Enfiei a última colher de sorvete alcóolico na boca, deixei a tigela na mesinha e me levantei. — Precisamos falar das fantasias de Halloween.

— Não. — Hugh balançou a cabeça. — Não precisamos.

— Precisamos, sim — insisti, esfregando as mãos. — Minha mãe vai dar uma festa pro seu aniversário. Vai ser chique, e isso não é opcional.

— Uhul! — Gerard virou o copinho de xerez e ficou olhando para ele antes de pegar a garrafa. — A gente vai do que este ano, gata?

Vibrando de empolgação, me virei para ele para dar minha atenção total.

— Então, este ano, como estamos em números iguais de meninos e meninas no grupo, cinco e cinco, pensei que a gente podia ir de casais famosos.

Franzindo a testa de concentração, Gerard abriu a garrafa de xerez da minha avó e deu um longo gole.

— Sou todo ouvidos.

— Imagina só — continuei, abanando as mãos entusiasmadamente. — Você e eu arrasando com roupas de couro.

Ele fez uma expressão confusa.

— A gente vai de Mötley Crüe?

— Não, bobinho. De Danny e Sandy — falei, rindo. — Do *Grease*.

Seus olhos se iluminaram.

— Adoro esse filme!

— Eu sei. Já estou trabalhando nas nossas fantasias. — Abri um sorrisinho tímido e acrescentei: — Pro Joey e pra Aoife, eu estava pensando no Coringa e na Arlequina.

— Ah, sim, já estou imaginando os dois — Katie disse, acenando a cabeça animadamente. — Mas será que ela vai querer se fantasiar? — Então Katie deu de ombros e disse: — Sabe, depois do parto e tal?

— Ah, por favor, você já viu aquele corpo dela — falei. — A garota está mais gostosa ainda depois que teve o bebê.

— Concordo — Katie disse. — Eu seria capaz de matar pra ter o corpo da Aoif.

— Né? — Sorri. — E, pra vocês, pensei no Edward e na Vivian de *Uma linda mulher*.

— Hum. — Katie franziu a testa, inclinou a cabeça para o lado e perguntou: — Ela não era prostituta?

— E ele não era grisalho? — Hugh acrescentou, igualmente desconfiado.

— Você é loiro, Hugh. É quase a mesma coisa. Faz funcionar — Gerard disse, se deleitando com o xerez de Natal da vovó. — Não interrompa o processo criativo da sua irmã, caramba. — Deu mais um gole na garrafa e abanou a mão. — Continua, meu bem.

Dei um sorriso indulgente para a sua adorável expressão ébria e fui em frente.

— Pro Johnny e pra Shan, foi fácil.

Katie sorriu.

— Romeu e Julieta?

— Isso!

Ela assentiu em aprovação.

— Boa

Abri um sorriso radiante.

— Não é?

— Espera um pouco. — Meu irmão ergueu a mão. — Eles não morrem no livro?

— Ela está falando do filme — Gerard respondeu, bufando. — Seu burro.

— Tenho quase certeza que o filme tem o mesmo final, Gibs — Hughie falou sarcasticamente.

— Bem, não morrem na versão de Ballylaggin então — respondi depressa. — E, pra Liz e pro Patrick, pensei em algo mais ousado, como Morticia e Gomez Addams. Sabe, pra combinar com a personalidade da Lizzie.

— Ah, meu Deus, adorei! — Katie exclamou, rindo e batendo palmas. — Claire, você é uma gênia.

— Não sei, não — Hugh falou. — Primeiro, a Liz é loira. Segundo, não curte vestidos longos, e terceiro, se ela for, vai ser com o Pierce.

— Puta merda, Hugh — Gerard disse com a voz arrastada. — Para de interromper o processo criativo da sua irmã.

— Talvez seja melhor dar um tempo no xerez, Gibs — Katie comentou, dando risada. — Você está ficando briguento.

— Tudo bem, porque esse treco já era mesmo. — Ele virou a garrafa de cabeça para baixo, fazendo com que uma gota solitária de líquido castanho pingasse no dorso da sua mão. Sem querer desperdiçá-la, Gerard logo lambeu tudo. — Está vendo?

— Ah, Gibs, cara. Você vai acordar com uma baita dor de cabeça amanhã — Hugh disse, se encolhendo. — Ressaca de xerez é horrível pra caralho.

— A Liz já concordou em ir de Mortícia se o Patrick for o Gomez — falei para o meu irmão de um jeito arrogante. — E, segundo a última mensagem dela, não vai a lugar algum com o Pierce.

— Terminaram de novo?

— Sim. — Dei de ombros. — Se voltarem antes da festa, ele pode ir de tio Chico.

— A garota anda meio confusa, né? — Katie comentou.

— Verdade — Gerard respondeu, pegando uma tigela de pipoca. — Faz anos que ela vive mudando de ideia. Né, Hugh?

— Gibs… — Meu irmão ficou todo tenso. — Não começa.

— O que foi que eu disse?

— Nada — Hugh falou. — Continua assim.

— Foi mal, cara. Não quis te cutucar.

— Você não me cutucou.

— O primeiro amor dói, né?

— *Gibs*!

— Ah, para de tentar arranjar confusão. — Katie deu risada, pegando outra garrafa de cerveja na mesinha. — Já sei de tudo. Hugh me contou quando a gente se conheceu.

— Contou mesmo? — Gerard sorriu maliciosamente e atirou uma pipoca no meu irmão. — Será que te contou *tudo*?

— Mandei parar, cara — Hugh o interrompeu. — Ninguém quer saber.

— Concordo — falei, sentindo meu bom humor se dissipar ao lembrar da maior traição da minha infância.

Minha melhor amiga com meu irmão.

Eca!

Além de serem asquerosamente próximos quando éramos crianças, Lizzie quebrou a regra fundamental da amizade no quarto ano quando topou namorar o meu *irmão*.

Para mim, não importava que a relação fosse totalmente inocente. Aos meus olhos, foi um crime contra o código das garotas, que resultou na gente sem se falar por três semanas inteiras.

Mas, como eu nunca guardava rancor dos outros, acabei cedendo e retomei meu posto de amiga, secretamente contando os dias para que terminassem e eu tivesse minha amiga de volta.

Nunca admiti na época e nunca admitiria que boa parte da minha raiva era porque eu tinha um pouco de inveja. Não pelo fato de a Lizzie estar saindo com o meu irmão. Mas porque ele a tinha pedido em namoro, sendo que o *Gerard* nunca fez *nada*. Hugh era o amor de infância da Lizzie, e o Gerard era o meu. A Lizzie teve uma chance, e eu não.

— A era *Hizzie* foi há um milhão de anos. — Me sentei no sofá ao lado dele, estiquei as pernas sobre o seu colo e suspirei. — Estamos na era *Hatie* agora.

— A era *Hatie*... — Gerard jogou a cabeça para trás e uivou de tanto rir. — Ah, ursinha, essa foi péssima.

— Por quê? — Bati no braço dele. — É melhor que *Kughie*.

— *Kughie*! — Gerard gargalhou ainda mais alto. — Não... aguento...

— Ah, corta essa, Gibs. — Hugh deu risada, soltando a tensão dos ombros. — Como se o nome de vocês fosse melhor.

— Pois é — Katie concordou. — *Clibsie*.

— Que seja, cara. Prefiro *Clibsie* a *Kughie*.

— Que tal *Glaire*?

Gerard sufocou outra risada.

— *Glaire* ainda é melhor que *Hatie*.

— Time *Clibsie* já ganhou — brinquei, cumprimentando Gerard com um soquinho. — Que azar, hein, gente!

— Tudo bem, time *Clibsie* — Katie falou, dando uma risadinha. — Querem apostar pra descobrir qual é a melhor dupla?

— Meu dinheiro está lá em cima — Gerard respondeu solenemente. — Andando sobre quatro patas.

— Eu estava brincando — disse, limpando a mesa. — Vamos jogar um jogo. Time *Clibsie* contra o time *Hatie*.

— *Hatie* — Gerard bufou.

— Quem perder vai limpar a cozinha depois do jantar — sugeriu, dando um sorrisinho. — Todos os sábados durante um *mês*.

— Dois meses, e fechou — Gerard negociou, voltando a atenção para ela.

— Dois meses então — ela disse. — Fechado?

— Ah, vai ser que nem no Donkey Kong — Gerard comentou, totalmente dentro. — Vocês vão perder, *Hatie*.

— Que tipo de jogo? — perguntei, curiosa.

— Que tal Scrabble? — Katie falou. — Vocês têm um tabuleiro, né?

— Pode chamar outra pessoa — Gerard disse sem hesitar. — Porque eu não quero esse.

— E Banco Imobiliário?

— Não, não consigo jogar jogos de tabuleiro com palavras escritas.

— E pôquer?

Os olhos dele se iluminaram de malícia.

— Strip poker!

— Credo, Gerard! — falei. — Menos.

— Hum, alô? — Hugh olhou para ele perplexo antes de gesticular para nós. — Somos irmãos, esqueceu?

— Ah, fala sério, cara — Gerard disse. — Vamos lá.

— Definitivamente não — Hugh falou. — Esquece isso, seu pervertido.

— Ahhh, já sei! — Katie se levantou de uma vez e foi até a cozinha, voltando instantes depois com uma garrafa de uísque do meu pai e quatro copinhos de dose. — Vamos jogar "Eu nunca".

— Ah, isso pode ser perigoso... — Gerard esfregou as mãos e pegou a garrafa. — Bora!

23

Golpe baixo

GIBSIE

O que começou como um jogo agradável acabou se transformando em algo que lembrava um episódio bizarro de Jerry Springer. Talvez fosse o uísque correndo nas suas veias, ou uma vingança por eu ter mencionado o fiasco com a Lizzie, mas o Hugh estava com *sangue nos olhos*.

— Nunca dedei a Bernadette Brady na parede do Boiler Room no segundo ano.

Puta merda.

— Ninguém? — insistiu, estreitando os olhos para mim enquanto erguia o copo cheio. — Ninguém mesmo?

Filho da mãe.

Bêbado ou não, eu estava plenamente consciente de quem estava sentada ao meu lado. Aquele era um jogo perigoso pra caralho, e a pergunta dele era golpe baixo. Lamentavelmente, levei o copo até os lábios e o virei.

Quando a Claire enrijeceu e falou "Eca", fui dominado pelo autodesprezo.

— Beleza, gente — Katie disse, tão bêbada quanto o resto de nós. — Talvez seja melhor a gente parar por aqui.

Até parece.

— Minha vez. — Peguei a garrafa de uísque quase vazia, enchi o copo desajeitadamente e o levantei. — Nunca fui pego pela minha mãe beijando minha namorada na casa da árvore.

Quando o Hugh encostou o copo na boca, a Katie balançou a cabeça, confusa.

— A Sinead nunca pegou a gente na casa da árvore, Hugh.

Toma essa, babaca.

Com uma expressão de culpa no rosto, Hugh virou o uísque de uma vez e sua namorada sussurrou baixinho:

— Ah...

— Minha vez. — Furioso, despejou a última gota da garrafa no próprio copo e sussurrou: — Nunca comi uma mulher mais velha.

Olhei feio para ele, fervilhando de raiva.

— Bebe, Gibs — ele disse.

— Não posso, cara.

— São as regras do jogo.

— Eu sei — falei.

— Então bebe, porra.

Cerrei a mandíbula.

— *Não.*

— Gente, acho que está na hora de parar — Katie tentou de novo, colocando a mão no ombro do namorado. — Vocês estão ficando nervosos demais.

— Que tal se eu reformular a frase pra "nunca enfiei meu pau em uma funcionária da escola"? — Hugh insistiu, ignorando a namorada. — Saúde, cara.

Sem piscar, levei a bebida aos lábios, mas parei no último segundo e virei o copo de cabeça para baixo, não dando a mínima quando o uísque molhou meu moletom.

— Você quebrou as regras. — Hugh cruzou os braços. — A gente ganhou.

Dei de ombros com indiferença.

— Se você está falando...

— Vocês vão ter que limpar a cozinha.

— Por dois meses.

— Não, não, não... — Bocejando alto, Claire se enterrou debaixo do meu braço e se aninhou em mim. — Boa noite, gente. Nada de limpeza pra mim hoje.

— Não... — Katie choramingou, se jogando no sofá para segurar o braço da Claire. — Não me deixa aqui sozinha com esses dois nesse concurso de mijo.

— Mas estou *bêbada* — Claire falou arrastado, meio sussurrando, subindo no meu colo. — E estou... morrendo de sono. — Ela respirou fundo e passou o braço mole no meu pescoço. — Hum... — Encostou a bochecha no meu ombro e agarrou a minha camiseta. — Me leva pra cama, Gerard.

Em qualquer outra circunstância, ouvi-la dizer essas palavras teria me provocado um arrepio. Mas senti uma culpa tão grande que até fiquei um pouco sóbrio.

— O chão está girando, Gerard — disse, soluçando. — Hum... não me deixa cair.

Meu Deus...

O que diabos eu estava pensando quando a deixei beber uísque?

— Pode deixar, Claire — falei, me esforçando para me concentrar enquanto me levantava, puxando-a junto. — Você está segura comigo, gata.

— Eu sei — disse, suspirando alegremente com os olhos ainda fechados. — Você é meu melhor amigo.

Ignorei Hugh me fuzilando com os olhos e segui andando em uma linha impressionantemente reta, considerando a situação, indo para a escada. Eu estava longe de ser um bêbado responsável. Em geral, eu era o amigo que precisava de cuidados no grupo.

Mas aquela noite era diferente.

Aquela noite, eu tinha que ser homem.

Afinal, era a *Claire.*

— Estamos quase lá — falei quando alcançamos o corredor do andar de cima. — Só mais uns passos... — Parei para chutar a porta. — E você vai poder dormir na sua cama quentinha...

— Com você.

— Se você quiser — respondi, colocando-a na ponta da cama.

— Sempre quero — ela disse, oscilando de um lado para o outro.

— Então eu fico — cedi, conduzindo a Cherub e os gatinhos para a cesta deles. — Vou ficar aqui com você.

— Que bom! — falou, soluçando. — Porque estou superbêbada.

— Sim, gata, eu sei. — Voltei para o lado dela me afogando na culpa. — Você vai ficar bem. — Estiquei o braço para tirar suas botas e as guardei. — Depois de uma boa noite de sono. — Fui até a cômoda e peguei a faixa que ela sempre usava para dormir. — Vou preparar uma fritura bem gostosa pra você.

— Pode ser que eu vomite — me alertou. — Meu estômago está se revirando.

— Sou bom com vômito. Só não posso ver sangue, então estamos bem — falei, me sentando ao seu lado. — E aí, como é que a gente bota isso? — Me concentrei e coloquei a faixa de cabelo nela do jeito como ela faria se pudesse.

— Amarra meu cabelo, por favor — pediu baixinho, se apoiando pesadamente no meu ombro. — Caso eu... — um soluço lhe escapou — vomite.

— Ah, que merda, ursinha! — Peguei o elástico no seu pulso e tentei prender seu cabelo em um rabo de cavalo bagunçado. — Você está me complicando aqui.

— Você é sempre o meu herói — falou arrastado, rindo. — Tão lindo...

Agitei as sobrancelhas com o elogio.

— Eita, obrigado.

— Você é mesmo — insistiu com um tom sério, passando o dedo no meu rosto. — Você é tão lindo...

— Já me falaram que tenho um certo charme juvenil que meu tanquinho e meu maxilar forte não conseguem apagar.

— E bobo — acrescentou. — Você é *superbobo.*

— Te amo. — As palavras saíram voando da minha boca por vontade própria. Abri um sorriso forçado e apertei a bochecha dela de um jeito brincalhão. — Minha coelhinha fofa.

— Muito obrigada. — Outra pausa para soluçar. — Meu macaquinho safado.

— Macaquinho safado? — Dei risada. — Foi tudo o que você conseguiu pensar?

— Foi. — Ela também riu e se contorceu como se estivesse com dor. — Ah, meu Deus, *não*!

— O que foi? — perguntei, assustado com a mudança repentina no seu humor. — O que houve?

— Estou tão triste, Gerard...

Meu coração parou e acelerou ao mesmo tempo quando ouvi essas palavras.

— Você está triste? — Na mesma hora, fui tomado por um instinto primitivo de fazê-la se sentir melhor. *De deixá-la feliz.* — Por que você está triste, amor?

— Ugh. — Ela grunhiu de desconforto, cobriu o rosto com as mãos e se inclinou para a frente. — Deixa pra lá.

— Ei... *ei*, olha pra mim, Claire. — Me agachei na sua frente, arranquei suas mãos do rosto e a obriguei a me encarar. — Fala comigo.

Seus olhos castanhos se fixaram nos meus por um longo tempo, desfocados e turvos, antes de se concentrarem.

— Porque sim.

— Porque sim? — perguntei, ainda segurando o seu rosto.

— Porque você não me ama do jeito certo — sussurrou, se entregando ao meu toque. — Do jeito que eu preciso. — Esticou o braço e cobriu minhas mãos com as suas. — Do jeito que te amo.

Se achei que meu coração tinha se partido antes, ele se despedaçou totalmente ao notar a sua vulnerabilidade.

— Mas eu te amo — falei, limpando a garganta. — Te amo de todos os jeitos.

— Então *por quê*? — perguntou. — Por que você só não me beija?

Porque morro de medo.

— Claire.

Ela soltou um suspiro trêmulo e se inclinou para perto.

— Não faz isso — implorei quando a sua boca estava a um centímetro da minha.

— Não faz o quê?

— Você sabe o quê — falei, apoiando a sobrancelha na dela enquanto meu peito arfava e meu corpo tremia com uma mistura de luxúria e puro pavor. — Senão tudo vai mudar.

— E isso seria tão ruim assim?

Como é que eu poderia explicar para ela se não conseguia explicar nem para mim mesmo? Eu sentia desejo de sentir o seu afeto e a sua vontade de sair correndo. Porra, talvez minha mãe tivesse razão e eu precisasse fazer mais sessões com a Anne, porque eu definitivamente não estava nada satisfeito com a minha vida aquela noite.

— Sim — enfim admiti, com o coração disparado. — Pra você.

— Não posso esperar pra sempre, Gerard — sussurrou, com a voz carregada de tristeza, recuando devagar. — Dói demais.

Dor.

Tudo doía.

— Eu sei — me obriguei a dizer, enquanto meu coração gritava para o coração dela *esperar mais um pouquinho.*

24

Oficialmente empregada

CLAIRE

— Ainda estou esperando, gente — falei, na tarde do dia seguinte, colocando três copos descartáveis de chocolate quente na mesa, que os meus amigos conseguiram pegar na nossa cafeteria favorita. — Digam que vocês estão superorgulhosos de mim.

— Super? — Lizzie revirou os olhos e pegou a caneca dela. — Qual foi? Temos cinco anos de novo, Claire?

— Não, temos dezesseis aninhos e nunca fomos beijadas — falei, me sentindo melhor do que eu merecia, a julgar pela travessura da noite anterior. Pelo visto, eu tinha um estômago de avestruz e a imunidade de uma semideusa. *Ressaca? O que é isso?*

— Fale por você — minha amiga mal-humorada retrucou, bufando. — Não é, Shan?

— Liz. — Shannon sufocou a risada. — Não seja ruim.

— Está bem — falei. — Vou reformular pra: *eu* tenho dezesseis aninhos e nunca fui beijada. Vocês duas são mulheres modernas, apaixonadas e casadinhas com os seus jogadores de rúgbi.

Shannon abriu um sorriso radiante, enquanto a Lizzie me encarou horrorizada.

— Primeiro, tenho quase dezessete. Segundo, prefiro fazer cocô na calça a me casar com alguém. Quanto mais com o *Pierce*.

— Como assim? — perguntei, de queixo caído. — Você escreveu *hoje* de manhã que vocês tinham voltado.

Ela deu de ombros com indiferença.

— Falei cedo demais.

— Coitado do Pierce — Shannon comentou. — Ele gosta mesmo de você, Liz.

— Ah, por favor, Shan. Ele gosta mesmo é dos meus peitos.

— Lizzie! — Shannon gritou, colocando a mão na boca para abafar uma risada.

— O que foi? — Lizzie encolheu os ombros de novo sem a menor cerimônia. — É verdade. E quanto a você, srta. Dezesseis Aninhos... — Ela fez uma pausa para apontar para mim. — Você já foi beijada. — Deu uma piscadinha e acrescentou: — Duas vezes.

— Ah, *sim*. — Os olhos da Shannon se iluminaram. — Pelo Jamie Kelleher, na festa da escola no segundo ano, né?

— Aff, nem me lembra — grunhi, cobrindo o rosto. — Foi tão horrível que eu preferia cortar os braços a passar por aquilo de novo.

— E não se esqueça do Thor — Lizzie acrescentou com cara de nojo. — Ele veio primeiro. A Claire deixou aquele pervertido botar a boca nela durante um jogo de verdade ou consequência bem antes do Jamie entrar na história.

— Ei — Shannon e eu dissemos ao mesmo tempo. — Ele não é pervertido.

— Não, só é parente de um — Lizzie retrucou, venenosa.

Estreitei os olhos para ela.

— Liz...

— Então, pra mim, também é um pervertido.

— Ah, meu Deus, vira o disco!

— Tudo bem, tudo bem, vamos mudar de assunto, gente — Shan interveio depressa antes que começássemos a discutir. Afinal, não seria a primeira vez.

Ultimamente, o humor da Lizzie andava turbulento, para dizer o mínimo, e a minha paciência com ela estava se esgotando. Quando tentei conversar sobre o corte que vi na sua perna, ela quase arrancou minha cabeça. Quando comentei que falaria com a sua mãe, ela surtou. Depois de me dar um gelo por uma semana, falou sem rodeios que eu deveria cuidar da minha vida se quisesse manter a nossa amizade.

Mas, pelo visto, a Shannon podia mencionar o assunto, porque a Liz não a tratava desse jeito.

Eu sabia que a Lizzie tinha um problema com o Gerard, mas era algo totalmente irracional e infundado, e, com toda a sinceridade, eu estava de saco cheio de passar a mão na cabeça dela. Estava ficando cansada. De ser sempre o saco de pancadas. E nunca a Shannon.

— Estou superorgulhosa de você — Shannon falou, sorrindo para mim do outro lado da mesa. — Por ter conseguido o trabalho. Que ótima notícia, Claire!

— Valeu, amiga. — Sorri, momentaneamente apaziguada enquanto o orgulho me dominava.

Conforme o tempo passou e eu não tive notícias da chefe do Hugh, pensei que não tinha tido sorte. No entanto, a Kim me ligou de manhã para dizer que eu podia começar no recesso escolar. O salário não era muito e eu trabalharia fim de semana sim, fim de semana não, mas era um começo.

— A gata aqui está oficialmente empregada.

— Cortesia do irmão da gata — Lizzie me lembrou antes de tomar um gole de chocolate quente. — O Hugh está sempre te socorrendo.

— E daí? — Abanei a mão, me recusando a deixá-la começar outra discussão. — É pra isso que servem os irmãos mais velhos.

— A Sinead vai ficar feliz — Shannon disse, desviando a atenção para o celular que segurava discretamente debaixo da mesa. Não era surpresa nenhuma com qual jogador de rúgbi estava trocando mensagens safadas. O camisa treze. *Cof, cof.* — Ela estava querendo que você arranjasse um emprego desde o seu aniversário, né?

— Ah, sim, ela está me enchendo o saco desde agosto. Minha mãe sempre quis que o Hugh e eu seguíssemos nosso próprio caminho. Vive falando "Vocês têm sorte de não ter que trabalhar até terminar a escola, mas isso não significa que não devam". — Dei um gole na delícia de chocolate antes de continuar: — O Hugh arrumou um trabalho assim que fez dezesseis anos.

— Como salva-vidas também, né?

— Uhum. — Fiz que sim vigorosamente. — Nós dois somos treinados e qualificados.

— Uau! — Shannon se recostou na cadeira com uma expressão impressionada. — Eu sabia que você era voluntária na piscina, mas não que era salva-vidas treinada.

— Pois é, fiz a prova no dia seguinte ao meu aniversário.

— Nossa!

— Meh. — Encolhi os ombros e dei uma piscadinha para ela. — Algumas famílias produzem hurlers.

— E algumas produzem nadadores — ela acrescentou, sorrindo.

— É por causa do que aconteceu quando a gente era criança — Lizzie disse, com os olhos fixos na borda da caneca. — Por causa do que aconteceu com *ele*.

— Com o Gibsie e a família dele? — a Shannon perguntou com um tom suave.

Lizzie assentiu com vigor e teve a decência de não fazer nenhum comentário maldoso naquele momento.

— Foi no dia da primeira comunhão dele, né? — Shannon arregalou os olhos azuis. — Todos vocês estavam lá?

— Eu não — Lizzie respondeu. — Mas a Claire e o Hugh estavam.

— Depois do acidente, minha mãe botou a gente na aula de natação — expliquei, sentindo aquela antiga tristeza se acomodando pesadamente nos meus ombros ao lembrar do acontecimento. — Meu pai é um ótimo nadador e minha mãe sabe se virar, mas ela queria que a gente estivesse preparado. — Contive um tremor, enfiei uma mecha de cabelo atrás da orelha e sorri para elas. — É uma habilidade essencial pra se ter na vida e fico com vontade de retribuir, sabe?

— É por isso que você é voluntária na piscina pública?

— Nem toda família pode pagar aulas de natação pros filhos — falei. — As escolas são caras, e vocês ficariam horrorizadas se soubessem as estatísticas de afogamentos na Irlanda.

— Bem, a gente mora numa ilha.

— É *por isso* que o governo precisa fazer alguma coisa a respeito — eu disse, tamborilando na mesa. — Natação deveria ser disciplina obrigatória nas escolas primárias do país. Tipo, matemática não pode salvar a sua vida, mas natação, sim. Escrevo pro conselho de educação sobre esse assunto desde o quarto ano, mas nunca recebi uma resposta decente — comentei, fazendo careta. — Sempre só mandam o bom e velho "A decisão fica a critério de cada escola".

— Tenho *tanto* orgulho de você por isso — Lizzie falou, esticando o braço sobre a mesa para pegar minha mão. — Você deve ter escrito umas setenta cartas desde o quarto ano. — Ela sorriu e completou: — Sua determinação é admirável.

— Obrigada, Liz — falei, apertando sua mão com carinho, tendo esquecido a tensão de antes, enquanto um vislumbre momentâneo da garota com quem cresci brilhava através da nuvem escura que a seguia para todo lado.

Bem nessa hora a porta de vidro da cafeteria se abriu de uma vez e um rosto familiar surgiu.

— Oi, estranho! — falei, acenando para o melhor amigo do meu irmão, que olhava ao redor com seus ponderados olhos azuis antes de ver a nossa mesa e vir até nós. — Parece que a gente não se vê há um tempão.

— Você me viu ontem na escola — ele respondeu, sorrindo.

— Mas faz tempo que você não aparece lá em casa.

— Sim, foi mal. Está uma loucura na fazenda — Patrick explicou.

Ele estava muito gato para um garoto de galocha, jeans desbotado e camiseta velha e branca meio rasgada. E a camisa rústica vinho era a cereja de um bolo delicioso. Ele tinha cabelo escuro, sorriso tímido, pele bronzeada e olhos azuis cheios de alma. A receita perfeita para partir corações adolescentes.

— Oi, Shan. Liz.

— Oi, Feely.

— Patrick.

— Você está ótimo, Fe — falei, agitando as sobrancelhas maliciosamente. — Supergato.

— Aff... — Lizzie revirou os olhos. — De novo com essa mania de "super", Claire?

— Qual o problema? — Ergui as mãos. — É verdade.

Eu não era a única que tinha notado. Várias garotas nas mesas espalhadas pelo café viraram para olhá-lo. Cacete, até a Lizzie estava olhando para ele.

— Valeu. — Deu uma risadinha tímida, pegando a carteira no bolso traseiro da calça. — Querem alguma coisa, meninas?

— Não, estamos bem — respondi, e a Lizzie ficou observando-o ir até o balcão.

Ah, sim, ela *definitivamente* estava secando o Patrick.

A única imune ao seu traje sexy de cavalariço era a Shannon, que estava ocupada demais olhando para a tela do celular para reparar nele.

— Ele está gato mesmo — Lizzie comentou, enfim voltando a atenção para nós. — Vai fazer justiça ao Gomez Addams no sábado.

— Ah, meu Deus, Liz! — gritei, sem conseguir parar de me sacudir. — Você está *a fim* do Patrick. — Bati palmas de pura alegria e me virei para ver como a bunda dele ficava linda naquele jeans. — *Isso*, garota! Upgrade aprovado.

Liz me olhou boquiaberta.

— Do que é que você está falando?

— E vocês repararam que ele nem está fedendo? — perguntei, verdadeiramente empolgada. — Passou o dia todo trabalhando na fazenda e a galocha dele não está nem fedendo a bosta de vaca. Só está cheirando a silagem recém-cortada e um pouco de gasolina. — Sorrindo, acrescentei: — Esse aí é pra casar, Liz. O Fe é incrível. Muito melhor que o Pierce, se quer saber. — Franzi o nariz em desgosto e continuei: — E aposto que não fica tirando a virgindade das garotas no banco de trás do carro dele no campo da AAG.

— Você gosta do Feely, Liz? — Shannon perguntou com os olhos arregalados, enfim decidindo deixar o telefone de lado e nos dar sua atenção. — Como é que eu não sabia disso?

— Ah, talvez porque não seja verdade — Lizzie falou. — Reparei que ele é gato, e agora a Claire já está planejando o noivado.

— Então você *não* gosta dele? — Shannon perguntou, confusa.

— Não, *gosto* dele — Liz começou a dizer, mas interrompi antes que ela pudesse continuar.

— Oba! Que ótima notícia!

— Como amigo — ela esclareceu devagar. Se virou para Shannon e repetiu: — Como *amigo*.

— Ah... — Shan pareceu tão decepcionada quanto eu. — Bem, ele é incrível — disse com um tom esperançoso. — E é gentil e legal e...

— E *perfeito* pra você! — falei talvez um pouco entusiasmada demais.

— Meu Deus, fala mais alto, Claire — Liz grunhiu. — Acho que aquelas velhinhas na mesa do canto não te ouviram.

— Foi mal — respondi, me encolhendo de constrangimento. — Mas só estou dizendo que acho que vocês dois ficariam perfeitos juntos.

— Ah, meu Deus. — Lizzie se virou para a Shannon. — Dá um jeito nela?

— Como? — Shannon perguntou, dando risada.

— Estou falando sério — insisti, defendendo meu caso. — Você e o Patrick fazem sentido juntos. — Eu estava quase decepcionada comigo mesma por não ter pensado neles dois antes, mas agora não conseguia tirar essa ideia da cabeça. — Ele é a calmaria perfeita pra sua tempestade!

— Alguém faz ela parar de falar — Lizzie disse, me ignorando completamente.

— Tá bom. — Revirei os olhos. — Vocês são perfeitos um pro outro, mas se você não vê...

— Quem é perfeito um pro outro? — Patrick perguntou, sentando ao lado da Shannon. — Ou é melhor eu não saber?

— Hum... acho que é melhor não saber — Shan respondeu, abrindo espaço para ele no banco e engolindo um grande gole do seu chocolate quente.

— Ei, *Patrick*? — Sorri e me inclinei para a frente, oferecendo toda a minha atenção.

— Ei, *Claire* — ele me imitou, abrindo uma latinha de refrigerante de laranja e dando um gole.

— Você está saindo com alguém?

— Saindo com alguém?

— É. — Assenti com firmeza. — Tipo, você tem namorada ou algo assim?

— Ah, meu Deus — Shan falou, quase se enfiando dentro da caneca.

Patrick ficou me encarando por um bom tempo antes de erguer a sobrancelha.

— O que é que você está tramando, Biggzinha?

— Ignora ela — Lizzie grunhiu, me chutando por baixo da mesa. — Ela não tomou os remédios hoje de manhã.

— Na verdade, tomei, sim — retruquei, acrescentando: — Tomo um multivitamínico todos os dias — esclareci.

— Que pena que não é Valium! — Lizzie rosnou. — Ou um calmante mais forte.

— Eu também — Shannon comentou. — Tomo multivitamínicos, quero dizer. Só que tomo uns três diferentes. A Edel vive comprando um monte de produtos saudáveis pra mim e pros meninos. — Ela abriu um sorrisinho tímido e disse: — Parece que eu estava com deficiência de vitaminas.

Era lindo de ver e enfim saber que a minha amiga estava recebendo o amor maternal que sempre mereceu. Porque, com toda a sinceridade, ninguém merecia uma vida melhor do que a Shannon Lynch e os irmãos.

— Mas não mais — Lizzie falou, protetora, sorrindo para tranquilizar a nossa amiga. Sim, podíamos dizer que todo o nosso grupo de amigos era mais do que um pouco protetor com ela. — Você está arrasando agora, Shan.

— Sim. — As bochechas dela coraram. — Estou mesmo.

— E aí, pra quem é essa outra bebida? — Lizzie perguntou, apontando para a outra latinha na mesa. — Ou você está com tanta sede assim?

Patrick abriu a boca para responder bem na hora que a porta da cafeteria se abriu.

— Gibsie! — Shannon falou, abrindo um enorme sorriso.

Na mesma hora, Lizzie resmungou, veneno escorrendo pela língua:

— Thor...

— Já era hora — Patrick disse, batendo no relógio. — O que aconteceu com "Só vou estacionar e já entro"?

— Não é culpa minha, cara. O trânsito dessa cidade está uma loucura — Gerard se defendeu, ocupando todo o espaço com a sua presença. — Fiquei procurando vaga pra estacionar desde que te deixei aqui.

Ele estava usando um jeans claro e uma camiseta branca justa, destacando aqueles bíceps impressionantes que ele passou a maior parte da adolescência esculpindo.

— Que pena que você não encontrou uma vaga pra vazar da face da Terra! — Lizzie comentou, chamando a minha atenção e me fazendo grunhir por dentro.

Lá vamos nós de novo.

— Nem começa, Víbora — Gerard avisou, se aproximando da nossa mesa. — Tive um dia bastante difícil e não estou a fim de aguentar as suas palhaçadas.

— Aff, você nem sabe o que é um dia difícil — ela alfinetou. — Mas podia deixar o meu dia bem melhor se simplesmente desaparecesse.

— É mesmo? — Gerard falou com um tom sarcástico e de olhos arregalados. — Bem, nesse caso, deixa eu me sentar bem confortável.

Lizzie estreitou os olhos para ele.

— Vai pro inferno!

— Vai você primeiro — ele respondeu, esticando o braço para bagunçar o cabelo da Shannon com carinho. — Mantém essa cabeça erguida, Shannonzinha. — Ele deu uma piscadela. — Está tudo bem.

— Oi, Gibs — Shannon disse, constrangida com o comportamento da Lizzie.

Não era legal vê-la explodindo com ele desse jeito, mas eu não ficava mais constrangida.

Só cansada.

Incerta sobre o que fazer com os dois, Shannon olhou da Lizzie para o Gerard e perguntou:

— Você está... bem?

— Estou sempre bem — ele falou calorosamente, direcionando seu sorriso radiante para mim e fazendo todos os ossos do meu corpo virarem gelatina. — Ursinha...

— Oi, Gerard — respondi, me esforçando desesperadamente para parecer casual, apesar de sentir todas as minhas terminações nervosas ganhando vida assim que ele sentou no banco ao meu lado.

A maior parte da noite anterior tinha virado uma névoa difusa, mas quando acordei hoje de manhã nos seus braços tudo parecia diferente.

Mais profundo.

— Você está bem? — Ignorando os nossos amigos, Gerard apoiou o antebraço na mesa e se inclinou para mim, me dedicando toda a sua atenção. — Como vai a dor de cabeça?

Às vezes, era difícil saber em que pé eu estava com o Gerard porque eu não sabia direito com qual versão estava lidando. Quando estávamos sozinhos de noite, surgia o garoto vulnerável que passei a vida toda adorando. Já quando estávamos com a galera, sua versão confiante e sem noção dominava. E essa versão, apesar de um pouco irritante, era inegavelmente sexy. Tipo, *muito* sexy.

— Estou ótima — falei, derretendo sob o calor do seu olhar. Eu não podia fazer nada. Era impossível não amolecer quando um garoto te olhava tão intensamente nos olhos desse jeito. — Nunca estive melhor.

— Então estamos bem? — perguntou, mantendo os grandes olhos cinzentos fixos nos meus.

Ele estendeu a mão para colocar um fio de cabelo rebelde atrás da minha orelha, e juro que um suspiro audível escapou dos meus lábios, o que, eu precisava admitir, pelo menos não foi tão embaraçoso quanto um gemido.

Porque, às vezes, eu gemia.

Várias vezes.

— Hã? — falei, abandonando meus devaneios ao perceber que ele estava esperando uma resposta. — Por que não estaríamos bem?

— Me diz você.

— Não faço ideia — respondi, contendo um tremor.

— Então está bem. — Um sorrisinho surgiu em seus lábios. — Era tudo o que eu precisava saber.

Confusa com o rumo da conversa, falei a primeira coisa que me veio à mente:

— Arranjei um emprego!

— Um emprego?

— É. — Me recompus, limpei a garganta e sorri. — Lembra daquela entrevista que fiz no começo do verão? Pra trabalhar meio período como salva-vidas no hotel com o Hugh? Bem, a chefe dele me ligou de manhã. — Dei de ombros, soltei mais um suspiro trêmulo e abri um sorriso forçado. — Ela quer me contratar.

— É mesmo? — O sorriso de Gerard assumiu proporções épicas. — Porra, isso aí, sereia!

— Pois é — falei contra o seu peito quando ele me puxou para um abraço de urso. Sem conseguir me conter, respirei fundo, preenchendo meus sentidos com seu delicioso perfume. Eu não ligava se era estranho. O garoto era tão *cheiroso*... — Vou começar no recesso.

— Você é incrível. — Ele deu risada e se afastou para me olhar. — Está me ouvindo, ursinha? — Segurou meu rosto com suas mãos enormes, se inclinou para a frente e pressionou a testa na minha, e vi a empolgação e o orgulho dançando nos seus olhos. — Estou tão orgulhoso de você!

— Ah, corta essa. — Lizzie fingiu vomitar do outro lado da mesa. — Ela só conseguiu um emprego de meio período, Thor. Não virou sócia em um escritório de advocacia. Menos, por favor.

— É uma *grande* conquista — Gerard argumentou, mordendo a isca dela e se virando para os nossos amigos. — De verdade.

— *Claro*.

— Parem com isso — Patrick pediu calmamente, forçando o anel de metal da latinha para a frente e para trás. — Se vocês não conseguem ser civilizados um com o outro, façam um favor e se ignorem.

— Qual foi? — Lizzie falou em um tom defensivo. — Está agindo como se ela tivesse acabado de ganhar na loteria.

— E por que isso te deixa puta? — Gerard perguntou. — Qual é o seu problema, Víbora? Por que não consegue ficar feliz por ela?

— Gerard — grunhi, cutucando-o nas costelas. — Não fala com ela assim.

— *Estou* feliz pela Claire — Lizzie disse. — Mas você está fazendo um show na esperança de se enfiar na calcinha dela. Que baboseira! Estou de olho em você, idiota.

— Você é maluca.

— E você é um babaca vagabundo.

— Eu trabalho. Não sou vagabundo.

— Sei. — Ela bufou. — Um trabalho que sua mãe te deu por pena.

— E onde você trabalha, Liz? — Gerard perguntou. — Hein? Que porra você está fazendo da sua vida?

— Na verdade, a gente tem trabalhado como babá — Shannon disse, tentando amenizar a discussão.

— Babá? — Gerard arqueou a sobrancelha. — Juntas?

— Hum, isso — Shannon falou, corando. — Começamos a trabalhar com isso durante o verão. — Sorriu e acrescentou: — Está começando a dar certo.

— Qual o problema, Thor? — Lizzie perguntou depressa, olhando feio para ele.

— Com a Shannon de babá? — Balançou a cabeça. — Nenhum. Ela é perfeita pro trabalho.

— Então você só tem problema comigo?

— Só com você.

— Gente... — Shannon resmungou, pegando a mão da Lizzie. — Por favor, parem.

— Quer se explicar?

Ele se recostou no assento e cruzou os braços.

— Eu não deixaria nem meu ouriço aos seus cuidados, quanto mais uma criança.

— Por quê?

— Sou excelente pra sacar o caráter dos outros.

— O que quer dizer?

— Exatamente o que você entendeu.

— Então acha que não sou capaz de cuidar de uma criança?

— Acho.

— Se me lembro bem, minha irmã cuidou bastante de você quando éramos pequenos.

— Obrigado pela lembrança.

— E você gostava.

— É mesmo?

— Ah, meu Deus, gente! — explodi, erguendo as mãos de frustração. — Parem com isso.

— Para você — Lizzie retrucou, me encarando de cabeça erguida com um olhar ainda mais furioso que o meu. — Para de deixar esse babaca passar por cima de você.

— Ele não está fazendo isso — grunhi, implorando com os olhos que ela me escutasse.

— Está, sim!

— Pelo amor de Deus, do que é que você está falando? — Gerard disse, passando a mão pelo cabelo. — Só parabenizei a *nossa* amiga pelo primeiro emprego. Sim, a *nossa* amiga. Até onde eu sabia, isso não era um método de sedução. E, mesmo assim, você deu um jeito de surtar!

— Não tente me pintar de louca, Thor — Lizzie cuspiu. — A gente sabe o que você está querendo. Só tenho coragem de dizer.

— Não estou tentando te pintar de louca, Lizzie — Gerard falou, arregalando os olhos. — Não preciso fazer isso, porque todo mundo pode ver.

— Gibs! — Patrick o repreendeu. — Você foi longe demais, cara.

— Não — Lizzie retrucou, nervosa. — Ir longe demais seria dizer que Peter Biggs salvou a criança errada da...

— Lá, lá, lá! — Shannon cantarolou em um tom frenético, esticando o braço para tapar a boca da Lizzie. — Você não pode retirar as palavras depois, Liz. Por favor, não diz isso.

— Deixa ela — Gerard pediu, se recostando no assento de cara feia. — Vamos, Víbora. Termina o que você ia dizer. Tira isso do peito.

— Não — todos nós imploramos juntos, prendendo o fôlego e esperando tudo desabar.

— Não preciso dizer — Lizzie enfim falou com os olhos fixos em Gerard. — Pela sua cara, você já sabe que é verdade.

Shannon grunhiu e Patrick cobriu o rosto com as mãos. Enquanto isso, meu queixo quase foi parar no chão.

— Você *não* falou isso, Lizzie Young — sussurrei. — Me diz que você não falou isso! — Como ela não respondeu nada, me virei para o garoto sentado ao meu lado. — Gerard... — Ele se levantou. — Não, Gerard, não... espera um pouco, pode ser?

Gerard não esperou.

Não falou nada.

Apenas se retirou em silêncio.

Nem bateu a porta.

— Isso foi péssimo — Shannon falou, com as mãos ainda no rosto. — Foi horrível.

— Foi — Patrick concordou calmamente. — Uma catástrofe.

— Você precisa pedir desculpas — eu disse, fuzilando Lizzie com os olhos. — Precisa ir lá pedir desculpas pra ele.

— No dia de são nunca.

— É sério, Liz — insisti, furiosa. — Tipo, agora.

— Vou te falar uma coisa, Claire — ela disse, exaltada. — Vou pedir desculpas pela morte da irmã dele quando ele pedir desculpas pela morte da minha!

— Ah, meu Deus! — Eu queria gritar. — A Caoimhe não tem *nada* a ver com o que você fez com ele agora.

— A Caoimhe tem *tudo* a ver com tudo — Lizzie disse, com lágrimas nos olhos. — Tudo.

— Você e o Gibsie perderam as irmãs — Shannon tentou apaziguá-la. — Você sabe como dói, Liz. Isso te assombra todos os dias. O Gibsie também se sente assim.

— Talvez — ela cedeu, mas sua voz continuava cheia de veneno quando disse: — A diferença é que não tive nada a ver com a morte da irmã dele, e ele tem tudo a ver com a morte da minha!

— Como? — Shannon perguntou. — Ele era só um garotinho quando a Caoimhe morreu, Liz. Uma criancinha que nem a gente.

— Pergunta pro irmão dele.

— Irmão postiço — Feely interveio pacientemente.

— Está bem — Lizzie falou, rangendo os dentes. — Pergunta pro *irmão postiço* dele.

— O Mark?

— E aproveita pra perguntar por que aquele monstro se envolveu com a minha irmã! — Com as narinas dilatadas, vociferou: — Pergunta de quem foi a *culpa*.

— Não. Não consigo. — Balancei a cabeça, ergui as mãos em resignação e me levantei. — Sinceramente, não aguento mais. Sei que você é uma boa pessoa, Liz, ou pelo menos sei que tem uma boa pessoa aí dentro em algum lugar, mas estou de saco cheio de ficar te defendendo, sendo que não concordo com as suas atitudes.

— Nunca te pedi isso.

— Não precisava pedir, é pra isso que servem os amigos, mas estou crescendo e ficando cansada disso.

— Claire, espera — Shannon disse atrás de mim. — Não vai embora. Senta aqui e vamos conversar.

— Não, você pode conversar com ela se quiser. Não quero ficar perto dela agora, Shan — falei por cima do ombro, seguindo para a saída. Porque, se eu não me afastasse dali, ia acabar explodindo. — Te ligo depois, ok?

25

Estou sempre bem

GIBSIE

Ir longe demais seria dizer que o Peter Biggs salvou a criança errada da água aquele dia.

A criança errada se afogou.

A criança errada foi salva.

Com o corpo tenso, fiquei sentado no carro, segurando o volante e encarando o passado enquanto lutava contra as lembranças que ameaçavam me engolir.

Lizzie tinha acertado na mosca com o que disse — e com o que não disse. Tudo se resumia ao fato de que a Bethany tinha morrido, quando deveria ter sido eu.

Ela não disse nada que eu já não soubesse.

Errado.

Errado.

Eu era todo *errado*!

Minha irmã só caiu do barco por minha causa.

Porque eu estava provocando ela com um laser idiota que tinha vindo em um saco surpresa da lojinha.

Eu podia tê-la deixado brincar com o maldito laser. Ele nem era tão bom. Pelo contrário, era uma porcaria, e poderia ser substituído por outro da loja de um euro. Eu tinha ganhado bastante grana aquele dia. Tinha mais de duzentos contos nos cartões que recebi. Cartões que, de manhã, significaram o mundo para mim e, de noite, não significavam absolutamente nada. Eu podia ter deixado a Beth brincar. Podia ter comprado um saco surpresa para ela. Mas não fiz isso.

Não, porque decidi ficar me exibindo com o Hugh.

Não precisava apontar o laser vermelho para o golfinho que nadava atrás do barco, mas foi o que fiz.

Eu fiz isso.

Eu.

Quando ela caiu no mar perseguindo a maldita luzinha vermelha, meu instinto protetor de irmão me fez pular atrás dela. Não pensei no que estava fazendo nem lembrei que não sabia nadar. Não percebi o perigo a que submeti toda a minha família. Só vi minha irmã cair na água e reagi por instinto.

Se eu tivesse usado a cabeça e ficado no barco, meu pai teria conseguido resgatar a Bethany com segurança sem se distrair e se cansar tentando me salvar também. Em vez disso, cometi o maior erro da minha vida, que resultou não só na morte da minha única irmã, mas também na do meu pai.

Esse era, de longe, o pior dia de todos porque eu *sabia* que era o responsável pela tragédia. Era o responsável pela queda da minha irmã. Era o responsável pelo meu pai ter se cansado tentando evitar que duas crianças se afogassem. Fui eu quem escorreguei dos braços dele, fazendo com que ele soltasse a Bethany.

Eu.

Sentia tanta saudade do meu pai que, às vezes, era até difícil respirar, e era comum sentir que ainda estava na água com ele. À noite, eu pensava bastante na mão dele tocando a minha pela última vez. Na sua pegada. Na sua pele. Na sua frieza. Em como deixei a sua mão escapar e fui levado para a superfície. Foi isso. Ele afundou e eu subi. Não era justo. Ele era bem melhor do que eu jamais poderia ser.

E a Bethany... eu tentava não pensar nela. A dor era demais. Quando eu deixava que ela me viesse à mente, quando eu permitia que as lembranças da minha linda irmãzinha ficassem rodando na minha cabeça feito um filme em preto e branco dos anos cinquenta, a culpa que eu sentia me deixava paralisado na cama por dias.

Se eu pudesse realizar um desejo na vida, seria voltar no tempo. Queria ter a habilidade de mudar o rumo daquele dia. Eu me recusaria terminantemente a entrar naquele maldito barco. Jogaria fora aquele maldito laser.

Mudaria o passado para consertar o presente e forjar um futuro de que valesse a pena me lembrar.

Mas, como Deus não nos concedia desejos e eu não tinha uma lâmpada mágica nem um gênio à disposição, fazia o que podia e me obrigava a esquecer tudo aquilo.

A não me lembrar de nada.

Nada do que tinha acontecido no barco.

Nada do que tinha acontecido depois.

Nada de nada.

Eu canalizava toda a minha energia para apagar aquelas memórias. Não podia mudar o passado, mas pelo menos podia me forçar a esquecer.

— Gerard! — Ouvi a voz familiar da Claire me chamando, me distraindo dos meus pensamentos e me trazendo de volta ao presente de uma vez. — Espera!

Sua voz atravessou os meus sentidos feito uma bola de demolição, fazendo com que a névoa venenosa do passado que me engolia recuasse de maneira relutante. Não me virei para ela, mas também não fui embora.

Eu não conseguia.

Então me deleitei com a sua presença. Ela era como um raio de sol brilhante afastando a escuridão.

— Não é verdade — ela falou, sem fôlego, se sentando no banco do carona alguns instantes depois. — O que a Liz disse. — Respirou fundo algumas vezes e se virou para mim. — Nada daquilo é verdade.

É, sim.

— Não importa... — comecei, mas ela me interrompeu depressa.

— *Claro que importa.* — Seus olhos cintilavam e suas bochechas estavam coradas da corrida. — Importa, sim, porque você importa, e sei que você gosta de ficar pensando besteira de vez em quando, mas me prometa que você acredita em mim quando te digo que ela estava falando bosta.

— O que a Lizzie diz não me afeta.

— Bem, então você é mais forte que eu, porque aquilo me afetou.

— Está tudo bem, ursinha — falei, abrindo um sorriso forçando, sendo que internamente eu lutava para controlar as emoções. — Estou bem. — Molhei os lábios com a língua e levei a mão à chave na ignição, mas eu estava tremendo demais. — Eu, ah... — Soltei um suspiro vacilante e cerrei o punho para conter o tremor antes de tentar de novo. — Está tudo certo. — Dessa vez, quando virei a chave, o motor rugiu. — Estou *bem*.

— Gerard... — Seu tom era suave, suave demais para o meu gosto, e, quando ela colocou a mão sobre a minha no câmbio, quase tive um troço. — Tudo bem não estar bem.

— Pois eu *estou* bem — repeti, mantendo a atenção na rua à minha frente e saindo para o trânsito da tarde. — Estou *sempre* bem.

— Eu sei, Gerard — falou tristemente, entrelaçando os dedos nos meus. — Eu sei.

Porra, eu não merecia a amizade dela. Ela me conhecia. Estava lá aquele dia, no barco, vendo meu mundo implodir à minha volta. Sabia tanto quanto qualquer um que eu era o responsável por tudo e, *mesmo assim*, continuava ali, segurando a minha mão.

— Sabe o que esse dia está pedindo? — Claire perguntou, enfim quebrando o silêncio quando chegamos na garagem da minha casa pouco tempo depois.

— Não sei, ursinha — falei para agradá-la. — O quê?

— Sofá, cobertor e pipoca. — Ela fez uma pausa para sorrir. — Junto com o Johnny e a Baby.

— Ah, não, não, não — eu disse, balançando a cabeça. — Não vai rolar.

— Vai, sim. — Seu sorriso se alargou enquanto ela assentia vigorosamente. — Vai, sim, senhor.

— Não vai, não. — Sacodi a cabeça também de maneira vigorosa. — Meu cérebro não aguenta mais ver *Dirty Dancing*. Ele vai explodir.

— Aff, não seja tão dramático. — Deu uma risada e bateu no meu braço. — A gente só viu algumas vezes.

— Claire... — grunhiu, sem conseguir disfarçar a indignação. Porque a obsessão dela por Johnny Castle parecia bastante com a sua obsessão pelo Johnny Depp: era tóxica pra caralho e só piorava a cada dia. — Já vi esse filme tantas vezes com você que sei de cor, palavra por palavra, todas as falas daquele filho da puta. — Balancei a cabeça de novo. — Não, foi mal. Não consigo.

— E a sua obsessão por *Um sonho de liberdade*? — perguntou, igualmente frustrada pela minha recusa a fazer a sua vontade. Algo que ambos sabíamos que eu acabaria fazendo. — Se tiver que ouvir a mais uma dublagem sua do Morgan Freeman, vou chorar.

— Claire... — Olhei para ela horrorizado. — Você não pode estar comparando os dois filmes. — Estreitei os olhos e acrescentei: — E *arraso* na dublagem do Morgan Freeman.

— Claro — ela zombou. — Arrasa, sim.

— Aff! — Soltei um suspiro indignado. — Você disse que adorava a minha imitação.

— Bem, menti. — Ela gargalhou e esticou o braço para cutucar a minha barriga. — A sua imitação é nota F.

— F de fantástica?

— F de uma bosta.

— Não deveria ser B de bosta?

— Só no seu mundo, Gerard. — Ela deu uma risada. — Claro, posso estar aberta a rever a sua nota se você me der o que quero.

— Ah, professora... — ronronei com uma voz brincalhona, já que o clima tinha aliviado. — Me diz o que eu preciso fazer.

— Curtir uma tarde de conchinha no sofá, enchendo a pança de porcaria. — Ela piscou os grandes olhos castanhos para mim, abriu um sorriso angelical e acrescentou: — Com os gatinhos no nosso colo, e o Johnny e a Baby na televisão.

— Meu Deus! — Sacodi a cabeça, resignado. — Certo, está bem! Mas essa é a última vez, Claire.

— Oba! — comemorou alegremente, batendo palmas. — Está vendo? Eu sabia que você aceitaria a minha ideia.

— Pois é — bufei. — Como se eu tivesse outra escolha.

— Ah, para com isso — disse, se inclinando para o lado para dar um beijo na minha bochecha. — Você me ama.

Eu amava mesmo e tinha a impressão de que o mundo todo sabia disso.

— Então, isso aqui não vai funcionar pra mim. — Com as mãos nos quadris, fiquei encarando friamente o meu reflexo no espelho. Assisti a comédias românticas, comi pipoca e basicamente fiz tudo o que ela me pediu a noite toda, mas eu tinha que estabelecer algum limite, caramba, e achei que deixá-la me vestir já era demais. — Posso aguentar bastante coisa na vida, ursinha, mas couro definitivamente não é uma delas.

— Não seja besta, Gerard — falou do chão do quarto. Com uma agulha presa entre os lábios, ela ficou forçando a cintura da calça, tentando sem sucesso fechá-la. — Você está ótimo.

— Ótimo? Olha só pra mim, gata! — eu disse, gesticulando para a roupa horrorosa que me convenceu a vestir. — Estou parecendo o filho bastardo do Bon Jovi com o boneco da Michelin!

— Com toda a sinceridade, Gerard, você está ótimo — insistiu, colocando a agulha de lado para usar as duas mãos na luta contra a calça. — Supergostoso.

— É, até parece — bufei. — Dá pra ver o meu pau, Claire! — Com os olhos arregalados, apontei para o óbvio *incidente* nos seus planos. — Sei que não dá pra ver ele todo, mas dá pra ver os meus pelos, o que não devia acontecer, né?

— Não, não devia acontecer — Claire concordou, irritada, sem desistir da batalha. — Mas estou tentando resolver, então para de agir que nem um bebê e encolhe essa barriga, caramba!

— Você quer que eu morra?

— Quero que você encolha essa barriga pra eu poder fechar esse botão!

Soltei um grunhido furioso e a obedeci de má vontade, prendendo o fôlego. *De novo.*

— Puta merda, não vai fechar — declarou, frustrada.

— Eu sei — falei. — Porque tenho um pau e duas bolas que você não levou em consideração quando desenhou essa calça pensando no Ken, que não tem pau!

— Credo, Gerard, não fica falando "pau".

— "Pênis" é melhor?

— Aff, não. Pode falar "bilau".

— Está bem — eu disse, olhando feio para ela. — Bilau.

— Ahhh! — Claire deu um grito esganiçado, se levantou e bateu o pé. — Não adianta. — Então levou a mão à testa, foi até a cama e se jogou de cara no colchão de forma dramática. — Eu falhei.

— Não, não falhou — grunhi, me aproximando que nem um pinguim para confortá-la. — É culpa do meu pau.

— Bilau.

— Bilau — me corrigi, me sentando ao seu lado. O som de algo se rasgando seguido por uma rajada repentina de ar frio nas minhas bolas me

garantiu que me sentar com aquele couro barato foi uma decisão terrível.
— Ah, merda. Acho que deu ruim, ursinha.

— Desencana — choramingou no edredom. — Pode tirar essa coisa e queimar. Não precisamos nos fantasiar esse ano.

— Sabe, eu podia usar só uma calça preta normal — sugeri. — Que nem no filme. — Me virei para o lado e passei o dedo pela sua coluna. — Vamos, não fica triste.

— É que me dediquei tanto a essas fantasias.

— Eu sei — falei, colocando o seu cabelo sobre um ombro, revelando uma orelha perfeita com três brinquinhos no lóbulo. — Vamos, ursinha. Olha pra mim.

— Só queria que ficasse perfeito. — Fungando, ela ergueu um pouco a cabeça. — Só isso.

— Vou dar um jeito — disse, querendo deixá-la satisfeita. — Vou levar a calça pra Mami K e ela vai fazer a mágica dela.

— Sério? — Seus marejados olhos castanhos me encararam. — Você faria isso por mim?

— Claro. — Enxuguei uma lágrima na bochecha dela com o dedão. — Faço qualquer coisa por você.

— Obrigada. — Ela segurou minha mão no rosto, fechou os olhos e se entregou ao meu toque. — Amigo.

— Disponha. — Senti meu coração disparar a toda velocidade. Se eu tinha seu rosto nas mãos, ela estava com a minha vida nas suas. — Amiga.

26

Fofocas e idiotas

CLAIRE

— Então, você não vai acreditar no que acabei de ouvir — Lizzie disse quando me encontrou na área comum do sexto ano na segunda-feira de manhã. — Essa é boa, você vai adorar.

Bem, eu sabia que a área comum do sexto ano estava completamente fora dos limites para os alunos do quinto ano, mas eles tinham os *melhores* equipamentos de toda a escola. Cheguei quase ao raiar do dia por conta do cronograma maluco do treinador de rúgbi e, assim que dei uma olhada na sala do quinto ano, dei meia-volta.

Enquanto o Gerard e o Hugh, que sempre me davam carona para a escola, corriam no campo, eu me aproveitava daquela sala chique.

A área comum do sexto ano era a maior de todas, com os melhores sofás de couro, a melhor cozinha, um banheiro com chuveiro e até uma televisão de tela plana.

A maioria dos meus amigos passava o dia na escola e dormia em casa, mas o Colégio Tommen era predominantemente um internato, o que explicava os confortos das instalações escolares, mas *fala sério*. Aquilo era uma extravagância. *Não era à toa que a matrícula custava um rim.*

Ergui os olhos da torrada em que eu estava passando manteiga e arqueei a sobrancelha.

— Está tentando pedir desculpas por ontem? — Mantive o tom frio de propósito e acrescentei: — Porque você está devendo algumas desculpas, Liz.

— Aff. Você sabe que detesto essa palavra. Além disso, tenho algo muito melhor que um pedido de desculpas. — Atirou a mochila em um dos sofás e foi direto para a cozinha. — Uma fofoca suculenta. — Ela se recostou no balcão que separava a cozinha do resto da sala e deu um sorrisinho. — Sobre uma certa bombinha de cabelos cacheados.

— *Eu?* — berrei, dando adeus para a minha frieza.

— Você — confirmou, assentindo de maneira arrogante.

Inclinei a cabeça para o lado e fiquei observando suas bochechas coradas e o raro sorriso estampado no seu rosto.

— Está bem. — Abaixei a faca e fiz uma reverência para ela com as mãos, brincando. — Você ganhou, Medusa.

Lizzie abriu um sorriso vitorioso, pegou uma torrada e foi até o nosso sofá azul favorito.

— Então, quando eu estava saindo do banheiro da ala do sexto ano, derrubei o celular perto dos armários e ouvi uma conversa entre dois caras — contou, mordendo o pão e cruzando as pernas debaixo de si, se ajeitando. — Parece que você tem um admirador, Biggzinha.

Arregalei os olhos.

— Eu?

— Uhum. — Engoliu a torrada e ficou brincando com o fio solto da calça azul-marinho. — Ou será que eu devia chamar de velha paixão?

— Hã? — Tomada pela confusão e pela curiosidade, me sentei no sofá na frente dela, esquecendo as torradas. — Tenho uma velha paixão?

— Pelo visto, tem.

— Ah, meu Deus. Quem é? — A empolgação se agitou dentro de mim, fazendo meu corpo todo vibrar de expectativa. — O que você ouviu?

— Vou te contar assim que você fechar essas pernas, sua besta — ela disse, gesticulando para mim, sentada de pernas cruzadas no sofá. — Você está de saia, Claire. Todo mundo vai ver a cor da sua calcinha se você se sentar assim.

— Ah, por favor, estamos sozinhas e estou de meia-calça preta — grunhi, obedecendo-a a contragosto. — Como é que vão saber a cor da minha calcinha?

— Verdade — falou, engolindo o último pedaço da torrada. — Sua calcinha é rosa. Mas é verdade.

— Vamos logo, Liz! — pedi, batendo as mãos nas pernas. — Me conta o que foi que você ouviu.

— O Jamie Kelleher está planejando te chamar pra sair de novo.

Fiquei encarando-a sem expressão.

— Como?

— O Jamie Kelleher — repetiu devagar. — Ele quer sair com você de novo.

— Quer? — Arregalei os olhos. — Quem disse?

— Ele — respondeu. — Falou pro amigo que está planejando te chamar pra ir ao cinema.

— Cala a boca! — berrei, erguendo as mãos. — Ah, meu Deus, *por quê?*

— Talvez ele queira repetir a performance — disse, dando uma piscadinha. — Só que sem a interferência do Thor.

— Mas aquilo foi no segundo ano. A gente era praticamente uns bebês. — Fui dominada por uma onda de histeria. — E não está saindo com a Chitra Govindarajan desde o ano passado?

— Não mais — Lizzie disse. — Ela foi pra Universidade de Brighton no fim do verão. Ficaram de boa depois do término, o que mostra que ele sabe tratar uma garota e não é um completo cachorro que nem os outros.

— A não ser quando tentou botar a mão debaixo do meu vestido na festa do segundo ano — bufei, cruzando os braços. — E o Gerard não interferiu nada. Ele me *salvou.*

— Bem, como você disse, isso aconteceu há um milhão de anos, e o Jamie amadureceu bastante desde então.

— Ah, sei lá, Liz — murmurei, comprimido os lábios.

— Ele é inteligente e gato e está solteiro. — Abriu um sorriso radiante e esfregou as mãos. — E o melhor de tudo é que não é jogador de rúgbi.

— Não joga xadrez?

Ela ficou me encarando.

— E daí?

— Bem, não entendo nada de xadrez — falei, de olhos arregalados. — Todos os nossos amigos jogam rúgbi.

— Xadrez é um jogo muito superior.

— Mas não entendo nada de xadrez, Liz — retruquei, agitada. — Entendo de *rúgbi.*

— Ele é legal, Claire — insistiu. — E, se te chamar pra sair, acho que você devia aceitar.

— Eu, hein? — falei, sentindo meu coração acelerar em protesto só de pensar. — Não posso sair com o *Jamie.*

— Por que não?

— Porque eu... — As palavras me falharam, então tentei de novo: — Porque eu...

— Está esperando *ele*, né? — Lizzie balançou a cabeça. — Você precisa viver a sua vida, Claire.

— Mas eu vivo — falei. Bem nessa hora, a porta da área comum se abriu e um rosto conhecido surgiu.

— Aí está outro cara legal que não se deita pro patriarcado — Lizzie declarou quando Joey Lynch entrou, conversando com os dois irmãos. Ele conduzia um dos meninos pela nuca.

— O que foi que te falei, garoto? — rosnou. — Fica longe do Twomey.

— Exatamente — Shannon acrescentou, atrás dos irmãos. — Ele não precisa de mais um motivo pra suspender vocês.

— Escutem, não é culpa minha se aquele babaca não sai da nossa cola, Joe. — Parecendo um filhote de leão enfurecido e preso nas garras do pai, Tadhg se libertou do irmão mais velho e o olhou de cara feia. — Ele está de perseguição com a gente.

— É por causa do nosso sobrenome — Joey disse. — Vai se acostumando.

— Verdade — Shannon concordou, assentindo com vigor. — Não é justo, mas a nossa vida nessa escola é assim.

— Não só nessa escola — Joey acrescentou com frieza. — Esse sobrenome vai te seguir pra todo lugar, garoto, então é melhor fazer as pazes com isso ou fazer algo a respeito.

— Fazer algo a respeito não significa usar os seus punhos — Shannon esclareceu, comprimindo os lábios. — Arrumar briga não resolve nada, Tadhg.

— *Arrumar briga não resolve nada.* — Fervendo de tensão, Tadhg se aproximou e sentou no sofá ao meu lado. — Não venha dar uma de superiora pra cima de mim.

— Bom dia, família. Como vai o meu trio favorito? — falei, sorrindo. Dei uma cotovelada no Tadhg e pisquei para ele. — E aí, encrenqueiro?

Ele sorriu de volta.

— Bem melhor agora que estou te vendo, loirinha.

— Desculpem por trazer ele pra cá, gente, mas não tivemos escolha. — Ainda contraindo os lábios, Shannon deu a volta nos sofás e sentou ao lado do irmão. — Pelo visto, arruma confusão por onde passa.

— Hum, isso me soa familiar — Lizzie comentou. — Como vai, Joe?

— Bom dia — disse. Mastigando um caramelo ferozmente, deixou a mochila no sofá com a Shannon antes de ir para a cozinha.

Eu nem precisava olhar para saber o que Joey estava fazendo. Ele fazia a mesma coisa toda manhã desde que chegou no Tommen: fervia a chaleira e preparava sua dose matinal de café, adicionando três colheres enormes de café instantâneo em uma caneca junto com meio saquinho de açúcar. Sem leite. Sem creme.

Ele foi até o sofá com a caneca, se afundou ao lado da Lizzie e ficou mexendo o café com uma ferocidade que nos comunicou que estava secretamente lutando contra outro desejo.

Não era legal saber que o Joey sofria tanto por dentro e vê-lo batalhando com afinco contra o demônio do vício que quase o tinha destruído, mas era incrivelmente revigorante percebê-lo chutando a bunda do tal demônio todos os dias e ainda saindo por cima.

Logo aprendi que, em se tratando do vício, o futuro nunca estava cravado na pedra, mas o Joey estava vencendo a guerra contra a própria mente um dia de cada vez, e isso era tudo que poderíamos esperar.

— Eu estaria bem melhor se não tivesse que ficar de olho nesse esquentadinho o tempo todo.

— Ah, fala sério — Tadhg bufou. — Como se você pudesse me julgar.

— É *justamente* por isso que *posso* te julgar — Joey retrucou. — Não seja eu, garoto. Seja melhor.

Isso pareceu calar o sr. Esquentadinho, porque, em vez de responder o irmão, Tadhg cruzou os braços e ficou fazendo careta para o chão, perdido em pensamentos.

— Como vai a família, Joe? — perguntei, mudando o assunto para algo mais ameno, oferecendo ao irmão gato da Shannon um sorriso.

— Tudo certo.

— Tem fotos novas do homenzinho da casa?

— Ah, tenho um monte — Shannon disse, enfiando o celular chique na minha cara. — Olha só a risadinha dele nessa aqui — falou, apontando para o anjinho com seu enorme sorriso banguela. — Não é a criatura mais linda que você já viu na vida?

— Com certeza — concordei, animada.

— Puxou a mãe — Lizzie comentou.

— Claramente. — Um leve sorriso escapou dos lábios do Joey, mas foi quase impossível notá-lo porque ele estava com aquela cara blasé de sempre. Não demonstrava emoção alguma. Também não dizia quase nada. O Gerard podia ter construído muros altos em volta do coração, mas os muros do Joey Lynch pareciam a Grande Muralha da China.

Apesar disso, tinha uma estranha simpatia pela nossa amiga nervosinha. Provavelmente se identificavam por conta do ódio mútuo por todas as coisas humanas.

— Ah, sim — Tadhg disse, grunhindo. — Porque o pai dele é feio pra caralho.

— Ah, cala a boca — Shannon o repreendeu.

— Cala a boca você — Tadhg retrucou com uma careta. — Só ouço a sua voz ultimamente.

— Tadhg.

— *Oh, Johnny, isso, Johnny* — imitou a irmã. — *Adoro quando você esfrega a sua bola de rúgbi na minha cara.*

— Tadhg!

— E aí, quando vai ser o batizado do AJ? — perguntei para o Joey, tentando oferecer uma fuga para a minha amiga.

— Não faço ideia.

— Você não faz ideia? — Olhei para ele perplexa. — Joe, ele já tem quase dois meses.

— Pois é — Shannon concordou. — E a vovó Murphy disse que os bebês devem ser batizados antes de completarem quatro semanas de vida. — Ela deu de ombros e acrescentou: — Só pra garantir.

— E daí? — Lizzie falou depressa. — Nem todo mundo acredita nessas merdas, gente.

— Que merdas?

— Na igreja.

— Ah, meu *Deus*. — Encarei minha amiga chocada. — Você *não* falou isso.

— Falei — disse de forma despreocupada. — E, olha só, não fui atingida por raios de fogo. Engraçado isso, né?

— Legal — Tadhg falou, rindo.

— Bem, eu acredito — falei.

— Bom pra você. Acredite no que quiser. Só não me faz engolir essas baboseiras e tudo certo — Lizzie completou. — Além disso... — continuou, claramente irritada com algo que eu disse. — Na minha humilde opinião, é muito mais fácil acreditar em Deus quando você não tem uma razão pra não acreditar.

— Meu Deus, que bom que tenho um filho — Joey murmurou baixinho. — Garotas adolescentes têm uma energia totalmente diferente.

— Tem certeza, Joe? — Tadhg o provocou. — Ele pode ficar que nem eu.

— Não seria a pior coisa do mundo — Joey respondeu. — Foi um sonho te ensinar a usar o banheiro.

O rosto do Tadhg ficou vermelho feito um pimentão.

— Você *não* falou isso em público.

— Dessa vez, não tem jeito, gente. É sério. Desisto. — A voz familiar do Gerard encheu o ar momentos antes de ele entrar na área comum, de banho tomado e uniforme escolar, sem o suéter. — Me recuso a participar de outro festival de vômito com aquele sádico.

— Que maravilha! — Tadhg comentou. — O Gorducho chegou.

— O que foi que te falei sobre me chamar de gordo? — Gerard disse na mesma hora. — Tenho ossos largos, seu merdinha.

— Não brigue com o menino, Gibs — Johnny falou, também sem suéter, logo atrás do amigo. — E maneire aí nessa história de desistir, seu idiota. O treino não foi tão ruim assim.

— Que ótimo... — Lizzie murmurou, cruzando os braços. — Se não é o Capitão Fantástico e seu acompanhante bizarro!

— Não foi *tão* ruim assim? — Gerard largou a mochila no chão e se virou boquiaberto para o amigo. — Estou *avariado*! Lá embaixo, *Jonathan*. Meu saco está avariado. É sério!

— Falei pra você não botar esse piercing, *Gerard*, mas você me ouviu? Não. Não, claro, que não. Em vez disso, você foi em frente e botou mais outros três piercings!

— Eu estava completando minha obra.

— Pois a sua obra é uma *desvantagem*! — Johnny rugiu, tão nervoso quanto o Gerard. — E o que já te falei sobre o talco? O remédio que usei depois da cirurgia? Aplique generosamente. Antes e depois do treino, Gibs. Em todas as sessões.

— Ele me faz espirrar, cap.

— Não é pra *cheirar* ele, Gibs. É só pra passar na sua virilha e nas suas coxas.

— Não é pra cheirar?

— Não, cara. Não cheiro as minhas bolas — Johnny disse, indo até o sofá e sentando ao lado da minha melhor amiga. — Oi, Shannon — falou com uma voz muito mais suave, se inclinando para dar um beijo na bochecha dela.

— Oi, Johnny — respondeu, corando.

— Não, as suas bolas, não — Gerard continuou em um tom acalorado, subindo por trás do sofá e se acomodando ao meu lado. Ele bagunçou meus cabelos, passou o braço sobre o meu ombro e disse: — Mas você não cheira o *pó* antes de passar nas suas bolas?

— Meu Deus do céu, dá um tempo! — Patrick rosnou, entrando atrás deles com o meu irmão. — Parece que sei mais das bolas de vocês que das minhas.

— É que você não faz a menor ideia do que fazer com as suas.

— Não é o que a sua mãe diz.

— Nem pense em trazer a minha mãe pra essa conversa.

— Podemos não entrar nessa? — Hugh falou, se juntando a nós no sofá. — Pelo menos por uma manhã?

— Só reclamei dos meus genitais *uma* vez, Patrick — Gerard bufou. — Não saí por aí fazendo um escarcéu que nem um certo capitão que a gente conhece.

— Verdade.

— Mas foi uma noite divertida em Dublin.

— Foi bem agitada, pra dizer o mínimo.

— Ei! — Johnny soltou. — Não foi culpa minha.

— Então foi de quem, Kav? — Gerard perguntou. — Minha?

— Sim — Hugh e Patrick responderam ao mesmo tempo.

— E você acha que tenho problemas — Tadhg falou sarcasticamente. — Vou te falar uma coisa, Joe. Prefiro ser um Lynch que um otário. — Com isso, colocou a mochila no ombro e saiu da área comum, apontando o dedo do meio para os meninos.

Gerard se virou para mim.

— Ele chamou a gente de otário?

— Acho que sim — respondi, segurando a risada.

— Que atrevido! — bufou antes de se levantar e seguir para a geladeira. — Nossa, estou morrendo de fome.

— Você está ferrado com esse aí, Lynchy.

— Pois é... — Joey murmurou, enfiando outro docinho na boca.

— Essa comida não é sua, Gibs — Johnny falou.

— Achado não é roubado, Johnny — Gerard respondeu enquanto tirava a etiqueta de um pão embrulhado em papel-alumínio. — Que pena pra você, Robbie... Ah, bingo! Recheio de frango! — Sorrindo de alegria, arrancou o alumínio e deu uma enorme mordida no sanduíche. — Vem pra barriga do papai.

— Ainda bem que você estuda no Tommen, cara — Joey comentou, levemente divertido. — Porque, se você fizesse isso na ECB, pagaria com a sua vida.

— Eu pagaria um sanduíche de frango com a minha vida?

— Eles fariam você pagar só de pensar nisso, cara.

— Então você nunca pegou algo que não era seu da geladeira da ECB?

— Geladeira? — Joey bufou. — A gente mal tinha lanche, que dirá geladeira.

— Nossa!

— Adivinhem só quem tem um admirador secreto — Lizzie falou do nada, fazendo todas as cabeças se virarem para ela.

— Quem? — todos perguntaram juntos.

— A Claire.

— Nossa, Liz, valeu — grunhi, sentindo todos os olhos em mim. — A Lizzie veio com essa hoje — expliquei depressa, com as bochechas vermelhas de calor.

— E não, antes que algum espertinho diga, não é o Thor — continuou, curtindo aquilo mais que o necessário. — É o Jamie.

— Jamie? — Hugh perguntou logo, ativando o modo irmão detetive. — Quem...

— É esse tal de Jamie? — Gerard completou, se virando para mim cheio de expectativa.

— Jamie? — Shannon disse, um pouco confusa, mas logo depois seus lábios formaram um "o" perfeito. — Ah... *aquele* Jamie.

— Jamie Kelleher? — Johnny franziu a testa. — Do nosso ano?

— Não faço ideia, cara — Joey respondeu, totalmente desinteressado na conversa, enfiando uma chupeta no bolso e pegando outro docinho.

— Peraí! — Hugh ergueu as sobrancelhas quando a ficha caiu. — Jamie Kelleher! O cara com quem você saiu por tipo, um dia, no segundo ano?

— Foram duas semanas, e sim, esse mesmo — Lizzie falou, sorrindo. — Parece que está planejando convidar a sua irmãzinha pra ir ao cinema.

— *Jamie...* — Gerard disse, sério, quase furando a lateral do meu rosto com seu olhar fulminante. — Jamie, o cara da mão boba que tive que botar no lugar naquela festa?

— Ninguém te pediu pra fazer isso, babaca — Lizzie falou.

— Ela pediu — Gerard retrucou, apontando o dedo para mim enquanto a frustração dançava em seus olhos. — *Ela* me pediu.

Ele estava certo. Eu *tinha* pedido para que me salvasse aquela noite.

— Nem pense em estragar as coisas pra ela — Lizzie o advertiu. — Já estou te avisando, Thor. Vou fazer da sua vida um *inferno* se você tramar alguma coisa...

— Meu Deus, quer parar de falar comigo? — Gerard disse, erguendo a mão. — Estou me esforçando muito pra seguir a regra aqui.

— Regra?

— Sim, aquela regra que diz "Se você não tem nada de bom pra falar, não diga nada". — Agitado, passou a mão pelo cabelo loiro antes de acrescentar: — Acredite em mim quando digo que não tenho *nada* de bom pra falar sobre você, Víbora, então me deixe comer minha comida roubada em paz e ignorar você, caramba!

— Ah, meu Deus, gente, parem com isso — intervi, dando uma risadinha nervosa. — Ele ainda nem falou comigo.

— Ainda — Gerard observou, sem parar de me encarar.

— É sério, Thor — Lizzie insistiu. — Nem pense em fazer ela se sentir mal com isso.

— *De novo?* — uma voz familiar grunhiu, e me virei para ver a Katie entrando na sala. — Vocês nunca param de brigar, não?

— Depende — Lizzie respondeu, atirando seu veneno na namorada ruiva do meu irmão. — Quem sabe se eu tiver outra oponente?

Katie deu uma olhada em volta antes de colocar a mão no peito.

— Eu?

— Você está se candidatando?

— Não, não está — Hugh falou, respondendo pela namorada antes que a confusão se instalasse. — Para com isso.

— Que pena! — Lizzie disse despreocupadamente.

— Você está pensando em sair com aquele idiota? — Gerard perguntou, chamando minha atenção. Seu tom, pela primeira vez, era duro, e seus olhos cinzentos não ostentavam aquele brilho travesso de sempre. Ele deu mais uma mordida feroz no pão do Robbie antes de acrescentar: — Tipo, sério mesmo?

— Ele ainda nem falou comigo — repeti, tentando apaziguá-lo.

Na mesma hora, Lizzie disse:

— Ela está, sim!

Então um doce acertou Gerard bem na cabeça, e me virei a tempo de ver o Joey oferecer a Gerard uma espécie de piscadela codificada.

— Vamos, Gus — ele disse, se levantando. — Vamos tomar um ar fresco.

— Bom plano, Lynchy — Gerard bufou, deixando o sanduíche no balcão e indo para a porta. — Bom plano.

— Ah, não, não, não! Nem pense nisso. — Johnny ficou de pé com uma agilidade impossível para um garoto do seu tamanho e saiu correndo atrás deles. — Sei muito bem o que significa ar fresco e estou te avisando que vou te fazer pagar por cada uma dessas tragadas no campo, Gibs.

27

Conselhos e coroas

GIBSIE

Furioso. Eu estava absolutamente furioso e não havia ar fresco no estacionamento da escola com o Lynchy ou mimos do Kav que pudessem me tirar daquela escuridão.

— É só vazar, Gibs — Johnny falou pela milésima vez, parado um pouco atrás de onde eu estava, berrando ordens feito o capitão dedicado que era. — Sempre que aquela garota começar algum drama com você, é só não reagir e vazar.

— Sei lidar com a Víbora, Kav — eu disse, dando uma tragada nervosa no meu cigarro. — Ela é a menor das minhas preocupações agora.

Era verdade. Nada do que a Lizzie disse ou fez poderia preparar meu corpo para o soco na boca do estômago que recebi ao ouvir as *boas-novas*.

— Maldito Jamie Kelleher — falei, fervilhando, tentando controlar as emoções e falhando miseravelmente. — Odeio ele, cap. Odeio de verdade aquele filho da puta cheio de espinhas na cara.

— Eu sei, Gibs — Johnny falou, concordando comigo. — Eu também, cara.

— Aquele geniozinho inútil — continuei resmungando, mais irritado a cada segundo. — Por que ela? — A raiva foi aumentando dentro de mim enquanto eu deixava minha mente ruminar o assunto. Enquanto eu enlouquecia de tanto pensar. — *Por quê?*

O Jamie não conhecia a Claire. Não de verdade. Não para valer. Ele não sabia da paixão dela por moda nem de sua valiosa coleção de bichinhos de pelúcia. Não fazia ideia que ela era obcecada pelo Johnny Depp nem que escreveu uma carta para o Leonardo DiCaprio quando tinha sete anos, pedindo para que visitasse Ballylaggin.

Eu que conhecia seus detalhezinhos, as coisinhas insignificantes que compunham as melhores partes da sua personalidade. Eu que a salvei daquele maldito touro barulhento no campo atrás da casa do Johnny quando a gente era pequeno. Eu que levei choques na cerca elétrica por ela. Eu que passava todas as horas da minha vida não apenas a adorando, mas a protegendo com todas as minhas forças. Não o Jamie Kelleher, porra!

Recostado em um luxuoso Mercedes, Joey deu outra tragada no cigarro, observando meu colapso diante dele feito um leão enjaulado: um pouco entediado e contido, mas absolutamente letal se provocado.

Não era muito mais velho que eu, mas nunca achei que estivesse na mesma posição que o irmão da Shannon. Ele tinha uma cabeça de velho, assim como o meu melhor amigo, só que carregava uma espécie de estafa que não estava presente na Shannon nem nos irmãos mais novos. Tampouco no Darren. Esse elemento comunicava que ele tinha sentido cada uma das dezoito voltas que deu ao redor do sol e estava tão esgotado que acabou virando um velho no corpo de um adolescente. Tipo, ele era pai, caramba. Era pai de verdade de um ser humano de verdade. Isso me deixava chocado.

— Não entendo por que você ainda não está com ela — Joey enfim disse, se juntando à conversa com uma voz arrastada.

— Com quem? — Olhei para ele horrorizado. — Com a *Lizzie*?

— É — Joey respondeu sarcasticamente. — Porque isso faz total sentido.

— Ele está falando da Claire — Johnny interveio com uma expressão ansiosa. — Não perca seu fôlego, Lynchy, porque falo a mesma coisa há anos e ele não me escuta.

— Porque não é a hora certa — falei, enquanto eu suava frio só de pensar na ideia. — Já te falei um milhão de vezes que nem todo mundo quer assumir um compromisso no secundário, Kav.

— Só que você quer — Johnny retrucou com aquele seu tom de quem sabia de tudo.

— Como você sabe?

— Porque você quer ficar com ela — declarou com calma. — Você ama aquela garota, e esse seu mau humor está diretamente relacionado com o fato de outro cara estar planejando chamar ela pra sair.

Acertou na mosca, né?

— Me deixa em paz, Cabeção — grunhi, atirando a bituca do cigarro no chão.

— Você está correndo o risco de perder a garota se não se mexer e fizer alguma coisa — continuou sem hesitar.

— Concordo — seu futuro cunhado disse, dando de ombros. — Na minha opinião, está na sua mão.

— Exatamente — Johnny confirmou, erguendo as mãos, exasperado. — Porque, quer você admita ou não, ela não vai te esperar pra sempre, Gibs.

— Verdade — Joey falou, fazendo careta. — E você não vai querer ficar de vela, cara.

— Então o meu conselho de melhor amigo é: vai na fé — Johnny insistiu, com os olhos azuis fixos nos meus. — Vamos, Gibs, você nunca foi de ficar se preocupando com suas ações nos outros aspectos da sua vida.

Não, porque nenhum outro aspecto da minha vida era tão importante quanto *ela*.

— Só conquiste a sua garota e seja feliz, cara — disse, se aproximando para colocar as mãos nos meus ombros. De tanta empolgação, sem dúvida. — O que é que você tem a perder?

Mais do que você imagina.

Mais do que posso suportar.

— Não estou com pressa! — falei, mesmo sabendo que meu argumento era fraco pra caralho, mas eu não tinha mais nada. Eles não entendiam. Como poderiam entender? — Nem todo mundo sai por aí tratorando as coisas, Jonathan! E nem todo mundo sai marcando o território com um bebê, Joseph. — Fiquei encarando a dupla de idiotas distribuindo palavras de sabedoria como se fossem os messias da xoxota. — Algumas pessoas levam tempo pra tomar decisões importantes!

— Você só é *preguiçoso*! — Johnny disse, tão frustrado comigo quanto eu estava com aquele papo. — A Claire vai acabar seguindo em frente, Gibs, e você vai perder sua chance.

— Não me olha desse jeito julgador — avisei, me soltando dele para erguer o dedo na sua cara. — Não preciso de ninguém opinando na minha vida amorosa, muito obrigado.

— Bom dia, meninos — uma voz dolorosamente familiar ronronou.

Quando me virei, me deparei com a Dee trancando a porta de um carro próximo e juro por Deus que quase chorei. *Que timing da porra!*

— Bom dia, Dee — Johnny a cumprimentou educadamente, me dando uma cotovelada nada discreta nas costelas, como se eu não tivesse visto a mulher. — Que dia lindo, né?

— Prefiro quando está um pouco mais úmido — respondeu com um tom sedutor. — Como vão os meus garotos favoritos?

— Que porra é essa? — Joey sussurrou, percebendo o comportamento inapropriado dela. — Ela não é da secretaria?

— Sim, e sim — Johnny respondeu, me cutucando de novo. — É a recepcionista da escola.

— Longa história — murmurei baixinho, disfarçando com uma tosse exagerada. — Depois te conto.

— Acho que não quero saber, Gus. — Joey balançou a cabeça, se afastou do carro onde estava recostado e voltou para a escola. — Não tenho nada a ver com isso.

Sábia decisão.

Sábio homem.

Com uma pilha de papéis nas mãos, Dee veio até nós rebolando os quadris e balançando os peitos.

Continuei não sentindo nada.

Puta merda.

— Como foi o fim de semana, meninos?

— Tudo bem — Johnny respondeu, dando um passo para trás para se afastar da mulher que ele chamava de "Dee, a papa-anjo". — E o seu?

— Entediante — ela falou, se aproximando com os olhos cravados no meu rosto. — Passei o fim de semana todo sozinha em casa.

— Hum, parece entediante mesmo — Johnny comentou, segurando minha camiseta por trás e me puxando consigo. — Bem, é melhor a gente ir pra aula — disse, polido como sempre, me conduzindo para longe do perigo. — Tenha um bom dia, Dee.

— Tchau, meninos — ela falou atrás de nós. — Não tenham medo de aparecer na secretaria se precisarem de alguma coisa.

— Pode deixar — ele disse por cima do ombro, disparando para a entrada do prédio principal.

— Meu Deus, onde é o incêndio? — bufei, me soltando dele antes de começar a correr para conseguir acompanhar o maldito gigante. — Calma.

— A gente precisa conversar sobre isso.

— Isso o quê?

— Dee, a papa-anjo — Johnny sussurrou, abrindo a porta e me empurrando para dentro. — O que rolou?

— Hoje? — Ergui as sobrancelhas, surpreso. — Acabei de ver ela no estacionamento, assim como você.

— Você sabe que não foi isso que perguntei — grunhiu. — Meu Deus, Gibs, a mulher tem quase trinta anos, cara.

— Na verdade, tem uns vinte e quatro.

Ele parou e me encarou boquiaberto.

— Está brincando.

— Juro. Ela estava no mesmo ano que a Caoimhe Young — falei, acenando a cabeça. — É a maquiagem... e o sol.

— Por isso que filtro solar é tão indispensável — comentou, avançando pelo corredor. — Enfim... Escuta, acho que a gente precisa conversar melhor sobre ela. Faz tempo que estou pra te falar uma coisa — ele continuou, caminhando ao meu lado. — Mas, pra ser sincero, estava tão imerso nos meus próprios problemas que nem pensei duas vezes.

— Não pensou das vezes no quê? — perguntei, deixando-o me conduzir para o refeitório vazio. — O que é que você está tramando, Kav?

— Amadureci bastante desde que a Shannon e os meninos chegaram e comecei a pensar no que é certo e errado. — Ele se sentou no seu trono na ponta da mesa do rúgbi e ficou tamborilando os dedos, claramente nervoso. — E isso está errado, cara. Bem errado.

— Quer explicar melhor, cap? — perguntei, me sentando no lugar de sempre na sua frente. — Porque estou meio que perdido aqui.

— A Dee, cara — Johnny falou, erguendo as mãos.

— Sim — eu disse devagar. — O que tem ela?

Vibrando de tensão, deu uma olhada ao redor antes de se inclinar para a frente e sussurrar:

— Acho que ela está te aliciando, cara.

— Me aliciando?

— Isso. — Ele fez que sim, de olhos arregalados. — Te aliciando.

Fiquei encarando-o sem expressão por um longo tempo antes de cair na gargalhada.

— Dá um tempo, Johnny.

— Gibs... — falou. — Estou falando sério.

— Eu também. — Dei risada. — Não banque o superior pra cima de mim só porque agora você tem namorada.

— Não é isso, cara.

— E não venha me julgar — acrescentei, endireitando a postura. — Já fiz um monte de favores pra você que resultaram em dever *favores* pra aquela mulher.

— Isso que me deixa horrorizado. Está errado, Gibs. Está tudo errado. É uma questão de consentimento.

Olhei para ele perplexo.

— Consentimento?

— Gibs — falou, se inclinando sobre a mesa. — Essa mulher anda brincando com você desde que a gente estava no quarto ano. — Ele balançou a cabeça e acrescentou: — Desde que você tinha *quinze* anos.

— Espera um pouco — falei, agitado e na defensiva. — Primeiro, não encosto naquela mulher desde que botei o piercing no freio no quinto ano. Não que seja problema seu, mas é verdade. Não encostei nela nem uma única vez. E não que seja problema seu de novo, mas não pretendo mudar de ideia.

— Ufa. — Ele relaxou de alívio. — Pelo menos isso.

— Segundo — continuei, irritado. — Nunca obriguei a mulher a fazer nada, se é isso que você está supondo. — O pânico roeu minhas entranhas enquanto eu olhava feio para o meu melhor amigo. — Nunca *obrigaria* ninguém a fazer nada!

— Não estava falando do consentimento *dela*, Gibs — Johnny esclareceu, passando a mão pelo cabelo escuro, frustrado. — Eu estava falando de *você*, cara.

Fiquei encarando-o, confuso, tentando em vão entender o significado por trás das suas palavras.

— *Hã?*

— Sexo, Gibs — Johnny grunhiu, comicamente perturbado. — Você sabe que, se ela transou com você, isso pode ser classificado como estupro de vulnerável.

— Mas que porra... — Balancei a cabeça e mordi o punho, me esforçando bastante para lidar com a mais nova teoria maluca do meu melhor amigo. Dee foi exatamente o que eu precisava em uma época que eu não sabia o que precisava, mas não adiantava explicar isso para o Johnny. Porque, com toda a sinceridade, como é que ele poderia entender, sendo que eu mesmo não entendia? — Não. Não, não. Não dou conta do seu cérebro obsessivo, pra não falar *hipócrita*, logo segunda de manhã.

— Gibs...

— Quantas mulheres mais velhas você não deveria ter comido, hein? — perguntei. — Antes de decidir pendurar as chuteiras e sossegar com a Shannonzinha?

— Várias — admitiu com sinceridade. — Mas é isso que estou tentando te falar, Gibs...

— Bem, então você é pior que eu! — Ergui as mãos de desespero, balançando a cabeça e segurando a vontade de rir e gritar ao mesmo tempo. — Porque nunca comi aquela mulher, Johnny! — Soltei um suspiro e acrescentei de má vontade: — Só troquei uns carinhos.

— E trocar uns carinhos é o quê, no seu mundo?

— No seu mundo é o quê?

— Me diz você, Gibs.

Tudo para ela e nada para mim. Cruzei os braços e dei de ombros.

— Escuta, foi só oral, está bem? Só um pouco de oral e uns amassos mais fortes. Porra, me processa por ter aproveitado a oportunidade.

— Você jura que não aconteceu mais nada?

— Juro.

— E jura que nunca mais vai acontecer nada?

— Sim, Johnny, juro.

Meu melhor amigo soltou um suspiro alto.

— Sei que devo estar parecendo um maldito hipócrita, dado o meu histórico, mas me preocupo com você, Gibs. — Ele curvou os ombros, derrotado, e cobriu o rosto. — Faz um tempo que ando pensando nisso, e, quando vi a mulher te olhando daquele jeito, de repente a ficha caiu.

— Não precisa se preocupar comigo, cara — falei para acalmá-lo. — Estou sempre bem.

— Não consigo evitar — ele disse com um sorriso triste. — Apesar dos pesares, infelizmente acabei me apegando a você. — Abriu um sorrisinho e acrescentou: — E a todas as suas outras dezesseis personalidades.

— Ah, cala a boca. — Sorri de volta para ele. — Esse é o seu jeito de dizer que me ama, cap?

— Como quiser, Gibs.

28

Propostas na hora do almoço

CLAIRE

As habilidades de espionagem da Lizzie foram colocadas em prova durante o intervalo do almoço, quando fui parada abruptamente no corredor a caminho do refeitório.

— Claire, posso falar com você rapidinho? — Jamie perguntou, me surpreendendo ao parar na minha frente e me fazendo trombar no seu peito com um barulho alto. — Eita, me desculpa — ele grunhiu, passando o braço na minha cintura quando cambaleei para trás com o impacto da colisão. — Você está bem?

— Sim, sim, tudo certo — respondi, rindo de nervoso e me recompondo antes de me soltar do seu braço. — Só estava com pressa pra pegar um pouco de chili antes do time de rúgbi. — Soprei um fio de cabelo rebelde para afastá-lo do rosto, sorri para ele e perguntei: — E aí? — Apesar de já saber o que ele estava *tramando*.

— Ah, merda, nesse caso, quer ir andando? — sugeriu, gesticulando para o refeitório. — Não quero que você perca o almoço.

— Valeu — falei, ainda sorrindo e caminhando ao seu lado, me esforçando para não parecer estranha. Só Deus sabia por que, mas senti muita vontade de fazer barulhos animalescos naquela hora. Provavelmente porque eu estava nervosa e não fazia ideia de como navegar aquelas águas desconhecidas.

— Então, escuta, pensei bastante e estava torcendo pra você aceitar sair comigo de novo algum dia desses.

Ali estava.

Lizzie tinha acertado na mosca.

Jamie queria mesmo sair comigo.

Ai, caramba.

— Sair com você? — perguntei do jeito mais casual possível, adentrando o refeitório. *Méé. Méé. Méé.* Minha nossa, por que é que eu não conseguia parar de pensar no barulho de ovelhas? — Pra onde?

— Pro cinema? Ou talvez pra beber alguma coisa? O que você quiser — disse, entrando na fila da comida comigo. — Sei que as coisas não terminaram muito bem da última vez e fui um idiota, mas realmente acho que a gente pode ter um lance legal.

Mantive a atenção longe da mesa de rúgbi de propósito e me concentrei no garoto falando comigo.

— Um lance legal?

— É — Jamie assentiu e sorriu. — Se você quiser me dar uma segunda chance...

Seu sorriso era fofo.

Ele era bonito, tinha cabelo escuro e olhos castanhos. Era alguns centímetros mais alto que eu e seu cheiro era maravilhoso, o que sempre me pareceu um bônus. Tinha até uma covinha no queixo e um adorável sorrisinho torto.

Mas não era o Gerard.

Hesitante e incerta, abri a boca para responder, mas a Lizzie se adiantou.

— Ela vai adorar! — Minha amiga se juntou a nós na fila, passou o braço pelo meu ombro e sorriu. — Não é, Claire?

— *Lizzie* — sussurrei, lançando um olhar ansioso para a mesa de rúgbi. Meus olhos logo procuraram o Gerard, e, quando se fixaram nos dele, senti a sua tensão.

Ah, merda!

— Olha, se você ainda tem alguma coisa com o Gibson, tudo bem — Jamie disse rapidamente. — É só me falar agora, porque não quero pisar no calo de ninguém.

— Ela não tem nada com ele — Lizzie respondeu por mim. — São só amigos. — Ela me abraçou com mais força e alargou o sorriso. — Não é, Claire?

— Hum... — Encarei a mesa de novo, só que dessa vez o Gerard não estava olhando para mim. Na verdade, ele estava de costas, totalmente focado no Johnny. — É?

— Tudo bem, beleza. — Jamie suspirou de alívio e seu sorriso reapareceu, agora que a barra estava limpa. — E aí, o que você acha?

— Do quê? — perguntei, distraída pela mesa logo atrás. Ou melhor, pelo garoto que estava naquela mesa.

— De sair comigo qualquer dia desses?

— Ela vai pensar. — Shannon apareceu do nada, se enfiou debaixo do braço do Jamie e segurou minha mão. — Obrigada pelo convite — acrescentou, puxando Lizzie e a mim para longe. — Foi muito gentil. A Claire vai entrar em contato com você nos próximos cinco dias úteis.

Jamie franziu a testa, confuso.

— Hum... está bem?

— Tchau — Shannon disse.

— É, tchau — falei, rindo e acenando para ele enquanto deixava minha amiga me levar.

— Nos próximos cinco dias úteis? — Lizzie bufou, correndo atrás de nós. — O que foi isso, Shan?

— Foi tudo o que consegui pensar — Shannon disse com o rosto vermelho conforme seguíamos para a nossa antiga mesa antes de nos juntarmos aos meninos. — A Claire estava tão desconfortável que eu, sei lá... achei que precisava ganhar um pouco de tempo pra ela.

— Foi sensacional — falei com uma gargalhada, encantada com a sua interferência. — *Cinco dias úteis.* — Bufei. — Você pareceu a minha secretária.

— Então você não está brava comigo? — Shannon perguntou, me olhando toda apreensiva com seus olhos azuis. — Não me passei?

— Tá doida? — Estiquei o braço sobre a mesa e peguei sua mão. — Shan, estou agradecida. Aquilo foi bem estranho.

— Sério?

— Sério.

— Ah. — Minha melhor amiga relaxou de alívio. — Graças a Deus.

— Estou brava — Lizzie nos interrompeu, erguendo a mão.

— Você está sempre brava. — Revirei os olhos. — Qual a novidade?

— Claire, era a chance perfeita. — Lizzie se recostou na cadeira e cruzou os braços, fazendo cara feia. — Jamie é legal. Podia ser alguém bem pior.

— Então sai você com ele — retruquei.

— Não quero sair com ele.

— Bem, eu também não. — Dei risada, completamente indiferente às suas provocações incessantes.

— Só porque você está desperdiçando a sua vida esperando *ele* — grunhiu, desviando o olhar para a mesa do rúgbi. — Ah, pelo amor de Deus, qual o problema daquele idiota agora?

— Acho que ele viu o Jamie falando com a Claire — Shannon respondeu, gesticulando para o Gerard, que encarava a comida intocada como se ela o tivesse ofendido mortalmente. — Ele parece tão triste!

— Ele não está triste, Shan — Lizzie explicou, soltando um suspiro frustrado. — Está fazendo birra.

— Birra? — Me virei no assento e vi o Johnny tentando adular o Gerard com uma colher de iogurte. — Ah, meu Deus, ele parece triste *mesmo*.

— Sim — Lizzie concordou, irritada. — Só porque outro garoto ousou brincar com a bonequinha dele.

— Ei — falei, enquanto meu sorriso murchava. — Não sou uma bonequinha.

— Não? Pois é exatamente isso que você parece ser pra ele.

— E você, que só me usou pra atingir ele? — rebati, sentindo um calor se agitar na minha barriga. Ao contrário do que podia parecer, eu não era uma bonequinha e não tinha a menor intenção de ser usada no joguinho da Lizzie para destruir o seu inimigo. — Porque sei o que você estava tentando fazer.

— Eu estava tentando te *ajudar.*

— Não briguem, gente — Shannon pediu baixinho. — Vamos lá. Somos amigas.

— Não preciso da sua ajuda — devolvi, ignorando o esforço da Shannon de amenizar a situação. — Sou perfeitamente capaz de viver a minha própria vida. Muito obrigada.

— Está bem. — Lizzie revirou os olhos sem remorso algum. — Faz o que quiser, Claire.

Às vezes, eu queria nunca mais ter falado com Lizzie depois que ela ficou com o meu irmão. Pelo menos assim, depois do término deles, tudo estaria acabado. O problema era que eu me sentia péssima por pensar isso. Especialmente porque a garota com quem cresci era incrível. Tivemos oito anos de pura amizade, dos oito aos treze anos, antes de tudo ir para o inferno. Eu não podia apagar a nossa história e não queria.

— Obrigada — respondi com uma alegria forçada. — É o que eu pretendo.

29

Não posso, mas você pode?

GIBSIE

Não sei como fazer a coisa certa.

De noite, com a cabeça abaixada e os ombros rígidos de tensão, fiquei encarando a carta amassada nas minhas mãos.

Eu nunca entenderia completamente — nem queria entender — por que sempre me concentrava naquela frase específica. Ler aquelas palavras não adiantava nada. Nunca adiantou. Nem precisava ter a carta nas minhas mãos para me lembrar o que estava escrito naquelas linhas. Cada palavra estava gravada na minha consciência.

— Onde você estava? — uma conhecida voz perguntou, entrando no meu quarto e quase me provocando um infarto. — Passei a noite toda te esperando!

— Meu Deus do céu — falei, enfiando a carta debaixo do colchão às pressas. — Claire! Não se assusta os outros desse jeito.

— Ops! — Ela fez uma careta, fechou a porta do meu quarto e foi até a minha cama, usando uma camiseta gigantesca do Liverpool que claramente tinha roubado do meu guarda-roupa. Eu sabia que era minha porque o irmão dela torcia para o United, e o pai dela era um Gunner convicto. — Não queria te assustar. — Ela sentou na minha cama de pernas cruzadas, de frente para mim. — Só queria uma explicação.

— Uma explicação? — Fiquei encarando-a, confuso. — Não estou entendendo, gata.

— Entendi, então, eu sei o que você viu no refeitório hoje — disse, pegando minha mão. — E acho que é por isso que você não me ligou depois da aula.

Estava totalmente certa, mas eu não podia verbalizar isso, porque, com toda a sinceridade, eu não tinha nenhum argumento sólido para justificar meu comportamento.

— O Jamie me convidou pra sair.

Sim, eu sabia.

— Claire. — Desviei a atenção para a sua mãozinha na minha e soltei um suspiro. — Tudo bem. Você não me deve satisfação...

— Não falei nada pra ele!

Meu coração disparou ferozmente.

— Não?

— Não, Gerard. — Ela balançou a cabeça devagar. — Não respondi.

— Por quê?

— Você sabe por quê.

— Sei. — Soltei um suspiro trêmulo e mantive a atenção nas nossas mãos entrelaçadas.

A minha vida se resumia àquela garota. Ao perfume que ela usava. Aos sorrisos que ela me oferecia. Às roupas que escolhia usar em um dia específico. Aos esmaltes que passava nas unhas. Ela estava tatuada dentro de mim, e eu estava completamente fisgado.

Claire era o meu espaço seguro.

Se eu sentia qualquer coisa estranha, abria a boca e falava para ela. Contava tudo. Mostrava como eu a valorizava como ser humano. Eu a amava do jeito certo. "Only Hope", do Switchfoot, descrevia com bastante precisão os meus sentimentos por ela, mas nunca admitiria isso para ela.

Eu via meus amigos assumindo compromissos e continuava agindo feito um menino. Me protegendo dos demônios que não deveriam mais me atormentar, mas ainda me atormentavam.

Percebendo a mudança no meu humor, Claire suspirou dramaticamente antes de fazer uma careta meio cômica.

— Gerard Gibson.

Sorri e também fiz uma careta.

— Claire Biggs.

Ela agitou as sobrancelhas feito o The Rock.

— Macaquinho safado.

Entrando na onda, virei os olhos até eles se voltarem para dentro.

— Coelhinha fofa.

Claire me mostrou a língua e a enrolou.

— Papaizinho.

Puxei minhas bochechas até ficar com o rosto desfigurado o suficiente.

— Mamãezinha.

Ela deu uma risada travessa, ficou de quatro e partiu para o ataque.

— Meus germes — disse, lambendo a lateral do meu rosto.

— Ah, então vai ser assim, é? — falei, rindo e derrubando-a de costas.

— Vai. — Ela gargalhou debaixo de mim.

Arqueei a sobrancelha.

— Ah, é?

— Uhum — soltou em um tom zombeteiro. — O que é que você vai fazer a respeito disso, *Gibsie?*

Travesso, me inclinei e passei a ponta da língua do seu maxilar até a sua bochecha.

— Meus germes — brinquei antes de dar um beijo na maçã do seu rosto. — Minha!

Ela prendeu o fôlego e entrei em pânico por um instante, temendo ter levado a brincadeira longe demais. Então suas mãos estavam no meu cabelo, seu nariz roçava o meu e seu hálito soprou nos meus lábios.

— Gerard.

— Claire — falei, sentindo meu corpo inteiro ser dominado por um calor incandescente enquanto meu cérebro falhava para encontrar as muitas razões pelas quais eu *não deveria* estar fazendo aquilo.

Porque aquilo era ruim.

Ela estava perto demais.

E eu era quebrado demais.

— Gerard.

Soltei um suspiro sofrido.

— Claire.

Ela deu um beijo demorado na minha bochecha.

— Oi.

— Oi. — Minha determinação enfraqueceu quando seus lábios tocaram a ponta da minha boca e me inclinei para a frente, cedendo sob a pressão dos meus sentimentos por aquela garota. — Espera, preciso te contar uma coisa...

Uma batida forte na porta do quarto fez meu corpo levitar para longe dela.

— Sim? — falei, cambaleando para interceptar quem quer que estivesse do outro lado. E para colocar o espaço necessário entre nós.

— Sim? — repeti, abrindo a porta e espiando lá fora.

Me deparei com o rosto preocupado da minha mãe.

— São quase onze e meia.

— E daí?

— Daí que ouvi você andando de um lado pro outro a noite toda. — Ela soltou um suspiro pesado e acrescentou: — Gibs, filho, você precisa dormir um pouco.

— Sim, era isso que eu estava tentando fazer — respondi, apagando a luz do quarto e bloqueando sua vista do cômodo. — Boa noite, mãe.

— Boa noite, querido — ela disse. — E, se você acordar no meio da noite, pode me procurar, está bem? Não precisa sair atravessando a rua. Estou aqui pra você também, sabe. Sempre.

Até parece.

— Beleza. — Abri um sorriso amarelo, fechei a porta e me recostei nela. *Puta merda.*

— Legal — Claire falou quando enfim me virei. Já estava debaixo das cobertas, toda confortável na minha cama. — Como é que dizem mesmo? É bom mudar de vez em quando?

O pânico comprimiu minhas entranhas.

— Você quer dormir aqui?

— Bem, acho que é justo, já que você se enfia na minha cama quase todas as noites.

Puta que pariu.

O que é que eu poderia dizer?

Soltei um suspiro entrecortado, voltei para a cama e puxei as cobertas.

— Isso é meio confuso — comentei, subindo na cama. — Não sei o que estou achando disso.

— Qual o problema? — perguntou, dando risada e se voltando para mim. — Só porque estou do lado certo da cama e você não?

— É — falei com convicção. — Está tudo errado.

— Bem, pode se acostumar, docinho, porque eu que vou fazer conchinha com você hoje — declarou, passando o braço sobre mim. — Agora vira de costas e se aconchega.

— Tem uma palavra pra isso — grunhi, obedecendo-a e me deitando de lado, me aninhando nela. — Ouvi o Johnny falando uma vez. Ele chamou de emasculação.

— Nunca vou emascular você, Gerard — sussurrou, passando os dedos pela minha barriga. — Nem sei o que significa isso.

— Eu também não. — Dei risada, agarrando a sua mão quando ela passou perto demais da minha cueca. — Comporte-se, srta. Biggs.

— Gerard?

— Hã?

Senti seus lábios nas minhas costas.

— Oi.

— Oi — respondi, me mexendo ao sentir um prazer dolorido me dominando. — Claire...

Ela me beijou de novo, só que dessa vez soltou a mão da minha e a deslizou pela minha barriga, parando quando seus dedos roçaram a parte de dentro da minha coxa.

Minha Nossa Senhora. Meu coração disparou tanto que pensei que fosse explodir.

— Não — falei, segurando sua mão assim que seus dedos se enfiaram debaixo do elástico da minha cueca.

Sem conseguir conter o arrepio que me percorreu, me virei para ela.

— Claire — sussurrei com a mão no seu rosto, tentando me recompor. — O que você está fazendo?

Em vez de responder com palavras, ela se inclinou e deu um beijo na parte interna do meu pulso.

— Não quero o Jamie Kelleher — falou, chegando mais perto e encostando o peito no meu. — Não quero mais ninguém.

Enfiou a mão debaixo das cobertas de novo e não consegui segurar o gemido sofrido que escapou dos meus lábios quando seus dedos tocaram o tecido que continha a minha furiosa ereção.

Meu Deus do céu.

Tudo dentro de mim exigia que eu retribuísse as suas investidas e, enfim, reivindicasse aquela garota para mim.

Deixa ela.

Deixa ela te tocar.

— Não. — Estremecendo, balancei a cabeça e a afastei. Eu sabia o que ela queria e simplesmente não consegui sair de dentro da minha mente para ser capaz de lhe oferecer. — Você não pode.

Seus grandes olhos inocentes se fixaram em mim.

— Não posso.

Sacudi a cabeça devagar e prendi o fôlego, me preparando para a desolação que me derrubaria quando ela descesse da minha cama e saísse furiosa. Porque, como fiz a vida inteira, eu tinha falhado mais uma vez com ela.

Mas a onda não veio.

Ela não foi embora.

— Tudo bem, *eu* não posso — repetiu, e suas palavras eram pouco mais que um sussurro ofegante. — Mas… — Pegou minha mão e a colocou entre as suas pernas. — *Você* pode?

— Claire.

— Por favor, Gerard — pediu, arfando, ajeitando minha mão sobre a sua calcinha. — *Por favor.*

30

Então essa é a sensação

CLAIRE

Eu não conseguia me mover um centímetro.

Não ousava nem respirar.

Meu corpo foi dominado pelos meus hormônios e eu estava à mercê do único garoto que já amei na vida. A mão dele estava entre as minhas pernas, onde eu a coloquei, e ele me olhava com uma expressão intensa.

Segurei a vontade de empurrar o Gerard no colchão e subir em cima dele, algo que meu corpo certamente adoraria, e fiquei perfeitamente imóvel, cobrindo a mão dele com a minha e implorando com os olhos para que me tocasse.

Porque a lamentável questão era que, apesar de eu não ter experiência nenhuma com garotos na cama, *esse* garoto específico podia fazer o que quisesse comigo que eu toparia de bom grado. Meu corpo desejava desesperadamente o seu toque.

Um milhão de emoções diferentes cintilou nos seus olhos enquanto eu o encarava, até que pensei que acabaria chorando de tanta frustração.

Enfim, quando achei que todas as esperanças estavam perdidas, soltei sua mão e me deitei de costas. Então ele veio comigo e flexionou os dedos.

Ah, meu Deus!

Soltei um suspiro de surpresa e senti meu corpo amolecer no instante em que a sua mão se enfiou dentro da minha calcinha.

— Você quer isso?

Assenti vigorosamente, abrindo a boca ao sentir seus dedos na minha pele intocada.

— Diga — pediu, se erguendo sobre o cotovelo ao meu lado. — Quero ouvir as palavras.

— Quero — encorajei, abrindo as coxas.

— Diz de novo. — Seus olhos se acenderam. — Mais uma vez.

— Quero — repeti, perdendo o fôlego quando seus dedos correram sobre mim. — Quero você.

Gerard passou a língua no lábio e se inclinou para perto, roçando a boca na minha orelha.

— Vou fazer você se sentir bem — sussurrou, passando o nariz na minha bochecha. — Prometo.

— Confio... Ahhh... — Meu corpo todo deu um solavanco quando ele enfiou o dedo lá no fundo. — Ah... Ah, meu Deus!

Seus movimentos eram fáceis, mas estavam causando estragos na minha configuração interna. Cada movimento do seu dedo e cada empurrão lento e quente da sua mão inflamavam meus sentidos. Quando o seu polegar explorou minha pele delicada e encontrou *aquele* ponto, minhas costas arquearam enquanto pequenas correntes elétricas começaram a girar em espiral dentro de mim, acendendo um desejo quente nas minhas entranhas.

Incapaz de me conter, coloquei a mão entre as pernas, pressionando a mão dele, querendo que ele parasse e continuasse ao mesmo tempo.

— Ah, Deus... — gritei quando ele enfiou outro dedo lá no fundo. Meu corpo se contorceu na sua mão e me senti incrivelmente exposta e vulnerável. Mas *gostei*. *Queria* ser vulnerável com ele. Queria ser dele, percebi. — Gerard.

Senti sua ereção na minha coxa, com ele de lado me olhando, apoiado no cotovelo como se fosse um deus grego.

— Hum?

— Te amo — sussurrei, enquanto ele movia os dedos habilmente dentro do meu corpo, provocando sensações inéditas para mim.

— Também te amo.

— Ah, meu Deus!

Loucura. Aquilo era uma loucura total, e eu estava me deleitando. Queria tirar toda a roupa e me deitar nua debaixo daquele garoto lindo. Queria mais que apenas seus dedos. Queria senti-lo dentro de mim, mas eu não estava à vontade com o fato de ele ainda não ter me beijado.

— Me beija... — Arfando, agarrei o lençol e abafei um gemido enquanto a pressão que crescia nas minhas entranhas fazia meu corpo formigar e sacudir. — Por favor, Gerard... ah...

— Está tudo bem — ele disse, baixando a cabeça como se estivesse com dor conforme seus dedos me deixavam maluca. — Caralho, você é tão apertadinha...

Claro que eu era. Nem um absorvente interno tinha conseguido atravessar a fortaleza da minha calcinha nos meus dezesseis anos de vida. Me agarrei à minha virgindade tanto quanto o Johnny aos seus sonhos de se tornar jogador de rúgbi profissional. O problema era que, em se tratando do Gerard Gibson, eu estava mais do que disposta a desviar do caminho e afrouxar essas agarras.

— Gerard! — Balançando a cabeça de prazer, estiquei o braço cegamente, procurando por ele, e só parei até estar segurando sua nuca. — Por favor...

— Pode deixar. — Ele apoiou a testa sobre a minha ainda sem encostar os lábios nos meus. — Você está segura, prometo.

Com ele, nunca senti o contrário, nem por um momento. Segurança era algo garantido nos braços daquele garoto, e permitir que ele me tocasse no meu ponto mais íntimo só solidificou esse fato. Porque não era só o meu corpo que me dizia que ele era *o cara*; meu coração também não tinha dúvidas.

Então sua mão se movimentou mais rápido, enquanto seus dedos entravam e saíam de mim em um ritmo delicioso e implacável que me fez aceitar que eu estava prestes a morrer bem ali, nos seus braços.

— Gerard... — Só podia ser a morte me esperando do outro lado daquelas convulsões de corpo inteiro, e eu não imaginava melhor jeito de partir. — Eu não... — Meu coração tentou saltar do peito. — Eu não... — Meus olhos se reviraram. — O que está acontecendo... — Aquele desejo quente foi crescendo além da minha compreensão e estava causando explosões dentro de mim. — Comigo...

— Está tudo bem, ursinha. — Gerard veio ao meu resgate e disse com uma voz meio sufocada. — Você está gozando.

— É mesmo? — Todos os músculos do meu corpo se contraíram com tanta força que comecei a ter espasmos incontroláveis. Tremendo debaixo dele, impotente, fiquei segurando sua mão, sem ousar mexer nem o dedinho por medo de perder aquela sensação maravilhosa. — Ah... meu Deus...

Atento aos meus desejos, Gerard continuou enfiando o dedo em mim até o último relâmpago de prazer ser drenado do meu corpo. Só então afastou a mão das minhas pernas e colocou minha calcinha de volta no lugar.

Quando fez isso, de repente entrei em pânico, sem saber o que aconteceria a seguir. Daí ele nos virou para a nossa posição habitual de dormir, e relaxei.

Ele passou o braço na minha cintura, como fazia todas as noites desde que éramos crianças, deu um beijo no meu ombro e sussurrou:

— Boa noite, Claire.

Com a cabeça a mil na escuridão, segurei seu braço com todas as forças e obriguei as palavras a saírem:

— Boa noite, Gerard.

31

O que foi que eu fiz?

GIBSIE

Quando o sol nasceu na terça-feira de manhã, Claire ainda estava na minha cama. Seus cachos soltos se esparramavam no meu travesseiro, e seu adorável ronronar preenchia o silêncio.

Com o corpo rígido, mantive o braço firme em torno da sua cintura, com medo de me mexer. A travessura da noite anterior me atormentou tanto que não preguei o olho a noite toda. O lado positivo da insônia era que eu não tinha me perdido em nenhuma aventura noturna, mas isso não me confortava muito.

Porque eu tinha estragado tudo. Eu a corrompi. Aquela garota linda, obstinada, leal e inocente. Botei minhas mãos nela sem ter esse direito e ultrapassei um ponto sem retorno. Mesmo assim, por mais culpado que me sentisse, não havia como negar que sua presença me trazia uma estabilidade que eu nunca tinha sentido naquela casa. Pelo menos não desde que meu pai tinha ido embora.

O som do meu celular vibrando na mesinha de cabeceira fez meu coração disparar, e o peguei depressa.

— Cap — sussurrei, atendendo à ligação e sentindo um grande alívio me invadir. — E aí?

— Preciso te falar uma coisa, cara — Johnny disse quarenta minutos depois. — Nunca te vi se arrumar tão rápido pro treino. — Parado acima do aparelho de ginástica onde eu estava fazendo minha série, acrescentou: — Em geral, tenho que te arrastar pra fora da cama aos chutes e pontapés.

— Hum — respondi, incapaz de produzir nenhuma piadinha.

Eu não estava no clima para piadinhas aquela manhã. Especialmente com a consciência pesada daquele jeito. Ignorei o suor escorrendo pelo meu pescoço e me concentrei em levantar a barra de 120 kg no supino.

— Eita, Gibs, você acordou no modo besta-fera hoje, é? — Meu melhor amigo ergueu as sobrancelhas e ficou me encarando. — Você aumentou o peso da noite pro dia.

É que estou puto, Johnny. Estou puto pra caralho comigo mesmo, e, se eu não queimar essa tensão do meu corpo, vou acabar gritando.

— Você está bem, Gibs?

— Estou sempre bem, cap.

— Tem certeza?

— Tenho.

— Você está quieto demais pro meu gosto.

— Estou ótimo — me obriguei a dizer. — Só acordei pilhado.

— Bem, pois guarde um pouco dessa pilha pro St. Andrews amanhã. — Ele deu risada, pegou a barra e a colocou no lugar. — Porque os forwards deles são bons, e ouvi dizer que o número treze dos caras está falando que vai acabar com a minha carreira antes mesmo de ela começar.

— Não enquanto eu estiver em campo — declarei, me levantando para ceder meu lugar. Trocamos de posição e falei: — Vou arrancar a cabeça daquele escroto se ele sequer olhar pra você.

Johnny riu e pegou a barra.

— Nunca duvidei de você, cara.

32

Você deixou ele fazer o quê?

CLAIRE

Quando acordei na terça-feira de manhã na cama do Gerard, vi que estava sozinha no colchão. No travesseiro dele, havia um bilhete rabiscado às pressas com a letra dele que dizia: "Fui pro treino cedo bjs".

Dei um jeito de atravessar a rua feito uma ninja sem ser pega pelos nossos pais, mas quando encontrei meu irmão na cozinha tomando café da manhã antes de sair para a escola e *não* treinando, como o Gerard tinha me informado no bilhete, fui tomada por uma inquietação.

Sobrevivi ao interrogatório intenso do Hugh e cheguei à escola com a dignidade intacta, só que a onda de inquietação só foi crescendo e apodrecendo a cada aula.

Eu sabia que os meninos tinham jogo no dia seguinte à tarde contra o St. Andrews, e, nas vésperas das partidas, às vezes não ficávamos muito tempo juntos, mas como não consegui nenhuma oportunidade para falar com o Gerard o dia todo fiquei com a impressão de que ele estava me evitando de propósito.

A gota d'água foi sua ausência durante o almoço. Quando o Johnny chegou à mesa do rúgbi sem o Gerard, atingi meu limite. Porque, se até o sr. Capitão Comprometido tinha tempo de almoçar com a namorada, essa era a prova de que eu precisava. O sumiço do Gerard não tinha nada a ver com o rúgbi, e tudo a ver com alguém.

Este alguém.

Euzinha.

Ah, meu Deus...

— Preciso falar com você! — falei de repente, com os olhos fixos na Shannon, que estava rindo de algo que o namorado tinha sussurrado no seu ouvido. — É uma emergência!

— Ah? — Minha melhor amiga me encarou. — É?

— Com certeza. — Empurrei a cadeira para trás e me levantei de uma vez, vibrando de nervoso. — *Agora*, Shan.

Sem dizer uma palavra, Shannon ficou de pé e se aproximou, entendendo a tarefa que tinha a cumprir.

— É uma tragédia, Shan — declarei, segurando a mão dela antes de arrastá-la para o banheiro feminino. Abri a porta e, assim que entrei, comecei a andar de um lado para o outro. — Tipo, é uma catástrofe, amiga.

— Estalei os dedos, arregacei as mangas do suéter e fiquei pensando como verbalizar os eventos da noite anterior para a minha amiga.

— Ah, meu Deus, Claire, o que foi? — Shannon perguntou toda preocupada, com os olhos azuis arregalados de pavor. — O que aconteceu? — Ela se aproximou e esticou o braço para tocar a minha testa. — Você está doente? Porque te achei meio corada quando você chegou na escola hoje.

— Sim e não — admiti, fazendo careta. — Tipo, sim, estou corada, mas não, não estou doente. A não ser que você saiba o que aconteceu ontem à noite — choraminguei, roendo as unhas e, depois, acrescentei: — Nesse caso, acho que posso ser considerada "doente" em várias constituições em que a promiscuidade é desaprovada.

— Entendi. Você está me enrolando. — Ela agarrou meu braço. — Só respira fundo e fala comigo, Claire.

— Sim, estou te enrolando, Shan — admiti. — Estou te enrolando porque estou surtando!

— Por quê?

— É o Gerard!

— O que tem ele?

— A gente... ontem ele... — Não. Eu não conseguia. Não conseguia verbalizar a depravação da noite em voz alta. — Ah, meu Deus, não consigo falar!

— Falar o quê? — Shannon ficou me olhando, horrorizada. — Claire, o Gibs te machucou?

— Ah, meu Deus, não. — Balancei a cabeça. — O Gerard nunca me machucaria. Nem se a vida dele estivesse em risco. — Engoli em seco e sussurrei: — Ele fez o oposto.

Ela continuou me encarando de testa franzida por um bom tempo antes de arregalar os olhos e formar um perfeito "o" com a boca quando a ficha enfim caiu.

— Ah.

— Ah — confirmei com um lamento, assentindo vigorosamente para que a minha amiga entendesse que a situação em que eu tinha me enfiado era digna de todo o choque mesmo.

— Você deixou ele fazer o quê? — Lizzie perguntou, parada na porta do banheiro, tendo ouvido tudo. — Você deixou aquele merdinha se enfiar dentro da sua calcinha? Ficou maluca?

— Ah, meu Deus, Liz, fala baixo! — Shannon sussurrou, puxando a nossa amiga para dentro e fechando a porta. — Nossa!

— Tudo bem, você não pode me julgar agora — falei, olhando feio para ela. — Porque, primeiro, não dormi com o Gerard ontem e, segundo, nunca te julguei quando você dormiu *de verdade* com o Pierce.

— E *por que* você encanaria comigo e o Pierce? — Lizzie perguntou. — Não é como se ele fosse parente do maldito monstro que destruiu a sua família. — Seus olhos estavam cheios de mágoa quando ela disse: — E não é como se eu tivesse traído minha amiga de propósito ficando com ele.

— Você quer mesmo entrar nessa de traição de amigas por causa de garotos? — Estreitei os olhos para ela, sem querer ceder. — Só uma palavra, Liz: *irmão*.

— Eita, gente, se acalma — Shannon interveio, erguendo as mãos. — Vamos diminuir o tom um pouco.

— Então quer dizer que agora você está com ele? — Ignorando a tentativa da Shannon de amenizar os ânimos, Lizzie cruzou os braços e fechou a cara. — Você e o Thor estão juntos, é isso?

— *Não* — respondi com um tom severo. — Não estamos, mas você já saberia disso se parasse de atirar pedras em mim e me ouvisse de verdade, pelo menos uma vez na vida.

— Tudo bem, fiquem quietas! — Shannon tapou nossas bocas com as mãos. — Chega de brigar, ok? — Ela olhou de uma para a outra enquanto falava. — Sei que a situação entre vocês é delicada, mas isso não é nada bom, gente. Já é difícil ser mulher nesse mundo sem nos voltarmos umas com as outras. Especialmente porque somos amigas desde o primário. — Suspirou, deu um passo para trás e gesticulou para mim. — Vai, Claire, conta tudo. — Então foi até a Lizzie e apertou a mão dela. — A gente vai te ouvir.

Prendi o fôlego por um instante, esperando a retaliação da Lizzie, mas, como ela não falou nada, soltei o ar devagar e narrei as peripécias da noite com detalhes explícitos.

— Daí o Gerard fez algo com o dedo médio e o indicador — falei, usando minha própria mão para dar uma visão mais acurada. — E foi isso. — Ergui os braços, desesperada. — Quase *morri*, sério! — Coloquei as mãos na cintura e olhei para elas cheia de expectativa. — E aí, o que me dizem?

— Ele fez você gozar — Lizzie disse, sem emoção. — Parabéns.

— Ah, meu Deus! — Shannon soltou em meio à gargalhada. — Estou tão feliz por vocês.

— Pois não fique — falei depressa. — Quando acordei, ele já tinha saído e agora está me evitando como se eu fosse uma praga.

— Não me diga! — Lizzie comentou. — Parece o modus operandi de um galinha.

— Para com isso — Shannon a repreendeu, ainda sorrindo. — O Gibsie não é assim.

— É, sim — Lizzie insistiu secamente. — E a Claire é só mais uma na longa lista das conquistas do Thor. — Ela me encarou com uma expressão desanimada. — Você é uma boba. — E balançou a cabeça. — Ele vai acabar com você.

Meu sangue ferveu na hora e fiquei na defensiva.

— Como se você pudesse me julgar.

— O que está querendo dizer?

— Gente, parem com isso, por favor...

— Você sabe bem o que estou querendo dizer — retruquei. — Então pensa bem antes de me xingar.

— Claire... — Shannon tentou intervir, implorando com os olhos para que eu não alimentasse a fera. — Só respira um pouco. — Ela se virou para a Lizzie e acrescentou: — Ninguém sabe o que o Gibsie está sentindo a não ser *ele mesmo*, então, por favor, vamos dar o benefício da dúvida. — Abriu um sorriso forçado e disse: — É evidente que ele tem sentimentos pela Claire.

— Valeu, Shan — disse, precisando das suas palavras.

— É verdade — ela continuou depressa. — Aquele garoto venera o chão que você pisa, a escola inteira sabe disso. Aposto que tem um motivo totalmente plausível pra ter perdido o almoço hoje. Na verdade, tenho quase certeza que, se eu sair daqui e perguntar pro Johnny o que aconteceu, ele provavelmente vai dizer que o Gibs pegou detenção por alguma molecagem que deu ruim. — Ela me deu um sorriso tranquilizador e completou: — Acredita em mim, Claire, não existe um cenário verossímil em que esse garoto escolheria te ignorar. Ele não conseguiria nem se quisesse.

— Mas e se ele se arrependeu do que rolou entre a gente?

— *Não* se arrependeu.

— Mas e se ele se *arrependeu*?

— Isso *não* aconteceu.

— Mas e se...

— Ah, para com isso — Lizzie me interrompeu com uma voz trêmula. — Dou uma semana pra vocês virarem um casal.

Meu coração disparou de empolgação.

— Você acha?

— Claro — Shannon concordou, sorrindo.

— Se é isso que você quer, vai em frente — Lizzie disse com relutância. — Não vou te impedir. Mas não espere que eu fique aqui assistindo tudo. — Fungou, balançou a cabeça e foi para a porta. — Você já fez a sua escolha e, claro, por ele!

— Lizzie, espera!

Ela não esperou.

Saiu do banheiro pisando duro e batendo a porta.

— Ela vai mudar de ideia — Shannon disse, mordendo o lábio de nervoso. — Dá um tempo pra ela. Você vai ver.

33

Se controla, cara

GIBSIE

— E aí, a Biggs já te deu alguma resposta sobre o cinema? — ouvi o Donal Crowley sussurrando durante a aula de religião na terça-feira à tarde.

— Não, mas não estou preocupado com isso — Jamie Kelleher respondeu. — Ela só está se fazendo de difícil.

— Você acha?

— Acho, cara. Claro que ela vai topar.

— Você parece tão seguro...

— Por que eu não estaria?

Fúria. A fúria borbulhava dentro de mim em um ritmo cada vez mais rápido. Dominava a minha mente de uma maneira que nunca imaginei, me transformando no que eu só poderia comparar a uma bomba-relógio.

— Sabe, mesmo que ela tope sair com você, vai ser difícil conseguir um mísero beijo na bochecha daquela ali. Tenho certeza que é uma puritana, cara. Daquelas que juram se abster de tudo antes do casamento.

— Não por muito tempo.

— Gibs... — Johnny sussurrou da cadeira ao lado. — Respira, cara.

Eu estava tentando, de verdade, mas, quanto mais aqueles babacas na carteira atrás de nós falavam, mais puto eu ficava.

— Não sei, cara. Ela parece uma boa garota.

— Sim, o que é melhor ainda, porque boas garotas podem ser treinadas.

— *Respira* — Johnny repetiu, pressionando a nossa carteira com força para impedi-la de tremer. — Você já pegou detenção no almoço por ter arranjado briga com o Murph — ele continuou. — Não arruma detenção pra semana toda.

Como? Como é que eu poderia respirar? Meu corpo todo estava vibrando de energia malcontida. Meus joelhos estavam tremendo tanto que a carteira chacoalhava. Eu queria socar alguma coisa. Ou melhor, queria socar o infeliz sentado atrás de mim.

— E aí, qual é o plano? Jantar e vinho antes da diversão?

— Basicamente, cara. Vou sair com ela algumas vezes pra tirar isso da frente e poder chegar na diversão...

Então não aguentei mais. A detenção que se fodesse. Eu grudaria a bunda na carteira da detenção de bom grado a semana toda se pudesse calar a boca daqueles imbecis.

— Você pode se considerar morto! — rugi, perdendo todo o controle. Minha mesa saiu voando quando parti para cima do Jamie, e o Johnny partiu para cima de mim. — Vou arrancar a sua língua...

— Ele teve uma concussão, professor! — Johnny gritou, me interceptando antes que eu botasse as mãos no Jamie. — Bateu a cabeça no treino hoje de manhã e ainda não está muito bem — acrescentou, me arrastando para a porta da sala. — É melhor alguém dar uma olhada nele.

— Faz isso, Kavanagh — o sr. Gardener respondeu, não muito convencido, mas sem querer discutir.

— Pode deixar — Johnny falou por cima do ombro, abrindo a porta e me empurrando para o corredor vazio.

— Você ouviu o que ele disse? — perguntei, indignado. — Você ouviu o que aquele filho da puta disse?

— Sim, ouvi, mas preciso que você se controle, cara — Johnny pediu com calma, me segurando pelas costas. — Está me ouvindo, Gibs? — insistiu, me levando para os armários do sexto ano. — Só mantenha a cabeça no lugar e *não* reaja.

— Não reaja? — Olhei para ele, perplexo. — Depois do que ouvi aqueles babacas falando da Claire? — Balancei a cabeça, revoltado. — Vai se foder.

Dei meia-volta e saí andando na direção da sala da qual tínhamos acabado de sair. Bem, pelo menos tentei fazer isso, mas o Johnny frustrou meus planos, me segurando pelo suéter com uma força mortal.

— Se acalma, Gibs.

— Não seja hipócrita — falei. — Você também surtaria se ouvisse alguém falando assim da Shannon.

— Surtaria mesmo — concordou, me levando pelo corredor feito um cachorro em uma coleira. — Mas, se fosse o contrário, eu torceria que você fizesse alguma coisa pra me impedir de ser expulso.

— Está achando que sou a Sookie? — esbravejei, me soltando e disparando para a sala de religião de novo. — Não precisa ficar na minha cola assim, Johnny!

— Volta aqui — ordenou, acabando com a minha liberdade ao agarrar meu suéter outra vez. — Quer me escutar? Estou tão puto quanto você, mas usa a cabeça, Gibs. Não dá pra arranjar briga durante a aula, cara. Não é assim.

— No meu mundo, é — retruquei, nervoso demais para pensar direito. — Ele não vai se safar depois de falar dela desse jeito, Johnny. Só por cima do meu cadáver.

— Concordo — Johnny disse com calma, abrindo a porta da área comum do sexto ano e nos empurrando para dentro. — Mas a gente precisa ser esperto. Brigar na aula não vai adiantar nada, Gibs.

— Com quem a gente vai brigar? — uma voz familiar perguntou, e vimos Joey esparramado em um dos sofás e coberto por um casaco.

— Então é por isso que você não estava na aula de religião — Johnny disse. — Está tirando uma sonequinha.

— Vem me falar alguma coisa quando você tiver um recém-nascido cheio de cólica mamando toda hora em casa — Joey falou, se levantando. — Voltando à minha pergunta... — Alongou os braços e virou o pescoço de um lado para o outro. — Com quem a gente vai brigar?

— A gente não vai brigar com ninguém — Johnny respondeu depressa. — Porque *eu* tenho um contrato a cumprir. E *você* está de aviso — adicionou, apontando para mim antes de voltar para o Joey. — E *você* está sob observação.

Joey ignorou os avisos do Johnny e perguntou para mim:

— Com quem a gente vai brigar, Gussie?

— Isso vai dar ruim — Johnny declarou vinte minutos depois, andando de um lado para o outro no estacionamento da escola como se estivesse esperando no corredor da morte. — Meu Deus do céu, não acredito que concordei com isso.

Fiquei observando, fascinado e absorto, Joey Lynch abrir a porta do carro do Jamie Kelleher.

Quem conseguiria, com uma espátula e um cabide que pegamos na sala de artes, destrancar um carro sem causar danos?

Pelo visto, o Lynchy.

Quando a trava fez um clique, Joey abriu a porta do motorista com o cigarro nos lábios e entrou. Pouco tempo depois, ouvimos outro clique, e ele disse:

— Você trouxe o açúcar, Gus?

— Com certeza, Lynchy — respondi, entregando-lhe o saco e a colher.

— Ah, meu Deus — Johnny grunhiu, cobrindo os olhos com as mãos. — Não consigo nem olhar.

— Então não olha. — Sem hesitar, Joey desceu, pegou o açúcar e foi até a lateral do carro. Ele abriu o tanque de gasolina e enfiou o açúcar lá dentro, uma colherinha por vez, até esvaziar todo o saco.

Em seguida, fechou o tanque com cuidado e trancou o carro.

— Vamos ver se o babaca do Kelleher vai conseguir levar alguém pro cinema agora.

— Meu pai vai me matar. — Johnny mordeu a mão para abafar o lamento, balançou a cabeça e foi até o próprio carro, parecendo prestes a desmaiar. Do alto do seu um metro e noventa. — Sou um criminoso.

— Eu achava que o Podge é que era o medrosinho — Joey comentou, literalmente encostado na cena do crime, terminando de fumar seu cigarro. — Mas o Kav ganhou.

— Isso foi genial. — Sorri. — Te devo uma, cara.

— Nah! — Ele deu uma última tragada, atirou a bituca fora e se afastou do carro. — Acho que era o mínimo que eu podia fazer.

— Ah? — falei, caminhando ao seu lado. — Como assim?

— Aoife... — ele respondeu, enfiando as ferramentas na mochila. — Me contou o que você fez por ela.

— Não estou te acompanhando.

— Corta essa, Gussie. — Ele parou abruptamente antes de entrar no prédio. — Sei que foi você que pagou a minha dívida. — Com os olhos focados e sóbrios, Joey me encarou. — Te devo muito mais que isso.

— Você não me deve nada, cara — falei, estranhamente emocionado. Claire uma vez se referiu a Joey Lynch como o garoto que voltou das cinzas, e eu não conseguia pensar em uma definição melhor para ele. Sorri e acrescentei: — Mas, se você quiser *mesmo* me agradecer, pode me escolher pra ser padrinho do AJ.

Seus lábios se contorceram em resposta.

— Não força a barra.

34

Oi, escuridão, minha velha amiga

CLAIRE

Quando as aulas acabaram, minha discussão com a Lizzie já tinha apodrecido e fervido dentro de mim a ponto de eu estar me sentindo péssima com a coisa toda. Eu detestava brigar com ela, e ultimamente era só isso que parecíamos fazer. Eu não era uma pessoa naturalmente briguenta, e, apesar da Lizzie ser capaz de discutir até com a sombra, ela *nunca* projetava sua fúria em mim.

Só que isso estava mudando, e percebi.

E não gostei.

Não gostei nem um pouco.

Era quase como se estivéssemos viajando em uma linha de trem quebrada com apenas um destino à vista.

A destruição.

Todos os dias, a gente parecia mascarar uma rachadura da nossa amizade só para acabar expondo outra logo em seguida.

A pior parte de tudo era que ela continuava fechada, o que tornava impossível ajudá-la. Eu sabia que ela trocava confidências com a Shannon — bem, se é que fazia isso com alguém, e doía saber que eu estava fora do seu círculo íntimo. Doía porque eu estava tentando fazer a coisa certa para duas pessoas que amava e sendo punida por isso.

Sentia a mesma impotência na boca do estômago que senti no ano anterior com a Shannon. Assim como antes, eu tinha um mau pressentimento. Sentia na pele, mas em vez de agir estava paralisada.

Eu *continuava* paralisada.

Tendo tomado a decisão de *não* deixar mais uma amiga na mão, saí do Tommen assim que o último sinal tocou e percorri os três quilômetros até uma rua que raramente visitava hoje em dia. Escolhi ir a pé até a casa dos Young porque me pareceu errado pedir para o Gerard me levar até lá, considerando tudo o que aconteceu entre as duas famílias.

Eu sabia que a Lizzie estava com a Shannon na mansão, então aquela era a minha oportunidade para... bem, para basicamente traí-la. Ela me odiaria por fazer aquilo, claro que sim, mas a minha necessidade de agradar não era motivo suficiente para não interferir naquela situação.

Não vai dar certo.

Isto é um erro.

Volta atrás.

Ah, meu Deus, o que eu estava fazendo?

Eu praticava hóquei depois da aula às quartas.

Adorava hóquei.

Não perdia uma aula.

Mas aquilo era mais importante.

Ela era mais importante para mim.

Quando me aproximei da familiar entrada com pilastras de pedra que cercava a propriedade impressionante dos Young, senti uma pontada de tristeza bem no peito. Não gostava de ir ali, não desde que a Caoimhe faleceu.

A casa era triste, seus habitantes pareciam fantasmas, e eu não era nem de longe masoquista o bastante para querer frequentar aquele lugar.

Bati na porta e esperei ansiosamente que alguém atendesse.

Quando a porta enfim se abriu, fui recebida pela mãe da Lizzie, Catherine, e meu coração se partiu. Ela parecia desgastada, como se os últimos anos a tivessem envelhecido rapidamente.

— Oi, Claire. — Deu um sorrisinho que não alcançou seus olhos atormentados. — A Lizzie ainda não chegou da escola.

— Ah, sim, eu sei, sra. Young — falei, abrindo um largo sorriso enquanto minhas mãos suavam. — A Liz está na casa dos Kavanagh com a Shan. — Limpei a garganta e enxuguei as mãos na saia. — Na verdade, eu estava querendo falar com a senhora.

A surpresa tomou seus olhos azuis.

— Comigo?

— É. — O pânico me dominou depressa, me fazendo alargar ainda mais o sorriso, e senti meus pulmões se comprimirem antes de conseguir verbalizar algo. — Posso entrar, por favor?

— Claro — respondeu, desconfiada, abrindo a porta para mim. — Está tudo bem?

— Ah, está sim — falei, desesperada para amenizar as rugas de preocupação do seu rosto, entrando na casa onde passei grande parte da infância.

— Faz um tempão que eu não te via — a mãe da Lizzie disse, nos conduzindo para a cozinha. — Sente-se.

— Pois é — eu disse, tirando o casaco. — Me desculpe por não aparecer mais.

— Não precisa se explicar, Claire — falou baixinho, enchendo a chaleira. — Chá?

— Sim, por favor.

— Dois cubinhos de açúcar?

Sorri.

— Você se lembra.

Ela também sorriu.

— E como vai o seu irmão? — Fechou a torneira, foi até o balcão com a chaleira na mão e a ligou. — É um bom rapaz. Foi uma rocha pra essa família depois da passagem da Caoimhe. — Balançou a cabeça com tristeza. — Que pena que não vem mais aqui...

— Hugh está ótimo — respondi, me sentando na mesa da cozinha. A mesma mesa onde gravei na parte de baixo as minhas iniciais quando tinha seis anos. — Vai fazer o leaving cert.

— Nossa... — sussurrou mais para si mesma que para mim. — O tempo passa voando, né?

— Com certeza — comentei tristemente.

— Ele ainda joga rúgbi?

— Com certeza — falei. — Ainda vive e respira rúgbi.

— Eu queria ter agradecido sua mãe pela linda coroa de flores que deixou no aniversário da morte da Caoimhe — a sra. Young disse, se aproximando da mesa com duas canecas de chá. — Acho que perdi a noção do tempo.

— Ah, não tem problema — falei depressa, pegando a caneca que estendeu para mim. — Ela faz isso todos os anos. No aniversário dela e no Natal também. — Dei um golinho no chá e fiquei refletindo sobre o que dizer a seguir antes de enfim me decidir: — Sabe, acho que minha mãe adoraria te ver.

A sra. Young sorriu educadamente, mas não respondeu nada, como imaginei.

— Faz um tempão que vocês não se falam, né? — insisti com o tom mais gentil que consegui.

Seis anos, para ser mais precisa.

Desde que a filha dela morreu e alguns limites foram estabelecidos.

— Minha porta sempre vai estar aberta pra sua mãe — a sra. Young disse. Ou seja, ela não tinha a menor intenção de chegar perto da nossa casa por causa dos nossos vizinhos. — Que bom que você apareceu! — continuou, esticando o braço sobre a mesa para dar um tapinha na minha mão. — Você é um sopro de ar fresco, Claire Biggs.

Ela não diria isso se soubesse a verdadeira intenção por trás da minha visita inesperada.

— O sr. Young vai demorar pra voltar? — perguntei, me mexendo de desconforto quando notei o retrato de família pendurado na parede da cozinha. A foto mostrava duas irmãs sorridentes com seus pais também sorridentes. *Ah, meu Deus.* — É que o assunto que eu queria falar, provavelmente, deveria incluir o pai da Lizzie também.

A sra. Young ficou me encarando por um longo tempo com uma expressão confusa.

— A Lizzie não te contou?

— O quê?

— A gente se separou.

Olhei para ela perplexa.

— *O quê?*

— O pai da Lizzie foi embora na Páscoa.

— É mesmo? — Meu queixo caiu e meu coração murchou. — O Mike foi embora?

— Está em Tipperary desde janeiro — a sra. Young respondeu, fazendo uma pausa para dar um gole na caneca. — Arrumou um trabalho em Thurles. Vem de vez em quando visitar a Liz.

— Está falando sério?

— Fiquei surpresa por ela não ter te contado.

— Pois é — sussurrei. *Eu também.*

— Então acho que você vai ter que se contentar comigo — acrescentou com delicadeza. — E aí, do que você queria falar, querida?

— É sobre a Lizzie — me obriguei a dizer, querendo não ter escolhido a alternativa mais covarde.

— O que tem ela?

Ai, caramba...

— Claire?

Soltei um suspiro sofrido e me esforcei para olhar a mãe da minha amiga e dizer:

— Acho que a Lizzie voltou a se cortar.

35

Meu Rodeo Romeo

GIBSIE

— É isso — anunciei, entrando no quarto da Claire mais tarde aquela noite. — Não aguento mais um segundo dessa tensão.

— Gerard! — ela gritou, se enfiando atrás da porta do guarda-roupa. — Já pensou em bater na porta antes de entrar?

Meus olhos notaram a toalha aos seus pés e seus cabelos molhados.

— Ops! — Cobri os olhos com a mão rápido. — Você acabou de sair do banho. Foi mal, ursinha.

— É sério que *você* entrou no meu quarto dizendo que não aguenta mais um segundo dessa tensão? — O barulho de cabides colidindo encheu o ar. — Como é que você acha que estou me sentindo, sr. Curto Deixar Bilhetes no Travesseiro Alheio?

— Entrei em pânico — respondi, usando cada segundo de autocontrole para *não* abaixar a mão e dar uma espiada nela. — E não menti no bilhete, gata. Estava mesmo treinando com o cap.

— Só porque você não teve coragem de me encarar — falou, acertando na mosca. — Sério, Gerard, você não podia ter sido mais claro. Quando foi que você *preferiu* ir pro treino do que ficar dormindo?

— Quando enfiei os dedos na minha melhor amiga! — gritei, erguendo as mãos, desesperado. — Aliás, sinto muito por isso, ursinha.

— Ah, meu Deus. Por que você trouxe o Reggie aqui? — perguntou, mudando de assunto. — Você sabe que minha mãe vai surtar se souber que ele está aqui. Você ouviu o que ela disse quando trouxemos pra casa aquele furão, Gerard. Se pegarmos mais algum bicho, os gatinhos vão ter que ir embora.

Bufando, me virei de costas e saí do quarto dela, e só parei quando estava no quarto do seu irmão.

— Aqui, meu anjinho. — Peguei o edredom do Hugh, o atirei no chão e coloquei o Reggie ali. — O papai já volta.

— Por quê? — Claire perguntou de novo quando voltei para o quarto dela.

No instante em que meus olhos pousaram nela parada na minha frente com uma camiseta gigante, meu pau ficou em posição de sentido. *Calma, cara.*

— Sei lá, Claire — falei. — Talvez porque tenho coração e queria que o coitado visse a mãe dele antes de se recolher pro inverno.

— Não, não estou falando do Reggie. — Ela abanou o ar. — Por que você pediu desculpas pelo que aconteceu entre a gente?

Sua pergunta me deixou perplexo, e fiquei branco.

— Porque sim!

— Porque sim? Fiz alguma coisa errada?

— Do que é que você está *falando*?

— De ontem. — Então sua mão estava na minha, afastando os dedos dos meus olhos. — Fiz alguma coisa errada?

— O quê? Não, Claire, você não fez nada errado. Você foi perfeita. — Levei a mão ao peito. — Eu que errei.

— Por quê?

— Vai saber? Talvez tenha algo a ver com o tal do desequilíbrio químico no meu cérebro que a Anne vive falando. Ou talvez eu tenha sido derrubado de cabeça pra baixo quando era bebê — falei, erguendo as mãos. — Isso certamente explicaria por que pareço ter o autocontrole de uma criancinha em uma loja de doces. — Balancei a cabeça para organizar os pensamentos antes que me fizessem viajar. — Enfim, eu que errei, ok? Não você.

— Não. — Ela balançou a cabeça e olhou para mim. — Tipo, por que é que tem que ter alguém errado?

— Porque... — Minhas palavras falharam enquanto eu a encarava. Havia uma dúzia de respostas diferentes para essa pergunta, mas consegui pensar em alguma? Não. *Puta que pariu.* — Porque eu não devia ter te tocado — enfim falei, com o coração batendo tão forte que pensei que fosse até ficar com um hematoma no peito. Eu sabia tudo de hematomas. Tive um aos treze anos. Mas nunca no coração. Pelo menos, não até agora.

— Mas eu queria que você me tocasse — ela disse, explodindo o meu mundo. E depois me ferrou mais ainda quando pegou minha mão e me levou até a cama. — E se eu ainda quiser?

Meu Deus do céu. Não sabia o que responder, então apenas falei:

— É uma péssima ideia, ursinha.

— Shhh — ronronou, calando minha boca com o dedo. Parecia determinada a me atormentar, porque segurou a barra da camiseta e a arrancou.

Puta merda.

Parada na minha frente só de sutiã branco e calcinha rosa de bolinhas, Claire pegou minha mão de novo, me encorajando a chegar mais perto.

Imagino que ela estivesse tentando ser sedutora, mas quando errou o movimento e caiu de bunda no chão em vez de no colchão não consegui conter a gargalhada.

— Legal...

— Não tem graça, Gerard — disse, sentada no chão. — Ah, meu Deus. — Ela cobriu o rosto com o braço e choramingou, angustiada. — Queria ser sexy!

— Essa calcinha é da Barbie?

— Não importa. — Ela grunhiu dramaticamente e balançou a cabeça. — Pode ir embora.

Segurando a risada, me sentei no carpete e peguei a mão dela.

— Ei, não precisa se esconder de mim.

— Isso foi *horrível* — resmungou, me espiando entre os dedos. — Não sou nada sexy.

— É, sim — falei, arrancando sua mão do rosto de novo. — Mas você é muito mais fofa.

Claire estreitou os olhos de indignação.

— Gatinhos são fofos, Gerard.

— Então você é minha gatinha. — Dei risada e me deitei ao seu lado. — Gosto do seu teto — eu disse, apontando para o gesso marfim, segurando sua mão. — É mais aconchegante que o meu.

— O seu teto é da mesma cor. — Suspirou, entrelaçando os dedos nos meus. — Pelo menos, era.

— Hum...

— Gerard?

— Sim, ursinha.

— Estou com vergonha.

Me virei para ela.

— Não precisa.

— *Beleza*. — Ela revirou os olhos. — Ah, olha só. Estou curada.

Sorri.

— O que posso fazer por você?

— Hum, deixa eu ver... — Fingiu pensar por um instante antes de dizer: — Que tal se você tentar me seduzir e cair de bunda?

— Tudo bem.

— Fala sério, Gerard.

Sorri mais ainda.

— Duvida? — Sem lhe dar chance de responder, me levantei e fui até o rádio.

— Ah, meu Deus! — Claire deu risada e correu até a cama quando tirei a camiseta e coloquei o seu boá de plumas cor-de-rosa.

— Se acomode, meu bem — ronronei, percorrendo as músicas e escolhendo "5, 6, 7, 8", do Steps. Peguei seu chapéu de caubói rosa brilhante na cômoda e o coloquei na cabeça, dando uma piscadinha. — Porque você está prestes a ganhar uma surpresa incrível.

— Ah, meu Deus, você está parecendo um stripper — Claire falou, rindo e batendo palmas de empolgação. — Vamos lá, caubói!

— Ihá! — Dei uma sarrada no ar, flexionei os quadris, contraí o peito e fingi comer a cadeira da mesa dela como se minha vida dependesse disso. De uma forma estranha, dependia mesmo, porque aquela garota *era* o meu mundo todinho, e fazê-la se sentir melhor era a minha prioridade.

Certamente, o Johnny e o Hugh tinham métodos persuasivos muito mais eficientes em se tratando de botar suas namoradas para cima, mas eu tinha zero experiência nesse departamento. Mas *tinha* minha cara de pau, o entusiasmo de um cachorrinho e quadris rebolativos que rivalizavam com os do Elvis.

Uma vez que comecei a performance, não consegui mais parar, porque eu não tinha limites. E ainda fui além e puxei a Claire para os meus braços, dançando com ela pelo quarto como se fosse seu cavalinho.

— Ah, meu Deus! — falou, dando risada e se agarrando nos meus ombros. — Para, Gerard! Vou fazer xixi nas calças.

— Quem te deu o direito? — A voz furiosa da Lizzie encheu o ar logo depois, seguida pelo barulho da porta batendo. — Quem te deu o direito de falar com a minha mãe sobre mim?

— Liz! — Claire berrou, descendo das minhas costas e correndo para desligar a música. — O que você está...?

— Fazendo aqui? — Lizzie interrompeu, pegando um taco de hóquei e o acertando na parede. — Acho que você é que devia se perguntar o que é que está fazendo. Como assim você resolveu falar merda de mim pelas minhas costas?

Eita!

— Não fiz nada disso! Eu não estava falando merda, Liz, juro. Eu só...

— Você só meteu o bedelho onde não foi chamada — vociferou ela, empurrando a Claire para o lado com força quando Claire tentou lhe dar um abraço. — Quem te deu o direito de falar aquilo pra minha mãe? O que é que você estava *pensando*, porra?

— Eu só estava tentando te ajudar!

— Bem, pois não ajudou nada, Claire. Na verdade, você só tornou a minha vida um milhão de vezes pior.

— Liz, por favor!

— Não encosta em mim.

— Eu não queria piorar as coisas pra você, juro. Só queria te ajudar...

— Bem, parabéns, porque tudo o que você conseguiu foi piorar a vida de uma mãe em luto.

— Liz, por favor...

— Não! Para! Cacete, Claire, não quero te abraçar agora!

— Ei, espera aí! — falei, irritado ao ver a Claire cambaleando para trás com o impacto de outro empurrão. — Não encosta nela.

— Fica fora disso, Thor!

— Gerard, está tudo bem.

— Até parece — falei, me colocando no meio delas. — Pode me bater se quiser, mas não encosta nela!

— Ah, você adoraria isso, né? — Lizzie rosnou. — O bom e velho Gibsie levando mais uma pelo time. Pois vai se foder, seu babaca! Não vou te dar essa satisfação.

— Escrota! — sussurrei, me posicionando na frente da Claire. — Está me ouvindo? Você é uma maluca do caralho!

— Me desculpa — Claire falou, enxugando as bochechas com o dorso da mão. — Liz, juro que só estava tentando ajudar.

Lizzie soltou uma risada forçada, apesar das lágrimas estarem escorrendo sem parar pelo seu rosto, assim como acontecia com a Claire.

— Você ainda tem coragem de falar comigo assim.

— Assim como? — perguntei. — Como se eu não tivesse pena de você? Bem, adivinha só, Liz! A pena acabou. O poço secou há um tempão.

— Ah, é? — falou com desdém. — Bem, pois prefiro ser uma escrota que um estuprador!

— *Não* sou *estuprador*!

— Nah, você só é parente de um.

Era isso.

Era o fim.

Eu não aguentava mais.

— Ele *não* é meu irmão. — Meu corpo todo tremia e chacoalhava enquanto eu a encarava. — Aquele escroto não é *nada* pra mim. *Não* tem o meu sangue. *Não* é meu irmão. Não é nada meu, então para de ficar jogando isso na minha cara!

— Ele matou a minha irmã!

— E você acha que só você perdeu uma irmã? — rugi, erguendo as mãos de frustração. — Também perdi a minha irmã, Lizzie! Enterrei a minha irmã *e* o meu pai!

— Eles se afogaram. Foi um acidente. Não é a mesma coisa. Ninguém fez mal pra eles. Não como fizeram pra *minha* irmã ou pra mãe da Shannon.

— Ah, peço desculpas se a minha família não morreu em circunstâncias mais terríveis — eu disse, tremendo. — Que merda! Talvez a Beth devia ter ficado presa no motor do barco antes de se afogar. Pelo menos assim teríamos um pouco de sangue na nossa triste história.

— Você sabe que não foi isso que eu quis dizer.

— Você não sabe o que está dizendo, porque você não pensa direito desde que ela morreu. Só sabe sofrer e ser amarga. Só aguentei as suas merdas durante esses anos todos porque sabia como você se sentia. Porque *sei* como é. Mas você ultrapassou o limite vindo aqui pra empurrar a Claire desse jeito. Os nossos amigos podem continuar passando pano pro seu comportamento horroroso, Lizzie, mas estou de saco cheio. Entendeu? *Não* vou tolerar mais um dia dessa merda na minha vida!

— Meu Deus, o que é que está acontecendo aqui? Dá pra ouvir a gritaria da rua — Hugh falou, entrando no quarto. — Por que você está de calcinha? — perguntou, olhando feio para a irmã. — E que merda você está vestindo?

— Não me olha assim — eu disse quando seus olhos acusatórios se fixaram em mim. — Eu estava no meio de uma performance. — Tirei o boá e apontei para a Lizzie. — Se quer saber qual o problema, pergunta pra *ela*.

— Não, não, não. É tudo culpa minha, gente — Claire falou, colocando o pijama às pressas. — Eu não devia ter ido na casa dela. — Ela se virou para Lizzie e disse: — Me desculpa mesmo, Liz. Você tem razão. Eu não devia ter ido.

— Vocês foram na casa dela? — Hugh franziu a testa, confuso. — Por quê?

— Eu não — bufei, chocado por ele sequer pensar isso. Fazia seis anos que eu não ia àquela casa e pretendia não pisar lá nunca mais. Não que eu fosse bem-vindo mesmo. — A Claire que foi.

— Por quê?

— Como é que vou saber? — Ergui as mãos. — Ela simplesmente entrou aqui atirando pedras. — Dei de ombros e acrescentei: — Também fiquei sabendo agora.

— Pensei que estivesse fazendo a coisa certa — Claire continuou, ignorando o irmão e se aproximando de forma hesitante da amiga furiosa. — Me desculpa se piorei as coisas pra você.

— Ele nem pediu desculpas — Lizzie disse, com o corpo todo tremendo enquanto era dominada pelas emoções. Caiu no chão e ficou olhando para o nada. — O Mark Allen estuprou a namorada. A namorada era a *minha* irmã. O Mark a estuprou e daí ela se *matou* por causa disso. Porque não soube lidar com o que *ele* fez. E ele se safou e tocou a vida enquanto o corpo violado da minha irmã está apodrecendo na terra. — Lágrimas escorriam pelo rosto quando ela olhou para mim. — Ela nunca vai crescer. Não vai fazer dezenove anos. Não vai se casar nem ter filhos. Nunca vai poder fazer nada, mas ele, sim, e nem pediu *desculpas*!

Fiquei paralisado, e as palavras dela foram como facadas no meu coração. Porque doíam, me torturavam. A narrativa dela poderia estar a mundos de distância da minha, mas não havia como negar a sinceridade da sua voz enquanto ela verbalizava a sua verdade. Porque a Lizzie acreditava naquela versão. Nada do que eu pudesse dizer ou fazer mudaria aquilo ou melhoraria as coisas para ela.

Ela ficou ali no chão chorando feito uma criancinha, e senti meu coração se estilhaçar.

Não havia como consertar aquilo.

Nada nunca mudaria entre nós.

Não haveria bandeira branca.

Porque a Lizzie tinha a versão dela dos eventos e eu tinha a minha.

Lizzie tinha decorado uma história de terror, na qual a Caoimhe era a vítima e ele era o monstro. Enquanto tudo o que eu tinha era uma carta amassada debaixo do colchão e a verdade.

— Me desculpa — Claire implorou, se aproximando da amiga, a consolando e a ninando como uma mãe faria com uma criancinha. — Vai ficar tudo bem.

Dessa vez Lizzie não afastou Claire. Só ficou ali sentada no chão com os braços em volta dos joelhos, chorando baixinho.

— Gibs... — Hugh disse, limpando a garganta. — Talvez você devesse...

Ele não precisava terminar aquela frase. Pois eu já sabia que não era mais bem-vindo.

Ela havia ganhado.

De novo.

Me recusando a abaixar a cabeça de vergonha, saí do quarto com meu último resquício de dignidade em frangalhos e não parei de andar até chegar do outro lado da rua.

— Não começa — avisei assim que entrei em casa e fui recebido por uma figura alta no corredor. Ergui o braço para tirar o chapéu de caubói da Claire. — Não estou a fim de ouvir mais um sermão...

— E aí, maninho?

Meu sangue gelou ao ouvir a voz *dele*, e congelei momentaneamente, agarrando a maçaneta da porta enquanto uma onda de puro pânico me dominava.

— Gibs? É você? — Minha mãe apareceu na porta da cozinha, toda sorridente e empolgada. — Olha só quem chegou mais cedo de Mumbai!

— Você voltou.

Meu irmão postiço estava parado no corredor com os grandes braços cruzados, parecendo muito menos formidável para mim, do alto dos meus dezessete anos, do que quando eu tinha sete anos.

— Voltei.

Então Keith apareceu atrás dela com uma pilha de fotografias nas mãos.

— Gibs, filho, olha só essa belezinha — ele disse, enfiando uma foto na minha cara. — Essa é a esposa do Mark, Meera, e o filho deles, Yash.

Meus olhos se concentraram na pequenina mulher asiática com um bebê no colo.

Ele tinha um filho.

Um menininho.

— Mark recebeu uma oferta de transferência para o exterior no trabalho. Ele e a Meera estão pensando em se mudar — minha mãe disse, passando o braço no filho do marido. — Não é maravilhoso, Bubba?

Senti o chão se mexendo debaixo de mim e meu mundo desabando.

— Se mudar?

— Isso, filho. — Keith assentiu, abraçando o ombro da minha mãe. — A família toda vai estar reunida de novo em breve.

36
Irmãos mais velhos consertando relações

CLAIRE

A culpa nem fez tanta diferença, pois eu já estava péssima, sentada na mesa da cozinha na frente da Lizzie, que parecia completamente perturbada.

Minha cabeça estava girando com as reviravoltas malucas desse dia. Aquilo foi uma montanha-russa doida, que me deixou de cara com as consequências das minhas ações, pois eu era a responsável por atormentar minha amiga a ponto de ela desabar no chão do meu quarto.

O único motivo de Lizzie estar na minha cozinha naquele momento era o garoto colocando duas canecas de chocolate quente diante de nós. Hugh tinha conseguido convencê-la a descer e conversar comigo. Ainda bem, porque, se ela tivesse ido embora daquele jeito, acho que eu acabaria me juntando a ela no chão.

— Me desculpa, Liz — falei pela milésima vez. Mas era verdade. Eu *estava* arrependida.

Pelo que o Hugh me contou, minha visita à sra. Young aquela tarde, por mais bem-intencionada que fosse, a deixou tão atordoada que a mulher acabou tendo que ir ao médico, se queixando de dores do peito. Dores que estavam diretamente relacionadas ao medo de perder sua única filha restante.

Eu não queria ter lhe provocado dor alguma. Nunca faria mal a qualquer ser humano de propósito. Só estava tentando ser uma amiga proativa, que agia pensando no bem da outra *antes* de um desastre acontecer, e não quando fosse tarde demais.

Se eu estava certa ou errada em procurar a mãe dela, isso ainda era motivo de debate, mas não havia como negar o aborrecimento que minha decisão insensível causou.

O Gerard foi embora furioso, fumegando por ter recebido o peso da angústia da Lizzie, o que não era nenhuma novidade.

Eu estava desesperada para atravessar a rua e ver com ele estava, mas tinha a horrível sensação de que a minha amizade com a Lizzie estava por um fio.

Eu não podia fazer isso.

Tinha que consertar as coisas.

Fazer algo.

— Liz? — Limpei a garganta, peguei a caneca de chocolate quente e fiquei segurando-a com ambas as mãos, sentindo o calor fazendo carinho nos meus dedos. — Por que você não falou que o seu pai foi embora em março?

— O Mike foi embora? — O rosto do meu irmão foi tomado pela confusão enquanto ele se sentava ao lado da Lizzie. — Liz?

— Porque não me pareceu relevante — respondeu, com os olhos fixos na caneca intocada à sua frente. — Pelo menos não se considerarmos o todo.

— Eu diria que é bem relevante em qualquer cenário se os pais da sua amiga se separam e o pai vai embora do condado — retruquei. — Liz, você não me contou nada.

— E como eu poderia te contar alguma coisa? — perguntou com o corpo rígido de tensão. — A Shannon estava passando pelo inferno com a família dela naquela época.

Ah, merda!

A culpa se revirou dentro de mim.

— Mas você podia ter me contado, amiga — insisti, emocionada. — Eu poderia tentar te ajudar.

— Que nem você tentou me ajudar hoje? — falou, furiosa. — *Já* te contei o que aconteceu, Claire. Eu caí. Caí de um portão em cima do arame farpado. Se você não acreditou, podia ter perguntado pro Patrick. Foi na fazenda dele. Você não precisava ter corrido pra minha mãe pra deixar a coitada mais traumatizada do que já está — prosseguiu com os olhos marejados. — Você não faz ideia como esse ano tem sido difícil pra gente, e você só piorou tudo.

— Ah, meu Deus! — Meus ombros se curvaram em derrota. — Me desculpa mesmo.

— Você podia ter falado comigo.

Lizzie olhou para o meu irmão na mesma hora e sufocou um suspiro de dor.

— Sim, claro, isso teria dado muito certo.

— Você podia ter falado comigo — Hugh repetiu, com os olhos fulminantes fixos nela. — *Sempre* pode falar comigo. — Engoliu em seco, e seu pomo de adão se mexeu antes de ele sussurrar: — Não importa o que acontecer.

— Não importa o que acontecer — Lizzie disse, sussurrando as palavras para si mesma, voltando a atenção para a caneca.

Depois de muita humilhação e esforço para segurar a minha língua, felizmente consegui reconquistar as boas graças da minha amiga. Lizzie ainda não era minha fã número um, mas quando subiu no banco do carona do carro do Hugh, pouco depois das nove horas, me deu um aceno chocho antes de sair com ele.

Entendi isso como uma grande vitória.

Assim que o carro do meu irmão desapareceu com a Lizzie lá dentro, não perdi tempo e disparei pela rua para dar uma olhada no meu outro amigo.

Eu não sabia direito o que esperava encontrar quando entrei na casa do Gerard, mas certamente não era uma pilha de malas de viagem amontoadas no saguão de entrada.

— O que... — Com as sobrancelhas franzidas de confusão, saí andando pela propriedade, verificando cômodo por cômodo, tentando encontrar o dono daquilo tudo. — Gerard? Sadhbh? Keith?

Além do Brian dormindo na poltrona da sala, a casa estava vazia. O que era bem estranho, porque a porta estava destrancada.

— Gerard? — chamei de novo, recuando pelo corredor antes de subir as escadas. — Está aí?

Silêncio.

Me senti burra por não ter visto se o carro dele estava na garagem e disparei para a janela para dar uma olhada lá fora.

Droga, o ford focus prata não estava na garagem dos Allen.

Estranhamente arrasada, entrei no quarto dele e acendi a luz.

— O que... — Minha voz falhou quando notei a carnificina.

O quarto do Gerard estava todo revirado.

Tipo, todo revirado.

Todos os cartazes e quadros que enfeitavam as paredes estavam espalhados no chão.

A mesinha de cabeceira estava caída, o colchão estava virado de lado e tudo o que havia no armário estava esparramado para todos os lados.

— O tempo só passou do lado de fora pra ele, né? — um homem disse atrás de mim. — Ele ainda é a mesma criança birrenta de seis anos atrás.

— Meu Deus! — gritei, me virando. — Você quase me matou do coração.

— Peço desculpas — um cara de cabelo escuro disse, rindo. Estava todo elegante com sua impecável camisa branca e sua calça chique feita sob medida. — Cachinhos loiros. Olhos puros. Se escondendo no quarto do Gibsie. Será a Claire Biggs que estou vendo?

Assenti, desconfiada, olhando para o homem parado na porta do quarto.

— Como você sabe o meu nome?

— Acho que você era pequena demais quando fui embora. — Seu sorriso se alargou, fazendo uma onda assustadora e familiar me invadir. — Não posso me ofender se você não se lembra de mim.

— Espera... — Soltei um suspiro de surpresa e arregalei os olhos. — *Mark*?

— Eu mesmo.

O cara falou como se fosse uma coisa boa. *Não* era. Não para a Lizzie, pelo menos. Nem para o Gerard. Quando foi embora, seis anos atrás, todo mundo que eu conhecia ficou aliviado. Porque ele era encrenca. Das boas.

— O que você está fazendo em Ballylaggin?

— Não posso visitar a minha família?

Tecnicamente, sim. Mas moralmente, com certeza, *não*. Só que, em vez de responder em voz alta, apenas dei de ombros.

— Estou pensando em me mudar pra cá com a família — explicou, agitando a aliança dourada na mão esquerda para mim. — A Meera nunca veio pra Irlanda, e nosso filho tem quase dois anos. Recebi uma oportunidade de trabalho, então vim dar uma conferida no mercado imobiliário antes de tomar uma decisão.

Credo!

— Ah... — consegui dizer com dificuldade, porque aquele cara sempre fez a minha pele se arrepiar.

O estranho era que minhas reservas em relação a Mark Allen tinham pouco a ver com os boatos que se espalharam pela cidade sobre o relacionamento dele com a Caoimhe Young e tudo a ver com como ele foi escroto com o Gerard quando a gente era criança.

Desde o instante em que entrou em nossas vidas, Mark assumiu a missão de fazer o Gerard infeliz. Ele era mais que um irmão babaca. Era briguento e cruel.

O fato de alguém tão doce e incrível quanto a Caoimhe gostar dele era algo que estava além da minha compreensão. No passado e no presente. Eu não entendia o apelo quando era pequena, e entendia menos ainda agora.

— Cadê o Gerard? — perguntei de um jeito não muito educado, mas demonstrar àquele homem qualquer tipo de gentileza me parecia abominável. Sobretudo depois de ter passado várias horas vendo uma das minhas amigas mais antigas ter um troço por causa das ações dele.

Apesar de estar preparada para morrer de inabalável fidelidade a Gerard Gibson em se tratando da rivalidade dele com a Lizzie, disposta a defendê-lo até o amargo fim, eu não tinha essa obrigação com o homem diante de mim.

Porque as autoridades podiam não ter conseguido incriminá-lo pelo delito que a família Young insistiu que ele cometeu contra sua filha seis anos atrás, mas onde havia fumaça, havia fogo, e Mark Allen definitivamente era culpado de *alguma* coisa.

— Meu pai levou a Sadhbh pra jantar na cidade — falou com um tom alegre, sem se preocupar em responder à minha pergunta. — Pensei em ficar em casa hoje. — Sorriu de novo. — A viagem foi longa.

Sei.

Isso só provava que o Mark não queria trombar com as pessoas erradas na cidade nem ouvir que era um escroto.

— E o Gerard? — insisti, notando seu celular largado no chão do quarto. — Onde está? — Gesticulei para a carnificina ao meu redor. — O que aconteceu aqui?

— Você conhece o Gibs — ele disse casualmente. — Deu um chilique e saiu horas atrás.

— Pra *onde*? — perguntei, pronunciando as palavras com clareza. *O que foi que você fez?*

— Me diz você, Biggzinha — ele falou, dando risada. — Era sempre você que encontrava os esconderijos dele.

— Hugh? — falei do corredor quando ouvi a porta da frente abrindo e fechando mais tarde aquela noite. — É você?

— Sim, sou eu — meu irmão respondeu. Instantes depois, ele apareceu na escada. — O que foi?

— Por que você demorou tanto? — perguntei, debruçada sobre o corrimão. — Faz duas horas que estou surtando aqui sozinha, Hugh!

— Por quê?

— Ah, meu Deus! Ah, meu Deus! — Fiquei trocando o peso dos pés enquanto um calafrio me percorria. — É terrível, Hugh.

— O que foi? — ele disse, se juntando a mim no corredor. — O que aconteceu?

— Mark Allen! — gritei com os olhos arregalados. — Ele voltou pra Ballylaggin.

— Não tem graça — falou depressa, estreitando os olhos de aversão. — Não diz isso.

— Não estou tentando ser engraçada. — Bati o pé, frustrada, e apontei para a rua, encarando meu irmão, querendo que acreditasse em mim. — Ele voltou, Hugh. Vi com os meus próprios olhos.

O rosto dele ficou mortalmente cinza.

— Você está brincando.

— Queria que fosse brincadeira.

— Voltou mesmo?

Assenti com veemência.

— Pra Ballylaggin?

Assenti de novo.

— Está do outro lado da rua?

— Sim — falei, agitando as mãos. — Ele voltou.

— Filho da puta!

— Ei, aonde você está indo? — perguntei, vendo meu irmão disparar pelas escadas como se estivesse perseguindo um Pokémon raro. — Hugh, espera. Não vai lá!

Tarde demais.

A porta de casa se abriu e meu irmão correu pela rua como se estivesse em uma missão.

— Hugh! — gritei, saindo atrás dele com meu pijama de unicórnio. — Você sabe o que a mamãe disse. Você não pode tomar partido, lembra? A Sadhbh é a melhor amiga dela! A gente precisa ficar fora disso!

Ignorando meus protestos, meu irmão foi direto para a casa do Gerard sem um pingo de hesitação. Bater na porta ou tocar a campainha era algo que o Gerard, o Hugh e eu nunca fizemos antes de entrarmos na casa um do outro, mas aquilo era diferente. Porque não costumávamos derramar sangue, algo que meu irmão parecia terrivelmente determinado a fazer aquela noite.

— Hugh! — chamei ao chegar na porta e vê-lo de costas subindo as escadas. — Espera!

Logo depois, o barulho de uma porta batendo tomou o ambiente, seguido por um grito.

Ai, caramba!

Subi atrás dele e só parei quando estava diante do antigo quarto da Bethany, com os olhos arregalados de horror.

— Hugh, para!

— Você tem bastante ousadia de aparecer aqui! — meu irmão rugiu, prensando o irmão postiço do Gerard na parede do quarto. — Seu monstro do caralho!

— Sou... inocente — Mark disse, agarrando a mão do Hugh em volta da sua garganta. — Pergunta... pra... polícia.

— Não ligo a mínima pro que a polícia diz — meu irmão rosnou, mais furioso que nunca. — Todo mundo sabe que você é um merda! — Ele empurrou Mark na parede. — Como se *atreve* a voltar aqui?

— Hugh, não! — Corri para interceptar meu irmão antes que ele fosse longe demais, me enfiando entre os dois e pressionando seu peito. — Vamos pra casa!

— Isso, Hugh — Mark disse, aproveitando para se libertar. — Escuta sua irmã.

— Seu...

— Vamos, Hugh! — gritei, empurrando-o para fora do quarto. — Vamos embora, senão vou contar pra mamãe!

— Fique longe dela! — Hugh avisou, tremendo, mostrando o dedo para o Mark e me deixando conduzi-lo para o corredor com relutância. — Está ouvindo? Tira a porra dos seus olhos dela!

— Senão o quê? — o cara provocou.

Meu irmão estreitou os olhos, desafiando-o.

— Você vai descobrir, babaca.

— Relaxa, garoto, sou casado agora — Mark declarou. — Não tenho intenção alguma de olhar pra sua irmã.

— Não estou falando da minha irmã — Hugh disse, arfando. — Não vou avisar de novo, seu escroto.

37
E aí, quem vai fazer conchinha em quem?

GIBSIE

— Gibs, pela última vez, para de fazer conchinha em mim! — Essa foi a primeira coisa que ouvi meu melhor amigo dizendo na quarta-feira de manhã, seguido pelo barulho do seu calcanhar acertando a minha canela.

— Tudo bem... *ai* — bufei, piscando os olhos ao sentir a dor subindo pela minha perna. — Doeu, cap. Você sabe que tenho a pele sensível.

— Era pra doer mesmo — Johnny grunhiu, sacudindo o meu braço antes de se sentar. — Desde quando te dei a impressão de que quero que você faça conchinha em mim?

— Não?

— Não!

— Bem, não consigo evitar — falei, me deitando de costas. — Me acostumei a dormir abraçado com a Claire.

— E me acostumei a dormir abraçado com a Shannon. — Ele esticou o braço para trás, pegou um travesseiro e o acertou na minha cabeça. — Não com a porra do meu asa.

— Bem, esses Lynch adoram procriar, então se pensar bem, essa nossa festinha do pijama pode ter te salvado de se juntar ao Lynchy na viagem pela estrada da paternidade precoce.

— Espera aí. — Johnny estreitou os olhos para mim. — Você está dizendo que a minha namorada quer *procriar*?

— Shhh, não seja tão ranzinza — falei, me virando de lado para abraçar o travesseiro que ele atirou em mim. — Você mesmo disse que você e a Shan querem ter um monte de filhos quando forem mais velhos, então entenda como um elogio.

— Não sei o que pensar das merdas que saem da sua boca, Gibs. Não sei mesmo.

— Esse é o seu problema, Johnny — falei, bocejando. — Você pensa demais.

— E você pensa de menos.

— Isso mesmo.

— Quer me explicar o motivo da sua visita noturna? — perguntou. — Porque tenho que te falar, Gibs, você já fez várias coisas estranhas desde que a gente se conheceu, mas se enfiar na minha cama no meio da noite definitivamente é inédito.

— Hum, foi mal — eu disse com um sorrisinho. — Devia ter avisado antes, né?

— Teria sido legal.

Fiz uma careta e acrescentei:

— Seria muito esquisito se eu te dissesse que tenho pesadelos e você faz eu me sentir seguro?

— Bastante — ele respondeu, parecendo achar um pouco de graça. — E aí, o que aconteceu?

— Nada.

— Nem me venha com essa baboseira — ele falou, balançando a cabeça. — Você brigou com a Claire ou algo assim? Você costuma procurar ela.

— Não, estamos de boa — respondi, me espreguiçando. — Só que eu estava na casa dela quando a Víbora apareceu, me tratando mal como sempre. — Dei de ombros e falei: — Então tive que dar o fora antes de explodir.

— Meu Deus... — Johnny estreitou os olhos de novo. — Aquela garota...

— Pois é — concordei, bocejando. — Mas depois piorou.

— Estou ouvindo.

— Daí voltei pra casa.

— E aí?

— Aí entrei.

— Continua.

— E ele estava lá.

— Ele?

— O Mark.

— O Mark?

— O *Mark* — repeti, olhando com intensidade para o meu amigo.

A confusão cintilou nos olhos do Johnny brevemente antes de a ficha cair.

— Ah, *merda*...

— Pois é — falei, sem emoção, sentindo meu humor azedar. — Parece que ele está planejando trazer a família e se mudar pra Ballylaggin. Que merda de vida, hein?

— Gibs, cara, o que foi que aconteceu? — perguntou com um tom cauteloso. — Sei que rolaram umas coisas quando me mudei pra cá, mas ninguém fala disso e só ouvi umas partes do Feely, do Hugh e da Shan.

— Acredita em mim, cap, essas partes são tudo o que você precisa saber — murmurei, erguendo os muros à minha volta de forma instintiva. — Passado é passado.

— Me conta, cara — insistiu, dando uma joelhada na minha coxa. — Vamos, Gibs, você sabe que sempre vou ficar do seu lado em se tratando daquela garota, não importa o que você me diga. — Deu de ombros e acrescentou: — Mas seria bem mais fácil te defender se eu soubesse a história toda.

— Você não precisa me defender, Johnny. — Suas palavras me soaram como um tapa na cara e meu corpo todo enrijeceu. — Porque não *fiz* nada.

— Eu sei, Gibs — ele disse com calma. — Nunca pensei o contrário, cara. Mas, com você e a Lizzie, é como se eu estivesse tateando às cegas.

— Não quero *mesmo* falar disso — murmurei, sonolento, me afundando mais ainda naquele colchão maravilhoso que eu não podia dizer que não me causava inveja. Na verdade, se eu pudesse dar um jeito de levá-lo às escondidas da mansão para a minha casa, faria isso sem nem pensar. *É isso, cara. Distração. Pensamentos bons. Pensamentos felizes. Bloqueie tudo.* — Não adianta nada e a gente só vai acabar dando voltas.

— Experimenta.

— Meu Deus do céu, está bem. — Me sentei, afastei o sono dos olhos e me recostei na cabeceira da cama. — Me conta o que você sabe que eu te conto o resto.

— A sua mãe deixou o seu pai quando você tinha oito anos e ficou com o Keith.

— Eu tinha sete quando ela botou meu pai pra fora de casa — interrompi, soltando um suspiro pesado. — Mas você chegou perto.

— E o Keith era viúvo quando se mudou pra sua casa com o menino...

— Mark não era um menino — cortei de novo. — Aquele babaca tinha catorze anos quando nossos pais ficaram juntos.

— Entendi... o Keith se mudou pra sua casa com o filho adolescente depois que os seus pais se divorciaram — Johnny se corrigiu habilmente. — Está certo?

— Não, não teve divórcio — falei. — Naquela época, não existia divórcio na Irlanda. Minha mãe trouxe eles pra casa enquanto *ainda* estava casada com o meu pai. Só se casaram *depois* que o meu pai e a Beth se afogaram.

— Nossa...

— Pois é. — Agitado, gesticulei para que continuasse. — Fique à vontade.

— Daí o Mark começou a sair com a irmã da Lizzie...

— A Caoimhe — acrescentei.

— A Caoimhe — repetiu, assentindo. — Estudavam juntos no Tommen?

Fiz que sim com convicção.

— Estavam no mesmo ano?

— Por um tempo.

— Então o Mark e a Caoimhe devem ter quase a idade do irmão da Shan, o Darren — Johnny disse, fazendo as contas rápido pra caralho. — Sei que o Darren estudava na ECB, mas podem facilmente ter estudado juntos na escola primária, né?

— Sei lá, cara. — Dei de ombros. — Eu mal sabia dos Lynch nessa época. Não estudaram na minha escola, esqueceu? Quase não lembro dos caras com quem estudei, quanto mais dos outros.

— O Keith e o Mark chegaram depois, então o Mark obviamente não estudou em Ballylaggin, mas a Lizzie, a Shan, o Joe, o Tadhg e o Ols estudaram no Sagrado Coração, então estou supondo que o Darren e a Caoimhe também estudaram — Johnny murmurou mais para si do que para mim, juntando na cabeça as peças do meu passado.

— Sabe, cap, quando pedi pra você me contar o que já sabia, não quis dizer que era pra me dar tantos detalhes — brinquei. — Minha nossa, você daria um ótimo detetive!

— Gosto de ser detalhista — retrucou, impassível. — Então começaram a sair. O Mark e a Caoimhe.

— Basicamente.

— E vocês já se conheciam porque a Lizzie e a Claire eram amigas. — Franziu a testa e acrescentou: — E porque a Caoimhe foi babá de todo mundo quando vocês eram pequenos.

— Basicamente.

— Vamos, Gibs — insistiu. — Me fala alguma coisa.

— O que você quer que eu diga? — perguntei, me sentindo claustrofóbico.

— Mais que "basicamente".

— Está bem! — falei, passando a mão pelo cabelo, frustrado. — Que tal isso? Eles namoraram por uns anos. Ele era um babaca inútil e ela era uma besta por querer ficar perto dele. Se não faziam drama terminando quase todo fim de semana, estavam trepando feito coelhos. Te lembra alguém?

— Lizzie e Pierce.

— Dez pontos pra Grifinória — comemorei, batendo palmas de maneira sarcástica. — Olha, todo mundo tentou avisar que o sujeito era um merda, mas ela não ouviu ninguém. Aos olhos da Caoimhe, o Mark era ótimo, e, se você achasse o contrário, ela mandava você se foder. Passaram anos terminando e voltando, anos, Kav, até que a Caoimhe ficou cara a cara com a verdadeira face dele. — Vibrando de tensão, girei os ombros em uma tentativa de impedir o tremor que percorria meu corpo. — Depois que ela morreu, correu um boato pela cidade de que ela deixou uma carta de suicídio pra mãe revelando um estupro. A Gardaí investigou o caso e não encontrou nada. Nenhuma prova pra fundamentar as acusações dos Young. Então a investigação foi encerrada, o Mark se formou no Tommen e foi embora de Ballylaggin. — Soltei um suspiro e abanei as mãos. — E a gente ficou aqui lidando com o caos que ele provocou.

— Puta merda.

— É isso.

— Então quer dizer que, mesmo sem provas, a Lizzie e a família dela estão convencidas de que a Caoimhe se matou por causa de uma violência sexual que ela sofreu nas mãos do filho do marido da sua mãe?

— *Isso* — confirmei, aliviado por ele não se referir ao cara como *meu* irmão postiço.

— E a Lizzie se voltou contra você porque a sua mãe ainda está casada com o pai dele?

— Isso. — Fiz que sim. — E porque minha mãe e o Keith ficaram cem por cento do lado do Mark, provocando um drama entre as nossas famílias.

— E você não ficou?

— Claro que *não*! — Estreitei os olhos. — Eu tinha tentado avisar ela anos atrás, mas ela não me escutou.

— Mas você e a Lizzie eram amigos antes?

— Sim. Todos nós éramos... e ela fez de tudo pra botar todo mundo contra mim depois.

— Como assim?

— Ela queria que a Claire, o Feely e o Hugh escolhessem.

— Um de vocês dois?

— Isso.

— Mas eles se recusaram?

— Isso. — Assenti de novo. — E tenho quase certeza que é por isso que o Hugh e ela mal se falam hoje em dia.

— Que merda!

Johnny ficou em silêncio por um tempo antes de perguntar:

— Você acha que ele fez mesmo aquilo, Gibs?

— Quem?

— O Mark.

Com o coração batendo forte, assenti com firmeza.

— Meu Deus... — meu melhor amigo sussurrou, esfregando o queixo. — E agora ele está de volta?

— Pois é.

— Pra passar dois meses aqui.

— Pois é.

— Que desastre!

— Pois é.

— Bem, você vai ser sempre bem-vindo aqui — falou antes de afastar as cobertas e descer da cama.

— Valeu, cap — respondi, me deitando de novo na sua cama gigantesca. — Você é uma lenda.

— Disponha, cara. — Ele pegou o celular na mesinha de cabeceira e olhou rápido para a tela antes de se espreguiçar. — Beleza, vamos. São só seis e meia. Dá tempo de correr um pouco antes da aula.

— Está *maluco*? A única coisa que pretendo fazer antes de ir pra escola é dormir. E talvez comer umas panquecas da sua mãe, se ela fizer.

— Levanta.

— Não.

— Vamos, Gibs, temos jogo hoje.

— Exatamente. Preciso descansar o máximo possível.

— Gibs!

— Boa noite, cap. Te amo.

Quarenta minutos depois, eu estava sem fôlego, ofegante, à mercê de um dub masoquista com propensão ao sadismo em se tratando dos pulmões do seu melhor amigo.

— Você é um monstro — falei, me esforçando para respirar, tentando acompanhar seu ritmo desumano. Além de estar chovendo torrencialmente, ainda estava escuro. — Sério, cap. Estou quase morrendo aqui, cara.

— Vamos, Gibs, você consegue — incentivou, por cima do ombro. — Mantém o coração acelerado, cara. Estamos no último quilômetro.

— Foi o que você disse três quilômetros atrás — resmunguei, pensando em me jogar em uma vala e deixar as vacas me comerem. — Não consigo, não.

— Consegue, sim. Vamos, cara, a casa está logo ali — ele disse para me motivar. — Em cima da colina. Só mais um pouquinho e chegamos.

— Foda-se! Não aguento — falei, sentindo todos os músculos da minha perna se contraindo. — Não vale a pena. Continua sem mim.

— Vou pedir pra minha mãe fazer panqueca pra você.

Puta merda.

— Com açúcar e suco de limão, e não quero ouvir um A sobre calorias.

— Fechado.

— Está bem — cedi, me empurrando pela ladeira íngreme que dava na mansão. — As coisas que faço pela minha barriguinha...

38
Garotos mal-educados e trombas de elefante

CLAIRE

Gerard Gibson estava virando um ninja na arte da evasão, pois conseguiu me evitar o dia todo na escola — para a minha decepção.

Eu estava péssima com o lance da Lizzie e sabia que o Gerard devia estar perturbado com a volta do Mark. O fato de não ter aparecido no meu quarto de noite nem surgido na cozinha para tomar café da manhã só me provou que as coisas estavam muito piores na cabeça dele do que eu tinha imaginado.

Gerard não almoçou com a gente, mas eu sabia que estava na escola, porque nos cruzamos no corredor algumas vezes, só que ele estava totalmente descompensado.

Apesar de estar inquieta, não fui embora do Tommen depois da aula para poder assistir ao jogo. Fiquei debaixo da chuva torrencial com a Shannon, torcendo pelos nossos garotos, como sempre fazíamos, pois eu era uma amiga fiel.

Após oito minutos de intensa performance atlética, o time de rúgbi da nossa escola acabou derrotando o St. Andrews em campo com um placar final de 64 a 3. Mas o Gerard ficou fora por dez minutos por conta de uma falta em cima do número treze do outro time.

Em vez de esperar os meninos no carro com a Shan, de repente me vi batendo na porta do vestiário, pois não queria — eu não conseguia — aguentar mais um minuto sem falar com ele.

— Oi! — falei, dando um sorriso radiante quando a porta enfim se abriu. — O Gerard está aí? — Eu sabia que os garotos deviam estar comemorando a vitória, mas não podia esperar um segundo a mais. Por isso, acabei ultrapassando os limites. E as regras da escola. — Preciso muito falar com ele.

— Quem quer saber? — um cara que eu não conhecia falou, segurando a porta com firmeza para impedir que eu entrasse, sem dúvida.

— Hum, eu? — Revirei os olhos. — Óbvio.

— E quem é você?

— Quem sou *eu*? — Avaliei o sujeito devagar, notando a toalha pendurada de qualquer jeito na cintura estreita. — Eu é que pergunto.

— Damien Cleary.

— E de onde você saiu, *Damien*?

— Sou novo aqui — falou sem emoção. — Fui transferido do St. Pat agora no sexto ano.

— Bem, Damien Cleary. — Sorri docemente para ele. — Sou Claire Biggs. Tenho dezesseis anos, sou de Leão e estudo aqui no Tommen. Preciso muito falar com o Gerard, então, se você me fizesse o favor de chamar ele pra mim, ficaria supergrata.

O garoto ficou me encarando por um instante antes de tentar fechar a porta na minha cara.

— Ei! — eu disse, colocando o pé na porta e a abrindo de volta. — Que grosseria!

— Posso ser novo, mas não sou burro — comentou. — Não tem Gerard nenhum no time, princesa, então pode vazar.

— *Com licença!* — Estreitei os olhos. — Tem, sim. Ele acabou de marcar dois tries pro seu time, *Damien*.

— Não tem, não. Acho que sei o nome dos meus colegas. Tchau.

Fiquei de queixo caído de tanta perplexidade.

— Nossa, você é *mesmo* mal-educado.

— Ei, você não pode entrar aqui! — reclamou quando empurrei a porta, querendo passar. — Gente, tem uma loira maluca aqui. Cubram o pau!

— Ele é o número sete do time, idiota — bufei, empurrando o Garoto Mal-educado para chegar ao meu destino. — E credo! Até parece que eu ia querer olhar pra essas minitrombas de elefante!

— Biggs, sua irmã entrou com sangue nos olhos.

— Ei, gatinha, essa tromba de elefante se expande, sabia?

— Claro que sim, Robbie — falei, revirando os olhos. — E tenho certeza que, quando isso acontecer, vai ser facinho de encontrar, que nem no *Onde está Wally?*

— Toma essa, cara!

— Então o vestiário masculino é assim — eu disse, observando com as mãos nos quadris trinta e tantos adolescentes se trocando, impressionada, e até invejando as instalações de primeira linha do time de rúgbi. Nossa, tinham até uma sala de fisioterapia. *Chique.* — Bem, acho que posso dizer que todos vocês deveriam ter vergonha — acrescentei, tapando o nariz ao sentir o fedor insuportável de adolescentes. — Porque este lugar está parecendo um chiqueiro!

— Ei, Claire, este é o vestiário masculino — Patrick falou, se cobrindo às pressas com a bola de rúgbi. — Você sabe que não pode entrar aqui, né?

— Oi, Patrick! — Fui direto até ele. — Me desculpa pela invasão, mas é que preciso muito falar com o Gerard.

— Ele demorou pra sair do campo. Vê se não está no chuveiro — ele respondeu, indicando a direção.

— Muito obrigada. — Sorri e acenei para ele. — Você é ótimo... Ah, e *bela* bola.

— Meu Deus...

— Claire! — Hugh rugiu, atravessando o vestiário parcialmente vestido com sua calça cinza. Eita, parecia tão bravo quanto na noite anterior. Ficou claro que a noite de sono não foi o suficiente para melhorar seu humor. — Que porra você está fazendo?

— Procurando o Gerard — expliquei, bufando. — Só que aquele garoto novo ali foi muito mal-educado comigo — acrescentei, apontando para o Damien. — Me mandou vazar.

— Você mandou a minha irmã vazar? — Hugh perguntou para o Damien, e senti um imenso prazer quando o garoto ficou vermelho feito um pimentão. — Em que mundo você pensou que podia falar com ela desse jeito?

— Foi mal, Biggs. Não sabia que ela era sua irmã.

— Não importa — Johnny interveio, aparecendo da arcada alta que dava nos chuveiros, de boxer preta. — Você é novo, Cleary, então vou passar pano só dessa vez. Mas fica sabendo que a gente não fala com as nossas garotas desse jeito. Entendeu?

— Entendi. — O Garoto Mal-educado ficou mais vermelho ainda. — Não vai acontecer de novo, cap.

Nossa, era uma viagem testemunhar de perto o poder do Johnny Kavanagh. O garoto exalava intensidade. *Sorte da Shan.*

— Pois é, Cleary — falei, ganhando coragem com o apoio do macho alfa do grupo. — Não se fala assim com garotas! — E então, como eu ainda tinha três anos no córtex pré-frontal do meu cérebro, mostrei a língua para ele, só para garantir.

— Você tem dois minutos antes que o treinador entre pra analisar o jogo — Johnny disse, voltando a atenção para mim. — Seja rápida.

— Você é o melhor chefe capitão do mundo! — Dei um tapa no seu peito superfirme e saí andando na direção da arcada. — E parabéns pela vitória.

Determinada, segui o barulho da água correndo e parei de repente quando me deparei com um asa pelado, de costas para mim. Assim que meus olhos pousaram na sua bunda, um "Ah, meu Deus" esganiçado escapou dos meus lábios e cobri os olhos com as mãos às pressas, recuando até a parede oposta com o coração disparado.

— Me desculpa por isso, mas acho que acabei de ver o seu prepúcio pendurado no meio das suas pernas.

— E daí? — Ouvi uma gargalhada familiar vinda do chuveiro. — Você já viu meu prepúcio antes.

Meu coração acelerou mais ainda.

— Hum, não desse ângulo.

— O que foi, ursinha?

— Passei o dia todo tentando falar com você — eu disse, sentindo um alívio bizarro por estar novamente na presença dele. — Está difícil te encontrar, Gerard Gibson.

— Te vi na escola.

— Não — falei, ainda com as mãos nos olhos. O vapor nos azulejos atrás de mim começou a se infiltrar no meu uniforme. — Te dei um tchauzinho no corredor e você respondeu com outro tchauzinho. Não é a mesma coisa. — Soltando um suspiro trêmulo, me obriguei a falar sobre o problema. — Onde é que você estava ontem à noite? Fui na sua casa, mas você não estava lá. E vi o *Mark*!

O barulho da água fluindo parou de forma abrupta.

— Gerard? — perguntei quando não respondeu. — Está me ouvindo?

— Estou. — Sua voz estava mais perto. — E, sim, eu sei. — Senti sua mão no meu braço, o que fez meu corpo todo se incendiar. — Me desculpa. — Então ele tocou meu quadril, me empurrando de leve para o lado. — Minha toalha está pendurada no gancho atrás de você.

— Ah, beleza — falei, com o rosto pegando fogo de saber que seu corpo nu estava tão próximo do meu. Mas era mais que isso, porque eu queria espiá-lo por entre os dedos. Ou melhor, não só espiar. Queria *tocá-lo.* Lembrar das sensações que me provocou no quarto com o seu corpo enorme pressionado contra o meu e os seus dedos dentro de mim, bem fundo...

— Está tudo certo. — Gerard tirou minha mão do rosto com delicadeza. — O prepúcio está escondido.

Quando abri os olhos e pisquei, vi que infelizmente era verdade. A toalha branca que estava em volta dos seus quadris estreitos era prova disso.

Ai, caramba!

Fiquei mole e me recostei na parede.

— Então o Mark está de volta, né?

— Parece que sim.

— Você não sabia?

— Não — Gerard respondeu, apoiando a mão na parede às minhas costas. — Não fazia ideia.

Sem fôlego, engoli em seco e abri um sorrisinho forçado, tentando desesperadamente ignorar o calor que inundava cada centímetro do meu corpo.

— Você está bem?

— Claro. — Ele também sorriu, mas o sorriso não alcançou seus olhos. — Estou sempre bem.

— Você não apareceu ontem. — Dei de ombros, impotente. — Fiquei... — *Não gostei.* — Foi estranho.

— Pois é, me desculpa. — Gerard soltou um suspiro e então afastou os cabelos da sobrancelha. — Você estava com a Lizzie e eu, hum... tive que dar o fora.

— E pra onde você foi?

— Pra casa do cap.

— Ah.

— É.

Um pouco arrasada com a sua resposta, abri outro sorriso forçado.

Ele também sorriu, mas o sorriso não alcançou seus olhos de novo.

Ai, caramba!

Eu não estava gostando daquilo. Não estava gostando nada daquilo. Porque o Gerard podia estar parado ali na minha frente usando nada além de uma toalha, mas por dentro tinha vários muros em volta do coração.

— Conversa comigo, Gerard.

— Sobre o quê?

Estreitei os olhos.

— Sobre o que aconteceu ontem.

Ele ficou me encarando sem expressão.

— Sobre o que aconteceu ontem?

— Hum, *oi*? A Lizzie quase te atacou e depois você descobriu que o seu irmão postiço malvado voltou pra Ballylaggin.

— Está tudo bem, ursinha.

— Gerard. Sei que você está chateado.

— Não estou chateado.

— Está, sim — insisti. — Você tem que estar.

— Por quê?

— Porque o *Mark* voltou.

— Sinceramente, não dou a mínima pra isso, Claire.

— Para com isso. — Balancei a cabeça de frustração, estiquei o braço e envolvi os dedos na correntinha de prata em torno do seu pescoço. — Não faz isso.

— Isso o quê?

— Não dá uma de sonso — grunhi, puxando a correntinha com tudo, de modo que ele teve que inclinar o rosto para baixo. — Não me exclua desse jeito. Chegamos longe demais pra isso.

— Não é o que estou tentando fazer — falou depressa, roçando o nariz no meu. — Eu só...

— Só o quê? — perguntei, segurando a correntinha com tanta força que pensei que fosse se quebrar na minha mão. Soltei um suspiro e dei um passo à frente, fundindo o peito no dele. — Só o quê, Gerard?

— Você vai se molhar — comentou, passando o braço na minha cintura para nos estabilizar.

— Não muda de assunto — avisei, sem querer recuar. — Você só o quê?

— Você sabe que não é uma boa ideia ficar aqui comigo, né? — ele disse com uma voz grave, e eu soube *exatamente* ao que ele estava se referindo, pois o senti crescendo contra a minha barriga. — Especialmente depois que... — Sua voz falhou, e ele balançou a cabeça. — É uma *péssima* ideia, ursinha.

— Não ligo — falei, um pouco ofegante, enquanto meu coração continuava tentando sair do peito e chegar até o dele. — A gente precisa conversar, então *conversa* comigo, caramba!

— O que você *quer* ouvir? — perguntou baixinho, e senti seu hálito no meu rosto.

— Que tal se você me contar o que está sentindo?

— Não sinto nada. — Ele se aproximou, fazendo minhas costas baterem contra a parede de novo, só que dessa vez seu corpo estava colado no meu. — Nada pela Lizzie. Nada por ele. Nada por ninguém. — O movimento pareceu causar um arrepio nos nossos corpos ao mesmo tempo. — Não sinto porra nenhuma.

— Você está mentindo.

— Não estou.

— Gerard — insisti, desesperada. — Por favor!

— Por favor o quê? O que foi, Claire? O que você quer de mim?

— Você! — Meu peito arfava contra o dele, meu corpo inteiro gritava por ele, e sinceramente achei que poderia morrer ali mesmo se ele não me beijasse. — Quero você, Gerard!

— Estou bem aqui.

— Não foi isso o que quis dizer, e você sabe — falei. — Quero que você me conte o que está sentindo! Quero que você se abra comigo, caramba!

— Não *consigo*.

A desolação me dominou feito um maremoto.

— Por que não?

— Porque te amo demais! — ele disse, me deixando chocada. Então soltou um suspiro sofrido e apoiou a cabeça no meu ombro. — Porque te *amo* pra caralho, Claire Biggs.

Doía ouvir aquelas palavras, porque aquilo não era o que eu precisava naquele momento, e a dor que senti no peito me garantiu que meu corpo devastado havia chegado à conclusão igualmente devastadora de que aquelas palavras eram tudo o que esse garoto me daria.

— Não entendo por que você faz isso — falei, me sentindo meio masoquista por insistir naquela história. — Sou sua melhor amiga e, em vez de se abrir comigo, você só me afasta.

— Claire...

— Não. Chega de desculpas, Gerard. — Balancei a cabeça e empurrei seu peito, querendo que ele acordasse. — Estou bem aqui, ok? Estou com você.

— Eu sei.

— Então *faz* alguma coisa!

Gerard não fez nada.

Só abriu a boca para dizer:

— Claire, se você pudesse...

— Não. Para! — Sacudi a cabeça. — Não quero mais ouvir as suas desculpas, Gerard Gibson. — Respirando com dificuldade, deixei ele e rumei para a saída. — Preciso da sua verdade.

39

Afundando aos dezessete

GIBSIE

— Onde é que você estava, em nome de Deus? — minha mãe perguntou assim que entrei na cozinha depois da escola. — Você não deixou um bilhete dizendo pra onde ia. Você não levou o celular. Eu não podia te ligar, não podia te escrever, nada! Estava ficando doida de tanta preocupação! — Ela colocou o frango assado que tinha acabado de tirar do forno da cozinha e se virou para mim de cara feia. — Ainda bem que a Edel Kavanagh me avisou que você estava lá, porque minha próxima ligação seria pra delegacia.

— Me desculpa mesmo, mãe — falei, largando a mochila e a bolsa de ginástica no canto antes de ir até a geladeira, ignorando de propósito o gato demoníaco sentado na mesa da cozinha. — É péssimo quando a sua família não te conta nada.

— Com licença?

— Você me ouviu — respondi, pegado um suco de laranja e fechando a geladeira.

— Gerard Joseph Gibson! — ela disse com as mãos nos quadris. — Não fala comigo assim.

Revirei os olhos, abri o suco e bebi direto da caixa, comunicando o meu “Vai se foder” de um jeito não verbal, já que jamais diria aquelas palavras em voz alta para ela.

— Vi o estado que você deixou o quarto — continuou, limpando uma mancha de óleo que tinha caído no balcão. — O seu comportamento ontem à noite foi completamente inapropriado.

— Ah, e o *seu* comportamento foi o quê? Você nem me avisou que aquele babaca estava voltando — retruquei, batendo o suco no balcão. — Fala sério, mãe, o que vale pra um, vale pro outro.

— Então você decidiu me punir ao sair de casa sem me avisar aonde estava indo só porque eu queria te fazer uma surpresa? Você tem dezessete anos, Gerard, e até fazer dezoito em fevereiro, está sob a minha responsabilidade, o que significa que não é pra dormir fora sem me avisar!

— Te punir? — Olhei para ela perplexo. — Mãe, fui pego de surpresa ontem quando entrei em casa!

— O Mark é da *família*, Gerard! — bradou, erguendo as mãos. — Você devia ficar feliz de ver ele. E o Keith! Ele reservou quatro lugares no

Spizzico's pra gente comemorar. — Ela me lançou um olhar severo. — E que comemoração, quando você se recusou a se sentar na mesa com o seu irmão e saiu de casa no meio da noite.

— Você acha que eu deveria estar *feliz*? — Fiquei olhando para aquela mulher como se ela tivesse duas cabeças. — Está me tirando? Mãe, você sabe o que acho dele! — praticamente rugi, com o corpo todo tremendo. — E, por favor, não chame aquele merda de *família*. Você pode considerá-lo da sua família, mas com certeza não penso o mesmo!

— Isso é por causa dos Young? — perguntou. — Por causa da Lizzie? Você pretende passar o resto da sua vida guardando rancor do Mark por algo que ele não fez?

— Não é que ele não tenha feito, mãe, é que não conseguiram *provar*. E você sabe muito bem que ela não é mais minha amiga — acrescentei, com o peito se comprimindo por causa da pressão que sentia para respirar. — O seu enteado perfeito cuidou disso.

— Gerard, ele não fez nada — minha mãe disse, tentando uma abordagem diferente ao se aproximar e colocar as mãos no meu peito. — Juro do fundo do meu coração que o seu irmão *nunca* fez mal a Caoimhe Young.

Meu sangue gelou e meu corpo todo tremeu.

— Ah, você jura, é?

— Sim — falou, assentindo vigorosamente. — Foi só um boato cruel que as pessoas espalharam, acreditando em uma mulher de luto que interpretou mal a carta de suicídio da filha.

— Você não tem como saber, mãe — retruquei, ainda tremendo. — Você *não pode* saber.

— Eu *sei*, Gerard. — Ela esticou o braço para fazer carinho no meu rosto. — Eu sei, querido. O Mark é completamente inocente. A polícia já provou isso. E, antes que você diga qualquer coisa, eu *vi* uma cópia da carta que a Caoimhe deixou pra mãe. Li as palavras dela. A Catherine Young cometeu um erro, filho. A filha dela não foi estuprada. — Lágrimas encheram os seus olhos quando segurou meu rosto e abriu um sorrisinho amarelo. — Não só o Mark é inocente como é da *família*, meu bem. E a gente cuida uns dos outros.

— Então é isso? — perguntei, perplexo. — Segundo você, o Mark é inocente, a família Young está errada, e é só isso?

— Sim, querido. — Minha mãe acenou a cabeça, fez mais um carinho na minha bochecha e se voltou para o frango assado. — É só isso.

Fiquei ali na cozinha, imóvel, vendo minha mãe se ocupar com o frango, sem sentir um *pingo* de fome.

— Então você nunca duvidou dele? Você não está disposta a considerar que pode estar errada?

— Não.

— Não? — Balancei a cabeça, indignado. — Não pra qual pergunta?

— Não, nunca duvidei do Mark — respondeu com firmeza. — E não, não estou disposta a considerar que posso estar errada, porque não estou errada.

Então era assim.

— Não vou fazer isso — disse com o corpo rígido. — Não vou brincar de familinha feliz com ele. — Sacudi a cabeça. — Não vou mesmo, mãe.

— Gerard...

Ainda balançando a cabeça, dei meia-volta e saí da cozinha, sem querer e sem conseguir continuar aquela conversa.

Não adiantava nada, porque jamais concordaríamos.

Porque minha mãe não estava a fim de imaginar um cenário diferente.

Não estava a fim de acreditar na verdade.

40

Pagando para ver

CLAIRE

Era fim de outubro, três semanas tinham se passado desde o incidente com a Lizzie, e o Gerard estava de volta ao modo palhaço.

Sentado no refeitório no intervalo antes do recesso de Halloween, casualmente passou o braço sobre mim enquanto dava risada e brincava com os nossos amigos.

Estava carinhoso como sempre, demonstrando afeto e me provocando com as suas brincadeirinhas sedutoras, mas não era real. Não era *ele*.

Eu sabia que era só uma fachada, sua forma de lidar com o estresse, mas o resto do mundo achava tudo hilário, e, quanto mais riam, mais ele disfarçava, apesar do que aquilo lhe custava.

Enquanto isso, eu estampava um sorriso no rosto para os outros, sendo que por dentro estava fervilhando. Imersa demais nas minhas ruminações para participar da conversa que se desenrolava ao meu redor, me recostei na cadeira e fiquei olhando o esmalte rosa descascando na minha unha.

A maior parte da minha frustração podia ser categorizada em duas áreas. Primeiro, eu estava frustrada com a habilidade excepcional do Gerard de fingir que uma fronteira entre nós não tinha sido ultrapassada, sendo que claramente tinha. Segundo, eu estava ainda mais frustrada porque queria muito cruzar essa fronteira de novo, sendo que ele não demonstrava o menor interesse.

Gerard não só tinha me dado o primeiro e o melhor orgasmo da minha vida, quanto fingia que aquilo nunca tinha acontecido.

Eu não entendia. Porque, com toda a sinceridade, se fosse o contrário e eu tivesse a habilidade de fazer o que aquele garoto fez com os dedos, eu estaria me gabando dos meus dedinhos mágicos porque, pelo amor de Deus, os dedos dele eram geniais.

Enquanto o Gerard trocava provocações com os colegas de time, ele passava o dedo inocentemente pelo meu braço. E só de lembrar dos seus dedos *experientes*, meu rosto ficou quente.

— O que houve? — Hugh perguntou, me assustando com aquele vínculo telepático estranho que a gente tinha. Mesmo com vinte e dois meses de diferença, juro que meu irmão tinha a capacidade de perceber o meu humor. — Claire?

— Nada — respondi, abrindo um sorriso radiante para ele. — Estou ótima.

Meu irmão não pareceu se convencer. Na verdade, falou com um tom acusatório para o garoto ao meu lado:

— O que foi que você fez agora?

— Eu? — Com um pirulito meio comido pendurado na boca, Gerard apenas ficou encarando meu irmão, confuso. — O que foi que eu fiz?

— Eu que pergunto — Hugh disse. — O que foi que você fez?

Gerard franziu as sobrancelhas.

— Hoje?

— Com a minha irmã, babaca — falou, gesticulando para mim. Nessa hora, todas as atenções se voltaram para mim. *Que ótimo!* — Ela está chateada e sei que você tem algo a ver com isso, Gibs.

— Você está chateada? — Seus olhos cinzentos se fixaram nos meus, tomados pela preocupação. — O que aconteceu?

— Nada. — Dei uma risada forçada e fiquei mexendo na manga do meu suéter. — Estou bem.

— Está vendo? — Katie disse, dando um tapinha no ombro do meu irmão. — Calma, mano. Você está exagerando.

Hugh a olhou com cara de quem não achava que estava exagerando, mas deixou o assunto para lá.

Graças a Deus.

Alguns instantes depois, todos se voltaram para a conversa e para a comida, mas um par de olhos cinza-prateados continuou me observando.

— O que foi? — Soltei outra risada forçada e lhe dei uma cotovelada. — Estou bem, Gerard. Para de me olhar assim.

Não parou. Em vez disso, se virou na cadeira, dando as costas para todos da mesa e *me* oferecendo sua atenção total. Ele falou com uma voz baixa e séria:

— Fiz alguma coisa?

Sim.

— Não.

— Claire...

Sorri para ele.

— Gerard.

Ele segurou a minha cadeira por baixo e me puxou para si, fazendo minhas pernas se encaixarem entre as suas coxas.

— Fiz alguma coisa? — repetiu, se inclinando para a frente, com os olhos totalmente concentrados no meu rosto. — Fala comigo.

Sorri docemente.

— Sobre o quê?

Suas narinas se dilataram, e soube que ele estava provando uma dose do seu próprio veneno.

— Não é justo.

Eu poderia discutir. Poderia ter feito uma cena e exigido que o Gerard declarasse amor eterno a mim ali mesmo no refeitório, mas já sabia como ele se sentia. O amor do Gerard por mim era algo que nunca precisei questionar. Era sua relutância em me oferecer *mais* que atormentava todas as horas do meu dia.

— Vou aceitar o convite do Jamie — falei de repente e prendi o fôlego, esperando a sua reação.

Eu não estava falando sério. Não tinha intenção alguma de sair com o Jamie e não era do tipo de fazer joguinho — ou seja, eu não costumava causar drama desnecessário para conseguir o que queria com os garotos. Mas estava me cansando dos pretextos do Gerard e pensei que talvez esse fosse o empurrãozinho que ele precisava.

Ele ficou me encarando por um longo tempo antes de deixar um sorriso se espalhar pelo seu rosto.

— Não vai, não.

O jeito como falou, todo confiante e seguro, me fez endireitar a coluna na mesma hora.

— Ah, é? — Estreitei os olhos, desafiando-o. — Quem disse que já não aceitei?

Seu sorriso vacilou.

— Me diz que você está brincando.

— Não — falei com a voz mais alegre que consegui. — Não estou brincando. Na verdade, eu estava indo contar pro Jamie a novidade agora, mas pensei em te avisar primeiro. — Dei de ombros casualmente e acrescentei: — Sabe, só por via das dúvidas.

— Por via das dúvidas — Gerard repetiu, chocado. — Por via das *dúvidas?*

— É. — Assenti e lhe dei outro sorriso forçado, enquanto meu coração batia forte. — Por via das dúvidas.

— Então beleza. — Ele se recostou na cadeira como se eu tivesse lhe dado um tapa, cruzou os braços e pagou para ver. — É melhor se apressar antes que ele vá embora. — Apontou a cabeça para o Jamie, parado na fila do almoço. — Sabe... — Deu de ombros tão casualmente quanto eu e completou: — Por via das dúvidas.

— Beleza. — A rejeição que me atingiu fez com que meu orgulho me obrigasse a me levantar e dizer: — Vou mesmo.

— Faz isso — falou atrás de mim.

— Ah, não se preocupe — eu disse por cima do ombro. — Estou indo.

— Beleza!

— Beleza!

Fui até a fila da comida com os punhos cerrados, me esforçando para me controlar.

Meu Deus, Claire, o que é que você está fazendo?

Abortar missão.

Abortar missão, caramba!

— Ei, você — Jamie falou com um sorriso caloroso quando o alcancei na fila. — Tudo bem?

— Hum, tudo. — Engoli em seco com força e virei a cabeça para trás para ver o Gerard olhando feio para mim. Me mantive firme, me concentrei no Jamie e sorri. — Sim.

— Sim? — Ele franziu as sobrancelhas por um breve momento antes da ficha cair, fazendo um enorme sorriso se espalhar pelo seu rosto. — Você topa sair comigo?

Eu topava?

Mesmo?

— Isso — confirmei com um sorriso forçado. — Topo sair com você.

41

O carma é um jogador de xadrez

GIBSIE

Filho da puta!

— Ela vai sair com ele, Johnny — falei, perdendo a paciência com o cadarço que eu estava tentando amarrar. — Vai sair com ele, porra!

— Sim, Gibs, eu sei — disse calmamente, parando no meio do corredor para amarrar o sapato para mim. Algo que eu parecia incapaz de fazer nos últimos tempos. — Você já me contou um milhão de vezes, cara.

— O que é que eu faço?

— Nada — ele respondeu, se distraindo com o celular antes de guardá-lo no bolso da calça. — Você teve sua chance, cara. E deixou ela escapar.

— Não deixei ela escapar — retruquei, chegando mais perto que nunca de surtar. — Nunca deixei essa garota escapar um dia sequer da minha vida.

— Te avisei que isso ia acontecer. — Ele afastou o cabelo escuro dos olhos. — Estou te falando isso há meses, Gibs, mas você não me ouviu.

Estreitei os olhos de indignação.

— Pode economizar o discursinho.

— Mas é verdade — insistiu, segurando a porta para um grupo de garotas do segundo ano passar. — Te falei pra fazer alguma coisa e colocar as cartas na mesa.

— Não estava pronto! — *Ainda não estou.*

— Você parecia pronto com a Dee.

— Nunca fui até os finalmentes com aquela mulher.

— Mas você fez bastante coisa com aquela mulher — falou antes de repetir o mesmo discursinho de antes. — Te avisei que a Claire não ia te esperar pra sempre.

— *Aquilo*... — apontei para a secretaria da escola. — *Foi* uma situação que me convinha, Johnny! — Gesticulei com raiva antes de acrescentar: — Mas *isso* não me convém nem um pouco!

— Bem, então talvez você esteja experimentando o seu próprio veneno — Lizzie interveio, se juntando a nós no pátio. — Bem feito.

— E eu *pedi* a sua opinião?

— Ah, meu Deus, adorei — respondeu com um sorrisinho. — Ver você espernear desse jeito me dá o maior prazer. Ele vai sair com a Claire hoje, sabia? Vão ter um encontro e estou *rezando* pras coisas engatarem com o Jamie. Bem feito por desperdiçar a sua chance.

Respira fundo, falei mentalmente para mim mesmo, sem querer morder a isca que estava jogando para mim.

Ela se virou para o Johnny e perguntou:

— Viu a Shannon?

— Está com o Joey — ele respondeu, apontando o dedão por cima do ombro, na direção do estacionamento. — Estão lá.

— Legal.

— Por que você é educado com ela? — questionei quando a Víbora saiu para o estacionamento. — Você sabe que ela é o próprio demônio disfarçada de aluna do Tommen.

— Estou entre a cruz e a espada aqui, Gibs — ele disse, dando um suspiro. — Ela é a melhor amiga da minha namorada.

E você é o meu melhor amigo.

— Olha, Gibs, só estou tentando deixar todo mundo feliz.

— Hum, alô? — Ergui a mão. — Não estou nada feliz.

— E o que é que posso fazer? — Johnny retrucou, agitado. — Te dei o conselho certo, mas você *não* me ouviu.

— Bem, você obviamente não foi muito bom em transmitir a mensagem, né?

— Como é? — Johnny olhou para mim boquiaberto. — Você está mesmo me culpando pela Claire ter topado sair com outro cara sendo que te *avisei* que isso aconteceria?

— Sim — falei, sem piscar. — E agora, como castigo, você vai ter que ser o meu espião.

— Espião?

— Isso. — Assenti com firmeza. — Você ouviu a Víbora. A Claire vai sair com aquele babaca hoje e a gente está brigado, então ela não vai me contar nada. — Fiz uma careta e acrescentei: — Todos os detalhes suculentos que vão me transformar em um homicida vão ser repassados pra melhor amiga dela.

— A Shannon — Joey disse, bufando, sacando o meu ponto depressa.

— A *Shannon* — concordei, com os olhos brilhando de malícia. — E acontece que a melhor amiga da Claire sempre conta tudo pro meu amigão aqui.

— Se você me chamar de "amigão" de novo, vou ter que te internar.

— Você tem que me contar tudo.

— Tenho nada.

— Tem sim, porra — bufei, com as mãos na cintura. — Será que preciso te lembrar de todas as compressas de gelo que forneci pras suas bolas quebradas? Ou dos milhares de favores que já fiz pra você?

— Não posso espionar a minha namorada, Gibs — Johnny grunhiu de um jeito sofrido. — A gente não guarda segredo um do outro.

— Mas esse é o ponto. Você não vai espionar a Shannon — insisti. — Você só vai repassar informações valiosas pra outra pessoa de quem você não guarda segredo nenhum. — Eu o encarei intensamente. — Faz essa por mim.

— Gibs...

— Te imploro — pressionei. — Você quer que eu implore, Johnny?

— Não, pelo amor de Deus, não implora, seu idiota.

— Então você vai fazer?

— Só se ela comentar algo — concedeu de má vontade. — Mas só se ela comentar. Não vou perguntar nada, Gibs.

— Você é o melhor.

Johnny balançou a cabeça, desanimado.

— Então quer dizer que topei participar desses dramas adolescentes em vez de me profissionalizar.

— Pois é. — Fiz uma careta e dei um tapinha no seu ombro. — Que boa decisão, não?

— Sei lá — Johnny resmungou.

— Posso te fazer uma pergunta?

— Não, Gibs, a Shannon não me contou nada sobre o maldito encontro — Johnny falou em um tom exasperado da escrivaninha do seu quarto, onde estávamos sentados fazia duas horas, desde que as aulas acabaram. Em vez de fazer algo divertido pra começar o recesso, o Cabeção decidiu que a gente precisava se livrar de todas as tarefas de uma vez. — Nada mudou desde a última vez que você perguntou — acrescentou, olhando para o celular. — Dez minutos *atrás*.

— Não ia te perguntar isso — falei, tentando sem sucesso entender suas anotações da aula de contabilidade. Desisti, fechei o livro e me esparramei na cama dele. — Ia te perguntar o que você sentiu.

— O que senti quando, Gibs?

— Quando você beijou a Shannon pela primeira vez.

— Foi um desastre... — murmurou, escrevendo furiosamente no livro. — Não podia ter sido pior.

— E a primeira vez *com* ela? — perguntei. — O que você sentiu?

— Se essa for uma das suas esquisitices, pode tirar o cavalinho da chuva, Gibs, porque não vou envolver o nome da Shan nessa conversa. Especialmente nesse tipo de conversa.

— Ah, quer se acalmar? — grunhi, me erguendo sobre os cotovelos. — Não estou te pedindo detalhes da intimidade dela...

— Gibs!

— Só estou te perguntando se você sentiu algo diferente com a Shannon do que sentiu com a Bella, por exemplo, ou com qualquer outra garota — bufei, me jogando de novo no colchão. — Sabe, por causa dos seus sentimentos.

— Sentimentos?

— É, Johnny, sentimentos.

— Peraí... — Ergueu a cabeça e abaixou a caneta. — Você está transando com a Claire...?

— Não — falei depressa, não gostando nem um pouco de ele ter usado o nome da Claire e o verbo "transar" na mesma frase. *Meu Deus, o carma é uma merda.* — E não usa as palavras "Claire" e "transar" na mesma frase.

Johnny sorriu.

— Ah, meu Deus!

— O que foi?

— A coisa é pior do que pensei. — Notei um brilho cúmplice nos seus olhos quando ele virou a cadeira para a cama e cruzou os braços. — Beleza, Gibs. Faz as suas perguntas, cara.

— Quando você e a Shannon ficaram juntos — falei, esfregando a nuca. — Foi diferente?

Johnny fez que sim.

— Não podia ter sido mais diferente.

— Sério?

— Sério, cara — ele respondeu. — Sentimentos mudam tudo.

— Como assim?

— Os sentimentos fazem com que você se preocupe muito menos com o que está sentindo no momento do que com o que *ela* está sentindo.

— Explica melhor.

— Tipo... sabe aquela sensação maluca e desesperada de chegar lá? — falou, continuando depois que assenti: — Bem, isso meio que se transforma em uma vontade louca de que ela chegue lá. — Ele coçou o queixo enquanto refletia. — É como se tudo o que você pensava antes virasse algo mais profundo. Como se as suas necessidades ficassem de lado porque o seu foco está totalmente nela.

— Nossa, parece aterrorizante.

— E é — concordou com sinceridade. — E não é só algo mental, cara. É mais profundo. Vai além do mental e emocional pro físico, e daí, como ela está bem, é melhor do que nunca.

— Então, pra você, ficar com a Shannonzinha é melhor por causa dos sentimentos?

— Por causa dos sentimentos — confirmou com um sorrisinho. — Doideira, né?

Suspirei pesadamente, cruzei as mãos sobre o peito e fiquei olhando para o teto do quarto.

— Pois é, então... acho que estou passando por uma aflição parecida.

Johnny soltou uma gargalhada.

— E você só está descobrindo isso agora?

— O que é que posso dizer? — Soltei um suspiro. — Sou meio devagar.

— Nah, Gibs. Você é muito mais esperto do que pensa.

— Com certeza não sou — falei. — Considerando que ela vai sair com outra pessoa...

— Então faz alguma coisa — Johnny disse. — Muda essa narrativa.

— Mudar a *narrativa*?

— Vai atrás da sua garota, Gibs!

42

Dúvidas

CLAIRE

— A gente acha mesmo uma boa ideia? — perguntei para a Lizzie enquanto zanzávamos pela seção de lingerie de uma loja de departamento após a aula na sexta-feira, depois de nos convidarmos para o passeio de mãe e filha da nossa outra melhor amiga.

— Sim, a gente acha.

— E o Jamie disse mesmo aquelas coisas legais sobre mim?

— Juro por Deus.

— Sei lá, Liz. — Dei de ombros, impotente. — Talvez eu devesse cancelar.

— Bem, pois eu sei, Claire. E estou muito orgulhosa de você — Lizzie me encorajou, enlaçando o braço no meu. — Sério, você está fazendo a coisa certa e nem pense em desfazer.

— Mas é rápido demais — resmunguei. — Ele vai me pegar às oito hoje.

— Que bom! — ela disse. — Quanto mais rápido, melhor.

— Por quê?

— Porque, quanto mais você ficar sozinha com as suas caraminholas, mais você vai tentar se convencer a desistir.

— E você acha mesmo que ir ao cinema com o Jamie é uma boa ideia?

— Sim, Claire, acho mesmo.

— Está bem — cedi, mordendo os lábios e me esforçando para lutar contra a onda de dúvida que crescia como um maremoto dentro da minha barriga. — Espero que você tenha razão.

— Esperança não tem nada a ver com isso — ela disse. — Faz anos que o Thor faz você desperdiçar o seu tempo. É hora de seguir em frente e parar de esperar as migalhas dele.

— Nossa, Liz. — Estremeci. — Não precisa falar assim.

— Foi mal — falou, dando de ombros. — Não é nada pessoal, juro.

— Eu sei. — *Mesmo assim, dói.* — Ele é uma boa pessoa.

Silêncio.

— Ele é, Lizzie.

Mais silêncio.

Resignada, soltei um suspiro pesado e peguei uma calcinha chique no expositor à minha frente.

— Olha só, se não é o que toda garota precisa? — Fiz uma careta. — Uma calcinha toda vazada.

— Talvez a gente devesse botar isso na sacola da Shannon — Lizzie brincou, apontando para a nossa amiga na seção de Halloween com a mãe adotiva. — E ver o que o sra. Kavanagh vai falar quando passarem as compras no caixa.

— Imagina só? — Dei risada. — Ela ia surtar.

— Eu sei. Eu pagaria uma boa grana pra ver essa cena.

— Até que é bonita.

— Quem?

— Essa calcinha.

— Ah, meu Deus, Claire — Lizzie disse, rindo. — Guarda isso e se afasta desse expositor.

Quando me virei, vi a Shannon e a Edel pagando as coisas no balcão. Edel estava com o braço sobre o ombro da minha amiga enquanto a Shannon lhe mostrava algo no celular.

— Imagina morar com a mãe do seu namorado.

— Acho que é perfeito pra Shan — Lizzie comentou.

— Eu também — concordei, ainda sorrindo. — Ela precisa de estabilidade.

— E o Capitão Fantástico é exatamente isso.

— Verdade — disse, vendo minha melhor amiga abraçar a mãe adotiva de lado. Carregada de sacolas de compras, Edel Kavanagh deu um beijo na cabeça da Shannon e sorriu carinhosamente para ela.

Ela ficaria bem.

Eu não precisava de nenhuma validação.

Shannon nasceu para ser uma Kavanagh.

— Está falando sério? — perguntei mais tarde no jantar, completamente absorta com a história que a Edel Kavanagh estava nos contando. — Você morou com o Papi K quando era adolescente?

— Morei, querida.

— Então é a história se repetindo — comentei, enfiando outra colherada de sorvete na boca. — Você e o John e a Shannon e o Johnny. — Soltei um suspiro sonhador. — É culpa do destino.

— Ou das famílias disfuncionais delas — Lizzie murmurou baixinho.

— Liz! — repreendi. — Filtro!

Surpreendentemente, Edel deu risada do comentário da nossa amiga impetuosa.

— Você é mordaz, hein, Elizabeth Young! — Ela lhe deu um sorriso indulgente. — Com todas essas suas camadas.

Lizzie corou e deu um sorrisinho para ela.

— Me desculpa.

— Não precisa pedir desculpas, meu bem — Edel respondeu. — Uma mulher deve sempre ter um pouco de ousadia.

— Não essa mulher aqui — intervi, gesticulando para mim. — Sou um poço de covardia.

— Oh, Claire...

— Você é estranha, isso sim — Lizzie comentou, rindo e balançando a cabeça. — Juro que ela é assim desde criancinha.

— Verdade — Shannon acrescentou, voltando do banheiro e sentando ao lado da Edel. — A Claire é nosso sol ambulante.

Edel passou o resto da refeição nos paparicando antes de ir pagar a conta.

— Posso ficar com ela? — Lizzie perguntou quando ela saiu.

— Não — Shannon retrucou, dando risada.

— Então podemos dividir um pouquinho?

— Não. — Shannon sorriu orgulhosamente. — Ela é todinha minha.

— E aí, meninas, quais os planos pro recesso? — Edel perguntou, voltando à mesa para pegar a bolsa e o casaco. — Planejaram alguma coisa pra essa semana?

— Minha mãe vai dar uma festa de aniversário pro Hugh no fim de semana — falei, caminhando com elas e saindo do restaurante.

— Ah, é? Que legal, querida.

— O aniversário dele é bem no Halloween.

— Ah, que nem o do Seanzinho — Edel comentou. — Acredita que já vai fazer quatro anos?

— Não — Shannon respondeu, balançando a cabeça de leve, enlaçando o braço com a Edel. — Eu me lembro de quando ele chegou em casa da maternidade. — Ela abriu um sorriso triste e acrescentou: — Juro que o Joe ficou sem dormir por três meses.

— E você vai dar uma festa pra ele? — perguntei, desesperada para manter o tom leve. — Pro Seanzinho?

— Claro que sim — Edel respondeu, rindo. — O John já até alugou um pula-pula.

— E já contratou um palhaço também — Shannon comentou.

— Palhaço? — Meus olhos se arregalaram. — Posso ir?

— Claire! — Lizzie disse, gargalhando e batendo no meu braço. — Você não pode se convidar assim.

— Ah, por favor. — Revirei os olhos. — Como se a gente não tivesse se convidado pra jantar de graça.

— Mesmo assim.

— Claro que você pode ir, querida — Edel respondeu. — Todas vocês serão mais que bem-vindas. Vai ser às três da tarde do sábado, então não vai atrapalhar a festa do Hugh mais tarde.

— Oba! — Bati palmas de empolgação. — O Gerard já fez uma festa com palhaço uma vez. Acho que foi no aniversário de seis anos dele. — Sorri ao me lembrar. — Sempre quis ver um palhaço de novo.

— Você vê todo dia — Lizzie disse, com um sorrisinho cruel. — Você mora na frente de um.

Estreitei os olhos e falei:

— Engraçadinha...

43

Estranhos no ninho

GIBSIE

Quando entrei na cozinha dos Biggs mais tarde naquela noite, fiquei horrorizado pra caralho, ao ver ninguém mais, ninguém menos que o Jamie Kelleher sentado na *minha* cadeira à mesa.

Meu Deus, o carma era mesmo uma merda.

— Gibs — Sinead falou, me interceptando antes que eu tivesse a chance de arrancar aquele maldito estranho do *meu* ninho. — Eu *sei* — acrescentou baixinho, com os olhos castanhos fixos nos meus, dando tapinhas carinhosos no meu rosto. — Se comporta, hein? — Ela pegou um prato no balcão e o entregou para mim. — Bom garoto.

Assenti, peguei o prato e fui até a mesa. E só parei ao estar frente a frente com o próprio Filho da Puta.

— Você está no meu lugar.

— Não vi seu nome aqui, cara — Jamie brincou, todo metido naquele casaco preto chique e com o cabelo duro de gel.

— Está bem aqui — Hugh disse, apontando o garfo para a palavra "Gibsie" entalhada na cadeira. — Vaza.

— As pessoas não costumam comer junto com as suas famílias? — murmurou baixinho, sentando na ponta da mesa de má vontade.

— Sim — Hugh respondeu, irritado. — Ele *é* da família.

— Ele já chegou? — Claire perguntou, entrando na cozinha às pressas, muito mais gostosa que qualquer coisa que a Sinead já preparou. Sério, aquela garota era a melhor coisa que a mulher tinha concebido na vida. — Porque estou superatrasada — acrescentou, segurando uma bota de salto. — Você já chegou? — Ela arregalou os olhos ao ver Jamie. — Hugh, por que você não me falou?

— Porque não sou seu mensageiro — ele respondeu sarcasticamente, mexendo na comida sem nem se dar ao trabalho de olhar para a irmã.

— Oi, Claire — Jamie disse, se levantando na mesma hora e se colocando ao lado dela. — Você está linda.

— Obrigada — ela falou com as bochechas coradas. Seu sorriso murchou assim que ela pousou os olhos em mim. — Gerard... — soltou, suspirando de surpresa.

Agitei os dedos para ela.

— Ursinha...

Seu rosto ficou vermelho feito um pimentão.

Que bom...

— Tudo bem, meninos, estou indo pro trabalho — Sinead declarou, cortando a tensão. — Hugh, bota a louça na máquina antes de sair pra casa da Katie... Ah, e Gerard, passe o aspirador embaixo da mesa depois de comer, por favor, querido.

— Pode deixar.

— Comportem-se, meninos.

— Como sempre.

— E volta pra casa antes das onze, Claire.

— Beleza, mãe.

— Jamie, prazer te conhecer, meu bem.

— O prazer é meu, sra. Biggs.

— Ah, ah, ah, quase esqueci de perguntar. — Ela voltou para a cozinha caminhando de costas com seu uniforme verde. — Um passarinho me contou que você topou fazer aula de natação. É verdade?

Eu não, porra! Eu só tinha topado entrar na banheira. Nunca concordei em botar o pé dentro de uma piscina, mas me recusei a perder a moral na frente de um babaca como o Jamie Kelleher, então assenti.

— Você entrou na água, cara? — Hugh perguntou, de repente interessado.

Assenti com veemência.

— Estou tão orgulhosa de você, querido — Sinead comentou, soprando beijos para nós três antes de sair para o hospital.

— Caralho — Hugh soltou, abaixando o garfo e me dando toda a sua atenção. — Você entrou mesmo na água? — Ele ficou me encarando com intensidade. — Como foi?

— Tolerável — respondi, dando de ombros. E, como eu estava ranzinza, acrescentei: — A Claire é uma professora maravilhosa. — Estreitei os olhos para o estranho com o braço em volta da *minha* garota. — Muito atenciosa.

Jamie bufou, deixando claro que tinha entendido o meu recado.

Isso mesmo. Estou de olho em você, babaca. Olhei feio para ele. *Mantém suas mãos longe dela.*

— É melhor a gente ir — ele disse, pegando a mão da Claire. — O filme começa em meia hora.

— Ah, está bem. — Ela afastou a mão dele e lançou um olhar para mim antes de balançar a cabeça e seguir para a porta da cozinha. — Até mais tarde, gente.

— Tchauzinho — falei com um tom cheio de sarcasmo. Assim que o barulho da porta tomou conta do ambiente, abaixei o rosto na mesa e gemi. — Puta que pariu!

— Você está bem, Gibs?

— Ela saiu com ele.

— Quem?

— Quem? — Ergui a cabeça e olhei para ele perplexo. — A Mary McAleese. A Claire, seu idiota. A *Claire*! Quem mais poderia ser?

— Sim, e você deveria apoiar — Hugh comentou com uma voz grave. — Sério, Gibs. Você precisa desencanar.

— Por quê?

— Por quê? — Então foi a vez dele de me olhar perplexo. — Porque você está enrolando ela há anos.

— Não estou.

— Está, cara.

— Amo a sua irmã — declarei com todas as letras, sabendo que isso talvez resultasse em um chute na bunda, mas sem me importar. Era a mais pura verdade. — *Amo* a sua irmã, Hugh.

— Não do jeito certo — ele disse, pegando o garfo outra vez. — Não do jeito que ela precisa.

— Que jeito?

— Se está pensando que vou te dar dicas de como conquistar a minha irmã, você pirou.

— Sou um ótimo conquistador.

— Claro, cara.

— Mas sou — bufei, cruzando os braços. — Posso conquistá-la.

— Você é um fanfarrão, isso sim — ele disse, entre bocadas de carne assada. — E tudo bem. A gente ama as suas fanfarronices.

— Mas?

— Você não é exatamente pra namorar, né, cara?

— Como assim, porra? — perguntei, chocado, quase caindo da minha cadeira de indignação. — Olha só quem fala, Senhor Estou Namorando Uma Garota Mas Suspirando Por Outra.

— Ei!

— Ei você — retruquei. — Você não pode negar, imbecil. Você acha que sabe tudo sobre mim? Bem, pois sei tudo sobre você. — Olhei feio para ele e acrescentei: — Uhum, isso mesmo. Estou te *vendo*.

— Você está falando bosta, Gibs — ele disse.

— Só estou afirmando fatos.

— Vou arrancar os seus dentes se você não calar a boca.

— Beleza. — Ergui as mãos. — Continue vivendo aí na sua bolha, cara.

— Não tem nada de errado com a minha bolha.

— A não ser que é tudo uma mentira.

— Para de tentar desviar o foco pra mim, Gibs! — Hugh respirou fundo para se acalmar e falou de um jeito apaziguador: — Escuta, você só está querendo se divertir e tudo bem, cara. Mas a Claire cansou. Está procurando um cara legal pra sair e segurar a mão dela.

— *Eu* levo ela pra sair — falei, batendo o dedo no peito. — *Eu* seguro a mão dela.

— Sim, dela e de quantas outras?

— Você está dizendo que sou piranha?

— E você está insinuando que não é?

— Não estou insinuando nada. Estou te falando claramente que não sou assim.

— Disse o cara que está comendo a recepcionista da escola.

— Pela última vez, não comi a mulher!

— Claro que não, Gibs. Acredito.

— É verdade — insisti, me levantando. — *Não* sou galinha.

— Então prova.

— Ah, não se preocupa, Hugh, é o que pretendo fazer.

— Ora, ora, olha só quem resolveu aparecer — minha mãe disse quando entrei na sala. — Como vai a vida emancipada, filho? Você já se cansou de ficar de birra ou está planejando transformar a casa da pobre Edel Kavanagh no seu hotel?

— Não começa — grunhi, me recostando no batente. — Está sozinha?

— Estou — respondeu, pausando a série *Fair City*. — O Keith está no bingo.

— E *ele*?

— No interior, visitando uns amigos da faculdade.

— Que bom! Tomara que ele esqueça o caminho de casa.

Ela soltou um suspiro cansado.

— Gerard...

Senti os ombros relaxarem um pouco e gesticulei para ela.

— E você não foi pro bingo?

— Não, Gerard, não fui — respondeu, me lançando um olhar penetrante. — Porque, ao contrário do que você pensa, *estou* aqui pra você. — Estreitou os olhos e acrescentou: — Isto é, quando você decidir me agraciar com a sua presença.

— Você quer estar aqui pra mim?

— *Estou* aqui pra você.

— Ótimo. — Me joguei no sofá e coloquei o braço sobre o rosto. — Então esteja aqui pra mim.

— Qual o problema?

— Ah, sei lá, mãe, que tal *tudo*? — reclamei. — Tem sorvete bom na geladeira?

— Sempre tem pra você, meu amor.

— Que bom, porque vou precisar do pote inteiro — grunhi. — E de uma lâmina.

— Ah, Gerard, não é nada tão ruim assim, né?

— Depende de como se lida com corações partidos, mãe — respondi, com a mão no peito. — Porque, se você fizer uma radiografia de mim agora, você me veria partido ao meio.

— Ah, fala sério — disse, dando risada e se virando para mim. — Por que tanto desânimo?

— É a Claire — falei, esfregando o peito dolorido. — Ela foi ao cinema com outro cara.

Minha mãe soltou um suspiro de surpresa.

— Ela não fez isso.

— Fez. — Me mexi, desconfortável. — Caralho, acho que vou chorar.

— Quando foi que aconteceu isso?

— Hoje, agora mesmo, bem na porra da minha cara.

— Olha a boca, Gerard!

— Mãe! — Me ergui sobre os cotovelos e olhei para ela perplexo. — Estou morrendo de coração partido e você está preocupada com a minha linguagem? — Balancei a cabeça, chocado. — Está *doendo*, viu? Estou sofrendo de verdade aqui.

— O amor às vezes dói, filho — minha mãe disse, cobrindo o sorriso com a mão. — Tenho certeza que isso é só um grande mal-entendido.

— Literalmente, acabei de ver ela entrando no carro dele, mãe.

— Não ligo pro que você viu — falou, abanando a mão. — Sei que essa garota é louca por você desde que vocês usavam fraldas.

— Então você devia saber que o sentimento é recíproco — retruquei, nem um pouco constrangido com a declaração. — E é por isso que estou *morrendo* aqui!

— Posso dar uma palavrinha com a Sinead.

— Pra falar o quê? — Fiquei olhando como se ela tivesse três cabeças. — Que a filha dela destroçou o coração do seu filho? Não, obrigado, mãe. Prefiro morrer de cabeça erguida.

— Você podia contar pra Claire o que sente, Gerard.

— Mas já contei. Faço isso todos os dias!

— Você podia falar sério.

— Nunca *não* falei sério, mãe! — Revoltado, me afundei no sofá só para urrar e grunhir quando outro pensamento se infiltrou na minha depressão. — Ah, meu Deus! Reginald! Vou perder a guarda dele!

— Ah, lá vem você, Gerard Gibson. — Minha mãe deu risada, atirando o controle remoto para mim. — Se controla um pouco, vai!

— É sempre a mãe que fica com a guarda do filho!

— Meu bem, o Reggie é um ouriço.

— Ela já tem os gatinhos — resmunguei, mordendo o punho. — E vou acabar com uma pança de sorvete e um gato que me odeia.

— O Brian não te odeia.

— Não — concordei. — O Brian é um safado maldito que só mostra o melhor lado dele.

— Falando em melhor lado... será que algum dia você vai me mostrar o seu?

— Como assim?

— Você vai dormir em casa hoje à noite?

— Eles vão voltar?

— Não, já te falei que vão passar uns dias no interior.

— Então eu fico.

Ela relaxou de alívio.

— Bom garoto.

— Mas, no instante em que ele voltar, eu vazo, mãe — avisei.

Soltou um suspiro triste.

— Ah, Gerard...

44

Beijando garotos em carros

CLAIRE

Fiquei quieta durante todo o caminho até o cinema, ouvindo o Jamie reclamar dos ataques aleatórios de hooligans em carros estacionados no Tommen. Aparentemente, ele foi vítima de um desses ataques e, por causa disso, passou a dirigir o fiesta da sua mãe enquanto seu carro estava na oficina do Tony no centro da cidade.

Sorri educadamente e respondi nas horas certas, mas estaria mentindo se dissesse que estava confortável. Na verdade, era o oposto. Ver o Gerard na minha cozinha antes de sair foi a pá de cal no encontro, que por si só já era uma péssima ideia. O sentimento de traição em seus olhos cinzentos era inegável, e me senti uma fraude.

Você não é uma fraude.

Você está fazendo a coisa certa.

Enfim! Depois de dezesseis anos sendo enrolada, esperando por um garoto que nunca tomaria iniciativa, eu estava fazendo a coisa certa por mim e seguindo em frente.

Se é a coisa certa, por que me parece tão errado?

Quando nos sentamos no fundo do cinema, eu estava mais que insegura. Nunca tinha dividido assentos de casal com ninguém além do Gerard.

A gente costumava levar até cobertor e tudo o que precisávamos para o nosso bem-estar. Passei algumas das minhas tardes de sábado favoritas ali na Sala 2 com o garoto da casa em frente, assistindo a filmes que variavam de desenhos animados quando éramos mais jovens a romances, suspenses e até filmes de terror sanguinolentos.

Estranhamente, estar ali com outro garoto — um garoto que não era ele — me dava a sensação de o estar traindo de algum jeito. O que era ridículo, já que o Gerard tinha ficado com várias garotas. Mas eu não podia evitar. Não conseguia iludir meu coração de que aquela era uma boa ideia, apesar do meu cérebro me encorajar fortemente a estar ali com o Jamie.

A ansiedade fazia minha barriga se revirar, mas a reprimi, pois *não* podia deixar meu coração desistir do que minha cabeça sabia que era o melhor para mim.

Jamie tinha um cabelo bonito, escuro e espetado, e havia passado a quantidade perfeita de gel. E era bem cheiroso. Eu era louca por perfumes e conseguia identificar um Hugo Boss a quilômetros de distância.

Era bom.

Aquilo era *bom*.

Quando ele se mexeu no meio do filme e colocou o braço casualmente por cima do meu ombro, senti uma pontada de pânico corroendo as minhas entranhas, mas logo afastei a sensação com um aviso mental. *Está tudo bem. É isso o que você queria. Você não está fazendo nada de errado, Claire. Só entra na onda.*

— Tudo certo aí?

— Tudo. — Assenti e abri um sorriso radiante para ele, me esforçando para emanar a vibe mais calorosa e gentil possível para a atmosfera. *Está tudo bem. Está tudo bem e você está no caminho certo.* — E aí?

— Estou bem feliz por você ter topado o meu convite. — Ele me abraçou com mais força.

Meu coração se agitou, incerto, e quase pareceu que ele estava tentando pular para fora do meu peito e disparar de volta para *ele*.

— Sim. — Sorri. — Eu também.

— Que bom! — Ainda sorrindo, ele se inclinou para perto. — Te acho tão linda!

Ah, meu Deus!

Ah, não.

Corre, Claire, corre!

— Estou com fome — soltei, virando o rosto bem na hora. Os lábios do Jamie roçaram meu rosto e enfiei um punhado de pipoca na boca às pressas. — Hum... gostoso.

Por favor, não diz nada.

Por favor, não diz nada.

Por favor, Deus, não permita que ele diga nada.

— E aí, vamos repetir qualquer dia desses? — Jamie disse ao parar na frente da minha casa, e a frase batida me fez vomitar internamente. *Que previsível!*

— Foi legal — respondi com educação, sem responder à sua pergunta. — Eu me diverti. — Soltei o cinto depressa, segurei a maçaneta e abri a porta. — Obrigada pelo convite — acrescentei, me virando para lhe oferecer um sorrisinho. — Te vejo na escola ama...

Minhas palavras foram interrompidas quando Jamie colou a boca na minha.

Completamente atordoada pelo movimento abrupto, congelei de olhos arregalados enquanto ele fechava a boca.

Ah, meu Deus!

Ah, meu Deus!

Eca, eca, eca!

Então enfiou a mão nos meus cabelos para aprofundar o beijo, passando a língua nos meus lábios comprimidos, e recuei tanto que minhas mãos encontraram o concreto do chão.

Cambaleei para trás feito uma ninja superflexível, desci do carro e fiquei de pé.

— Ok, *eca*! — Nem me dei ao trabalho de disfarçar o tremor que me dominou. — Só... eca!

— Desculpa — Jamie falou com um tom ríspido e os olhos cheios de uma luxúria obscura. — Foi muito rápido pra você?

— Hum, *foi*. — Me virei de costas e saí andando para a minha casa, ignorando o garoto me chamando. — Eca. Eca. Eca. Eca! — Assim que entrei, fiquei tremendo e me sacudindo no corredor como se aranhas estivessem rastejando pela minha pele. — Ah, meu Deus!

— Como foi o encontro? — Hugh perguntou da sala.

— Traumatizante — respondi, seguindo para a escada. — Ele tentou lamber a minha boca, Hugh!

Ouvi o meu irmão bufar.

— Tomara que você tenha dado um chute nas bolas dele.

— Eu estava ocupada demais tentando desviar da língua gigante dele.

— Legal.

— Acredita em mim, Hugh, mas foi o oposto de legal.

— Então apaga o contato dele.

— Ah, não se preocupa, está nos meus planos. — Sentindo ânsia, subi as escadas correndo. — Depois que eu tomar um banho de Listerine!

Quando entrei no quarto depois do banho, Cherub estava na minha cama parecendo uma bebezinha angelical toda aninhada no meu roupão.

— Oi, minha anjinha — cantarolei, subindo na cama com ela. — Você sentiu saudade de mim?

Mal tive tempo de ficar confortável quando a porta se abriu.

— Como foi o seu *encontro*?

— Excelente — respondi, estreitando os olhos quando Gerard entrou no meu quarto sem bater. — Não podia ter sido melhor.

— Maravilha — falou com sarcasmo. — Fico *encantado* por você.

— Obrigada — eu disse, furiosa com meu coração por bater tão rápido só de vê-lo. — Eu também.

— Beleza. Então vamos acabar logo com isso, pode ser?

— Acabar logo com o que exatamente?

— A questão da guarda. — Arregaçou as mangas da camisa escolar e deu uma olhada no quarto antes de enfim pousar o olhar intenso em mim. — Você não pode manter meus filhos longe de mim. Tenho direitos.

— Está falando sério? — Balancei a cabeça e o encarei perplexa. — Meu Deus, Gerard, não vou manter os bebês longe de você.

— É o que você está dizendo agora — retrucou, indo até a cesta no canto do cômodo. — Mas já passei por isso antes, Claire. — Enfiou a mão lá dentro e pegou Dick com cuidado. — Sei o que acontece quando a mãe arranja um novo parceiro. — Fez carinho no gatinho e deu um beijo no topo da cabeça dele. — Não vou aceitar ser expulso da vida deles.

— Gerard... — Meu queixo caiu enquanto meu cérebro absorvia suas palavras. — Eu jamais faria isso com a nossa família.

— É o que todo mundo diz, mas estou avisando que, se você sequer pensar em deixar ele com os nossos bebês, vou perder a porra da cabeça, Claire — acrescentou. — É sério. Já foi horrível ver você saindo com ele hoje, mas, se eu encontrar ele aqui nesse quarto com os gatinhos, vou surtar.

— Ah, quer se acalmar? — falei, descendo da cama. — Só fui ao cinema com o Jamie. Não aceitei uma proposta de casamento. — Me aproximei dele, peguei Dick dos seus braços e o coloquei de volta na cesta com os companheiros. — Acho que ainda é um pouco cedo pra apresentar a família.

— Foi o que pensei — Gerard concordou com as mãos nos quadris. — Mas daí me deparei com ele na cozinha junto com a sua mãe e o seu irmão.

Ai, caramba!

Ele me pegou.

— Olha, não pedi pra ele fazer isso — expliquei, tentando argumentar com a parte do meu amigo que tinha sido danificada pelo comportamento dos pais durante seus anos de formação. — Pensei que fosse me esperar no carro. — Dei de ombros, impotente, e completei: — Tipo, não é isso que os caras costumam fazer quando levam as garotas pra sair?

— Não faço ideia, Claire — Gerard respondeu, irritado. — Porque a única garota com quem saí está parada na minha frente.

— Gerard...

— Posso sair com você, aliás — falou. — Se você quiser ver algum filme, eu te levo, Claire.

— Hoje não foi sobre isso.

— Então foi sobre o quê?

— Gerard... — Meu coração martelava no meu peito. — Você sabe por que topei sair com ele.

— Não — disse, teimoso. — Não faço ideia.

— Claro que faz — insisti, imitando-o e colocando as mãos nos quadris. — Você sabe exatamente por que eu fiz isso.

— Bem, se você queria me atingir, parabéns, Claire, porque funcionou — falou. — Você ganhou.

— Bem, agora você sabe como me sinto! — devolvi, enquanto um milhão de emoções diferentes me dominava. — Meu Deus! — Não tive vergonha de admitir que bati o pé no calor do momento. — Você é tão frustrante!

— Eu? — Arregalou os olhos, indignado. — É você que arranjou um relacionamento sendo que você já está em um relacionamento.

— *Não* estou em um relacionamento, Gerard.

— Está, sim — rugiu. — Comigo!

— A gente não está junto, Gerard.

— Está, sim!

— Não sou sua.

— Bem, pois sou seu — esbravejou. — Sou seu, Claire.

Suas palavras sugaram todo o ar do quarto e cambaleei para trás como se ele tivesse me batido. A hipocrisia era sufocante.

— Então por que é que você não pensou em mim antes de botar a sua boca em outras garotas? — vociferei.

Seus olhos se esbugalharam, e ele ergueu as mãos de frustração.

— *Que* garotas?

— Que tal a Bernadette Brady, pra começar? — perguntei. — O Hugh disse que você dedou ela no segundo ano e que também chupou!

— Bernadette Brady? — Ele ficou me encarando como se eu tivesse enlouquecido. — Meu Deus, Claire, isso foi há um milhão de anos. Nem me lembro da cara dela!

— Bem, lembro o que senti quando fiquei sabendo, e doeu, Gerard. — Pressionei a mão no coração e grunhi. — Não é justo. Você não está sendo nem um pouco justo aqui! Você está agindo como se fossem dois pesos, duas medidas!

— Olha, posso ter cometido uns erros no passado e estou longe de ser perfeito, mas, ao contrário da crença popular, não ando por aí enfiando a língua na garganta de qualquer uma, Claire!

— Ah, meu Deus! — berrei, erguendo as mãos. — Você vive estragando os meus planos, Gerard!

— Que planos? — gritou de volta. — Os planos que você fez com o maldito Jamie Kelleher?

— Com *qualquer* garoto.

— Que bom!

— Que bom? — Olhei feio para ele com toda intenção de feri-lo. — Que bom? É tudo o que você vai dizer?

— É, que bom. — Ainda acrescentou: — Não me arrependo do que disse e não vou ficar pra trás de novo!

— Ficar pra trás? — Encarei Gerard boquiaberta. — Você que escolheu ficar pra trás!

— Bem, pois agora estou escolhendo não ficar — gritou com todas as forças. — Te ofereço os meus fins de semana, Claire. Os dias da semana também. O que você quiser. Cinemas. Restaurantes. Encontros. É tudo seu. Só me prometa que você não vai sair com ele de novo.

— Você só está falando isso porque está com ciúme — retruquei, vibrando. — Porque o Jamie ousou me beijar, sendo que você não...

— Peraí. — Seu rosto ficou branco, e ele passou a mão trêmula pelo cabelo. — Você beijou ele?

— Não — respondi com o rosto pegando fogo. — Não beijei ele.

— Mas ele te beijou?

— É.

Totalmente congelada, fiquei vendo um milhão de emoções diferentes cintilarem em seus olhos.

— O Jamie te beijou hoje? — perguntou de novo. — No cinema?

— No carro — respondi.

— Te beijou no carro?

— É.

Ele esfregou o peito e falou:

— Foi bom?

Fiquei pensando um tempo antes de dizer:

— Não.

Engoliu em seco.

— Não?

— Não — sussurrei, com o corpo todo tremendo, olhando para ele enquanto me encarava.

— Por que não foi bom, Claire?

— Porque não... — *Não era você.* — Eu não esperava.

— Você não esperava. — Ele assentiu. — Entendi.

— Não. — Com o coração doendo, fiquei parada na frente do Gerard e travei as pernas no lugar. — Não, não está certo, Gerard. — Tudo dentro de mim exigia que eu me aproximasse dele, e precisei reunir uma quantidade sobre-humana de força mental para me manter firme. — Não está nada certo.

Gerard abaixou a cabeça, derrotado, mas não disse uma palavra.

— Não está nada certo — repeti, ajeitando a toalha em torno de mim. — Porque isso me *magoa*.

— Não diz isso. — Sua voz era pouco mais que um sussurro, carregada de uma urgência impotente. — Por favor, não diz isso, Claire.

— Isso me magoa, Gerard — insisti, me recusando a deixá-lo sair dessa. — Seu comportamento está me fazendo sofrer.

— Te amo — ele disse baixinho. — Sempre te amei. Entenda como quiser. É verdade.

— Você não pode me amar e fazer coisas com outras garotas.

— Bem, pois foi o que aconteceu — ele respondeu com uma voz embargada. — Eu fiz merda. Talvez porque estivesse com medo ou talvez porque nunca tivesse achado que te merecia. — Ele balançou a cabeça e me olhou uma última vez antes de seguir para a porta. — Não posso mudar o passado.

45

Tristeza

GIBSIE

— Minha Nossa Senhora — Edel Kavanagh gritou quando entramos na cozinha dela na sexta-feira.

Ou melhor, quando o Johnny entrou. Chamar meu andar maníaco e meio curvado de caminhada era um pouco exagerado.

— Vocês estão parecendo ratos afogados — Edel disse, colocando uma panela com seu famoso cozido na mesa. — Está caindo o mundo e os dois malucos decidem sair no meio da tempestade? — Abriu e fechou os armários, arrumando a mesa para nós enquanto dava bronca. — Fora o vendaval que está fazendo. Vocês podiam ter morrido se uma árvore caísse em cima de vocês!

— Calma, mãe — Johnny disse, dando um beijo na bochecha dela antes de ir até a travessa de batatas no fogão. — Só está chovendo um pouco e nenhuma árvore nos acertou.

— Não fui eu que decidiu sair — grunhi, me jogando na cadeira. — Preferia ficar tomando chá e comendo biscoitos na frente da lareira. Só que o seu filho me obrigou a correr dez quilômetros. — Balancei a cabeça, espirrando uma quantia impressionante de água ao meu redor. — Então a culpa vai ser dele se eu pegar uma pneumonia súbita.

— Ah, Johnny — Edel o repreendeu, desaparecendo no corredor só para voltar alguns instantes depois com umas toalhas. — Olha só o estado do coitado do Gerard — ela disse antes de começar a secar meu cabelo como se eu fosse uma criancinha. — Você sabe que ele tem asma.

— Obrigado, Mami K. — Forcei uma tosse chiada para dar um efeito e sorri para o meu melhor amigo enquanto a mãe dele cuidava de mim. — A asma sempre piora nesse tempo.

— Mentira — Johnny disse, incrédulo. — Se você tem asma, também tenho, seu descarado.

— Eu poderia ter.

— Mas você não tem.

— Tenho pneumonia então.

— A única coisa que você vai ter é um arrombamento no fiofó se não parar com isso.

— Jonathan! — Edel falou, chocada. — Pede desculpas pro Gerard agora mesmo.

— Pelo quê? — Johnny perguntou, com os olhos arregalados de indignação. — É ele que está fingindo ter uma doença crônica no pulmão!

— A gente não ameaça ninguém desse jeito nessa casa — sua mãe retrucou com as mãos nos quadris. — Você já deveria saber disso.

Johnny ficou comicamente roxo e abriu a boca para responder, mas resolveu morder o punho e grunhir. Puxou uma cadeira, sentou à mesa e me olhou feio.

— Me *desculpa*, Gerard.

— *Obrigado*, Jonathan. — Sorri. — Te desculpo.

— Que alívio! — ele disse, me chutando por baixo da mesa para me comunicar que não queria o meu perdão. — Cadê todo mundo?

— A Shannon está na edícula experimentando fantasias de Halloween com a Aoif — Edel respondeu, apontando o dedão para a direção da casa do Lynchy. — Seu pai está no trabalho, e os meninos foram ao cinema com o Darren.

— Com o Darren? — Johnny ergueu as sobrancelhas, surpreso. — Ele voltou *de novo*?

— São irmãos, querido — Edel disse com calma. — É aniversário do Seanzinho amanhã, então ele veio passar o fim de semana. — Ela lançou um olhar cúmplice para o filho e acrescentou: — O Darren é bem-vindo sempre que quiser visitar.

— Hum — Johnny murmurou, mas não fez mais nenhum outro comentário.

Eu não o culpava por esse comportamento. Darren foi um babaca com o meu amigo, e, claro, várias merdas aconteceram no ano passado, forçando-os colocar de lado as diferenças, mas no fim das contas os ressentimentos não desapareciam assim do nada.

— Falando em fantasias de Halloween... — Edel sumiu no corredor de novo, dessa vez voltando com uma calça de couro bastante familiar. — Agora vai te servir, Gerard, querido.

— Você consertou a calça?

— Não foi incômodo nenhum, meu bem.

— Uau! — Abri um sorriso radiante para ela. — Você é mesmo a Mulher-Maravilha.

— Acho que ele não vai mais precisar disso, mãe — Johnny interveio. — Está brigado com a Claire.

— Nossa! — Olhei feio para a lateral da cabeça dele. — Valeu, hein, amigo!

— Ah, não! Vocês brigaram, querido? — Edel perguntou, sentando ao lado do filho. — Você não terminou com ela, né? Porque ela é pra se guardar, Gerard Gibson.

— Não, não terminei com ela — grunhi, sentindo aquela velha dor no peito ao pensar na Claire. A gente não se falou mais desde o fim de semana passado. Desde o encontro dela com o *Jamie*. Eu nem sabia mais se a gente ia combinando na festa ou se a Claire havia me substituído pelo *Jamie*. Porra, fiquei puto de novo. — Nunca terminaria com ela.

— Verdade — Johnny disse. — Porque, pra terminar com a Claire, você teria que ter pelo menos chamado ela pra sair, pra começo de conversa. — Deu um sorrisinho malicioso e acrescentou: — E todo mundo sabe que você é covarde demais pra isso, cara.

— Olha como fala, Jonathan — Edel o repreendeu, beliscando a nuca do filho antes de voltar a atenção novamente para mim. — Você ainda não chamou ela pra sair? — Quando balancei a cabeça, me olhou como se flores estivessem saindo dos meus ouvidos. — Por que não, meu Deus do céu?

— Porque...

— Porque o quê? — Johnny pressionou, ainda sorrindo.

— Porque sim — respondi, cobrindo o rosto com as mãos. — Só isso.

— Sabe, não sei se estou totalmente confortável com esse cenário — declarei pouco tempo depois, sentado no sofá da edícula com uma cascata de cachos loiros no meu colo. — Ele parece legal e tudo, mas acho que eu não devia segurar bebê nenhum.

— Por que não? — Shannon perguntou, dando risada ao meu lado, protegendo a cabeça do sobrinho. — Ele adora você, Gibs.

— Porque minha mãe falou — admitiu com sinceridade. — Uma vez, derrubei meu primo da Escócia de cabeça pra baixo, e foi um drama completo. — Me mexi, desconfortável, olhei para a mão gordinha tentando agarrar meu dedo e fui tomado pelo pânico. — Tipo, o Thomas ficou bem depois. Foi só uma concussão leve. Não precisou ficar no hospital por muito tempo, e os médicos conseguiram consertar o lance no olho dele, mas minha mãe insistiu que eu não devia segurar mais bebê nenhum.

— Tudo bem, então talvez já chega. — Sabiamente resgatando o filho antes que ele se machucasse, Aoife recuou devagar. — No futuro, você pode só acenar pro tio Gibsie de longe.

— Boa decisão — concordei, assentindo solenemente.

— Aqui — meu melhor amigo disse, saltitando até a Aoife antes que a Shannon pudesse se levantar para pegá-lo. — Dá um abraço no tio Johnny.

— Não é justo — Shannon bufou, se jogando no sofá com os braços cruzados. — É a minha vez.

— Não se preocupa, Shan — Johnny falou com uma piscadinha, aninhando o sobrinho dela no peito com uma confiança assombrosa. — Depois te dou um abraço.

— Ah, merda! — Abafei a risada. As bochechas dela ficaram vermelhas feito pimentões. — Shannonzinha. — Eu a cutuquei com o ombro de um jeito brincalhão. — Safadinha.

— Boa noite — uma voz conhecida encheu o ar e Joey surgiu no corredor com seu macacão sujo de óleo.

— Boa noite.

— Lynchy...

— Oi, Joe.

Ignorando todo mundo, foi direto para a sala/cozinha e só parou até estar diante da namorada, sentada de pernas cruzadas no tapete, dobrando de maneira meticulosa as roupinhas do filho.

— Oi, garanhão — Aoife disse, erguendo a cabeça para sorrir para o cara se aproximando dela.

— Rainha... — Ele se abaixou, levantou o queixo dela e lhe deu um beijo. — Tudo certo?

— Tudo certo, Joe — respondeu, segurando o rosto dele com a mãozinha. — E aí?

Para qualquer outra pessoa, poderia parecer que estava com olhos de afeto para ele, e talvez estivesse, mas eu tinha a impressão de que ela estava verificando algo. *Se ele estava sóbrio.*

— Tudo certo, Molloy — falou baixinho, dando uma piscadela e enfiando a mão no bolso do macacão para pegar um chocolate, que deixou no colo dela. Depois, se levantou e foi até a pia da cozinha. — E aí, cadê os meninos? — Joey perguntou por cima do ombro enquanto lavava as mãos. — Costumam ficar por aqui na sexta. É a vez do Ollie escolher o filme.

Ah, merda!

— Hum, o Darren veio passar o fim de semana aqui — Shannon disse, se sacrificando pelo time ao responder o irmão enquanto todo mundo prendia o fôlego. Porque Johnny podia ter suas questões com o Lynch mais velho, mas isso não era nada perto da animosidade que emanava do Joey. — Levou o Tadhg, o Ollie e o Sean pro cinema.

Silêncio.

Daria para ouvi uma agulha caindo.

Puta merda.

Nós quatro ficamos assistindo ao Joey fechar a torneira e pegar o pano pendurado na porta do armário.

E, quando pensei que não aguentaria um segundo a mais daquele silêncio, ele enfim perguntou:

— Ele veio aqui? — A pergunta era para a namorada, pois ele a encarava com olhos ardentes e protetores. — Molloy?

— Joe... — Aoife começou, suspirando. — Não fica bravo...

— Ele veio aqui? — repetiu, pronunciando as palavras devagar. — Ele viu o meu filho?

— Pediu pra ver — contou, suspirando. — Falei que teria que falar com você primeiro.

— E você, Molloy? — continuou, sem nem piscar. — O que ele te disse?

— Calma, Joe, está tudo bem. Ele foi bem educado.

A resposta pareceu tranquilizá-lo, porque vi alívio cintilando nos seus olhos.

— Beleza. — Assentiu uma vez, relaxando os ombros. — Que bom!

— Joe, o Darren quer mesmo fazer as pazes — Shannon falou com delicadeza. — Vive perguntando de vocês três. — Ela desceu do sofá e se aproximou do irmão, colocando a mão no seu braço. — Sei que vocês têm suas diferenças e entendo, ok? Sério. Mais que ninguém. Mas o Darren também é tio do AJ. Assim como o Tadhg, o Ols e o Sean. Assim como eu. Você não vai deixar ele conhecer o sobrinho?

— Está falando do tio que tentou pagar o aborto dele? — Joey falou sem emoção, indo até o filho. — Não, Shannon, não vou deixar.

— Merda... — Johnny murmurou, entregando AJ para o pai. — Você está no seu direito, cara.

— E você não está ajudando, Johnny — Aoife e Shannon grunhiram ao mesmo tempo.

— Qual foi? Não se passa por cima de ninguém desse jeito. Sendo irmão ou não. — Johnny deu de ombros sem um pingo de remorso e se virou para a namorada. — Foi mal, Shan. Sei que o Darren é sua família, baby, e você quer manter a paz. Entendo. De verdade, e você sabe que vou ficar do seu lado não importa o que acontecer, e sempre defendi os direitos de as mulheres escolherem os seus destinos. Mas, se eu estivesse no lugar dele e o Darren tentasse te convencer a abortar o *meu* filho pelas minhas costas... — Johnny balançou a cabeça. — Não sei se eu conseguiria lidar com a situação com tanta calma quanto o seu irmão.

— Está vendo? — Joey falou, segurando o filho nos braços. — Ele entende.

Eu também entendia, mas não era sagaz o suficiente para dar a minha opinião naquele assunto delicado sem falar besteira. Então fiquei de pé e esfreguei as mãos antes de dizer:

— Sabem o que aliviaria a tensão?

— Ah, meu Deus! O quê? — Shannon perguntou, parecendo quase temerosa com o que eu diria.

— Por que as meninas não experimentam as fantasias de Halloween pra festa de amanhã enquanto o Lynchy e o cap cuidam do "código marrom" da fralda da criança que todo mundo está fingindo não ter percebido? Enquanto isso, posso preparar uma fornada de biscoitos.

— Estamos sem ovos — Aoife bufou. — Droga!

— Não se preocupa, loirinha — respondi, arregaçando as mangas. — Sou um homem de muitos talentos... um dos quais, por acaso, é a habilidade de improvisar.

Joey arqueou a sobrancelha.

— Desde quando você sabe fazer cookies?

— Ah, Lynchy, não é só você que evoluiu esse verão. — Dei risada, indo para a cozinha. — Agora vai logo trocar a fralda desse bebê antes que o fedor se infiltre no meu nariz.

46

Bolos de aniversário e dancinhas

CLAIRE

— Estou rica — declarei, dando um gritinho de comemoração, saltitando para dentro da casa dos Allen no sábado à tarde.

Peguei a bolsa de trabalho e a deixei perto do armário embaixo da escada com um floreio antes de seguir para a cozinha dançando. “Send Me On My Way”, do Rusted Root, tocava no rádio em cima do micro-ondas, e a música encheu meu coração de uma nostalgia calorosa da infância.

— Tive o melhor primeiro dia de trabalho e ganhei quarenta euros. E ainda vou em duas festas de aniversário hoje! — Dei uma pirueta e fui até a geladeira fazendo passinhos típicos da dança tradicional gaélica. — Como é bom estar viva!

— Claire... — minha mãe disse com um sorriso indulgente, apoiando o quadril na mesa da cozinha e tomando uma caneca de café. — Você está com a corda toda, hein?

— São *duas* festas de aniversário — reiterei, pegando o suco de laranja do Gerard na geladeira. — É um bom dia pra ser eu, mãe. — Voltei a atenção para a outra mulher cuja geladeira eu saqueava. — Oi, mãe número dois.

— Oi, Claire, meu bem — Sadhbh Allen falou por cima do ombro, concentrada nos últimos detalhes do bolo de aniversário do meu irmão. Pacotes de bexigas, fitas coloridas e faixas de aniversário estavam espalhadas pela mesa da cozinha, um claro sinal de que as preparações para a festa de hoje estavam a todo vapor. — É difícil de acreditar, não é, Sinead? Que nesse dia, dezoito anos atrás, você estava parindo nosso chefinho.

— Meu Deus, nem me lembre, Sadhbh — minha mãe disse, rindo. — Foram sessenta e duas horas de trabalho de parto só pra acabar fazendo uma cesárea de emergência. — Ainda sorrindo, ela balançou a cabeça e acrescentou: — Pete desmaiou na sala de parto e machucou o ombro na bandeja de metal quando caiu.

— E o Joe acabou passando a noite com ele no pronto-socorro. Lembro muito bem. — Com um saco de confeitar cheio de glacê nas mãos, Sadhbh espalhou uma fina camada de glacê azul no bolo. — Gerard só tinha poucos meses de vida e eu estava absolutamente apavorada com o que estava por vir.

— Ah, a gente foi dando um jeito ao longo do caminho, né?

— Claro que sim.

— Você usou a base do bolo red velvet que fiz? — perguntei, observando-a trabalhar na sua obra-prima comestível.

— Com certeza.

— Oba!

— A textura estava ótima — comentou. — Consistência perfeita.

— Sabe que foi o Gerard que me falou pra acrescentar vinagre na messa? — falei enquanto bebia o suco. — Pensei que estivesse maluco, mas foi *genial*.

— Ah, você devia ver ele na padaria — Sadhbh disse, usando a ponta de um guardanapo para limpar os cantos da bandeja prateada. — Passou o verão inventando receitas novas, e preciso falar pra vocês, meninas, era uma melhor que a outra, o que é maravilhoso, já que ele não sabia nem ligar o micro-ondas antes do verão.

— Está no sangue dele. — Minha mãe sorriu. — Ele é igualzinho o pai.

— Pois é. — Abri um sorriso forçado, afastando a pontada de dor que me atingiu quando o rosto do Joe Gibson surgiu na minha mente. — Ele é mesmo.

— Cadê os meninos? — minha mãe perguntou, felizmente me oferecendo uma saída para as lembranças deprimentes. — Estão em casa se arrumando pra festa?

— Nah, o Hugh ainda está no trabalho — respondi, me erguendo na ilha. — Uma colega ficou doente e ele teve que ficar esperando outra pessoa aparecer. O Patrick me deu uma carona do hotel pra casa.

— Ah? — Sadhbh arqueou a sobrancelha. — Então quer dizer que o meu rebelde está desaparecido de novo?

Sim. Não via o tal *rebelde* desde o fim de semana, quando ele saiu do meu quarto pisando duro. A briga tinha sido feia, mas eu nunca admitiria isso na frente das nossas mães. Brigados ou não, a minha lealdade a Gerard ia além de frívolas discussões de adolescentes. Mesmo quando ele fechava as persianas das suas emoções, bloqueando simultaneamente qualquer acesso exclusivo que eu pudesse ter ao seu *verdadeiro* eu.

Ele estava dormindo na casa do Johnny quase todas as noites desde a volta do Mark, o que significava que eu não estava mais recebendo suas visitas noturnas. Algo que me deixou surpreendentemente arrasada.

— O Gerard não está desaparecido — falei para defendê-lo, como sempre. — Ele só...

— Está sendo o Gerard?

— Ele está com o Johnny.

— Treinando?

— Não, acho que está se arrumando pra festa do Sean. — Franzi a testa e acrescentei: — Se bem que duvido que vai ter pula-pula com essa chuva.

— Ah, eu ia quase esquecendo! — Minha mãe foi até a bolsa e pegou um envelope com o brasão do Tommen. — Recebi um comunicando ontem. Decidiram cancelar a viagem do quinto e do sexto anos pra Andorra.

— O quê? — resmunguei. — Não! Bem na minha vez? Agora que enfim tenho idade pra ir resolvem *cancelar*?

— Ah, é mesmo, Sinead. Também recebi — Sadhbh comentou. — Parece que tiveram algum problema como seguro da escola.

— Clássico — bufei, cruzando os braços. — *Clássico*.

— Vão fazer um baile de inverno pra compensar.

— Um *baile* de inverno? — Meu corpo vibrou de empolgação. — Um baile, baile mesmo? Que nem nos Estados Unidos? Com roupas de gala e tudo?

— Parece que sim.

— Não acredito! — Soltei um gritinho de tão animada e juntei as mãos com entusiasmo. — Está falando sério? *Quando* vai ser?

— Antes do recesso de Natal.

— Ah, meu Deus! Ah, meu Deus! — Desci do balcão. — Preciso me preparar. — Fiquei andando de um lado para o outro na cozinha. — Tenho que arranjar um vestido e sapatos e joias e... Ah, caramba, vou ter que combinar as cores com as meninas pra gente não ir igual. E preciso marcar horário no cabelereiro e na manicure e planejar as fotos, o transporte...

— Claire, meu bem, o Halloween é amanhã — minha mãe me interrompeu, dando risada. — Se acalma. Ainda tem bastante tempo.

— Bastante tempo? — Olhei para ela perplexa. — Mãe, é um baile. Um baile de inverno de verdade! Essas coisas levam tempo pra organizar.

— Como você sabe? Você nunca foi a um baile. — Ela riu de novo. — E, antes que você se perca organizando fotógrafos e limusines pro seu grupo inteiro, talvez seja bom pensar com quem vai primeiro. — Ela deu uma piscadinha para a Sadhbh antes de falar: — Ou você vai com o Gerard?

— Hum... *dããã* — Fiquei encarando-a. — Com quem mais eu iria?

— Com outro garoto, talvez?

Lembrei da língua gigante do Jamie e franzi o nariz.

— Eca...

Gargalharam juntas.

— Ah, por favor. — Revirei os olhos. — Como se fosse surpresa pra alguém eu querer ir com o Gerard.

— São *bons* amigos mesmo, Sinead — Sadhbh observou, dando uma piscadela para a minha mãe.

— *Muito* amigos — minha mãe concordou com um sorrisinho. — São muito chegados.

— E aí? Tem alguma coisa que você queira contar pra gente?

Pisquei, confusa.

— Tipo o quê?

— Vocês dois andam passando bastante tempo juntos.

— E, se ele for com ela pro baile, suponho que também vá com ela pra formatura no verão.

Sorri quando a ficha caiu.

— Ah, meu Deus! Vou pra *formatura* também! — A excitação borbulhou dentro de mim. — Oba! Dois vestidos!

— Então é melhor você começar a economizar todo o dinheiro do trabalho que você arranjou — minha mãe brincou.

— Nah, acho que vou guardar o meu dinheiro e torrar o do pai. — Dei risada. — Cadê ele? Preciso praticar o estelionato.

— No escritório de casa — minha mãe respondeu com um sorriso alegre. — Ele tem um prazo, lembra?

Outra onda de tristeza me atingiu bem na boca do estômago, mas a afastei logo, dizendo a mim mesma que, se eu tivesse perdido meu melhor amigo aquele dia, também passaria a evitar o resto do mundo.

Tudo bem, talvez não por uma década inteira como o meu pai, mas eu entendia as suas motivações, mesmo que não entendesse a depressão contra a qual ele lutava diariamente.

Me aproximei da minha mãe e a abracei por trás.

— Te amo — sussurrei, dando um beijo na sua bochecha. — Rainha.

Porque minha mãe *era* uma rainha. A forma como ela continuava amando meu pai mesmo nos seus tempos sombrios era mais que admirável. Eu tinha certeza que tinham suas desavenças, mas nos dez anos que se passaram desde a morte do Joe nunca ouvi minha mãe erguer a voz para o meu pai. Por ser enfermeira, tinha um certo nível de entendimento sobre o que se passava na mente dele. Só que a maneira como ela o amava incondicionalmente apesar de tudo não só me provava que as pessoas podiam ser gentis, como também que o amor verdadeiro prevalecia sobre tudo.

Meus pais se amavam desde a infância, e minha mãe não deixou de amar meu pai mesmo quando ele deixou de se amar.

Ouvi a porta da frente batendo antes do homem em pessoa entrar na cozinha balançando as chaves do carro.

— Oi, mães.

No instante em que meus olhos pousaram nele com seus jeans desbotados e sua camiseta branca, uma explosão feroz de calor incandescente se espalhou pela minha barriga.

Ai, caramba!

— Ursinha... — ele disse, assentindo educadamente.

— Gerard...

— Onde é que está o seu suéter, pelo amor de Deus? — Sadhbh perguntou. — Está caindo o mundo lá fora.

— Perdi na balada ontem, mãe — brincou, fazendo referência a uma música do Sultans of Ping. — Quando eu estava dançando...

— Gerard... — A mãe dele estreitou os olhos. — Não tem graça.

Minha mãe segurou a risada, provando que a Sadhbh estava errada.

— *Dancing in the disco.* — Ela gargalhou. — Boa, Gibs. Saquei a referência.

Gerard abriu um sorriso vitorioso antes de se recompor.

— Recebi ordens da sua melhor amiga de te acompanhar até a mansão... e levar a sua fantasia.

Meu coração deu um salto.

— É mesmo?

Ele fez que sim.

— Parece que as meninas vão se arrumar lá depois da festa do Sean.

47

Cala a boca e me deixa ir

CLAIRE

Tensão.

Era a única palavra que poderia descrever o clima estranho e carregado que nos envolveu no carro a caminho da mansão.

Gerard não falou comigo depois de guardar minhas coisas e as sacolas de presentes para o Sean no porta-malas. Sufocando sob o peso do conflito silencioso, me esforcei ao máximo para ignorar a situação zapeando as estações de rádio.

O problema era que parecia que todas as estações tinham decidido tocar músicas direcionadas exclusivamente para mim.

Eu já tinha ouvido "Take My Breath Away", do Berlin; "Kiss Me", do Sixpence None the Richer; e "Saving All My Love for You", da Whitney.

Sinceramente, eu estava começando a achar que havia alguma conspiração acontecendo nos bastidores das estações de rádio locais e que elas tinham se unido para me provocar.

Quando troquei de estação pela última vez e me deparei com a comovente voz da Norah Jones cantando "Turn Me On", desisti da batalha e ergui as mãos, derrotada.

Ousei olhar de soslaio para o Gerard e o vi tamborilando os dedos no volante, de boa na lagoa. Sua pose blasé me irritou de um jeito que nunca imaginei ser possível. Isso mesmo: estava me irritando. Gerard Gibson era mais que *irritante.*

Aff!

Fiz uma cara feia, cruzei os braços e fiquei olhando para a frente. Os limpadores de para-brisa estavam trabalhando dobrado, tentando enxugar a chuva pesada do vidro, e o aquecedor estava soprando um ar quentinho dentro do carro, mas as janelas embaçavam rápido.

E, depois do que pareceu uma eternidade, quando na verdade não tinham se passado nem sete ou oito minutos, ele quebrou o silêncio.

— E aí? Já planejou outros encontros com o seu precioso Jamie?

Seu tom maldoso me deu nos nervos.

— Depende.

— Do quê?

— Se ele vai me chamar pra sair de novo.

Gerard segurou o volante com mais força.

Rá! Toma essa.

— Qual o problema? — perguntei. — Está com ciúme?

— Pelo contrário — ele disse, estalando a mandíbula. — Acabei até desenvolvendo uma hérnia com o peso do enorme foda-se que estou carregando!

Fiquei de queixo caído e olhei feio para ele.

— Você *não* disse isso pra mim.

— Quer saber, Claire? Acho que disse sim.

Estreitei os olhos.

— Você é *tão* babaca!

— Talvez — concordou com um tom duro. — Mas, pelo menos, não sou um babaca que sai espalhando pra escola inteira as maneiras como pretendo te comer.

— O quê?

Gerard deu de ombros sem o menor remorso.

— Você me ouviu.

— Jamie falou isso?

Silêncio.

— Gerard! — berrei, me virando de lado para olhar para ele. — O que foi que você ouviu?

— O suficiente pra saber que ele quer se enfiar na sua calcinha.

— Bem, pelo menos alguém quer!

— Legal — rosnou, balançando a cabeça de indignação. — Ótima conversa, ursinha.

— Para o carro.

— Isso — bufou. — É o que vou fazer mesmo.

— Mandei parar o carro, Gerard Gibson!

— Você quer mesmo que eu pare o carro? — perguntou com uma voz sarcástica. — No meio da estrada, debaixo dessa tempestade?

Não.

— Foi o que eu disse, não?

Gerard soltou um suspiro frustrado, ligou a seta e direcionou o carro para a lateral.

— Beleza. — Puxou o freio de mão e se voltou para mim. — Como quiser.

48

Caindo o mundo

GIBSIE

— Claire, para com isso! — Continuei dirigindo ao lado dela devagarinho, com o pisca-alerta aceso e a janela do carro abaixada. — Só entra no carro, por favor. — Ignorando as buzinas dos inúmeros motoristas irritados atrás de mim, me concentrei na loira furiosa pisando duro no acostamento. — Você vai ser arrastada pela chuva. — Essa era uma preocupação bastante real. Estava chovendo tanto que, mesmo com os limpadores de para-brisa na velocidade máxima, eu estava tendo dificuldade para enxergar a estrada à minha frente. — Você nem está de casaco, sua besta!

— Não me chama de besta, seu idiota — retrucou, apertando o passo e pisando em uma grande poça d'água, se sujando de lama. — Aff. Perfeito! Absolutamente perfeito!

Nossa, que caos. E eu não estava falando das roupas dela.

— Claire — insisti, tentando outra abordagem, colocando o braço para fora para chamar atenção. — Me desculpa, está bem? Só entra no carro e depois pode me matar enquanto se seca aqui no quentinho!

— Por quê? — Ela parou de repente. — *Por que* está pedindo desculpas, Gerard?

— Por quê? — Balancei a cabeça, confuso. — Porque te deixei puta a ponto de você querer descer do carro no meio da estrada?

— Aff! — Ela bateu o pé de frustração e continuou andando. — Idiota!

— Bem, não foi isso? — falei, dirigindo atrás dela de novo. — Tipo, você está brava comigo se está querendo caminhar os cinco quilômetros que faltam até a casa do cap.

— Não estou brava, Gerard Estou *furiosa*!

Ao ver a entrada do "Bosque de Ballylaggin", liguei a seta e dirigi cerca de cinquenta metros até o recuo. Desliguei o motor, abri a porta e desci.

— Está feliz agora? — perguntei, erguendo as mãos e me aproximando. — Agora que nós dois estamos ensopados?

— Ah, meu Deus, só vai embora! — Claire gritou. — Não quero mais olhar pra sua cara.

— Bem, que pena, porque não vou te largar aí no meio da rua, *meu bem*! — berrei de volta, afastando o cabelo molhado dos olhos. — Alguém pode te sequestrar!

— Me sequestrar? — Ela jogou a cabeça para trás e deu uma risada forçada. — Tipo quem? O homem do saco? — Revirou os olhos. — Fala sério, Gerard.

— *Estou* falando sério. Você está parecendo uma maluca. E nem vem botar na conta do homem do saco. Então por que não faz um favor e entra no carro antes que a gente pegue uma pneumonia dupla?

— Não.

— Não? — Olhei para a Claire chocado. — Como assim não?

— Não me enche o saco, Gerard Gibson!

— Estou te enchendo o saco porque quero te manter segura? — Agitei os braços, exasperado. — Ah, sim, sou mesmo um filho da puta horrível.

— Quer saber? — Claire estreitou os olhos, foi até o portão diante do carro e começou a escalar. — Vai se foder, Gerard.

— Ah, então você resolveu dar um passeio no bosque agora, é? — falei, indo atrás dela. — Esse é o seu plano genial, ursinha? — perguntei, pulando o portão com facilidade. — Porque está me parecendo um plano de merda.

— Não ligo! — gritou, se esforçando para se livrar de mim. — Agora pode parar de me seguir!

— Já disse que não vou te largar aí sozinha pra você ser sequestrada — grunhi, seguindo-a. — Sua demônia!

— Ser sequestrada está me parecendo uma alternativa tentadora — declarou. — Pelo menos isso me pouparia da sua presença, seu touro.

— Ah, então agora sou um touro?

— É!

— E como você descobriu?

— Hum, talvez porque você se parece com um animal. Só que, em vez de ter piercing no nariz, tem nos mamilos!

— Está falando que minhas tetas são de touro?

— Se o *mugido* te serviu, Gerard...

— Retire o que disse.

— Não!

— Foi um comentário bem ofensivo.

— Que bom!

— Retire o que disse.

— Já falei que não!

— Retire o que disse, Claire, ou vou ser obrigado a falar alguma coisa também.

— Tipo o quê?

— Tipo que os seus dedos grudados do pé esquerdo não são fofos. Eu menti. São estranhos pra caralho!

— Nossa, você é mesmo um cuzão — ela gritou, erguendo as mãos. — Agora fico feliz de ter falado. E quer saber do que mais, Gerard Gibson? As suas piadas nem sempre têm graça. Isso mesmo. São uma bosta.

— Como ousa? — Cambaleei para trás como se a Claire tivesse me batido. — Minhas piadas são ótimas.

— São medíocres, isso sim — falou por cima do ombro, avançando rápido pelas árvores. — Agora vai embora!

— Meu Deus do céu — grunhi, pressionando os dedos nas têmporas. Balancei a cabeça, completamente perdido. — Quer parar de fugir de mim por dois minutos e conversar de maneira civilizada pra gente resolver as coisas?

— Não, porque com você são só palavras! — ela gritou, tirando os cabelos molhados do rosto. — São só palavras e sorrisos e conversinhas e estou de saco cheio, Gerard! — Ergueu as mãos, dramática como sempre, enquanto o céu desabava sobre nós. — Ah, meu Deus! O que adianta ficar aqui discutindo com você? Você nunca vai entender!

— Entender?

— A gente, Gerard! — berrou. — Você não entende a gente!

— A gente? — Então eu é que fiquei furioso. — Você acha que não entendo a gente? — perguntei, apertando o passo e me aproximando dela. — Ah, pois eu entendo, Claire — falei, vibrando de nervoso. — Entendo a gente há muito mais tempo que você, porra! — Peguei sua mão e a puxei de leve para que ela me olhasse. — Para de fugir de mim, caramba.

— Então por que você não faz nada? — questionou, e suas lágrimas se misturaram às gotas de chuva. — Hein? — Arrancou a mão da minha e saiu andando, só para logo depois se virar e voltar para perto. — Caramba, Gerard, por que você não demonstra o que sente?

— Mas demonstro!

— Não demonstra, não — respondeu, me empurrando outra vez. — Você só fala. — Lágrimas escorriam pelas suas bochechas enquanto ela chorava. — Você vive me dizendo, Gerard, só que estou aqui implorando pra você me *mostrar.*

— Não consigo!

— Por que não?

— Porque não é tão simples assim pra mim.

— Por quê?

— Porque tenho medo!

— Do quê? — perguntou, me empurrando de novo. — Hein? — E de novo. — Do que é que você tem medo?

— De você, Claire — rugi, ofegante. — Tenho medo de *você*!

49

Todos a bordo do trem dos sentimentos!

CLAIRE

— De mim?

— É!

— Você tem medo de *mim*?

— *Tenho*!

— Por quê?

— Porque te amo pra caralho, Claire!

— Também te amo.

— Eu sei — ele disse. — Mas isso só piora as coisas!

— Não faz o menor sentido — falei com a voz rouca. Aturdida com a sua confissão, fiquei parada na chuva, encarando o único garoto que já amei e gritei: — Nada do que você está falando faz o menor sentido, Gerard!

Eu não queria ser apaixonada por ele, mas era. Que merda. Que grande merda. Eu queria ser correspondida. Do jeito certo. Que nem a Shannon com o Johnny. E a Aoife com o Joey. Bem, sem as drogas e a gravidez. Eu só queria ter uma relação de verdade.

Com *ele*.

Ele me marcou durante a infância, e essa marca só se aprofundou no meu coração ao longo dos anos. Eu o conhecia. Ele permanecia no meu peito. E eu não conseguia superá-lo.

Pelo visto, estava pedindo demais, porque o garoto que eu queria estava cagado da cabeça. Não sentia o mesmo que eu. Não funcionava do mesmo jeito.

— E quando foi que minha linha de raciocínio já fez algum sentido, Claire? — gritou de volta. — Sei que estou estragando tudo. — Ele passou a mão pelo cabelo ensopado e deu de ombros, impotente. — Não estou tentando te magoar de propósito. Juro por Deus que não estou, mas é isso o que acontece. — Ergueu as mãos, derrotado. — É só o que faço, Claire.

— Então para.

— Estou *tentando* — ele disse entredentes. — É o que estou tentando fazer, Claire. Estou tentando te explicar!

— Não preciso de mais palavras, Gerard. Não preciso que você me diga mais palavras vazias.

— Palavras vazias? *Quando* foi que eu te disse palavras vazias?

— Que tal as mentiras que você me contou nos últimos dezesseis anos dizendo que me ama e quer que a gente fique junto? — falei com a voz embargada. — Só pra depois virar as costas e fazer o oposto toda vez!

— Mas *eu te amo*, Claire. *Quero* ficar com você. *Sempre* quis ficar com você. Eu só... — Parou de repente e soltou um suspiro frustrado, colocando as mãos nos quadris. — Se você me deixar te explicar...

— *Estou* deixando, Gerard — eu disse com uma voz esganiçada. — *Estou* deixando você me explicar. Te dei todo o tempo do mundo pra você me explicar. Pra você entender as coisas. Dezesseis anos, pra ser mais precisa. Mas você não consegue inventar uma desculpa boa o suficiente assim do nada, né? — Balancei a cabeça. — Em vez disso, fala todas as coisas certas e depois vira e faz o exato oposto. — Com os dentes tremendo de frio, bati o pé no chão, frustrada. Que erro! Pisei em uma poça, fazendo a água marrom e lamacenta espirrar nas minhas coxas. De novo. Furiosa, cerrei os punhos e gritei. — E agora estou toda suja! — Olhei feio para ele, com o coração batendo a mil quilômetros por hora. — E esses sapatos são *novos*!

— Não é que eu esteja inventando desculpas pra não ficar com você, Claire — rugiu. — Sei que você é perfeita pra mim. — Superputo, bateu a mão na testa e esbravejou: — Mas também sei que eu não sou!

— O quê? — Sacudi a cabeça. — Não faz sentido, Gerard.

— Faz, sim. — Assentindo com firmeza, ele ignorou a chuva escorrendo pelo rosto. — Sei que você vai ficar melhor sem mim, Claire. Entendeu? Eu *sei*. — Soltou um suspiro trêmulo, ergueu as mãos e deu de ombros. — Mas também sei que não vou ficar melhor sem você. — Ele ergueu as mãos outra vez. — Nem um pouco melhor.

— Ah, meu Deus! — resmunguei, confusa. — Nunca sei onde estou com você.

— Na frente de tudo — ele falou, sem hesitar. — No topo de tudo. Você é minha prioridade. Sempre foi, Claire.

— Passei a vida toda esperando você tomar uma atitude. Você criar coragem e me contar o que sente.

— Você sabe o que sinto.

— Para com isso, Gerard! Para de brincar com os meus sentimentos. Não aguento mais. Não diz essas palavras vazias, porque partir meu coração sem saber é uma coisa, mas fazer isso de propósito é outra totalmente diferente, e acho que não vou conseguir superar.

— Quem é que está brincando? Eu te amo pra caralho, Claire Biggs.

— Como é que você pode dizer isso?

— Porque é verdade! — Gerard rosnou, roxo de indignação. — Não escolhi nada disso, ok? Nasci e lá estava você, e fui tomado por um monte de sentimentos. E eles cresceram, Claire — continuou, se aproximando.

— Cresceram pra cacete! — Mais furioso que nunca, abraçou minha cintura e me puxou para si. — São sentimentos-bumerangue emanando uma luz neon que vivem voltando, não importa o quanto eu os afaste!

— Ah, é? — Meu coração decidiu disparar tanto que chegava até a doer. — Bem, você não pode só... — Minha respiração estava ofegante e minha voz estava falhando. — Você não pode só... — Atordoada, pressionei o peito e a testa. — Ah, meu Deus...

— O que foi? — perguntou. — O que está acontecendo com você?

— Estou tirando um momento.

— É? — Pânico, raiva e confusão emanavam da sua voz. — Puta merda... do quê?

— De *você*, Gerard — grunhi, agarrando sua camisa encharcada. — De você, porque você acabou de me atropelar com o trem dos sentimentos, ok?

— O trem dos sentimentos?

— É, o trem dos sentimentos, seu idiota!

— Então toma o seu *piuííí* — disse com um tom sarcástico, imitando um trem. — Sobe a bordo, meu bem. Já era hora de você se juntar a mim. Considerando que estou no mesmo maldito trem há anos...

— Cala a boca.

— Cala a boca você!

— Cala a boca, Gerard!

— Não, não vou calar a boca porque você não é a única...

— Mandei você calar a boca! — gritei, tampando seus lábios e olhando-o fixo enquanto a chuva caía sobre nós. — Cala a boca, Gerard Gibson. Só cala a boca!

Em um momento, estávamos nos encarando e gritando e nos empurrando. No outro, estávamos nos *beijando*.

De alguma forma, e só Deus sabia o que aconteceu, minha mão na boca do Gerard foi substituída pelos meus lábios.

Desesperadamente. Vorazmente. Amorosamente. Nossos lábios colidiram com a fome frenética que se acumulou por dezesseis anos e enfim transbordou.

Beijá-lo foi como me lembrar de repente da resposta para a pergunta que me atormentava havia horas. Sabe aquela sensação de esquecer algo que sempre esteve na ponta da sua língua e enfim descobrir o que era e então ser dominada pelo alívio? Bem, foi assim que me senti naquele momento.

E não agi sozinha. Gerard não hesitou em me beijar de volta. Nem por um milissegundo. Não, ele me beijou *de verdade*. Com tanta vontade, desejo e desespero quanto eu.

Segurando meu cabelo, retribuiu cada incursão imprudente da minha língua com uma experiente da sua, me pegando forte com a outra mão, cravando os dedos na parte carnuda do meu quadril.

Tremendo muito, me agarrei aos seus ombros, sentindo meu corpo amolecer. Sério, minhas pernas chacoalhavam tanto que eu mal conseguia ficar de pé.

Meu Deus.

Meu Deus.

Aquela era a sensação mais estranha, perfeita, real e *certa* do mundo. Nunca quis nada além desse garoto e de tudo o que ele pudesse me dar. Gerard era demais e não era o bastante ao mesmo tempo.

O beijo...

Seus lábios nos meus...

Suas mãos no meu corpo...

Sua língua na minha boca...

Significavam o *mundo* para mim.

Eu queria rir.

Queria chorar.

Queria... Meu Deus, senti tantas coisas nessa hora, tantas coisas por esse garoto, que não sabia direito o que queria. Fui invadida por alívio e por milhares de emoções de uma vez. Eu só sabia que não queria que ele parasse.

Mas ele parou.

Gerard afastou os lábios dos meus e tirou o cabelo da testa, ofegante.

— Caralho!

— Não. — Desesperada por pensar que ele ia pisar no freio de novo, segurei sua camiseta e o puxei de volta para mim. — Não para.

— Não quero parar — falou com a voz rouca, colocando as mãos no meu quadril. — Acredita em mim. Mas você vai ficar doente.

— Não ligo — respondi, sentindo que eu morreria ali mesmo se ele não me beijasse de novo.

Seus olhos cinzentos cintilaram de calor quando ele disse:

— Bem, pois eu ligo.

50

Na sua casa ou na minha?

CLAIRE

— Então... — Gerard disse vinte minutos mais tarde, depois de estacionar na frente da casa dele e enfim quebrar o silêncio tenso que ficou pairando pesado no ar durante toda a viagem. Por algum motivo, foi para a casa dele, e não para a do Johnny, mas eu que não ia reclamar. Pois assim teríamos mais chance de ficar sozinhos.

— Então — falei, nervosa, sentindo que todo o meu futuro dependia do que saísse da sua boca.

— Então... — Gerard desligou o motor e se virou para mim. — Isso é novo.

— Pois é. — Fiz que sim e coloquei os cabelos molhados atrás da orelha. — Supernovo.

Minha resposta arrancou um sorriso dele.

— É um pouco estranho, não?

— Bem estranho — concordei.

— O que você quer fazer agora?

— Hum... — Dei de ombros de modo tímido e respondi: — Não ligo. — *Eu* sabia muito bem o que queria fazer. *Repetir o beijo.*

— Hum...

— É...

Outro silêncio esquisito nos envolveu enquanto a gente se encarava sem jeito, cada um de um lado do carro.

— Sua mãe está em casa?

— Não, ela está na sua casa com a sua mãe preparando as comidas pra festa.

— Ah, é.

— É.

— Você quer entrar? — perguntamos ao mesmo tempo.

Demos uma risada nervosa e respondemos também ao mesmo tempo:

— Quero.

Limpei a garganta, soltei o cinto e abri a porta.

— Bom, vou pra casa — declarei com um tom calmo, apesar do que sentia. — Você quer vir?

— Quero — Gerard respondeu para a minha alegria, soltando o próprio cinto e vindo atrás de mim. — Definitivamente, quero ir com você.

— Ótima decisão.

— Acho que sim.

— Também acho.

Gerard começou a caminhar ao meu lado, e seguimos até a porta com os ombros colados.

— Está caindo o mundo.

— Pois é — concordei, abrindo a porta e entrando em casa. — Hugh? — falei, dando um passo para o lado para dar licença para o Gerard. — Está em casa?

— O carro dele não está na garagem.

— Verdade. Ele deve estar na casa da Katie.

— Verdade — Gerard disse, parecendo um deus ensopado parado no corredor, molhando todo o piso. — Faz sentido.

— E meu pai deve estar no escritório — acrescentei um pouco ofegante.

— Provavelmente — Gerard falou, assentindo.

— Então... — Um tremor ilícito de prazer percorreu meu corpo enquanto eu o encarava. — Vou subir agora. — Fui até a escada. — Quer vir comigo pro meu quarto?

Meu corpo inteiro tremeu de expectativa lasciva quando senti seu peito roçar minhas costas.

— Seria grosseiro não te acompanhar até o seu quarto.

Oba.

Subimos às pressas e fomos direto para o quarto. Fechei a porta, me recostei nela e fiquei observando-o avançar até o meio do cômodo.

— Então...

Soltei um suspiro trêmulo, apoiada na porta.

— Então...

— O que aconteceu ali no bosque... — Ele afastou o cabelo molhado da sobrancelha de novo e ficou olhando para todos os lados, menos para mim. — Foi um baita beijo.

— Pois é — falei, com o coração disparado. — O melhor segundo beijo da vida.

— Concordo. — Gerard foi até uma prateleira e ajeitou um ursinho de pelúcia que estava ali. — E o que aconteceu no meu quarto na outra noite... — Limpou a garganta e acrescentou: — Foi...

— Sensacional — completei, acompanhando cada movimento seu. — Pelo menos para mim.

— Ah, pra mim também. — Com as mãos atrás das costas, Gerard ficou zanzando pelo meu quarto, investigando as bugigangas e coisinhas que já tinha visto milhões de vezes antes. — Eu estava pensando...

— No quê? — perguntei, para logo em seguida me repreender por interrompê-lo. — Vá em frente — incentivei. — No que você estava pensando?

— Eu estava pensando que a gente podia repetir aquilo qualquer hora dessas. — Deu de ombros e disse: — Se você quiser, claro.

— Oba! — Um desejo bruto e puro me dominou. — Definitivamente, vou querer.

— Que bom! — Ele enfim pousou o olhar em mim. — Então está combinado.

— Legal. — Assenti com veemência. — Que alívio!

— Total — falou, se aproximando. — Então, hum... quando você vai querer?

— Hum... — Me escorei um pouco na porta, olhei para o seu rosto e soltei um suspiro trêmulo. — Quem sabe agora?

— Eu também estava pensando nisso — respondeu com a voz rouca, chegando mais perto. — Mas talvez a gente perca o palhaço.

— Acho que vou sobreviver sem o palhaço — falei com o coração acelerado. — Se você não se importar.

— Ah, definitivamente vou sobreviver sem o palhaço — Gerard declarou, segurando meus quadris e olhando para mim com seus olhos cinzentos e penetrantes. — Mas acho que não vou sobreviver sem você.

Não precisou dizer mais nada. Literalmente, me joguei em cima dele feito uma doida. Gerard me pegou e me ergueu com facilidade enquanto nossos lábios colidiam com tanta urgência quanto antes.

Puta merda! A boca dele era tão macia e quentinha e perfeita! Ele tinha gosto e cheiro de lar. Não foi nada fácil ficar calma, mas me esforcei. Segurei seus ombros grandes e me entreguei ao beijo enquanto Gerard caminhava de costas até cairmos amontoados na cama.

— Ah, meu Deus — soltei, desabando no colchão abaixo dele em uma confusão de membros entrelaçados e corações emaranhados. — Você é superbom nisso.

— No quê? — perguntou, ofegante, afastando a cabeça para me olhar.

— Em beijar, Gerard — falei, arfando embaixo dele. — Você é bom em beijar.

— Bem... — Com um brilho travesso nos olhos, inclinou a cabeça para o lado e sorriu. — Andei praticando pra você.

— Não força a barra — avisei, batendo no seu peito.

— Anotado — falou, assentindo solenemente.

— Na verdade, é melhor você não falar nada agora — acrescentei, erguendo o queixo para ele.

— Calando a boca agora, ursinha — disse antes de colar os lábios nos meus de novo.

— Hum... sei que já te falei isso antes, mas acho que vale a pena repetir que você beija mesmo muito bem — falei alguns minutos depois, quando recuei um pouco para respirar. — Tipo, *sério*... — Minhas pálpebras tremeram quando ele passou a língua no meu pescoço. — Que delícia!

— Você sabe que eu te amo. — Gerard me pressionou mais no colchão com seu corpo enorme, colando os lábios nos meus, e disse: — Sempre só existiu você pra mim.

Suas palavras me emocionaram, mas não tanto quanto suas ações. Porque passei a vida inteira ouvindo aquelas coisas, porém aquelas ações eram muito novas.

— Você está tão molhada...

— Eu sei — falei, perdendo o fôlego. — Continua.

— Não, tipo, você está encharcada — comentou, se afastando para gesticular para as minhas roupas ensopadas. — Você vai ficar doente, ursinha. — Então vi um lampejo de hesitação nos seus olhos e tive vontade de gritar *não* quando ele começou a recuar. — O que estou fazendo? É melhor...

— Não se atreva — avisei, derrubando-o de costas e sorrindo de maneira vitoriosa ao subir em cima dele. — Você não vai escapar.

— Só ia dizer que é melhor deixar você tomar um banho. — Deu risada embaixo de mim, com as mãos para cima enquanto eu as pressionava na cama. — Meu Deus, você vai me estrangular?

Eu tinha pouca ou nenhuma experiência com garotos, então só podia atribuir minha ousadia a anos maratonando comédias românticas. Bem, isso e o fato de eu ficar bizarramente à vontade com aquele garoto.

Morrendo de orgulho por mim mesma pelos movimentos que consegui fazer naquele momento, montei no colo do Gerard sem um pingo de vergonha ou reserva.

Meu Deus, quem era *aquela*?

— Não quero tomar banho — falei, apertando seus pulsos com mais força. — Quero continuar te beijando. — Me inclinei para a frente e dei um beijo caprichado nos seus lábios inchados. — E a única forma de eu tirar essas roupas é se você mesmo arrancar elas de mim.

Quando suas mãos enormes pousaram no local onde minha saia roçava minhas coxas, tudo dentro de mim se contraiu de expectativa.

Os olhos do Gerard cintilaram.

— Ah, é?

Uma urgência deliciosa e latejante se instalou na minha barriga e foi aumentando cada vez que as pontas dos seus dedos dançavam embaixo da minha saia.

Isso, implorei mentalmente. *Me toca em todas as partes.*

— Estou morrendo de medo de estragar tudo — ele disse, me surpreendendo. — De estragar o que a gente tem. — Balançou a cabeça e soltou um suspiro sofrido antes de dizer: — Eu poderia passar o resto da vida em cima do muro e ainda assim ficaria nervoso.

Sua confissão envolveu meu coração feito um cobertor quentinho, e estremeci. Porque aquela era a sua verdade. Ele estava erguendo o véu aos pouquinhos, me dando um vislumbre do seu processo de pensamento.

— Você não devia ter medo de se arriscar, Gerard. — Me abaixei para fazer carinho na sua bochecha e tranquilizá-lo. — Eu preferiria ter uma vida com um monte de erros do que deixar que os arrependimentos corroam o meu coração.

— Está vendo? Esse é o problema, Claire — continuou. — Não quero ser seu erro *nem* seu arrependimento. — Ele se ergueu sobre os cotovelos, e seus olhos ardiam de sinceridade. — Não quero nem pensar nisso.

— Você não é, Gerard — falei, segurando seu lindo rosto entre as mãos. Ele estava tão vulnerável que até doía. Eu queria acalmar o seu medo. Queria expulsar os demônios que o atormentavam desde o desmoronamento do casamento dos pais. — Você nunca vai ser nada disso pra mim.

— Essa semana foi horrível — admitiu com a voz rouca. — Brigar com você deixa a minha cabeça péssima. — Bateu os dedos nas têmporas para enfatizar o que dizia. — Quando não estou com você, parece que perdi uma parte de mim. É *terrível*, Claire.

— Eu sei, Gerard — disse, tentando de maneira desesperada ignorar o tremor da perdição crescendo dentro de mim. — Sinto o mesmo.

— Por favor, não me deixa estragar as coisas — implorou com os olhos fixos nos meus. — Não posso te perder, Claire.

— Você não vai me perder. — Me aproximei, coloquei a testa na sua e sussurrei: — Você não poderia me perder nem se tentasse, Gerard Gibson.

Um arrepio percorreu seu enorme corpo.

— Que bom saber, Claire Biggs.

— Estou cem por cento com você. — Dei um beijo no canto da sua boca e me afastei para observá-lo. — Você está comigo?

— Estou — ele respondeu sem tirar os olhos em mim. — Estou com você.

— Não vá embora, hein? — Beijei sua bochecha e me deleitei com a sensação do seu braço em volta de mim. — Não me abandona.

— Não vou — falou baixinho.

— É sério. — Agarrei a sua camiseta e soltei um suspiro trêmulo. — Preciso que você fique comigo.

— E preciso ficar com você — ele disse, me empurrando mais fundo no colchão. — Então não para de precisar de mim.

— Nunca — prometi. — Você é meu melhor amigo.

— Eu sei.

Revirei os olhos.

— Você devia dizer que sou sua melhor amiga.

Ele deu um sorrisinho.

— Mas e o cap?

Peguei sua mão, coloquei-a no meu peito e disse:

— O cap, por acaso, deixa você tocar a teta dele?

— Ok. — Ele assentiu e deu um beijo no meu pescoço. — Você é minha melhor amiga.

Fechei os olhos e sorri.

— Melhor assim.

51

Você perdeu o palhaço

CLAIRE

— O que aconteceu, gente? — Shannon perguntou quando entramos três horas atrasados na cozinha da mansão toda decorada e repleta de presentes. — Vocês perderam a festa toda. Cortamos o bolo horas atrás.

Pois é, perdemos a festa e fiquei péssima com isso, mas a lembrança dos beijos sensacionais que o Gerard deu no meu pescoço afastou a dor. Eu não fazia ideia do que estava rolando entre a gente. Eu nunca tinha passado três horas aos amassos com um garoto antes, mas ele estava agindo de forma amigável e não recuou em suas ofertas de afeto, então só podia acreditar que estávamos no caminho certo.

No caminho de nos tornarmos namorados?

Quem sabe?

Tomara...

Ai, caramba!

— Me desculpa, amiga! — Coloquei um monte de presentes na mesa e me aproximei do Joey em miniatura. — Oi, Sean. — Me agachei na frente do menino, que estava usando uma fantasia cara de coelho. Ajeitei suas adoráveis orelhinhas e sorri. — Feliz aniversário de quatro anos, bonitão.

Ele sorriu para mim e juro que era o coelhinho mais lindo que já vi na vida.

— Quer saber de uma coisa, garoto? — cantarolei, cutucando a ponta do seu narizinho redondo. — Acho que você é mais fofo que os meus gatinhos.

— Você perdeu o palhaço.

— Não perdeu, não — Tadhg falou do balcão da cozinha. — Ela veio com um.

— *Ela veio com um* — Gerard o imitou, olhando feio para ele. — Bocudo.

— Ah, meu Deus, Shan! — Fiquei de pé para avaliar a fantasia da minha amiga e assobiei, impressionada. Com seu vestido longo e solto e suas asas de anjo, ela estava a cara da Julieta de Claire Danes. — Você está linda.

— E você está parecendo um trouxa — Gerard comentou, dando risada ao olhar para o Johnny, que entrou na cozinha com uma armadura prateada inspirada na versão cinematográfica de Romeu do Leo diCaprio.

— Olha quem fala: o cara suando as bolas em uma calça de couro barata.

— Que seja! — Sem se afetar nem um pouco, Gerard continuou sorrindo para o melhor amigo. — No fim do meu filme, saio dirigindo um carro voador. Já você bebe veneno e morre. — Deu de ombros e acrescentou: — Temos um vencedor aqui.

— Sim — Tadhg falou. — Eu. — Ele gesticulou para a própria roupa antes de voltar o olhar cheio de asco para Johnny e Gerard. — Vocês estão parecendo dois idiotas.

Johnny abriu um sorrisinho.

— Vou fazer questão de te lembrar disso daqui a uns anos.

— É — Gerard bufou. — Quando a sua namorada te pedir com olhinhos suplicantes pra você usar uma fantasia de casal.

Tadhg não respondeu porque estava ocupado demais encarando boquiaberto o garoto que tinha acabado de aparecer na cozinha.

— O que foi que *fizeram* com você?

— Nem começa, cara — o Coringa avisou, quer dizer, Joey, o vilão mais sexy que eu já tinha visto. — Só pega logo suas coisas e vamos. — Ele afastou dos olhos o cabelo temporariamente tingido de verde-neon antes de pegar o Sean no colo. — Deixei a Aoife e o AJ na casa dos pais dela e falei que voltaria daqui a uma hora pra gente ir pra essa maldita festa, então vamos logo com as gostosuras ou travessuras.

— Você acha que vou sair com você vestido *desse* jeito? — Tadhg perguntou, horrorizado. — Um caralho que vou. Prefiro cagar na calça.

— Tadhg! — Shannon o repreendeu. — Olha a boca.

— Além disso, não vou esse ano — o sr. Esquentadinho declarou, ignorando a irmã. — Estou velho demais pra essa porra.

— Você ouviu a Shan. Olha a boca, garoto — Joey esbravejou com um tom muito mais autoritário do que a irmã tinha usado, e, feito um cachorrinho, Tadhg abaixou a cabeça diante do alfa da matilha.

Nossa!

Talvez a Shannon não seja a sortuda.

Talvez seja a Aoife.

— Ah, olha só pra eles — Edel disse, aparecendo na outra porta com o irmão mais velho da Shannon logo atrás. — Não estão maravilhosos, Darren?

— Vocês estão incríveis — Darren falou, sorrindo. Ele se virou para o irmão e acrescentou: — Você está genial, Joe.

Seu elogio foi recebido com um silêncio sepulcral, pois Joey o ignorou completamente.

Estranho.

Darren soltou um suspiro pesado e se voltou para a irmã.

— Você está linda, Shan.

— Valeu, Dar — respondeu, abrindo um sorrisinho. — Você vai fazer alguma coisa hoje?

— Não, vou ficar aqui com os meninos.

Não faz isso, Gerard murmurou atrás deles, claramente sabendo o que eu estava prestes a dizer.

— Você pode ir na festa com a gente — falei e, então, ri de nervoso ao notar as expressões horrorizadas do Johnny e do Joey. Gerard cobriu o rosto com a mão. *Ops!* — Tipo, se você quiser dar uma passada pra balançar o esqueleto. — *Balançar o esqueleto? Quantos anos eu tinha, quarenta? Meu Deus.*

Por sorte, Ollie decidiu me salvar entrando na cozinha com seu pai adotivo gostoso.

— Nossa, Ols. — Sorri. — Que chique!

— Sou um advogado — explicou. Estava usando um terno sob medida e óculos de sol. Seu cabelo estava até penteado para trás, como os advogados corporativos dos filmes. — Que nem o meu pai.

Todo mundo ficou em silêncio e prendi o fôlego, pois não fazia a menor ideia do que dizer em resposta ao seu comentário inocente.

Era bom?

Era ruim?

Sei lá.

Tudo o que eu podia fazer era olhar para o Gerard, que me olhava de volta.

— Certo — Edel quebrou o silêncio. — Se juntem pra gente tirar uma foto. — Sua voz estava embargada, mas ela disfarçou bem com um tom animado e um sorrisão. — E caprichem no sorriso. Você também, Darren, querido. Quero essa foto na parede de casa.

52

Bebedeira e problemas

GIBSIE

A festa de dezoito anos/Halloween que a Sinead Biggs organizou para o filho acabou sendo um sucesso estrondoso. Tinha um monte de gente que eu nem sabia o nome amontoada na casa de três andares, enquanto o DJ que ela contratou tocava uma mistura de músicas modernas e clássicos de Halloween. A bebida estava rolando, todo mundo estava se divertindo, e eu estava surtando.

Com o fiofó apertado de tensão, segui a Claire pela festa como se ela tivesse uma coleira invisível e uma guia presas ao meu pescoço.

Eu não sabia o que mais fazer.

Minha mente estava um caos depois do nosso beijo, e, enquanto ela socializava, papeava com os outros e entretinha as massas sem o menor esforço, eu não contava com nenhum manual de instruções.

Será que eu devia segurar a mão dela? Ou não?

Será que eu devia sair correndo antes de estragar a nossa amizade? Ou era tarde demais pra fugir? Se sim, será que eu devia pedir desculpas?

Sinceramente, não fazia ideia.

Só sabia que, se a Víbora não parasse de me provocar, eu ia acabar fazendo merda. Lizzie já tinha feito meia dúzia de comentários maldosos direcionados a mim *e* à minha custa, e eu estava perdendo a paciência.

— Ignora ela — Johnny falou pouco depois, se juntando a mim do lado de fora. — Ela só está tentando fazer você reagir, cara. Continue *não* dando nada pra ela.

— Estou tentando — eu disse, dando uma longa tragada no cigarro que descolei com o Joey. Ao contrário dele, eu era um fumante social e só fumava cop, também conhecidos como "cigarros de outras pessoas".

Assim que as palavras saíram da minha boca, Lizzie também apareceu no jardim dos fundos. No instante em que seus olhos pousaram em mim, ela soltou um grunhido furioso.

— Por que é que você tem que estar em todos os lugares?

— Eu poderia te fazer a mesma pergunta — falei, irritado.

Johnny colocou a mão no meu ombro para me acalmar.

— Tudo bem, Gibs.

Não estava nada bem. *Nem um pouco* bem, e aquela garota tornava minha vida um milhão de vezes pior. Mesmo assim, assenti de leve para o meu melhor amigo e me obriguei a fazer o que ele disse: ignorá-la.

— Ele está bem *mesmo* — Lizzie disse. — Esse maldito traidor inútil!

— Para com isso — Johnny pediu, interrompendo-a depressa. — Sei que você é uma das melhores amigas da Shannon e quero respeitar a relação de vocês, de verdade, mas também não precisa forçar a barra, porque ele é o meu melhor amigo e não vou hesitar se tiver que escolher um lado.

Lizzie ficou olhando feio para nós por um longo tempo antes de dar meia-volta e entrar.

— Você ficaria mesmo do meu lado? — perguntei, ignorando a porta batendo.

— Já estou do seu lado, Gibs.

Uau!

— Sabe, você é tipo o irmão que nunca tive.

— Não precisa se emocionar, Gibs. — Ele deu risada. — Você ainda nem bebeu tanto, cara.

— Ainda — me corrigiu, sorrindo. — Que bom que sua avó morreu aquele ano!

— Nossa, valeu, hein!

— Porque você está aqui — tentei explicar. — Vai saber onde eu estaria se você não tivesse se mudado pra Ballylaggin.

Várias horas depois, enquanto eu dançava na cozinha abarrotada dos Biggs ao som da música de *Os Caça-fantasmas*, cheguei à conclusão de que talvez o Johnny tivesse razão quando me chamou de bêbado bagunceiro. Eu realmente estava me sentindo uma bagunça.

— Nah — falei com a voz arrastada, brindando sozinho antes de mandar minha sétima dose de vodca com gelatina em forma de fantasma para dentro. — Foda-se.

— Maneira aí na bebida, querido — Mami Número 2 disse, fazendo o impensável: arrancando a bandeja da minha mão. — Bom garoto.

— Sinead! — resmunguei, olhando a bandeja com saudade. — Eu ajudei a preparar essas coisas.

— Ajudou, Gibs — concordou, apertando minha bochecha com carinho. — E agora você pode deixar os outros beberem um pouco.

— Entendi. — Bufei, me jogando na ilha, emburrado. — Por que você não termina de estragar a minha vida?

— Por que você não vai ver o que a Claire está fazendo em vez de ficar aí sozinho a noite toda, hein? — Apoiou o quadril no balcão e sorriu para mim. — Tenho certeza que ela adoraria dançar com você.

— E eu adoraria dançar com a sua filha, mas não seria sábio da minha parte.

— Ah? — Ela deu um sorrisinho. — E por que não?

— Porque posso ficar tentado a fazer mais do que só dançar — respondi solenemente. — Talvez fique com vontade de realizar o ato físico do amor.

— Você sabe que está falando comigo, né, Gibs? — Franziu a testa e esticou o braço para colocar a mão na minha testa. — Ou seja, com a mãe da Claire.

— Ah, sim. Eu reconheceria os peitos dela em qualquer lugar. Obrigado, aliás. Por fazer a Claire. Você arrasou. — Franzi a sobrancelha e acrescentei: — O mais velho poderia ter sofrido uns ajustes, mas a mais nova é perfeita.

— Ai, ai. — Sinead soltou um suspiro pesado. — Acho que está na hora de a sua mãe vir te buscar.

— Acho que você pode estar certa. — Suspirei de forma dramática, peguei outra dose da bandeja confiscada e enfiei tudo na boca. — Enquanto ela não chega, vou continuar dançando longe dos peitos perfeitos da sua filha. Aliás, obrigado por isso também.

53

Abóboras e socos

CLAIRE

Hugh e Patrick estavam bebendo, Pierce e Lizzie estavam brigando, Katie e Aoife estavam dançando, Johnny e Shannon estavam se pegando e Joey estava lá fora tentando dar um jeito no Gerard, o que me deixou na posição privilegiada de anfitriã.

Sinceramente, eu era a única dos nossos amigos que estava fazendo alguma coisa, distribuindo bebidas e limpando a bagunça alheia. Eu sabia que não precisava fazer isso, mas ficava com pena da minha mãe, que tinha caprichado tanto na festa.

Meu pai fez uma rara aparição e, milagrosamente, decidiu ficar por lá. Não sei quem ficou mais surpreso com isso — minha mãe, eu ou o Hugh —, já que aquele não era um evento comum. Acho que não era todo dia que se comemorava a maioridade do primogênito. Fiquei feliz pelo esforço do meu pai. Ele tinha até feito a barba, algo que passava meses sem fazer. Estavam sentados, bebendo vinho juntos, e por isso decidi assumir o seu lugar de anfitriã.

O DJ estava mandando tão bem com "I Predict a Riot", do Kaiser Chiefs, que nem ouvi o tumulto no saguão. Mas os convidados sumindo aos poucos me alertaram do problema. Então algo bateu contra a parede tão alto que deu para escutar mesmo com a música do DJ. Larguei o saco de lixo e corri para o saguão.

Abri caminho pela multidão que se formou no corredor, avançando até a porta com dificuldade, e tive que conter um grunhido de consternação quando meus olhos notaram a carnificina na minha garagem.

Arlequina tinha prensado o Coringa na lateral do carro do meu irmão para impedi-lo de brigar, enquanto Julieta chorava escondendo o rosto e Romeu tentava consolá-la. Do outro lado do carro do meu irmão, Gomez Addams se abaixava com Vivian Ward, protegendo-a valentemente de uma garrafa de cerveja voadora, e Edward Lewis estava em cima de um estranho de capa escura no jardim. Para completar, Mortícia Addams decidiu que aquela era sua oportunidade de estrangular Danny Zuko, enquanto o tio Chico observava a cena estupidamente.

— Meu Deus, gente! — gritei, disparando no meio daquela loucura, porque claro que toda revolta provocada pelo álcool precisava de um árbitro na forma de Sandra Dee.

Seria hilário se aquelas pessoas não fossem a *minha* galera.

— Quem você pensa que é invadindo a minha propriedade desse jeito? — meu irmão berrou, e o tom homicida em sua voz me fez virar em sua direção. *Primeiro o maior problema.*

— A Gardaí está a caminho — o sr. Murphy, um dos nossos vizinhos, gritou. — Eles vão trazer o camburão e dar um jeito nesse desgraçado.

— Que bom! — Hugh rosnou, ainda socando o estranho no nosso jardim. — Diz pra trazerem mais viaturas. Porque, se me colocarem no mesmo carro que um estuprador, vou matar ele!

Estuprador?

Ah, não.

Não, não, não, não...

— Hugh! — Sadhbh Allen atravessou a rua correndo com Keith. — Sai de cima dele já!

— Hugh, não! — Katie gritou, cobrindo o rosto.

— Não encosta nele. — Lizzie interferiu rápido quando o Keith segurou o Hugh e o arrastou para longe do filho. *Rápido demais.* — Tira as mãos dele! — Sem hesitar nem por um segundo, ela partiu para cima do padrasto do Gerard, arranhando e batendo e estapeando cada centímetro dele que conseguiu. — Solta ele!

Uma vez livre e de pé novamente, Mark atacou meu irmão, derrubando os três na calçada, incluindo a Lizzie.

No minuto em que o Mark caiu em cima da Lizzie, ela começou a gritar, e aquele foi o pior, o mais assustador e mais selvagem som que eu já tinha ouvido na vida.

— Sai de cima dela! — Gerard esbravejou, dando uma trégua para a inimiga de longa data enquanto corria para ajudá-la.

Lizzie recusou a mão que o Gerard estendeu para ela e se afastou dos homens, se arrastando de quatro, tremendo e chorando descontroladamente.

— Shhh, Liz — Shannon tentou consolá-la, se ajoelhando e abraçando nossa amiga. — Shhh, Liz. Só respira, ok? Está tudo bem. Estou aqui com você.

— Meu Deus do céu. — Patrick tirou o casaco e foi até as meninas, se agachou na frente delas e cobriu os ombros trêmulos da Lizzie.

— Está vendo o que você fez? — Hugh rugiu, chamando minha atenção de volta para ele. Johnny estava separando Mark e Keith de um lado, e meu irmão do outro. Ao lado deles, Sadhbh tapava a boca com a mão, e Gerard não estava em lugar nenhum.

— Que merda está acontecendo aqui? — meus pais perguntaram, se aproximando da cena bem quando eu ia procurá-los.

— Ah, graças a Deus — Sadhbh disse, quase em prantos ao ver minha mãe. — Faz alguma coisa, Sinead!

Minha mãe, sendo a mulher sensata que era, observou a cena ao seu redor antes de se concentrar no filho suspeito.

— Entra, Hugh — ordenou em um tom que não abria espaço para discussão. — Já.

— Mas...

— Você ouviu sua mãe! — meu pai gritou, e, nossa, ele parecia furioso.

Hugh passou a mão pelo cabelo, frustrado, e abriu a boca para dizer alguma coisa, mas logo depois fechou. Ele cruzou os nossos pais, ofegante, e entrou em casa sem nem olhar para a família Allen.

Hugh foi seguido alguns instantes depois por Katie, toda agitada, e depois por Shannon e Johnny, pois minha mãe tinha pedido para levarem a Lizzie para o meu quarto.

Quando minha mãe restaurou a ordem, nossos convidados já tinham entrado antes que a Gardaí aparecesse, deixando apenas eu e o Patrick lá fora com os adultos.

— O que foi que aconteceu aqui, pelo amor de Deus? — minha mãe perguntou com um tom mais calmo. — Em um minuto, estavam todos brincando e rindo e, no minuto seguinte, arrancando o couro uns dos outros. — Ela franziu a testa e acrescentou: — Sei que o Hugh não é nenhum anjo, mas também não é de brigar.

— É culpa minha — Sadhbh falou depressa com a mão no peito enquanto as lágrimas escorriam pelas suas bochechas. — Quando você ligou dizendo que o Gerard tinha bebido demais, eu mesma devia ter vindo buscá-lo. — Fungou e disse: — Mas mandei o Keith.

— E ele me mandou — Mark grunhiu, cuspindo um punhado de sangue e limpando a boca ferida. — Sorte que gosto de você, Sinead. Porque minha vontade era prestar queixa.

Meu pai ensaiou falar alguma coisa, mas minha mãe segurou no seu braço, deixando claro que era plenamente capaz de lidar com aquele homem.

— Obrigada, Mark — disse, fazendo uso daquele autocontrole sobre-humano e daquela polidez profissional que todas as enfermeiras pareciam ter. — E te garanto que ele não vai sair dessa impune.

Eu tinha certeza que minha mãe já tinha cuidado de pacientes moralmente questionáveis antes, e isso a preparou para cenários como esse. *Para saber o que fazer com o canalha parado na frente dela.*

Meus pais não gostavam do Keith Allen, e eu sabia que meu pai detestava o Mark, mas amavam a Sadhbh e adoravam o Gerard.

Quando todo aquele inferno aconteceu, seis anos atrás, decidiram não abandonar e apoiar o que restava da família do Joe Gibson. Especialmente Gerard, que era afilhado do meu pai. Foram muito criticados por essa decisão, sobretudo pela família Young, mas se mantiveram firmes e permaneceram na vida de Gerard.

Falando nele...

— Cadê o Gerard?

Quando nenhum dos adultos me respondeu, ocupados demais fazendo acordos e se bajulando, olhei para o Patrick.

— Ele foi embora faz uns minutos.

— É mesmo?

Ai, caramba!

— Vamos. — Patrick deu um suspiro cansado, enfiou a mão no bolso e pegou a chave do carro. — Estou sóbrio. Eu dirijo.

54

Afogando tristezas e lembranças

GIBSIE

Entorpecido, fiquei sentado no canto do salão do Biddies, com uma cerveja intocada na minha frente e uma tempestade furiosa dentro de mim.

Ignorando as festividades de Halloween ao meu redor, tamborilei os dedos na mesa e fiquei pensando no que fazer. Correr até a cidade não foi bem a coisa mais sensata que já fiz, mas eu precisava sair daquele lugar antes que perdesse o controle. Antes que eu dissesse algo de que sem dúvida me arrependeria depois. As palavras que ameaçavam sair da minha boca trariam consequências muito mais trágicas do que eu suportaria pagar.

Mas eu estaria mentindo se dissesse que não estava exausto de carregar o peso dos meus segredos. O peso da culpa. A verdade era que eu queria contar para alguém. Não, a verdade era que eu queria contar para a *Claire*. Só que eu não sabia como abrir a caixa de Pandora que passei tantos anos escondendo.

Para onde eu poderia ir?

Não para a minha casa, claro. Também não para a casa dos Biggs. Não com *ela* lá.

Era tão difícil odiá-la quando ela chorava daquele jeito...

Quando ela fazia aqueles sons.

Porque eu conhecia aqueles sons.

Aqueles sons assombravam os meus pesadelos.

Mesmo no estupor do álcool, eu sabia que jamais chegaria à casa do Johnny inteiro. Se eu não tivesse deixado a chave da padaria em casa, poderia passar a noite lá.

— E aí, docinho? — uma voz vagamente familiar falou. Logo depois, uma mulher curvilínea vestida de Mulher-Gato, com máscara de couro e tudo, sentou no banco ao meu lado. — Você está com cara de quem está pensando em tomar um banho de banheira com uma garrafa de vodca e um canivete.

— Talvez eu esteja mesmo.

— Ah, Gibs — disse, me dando uma cotovelada. — As coisas não devem estar tão ruins assim.

Gibs?

Então ela me conhecia.

Me esforcei para afastar o estupor do álcool e encarei a mulher.

— Preciso falar que você ficou sexy como Zuko, mas ficaria mais ainda como Batman.

Certo, agora eu tinha *certeza* que a conhecia. Seus lábios eram grandes e carnudos e se abriram de surpresa.

— Dee?

Seu sorriso se alargou.

— Você não está mesmo me reconhecendo?

— Não — falei com a voz arrastada, balançando a cabeça. — Não mesmo.

— Deve ser uma coisa boa pra gente, né? — Ela se aproximou e sentou no meu colo. — Ninguém vai saber que somos nós.

— Nós? — Pisquei para focar a vista embaçada. — Não existe nós.

— Vamos ver — ronronou. — E aí, por que você não está na festa?

— Festa?

— É, a festa do Hugh. — Ela colocou a mão na minha coxa. — Não era hoje?

Eu deveria me preocupar por ela saber tanto sobre minha vida social, mas a informação entrou por um ouvido e saiu pelo outro, porque eu estava muito chapado para pensar direito.

Quando a mão dela subiu demais para o meu gosto, balancei a cabeça em protesto.

— Se importa de tirar a mão do pau dela, por gentileza?

— Dela? — Dee piscou, confusa. — Você não quis dizer do seu pau? — Ela me apalpou descaradamente antes de se inclinar e dizer: — Não parece que você quer que eu tire a minha mão daqui.

— Não, quis dizer o pau *dela* mesmo — respondi, afastando a mão das "minhas partes" e me virando de lado para devolver a sua bunda para o banco, *longe* do meu colo.

— Dela?

— Da Claire — falei, apontando para o meu pau. — E não se deixe enganar por esse safado impulsivo, porque ele é cego e não consegue ver de quem é a mão. — Bati no peito e acrescentei: — Mas ele pode.

— Então é assim? — Seu tom foi de sedutor para acusatório na mesma hora. — Você só vai se negar?

— Sim, Dee, é bem o que estou fazendo. — Peguei a cerveja e a empurrei para ela. — Mas aqui está uma cervejinha pra você se esquecer dos seus problemas.

— Gerard! — Claire sussurrou de manhã cedo quando fiz um estardalhaço na sua cama, depois de tropeçar em vários gatinhos espalhados pelo chão do quarto. — Você voltou!

— Voltei — confirmei, tirando a camiseta e deixando-a na cama.

— Aonde você foi?

— Dar uma volta.

— Onde? — perguntou, sentando. — O Patrick e eu te procuramos em todo lugar.

— Agora estou de volta.

— Mas pra onde você foi?

— Pro Biddies.

— Você está bem?

— Nunca estive melhor — murmurei, lutando contra a minha calça. — Porra, isso aqui é tipo uma camada de pele.

— Gerard. — Seu tom estava carregado de sofrimento. — Fiquei tão preocupada...

Ah, merda!

Chutei as calças para longe e me virei para ela.

— Me desculpa, ursinha. — Estiquei o braço para afastar uma mecha de cachos selvagens do seu rosto. — Não queria te deixar preocupada.

— Tudo bem. — Ela segurou minha mão entre as suas e a levou ao peito. — Mas não faz mais isso, ok?

Assenti devagar.

— Pode deixar.

— Que bom! — De joelhos, soltou um suspiro trêmulo e relaxou contra mim. — Porque acho que meu coração não aguentaria ficar sem você.

— Pois é. — No instante em que sua testa tocou a minha, meu coração disparou, batendo com tanta força e violência que sinceramente pensei que fosse explodir. — Conheço a sensação.

Depois de um tempo, falei:

— Claire...

— Hum?

— Olha pra mim.

Quando ela se virou, fui pego de surpresa pelos sentimentos que seus olhos castanhos me provocaram.

— Oi — ela disse.

— Oi. — Passei o dedo nos seus lábios antes de substituí-lo pela minha boca.

Seus lábios eram macios e quentinhos e bem-vindos e acalmavam algo bem lá no fundo de mim. Algo que nem o tempo ou a terapia podiam consertar.

Ela se deitou de costas e me puxou consigo, enfiando as unhas nos meus bíceps enquanto eu a beijava com tudo o que tinha para lhe oferecer.

— Te quero — falou contra a minha boca, abrindo as pernas para que eu me encaixasse ali. — Te quero todinho.

— Como assim?

— Quero o *seu* corpo dentro do *meu* corpo.

Meu Deus.

Pela primeira vez na vida, também queria isso e fiquei *apavorado.*

— Hoje não — me obriguei a dizer, levando a boca até o seu queixo.

— Por favor — pediu, rebolando contra mim. — Por favor, Gerard.

— Hoje não — repeti com uma voz rouca. — Pelo menos não isso.

— Não?

Balancei a cabeça.

— Não.

— Ah...

Claire pareceu tão triste que fiquei questionando seriamente a minha sanidade.

— Mas posso fazer você se sentir bem. — Fui beijando seu corpo e descendo e só parei quando minha cabeça estava entre as suas pernas. — Se você quiser.

— Quero. — Assentiu de maneira firme antes de se jogar nos travesseiros. — Definitivamente, é o que quero, Gerard Gibson.

55

De volta ao Tommen

CLAIRE

Quando as aulas voltaram na segunda, eu estava tão imersa nos meus sentimentos que achei que não teria salvação. Sentimentos felizes, maravilhosos, sensacionais, provocados pelo meu primeiro amor, que me consumiam a ponto de eu achar mesmo que estava andando nas nuvens.

Claro, a festa do Hugh implodiu no sábado à noite e todo mundo acabou brigando, mas depois acordei nos braços do Gerard e passamos o dia todo juntos. Dedicamos grande parte desse tempo limpando a bagunça da festa e ouvindo sermão das nossas mães, mas eu não ligava. Ele estava ao meu lado, e isso era tudo o que sempre quis.

Porém, notei que havia algo errado com o meu irmão. Katie estava com a mão entrelaçada na dele em cima da mesa do refeitório, mas, enquanto ela ria de algo que o Patrick e o Gerard disseram, Hugh parecia querer enfiar a cara na mesa.

Sério, o Hugh estava com os cotovelos apoiados, inclinado para a frente, encarando a comida intocada. Eu sabia que não devia ter nada a ver com a bronca que ele levou por ter brigado com o Mark, porque ele estava bem antes. Esse mau humor súbito era uma novidade preocupante.

— Você recebeu alguma notícia ruim? — perguntei, esticando o braço sobre a mesa para puxar a sua manga.

— Hã? — Ele piscou e olhou para mim de olhos arregalados, se assustando. — O quê?

Seus olhos estavam vermelhos, suas olheiras estavam fundas e escuras no seu rosto mais pálido que o normal.

Ai, caramba!

Tinha mesmo algo errado.

— É a tia Sarah? A mãe te escreveu alguma coisa? — O pânico roeu as minhas entranhas. Nossa tia tinha uma consulta no hospital aquele dia. Estava em remissão de um câncer de mama. Nossa mãe sempre a levava para as consultas de acompanhamento a cada três meses. De repente, tive um mau pressentimento. — Ela teve más notícias no hospital?

— Sarah está ótima — murmurou, voltando a se jogar na mesa, com a mão na cabeça. — A mãe avisou que ela está bem.

Fui tomada por alívio.

— Então o que aconteceu?

— Ele está assim o dia todo — Katie falou com uma voz preocupada, voltando a atenção para o meu irmão.

— Estou bem — Hugh disse baixinho. — Só estou cansado.

— Tem certeza? — Esticou o braço e pressionou o dorso da mão na testa dele. — Meu Deus, Hugh, você está fervendo.

— Você está doente, cara? — Johnny perguntou, olhando para o amigo.

— Nossa, ele está, cap — Gerard falou, se levantando da cadeira para segurar o colarinho do meu irmão e arrancá-lo da mesa. — Está pegando fogo.

— Você devia ir pro escritório — Patrick disse para o Hugh. — Tem um vírus feio circulando por aí.

— Ele já disse que está bem — Lizzie resmungou ao meu lado. — Parem com isso.

— Posso te levar pra casa. — Johnny empurrou a cadeira para trás e ficou de pé, pegando a chave do carro. — Quer uma carona também, Shan?

— Estou *ótimo*, gente — meu irmão insistiu, respirando com força e depressa, ajeitando a gravata no pescoço e sentando de novo. — Só estou *cansado*.

— Está na cara que você não está bem — Katie falou, tratando-o como uma criancinha.

— Verdade. — Claramente incomodado com a atenção que estava recebendo, Hugh afastou a mão dela do rosto com gentileza e se levantou. — Preciso ir pra casa. — Ele se virou para o Johnny e acrescentou: — Estou de carro, cap. Posso dirigir, mas valeu.

— Tem certeza, cara?

— Sim, só preciso me deitar um pouco.

— Quer que eu vá com você? — Katie perguntou, indo atrás dele.

— Não, você provavelmente devia ficar longe de mim — Hugh disse, abrindo um sorrisinho que não alcançou seus olhos. — Pode ser contagioso. — Ele saiu do refeitório, mas a Katie foi atrás dele mesmo assim.

— Que bebezão! — Gerard comentou. — Meu Deus, que drama, hein! Fazer todo mundo se preocupar desse jeito.

— Por que é que você não faz um favor pro mundo e cala a boca, Thor? — Lizzie falou, olhando feio para ele. — Juro que, se o mundo acabasse amanhã, você seria a barata que ainda estaria rastejando pelo chão.

— Não começa, bruxa — Gerard avisou, erguendo a mão para impedi-la de continuar. — A gente concordou em dar uma trégua, esqueceu? — Verdade. Johnny tinha sido bastante autoritário na área comum de manhã. As regras estavam claras. — Se não conseguimos ser cordiais, é melhor ficarmos de boca fechada. Então fica de boca fechada, caralho.

— Parem com isso, gente — Shannon bufou. — Não vamos entrar nessa hoje, hein?

— Entrar nessa significa o quê? — Lizzie perguntou. — Me irritar com a presença dele? Foi mal, Shan, mas não consigo. Só dele estar vivo e respirando já me deixa de mau humor.

— Vai se foder — Gerard rosnou, empurrando a cadeira e ficando de pé.

— Qual o problema, Thor? — Lizzie o provocou. — Você sempre tem uma resposta pra tudo.

— Acredita em mim, Liz. Você não vai querer ouvir a minha resposta dessa vez — declarou, saindo do refeitório.

— Precisava disso? — falei para ela, colocando as mãos na cabeça. — Você estava tendo uma manhã legal. — Era verdade. Lizzie nos surpreendeu aparecendo na escola toda animada hoje.

— Estava mesmo — concordou com sinceridade. — Até ele aparecer.

— Lizzie — resmunguei. — Você tem que parar com isso.

— Vou parar — me garantiu, se recostando na cadeira de braços cruzados. — Quando eu morrer.

— Bem, não vou ficar aqui ouvindo essa merda — Johnny disse, se levantando. — Te vejo depois, Shan — acrescentou, dando outro beijo maravilhoso na cabeça dela antes de sair atrás do amigo.

— Você sabe por que ele saiu, né? — perguntei. — Se ficasse, ia perder a cabeça com você.

— E você acha que eu ligo pro que o Capitão Fantástico pensa?

— *Eu* ligo pro que o Johnny pensa — Shannon comentou de forma tranquila. — E você liga pro que eu penso, então reflita um pouco antes de estourar, Liz.

Para a minha surpresa, ela fez exatamente isso.

— E aí, foi uma festa e tanto, né? — falei, tentando apaziguar a situação. — Tivemos sorte de os vizinhos não terem chamado a Gardaí de verdade.

— Que pena que eles... — Lizzie parou no meio da frase e colocou a maçã na mesa devagar. — Sabe de uma coisa? — Empurrou a cadeira e ficou de pé. — Acho que vou tomar um ar.

— Que bom! — Shannon disse, indo atrás dela. — Ar fresco é bom.

— O que está acontecendo com esse povo? — falei, sozinha na mesa com o Patrick. — Juro que todo mundo está cada dia mais estranho.

— Com toda a sinceridade, quem é que vai saber? — Patrick deu de ombros, desembrulhando o sanduíche e retirando todo o recheio antes de dar uma mordida no pão.

— Você não gosta do seu sanduíche? — perguntei, curiosa.

— Não como carne — ele respondeu depressa.

— Não? — Arregalei os olhos. — Desde quando?

— Desde que eu tinha cinco anos e tive que ajudar meu pai a preparar uma morcela — ele falou, fazendo careta. — Tô falando sério... você não vai querer conhecer os detalhes desse processo.

— Eca.

— Uhum — concordou, usando um garfo de plástico para retirar todo o recheio do pão, incluindo a manteiga. — Não é a reação típica de um filho de fazendeiro, garanto. — Fez cara feia de novo e gesticulou para o recheio no papel-alumínio. — Daí os esforços da minha mãe pra fazer eu me encaixar na normalidade.

— Bem, quem é que quer ser normal? — falei, oferecendo-lhe meu sorriso mais caloroso. — Além disso, sei que ser estranho é só um efeito colateral de ser fabuloso.

Ele arqueou a sobrancelha escura.

— Não era "maravilhoso"?

— Meh — falei, abrindo a latinha de fanta e a empurrando para ele. — Quer um gole?

— Não, valeu, Biggzinha. — Ele deu risada e balançou a cabeça. — E aí, como vai o seu grande romance?

Meu rosto ficou todo vermelho.

— O Gerard te contou?

— Não precisou me contar — Patrick disse. — Ao contrário das ações dele e da falta de controle sobre os seus impulsos, sempre só existiu você pra ele.

Meu coração ficou quentinho com as suas palavras.

— Sério?

— Sério.

— Obrigada, Patrick.

— Pelo quê?

— Pelo esclarecimento.

— Disponha.

— Falando em grandes romances... — Agitei as sobrancelhas e me inclinei para perto. — Ouvi uma fofoca quente na escola sobre você.

Ele ergueu as sobrancelhas.

— Ah, é?

— Uhum. — Sorri. — Dizem que você está pegando uma amiga da Aoife.

— É mesmo?

— É.

— Hum. — Sem confirmar nem negar, arrancou outro pedaço de pão e o enfiou na boca.

Nossa, daria um ótimo jogador de pôquer!

— Claro, isso se você não estiver pegando nenhuma outra garota da sua longa lista de admiradoras.

Então ele finalmente arqueou a sobrancelha.

— Patrick, fala sério. — Dei risada. — Não fica surpreso. Você é gato.

Ergueu de novo a sobrancelha de um jeito cínico.

— A maioria das garotas do sexto ano está a fim de você.

— Hum.

— Você não liga se elas estão praticamente te disputando a tapas no banheiro?

— Não tenho o menor interesse em dramas, Claire. Se isso significar que sou solitário ou frio, aceito o rótulo com alegria. Podem pensar o que quiserem de mim. Não me importo.

— Nossa! — comentei. — Como é ser tão seguro?

— Por que você não se olha no espelho e pergunta pra garota que te olhar de volta? — perguntou, dando um sorrisinho. — Porque, pra mim, parece que ela sabe muito bem o seu valor.

— Hum. — Sorri para ele, adorando a conversa e suas interpretações sobre o mundo. — Você é bom com as palavras. Quando você fala alguma coisa.

— Sempre falo — ele disse. — Mas nem todo mundo escuta.

— Ah, que profundo... tudo bem, preciso fazer xixi! — Empurrei a cadeira, fiquei de pé e fui até a porta. — Já volto.

— Leve o tempo que quiser. — Ele deu risada. — E não precisa me dar tantas informações.

Ainda sorrindo, disparei pelo corredor na direção do banheiro feminino, parando para dizer "Arranjem um quarto!" para um casal superatraente se comendo na escada.

— Cuida da sua vida — Aoife respondeu, sem soltar o Joey. — Onde estávamos, garanhão?

Oun... torci para que tivessem camisinhas na edícula.

Abri a porta do banheiro, entrei e, como eu adorava um bom eco, saí sapateando, curtindo o barulho que os meus saltos faziam contra os ladrilhos.

— Oi, meninas — falei, acenando para Helen e Shelly antes de desaparecer em uma cabine para cuidar das minhas necessidades.

Quando saí alguns minutos depois, ainda estavam ali, encostadas na pia com um celular com câmera na mão.

— Que foi, gente? — perguntei, me juntando a elas na pia para lavar as mãos.

— Quer perguntar pra ela?

— Ah, meu Deus, não! Não vou perguntar nada.

— Bem, uma de nós tem que perguntar.

— O que foi, meninas? — Sorri. — Me perguntar o quê?

Shelly se colocou atrás de Hellen, empurrou a amiga para a frente e disse:

— A Helen quer saber se é verdade... você e o Gibsie.

— O que tem a gente?

— Você está com ele?

Uma alegria imensa ganhou vida dentro de mim, porque eu tinha esperado dezesseis longos anos para enfim responder essa pergunta.

— Sim. — Abri um sorriso radiante, levei a mão ao peito e fingi passar mal. — Com certeza.

Só que em vez de ficarem contentes por mim, como eu esperava, pois éramos colegas desde o primeiro ano, se encararam de olhos arregalados.

— Por quê? — perguntei, logo desconfiada, cruzando os braços. — O que foi que vocês ouviram?

— Não é o que ouvimos — Shelly respondeu, nervosa. — É o que a gente viu.

— Vocês viram? — Fiquei encarando as duas, perdida. — Não estou entendendo.

— Mostra pra ela, Helen.

— Mostrar o quê? — perguntei quando um celular foi enfiado na minha cara. — O que é isso? — Olhei de uma para a outra. — O que é que estou vendo...? — Parei de falar e soltei um suspiro de surpresa quando vi a tela do celular.

A imagem estava ruim, mas dava para ver o Gerard sentado no canto do Biddies em uma posição comprometedora com uma garota vestida de Mulher-Gato.

Meu coração congelou no peito por três segundos inteiros antes de voltar à vida com força total.

— Onde foi que vocês arranjaram isso?

— A gente que tirou — Shelly confessou.

— Quando?

— Na noite de Halloween.

Ah, meu Deu!

Meu Deus...

Que dor!

Fui tomada pela dor.

— Pode ter sido algo totalmente inocente — Helen falou depressa. — Tipo, o bar estava quase fechando e a gente só parou lá pra beber uma coisinha, mas ele chegou sozinho e se sentou no canto.

— Daí ela apareceu.

— Ela claramente estava mais a fim dele que o contrário.

— Mas ainda estavam juntos quando a gente foi embora.

56

Visitas ao cemitério

GIBSIE

Com os braços frouxamente entrelaçados em volta dos meus joelhos, me sentei de frente para a lápide onde se lia "Gibson" em uma fonte grande e grossa.

A umidade da grama se infiltrava na minha calça escolar e uma leve garoa de chuva caía, mas não mexi um músculo. Em vez disso, fiquei encarando a lápide com a carta na mão, sem esconder as emoções.

— Pai, se você estiver me ouvindo, estou precisando de uma ajudinha — falei, torcendo para que o vento de alguma forma enviasse minha mensagem para a pessoa com quem eu mais queria falar. Se é que ele estava em algum lugar. Quem poderia saber? — Beth, é uma conversa só pra homens, então tape os ouvidos — avisei, arrancando um punhado de grama. — Então, enfim beijei a Claire. E ela me beijou de volta, então acho que é culpa de você e do Pete por vocês sempre brincarem com a mãe e a Sinead dizendo que a gente acabaria junto. — Sorri de maneira triste com a lembrança. — Porque quero ela, pai. — Soltei um suspiro pesado. — Realmente amo essa garota, pai, e quero me declarar pra Claire, mas estou morrendo de medo de ela fugir de mim. — Abaixei a cabeça de vergonha. — Sinto que sou todo errado por dentro. — Um tremor percorreu meu corpo. — Como se eu estivesse *infectado.*

Querendo que um babuíno de desenho animado me levasse até o rio para falar com meu pai mais uma vez, reprimi as emoções e enxuguei uma lágrima do rosto.

— Não quero mais viver assim, pai.

Porque eu estava um caco.

Não conseguia fazer meu corpo, meu coração e minha mente colaborarem e trabalharem juntos. Essas três partes de mim estavam em uma guerra violenta umas contra as outras, me puxando em três direções diferentes.

E não importava o caminho que eu escolhesse — fosse com meu corpo, meu coração ou minha mente no banco do motorista —, eu sempre acabava na porta dela.

Tinha que significar alguma coisa.

Tinha que ser um sinal.

— Vou ficar bem, pai? — perguntei, colocando a mão nas pedras que cobriam o seu túmulo. — Vou superar?

— Desculpa. Não queria te interromper — um homem falou atrás de mim, e virei o pescoço para ver Darren Lynch armado com um buquê de flores.

— Ounnn. — Enfiei a carta no bolso e fingi um desmaio. — Como foi que você descobriu que margarida é minha flor favorita?

— Sempre fazendo piadinha.

— A gente vai passar um tempão dentro de um túmulo — falei, gesticulando ao nosso redor. — É melhor fazer piada enquanto estamos aqui em cima.

— É uma forma de ver as coisas — Darren concordou, abrindo um sorriso relutante.

— E aí, o que está fazendo por aqui, Darren Lynch? — perguntei, me levantando. — A sua mãe está enterrada do outro lado do cemitério.

— Na verdade, trouxe isso pra Caoimhe Young — explicou, levantando o buquê. — Sempre trago flores pra ela quando venho visitar minha mãe. — Ficou me encarando por um tempinho antes de acrescentar: — Ela foi sua babá, né?

— E daí? — Dei de ombros. — Foi babá de todo mundo.

— Quer ir comigo no túmulo dela?

Estreitei os olhos.

— Por quê?

— Porque são só duas e meia da tarde e você está sentado em um cemitério. O que quer dizer uma de duas coisas. Ou você matou aula por impulso sem saber direito pra onde ia ou tem um fascínio bizarro e mórbido por cemitérios. — Deu de ombros. — De qualquer forma, você claramente está com tempo, então por que não?

Bem, aí ele me pegou.

— Seria bem melhor se fosse a segunda coisa — decidi dizer enquanto caminhava ao lado dele. — Mas esqueci que minha mãe estava em casa.

— Erro de principiante — comentou, dando risada.

— Disse o cara que nunca matou uma aula na vida — retruquei, rindo. — Ouvi dizer que você era um baita nerd quando era mais novo, Darren Lynch.

— Hum... — murmurou, parando algumas lápides à frente. — Aqui.

Eu não queria olhar, mas me obriguei a ler o nome “Young” em uma fonte parecida com a da lápide da minha família.

Uma onda de ansiedade se agitou dentro de mim, me deixando meio zonzo, porque eu não devia estar ali. Queria correr, me esconder e trocar de pele feito um réptil para me livrar das evidências do pior dia da minha vida.

Porque o pior dia da minha vida foi o último dia de vida dela.

— Ela era uma ótima amiga — Darren disse, colocando as flores no túmulo da Caoimhe. — Ou melhor, era simplesmente uma ótima pessoa, ponto-final.

— Claro.

— Você não acha?

Me desesperei por um momento quando o Darren notou a minha reserva.

— Não foi isso que eu falei.

— A questão não é o que você falou. É o que não falou.

Por um instante, prendi o fôlego e fiquei me perguntando se ele sabia. Mas então ele disse:

— A forma como Caoimhe morreu magoou as pessoas que ela amava, mas, naquela hora, ela não conseguia ver uma saída pro próprio sofrimento.

— Então você acredita nela? — Passei a língua pelos lábios, nervoso. — Acredita que ele fez aquilo com ela?

— Eu acredito que algo aconteceu — ele respondeu com cuidado. — E acredito que ele foi o responsável.

— Você superou quando aconteceu com você — comentei, cerrando os punhos para disfarçar o tremor. — Se pudesse voltar no tempo e encontrasse a Caoimhe aqui na sua frente, o que diria? Que conselho você daria pra ela?

— Se a Caoimhe estivesse aqui, eu falaria que o que aconteceu com ela não a define. — Darren me olhou bem nos olhos e acrescentou: — Define ele. Ele é o monstro dessa história. A vergonha pertence a *ele*. — Ele ergueu a mão e coçou o queixo antes de dizer: — E eu falaria pra ela que nunca é tarde demais pra contar o que aconteceu. — Seus olhos arderam de sinceridade. — Nunca.

— Ele não teria sido preso mesmo que ela tivesse ficado pra prestar queixa — sussurrei. — Todo mundo acreditou nele.

— Eu não acreditei nele.

— Não?

— Não — Darren disse, enfiando as mãos no bolso do casaco. — E, pela minha experiência pessoal, posso dizer com honestidade que viver com um segredo como esse devorando a sua alma é um destino muito pior que expor o cara e as pessoas não acreditarem em você. — Ele soltou um suspiro pesado e continuou: — As pessoas certas vão ouvir e vão acreditar.

— Eu tenho a idade dele agora, Darren. Tenho quase a mesma idade que ele tinha quando fez aquilo com *ela* e sou responsável pelas minhas próprias ações. Sei a diferença entre o certo e o errado e nunca faria isso com ninguém, então por que ele fez?

— Porque ele é cruel, Gibs — Darren falou com gentileza. — Algumas pessoas são cruéis.

— O que aconteceu com você naquela casa... você acha que tem alguma coisa a ver com a sua descoberta...

— Não se vira gay nem se decide ser gay, Gibsie. Se nasce gay — Darren me interrompeu, lendo a minha mente. — Ser estuprado por um homem não foi um fator decisivo pras minhas preferências sexuais nem influenciou a minha orientação sexual, porque eu nasci assim.

— Ah...

— Mas isso *pode* fazer você ter aversão a toques e evitar situações íntimas com um parceiro.

— Até com mulheres?

— Não existe gênero pro trauma — ele explicou calmamente. — É uma coisa instintiva.

— Tipo uma vozinha no fundo da sua mente?

— Exatamente. É a forma do seu subconsciente alertar seu corpo sobre o perigo, mesmo quando você não está correndo perigo nenhum.

— Certo — assenti devagar, absorvendo cada palavra. — Bom saber.

— Posso te dar o meu número?

Fiquei olhando para ele, perdido.

— Cara, fico lisonjeado, mas eu gosto de buceta.

Darren deu um sorrisinho.

— Só pega o meu número — falou, pegando um cartão no bolso do casaco. — Liga quando estiver pronto.

— Espera! — gritei, mas ele já estava indo embora. — Quando eu estiver pronto pra quê?

Darren não respondeu.

57

Como você pôde?

CLAIRE

— Para com isso, Cherub. — Chorando copiosamente no meu travesseiro, tentei ignorar a patinha cutucando e bagunçando o meu cabelo. — Por favor, estou tentando sofrer em paz aqui. — Não. Ela era implacável com meus cachos. — Seu ratinho barulhento está no chão. — Chorava de soluçar. — Vai brincar com ele e larga o meu cabelo.

Ela não foi brincar com o ratinho, mas desceu da minha cama quando a porta do quarto se abriu.

— Preciso te contar uma coisa — Gerard anunciou, nervoso, entrando com um envelope na mão. — Na verdade, preciso te mostrar uma coisa...

— Nem se dê ao trabalho — falei, enterrando o rosto no travesseiro. — Já ouvi tudo *e* já vi tudo.

— O quê?

Eu não aguentaria aquilo.

Sério.

Um soluço rasgou minha garganta.

— Claire?

E foi seguido por outro e mais outro.

— Meu Deus, você está *chorando*?

Meu coração se partiu em um milhão de pedaços de novo quando ele sentou e afastou meu cabelo do rosto.

— Gata, o que houve?

— Como você pôde, Gerard? — falei, chorando tanto que meu peito se sacudia com força. — Como v-você p-pôde?

— Eu te responderia se soubesse o que — ele disse, desesperado. — O que aconteceu?

— Você, Gerard. — Dei as costas para ele, me virei de lado e abracei o travesseiro. — Você aconteceu.

— Certo, você precisa falar comigo — pediu, fazendo carinho no meu braço. — Porque não faço ideia do que está acontecendo, amor.

Me sentindo totalmente arrasada e morta por dentro, arranjei forças para pegar o celular que estava embaixo do travesseiro.

— Olha a mensagem que recebi da Helen.

Ele pegou o aparelho, o destravou e fez o que pedi. Eu soube exatamente a hora em que ele viu a foto, porque seu corpo ficou tenso.

— Por favor, n-não diga que n-não é o que p-parece — falei em meio aos prantos. — Porque ela está sentada no seu c-colo, com a m-mão no seu b-bilau. E você ainda teve c-coragem de se enfiar na m-minha cama depois.

— Claire, não é o que parece. — A voz dele estava carregada de uma urgência sofrida. — Juro que não é.

— Falei pra você n-não f-falar isso.

— Mas não posso não falar, Claire, porque é verdade — insistiu. — Juro por Deus, ok? — Me sentei e fiquei vendo-o andar de um lado para o outro. — Você tem que acreditar em mim.

— Não acredito em você! — gritei com a voz rouca.

Gerard recuou como se minhas palavras o tivessem atingido.

— Você tem que acreditar em mim. *Você*, Claire. *Você* tem que acreditar em mim.

Contive outro soluço e cobri o rosto com as mãos.

— Não, não, não. Não faz isso. — Ele se aproximou, se ajoelhou no chão ao lado da cama e segurou as minhas mãos. — Não fiz nada, Claire. — Enxugou as minhas lágrimas, só que não paravam de escorrer. — Nem encostei nela.

— Quero a-acreditar em você.

— Então acredita em mim — implorou, limpando o meu rosto. — Porque eu nunca faria isso com você.

— Você j-jura? — Tentando desesperadamente controlar a respiração, pressionei o peito e tentei acalmar a histeria que ganhava força dentro de mim. — Você j-jura que n-nunca ficou com e-ela?

Ele assentiu com veemência e abriu a boca para falar alguma coisa, mas então hesitou.

— Juro que não fiquei com ela aquela noite — enfim falou.

Meu coração se partiu outra vez.

— Quem é e-ela?

Ele abaixou a cabeça e não respondeu.

— Quem é e-ela, Gerard? — Funguei. — A Mulher-Gato! Quem é e-ela?

Silêncio.

— Eu não te traí.

— Quem é e-ela?

— Claire, não significou nada, juro.

— Quem é e-ela, Gerard?

— Não posso te falar.

— Por que não?

— Porque não posso, ok?

— Ela com certeza s-significa algo pra v-você, se você se recusa a me c-contar o n-nome dela.

— Ela não significa *nada* pra mim. Ok, Claire? Nada. Você é a única garota com quem já me importei.

— Então por que você f-fez isso? Por que você f-ficou com outras g-garotas?

— Não fiquei.

— No p-passado.

— Sei lá. — Soltou um suspiro sofrido e abaixou a cabeça de novo. — Não sei o que é que tenho de errado.

— Isso não p-pode continuar.

— O quê?

— A gente.

— A gente? — Seus olhos estavam desesperados de pânico. — Como assim, a gente não pode continuar?

— Não p-posso mais.

— Claire, para. Por favor. Não vou mais olhar pra ela. Prometo.

Ele se aproximou e tentou me puxar para um abraço. Resisti porque eu sabia que seria o meu fim. Estava me perdendo naquele garoto a cada dia que passava e, se eu não pisasse no freio agora que via bandeiras vermelhas por toda parte, estaria ferrada. Porque o amor era perigoso. Selvagem. Era imprudente com o coração humano, e eu estava determinada a me proteger.

— Por favor, não faz isso. Você é minha melhor amiga. Preciso de você.

— Não vou mais ser seu plano B.

— Você *nunca* foi meu plano B.

— Fui, sim! E estou de saco cheio disso!

— Claire.

— Vai embora, Gerard!

— Estou tão triste!

— Não fica. Foi livramento.

— Liz!

— O que foi? É verdade.

— Vai ficar tudo bem, Claire — Shannon disse, passando a mão pelos meus cachos. Ela e a Lizzie tinham ido me dar uma força. Bem, a Shannon veio me dar uma força. A Lizzie apareceu só para me dar o velho sermão intitulado "Te avisei". — Vocês vão dar um jeito.

— É melhor não darem um jeito — Lizzie grunhiu, se recostando na minha cadeira. — Ele é um cachorro.

— Liz!

— O que foi? — Deu de ombros sem remorso. — Ele é.

— Ei, como o Hugh está? — Shannon perguntou. — Ele está melhor?

— Passou o dia todo trancado no quarto.

— Ele falou o que aconteceu? — Lizzie perguntou.

— Não — respondi. — Mas está bem mal, então deve ter sido algo sério. Acho que minha mãe marcou uma consulta pra ele no fim da semana, o que é estranho quando se tem uma mãe enfermeira. Se ela não consegue consertar o problema, é meio assustador.

— Ele vai ficar bem — Shannon falou depressa, colocando a mão no meu braço. — Pode ser caxumba ou algo assim.

— Ah, merda, tomara que não seja — funguei.

— Por quê?

— Porque caxumba pode deixar os homens inférteis.

— *O quê?* — Lizzie se apoiou nos cotovelos e olhou para mim boquiaberta. — Onde foi que você ouviu isso?

— Da minha mãe — falei, assoando o nariz. — Credo.

— Ele sentou do lado do Johnny no almoço hoje — Shannon comentou, franzindo os lábios. — Você acha que...

— Oun — soltei, meio rindo, meio chorando. — Que fofa você se preocupando com os órgãos reprodutivos do seu namorado!

— Johnny está ótimo — Lizzie falou, suspirando. — Porque o Hugh não está com caxumba.

— Pode estar.

— Não está.

— Não tem como você saber.

— Ei, talvez meu irmão precise se sentar do lado do seu irmão, Shan — eu disse, assoando o nariz de novo. — Precisa ser castrado que nem o Brian.

— Esse é o espírito — Lizzie falou. — Bola pra cima, Biggzinha.

58

Três da madrugada

CLAIRE

O tempo deveria curar as coisas, mas várias horas tinham se passado e eu ainda sentia todas as facadas da traição nas minhas costas, e não havia sinal de que essa dor diminuiria. Minhas emoções estavam um completo caos, e eu ficava oscilando entre achar que tinha tomado uma péssima decisão e acreditar que fiz a coisa certa ao querer proteger o meu pobre e sofrido coração.

Será que havia alguma chance de eu ter cometido um erro? De eu ter exagerado? Claro, mas meu coração não era sábio nem calejado o suficiente para se arriscar desse jeito. Como é que eu poderia colocá-lo de maneira voluntária de volta no ringue com o do Gerard, sendo que ele foi nocauteado todas as outras vezes?

Quando a porta do meu quarto se abriu e o Gerard apareceu pouco depois das 3h da madrugada, como dizia a letra da minha música favorita do Busted, nem fiquei surpresa. Só triste mesmo.

— Você faria uma coisa por mim? — ele perguntou na escuridão. Entendendo meu silêncio como um aval para continuar, disse: — Você daria uma volta comigo?

— Uma volta? — Nossa, não reconheci minha própria voz rouca.

— Por favor.

Notei a seriedade do seu tom. Foi o único motivo pelo qual afastei as cobertas e sussurrei:

— Ok.

— Obrigado.

Cansada, vesti o roupão e calcei o chinelo antes de seguir para a porta.

— Só até a rua sem saída, ok?

— Como quiser — ele respondeu, indo atrás de mim.

— E aí? — falei quando sentimos o ar noturno e Gerard fechou a porta da casa atrás de nós. — Vai ser uma caminhada do tipo "conversa profunda e significativa" ou do tipo "fugindo dos seus pesadelos"?

Estava fazendo, pelo menos, dois graus negativos e o céu estava cristalino, um indicador claro de geada e gelo, mas Gerard não pareceu perceber. Andando ao meu lado de camiseta e calça de moletom, ele emanava calor.

— É mais uma caminhada do tipo "fiz merda e não consigo dormir por causa da culpa me comendo vivo".

Meus pés vacilaram por um momento, porém logo recobrei o passo, desesperada para manter a compostura.

— Então você *ficou* mesmo com a Mulher-Gato?

— Não no sábado à noite. Já fiquei no passado, mas faz um tempão que não rola mais. — Ele esticou o braço para pegar minha mão, mas se retraiu na última hora e soltou um suspiro pesado. — Juro que não olhei nem encostei em outra garota desde a Páscoa.

— Ok. — Enfiei minhas mãos meio congeladas nos bolsos do roupão. — Acredito em você.

— Não — falou com a voz embargada, notando minhas reservas.

— Tenho que fazer isso — sussurrei. — Nunca vou superar a gente se eu não tentar.

— Não — repetiu com os olhos cinzentos fixos nos meus. — Não desista. — Engoliu em seco. — Não supere a gente.

— Gerard...

Ele esticou a mão e passou o dedo pelos meus lábios e só parou ao tocar o meu cabelo, erguendo meu rosto para o seu.

— Não faz isso. — Tremendo da cabeça aos pés, coloquei a mão na sua boca. — Não se você for dar pra trás. — Soltei um suspiro trêmulo e passei a língua pelos lábios, provando a minha apreensão. — Porque acho mesmo que meu coração não vai aguentar.

Seus olhos estavam totalmente focados nos meus enquanto ele erguia o braço para afastar a minha mão da sua boca.

— Foi pra valer da primeira vez. — Seu peito estava arfando do esforço que ele fazia para respirar. — Foi pra valer da última vez. — Enlaçou o braço forte na minha cintura e puxou meu corpo contra o seu. — E é pra valer agora.

— Ger... — Minhas palavras foram engolidas pelos seus lábios colidindo contra os meus.

E o que começou como um beijo suave logo virou algo muito mais profundo e sério. A sensação da sua língua duelando devagar com a minha me deixou entorpecida de prazer.

— Não tenho sido bom pra você — falou, interrompendo nosso beijo. — Agora vejo. Levei um tempo pra perceber e confesso que andei meio perdido no meu cérebro cagado, mas agora estou vendo, Claire. — Seu tom era carregado e seus olhos estavam cheios de urgência. — Estou *te* vendo, ok? Não que eu não visse antes. Mas estou te ouvindo, amor. — Soltou um suspiro trêmulo e apoiou a cabeça na minha. — Daqui pra frente, vou te seguir pra qualquer lugar.

Meu coração deu um solavanco dentro do peito.

— Como assim?

— Sou seu — ele disse com a voz rouca. — Faz o que quiser de mim. Sou seu, Claire.

— Sério mesmo?

— Sério mesmo — falou, tão apavorado quanto eu. — Quero ser seu namorado e quero que você seja minha namorada.

— Você quer? — perguntei, tremendo.

Gerard fez que sim.

— Quero.

— Estou com medo — admiti, com o coração batendo forte enquanto eu o encarava. — Não quero sofrer. — *Não quero que você me faça sofrer.*

— Não te culpo por isso — respondeu, me surpreendendo. — Sei que te dei a pior impressão de mim e não posso voltar atrás. Mas você precisa saber que nunca quis te magoar.

— Entendo, Gerard, de verdade.

— Obrigado — falou, soltando um suspiro de alívio. — Por ser a pessoa mais compreensiva que já conheci.

— Quero ficar com você — eu disse, com a voz falhando pelas inúmeras lágrimas que se derramavam sem parar. — Quero tudo o que você falou, mas eu não... — Fiz uma pausa e balancei a cabeça, sem saber como verbalizar meus pensamentos.

— Está tudo bem — ele me tranquilizou. — Não precisa decidir agora.

— Não?

— Não — confirmou, erguendo meu queixo e me oferecendo um sorrisinho. — Podemos esperar até você estar pronta.

— Podemos?

— Sim, ursinha, podemos.

Dessa vez, quando pegou minha mão, foi bem diferente de todas as outras vezes.

Foi mais importante.

Foi como se eu estivesse sendo vista e meus sentimentos estivessem sendo validados.

Foi como uma *promessa.*

— Você me esperou — ele disse, apertando minha mão. — Agora, é a minha vez de te esperar.

59

Não consigo mais carregar esse peso

GIBSIE

— Precisamos conversar — foram as primeiras palavras que saíram da minha boca quando vi o Hugh deitado na cama na manhã seguinte. Já de uniforme, olhei o uniforme dele jogado no chão do quarto e franzi a testa. — Você não vai pra escola?

Ouvi um "não" abafado vindo das cobertas.

— Mas a gente tem jogo hoje.

— A resposta ainda é não.

— Merda, você está mesmo doente. — Ergui as sobrancelhas. — Pensei que estivesse fingindo no almoço ontem.

— Seja lá o que você queira me falar, será que pode ficar pra outra hora? — perguntou, abaixando as cobertas para olhar para mim. — Porque estou na pior aqui, cara.

— Não. — Fechei a porta, entrei no quarto e me sentei na ponta da cama. — Não pode.

Hugh cobriu a cabeça com as cobertas e grunhiu.

— Porra.

— Pedi sua irmã em namoro — anunciei, achando melhor tirar aquilo da frente logo. — Acho que, a essa altura, já está bastante claro que sou apaixonado por ela, Hugh. — Limpei a garganta e cocei o queixo antes de acrescentar: — E estou falando sério, ok? Tenho sérias intenções com *ela*.

Passei a noite inteira em claro com meus pensamentos furiosos, me perguntando o que eu diria para o meu amigo mais antigo. Porque, por mais que a gente gostasse de discutir e se provocar, aquela era uma situação delicada e eu não queria estragar a nossa amizade. Hugh Biggs significava muito pra mim — só não tanto quanto a irmã dele, mas mesmo assim. Eu precisava que ele aceitasse. Precisava da sua aprovação. Precisava que ele soubesse que eu não estava pegando mais ninguém. Que a irmã dele não era um joguinho, que eu estava falando sério.

Esperava que ele respondesse com violência, mas, quando não reagiu, comecei a ficar seriamente preocupado com o que quer que estivesse lhe afligindo.

— Você me ouviu, Hugh?

— Ouvi, Gibs.

Hum. Franzi as sobrancelhas, confuso.

— E você não quer me matar?

— Estou quebrado demais pra te matar, cara.

— Meu Deus. — Eu o cobri de novo e fiquei observando seu rosto. — Você quer que eu chame um médico?

— Não, é culpa minha. — Ele balançou a cabeça, pressionou a mão na testa e perguntou: — O que a Claire te respondeu?

— Bem, não me rejeitou na hora, então estou tomando isso como uma vitória — falei, suspirando. — Ela vai pensar um pouco.

— Esperta.

— Muito esperta — concordei, assentindo.

— Não parta o coração dela, Gibs.

O meu próprio coração disparou com força ao ouvir o pedido dele.

— Pode deixar.

— É sério. — Seus olhos castanhos se fixaram nos meus. — Se é pra valer, e tomara que seja, você não pode decepcionar ela.

— É *pra valer* — prometi, engolindo em seco. — Não vou decepcionar ela, Hugh.

— Que bom! — grunhiu, se virando de lado. — Porque não estou em condições de te matar nesse momento.

— Anotado. — Dei risada, me levantei e fui para a porta. — Melhoras, cara.

— Ah, meu Deus! — Claire gritou quando trombei com ela no corredor, com seus cachinhos loiros e bochechas rosadas. — O que você está...

Me comportando da melhor forma possível, sorri de maneira calorosa antes de dar um passo para o lado para que seu corpo coberto por uma toalha pudesse voltar para o quarto.

— Fica à vontade, ursinha.

— Você acordou cedo.

— Tenho uma missão.

— Ah. — Com as bochechas ainda vermelhas, ela se demorou na porta, me olhando um pouco insegura. — Ei, você vai pra escola de carro hoje? — Molhou os lábios com a língua e gesticulou para o quarto do irmão. — Porque não sei se o Hugh vai...

— Vou estar do outro lado da rua quando você estiver pronta — falei, interrompendo-a. — Te esperando pacientemente, ursinha.

— Ok. — Um sorrisinho surgiu nos seus lábios, me comunicando que ela havia entendido o significado oculto por trás das minhas palavras. — Prometo que não vou te deixar esperando muito tempo.

Quando atravessei a rua e entrei em casa, já estava em alerta total para potenciais encontros com o babaca do enteado da minha mãe. Só que eu não estava esperando vê-lo no meu quarto.

No instante em que meus olhos pousaram em Mark Allen sentado na minha cama, os pelos da minha nuca ficaram em pé.

Logo minha pele começou a suar, pegajosa e febril, e, se não fosse pelo fato de eu estar na presença dele, poderia pensar que tinha pegado o que quer que Hugh tivesse. *Mas não era eu o doente ali.*

— Sai do meu quarto.

— Você continua bagunceiro.

— Mandei você *vazar* do meu quarto.

— Não é assim que se cumprimenta seu irmão, Gibs — ele respondeu com um tom casual, indiferente à tensão que eu emanava. — A Sadhbh não te ensinou como se deve tratar as pessoas?

— Olha só quem fala — retruquei, sem arredar o pé da porta. — Você ainda tem coragem de vir aqui?

— Por que, Gibs?

Estreitei os olhos.

— Você sabe por quê.

— Não. — Balançou a cabeça, se levantou e se espreguiçou. — Não faço ideia do que você está falando.

— Faz, sim — insisti, sentindo meu corpo todo tremer ao vê-lo se aproximando de mim. — Você sabe muito bem o que fez.

— E o que foi que fiz?

— Você sabe — foi tudo o que consegui dizer, e odiei a minha vozinha. Era como se eu tivesse sete anos de novo. Ou oito, nove, dez, até onze. Minha respiração ficou presa, e tive que me forçar a não me encolher. — Você *sabe* — falei, arfando. — E ela também sabia.

— Você está enganado — ele disse, tentando mexer com a minha mente. — Está confundindo seus pesadelos com a realidade.

— Não estou, não — sacudi a cabeça, desesperado. — Não estou confundindo nada porque *sei* o que você fez. — Engoli em seco e me obriguei a dizer: — Eu *lembro.*

— Ah, é? — Ele parou na minha frente de braços cruzados e deu um sorrisinho. — Então prova.

Tremendo da cabeça aos pés, dei um passo para o lado e fui até a cama.

— Vou provar.

— O que é isso, Gibs? Os rabiscos inelegíveis de uma criança burra? — perguntou quando peguei a carta amassada debaixo do meu colchão. — Não me diga que um idiota analfabeto como você conseguiu manter um diário? — Deu risada de novo e acrescentou: — Meu Deus, você conseguiu. Você escreveu um diário feito uma menininha! — Um humor cruel tomou suas feições, me enviando de volta a um tempo da minha vida que eu não ousava revisitar. — Parece que, apesar dos meus esforços, não fui capaz de te transformar em homem.

— Não é meu. — Com mãos trêmulas, abri a carta e a ergui para ele. — É dela.

Uma centelha de reconhecimento brilhou em seus olhos, e ele deu um passo à frente.

— Essa é a letra da Caoimhe?

— É, porra — falei, tremendo bastante. — Acha que não tenho provas?

Vi um vislumbre de pânico no rosto dele, mas logo virou uma expressão confiante.

— Se você não mostrou isso pra ninguém, e claramente não mostrou, é porque *sabe* que ninguém vai acreditar. — Estreitou os olhos. — Ninguém vai acreditar na *sua* verdade acima da *minha*.

— Só existe uma verdade, Mark — falei, me esforçando para me manter firme, enquanto eu gesticulava para a carta na minha mão. — E está escrita aqui.

Ele ficou me encarando por um bom tempo antes de se aproximar com os olhos fixos na carta.

— Nem pense nisso — avisei, enfiando-a depressa no bolso. — Não tenho mais sete anos, babaca.

— Por que você está trazendo essa merda à tona de novo? — perguntou, tentando mudar a narrativa. — O passado é passado, Gibs. Está morto e enterrado.

— Talvez pra você — eu disse. — Mas ainda vivo aquilo todos os dias.

Ele revirou os olhos como se eu estivesse sendo dramático. Como se minhas lembranças e meu sofrimento e as suas ações não me destruíssem todos os dias.

— Quero que você vá embora — falei.

— Isso não vai acontecer. Já arranjei trabalho aqui e acabei de dar o sinal pra comprar uma casa pra minha família na cidade.

— Quero você fora da minha casa e da minha cidade. Hoje. De manhã. *Agora mesmo.*

— Senão o quê?

— Vou contar.

— *Contar?* — ele pronunciou a palavra como se fosse algo risível. — Meu Deus, quantos anos você tem?

— Dezessete. Mas eu tinha sete quando você me estuprou.

— Não...

— Só tinha sete anos quando você me estuprou pela primeira vez! — falei mais alto, me recusando a ser silenciado de novo por medo daquele homem. — E tinha onze anos quando você enfim parou! — Soltei um suspiro trêmulo e fiquei encarando o monstro parado na minha frente com lágrimas escorrendo pelo rosto. — Você roubou quatro anos da minha infância, e desde esse momento vivo em uma prisão na minha mente todos os dias da minha vida. Então, se não quiser passar os próximos dezessete anos da sua vida atrás das grades, você vai pegar um avião e nunca mais voltar!

60

Esse é o meu homem

CLAIRE

Eu tinha falado para o Gerard ontem à noite que iria pensar, mas mal consegui sobreviver à escola hoje sem jogar a toalha.

Quem é que eu estava tentando enganar?

Não ia fazê-lo esperar.

Não quando eu tinha o autocontrole de um rolo de massa.

No caminho para a escola, Gerard foi superdoce e superadorável, o que era uma droga porque só dificultava manter a guarda alta.

A maioria das pessoas construía muros em volta do coração para se proteger, e algumas delas, como o Joey e a Lizzie, eram extremamente talentosas nisso. Por outro lado, claramente comi mosca no dia em que essa habilidade em particular foi distribuída, porque meus muros estavam na altura do joelho, na melhor das hipóteses, e tinham sido construídos com *jujubas*.

Quando a Shannon se juntou a mim nas arquibancadas que cercavam o campo de rúgbi do Tommen, eu estava quase explodindo.

— Ah, meu Deus. — Ela deu risada, me observando com humor dançando em seus olhos. — Você está parecendo o Tigrão do Ursinho Pooh. — Ainda rindo, perguntou: — Quantos doces você comeu hoje, Claire? Porque você está literalmente se sacudindo sem parar.

— Eu sei! — falei, vibrando de energia malcontida. — Shan, juro que, se eu tivesse um rabo, ele estaria se mexendo muito.

— Nossa. — Minha melhor amiga gargalhou, se sentando ao meu lado. — Sei que você gosta de ver os meninos jogarem, Claire, mas nunca te vi tão animada assim pra um jogo antes.

Ela estava certa. Era verdade que eu curtia assistir aos jogos, mas esse não era o motivo do meu estado de agitação. Na verdade, já tinham se passado vinte minutos da primeira metade do jogo, e eu não fazia ideia de como estava o placar.

Eu supunha que nosso time estava ganhando, mas era mais porque o Johnny Kavanagh estava jogando, e não porque a Claire Biggs estava prestando atenção.

— Esse é o garoto novo que vocês estavam falando? — Shannon perguntou, apontando para um cara com a camiseta número dez do meu irmão.

— Ah, sim. — Franzi o nariz de desgosto. — O tal do Damien.

— Você já conheceu ele?

— Infelizmente. — Revirei os olhos e acrescentei: — Está começando hoje como fly-half. — Minha atenção se voltou para o Gerard bem na hora em que ele começava um line-out, e não consegui evitar pular da cadeira e gritar como uma doida.

Minha amiga me olhou do banco enquanto eu saltitava feito um coelhinho da duracell sob efeito de esteroides e balinhas de coca-cola.

— Parece que você e o Gibs fizeram as pazes.

Abri um sorriso radiante para ela.

— Sim.

— Que bom! — O alívio invadiu seus grandes olhos azuis, e ela sorriu de volta para mim. — Sabia que aquela foto que a Helen e a Shelley tiraram estava fora de contexto.

— Ele jura que não rolou nada.

— Então acredito — minha melhor amiga respondeu sem hesitar. — Se ele diz que não rolou nada com a Mulher-Gato, então é verdade.

— Você acha?

— Totalmente — respondeu, assentindo. — Ele não faria isso com você, Claire. Não o Gibs. Você é o mundo dele.

— Você gosta mesmo dele, né? — falei, me recostando no banco e enlaçando o braço no dela. — Oun, minha melhor amiga aprova o meu homem.

— Ele é um dos bons, Claire — ela disse com sinceridade. — Claro, o Gibs é um brincalhão e, às vezes, passa um pouco do limite, mas tem um coração enorme.

— Verdade — concordei, suspirando sonhadoramente.

— Nunca me senti segura perto dos homens — Shannon confessou, franzindo as sobrancelhas. — Por motivos óbvios.

Estremeci.

— Sei.

— Mas me sinto segura com ele — falou. — Além do Johnny, é o único outro cara em quem eu confiaria a minha vida.

— Oun. — Meu coração ficou quentinho. — Shan.

— Então não dê ouvidos pra Lizzie, ok? Ouve o seu coração. — Ela sorriu. — Ele não vai te levar pro caminho errado, prometo.

E, como se soubesse que estávamos falando dele, meu coração começou a bater descontrolado.

— Ele me pediu em namoro ontem.

Seus olhos azuis se esbugalharam.

— Sério?

Mordi os lábios e assenti animada.

— Sério.

— E o que você respondeu?

— Que estava com medo.

Os olhos da Shannon se aqueceram, compreensivos.

— Está tudo bem, Claire — ela disse, apertando a minha mão. — Dar o próximo passo em uma relação pode ser assustador.

— É mesmo.

— Mas também pode ser bem empolgante, libertador e incrível.

— Ele disse que me esperaria — contei, sentindo meu rosto esquentar só de lembrar. — Até eu estar pronta.

— Mas você está pronta, não? — perguntou como quem sabia das coisas.

— Estou. — Soltei um suspiro trêmulo e assenti vigorosamente. — Estou *mesmo.*

— Bem, ele está bem aqui, Claire. — Minha melhor amiga sorriu e gesticulou para o campo. — É o seu homem.

— Você está certa. — Me levantei e assenti em confirmação. — Esse é o *meu* homem.

61

Quem é Damien, porra?

GIBSIE

Eu estava profundamente concentrado e tinha acabado de ser arremessado vários metros no ar para outro line-out quando a voz do treinador berrando feito um doido da lateral do campo chamou minha atenção.

Por mais distraído que eu estivesse com os gritos, consegui pegar a bola e protegê-la do meu adversário enquanto meus companheiros me abaixavam até o chão.

— Cuidado com ele, gente — Danny rugiu, recuando para conduzir o grupo pela retaguarda. — Tudo certo aí, Gibs?

— Tudo! — Balancei a cabeça, tentando me concentrar de novo no maul e passar a bola para o nosso scrum half, enquanto outros 29 jogadores rugiam e gritavam ordens para mim e uns para os outros.

— Vai, vai, vai — Robbie Mac falou quando dei um jeito de sair correndo com a bola no braço. — Corre, Gibs.

Meu Deus, não fui feito para sprints solo de 80 metros, mas como não tinha ninguém para passar a bola dei o meu melhor e acabei estapeando a cara do ponta folgado do time adversário que tentou me derrubar. Porque eu estava me esforçando tanto que não ia deixar um filho da puta magrelo como ele roubar a minha glória.

— Vai, Gibs! — Johnny me encorajou, disparando pelo campo para me flanquear do lado de fora. — É o seu try, cara!

Johnny estava certo, era o meu try, mas quando encostei na bola atrás da linha branca, não comemorei com ele e o resto dos nossos companheiros. Porque eu estava distraído demais com a loira no meio do campo.

Protegi meus olhos do sol nublado para enxergar melhor a garota de uniforme escolar sendo arrastada para fora dali.

— *Claire?*

— Gerard! — gritou, agitando os braços e lutando para se soltar do treinador, que tentava segurá-la. — Ah, meu Deus, oi! Belo try!

— Valeu — falei, exausto demais da corrida à la Michael Johnson para chegar até ela. Com cãibras desgraçadas e ainda tentando recuperar o fôlego, coloquei a mão na barriga e fiquei observando a cena que se desenrolava à minha frente.

— Você não pode invadir o campo, Biggs — o treinador a repreendeu, segurando os seus ombros. — Estamos no meio do campeonato, caramba.

— Ah, meu Deus, dá um tempo, treinador! Só vou levar um minuto. — Ela se soltou, se abaixou e saiu rastejando por debaixo das pernas dele antes de disparar pelo campo. — Ei, Gerard, preciso te contar uma coisa!

— Agora? — Johnny perguntou, parecendo pouco impressionando com a invasão.

— Pois é — Feely concordou, franzindo a testa. — Não dá pra esperar o jogo acabar?

— Não. — Ela balançou a cabeça e seus cachos chacoalharam no seu rosto. — Tenho que falar com ele agora. Ei! — Foi interrompida pelo número dez substituto. — *Você* de novo!

— Eu — confirmou com um tom sombrio. — Sai do campo, princesa.

— Tira as mãos de mim, *Damien*. Quero falar com o Gerard.

Quem é Damien, porra?

— Você está tomando algum remédio controlado ou algo assim? — o número dez perguntou. — Pela última vez, não tem nenhum Gerard nesse time.

— Tem, sim!

— Não tem, não!

— Aff, você é tão grosseiro!

— E você é tão louca!

A graça que eu estava achando do comportamento dela foi logo substituída pela raiva quando vi um dos meus colegas se colocar na frente dela. Do nada, meus pés estavam se mexendo por vontade própria.

— Ei, dez! — falei, me aproximando depressa. — Fique longe da minha garota.

— Está vendo? Te falei. *Esse* é o Gerard — Claire declarou com orgulho, apontando o dedo para mim. — O *meu namorado*.

— Não, esse é o Gibsie — o idiota do Damien falou devagar. — De Gibson.

— Hum, *sim*. — Claire revirou os olhos. — De *Gerard* "Gibsie" Gibson.

Enquanto isso, fiquei preso no que a Claire tinha dito dez segundos antes, mais especificamente nas palavras "meu namorado".

— Puta merda — soltei, sentindo um aperto no peito quando meu coração decidiu disparar. — Está falando sério?

— Era isso que eu precisava te contar! — Assentindo vigorosamente, Claire empurrou o número dez e avançou na minha direção. — Me desculpa por interromper o jogo, mas não consegui esperar.

— Não dou a mínima pro jogo — falei, pegando-a no ar quando ela se jogou em mim. — Você disse que sou o seu namorado.

— Sim. — Sorrindo de forma maliciosa, ela envolveu os braços e as pernas em mim e se inclinou para a frente. — Eu disse.

— E aquela história de que você ia pensar?

— Já pensei — respondeu, roçando o nariz no meu. — Esperei dezesseis anos por isso. Mas quero deixar claro, Gerard Gibson, que não sou uma garota de lances casuais e aventuras, então, se não puder me dar tudo de si, você precisa me dizer — avisou, com os olhos castanhos fixos nos meus. — Essa é sua última chance de pular fora.

— Estou dentro — falei de uma vez, e eu nunca tinha enunciado algo mais verdadeiro na vida. — Estou totalmente dentro, Claire Biggs.

— Que bom! — Ela sorriu. — Eu também.

Então ela me beijou bem ali no meio do campo, na frente de toda a escola.

E, puta merda, como ela me beijou.

62

Pactos depois da escola

CLAIRE

Tudo bem. Então as consequências do meu comportamento impulsivo foram as seguintes: uma semana inteira de detenção na hora do almoço devido à minha inabilidade de seguir as normas escolares. Ah, e ganhei meu primeiro cartão vermelho do árbitro, o que achei meio estranho, considerando que eu só tinha beijado o Gerard, e não me envolvido em alguma jogada ilegal.

De qualquer forma, valeu *muito* a pena.

Quando enfim fui dispensada da sala do diretor depois de ter enfrentado vinte minutos de sermão do treinador e do sr. Twomey explicando a importância de *não* atacar jogadores de rúgbi, encontrei o Gerard me esperando do lado de fora. No instante em que meus olhos pousaram nele, recém-saído do banho e parecendo um deus naquela calça cinza e naquela camiseta preta de manga longa, todas as advertências do diretor saíram voando pela janela.

Meu coração bateu feito um tambor durante todo o caminho até em casa, porque eu sabia que estava ferrada. "Brown Eyed Girl", do Van Morrison, tocava no rádio e eu não consegui ouvir uma palavra da música de tão alto que meu coração martelava.

Eu tinha um namorado.

Sim, euzinha.

Melhor ainda: meu namorado era o *Gerard*.

Quando ele estacionou na frente da garagem de casa, não consegui me segurar. Eu não parecia capaz de lidar com a energia frenética zunindo dentro do meu corpo, então soltei o cinto e subi no console do carro e só parei até estar montada no seu colo.

— Eita, ursinha — Gerard disse, dando risada e empurrando o assento para trás para nos dar mais espaço. — Você está feliz.

— Estou — concordei, apoiando as mãos no seu peitoral largo. — Estou delirantemente feliz.

Ele deslizou as mãos pela barra da minha saia, agarrando a minha coxa, e pensei que ia desmaiar.

Porque eu o queria.

Mais que tudo.

Mais que o ar que eu respirava.

— Ei, é o Mark? — Me distraí ao ver Mark Allen carregando o porta-malas do land rover do pai com várias bagagens e me virei para o Gerard com os olhos arregalados de empolgação. — Ah, meu Deus! Ele está *indo embora*?

— Tomara.

— Tomara.

Gerard nem se deu ao trabalho de olhar para o Mark, mantendo todo o seu foco em mim.

— Te amo, Claire. — Respirou fundo e ficou estudando meu rosto por um longo tempo, fazendo carinho no meu queixo, e então suspirou. — Te amo de verdade, namorada.

— Oun. — Quase derretendo no seu colo, me inclinei para a frente e beijei seus lábios. — Também te amo de verdade, namorado.

Quando ele entrelaçou a mão no meu cabelo e aprofundou o beijo, derreti mesmo. Era um beijo tão bom... — lento, suave, profundo, de arrepiar, *perfeito.*

— Gerard? — falei um pouco depois, ofegante, interrompendo o beijo.

— Hum? — ele disse, enchendo meu pescoço de beijinhos maravilhosos que faziam os dedos do meu pé se contraírem.

— Você foi meu primeiro beijo.

— Uhum.

— E o primeiro garoto que me tocou lá.

— Hum.

— E o primeiro que me lambeu lá.

— Uhum.

— Bem, quero que você... — Minhas palavras falharam, e soltei um gemido quando sua língua encontrou um lugar particularmente sensível do meu pescoço. — Seja meu primeiro tudo.

Assim que falei aquelas palavras, Gerard congelou, com os lábios ainda no meu pescoço.

— Tudo?

Soltei um suspiro trêmulo e confirmei:

— Tudo.

— Então só pra ver se estamos na mesma página... — Gerard fez uma pausa para olhar para mim. — Você está falando de sexo, né? — Ele me olhou com atenção. — Porque sou conhecido por entender as coisas errado, e minha habilidade de ler as entrelinhas é tão impressionante quanto a minha capacidade de ler um texto em voz alta na aula, ursinha.

— Estou, Gerard. — Meu rosto se incendiou de calor. — *Estou* falando de sexo.

— Beleza.

Ele franziu as sobrancelhas e ficou me encarando.

— Hum, o que... exatamente...

— Ah, meu Deus, Gerard, quero fazer sexo com você! — falei de uma vez, verbalizando as palavras da forma menos sexy que se poderia imaginar. — Tipo, quero que você coloque sua escada na minha árvore.

— Na sua árvore?

Revirei os olhos, peguei sua mão e a enfiei entre as pernas.

— Ah, a sua *árvore* — ele disse enquanto a ficha caía. — Você devia ter falado moita, ursinha. Não estou familiarizado com essa terminologia em que bucetas são árvores.

— Credo, não. — Franzi o nariz de nojo. — Moita não é legal.

— Verdade — concordou. — E você, definitivamente, não tem uma moita.

— Não. — Sorri com orgulho. — Graças às lâminas da loja de um euro.

Ele ficou pensando no que eu tinha falado e depois balançou a cabeça.

— Então, de volta ao sexo...

— Sexo — falei.

— Quando você está planejando, hum... consumar o ato?

— Hum... eu estava meio que pensando... agora.

— Agora? — Gerard ficou um pouco desesperado. — Tipo, agora, aqui no carro?

— Não, claro que não aqui no carro — falei, rindo de nervoso.

— Ah, ufa. — Também riu de nervoso. — Porque eu estava pensando que o sr. Murphy sempre dá uma voltinha de noite e eu não quero traumatizar o homem.

— Verdade. — Dei uma risada forçada e olhei em volta antes de dizer: — Mas, hum... quem sabe no meu quarto?

— No seu quarto? — Olhou para o carro da minha mãe. — Com a sua mãe na cozinha?

Ai, caramba!

— Ou quem sabe no seu quarto?

— Até poderia ser, só que daí a *minha* mãe vai estar na cozinha.

— Droga — resmunguei.

— A gente podia... — Gerard começou a falar, mas logo desistiu e sacudiu a cabeça. — Nah, deixa pra lá.

— O que foi? — falei, me agarrando com todas as forças na centelhazinha de esperança que ia me oferecer. — O que é que a gente podia fazer, Gerard?

— A gente podia ir pra casa da árvore — sugeriu, e depois estremeceu, temendo a minha reação. — Mas claro que é uma péssima ideia, pois nenhuma garota vai querer ter a primeira vez em uma maldita casa da árvore...

— Você é um gênio! — gritei de empolgação. — É perfeito.

— É?

— É. — Abri um sorriso radiante para ele. — Eu *adoraria* que nossa primeira vez fosse na casa da árvore, Gerard Gibson. Se você também quiser...

— Quer saber, Claire Biggs? — Ele se sentou ereto. — Acho que eu ia gostar.

— Fechado então — respondi, oferecendo a mão para ela. — Vamos transar na casa da árvore.

— Fechado — Gerard concordou, apertando a minha mão. — Bora.

63
Consequências de beijar garotos em casas da árvore

CLAIRE

— Por que você demorou tanto? — perguntei quando o Gerard enfim me agraciou com a sua presença vinte minutos depois do combinado.

Depois de nos cumprimentarmos com um soquinho, ficamos de nos encontrar dali a meia hora na casa da árvore. Tomei o banho mais rápido conhecido pela humanidade, me esfregando, me raspando e me preparando com perfeição antes de subir a frágil escada no fundo do jardim com dois minutos de sobra.

E, após quinze minutos escondida ali sem sinal do Gerard, acabei ficando nervosa, porque a paranoia começou a se instalar.

— Achei que você tinha dado pra trás e fugido.

— Nada de dar pra trás — falou, atirando uma mala pela abertura e entrando logo em seguida. — Eu tinha que pegar umas coisinhas.

— Coisinhas?

— Camisinhas, Claire.

— Ai, *caramba*! — Arregalei os olhos e bati a mão na boca. — Eu tinha esquecido completamente.

— Não tema, já providenciei a nossa proteção.

— Você é o melhor.

— Pergunta. — Gerard se ajoelhou no chão da casinha, pegou a mala e a abriu com destreza. — Você saiu pelos fundos?

— Não. — Balancei a cabeça, observando-o sacar um edredom grosso e fofinho da mala. — Minha mãe está na cozinha e eu não queria que ela fizesse um interrogatório, então me esgueirei pela lateral da casa.

— Droga, por que é que não pensei nisso? — ele murmurou, todo atarefado, abrindo o edredom e o colocando no chão de madeira da casinha onde passamos a maior parte da nossa infância. Depois, surgiu outro cobertor. Um mais fino, suspeitamente parecido com o que minha mãe usava nos nossos piqueniques. — Foi quase impossível me livrar deles.

— Deles?

— Minha mãe também está em casa — explicou, segurando a camiseta por trás. — Estavam parecendo uma dupla de leoas famintas, isso sim. — Então Gerard arrancou a roupa por cima da cabeça com um movimento ágil. — Me enchendo o saco pra saber de fofocas.

— Fofocas? — perguntei, sentindo a boca secar ao ver seu peito nu. Meu Deus, ele era tão lindo!

— É. — Ele sentou e tirou os tênis. — Você ouviu alguma coisa sobre um baile de inverno?

— O Baile de Inverno do Tommen? — perguntei, imitando-o e também tirando a camiseta de um jeito ferino.

— Esse mesmo. — Depois, arrancou as meias. — Parece que vai rolar um baile no mês que vem, e preciso arranjar um *corsage* de flores frescas, e não de flores falsas — ele disse, revirando os olhos. — Como se eu já não soubesse disso.

— Meu vestido é amarelo-dourado — falei, dando um suspiro sonhador, levando as mãos ao peito. — Não é mostarda nem amarelo-abacaxi. Ah, e nem ocre, credo. É amarelo tipo o vestido da Andie Anderson em *Como perder um homem em dez dias.*

— Bom saber. — Ele segurou a calça e a empurrou pelos quadris estreitos. — Vou falar pro florista não me dar nenhuma fruta nem condimento.

Soltei um suspiro de susto ao vê-lo ali.

Ele era tão... grande e largo e musculoso.

Respirei fundo, tirei o short do pijama e me ajoelhei no edredom só de calcinha.

— Estou nervosa.

— Pois é, eu também — falou, prendendo um pacotinho no cós da cueca boxer cinza antes de esticar os braços para puxar o cabelo para trás. — Quem é que imaginaria que tem tantos tons de amarelo?

— Não, não estou falando da cor do meu *corsage*, Gerard. — Gesticulei para ele, ajoelhado de cueca, e depois para mim. — Estou nervosa com *isso.*

— *Isso* não precisa rolar — Gerard disse com uma voz gentil. — Não tem problema se você quiser esperar. — Ele se aproximou, colocou as mãos nos meus ombros e sorriu. — Não precisamos fazer nada se você não estiver pronta.

— Mas *estou* pronta — afirmei, com os olhos fixos nos dele. — Só estou... com medo.

— Eu também — admitiu baixinho.

Ergui as sobrancelhas.

— Sério?

— Sério — ele respondeu, assentindo de leve. — Do que você tem medo?

— De doer.

— Eu também.

— É mesmo? — Franzi a testa, estiquei os braços e abracei seu pescoço. Tremi quando o calor da sua pele penetrou na minha. — Mas pros meninos não dói, né?

Então algo cintilou nos seus olhos cinzentos, um raro vislumbre de vulnerabilidade que foi logo substituído pela ternura de sempre.

— Te amo — falou, pousando as mãos na minha cintura. — Vou fazer o que você quiser, ok? Você dita o ritmo, ursinha, e te sigo, ok? — Ele pressionou a testa contra a minha e soltou um suspiro trêmulo. — E eu estava falando sério. Se você quiser só ficar juntinho, podemos...

— Não. — Balancei a cabeça e puxei seu corpo contra o meu. — Quero você dentro de mim.

— Caralho... — Outro suspiro lhe escapou. — Tem certeza?

— Nunca tive tanta certeza de algo na vida — falei depressa, sem querer que *ele* desse para trás, pois eu estava cansada de enrolação. Passei dezesseis anos sentada no banco do carona de um carro estagnado, e o Gerard, que estava no banco do motorista, enfim tinha pisado no acelerador. Aquilo era tudo para mim. Ele era tudo. — Eu quero, Gerard. — Então levei as mãos trêmulas até as costas e tirei o sutiã, deixando-o de lado. — Quero você.

— Te amo. — Ele ergueu meu queixo, percorrendo cada centímetro do meu rosto com seus olhos cinzentos e então cravando-os nos meus. — Sempre te amei.

Daí o Gerard me beijou.

Um arrepio de corpo inteiro me percorreu conforme seus lábios me destruíam para todos os outros garotos que viriam depois dele.

Por favor, não quero que existam outros garotos depois dele.

Porque só quero ele.

Me deixa ficar com ele, Deus.

Instintivamente, fui me deitando de costas e trazendo-o comigo sem que seus lábios deixassem de amar os meus. A única coisa que nos separava era o tecido das nossas roupas íntimas enquanto nos esfregávamos um contra o outro e eu descobria uma espécie de coceira que precisava desesperadamente ser aliviada. Bem, era ele que estava provocando essa coceira. Na verdade, eu não queria que ele se afastasse do meu corpo nunca mais, porque não conseguia me lembrar de um momento em que me senti tão completa assim.

Então começamos a nos tocar. Foi profundo. Sério. Forte. Suave. Amoroso. Foi tudo. Seu corpo, a sensação da sua pele na minha, era tudo demais. Era exatamente o que passei a vida toda esperando.

— Está tudo bem — sussurrei depois que deixamos as nossas roupas íntimas no chão da casa da árvore. — Eu quero. — Meu coração acelerou de nervoso e expectativa quando ele se colocou entre as minhas coxas, com uma camisinha cobrindo o seu impressionante pau. Não me mexi um centímetro com medo de assustá-lo. O Gerard não podia fugir, porque sinceramente achei que eu fosse morrer se aquele garoto não fundisse seu corpo ao meu. — Você está tremendo.

— Pois é — ele disse, se inclinando para roçar os lábios nos meus. — É isso o que acontece quando ficamos nervosos.

— Você está nervoso?

— É como se tivesse vidro nas mãos, Claire. — Recuou para olhar para mim, tremendo mais que eu. — Claro que estou nervoso.

Nesse momento, senti uma pontada no coração, algo mais profundo que afeto, mais forte que amizade, mais permanente que a eternidade, e me ergui sobre os cotovelos.

— Te amo. — Rocei os lábios na sua barba rala, esfreguei a bochecha na dele e dei outro beijo no canto da sua boca. — Quero que seja com você.

— Sempre só quis que fosse com você — ele sussurrou, enquanto um tremor de corpo inteiro sacudia seu grande corpo. — Vou ser o mais gentil que puder.

— Isso. — Vibrando de antecipação temerosa, agarrei seus ombros e o beijei com força. — Só vai devagarzinho.

Gerard soltou um suspiro trêmulo e se inclinou para a frente, apoiando a testa na minha, e foi se enfiando aos poucos.

Então ele estava dentro de mim.

O choque inicial de dor que me percorreu foi o suficiente para fazer meus olhos arderem de lágrimas, mas fiquei firme, extasiada demais para me importar. Porque era ele. Se eu tivesse que sentir dor, queria que fosse nas mãos dele.

— Tudo bem aí?

— Sim. — Assenti em meio à dor, enquanto ele se mexia dentro de mim, se conectando comigo de uma forma que nenhum outro ser humano tinha se conectado. Era avassalador e assustador e lindo ao mesmo tempo. — Não para.

Gerard segurou o peso apoiando o antebraço no chão ao meu lado. Sua mão foi do meu rosto para a minha coxa, me puxando para mais perto, alinhando nossos corpos até nos unirmos da forma mais básica e primitiva possível.

Seus olhos estavam fechados com força, mas os meus estavam bem abertos, absorvendo tudo, cada centímetro dele. Todos os meus sentidos estavam à flor da pele. Senti o cheiro do sabão em pó no edredom abaixo de nós, o salgado da pele do pescoço dele que minha língua provocante experimentou. O peso delicioso dos seus quadris e a forma como a pressão aumentava quando ele metia mais fundo.

As emoções me dominavam. Eu estava me afogando nele. Era incrivelmente avassalador. Era como se eu tivesse jogado na loteria por dezesseis anos e enfim tivesse ganhado. Era uma fusão de euforia e incerteza.

Não dava para saber quem estava tremendo mais. Pensei que devíamos estar igualmente abalados, porque o Gerard parecia tão emocionado quanto eu.

— Tudo bem aí? — sussurrei, com a mão no seu pescoço. Ele parecia estar sentindo dor, se mexendo dentro de mim de olhos fechados. — Gerard?

— Sim. — Assentiu, mas não abriu os olhos. — Continua falando.

— Falando?

— A sua voz. — Soltou um gemido e enterrou o rosto no meu pescoço sem parar de meter. — Preciso ouvir a sua voz.

— Por quê?

— Porque preciso saber que é você me tocando.

64

Perdendo a virgindade e a consciência

GIBSIE

— Então... — Com o corpo todo tenso, fiquei segurando o cobertor sobre nós, olhando para o teto. Sério, eu estava tão rígido que parecia a meio caminho do rigor mortis. — Isso foi diferente.

— Bem diferente — Claire concordou ao meu lado, também segurando o cobertor e encarando o teto.

— Hum, foi mal por ter gozado antes de você ter conseguido — acrescentei. — Eu, ah... estava superexcitado.

— Ah, não, não, eu gozei — ela falou depressa.

Ergui as sobrancelhas.

— Ah, é?

— É. — Assentiu, ainda olhando para o teto. — Uma vez antes e outra vez durante.

— Ah...

— Você não percebeu?

— Não. Eu estava surtando.

— Ah. — Ela soltou um suspiro trêmulo. — Bem, eu gozei, então... bom trabalho?

— Hum, valeu? — Me mexi de leve, fazendo nossos ombros se tocarem. — Você também arrasou.

— Valeu! Então, hum... a camisinha ficou no lugar? — Ela deu de ombros e acrescentou: — Sabe, mesmo com o piercing?

— Sei lá. — Segurei o cobertor com mais força, sentindo um pânico me dominar. — Estou com medo de ver.

— Pois é — Claire disse, igualmente desesperada. — Eu também.

— Mas não te machuquei, né? — Me obriguei a virar de lado para olhar para ela. Afinal, olhar nos seus olhos enquanto a gente conversava era o mínimo que eu podia fazer, considerando o que ela me deixou fazer com o seu corpo. — Não foi tão ruim, né?

— O quê? Não, claro que você não me machucou — Claire respondeu, me imitando e se virando para mim. Suas bochechas estavam vermelhas e seus olhos castanhos estavam brilhando. Ela deu um sorrisinho tímido e fez carinho na minha bochecha. — Foi *tão* gostoso...

— Foi?

— *Muito.* — Um gemidinho feminino lhe escapou e ela mordeu o lábio, ainda sorrindo de orelha a orelha. — Mal posso esperar pra repetir.

— É mesmo?

— Por que você parece tão surpreso? Aposto que já ouviu isso centenas de vezes antes.

— Não.

— Mas você... — Franziu a testa, confusa. — Você claramente já fez isso antes.

— Não.

— Peraí... — Arregalou os olhos. — Você também era virgem?

Hesitei antes de perguntar:

— O que é ser virgem pra você?

— No seu caso, seria nunca ter colocado a sua escada na árvore de outra garota — ela falou de maneira inocente.

— Então, sim. — Dei de ombros. — Eu era virgem até meia hora atrás.

— Ah, meu Deus! — Ficou de pé, levando consigo o cobertor que nos cobria. — Não acredito!

— Isso é ruim?

— Gerard, isso é *maravilhoso.* — Enrolada no cobertor, ela se ajoelhou e voltou para perto de mim.

— Ao contrário das besteiras que saem da minha boca, sou mais de falar que de fazer — expliquei.

— Você tem a mente tão suja que poderia escrever um livro.

— Se eu conseguisse escrever, né? — Ele bufou. — Mas sou bom com textos safados. É só perguntar pros caras. Sou talentoso. — Sorri para ela. — Sou tão detalhista que poderia ser roteirista de filme pornô. Só... costumo errar a ortografia e daí todo mundo saberia que fui eu que escrevi.

— Você se guardou pra mim? — perguntou, ignorando com alegria meus comentários aleatórios. — A sua virgindade? — Seus olhos estavam brilhando de empolgação enquanto se sacudia de joelhos. — Ah, meu Deus, já sei a resposta, mas preciso ouvir você falando.

— Já te falei que sempre só existiu você pra mim, ursinha.

— Ounnn! — Levou as mãos ao peito e falou comigo como se eu fosse um dos seus gatinhos. — Eu sabia que você ia falar isso, mas gostei de ouvir mesmo assim.

— Então escuta só — comecei a dizer, me preparando para o que estava por vir. — Sabe aquela minha fobia?

— De sangue? — Ela assentiu solenemente. — É bem ruim, né?

— Hum — falei com uma voz esganiçada feito a de uma menininha conforme a imagem surgia na minha mente e me deixava mole. — Sei que é um pedido estranho, mas eu meio que estava querendo que você me fizesse o favor de dar uma olhada.

— Ah, dar uma *olhada*. — Arregalou os olhos quando a ficha caiu. — Em mim ou em você? — perguntou, afastando o cobertor do corpo.

— Nos dois — respondi, fechando os olhos com força.

— Beleza, eca!

— *Eca?* — Meu coração disparou selvagem no meu peito. — Eca bom ou eca ruim?

— Hum, acho que os dois.

— Os dois?

— Não surta, mas eu meio que sangrei em nós dois.

— Ah, meu Deus do céu. — Meu estômago se revirou. — Foi feio? Foi muito? Em mim ou em você? Foi em mim, né?

— Não, claro que não foi tão *feio* — bufou, ofendida. — E, calma, seu bebezão. Acho que é normal pelo hímen rompido.

— Hímen rompido? — gritei. — Que porra é *essa*?

— Você sabe o que é, Gerard — falou, dando uma risadinha. — Você já ouviu o papo sobre sexo.

— Ah, meu Deus, amor, você tem que tirar a camisinha pra mim — pedi, me sentindo zonzo. — Por favor, estou te implorando, porque, se eu tiver que olhar pro seu hímen rompido... me desculpa por ter rompido ele, aliás... vou desmaiar.

— Gerard!

— É sério — insisti, arfando. — Sei que estou sendo ridículo e juro que vou te recompensar, mas vou morrer se vir sangue, Claire. Vou morrer!

— Você está sendo ridículo mesmo — ela bufou, mas quando senti seus dedos no meu pau relaxei de alívio. — Sabe, nos filmes, é o homem que cuida da mulher depois do sexo — ela reclamou, tirando a camisinha. — Não o contrário.

— Não estamos em um filme, ursinha — falei. — Estamos na casa da árvore do jardim da casa da sua mãe em Ballylaggin.

— Tudo bem, levanta a bunda — ela pediu alguns minutos depois. Quando a obedeci, ela puxou a cueca de volta para o lugar. — Só fica de olhos fechado quando você tomar banho mais tarde e vai dar tudo certo.

— E você?

— Estou perfeitamente decente. Seu bebezão.

Dei uma espiada e suspirei quando vi a Claire colocando o pijama.

— Foi mal pelo drama — falei, sorrindo sem jeito. — Espero que você ainda me ame.

— Você é uma besta. — Claire vestiu a camiseta e sorriu. — Mas, sim, Gerard Gibson, ainda te amo.

— Graças a Deus. — Me sentindo um pouco mais corajoso, fiquei de pé meio encurvado para não bater a cabeça no teto e me aproximei dela. — Minha heroína!

— Claire! Gerard! — A voz da Sinead ecoou pelo jardim, seguida pela voz da minha própria mãe falando:

— O jantar está pronto!

— Estou indo, mãe! — Claire gritou de volta antes de se virar para mim. — Coitadas — ela disse. — Não têm ideia do que a gente acabou de fazer.

— Pois é — falei, rindo, mas logo fiquei sério quando meus olhos notaram algo no edredom branco: uma mancha de sangue vermelho-escarlate. — Ah, não, não, não — resmunguei, enfraquecendo e cambaleando para trás. — Você tem que me salvar — implorei. E, como eu era um completo idiota, corri para a porta e bati a cabeça no teto.

O som da Claire chamando o meu nome foi a última coisa que ouvi antes de tudo escurecer.

65
Armas de assassinato e crimes passionais

CLAIRE

— Gerard! — berrei, observando-o cair de cara no chão da casa da árvore, fazendo um barulho alto. Sério, ele caiu feito um saco de batatas. — Ah, meu Deus, Gerard?

Nada.

Nem um pio.

— Você morreu?

Silêncio.

— Meu Deus, te matei! — choraminguei, erguendo as mãos. — Te matei com o meu hímen!

Chorando histericamente, peguei o edredom sujo de sangue e o atirei para fora da casinha.

— Me desculpa, Gerard — falei, descendo as escadas. — Vou chamar alguém!

Depois de descer o último degrau da escada de três metros, peguei a evidência do meu crime passional e disparei, gritando "Socorro!" com todas as forças.

— Claire? — Nossas mães saíram para o quintal. — O que foi que aconteceu?

— Mãe, matei ele! — choraminguei, correndo para os seus braços. — Matei o Gerard!

— O que aconteceu? — Sadhbh perguntou, desesperada de preocupação. — Onde está o meu filho, Claire?

— Ele está morto. — Ainda em prantos, apontei para trás. — Na casa da árvore.

— Como assim? — minha mãe perguntou em um tom muito mais calmo que o da Sadhbh ou o meu. — O que aconteceu?

— Gerard! — Sadhbh berrou e saiu correndo, derrubando a xícara de café no gramado e subindo a escada da casinha às pressas. — Gerard, meu amor, está tudo bem. A mamãe está indo!

— O que aconteceu? — meu pai perguntou, surgindo no pátio. — Meu Deus, ouvi a gritaria do sótão.

— Matei o Gerard com o meu hímen, pai! — falei, jogando o edredom manchado aos seus pés. — Aqui está a arma do crime pra você entregar pra Gardaí quando vierem me prender!

— Ele está vivo! — Sadhbh falou da casinha, e juro que quase apaguei de alívio.

— Ah, graças a Deus! — eu disse, cobrindo o rosto com as mãos. — Obrigada, Jesus e Nossa Senhora por cuidarem de nós.

— Peter? — Sadhbh chamou. — Me dá uma mãozinha com o seu afilhado, pode ser?

— Claire. — Minha mãe balançou a cabeça. — Não sei se choro ou te mato agora.

— Eu sei! Me desculpa, mãe.

— Ok, todo mundo, pra trás — meu pai falou alguns minutos depois, tirando meu namorado da casa da árvore feito um bombeiro. — Ele vai ficar bem. Só tomou um susto, só isso.

66

Pais heróis e bombeiros

GIBSIE

Ainda fraco, me pendurei frouxamente no ombro do Peter Biggs, sabendo que as chances de ele estar me conduzindo para a morte eram altas, mas eu não tinha capacidade de fugir. O homem que me resgatou não era apenas meu padrinho, mas também o pai da minha namorada. E a virgindade dela estava espalhada por todo o meu pau.

Não olha, cara.

Não olha.

— Você vai me matar, Pete?

— Ainda não decidi, Gibs.

— Certo, bem... se você decidir que vai, será que pode me dar uns dez segundos de vantagem pra eu tentar fugir?

— Você teria sorte se eu te desse cinco.

— Posso me virar com cinco.

— Se seu pai estivesse vivo pra ver isso, ele estaria rachando o bico da situação.

— Gerard! — Claire gritou quando o pai dela me colocou no gramado. — Você está vivo! — Ela se aproximou, se ajoelhou e encheu minha bochecha de beijos. — É um milagre... ah, a sua cabeça... — Então seus beijos foram direcionados para o enorme galo que tinha aparecido na minha testa. — Pobrezinho.

A cara que nossas mães estavam fazendo paradas lado a lado de braços cruzados me garantiu que eu precisaria de outro milagre para sair dali inteiro.

— Aposto que você queria que eu tivesse te matado agora — Peter murmurou baixinho antes de voltar para a casa.

— Pra dentro, Claire Biggs — Sinead ordenou antes de segui-la pisando duro.

— Agora, Gerard Gibson — minha mãe acrescentou, saindo atrás dela.

Ah, merda!

— Antes de tudo, como você está se sentindo, Gerard? — Sinead perguntou, afastando a bolsa de gelo da minha testa e estremecendo. — Minha nossa, você vai precisar de mais gelo. Vamos deixar isso aqui mais um pouquinho.

Aposto que eu precisava mesmo. Eu quase tinha me decapitado no telhado da casa da árvore e estava exibindo um galo enorme em forma de chifre como consequência dos meus atos.

Apesar de ser perturbador o fato de eu parecer um dos unicórnios de pelúcia da minha namorada, isso não chegava nem perto das duas mulheres assustadoras paradas na minha frente.

— Beba tudo, Gerard — minha fiel escudeira disse. Claire arrumou o cobertor que as nossas mães tinham colocado nos meus ombros depois do meu resgate e empurrou o copo de refrigerante que eu estava segurando até a minha boca. — O açúcar vai te ajudar.

— E aí, qual dos gênios decidiu que era uma boa ideia tirar a roupa e brincar na casa da árvore em pleno novembro? — minha mãe perguntou com as mãos na cintura. — Vamos lá. Desembuchem.

Apontei para Claire o mais discretamente possível, ao mesmo tempo que ela apontou para mim de maneira não tão discreta assim.

Fiquei de queixo caído.

— Foi ideia *sua*.

— Não. — Claire olhou feio para mim. — Foi ideia *sua*.

— É verdade — cedi. — Mas a história de escada na moita foi ideia *sua*!

— Eca! Diga "árvore", Gerard!

— Árvore.

— Escada na árvore? — Sinead perguntou.

— Sexo — Claire e eu respondemos ao mesmo tempo. — Quer dizer sexo!

— Ah, meu Deus! — minha mãe grunhiu, cobrindo o rosto com a mão. — Bem, espero que vocês tenham se protegido, porque a última coisa que as nossas famílias precisam é repetir o fiasco da Cherub e do Brian!

— A gente se protegeu, Sadhbh — Claire disse. — E sentimos muito. — Ela me deu uma cotovelada antes de dizer: — Né, Gerard?

— Ah, sim — assenti. — Sentimos muito e nunca mais vamos fazer isso de novo.

— Nunca mais — Claire acrescentou, se juntando a mim nos acenos de cabeça. — A gente promete.

— E vocês acham que nascemos ontem? — Sinead arqueou a sobrancelha, incrédula. — Vocês vão voltar pra lá assim que a gente virar a cabeça.

— Exatamente — minha mãe concordou. — Vocês sabem dizer quando um adolescente está mentindo?

— Quando os lábios deles estão se mexendo — Sinead respondeu. — O que nos traz a questão: o que é que a gente vai fazer com vocês agora, hein?

— Vocês, com certeza, não podem ficar mais sozinhos.

— O que significa que dormir juntos está totalmente fora de cogitação.

— E vocês nem pensem em pisar naquela casa da árvore de novo.

— Isso mesmo, Sadhbh. Só por cima do meu cadáver.

— E do meu também, Sinead.

— Ah, meu Deus — falei, pegando a mão da Claire. — Parece até que querem que a gente se separe.

— Bem, isso nunca vai acontecer — Claire disse, apertando a minha mão. — Gerard e eu somos parceiros de vida. Vocês não podem nos separar.

— Isso — concordei, bufando de um jeito defensivo e gesticulando para a Claire. — Estou com ela.

— Parceiros de vida — minha mãe resmungou, me dando um tapa na nuca. — É melhor você torcer pra que os seus nadadores estejam bem contidos, Gerard Gibson, porque, se você nos transformar em avós antes de vocês dois alcançarem a maioridade, vou te levar no mesmo veterinário que o Brian pra ele te castrar.

Ser realocado para o quarto do Hugh foi uma tragédia, mas eu não podia discutir com o raciocínio da Sinead. Com toda a sinceridade, tive sorte de ainda poder frequentar aquela casa e ainda ter um lugar para dormir à noite.

Fiquei virando de um lado para o outro feito um maluco, sem pregar os olhos.

Mas não era por causa dos pesadelos.

Mas, sim, porque eu estava agitado.

Eu sabia que podia ir para casa se quisesse.

Mark tinha ido embora. Minha mãe me deu a notícia aquela noite. Uma emergência na família da esposa foi a desculpa que o Mark contou para ela e para o Keith antes de desaparecer feito a cobra que era.

Fiquei um pouco furioso por deixá-lo escapar impune pela segunda vez, mas muito mais aliviado porque meu sofrimento amenizou.

No fim das contas, fazia dez anos que eu carregava aquela cruz e lidava com aquele fardo muito bem. E continuaria bem com aquele monstro do outro lado do mundo.

Para mim, estava fazendo o melhor que podia com aquela situação. O pior já tinha acontecido, e eu era um sobrevivente.

Eu tinha me reconstruído do nada e preferiria morrer a deixar aquele escroto levar a melhor de novo. Nunca mais permitiria que ele me derrotasse. Ele tinha ganhado a batalha contra a minha versão criança, mas aquele cara jamais ganharia a guerra contra a minha versão adulta.

A única forma de as coisas piorarem ou de ele me derrotar de verdade era se as pessoas soubessem. Essa era a montanha que eu não queria escalar, e ele *sabia* disso. A minha vergonha lhe dava poder, e isso já durava uma década.

Apesar da sua partida abrupta, eu ainda não estava pronto para voltar para o meu quarto. Ele tinha estado ali, mexendo nas minhas coisas, contaminando o ar… e isso complicava tudo.

Além do mais, eu me sentia à vontade na casa dos Biggs. Sempre me senti. Aquela casa era o meu lar fora de casa, e a garota dormindo no quarto ao lado fazia com que fosse impossível sair.

Desci da cama improvisada e escapuli, mas cometi o erro de pisar bem na tábua que rangia no corredor. Em segundos, a matriarca da casa já estava fora da cama, vigiando meus movimentos.

— Volta já pra cama, mocinho.

E, como um criminoso pego em flagrante, ergui a mão e congelei no topo da escada.

— Só ia beber água, juro.

Sinead assentiu e gesticulou para que eu fosse em frente.

— Nada de paradas na volta, hein? Vá direto pra cama, entendeu?

— Ok.

— É sério, Gibs. Vou saber.

Meu Deus do céu!

Desci o último degrau e peguei o Dick no colo.

— Como vai o meu menino? — falei, aninhando-o no meu peito. — Nossa, você tem o cheiro dela — comentei, beijando a sua cabecinha a caminho da cozinha. — Eu poderia te comer todinho.

Quando acendi a luz da cozinha e ela foi inundada por uma luz amarelada, quase derrubei o gatinho de tanto susto.

— Meu Deus!

Hugh estava jogado na mesa, segurando a cabeça com as mãos.

— De onde foi que você apareceu? — sussurrei. — Pensei que você tinha saído quando vi sua cama vazia. — Franzi a testa e perguntei: — Onde você estava, cara?

— Por aí.

— Você está bem?

— Estou ótimo.

— Hugh, você está sentado na cozinha às três da madrugada com cara de quem acabou de perder alguém. — A preocupação me dominou. — Você claramente não está bem, cara.

— Eu só… — Parou de falar, respirou fundo e balançou a cabeça. — Estou ótimo. Vou dar um jeito.

— No quê?

Silêncio.

— Você vai dar um jeito no quê? — falei, me sentando.

— Estou ferrado, Gibs — sussurrou com a cabeça baixa.

— Ferrado? — Coloquei Dick no chão e ofereci ao meu velho amigo toda a minha atenção. — Como assim, cara?

— Estou fodido.

— Que nem o Joey Lynch? — perguntei, me sentindo mal por logo pensar no Lynchy. — Você está usando drogas?

— Não, Gibs.

— Então o que é, cara?

Como ele não respondeu, me levantei e me sentei ao seu lado.

— Hugh. — Coloquei a mão no seu ombro. — Fala comigo.

— Não *posso*.

— Vamos, cara. Sou eu. — Apertei seu ombro outra vez. — Você pode me contar qualquer coisa.

Ele abriu a boca para falar, mas parou de novo e cobriu o rosto com as mãos.

— Caralho! Não importa, cara.

— Claro que importa.

— Não posso falar disso — confessou, totalmente arrasado. Então empurrou a cadeira para trás e se levantou. — Não posso nem pensar nisso.

Sem dizer outra palavra, saiu da cozinha, me deixando com nada além das minhas perguntas sem respostas e o meu gatinho.

67
Uma víbora de língua afiada na área comum

CLAIRE

Sete semanas inteiras se passaram desde que a escada do Gerard fez sua viagem inaugural na minha árvore, e ainda estávamos firmes e fortes. Mais do que fortes. Éramos unha e carne.

Claro, nossas mães se transformaram em uma dupla de ninjas empenhadas em frustrar todo e qualquer plano de safadeza adolescente, mas como diz o ditado: quem tem vontade vai longe, e a gente deu um jeito de ficar juntos.

A melhor parte de tudo era que a Mãe Natureza me visitava sempre na hora certa, conforme a nossa programação organizada nos últimos quatro anos. A cada vinte e oito dias, durante cinco dias, ela gostava de passar para me avisar que meus óvulos estavam saudáveis.

A primeira visita depois que trocamos intimidades foi a mais bem-vinda de todas, porque me mostrou que o piercing do Gerard não tinha furado a nossa proteção. A segunda foi uma prova gloriosa de que eu poderia ter o melhor dos dois mundos. Não que eu não quisesse ter filhos com o Gerard. Eu queria. Mas queria que esses filhos viessem dali a vários anos.

Era quarta-feira, o último dia para experimentar o vestido antes do baile de inverno na sexta.

Apesar de tecnicamente ser dia de aula normal, a leve camada de neve lá fora obrigou a escola a informar os pais que, devido às condições adversas das estradas, o comparecimento dos alunos era opcional.

E claro que, assim que soubemos das boas-novas, Gerard e eu escolhemos passar o dia na mansão, construindo bonecos de neve e brincando de guerrinha com os nossos amigos.

Eu *adorava* quando nevava, ainda mais em dezembro. Eu era contagiada pelo clima caloroso e festivo do Natal, e pensar que as férias estavam chegando e eu ia passá-las como *namorada* do Gerard só fazia meu bom humor alcançar novos patamares.

— Ele nunca pede nada na cama — falei para a minha melhor amiga enquanto experimentávamos nossos vestidos pela última vez. — É normal?

— Não sei — Shannon respondeu, se virando para olhar as costas no espelho comprido. Estávamos no cobiçado escritório/provador da Edel Kavanagh, cercadas por diversas marcas de grife, esperando que ela voltasse com uma fita métrica. — Não sou a melhor pessoa pra te responder isso. A Lizzie, provavelmente, vai ter um conselho pra te dar, Claire.

— A Lizzie preferiria se escalpelar e oferecer o cabelo em sacrifício pro demônio antes de querer ajudar a minha relação.

Desde que o Gerard e eu assumimos o namoro, minha amizade com a Lizzie tinha esfriado a ponto de parecer haver um iceberg entre nós. Ela mal falava comigo na escola, não se sentava mais ao meu lado nas aulas, a gente quase não saía, e, se a Shannon não existisse, nem me cumprimentaria.

Eu estaria mentindo se dissesse que não doía, mas o Gerard valia a pena. Porque ele valia *muito* a pena. Era um namorado sensacional.

— Quando você está com o Johnny, tem alguma coisa específica que ele gosta que você faça?

— Claire!

— O que foi? — bufei. — Você é minha melhor amiga, e melhores amigas devem compartilhar conhecimentos.

— E se a Edel ouvir?

— Não vai ouvir porque ainda não voltou, então desembucha, Lynch.

— Bem... — Shannon ficou pensando por um longo tempo antes de dizer: — Ele adora beijos no pescoço.

— Beijos no pescoço?

— Uhum.

— Acho que a Claire estava esperando ouvir alguma coisa relacionada ao "pacote dele", Shan — Aoife disse, dando risada, aparecendo de trás da cortina do provador com seu vestido. — Uau, estou arrasando com esse look de mamãe gostosa! — comentou, se olhando com aprovação no espelho, ajeitando os peitos gigantes. — Sei que mocinhas devem ser modestas e tal, mas, sinceramente, amigas, se eu fosse um bolo, me comeria. — Soltou uma gargalhada e acrescentou: — E vamos ser sinceras: *não* sou nenhuma mocinha.

— Pergunta pra Aoife — Shannon disse, apontando para a cunhada. — Mas não quando eu estiver aqui, ok? Porque não quero mesmo ouvir como meu irmão é no sexo.

— Seu irmão *é* o sexo — Aoife falou por cima do ombro. — O meu homem é bem-dotado, meninas. Ele emana energia de PG.

Fiquei encarando-a, perdida.

— PG?

— Pau grande — Aoife explicou. Depois agitou as sobrancelhas e usou as mãos para ilustrar o que presumi ser o comprimento do pinto do namorado dela, o que me pareceu um pepino gigante e fiquei até um pouco assustada.

— Ah, meu Deus! — Arregalei os olhos, horrorizada. — Ele poderia encostar no meio da sua barriga com isso.

— Pois é! — Aoife assentiu com alegria, toda satisfeita. — Sou mesmo *sortuda.*

— Eu vou chorar — Shannon resmungou, tapando os ouvidos depressa.

— Vem com a mamãe, gatinha — Aoife falou, gesticulando para que eu me aproximasse. — Deixa eu te ensinar a seduzir um homem.

Armada com um mundo de conhecimentos sobre o membro masculino, créditos para Aoife Molloy, e o vestido dos meus sonhos, créditos para Edel Kavanagh, quase saí flutuando pelas portas do Tommen na manhã seguinte.

Ainda estava nevando, mas não o suficiente para ganharmos outro dia de presença opcional. Não que eu me importasse. Eu ficaria feliz tanto na escola quanto em casa. Além disso, só tínhamos aula aquele dia e no dia seguinte e, depois, estaríamos livres por duas semanas inteiras.

— Bom dia, família — cantarolei, entrando na área comum do sexto ano com uma pirueta. Ao parar sob um pedaço de azevinho pendurado no teto, dei um beijo estalado na bochecha do Patrick.

— Bom dia — todos falaram.

— Pra que isso, Biggzinha? — ele perguntou, dando risada e limpando o meu gloss do rosto.

— Olha onde você está, bonitão.

Patrick olhou para cima e, quando notou o azevinho, deu três passos para o lado para ficar longe do perigo.

— Valeu por avisar. — Ele ficou mexendo na manga do suéter, desconfortável. — Aquelas meninas do nosso ano estão me seguindo por toda parte com essa coisa.

— Helen e Shelley? — Dei risada. — Oun! Está vendo, Fe? Bem que tentei te avisar da sua lista de pretendentes.

— Hum... — foi tudo o que respondeu.

— Como vai o meu segundo homem e papai favorito? — falei ao me aproximar do Joey e da Aoife, comendo torradas na cozinha. — Pensei em falar que você era o primeiro, mas com certeza esse título vai pro meu próprio homem e pro meu próprio pai.

— Com certeza — Joey disse, parecendo não saber o que fazer com a minha alegria natalina. — Sabe, você arrasaria de elfa do Papai Noel — comentou, me surpreendendo. — Ou em alguma festinha de criança.

— Né? — Aoife concordou, rindo. — É só botar uma fantasia de princesa nela e munir a garota com tintas pras criancinhas que poderia facilmente fazer uns 200 euros por dia.

— É mesmo? — Fiquei empolgada com a ideia, balançando de um lado para o outro. — Sério?

— Sério. — Joey assentiu, voltando a atenção para a namorada. — Ela ia arrasar.

— Meu Deus! — Arregalei os olhos. — Vou ficar rica!

— Você já é rica — falaram ao mesmo tempo antes que a Aoife se virasse para a ruivinha silenciosa sentada sozinha no sofá. — Ei, gatinha! Tudo certo com o seu vestido pro baile de amanhã?

O rosto da Katie ficou vermelho com o elogio.

— Hum, sim, acho.

— Você acha? — Curiosa, Aoife foi até o sofá e sentou ao lado dela. — Você vai com o verde que me mostrou na foto?

Então a porta se abriu e o Gerard entrou resmungando algo sobre gente que ficava se exibindo e passaportes, seguido pela Shannon, toda animada, com um par de orelhinhas de rato na cabeça.

— Vou pra França! — ela praticamente gritou, disparando para mim agitando duas passagens na mão. — Vou passar três noites lá, Claire!

— Ah, meu Deus! — berrei, me juntando a ela na agitação e estudando as passagens. — Uau, você não vai só pra França, Shan! — falei, empolgada. — Você vai pra Paris!

— Paris fica na França — Lizzie comentou com um tom frio, passando por mim a caminho da cozinha. — Dá uma olhada num mapa qualquer hora dessas.

Decidi ignorá-la e abri um sorriso radiante para a Shannon, me concentrando nas orelhas de rato que ela ostentava.

— Então quer dizer que você vai pro lugar mais feliz do planeta?

Exultante de alegria, Shannon assentiu com veemência.

— Nunca andei de avião.

— Não fica assim, Gibs — Johnny disse, entrando na sala logo depois. — Foi um presente de Natal pra minha namorada, cara. Eu não podia levar você, né?

— Ah, não vejo por que não! — Gerard bufou, se colocando ao meu lado. — Um aviso, ursinha, esses dois malditos sem consideração vão se mandar pra Paris, *oui*, sem a gente. — Ele reclamou alto, arrancou as orelhas de rato da Shannon e as colocou na própria cabeça antes de se virar para mim. — Está vendo isso? Olha bem, amor, porque infelizmente isso é o mais perto que você vai chegar do Mickey esse Natal, já que, ao contrário do Senhor Fluxo de Caixa Ilimitado ali... — Fez uma pausa para apontar o dedão para o Johnny. — ...o seu garanhão aqui só pode te levar pra ver o Papai Noel.

— Oun! — Envolvi o seu pescoço e dei um beijo na sua bochecha. — Você vai me levar pra ver o Papai Noel?

— Ho, ho, ho, ursinha. — Gerard agitou as sobrancelhas, enlaçou minha cintura e me puxou para si. — E, se você for boazinha, talvez a gente possa...

— Ah, meu Deus! — Lizzie soltou um grito furioso e atirou o copo que estava segurando na parede, fazendo-o se estilhaçar todo. — Será que vocês podem calar a boca?

Daria para ouvir uma agulha caindo.

A sala toda ficou mortalmente silenciosa.

— Gibs... — Johnny disse, acenando a cabeça de maneira discreta para Gerard quando ele abriu a boca para falar alguma coisa. — Não vale a pena, cara.

— Eu sei — Gerard disse. — Mas é ela que não quer fazer as pazes.

— Fazer as pazes? — Lizzie grunhiu com a voz carregada de emoção. — Você sinceramente espera que eu faça as *pazes* com o irmão do cara que estuprou a minha irmã? — esbravejou. — Do cara que tem sangue nas mãos? — Estreitou os olhos e metralhou: — Você ficou do lado dele. Apoiou ele sendo que eu era sua amiga. Prefiro cortar os meus pulsos do que fazer as *pazes* com você!

— Não fiquei do lado dele — Gerard rosnou, perdendo a calma. — Acredite em mim quando digo que não existe ninguém nesse mundo que odeie esse escroto tanto quanto eu.

— Continua falando isso pra si mesmo, Thor. Pra ver se ajuda com o peso na sua consciência.

— Não vou ficar aqui ouvindo isso.

— Porque você é culpado.

— E você está errada!

— Estou certa e você sabe.

— Vai se foder, Liz.

— Vai se foder você. Não ligo se não tinham provas suficientes pra condenarem o cara. Eu sei a verdade. Eu mesma li. Então não tenha a audácia de mentir na minha cara. Ao contrário de você, tenho a habilidade de ler a porra de uma carta, babaca.

Nossa!

— Ei! — Johnny disse. — Não fala com ele assim.

— Isso mesmo, Capitão Fantástico. Protege o seu cachorrinho.

— Johnny, espera. Por favor, não faz nada. Ela está sofrendo — Shannon disse, tentando interferir, mas o Johnny sacudiu a cabeça.

— Shan, te amo, mas não vou dar palco pra ela.

Então foi isso.

O nosso líder tinha tomado partido.

Uma linha tinha sido traçada, e, depois de meses tentando manter a paz e agradar a namorada, Johnny Kavanagh tinha assumido seu lugar de direito ao lado do companheiro.

— Você precisa parar de falar — avisou, se colocando protetoramente na frente do Gerard. — E cair fora.

— Você que começou, não ele — falei antes que a Lizzie distorcesse a narrativa. — *Você* que gritou, que jogou o copo e trouxe o assunto à tona.

— Por que você está sempre do lado dele? — ela gritou. — Eu achava que era uma das suas melhores amigas.

— E eu achava que você era uma das minhas — berrei de volta. — Mas você passou os últimos dois meses ditando como eu deveria viver e falando comigo como se eu fosse uma criancinha só porque tomei decisões que não se encaixam na história que você construiu.

— Você sabe o que aconteceu.

— Sei que não teve nada a ver com o Gerard.

— Minha irmã está morta!

— A irmã do Gerard também!

— Sim, mas tem uma diferença, Claire. Não afoguei a irmã dele, mas o irmão dele certamente afogou a minha!

— Gente, podemos parar com isso? — Shannon tentou intervir, mas era tarde demais para isso. O caldo já tinha entornado e as confissões estavam transbordando para todos os lados.

— Não — Lizzie gritou com a voz rouca. — Porque nunca vou aceitar que você esteja com ele.

— E nunca vou te pedir *permissão* pra nada!

A Lizzie parecia um animal selvagem encurralado. Então balançou a cabeça e disparou para a porta.

— Vão todos pro inferno.

— O que... — Hugh murmurou, olhando para a garota em prantos pressionada contra ele. — O que aconteceu?

— Pergunta pro defensor de estuprador ali!

— Gibs? — Hugh disse, se virando para o amigo. — O que rolou?

— Quer saber de uma coisa, Liz? — Gerard falou com calma. — Qualquer dia desses, você vai ter que fazer as pazes com o fato de que a única pessoa responsável pela morte da sua irmã é *ela mesma*.

No instante em que ele disse isso, a Lizzie surtou. Gerard partiu para cima dele, e foi quando tudo desmoronou. Mais rápido que um raio, Hugh a intercedeu antes que ela encostasse no Gerard.

— Me solta, porra — berrou, batendo no peito do meu irmão com a fúria de mil demônios. — Não preciso que você me salve!

Hugh não a soltou. Ignorando seus tapas, abraçou sua cintura e a puxou para perto, apertando seu rosto contra o peito. Uma hora, Lizzie relaxou, erguendo as mãos para agarrar a camisa dele enquanto ele falava com os meninos, nervoso.

— Sai daqui, Hugh — Johnny disse, mantendo a posição protetora na frente do amigo, parecendo mais alterado que nunca. — Agora, cara.

Enquanto isso, Katie observava a cena sem falar nada, com uma expressão ilegível no rosto.

Ainda mantendo Lizzie contra o peito, Hugh continuou falando com os amigos enquanto distribuía instruções e pegava um molho de chaves no ar. Ele lançou um olhar para a namorada, que simplesmente assentiu antes de se afastar do drama e guardar a lancheira na mochila escolar.

Hugh abriu a porta para o corredor principal e, protegendo o rosto dela das dezenas de colegas que passavam, a levou embora, enquanto o Johnny conduzia o Gerard para a direção oposta. Ele manteve a mão no ombro do amigo e o levou para longe da carnificina.

— Ela precisa de um médico — Pierce, que estava parado no corredor, comentou, entrando na discussão. — Essa garota não está nada bem.

— Não fala assim — Patrick disse. — Nossa!

— Pessoas feridas ferem os outros — Shannon falou. — Sei que não é desculpa, mas, por favor, não a transformem em vilã só porque ela não consegue lidar com o trauma de um jeito saudável.

— Shannon, todo mundo tem traumas — Katie declarou. — E nem todo mundo sai projetando tudo nos outros.

— Acho que é porque muitas conversas ficaram pendentes — Patrick disse, se mexendo no assento. — Um dia, estava aqui e, no outro, ela...

— Não estava mais.

— Exatamente.

— Nada foi esclarecido — acrescentou.

— Pois é — Shannon concordou, assentindo com veemência. — Então a Lizzie está presa naquele dia.

— Meio que nem no filme *Feitiço do tempo.*

— Isso — sorriu para o Patrick. — Igualzinho no filme. — Ela se virou para nós. — Os anos estão passando pra gente, mas a Lizzie continua presa naquele momento. — Deu de ombros e acrescentou: — E o tempo não pode curar nada se ele não passa.

68

Me abrindo e me fechando

GIBSIE

As últimas semanas foram as melhores da minha vida, mas de um jeito meio cagado, porque também foram as mais difíceis. Porque todos os dias eu acordava e *mentia* para a única pessoa de quem eu não devia esconder nada. O segredo era tolerável quando a nossa relação era platônica, mas a mudança que ocorreu dentro em mim desde que nos tornamos mais que amigos era grande.

Eu me sentia cansado o tempo todo, como se estivesse carregando um enorme peso que se tornava cada dia mais insuportável. E, na manhã do baile de inverno, enfim concluí que não aguentava mais.

Não suportaria carregar aquele peso nem mais um dia.

Era demais.

Era paralisante.

Com o braço firme em torno da garota nua na minha cama e a atenção no teto do meu quarto, ponderei minhas opções.

Será que eu poderia falar?

Será que conseguiria mesmo verbalizar aquelas palavras, sabendo que a única vez que fiz isso foi em vão? Não acreditaram em mim antes, então será que a Claire acreditaria em mim agora? Sim, ela me amava, eu tinha certeza, mas o amor não tinha nada a ver com a habilidade de alguém de acreditar em monstros.

Me concentrei na respiração e tentei reprimir o desconforto, e, quando isso não funcionou, prendi o fôlego na esperança de passar mal e conseguir uns minutinhos de sono antes do meu despertador tocar, avisando que era hora de ir para a escola. Mas tudo o que consegui foi fazer meu coração latejar mais alto nos meus ouvidos.

Incapaz de encontrar conforto sozinho, voltei a atenção para o terno pendurado na porta do quarto antes de pousar os olhos na "Bela Adormecida" nos meus braços. Ela estava dormindo havia horas e eu não tinha pregado os olhos. Eu não ficava confortável na minha própria cama e, como passei noventa por cento das noites da vida na cama dela, não conseguia apaziguar direito a ansiedade que me devorava.

Mas ter a sua presença ali no meu espaço, ter seu corpo contra o meu, me dava algo que eu nunca tinha experimentado antes e que se parecia com paz. A Claire me fazia querer ficar na cama com ela. Me fazia querer relaxar. Porque eu a amava. Cada pedacinho de mim a amava. Cada grama do meu ser. Mesmo eu sendo defeituoso. Não conseguia evitar. Era instintivo. Era intenso. Era para sempre.

Enquanto a observava, senti meu coração se ancorar nela, se apegando e se envolvendo em nós intrincados em torno de cada parte sua. Eu sabia que jamais superaria aquela garota, o que tornava mentir para ela quase tão impensável quanto lhe contar tudo.

Lutando uma batalha interna que eu perderia de qualquer maneira, fiquei esperando em silêncio até que ela enfim acordasse, trazendo consigo um sorriso que brilhava mais do que qualquer sol pairando sobre Ballylaggin.

— Bom dia, sr. Sorrisinho — murmurou, sonolenta, se virando de lado e colocando o braço e a perna sobre mim. — Hum, meu radiador humano.

— Bom dia, sra. Sorrisinha — respondi, sentindo meu corpo todo se incendiar com ela desperta. — Você está bem? — Seu hálito suave fez cócegas no meu peito, mas não me mexi um centímetro. Eu precisava do seu calor. Da sua luz. — Está dolorida?

— Estou ótima — falou, se aproximando até os nossos corpos se fundirem de novo. — Ontem, foi superdivertido.

Super.

Sorri ao ouvir a palavra.

Era tão fofo...

E a noite tinha sido mais que superdivertida. Ela foi tudo para mim. Claire nunca entenderia quantos demônios espantava do meu quarto com o seu corpo. Estar com ela naquela cama, a mesma cama onde enfrentei inúmeras noites de tortura ao longo da minha infância, era tão catártico que era quase surreal.

Conta para ela, meu coração pediu. *Só conta logo.*

— A gente tem mesmo que ir pra escola?

— Não — falei, afastando as lembranças outra vez para estar presente com a pessoa responsável por fazer meu coração continuar batendo desde que eu tinha sete anos.

— Temos, sim — ela rebateu, suspirando. — A minha mãe vai receber uma ligação da Dee se eu não for pra aula e vai acabar descobrindo a gente, porque ela vai ligar pra Edel e saber que não estou na casa da Shannon.

Me mexi, desconfortável.

— Você está bem? — Ela ergueu a cabeça para olhar para mim. — Seu corpo ficou todo tenso de repente.

— Estou ótimo — falei, tentando arranjar um jeito de verbalizar o que eu estava prestes a dizer. — Preciso te contar uma coisa.

— Ah?

— Pois é. — Engoli em seco e fechei os olhos, organizando a cabeça para a possibilidade de ela me abandonar. — É sobre a Dee.

Não, meu coração protestou. *É sobre o Mark.*

Uma coisa de cada vez, outra parte da minha mente sussurrou.

Conta tudo para ela.

— Sobre a Dee? — Claire perguntou, franzindo a testa. — A recepcionista do Tommen?

— É. — Molhei os lábios com a língua e me esforcei para pensar nas minhas próximas palavras, pois eu sabia que não podia fazer merda. — Eu, ah...

— Você o quê? — Claire falou, beliscando meu mamilo. — O que está comendo a sua língua, Gerard Gibson?

Só diz de uma vez.

Seja homem e conta tudo, caralho.

Ela merece a verdade!

— Fiquei com ela algumas vezes — desembuchei e prendi o fôlego, apreensivo.

Claire não reagiu. Em vez disso, só ficou sorrindo para mim, esperando a confissão. Porque ela era pura demais para sequer pensar em algo tão errado. Meu Deus, Johnny tinha razão. Dizer em voz alta fez tudo parecer bem pior. Era asqueroso. Fazia eu me sentir sujo.

— Com a Dee — repeti, pois ela não pareceu entender o que eu estava dizendo ou era doce demais para compreender a merda em que eu tinha me metido. — Já fiquei com ela, Claire.

— Como assim? — perguntou, com a confusão estampada no seu lindo rosto.

— Já *fiquei* com ela — repeti, enunciando bem as palavras na esperança de que ela não me forçasse a entrar em detalhes. — No passado.

— No passado?

— É. — Assenti devagar, sentindo meu coração disparar de maneira perigosa. — Mas não rola mais nada desde o quinto ano, e não rolou *nada* desde que a gente está junto.

Como ela só ficou me encarando sem piscar, soltei um suspiro sofrido.

— Por favor, diz alguma coisa, amor.

— Não sei o que dizer — respondeu, sentando devagar. — Porque não entendo o que você está querendo dizer quando fala que já ficou com a recepcionista da escola.

— A Dee é a Mulher-Gato, Claire.

Então ela enfim entendeu.

A dor tomou suas feições, e tive vontade de morrer.

— Você dormiu com ela?

— Não. — Balancei a cabeça. — Juro que não. Só dormi com você.

— Então o que... — Parou de falar e pressionou a mão na testa. — Você trocou *outras* intimidades com ela?

— Sim.

— Você trocou intimidades com ela que nem você fez comigo? E ela com você?

Sabia o que ela estava me perguntando, e me odiei pela resposta que tive que lhe dar.

— Foi tudo eu. Só eu que toquei...

— Shhh! — Ela cobriu minha boca com a mão e tremeu de maneira nervosa. — Já entendi sem precisar de detalhes.

— Não sei por que deixei isso acontecer — confessei quando ela tirou a mão da minha boca. — Me desculpa.

— Por quê? — Ela ficou me encarando como se não me conhecesse. Como se eu fosse um estranho, em vez da pessoa com quem ela havia passado a vida toda. — Por que você ficou com ela, Gerard?

— Sei lá — falei, impotente. — Tem alguma coisa errada com a minha cabeça.

— Por quê?

Você sabe.

— Não sei, Claire.

— Você *tem* que saber.

Conta para ela.

— Não tenho uma resposta pra te dar.

Ela não falou nada, mas também não fugiu. Só ficou sentada no meio da cama, com o lençol em volta de si, olhando para as próprias mãos.

— O que você está pensando? — perguntei quando não consegui aguentar nem mais um minuto de silêncio.

— Estou pensando... — começou e então parou. — Estou pensando... — Balançou a cabeça, cerrou os punhos e me olhou feio. — Estou pensando que ela vai se ferrar por ter encostado no meu namorado!

— Eita, Claire. — Eu queria acalmá-la, mas pela forma como ela pulou da cama e se vestiu deu para ver que não seria nada fácil. — Você não pode contar pra ninguém.

— Não posso contar pra ninguém? — Olhou para mim como se eu tivesse duas cabeças. — Gerard, ela é *adulta*, exercendo um *papel de autoridade*, e deu em cima de um *aluno*! — Furiosa, colocou o uniforme e ficou procurando os sapatos no chão do quarto. — Ela não vai se safar dessa, Gerard.

— Claire, só te contei porque não queria guardar segredo de você, não porque preciso que você faça alguma coisa pra me salvar — falei, na defensiva. — Você não tem que fazer nada, ok?

— Bem, alguém precisa fazer.

— Por favor, não faz nada — pedi, tremendo. — Isso é problema meu e só meu.

— Gerard, ela não devia ter encostado o dedo em você!

— Eu sei — falei, passando a mão pelo cabelo, frustrado. — Mas não aconteceu mais, então deixa pra lá.

— Não vou deixar. — Ela sacudiu a cabeça. — Porque se a sua mãe ficar sabendo...

— Meu Deus, Claire, estou tentando conversar com você e você não está me ouvindo! Você não está me ouvindo, caramba!

— *Estou* te ouvindo, Gerard.

— Então fica de boca fechada. Não preciso que você faça nada. Só preciso que você saiba, ok? Pensei que estava fazendo a coisa certa ao te contar, mas me enganei. De qualquer forma, te contei um segredo, então não me ferre contando pros outros, Claire.

— *Ela* que te ferrou, Gerard — ela retrucou, erguendo as mãos, desesperada. — Ela, e não eu!

69

Vingança à la Biggs

CLAIRE

Mais que furiosa, entrei no Tommen na manhã de sexta-feira antes das férias de Natal sem nem um pingo da animação ou do bom humor de sempre. O baile de inverno seria aquela noite e eu costumava ligar bastante para os eventos sociais escolares, mas estava abalada demais com a bomba que o Gerard jogou em mim para me importar com frivolidades.

Gerard achava que eu estava exagerando.

E eu achava que eu devia fazer *mais*.

Porque aquilo era *doentio*.

Era *errado*.

O que a recepcionista da escola fez com ele era *perverso*.

Discutimos durante todo o caminho da casa dele até a escola e nos separamos meio brigados no estacionamento.

Mais que revoltada com a confissão, fui direto para a sala do diretor, determinada a colocar aquela mulher no lugar, quer ele quisesse ou não.

— Posso te ajudar? — a srta. Pervertida perguntou com um sorriso forçado quando me aproximei da mesa.

— Sim. — Apoiei os cotovelos no balcão e olhei feio para ela. — Queria saber se o sr. Twomey sabe que tem uma pedófila na folha de pagamento.

Ela manteve a calma e falou educadamente:

— Como?

— Bem, como mais você chamaria uma adulta se aproveitando de um garoto de quinze anos? — perguntei, depois de ter conseguido arrancar aquele pedacinho de informação do meu namorado durante o caminho para a *escola*. Sim, para a escola. Onde éramos *alunos*, e a abusadora dele era *funcionária*.

Aff!

— Não estou te entendendo.

— Então deixa eu esclarecer as coisas pra você — sussurrei, me inclinando sobre o balcão. Sorte a dela que estávamos sozinhas. — Sei o que você fez. Sei tudo sobre o seu segredinho, e acho que você é doente. — Ergui a voz de indignação. — Você é *doente* da cabeça, senhora!

— Acho que você precisa sair.

— Ah, não vou a lugar algum antes de falar com o diretor.

O rosto dela empalideceu.

— Isso mesmo — esbravejei, furiosa. — Você vai ver o sol nascer quadrado, Dee.

— Eu tinha vinte e um anos — ela tentou explicar. — Estava enfrentando uns problemas em casa e não estava pensando direito.

— Não é justificativa pro que você fez, sua pervertida!

— Para de me chamar assim — ela pediu, cobrindo o rosto com as mãos.

— O que foi? Só estou declarando fatos — disse, sem querer ceder nem um centímetro. — Você é *repugnante*! — Estava fora de mim e estiquei a mão para derrubar uma pilha de papéis meticulosamente organizada, espalhando-os para todos os lados. — O Gerard era uma *criança*, e *você* se aproveitou dele.

— Não — continuou protestando. — Não foi bem assim.

— Tenho amigos nessa escola — falei, com o corpo fervendo de raiva. — Amigos que têm irmãos mais novos, que não estão seguros com uma pedófila como você trabalhando aqui!

— Eu não fiz isso — ela respondeu, pressionando o peito como se estivesse mortalmente ofendida de eu pensar tal coisa dela. — Nunca tocaria numa criança!

— Pois foi o que você fez — gritei. — Você me dá nojo. Pessoas como você me dão nojo!

Então a porta do escritório se abriu e o Gerard apareceu.

— Claire! — Ele arregalou os olhos de pavor. — Para com isso!

— Para com isso? — Me virei para ele de cara feia. — Para? Não é pra *mim* que você devia falar isso, Gerard!

— Foi consensual — ele tentou explicar, segurando as mãos que eu agitava sem parar. — Ei, ei, shhh... se acalma um pouco, *por favor*. — Com um tom suave, me puxou para si e colocou meu cabelo para trás. — Ela não me obrigou a fazer nada, ok?

— Não *importa*, Gerard — gritei, agarrando seus braços para que me *ouvisse*. — Porque ela não devia nem ter encostado em você, pra começo de conversa.

— Eu nunca dormi com ele — ela argumentou, como se merecesse um prêmio por ser um pouco menos pervertida. — Nunca toquei nas partes íntimas dele.

— Não, você só o manipulou pra que ele tocasse em você porque assim, se fosse pega, ele poderia levar a culpa — disparei. — Bem, estou vendo seu joguinho, querida, e o conheço melhor do que você imagina.

— Claire — Gerard falou, chamando minha atenção de novo. — Por favor, não faz isso.

Eu não conseguia ouvi-lo.

Não conseguia conversar.

Porque não havia como explicar o que aquela mulher tinha feito com ele.

Estava irritada porque o Gerard não conseguia perceber que ela havia se aproveitado dele. Eu estava tão brava que senti vontade de agredir os dois, coisa que achava abominável.

Eu tinha brigado com um total de uma pessoa em toda a minha vida e ainda me sentia culpada por isso. Mesmo assim, queria arrancar os olhos pervertidos dela.

— Você precisa consertar as coisas — falei para a recepcionista, erguendo a mão. — Precisa fazer um depoimento pra Gardaí.

— Não — Gerard interveio, me calando com um tom autoritário. — Se você me ama, Claire... — Ele segurou meu rosto, me obrigando a olhar para ele. — Se você me ama como diz, não vai contar pra ninguém. — Seu peito estava pesado e seus olhos revelavam uma mistura de traição e desespero. — Se fizer isso comigo, se quebrar a minha confiança desse jeito, acho que não vou conseguir superar.

— Não fala assim! — eu disse, me sentindo impotente enquanto ele me encurralava no canto com a sua ameaça silenciosa. — Isso é chantagem emocional.

— É a minha verdade — ele disse, sem soltar o meu rosto. — Você precisa me *ouvir*.

— Estou te ouvindo, Gerard.

— Então faz o que *eu* estou te pedindo — implorou com a voz rouca. — Por favor, Claire!

— Ok, não vou contar! — berrei, me sentindo um fracasso total. Porque eu era um fracasso. Estava fracassando com o garoto na minha frente. — Com uma condição.

— Pode falar — ele disse, assentindo, aliviado. — É só dizer.

Funguei e apontei para a abusadora.

— Ela tem que pedir demissão.

— Não vou pedir demissão.

— Ou você renuncia ao seu trabalho agora — rosnei, me soltando do Gerard para olhar para ela. — Ou vou fazer de tudo pra que você esteja atrás das grades até o fim do dia.

70

Que desastre!

GIBSIE

— O que é que eu estava pensando? — Deitado de terno na minha cama várias horas depois, grunhi feito um doido, repetindo a mesma pergunta que passei o dia todo me fazendo. — Por quê, meu Deus, coisas ruins acontecem com boas pessoas?

— Porque ela não é uma boa pessoa, Gibs, e a sua namorada tinha razão quando a chamou de pervertida.

Estreitei os olhos e fiquei olhando feio para o telefone.

— Você não está ajudando, cap.

— Te falei que você não devia ter encostado naquela mulher. Te falei desde o começo, mas você não me ouviu.

— Agora você não está mesmo ajudando — bufei. — Estou com vontade de desligar na sua cara.

— Não seria tão ruim, cara, porque tenho que tomar banho e me arrumar pra esse maldito baile.

— Não ouse me abandonar em um momento de necessidade — falei, apontando para o celular, apesar de ele não estar me vendo. — Estou te avisando, cap. Vou chorar.

— Meu Deus, está bem — meu melhor amigo grunhiu. — Fica na linha enquanto tomo banho.

Assenti e recomecei a ladainha, repetindo a mesma reclamação sem parar até me cansar.

— Quer ouvir uma coisa boa? — Johnny perguntou em meio ao barulho do chuveiro.

— Sim — implorei. — Muito.

— Estou orgulhoso de você.

Fiquei chocado.

— *Orgulhoso* de mim?

— Você abriu o jogo com ela, Gibs. Tirou isso do peito. Não deve ter sido nada fácil, cara, mas você fez mesmo assim.

— Johnny, ela quase perdeu a cabeça — falei. — *Ameaçou* denunciar a Dee pra polícia, obrigou a mulher a pedir demissão, e não tenho certeza se ainda quer *ficar* comigo. Acho que não tem nada no dia de hoje de que eu possa me orgulhar. — Dei de ombros e acrescentei: — Cometi um erro terrível que não vou repetir nunca mais.

— Bem, então que bom que você só tem um esqueleto no armário, cara.

— Pois é. — Fechei os olhos e assenti. — Que sorte a minha, hein!

— Escuta... — ele falou, e de repente o barulho do chuveiro parou. — Quero que você vista seu terno, passe uma água no rosto, atravesse a rua e entregue pra sua garota as malditas flores amarelas que você passou as últimas duas semanas caçando. Shannon e eu chegamos com a limusine daqui a uma hora, cara, então é melhor você se aprontar.

— São flores híbridas e premiadas, cara... — murmurei. — E se ela não quiser mais ir comigo pro baile, Johnny? — Meu coração se encolheu de pavor só de pensar. — Conheço Claire desde que me lembro por gente e juro que nunca vi ela tão brava.

— Quem não arrisca não petisca, Gibs.

— Ditados populares não vão resolver minha crise existencial.

— Só vai pegar a sua garota, Gibs — ele mandou antes de a ligação cair.

— Falar é fácil, cap — sussurrei, esfregando o rosto. — *Porra.*

Atirei o celular na mesinha de cabeceira e enfiei a mão debaixo do colchão para pegar o velho papel dobrado. Então, como um bom masoquista, o abri para reler a carta suicida da Caoimhe Young.

A verdadeira.

A que ela escreveu só para mim.

71

Amarelo Andie Anderson

CLAIRE

Quando deu oito e meia da noite da sexta-feira e o Gerard não tinha dado sinal de vida ainda, me resignei à altíssima probabilidade de ir sozinha ao baile de inverno.

O Hugh tinha saído meia hora atrás para pegar a Katie. Enquanto isso, eu estava jogada no sofá com meu vestido amarelo de cetim, esperando um garoto que poderia nunca aparecer. Não que eu me importasse de perder o evento. Já tinha perdido os horários no salão de beleza e estava me sentindo muito mais furiosa que festiva.

Para ser sincera, se não fosse a empolgação da minha mãe com a coisa toda, teria simplesmente botado um pijama e me enfiado na cama.

Só que minha mãe havia passado duas horas alisando meus cabelos com esmero e ainda chamado sua amiga Betty para fazer minha unha e minha maquiagem, me provando que esse lance era mesmo importante para ela. E eu odiava decepcioná-la.

Ela não é a única pessoa que você está decepcionando, minha consciência sussurrou, e fiquei com vontade de chorar.

Sempre pensei que tinha uma bússola moral bastante clara. Errado era errado, e certo era certo. Mas o Gerard forçou a barra, e agora parecia que a minha bússola estava apontando para uma área moralmente cinzenta que eu nunca tinha reparado antes.

Dee acabou pedindo demissão. Eu a vi indo embora da escola com os meus próprios olhos. Foi uma cena muito satisfatória de ver. Mas não foi o suficiente. Porque eu sabia o que ela havia feito com o Gerard, e, quer ele quisesse reconhecer o que tinha acontecido mesmo ou não, teria que viver com aquele abuso para sempre. Enquanto isso, a abusadora poderia recomeçar onde quisesse, sem sofrer consequências pelas suas ações sem sentido.

Não era justo.

— Claire? — Minha mãe enfiou a cabeça na porta da sala com um sorriso estampado no rosto. — Seu par chegou.

Soltei um suspiro de susto e fiquei estranhamente emotiva.

— Chegou?

Ela abriu a porta, e ali estava o Gerard, de terno e com um *corsage* amarelo na mão. E não eram flores quaisquer.

— Você arranjou rosas Midas Touch?

Seus olhos cinzentos se cravaram nos meus, e ele deu de ombros, meio incerto.

— Amarelo Andie Anderson, não era?

Engoli o nó na garganta e me obriguei a ficar de pé.

— Isso.

— Você está linda, ursinha.

— Obrigada.

— Porra! — grunhiu, notando a lágrima que eu tinha tentado enxugar discretamente. — Vem aqui, gata, não chora. — Ele se aproximou, segurou meu rosto e me puxou. — Não quero brigar hoje.

Tremendo, me entreguei ao seu toque.

— Eu também não.

— Então vamos deixar as coisas de lado até amanhã — falou com a voz rouca. E, por "coisas", estava se referindo àquela mulher, Dee. — Vamos aproveitar a noite, ok? — Fez um carinho no meu rosto com o dedão enquanto falava. — Você e eu. A gente pode conversar de manhã. Que tal?

— Ok. — Segurei um soluço de choro e respirei fundo antes de sussurrar: — Pensei que você não vinha mais.

— Você achou que eu ia deixar a minha gata esperando? — perguntou com um tom gentil e suave. — Jamais, meu amor. — Ele pegou minha mão e colocou o *corsage* no meu pulso. — Você está tão linda...

— Você também — falei, me sentindo à flor da pele enquanto entrelaçava os dedos nos dele e olhava para o seu lindo rosto. — Te amo.

Seus olhos arderam de calor.

— Também te amo.

— Ounnn, olha só pra eles, Sinead. Não estão maravilhosos? — Sadhbh falou da porta antes de um flash quase me cegar.

— Ah, não liguem pra gente — minha mãe cantarolou, tirando fotos furiosamente com a sua câmera. — Só finjam que não estamos aqui e ajam com naturalidade.

— Bubba, coloca o *corsage* na mão da Claire de novo. Pode ser? — Sadhbh falou para o filho. — Quero botar essa foto na parede.

— Ah, boa, Sadhbh — minha mãe disse, fotografando como uma doida. — Essa foto vai ficar perfeita na cornija da lareira.

Meia hora depois, estávamos na traseira de uma limusine com os nossos amigos, depois de termos sido submetidos a milhares de poses diferentes pelas nossas fotógrafas amadoras, também conhecidas como nossas mães.

— Sabe de uma coisa, ursinha? Tenho quase certeza que a sua mãe não tirou o dedo da frente da lente em todas as fotos. — Gerard deu risada, se inclinando sobre o assento para brindar a taça de champanhe com a Shannon antes de se acomodar ao meu lado. — Vai ficar puta depois.

— Ah, meu Deus! Tomara que não! — falei, rindo e bebendo o champanhe que o Johnny serviu para mim. — Senão ela vai nos fazer vestir essas roupas de novo amanhã.

— Você está tão linda! — Shannon falou pela milésima vez, admirando o meu cabelo. — Não acredito que fica tão comprido assim quando está liso.

— Claire, você está linda mesmo — Johnny comentou com um sorriso simpático antes de se afundar ao lado da namorada. — E agora? Cadê minha rainha? — ronronou, pousando o grande braço nos ombros esguios dela. — Toda vez, Shannon, como o rio — ele disse, beijando o pescoço dela. — Toda vez, baby. — Recuou para olhar para ela e soltou um grunhido masculino de aprovação. — Você tira o meu fôlego toda vez.

— Estão todos prontos? — o motorista perguntou, abaixando a divisória.

— Sim — Johnny respondeu antes de acrescentar: — Esperem, todo mundo pegou os ingressos?

— Estou com o seu — Shannon respondeu, pegando dois ingressos na bolsa.

— Eu não sabia que a gente precisava de ingressos. — Olhei para os meus amigos. — Precisamos *mesmo* de ingressos?

— Estou com os ingressos — Gerard confirmou, enfiando a mão no bolso do terno e franzindo a testa. — Vou reformular pra: os ingressos estão na minha mesinha de cabeceira.

— Você é um desastre, Gibs — Johnny resmungou. — Você perderia a cabeça se não estivesse presa no seu pescoço.

— Eu pego — anunciei, me movendo para a porta. — Preciso fazer xixi.

— Seja rápida, por favor — o motorista pediu.

— Com licença, senhor — Gerard falou para o motorista quando desci da limusine. — Por favor, evite dar ordens pra minha namorada.

Segurei a risada e segui para a porta, tirando os saltos antes de entrar. Corri para o banheiro de cima e consegui me aliviar e lavar as mãos em tempo recorde antes de ir procurar os ingressos — algo que não me impressionou *nem* um pouco.

Considerando a grana que nossos pais pagavam para que estudássemos no Tommen, era de se imaginar que poderiam bancar um evento em um hotel de verdade. Só que estavam nos cobrando para dançar no ginásio da escola. Era uma vergonha.

Entrei no quarto do Gerard e fui direto até a mesinha de cabeceira, chutando com habilidade as minhas meias para baixo da cama dele. *O que os olhos da Sadhbh não veem, o coração não sente.*

Os ingressos não estavam onde Gerard disse, mas os encontrei em cima da *cama* junto com seu celular, um isqueiro, um pacote de chicletes e a carteira que continha as nossas camisinhas de emergência. Abri a bolsa e enfiei tudo lá dentro, então me abaixei para pegar um papel dobrado que tinha caído da pilha. Dei de ombros e o guardei com o resto das coisas antes de sair correndo.

— Peguei tudo — declarei, me juntando aos meus amigos de novo.

— Oba! — Gerard comemorou, me puxando para o seu colo e dando um beijo carinhoso na minha bochecha. — Bora que o show vai começar!

72

Guardando o melhor para o final

GIBSIE

Achei que a Claire e eu estávamos de volta nos trilhos e estava determinado que ela tivesse uma noite legal. Com um pouco de sorte, quem sabe eu pudesse reconquistá-la a ponto de ela passar pano para as minhas "in-Dees-crições".

Segurei sua mão assim que entramos e levei minha garota para dar uma volta pela pista de dança ao som da banda, que tocava "Twist and Shout", dos Beatles, e não dei a mínima para o fato de estar perdendo um tempo sagrado com os caras.

A missão daquela noite era fazer minha namorada feliz. Afinal, ela estava chorando quando enfim atravessei a rua para encontrá-la.

Pareceu surpresa de verdade ao me ver.

Como se estivesse preparada para a decepção.

Nada disso.

Não era preciso ser um gênio para saber que eu era, sem dúvida, o melhor dançarino em um raio de dez quilômetros, mas eu era tão bom quanto a minha parceira. A incrível loirinha que me ensinou tudo o que eu sabia.

Eu dançava com a Claire Biggs desde que aprendi a colocar um pé na frente do outro, e a gente se movimentava pela pista de dança da mesma forma que debaixo dos lençóis.

Com naturalidade.

Não sabia como ela conseguia, mas curava as partes quebradas dentro de mim. Ela me consertava de um jeito que me deixava funcional de novo. *Por ela.*

Somente por ela.

Entreguei a Claire com alegria para a melhor amiga quando a Shan veio procurá-la e continuei saltitando em volta da banda, contente por estar dançando sozinho, porque, com toda a honestidade, seria um desperdício ficar parado.

Só que, quando a banda começou a tocar a sua assustadora versão de "Nothing Compares 2 U", da Sinead O'Connor, decidi que estava na hora do show.

Passei pela Katie, agarrada ao Hugh com todas as forças enquanto eles meio dançavam, meio se abraçavam ao som da letra comovente, e fui direto para o vestiário masculino, onde eu sabia que encontraria a minha galera.

Assim que atravessei a porta, fui recebido com um coro de aplausos dos meus companheiros de time e uma garrafa de tequila.

— Vem com o papai, diabinha linda — falei, entornando de uma vez o máximo de bebida que consegui sem vomitar, o que surpreendentemente era mais do que a maioria conseguia. Está vendo? Minha mãe dizia que eu era especial por um motivo.

— Ora, ora, se não é o próprio Senhor Sete Vidas — Johnny comentou, rindo e batendo no meu ombro quando me juntei a ele no nosso banco de sempre. — Não sei como você conseguiu botar um sorriso no rosto da Claire, cara, mas continua fazendo o que está fazendo.

— É um dom — falei, dando outro gole na garrafa. — Os malditos mãos de vaca realmente sacanearam a gente substituindo a viagem por esse baile meia-boca, né? — Gesticulei ao nosso redor. — Que porcaria, hein!

— Concordo — meu melhor amigo falou. — Mas as meninas parecem empolgadas.

— Falando nelas... — Feely se levantou. — É melhor a gente voltar pra lá antes que comecem a nos procurar.

— A gente? — Ergui as sobrancelhas, surpreso. — Com quem você veio, cara?

Ele se mexeu, desconfortável, antes de dizer:

— A Lizzie me chamou pra vir com ela.

— E você *concordou*? — Olhei para ele horrorizado. — Ficou maluco?

— Sim, concordei em vir com ela, e não, não fiquei maluco — ele respondeu com calma. — E, não, o assunto não está aberto à discussão.

— Beleza. — Dei de ombros e virei mais um bom tanto de tequila antes de murmurar: — Você tá lascado, cara.

73

Códigos e confissões

CLAIRE

— Está fazendo xixi de novo?

— Não consigo evitar, Shan. Meus rins são supersensíveis — respondi. — Sempre fui assim. Pergunta pro Hugh que ele te conta. Eu costumava fazer bastante xixi na cama quando era pequena.

— Desnecessário, Claire. — Shannon deu risada do outro lado da cabine. — É melhor não compartilhar algumas coisas.

— Meu Deus, não! — choraminguei quando abaixei a calcinha e fui recebida por um visitante indesejado. — Por que coisas ruins acontecem com gente boa? — Cerrei o punho e o agitei para o teto acima da minha cabeça. — Você veio dois dias adiantada, sua malvada!

— Ah, meu Deus, quem? — Shannon perguntou. — O que aconteceu?

— A Mãe Natureza!

— O que tem ela?

— Ela está aqui, caramba!

— Você quer um ob?

— Eca, não, não enfio coisas na minha árvore.

— Árvore?

— Ops! Esqueci que não estava falando com o Gerard. Ei, não conta pra ele que estou menstruada, ok? Ele desmaia quando vê sangue e fica tonto só de pensar.

— Que bebezão!

— Pois é. — Peguei a bolsa, abri o zíper e comecei a vasculhar as minhas coisas. — Sei que tenho um absorvente aqui em algum lugar. Sempre trago um extra, não importa o que acontecer.

— Sério? — Shannon perguntou. — Você leva um absorvente extra pra qualquer lugar?

— Uhum. Pra qualquer lugar — respondi. — Nunca saio sem desde o que aconteceu com você no ano passado.

— Ah, meu Deus! — Shannon grunhiu. — Nem me lembre.

— Achei! — Abri um sorriso vitorioso e cuidei do acidente antes de me juntar à Shannon na pia. — Rápido, vê se meu vestido manchou atrás.

— Tudo certo — minha amiga falou, inspecionando o vestido sem pressa. — Foi por pouco, hein?

— Pois é. — Suspirando de alívio, lavei e sequei as mãos antes de conferir a maquiagem. — Ei, Shan? Você tem algum batom aí?

— Foi mal. Não trouxe nada.

— Peraí... — murmurei mais para mim do que para ela, colocando a bolsa na pia para procurar melhor. — Acho que tenho um gloss.

— O que é que você não tem aí? — Shannon brincou. — Você trouxe a casa inteira.

— Uma dama deve estar sempre preparada pra qualquer coisa — brinquei, tocando algo leve, parecido com papel. — Hum...

— O que é isso?

— Sei lá — falei, pegando um papel dobrado. — Estava no meio das coisas do Gerard quando fui pegar os ingressos.

— Aposto que é algum código do GTA — Shannon brincou, espiando por cima do meu ombro enquanto eu abria o papel. — O Gibs e o Johnny vivem me enchendo o saco porque não conseguem completar as missões tão rápido quanto eu.

Eu sabia que ela estava falando comigo. Ouvia a sua voz. Mas não consegui distinguir uma palavra sequer, porque minha atenção estava superconcentrada nas frases espalhadas na folha na minha mão.

— Meu Deus... — Shannon sussurrou, se inclinando mais perto para enxergar melhor. — Isso é...

— Da Caoimhe Young — falei. Minhas mãos tremiam bastante enquanto minha mente lutava para se proteger da informação que meus olhos absorviam.

— Não — Shannon disse, cobrindo a boca. — Não lê isso, Claire.

Era tarde demais.

Gibsie,

É com a mais profunda vergonha que escrevo esta carta.

Palavras não conseguem expressar o quanto sinto muito pelo sofrimento que te causei ao não acreditar em você.

Te decepcionei. Agora entendo isso e, se eu pudesse voltar àquela noite, juro que acreditaria em você. Te protegeria dele.

Não tenho como melhorar as coisas pra você ou como me redimir, porque tudo se resume ao fato de que eu deveria ter te protegido, e não te protegi.

O meu maior medo é que você não acredite que eu não sabia. Acho que é meio hipócrita da minha parte, já que foi exatamente o que fiz com você.

Você me contou e não te escutei. Você era só uma criança que confiava na sua babá favorita o suficiente pra revelar o abuso horrível que estava sofrendo nas mãos do seu irmão postiço, e essa babá escolheu se deixar levar pelos hormônios adolescentes.

Dizer que eu estava iludida pelo Mark é uma desculpa que não vou te dar. Não pra você, meu doce menino.

A verdade é que eu não queria te ouvir. Não queria ver o que estava acontecendo. Eu tinha um enorme ponto-cego e não conseguia enxergar nada.

Mas hoje eu vi.

Quando entrei no seu quarto pra dar uma olhada em você e me deparei com ele te pressionando no colchão e te estuprando, acho que morri por dentro. Os seus olhos... Você parecia tão arrasado. Tão derrotado. Você não emitia som. As suas lágrimas eram tão silenciosas quanto a minha voz, e sinto muito por isso.

Não sei como seguir em frente sabendo que deixei você sofrer desse jeito. Sinceramente, acho que não consigo.

Te escrevi essa carta e quero que você a entregue pra sua mãe. Se não pra sua mãe, pra Sinead Biggs. Você só precisa entregar essa carta, meu doce menino, e prometo que ele vai receber o que merece.

(Pra quem quer que esteja lendo isso, saiba que eu, Caoimhe Young, na noite do dia 5 de abril de 2000, testemunhei meu namorado, Mark Allen, estuprando o irmão postiço Gerard Gibson, de sete anos, enquanto eu devia estar cuidando dele. Que fique claro também que, um ano e meio antes de testemunhar esse estupro, Gerard Gibson falou para mim que não se sentia seguro perto do Mark e que ele o tocou de forma inapropriada. E, para o meu mais profundo pesar, eu, Caoimhe Young, escolhi acreditar no meu namorado, e não em uma criança inocente.)

Pela minha participação na sua dor, pelo meu silêncio, desculpas nunca vão ser suficientes. Só posso esperar que minha ausência lhe dê algum conforto, porque, embora saiba que não fui sua abusadora, sei que minha falta de vontade de acreditar na sua verdade o machucou de maneiras que ele nunca poderia fazer.

Adeus, meu doce garoto.
Caoimhe

74

Desaparecer em você

CLAIRE

— Claire, espera! — Shannon saiu correndo atrás de mim quando disparei para fora do banheiro, atravessando o corredor e saindo para o ar frio da noite.

— Meu Deus!

Eu não conseguia respirar.

— Meu Deus!

Não conseguia *respirar*!

Caí no chão, perdi todo o controle sobre o meu corpo e vomitei.

— Parece que alguém bebeu demais — Ronan McGarry zombou ao passar por mim e me ver botando as tripas para fora ao lado do prédio.

— Parece que você precisa cuidar da sua própria vida — Shannon sussurrou de um jeito quase bestial, se ajoelhando ao meu lado e me bloqueando da vista dos outros.

— Ora, ora, se a ratinha não encontrou a própria voz...

— Vaza daqui, Ronan! — Shannon berrou.

— O que foi que você...

— Mandei você vazar daqui! — gritou com todas as forças. — Agora!

— Nossa, calma — murmurou antes de sair bufando. — Vocês são mais malucas que seus namorados babacas.

— Shan... — Estiquei os braços para a minha amiga e me agarrei nela enquanto meu corpo inteiro tremia e meu estômago se revirava. — Ele estuprou... estuprou... estuprou...

— Eu sei, Claire. Também li — ela disse, chorando baixinho, aninhando minha cabeça no seu peito. — Coitado do Gibsie.

Assim que falou isso, outra onda de histeria me dominou.

— Preciso e-encontrar e-ele!

— Não, não, não. Não aqui, ok? Não assim — falou, fungando.

— Mas eu preciso! — quase gritei, tentando sem sucesso ficar de pé. — Preciso f-falar com e-ele... contar que li! — Fiquei de quatro no chão e me levantei, e dessa vez minhas pernas trêmulas conseguiram me manter ereta. — Shan, você leu? — Eu não enxergava nada em meio às lágrimas e olhei em volta, procurando loucamente por ela. — Você l-leu o que estava escrito na c-carta?

— Eu li — sussurrou, afastando o cabelo do meu rosto antes de delicadamente pegar a carta nas minhas mãos. — Escuta, isso é bem importante, ok? — Funguei e assenti, observando-a dobrar o papel com cuidado e guardá-lo dentro do sutiã. — Você *não* pode agir por impulso.

— Mas eu...

— Eu sei — falou, segurando meus ombros. — Eu sei, e você sabe, mas o Gibsie não sabe que *a gente* sabe, e este *não* é o lugar pra essa conversa. Não na frente de todo mundo.

— Não posso fingir que não v-vi — eu disse, abraçando-a. — Não posso, Shan. Não sou assim.

Não mais. Nunca mais. Eu tinha deixado muitas coisas passarem ao longo da minha vida. O bullying constante que a Lizzie fazia com ele. As piadas maldosas e as provocações. O desconforto que ele enfrentou vivendo naquela casa com aquelas pessoas. O aliciamento predatório da Dee.

Não.

Não mais.

Não daquela vez.

— Não estou pedindo pra você fingir — ela falou, me consolando. — Estou pedindo pra você não falar nada por enquanto. Pelo menos não aqui.

— Mas eu...

— Não faz isso — implorou, fungando. — Não faz ele reviver as lembranças mais dolorosas no meio do baile da escola.

— Tenho que contar pras autoridades, Shannon!

— Concordo, Claire, de verdade, ok? Mas aqui não. Hoje não.

— Então o que é que eu faço? — perguntei, chorando. — Não posso só *fingir*. — Tinha que conversar com ele. E com a Sadhbh. — Minha mãe... preciso ligar pra minha mãe.

— Só venha comigo, ok? — falou, me abraçando com força. — A gente vai pensar no que fazer depois do baile. Prometo que vou cuidar de você.

— Mas quem é que vai cuidar do Gerard? — perguntei. — Meu Deus, Shan, isso é tão errado...

— Ele está com o Johnny — falou, se afastando para me oferecer um sorriso triste. — Não tem ninguém com quem ele pudesse estar mais seguro.

— Não preciso pensar em nada, Shan. Sei o que preciso fazer. — Era a mesma coisa que eu devia ter feito com a Dee. — Tenho que denunciar. — Engoli em seco, sentindo meu peito se apertar enquanto o mundo implodia à minha volta. — Preciso contar.

Shannon não tinha absorvente na bolsa, mas tinha uma escova e uma pasta de dente, algo que me deixou estranhamente grata.

Minha amiga precisou bloquear uma porta do banheiro e dedicar quarenta e cinco minutos com exercícios de respiração profunda que ela havia aprendido com a psicóloga especializada em trauma para me acalmar. No fim, sumiu, me dando instruções estritas para ficar parada.

Ela voltou dez minutos depois com uma pequena pílula de calmante que de alguma forma conseguiu descolar com a Lizzie.

Em vinte minutos, consegui me recompor o suficiente para voltar para o baile.

— Só sorria — Shannon sussurrou no meu ouvido, apertando a minha mão. — Só aguenta mais duas horinhas, ok?

Mais duas horas?

Errado, errado, errado!

Eu não estava aguentando o peso na minha consciência ameaçando me afogar.

Perdi o fôlego quando meus olhos turvos pousaram no Gerard. Ele estava na pista com o Johnny e o Patrick, dançando como se o mundo fosse acabar.

Sempre o palhaço.

Escondendo a dor atrás do sorriso.

— Meu Deus — falei.

— Não — Shannon ordenou, apertando minha mão outra vez e me conduzindo para a pista para nos reunirmos com os nossos namorados. — Pelo bem *dele*.

Como ele conseguia? Como conseguia viver com aqueles demônios, mascarando a dor com sorrisos? Eu não entendia, mas sabia no meu coração que eu nunca mais poderia, em sã consciência, permitir que algo assim acontecesse. Ele merecia ser salvo, e eu estava determinada a fazer isso. Eu nunca mais ficaria de braços cruzados vendo a cabeça dele afundar debaixo da água. Eu o puxaria para a superfície, mesmo que isso significasse afogar a nossa relação.

— Aí está a minha noiva — Gerard declarou com um sorriso sedutor, dançando na minha direção. — Onde é que você estava, ursinha? — Seu hálito cheirava a álcool, mas seu tom era carinhoso e amoroso. — Você perdeu várias músicas. A banda está arrasando!

— Hum... — Abri o sorriso mais radiante que consegui, mas ele saiu meio amarelo. Eu sabia que a Shannon tinha razão. *Não estraga essa noite.* Só que isso me parecia impossível, já que o Mark Allen tinha estragado o mundo dele tantos anos atrás. E a Caoimhe? Meu Deus, eu estava sentindo tantas emoções conflituosas que estava até com medo de analisá-las. A raiva e o ressentimento faziam companhia à devastação, e eu estava sedenta por justiça.

— Você está bem, ursinha?

Acenei e sorri.

Era tudo o que eu podia fazer.

Faz mais, Claire.

Pega a mão dele e vai lá fora.

Conta o que você sabe.

Abraça ele e oferece um espaço seguro.

Depois leva ele até a delegacia para denunciar aquele monstro!

Quando a banda começou a tocar a própria versão de "Fade Into You", da Mazzy Starr, Gerard pegou minha mão e me puxou para a pista de dança. Ele me segurou firme e espalmou a mão enorme nas minhas costas, mantendo a outra unida à minha no peito. Nossos corpos se movimentam em perfeita sincronia, como se tivéssemos nascido para dançar essa música juntos.

Meu coração doía e um sentimento desesperado de luto e saudade pesava na minha alma, mas ele estava ali. Ele estava tentando. Era meu. Incapaz de suportar a pressão no meu peito por mais um segundo, ergui as mãos e agarrei seu rosto.

— Você está...

Gerard não teve chance de terminar o que ia dizer, porque fiquei na ponta dos pés e o beijei.

Pressionei os lábios contra a boca dele bem ali no meio da pista de dança. Mas não foi um beijo erótico nem sedutor.

Só tive que beijá-lo.

Se eu não o beijasse, ia acabar gritando.

Então mantive os lábios colados nos dele e fechei os olhos. Sem conseguir estar perto o suficiente daquele garoto, estendi a mão e agarrei seu cabelo, mantendo nossos lábios unidos.

Não.

Não é o bastante.

Você precisa fazer mais.

Você precisa contar!

E, quando achei que meus pulmões iam explodir do esforço que eu estava fazendo para prender o fôlego, eu o soltei e dei um suspiro trêmulo.

Seus olhos cinzentos estavam fixos nos meus, mas nenhum de nós dois falou nada.

Em vez disso, só ficamos nos encarando, claramente perdidos no momento, nos nossos sentimentos, um no outro.

— Claire... — Ele balançou a cabeça de leve, quase como se estivesse discordando de um diálogo acontecendo dentro da sua mente. — O que aconteceu? — enfim perguntou.

— Nada.

— Não é verdade. — Ele me observou com atenção. — Pode me contar.

— Eu, ah... — Tentei sorrir, mas mal consegui fazer meus lábios se curvarem. — Eu... — *Só fala de uma vez. Pega a mão dele e corre. Salva ele, Claire!* — Só estou feliz de estar aqui com você, Gerard. — As palavras deixaram um gosto de traição na minha língua, porque apesar de não serem mentirosas, não eram o suficiente.

— Claire...

Ele abriu a boca e molhou os lábios com a língua antes de puxar o inferior para dentro da boca, rangendo os dentes de maneira furiosa contra a pele carnuda. Não era um método de sedução. Era uma peculiaridade dele. Sempre fazia isso quando estava ansioso.

Ele estava assustado.

Estava com medo do que aconteceria com a gente.

Com medo de mim.

Eu o assustava.

Ainda estávamos dançando, nos mexendo de modo harmonioso com a música, mas eu não estava ali na pista com ele.

Eu estava viajando no tempo, com a mente a mil enquanto cada coisa que ele já tinha dito ou feito enfim se encaixava feito um quebra-cabeça de partir o coração.

Gerard passou a maior parte da vida preso em um quarto na sua cabeça, enquanto eu batia na sua porta, tentando de forma desesperada tirá-lo de lá.

Porque o passado era sua prisão, e nosso amor era a sua fuga.

Eu sei, falei mentalmente para ele. *Sei e acredito em você, e vou lutar até a morte para conseguir justiça para você.*

— Claire... — Suas mãos estavam nos meus ombros, subindo pelo meu pescoço antes de espalmarem o meu rosto. — Te amo.

Soltei um suspiro de surpresa, porque eu sabia o que estava por vir.

Dessa vez, quando nossos lábios colidiram, não estávamos congelados ou presos em uma guerra interna, porque uma decisão havia sido tomada.

Segurando minhas bochechas em suas mãos grandes, com os olhos cinzentos cravados nos meus, ele roçou o nariz no meu com carinho. Uma vez. Duas vezes. E, então, seus lábios estavam nos meus.

Meio mole, estendi a mão para me firmar, encontrando apoio na camisa cobrindo seu peito. Segurei o tecido de maneira firme com as duas mãos e me entreguei ao momento, deixando seus lábios guiarem os meus, como ele já tinha me guiado um milhão de outras vezes, de um milhão de maneiras diferentes.

Vou te amar mesmo em meio a tudo isso, eu lhe disse mentalmente. *Mesmo quando eu fizer algo que vai fazer você me odiar.*

A letra da música estava se infiltrando no meu subconsciente, e eu sentia cada palavra no fundo da minha alma. Cada nota parecia se conectar diretamente com os meus sentimentos e desejos.

Porque eu queria mesmo desaparecer nele.

Queria me envolver no seu corpo quebrado e afugentar os seus demônios com o meu calor e amor. Eu queria chorar por causa da injustiça daquilo tudo. Queria... eu só *queria*.

Quando a sua língua tocou a minha em um movimento lento e entorpecente, os músculos do meu abdômen se contraíram. Em algum lugar lá nas minhas entranhas, senti uma vibração deliciosa e constante que parecia ter pulso próprio.

Quanto mais ele me beijava, mais rápido meu coração batia, e mais forte a dor ficava. Era um sentimento primitivo sobre o qual eu não tinha o menor controle, que tinha sua própria força vital. Estar com ele era fácil porque era natural. Como se fosse isso que eu devia fazer. Aqueles eram os lábios que eu estava esperando, e nenhum outro serviria.

Aquelas eram as mãos que o meu corpo aceitava sem questionar ou duvidar de nada.

Aquele era o garoto.

O garoto criado para o meu coração.

O garoto que nasci para amar.

Era natural.

Fechei os olhos para esconder as lágrimas e o beijei com tudo o que eu tinha, lhe contando tudo o que eu não podia falar em voz alta.

Acredito em você, Gerard Gibson.

Acredito em você.

Eu acredito em você.

Acredito em você.

75

Deixa eu fazer isso em você

GIBSIE

Tinha algo muito errado com a minha namorada e eu não sabia se era por conta do lance com a Dee, mas a Claire não era mais a mesma.

Primeiro, sumiu do baile por mais de uma hora e, quando reapareceu, estava na cara que tinha chorado. Depois de se recusar terminantemente a me contar o que era, ela se agarrou em mim na pista de dança e começou a me beijar com tanta vontade que a gente virou o próprio show. Percebi que tinha alguma coisa estranha, mas estava bêbado demais e com tesão demais para questionar aquela carência repentina. Daí a nossa situação.

Com o vestido enrolado nos quadris e os peitos à mostra, ela me empurrou para o sofá da área comum do sexto ano vazia. Claramente não devíamos estar ali, mas quando ela colocou a boca em mim, todas e quaisquer regras saíram voando pela janela.

Claire sentou no meu colo e me beijou com avidez. Eu não estava entendendo nada, porém, quanto mais ela rebolava, mais duro eu ficava.

— Caralho!

Ela nunca tinha rebolado assim, como se estivesse com medo de me perder ou algo do tipo. Eu só entendia porque sentia isso toda vez que estava com ela. Quando Claire abriu o zíper da minha calça e enfiou a mão na minha cueca, fiquei tenso.

— Tudo bem — ela falou, me tocando. Então se inclinou para me beijar com delicadeza mas logo recuou, os olhos castanhos fixos nos meus, me soltou e se levantou. — Você confia em mim, Gerard?

— Sim. — Instintivamente, quis segui-la, mas ela balançou a cabeça e me empurrou para trás no sofá.

— E você sabe que eu nunca te machucaria, né?

— Claro. — Confuso, me recostei e fiquei observando, sem saber o que ela queria, mas quando se ajoelhou na minha frente e pôs as mãos na minha cueca logo descobri.

— Então deixa eu fazer isso em você.

— Claire, espera! Eu não... — comecei a dizer, mas parei assim que senti sua boca. — Eu nunca... — Tremendo bastante, cerrei os punhos e mantive os olhos cravados na sua cabeça. — Porra...

— Obrigada — Claire disse pouco depois, arrumando o vestido.

— Você está *me* agradecendo? — Minha cabeça foi tomada por uma confusão lasciva quando me afastei.

Ainda vibrando pelas sensações que ela provocou no meu corpo, fiquei pensando no que tinha acontecido. Nos meus medos. Na minha gratidão. Porque o que Claire tinha feito em mim... Eu jamais achei que fosse conseguir isso. Ela só fez, e eu aceitei. Mais do que isso, eu *gostei*. — Eu é que deveria te agradecer, gatinha.

— Gerard, você sabe que te amo muito. — Seus olhos estavam marejados de novo, e fui tomado por uma espiral de pânico.

— Também te amo.

— Não, é sério, eu te amo muito, muito mesmo — ela insistiu com os olhos fixos nos meus e um tom tão sério quanto a sua expressão. — Você é meu primeiro amor. — Sua respiração ficou presa, mas ela logo se acalmou e acrescentou: — Você é meu único amor.

— E você é o meu. — Enlacei sua cintura e a puxei de volta para o meu colo. — Sei que você já disse que está tudo bem, Claire, mas não sou burro, ok? Pelo menos não quando o assunto é você.

Ela olhou para baixo.

— A gente precisa conversar sobre uma coisa.

— Tudo bem — falei, segurando-a com firmeza pela cintura. — O que foi? — Me inclinei para perto e rocei o nariz no dela. — Pode me contar, amor.

Ela abriu a boca para falar bem quando a porta se abriu e dois corpos se juntaram a nós na escuridão.

— Me mostra.

— Não.

— Me mostra, porra.

— Por que você se importa?

— Você sabe por quê!

— Porra, não posso mais fazer isso.

— E eu posso? Meu Deus, isso está acabando comigo. *Você* está acabando comigo.

As vozes eram familiares, e, ao ouvir o cara falando, minha namorada disse:

— *Hugh?*

— *Claire?*

Ahá!

Dei risada e estiquei o braço para acender a luz.

— Parece que tanto você quanto a sua irmã herdaram a mesma mente suja — brinquei, mas meu sorriso travesso logo se transformou em uma expressão de "que porra é essa?" quando meus olhos pousaram no meu velho amigo com...

— Lizzie? — Claire perguntou, se virando no meu colo para olhar feio para a amiga. — O que você está fazendo aí no escuro com o *meu* irmão?

Sem perder a oportunidade de jogar indiretas para mim, Lizzie retrucou:

— E o que você está fazendo aí no escuro com o *meu* inimigo?

— Nem *começa* — Claire avisou, mais furiosa que nunca.

Pulou do meu colo parecendo uma lutadora e ficou andando de um lado para o outro na frente do sofá, com os punhos cerrados.

— Nossa, ursinha — falei, pegando a mão dela. — Está tudo bem.

— Não está, não — ela respondeu, tensa, sem olhar para mim. — Está tudo errado e só tem gente falsa nessa escola!

— Gente falsa? — Franzi a testa. — Quem é falsa, amor?

— Todo mundo — ela falou, erguendo a voz.

— Meu Deus! — Hugh esfregou o rosto, se recostou na parede e soltou um suspiro trêmulo. — Se estiver falando de mim, Claire, então sim, eu sei o que está parecendo. Mas você precisa confiar em mim.

— Confiar em você? — Claire rosnou. — Ah, por favor. Não tem nada de confiável em um cara se esgueirando no escuro com a ex-namorada, Hugh. — Ela se voltou para Lizzie e estreitou os olhos. — Não ligo pro que você faz com o Pierce ou com o meu irmão ou com o Patrick ou com qualquer outro garoto dessa cidade, mas nem pense em dizer o nome do *meu* namorado. — Ergueu o dedo trêmulo. — Sério, Liz. Se você já me considerou sua *amiga* um dia, vai parar com esse abuso, porque não estou brincando. Estou de saco cheio disso!

— Fala sério, Claire — Lizzie falou, sem querer ceder nem um pouco. — Você nunca foi minha amiga.

— Eu *era* — Claire respondeu com um tom superfrio. — No passado.

— No passado. — Lizzie deu de ombros. — E não mais?

— Isso mesmo — falou, me surpreendendo. — No passado, Liz.

— Então você está enfim admitindo que escolheu ele?

— Com certeza — Claire disse, hesitando um pouco.

Eita.

— Alguém mudou o local da festa e esqueceu de contar pra gente? — Feely perguntou, entrando na sala alguns minutos depois com o resto da galera. — Valeu por nos largarem lá, hein? — ele acrescentou, alheio ao drama se desenrolando ao seu redor. — Valeu mesmo.

— Meu Deus, estou morrendo de fome — Joey declarou, seguindo para a cozinha.

— Eu também, garanhão — Aoife disse, com o braço enlaçado na Katie. — Faria qualquer coisa por um sanduíche agora.

— Estão todos bem? — Shannon perguntou, olhando nervosa para Claire. — Claire? — Ela se aproximou da amiga. — Você está *bem*?

— Não, Shannon — minha namorada falou, ainda olhando para Lizzie. — Não estou bem. Não estou nada bem e, se ela não parar de falar bosta do meu namorado, vou perder a cabeça, porra!

Eita, eita.

Claire raramente falava palavrão.

Não era do seu feitio.

— Por que está querendo arrumar briga comigo, Claire? — Lizzie disse com a voz falhando. — O que eu fiz pra você?

— *Pra* mim ou *por* mim, Liz? Porque, nesse último ano, me pareceu que foi muito mais a primeira do que a segunda opção.

— Você sabe que não aguento ficar com você quando está com ele — ela falou, erguendo a mão. — Te disse isso meses atrás, mas você quis ficar com ele mesmo assim.

— Porque estou apaixonada! — Claire declarou, irritada. — Porque ele é meu melhor amigo desde sempre!

— E eu? O que sou? Merda de cachorro?

— Você foi uma boa amiga por um bom tempo — Claire admitiu, sem hesitar. — Mas deixou de ser desde a morte da Caoimhe.

— Desde a morte da Caoimhe? — Lizzie repetiu, ficando vermelha feito um pimentão. — Você quer dizer desde que o babaca do irmão dele fez ela cometer suicídio, né? Nossa, Claire, sinto muito se você tem se sentindo negligenciada, mas algumas pessoas aqui têm problemas *de verdade*, sabe? Problemas muito mais sérios que caçar borboletas ou brincar de casinha com um bando de gatinhos!

— Nada do que aconteceu com a sua irmã é culpa do Gerard — Claire explodiu. — E cansei de ficar sentada deixando você falar assim com ele. Está me ouvindo? Cansei. Então, se é pra escolher um lado e perder uma amiga, fico do lado dele e perco a sua amizade com prazer.

— É tudo culpa dele! O irmão dele matou a minha irmã.

— A sua irmã se matou!

— Ei!

— Gente, que tal respirar um pouco?

Lizzie recuou como se eu tivesse batido nela.

— Você *não* falou isso.

— Meu Deus, Claire, não fala com ela assim.

— Fica fora disso, Hugh! Você não sabe a história toda.

— E você sabe?

— A sua irmã se matou — Claire repetiu. — A Caoimhe cometeu suicídio, e você não pode passar o resto da vida jogando a culpa numa pessoa inocente. Não sem conhecer a história toda. A verdadeira história do que aconteceu.

— Sei bem o que aconteceu. A Caoimhe foi estuprada! Aquele monstro estuprou a minha irmã e a levou a cometer suicídio!

— Você entendeu tudo errado!

— Entendi nada. Você que está enganada. Você está errada, Claire. Está errada pra cacete!

— Não foi a Caoimhe que foi estuprada! — Claire gritou com todas as forças, e juro que meu coração parou de bater. — Não foi ela, Lizzie! O Mark não estuprou a sua irmã! — Então ela explodiu o meu mundo quando apontou o dedo para mim e berrou: — Ele estuprou o meu namorado!

76

Assassinato na pista de dança

CLAIRE

Assim que as palavras saíram da minha boca, percebi que tinha cometido um erro fatal. Por melhores que fossem as minhas intenções, minha necessidade impulsiva de defender a honra do Gerard só fez com que eu acabasse expondo a sua garganta ao inimigo. O amor cego me levou aos seus braços, e a lealdade cega me fez traí-lo.

Arregalei os olhos de horror e olhei para ele.

— Gerard...

Ele só ficou me encarando paralisado feito uma estátua, sem piscar, sem respirar, sem se mexer.

— Merda... — Joey falou baixinho, sacando tudo antes do resto do grupo. Soltou um suspiro trêmulo e levou as mãos à cabeça. — Caralho!

— Me desculpa — eu disse, saindo do torpor e me aproximando dele, tentando tocar e pegar o seu rosto. — Me desculpa, me desculpa, me desculpa, meu amor. — Eu estava *mesmo* arrependida por humilhá-lo daquele jeito. Mas não arrependida por contar a verdade. Não podia me arrepender disso. Não quando minha consciência me garantia que, pela primeira vez na vida, eu estava fazendo a coisa certa. Mesmo que essa coisa também fosse a mais assustadora da vida. — Não devia ter falado assim. Eu sei, ok? Não devia ter falado e sinto muito, amor. Só que não consigo não fazer nada.

Gerard retirou as minhas mãos do seu rosto com delicadeza. Então deu um passo para trás. E depois outro.

— Não, não, não, não — choraminguei com a voz rouca, correndo para bloquear a porta e impedir que ele fosse embora.

No fundo, eu ouvia todos gritando, mas não entendi uma palavra do que diziam.

Eu só via o fogo da traição ardendo nos olhos dele.

— Como?

Uma palavra.

Apenas uma palavra.

Uma palavra carregava o peso de uma vida inteira de amizade.

— Eu vi a carta — confessei, sentindo as lágrimas voltarem com sede de vingança. — Quando fui no seu quarto buscar os ingressos. — Dei de ombros, impotente, tentando me explicar para a única pessoa que importava naquele momento. — Peguei o papel por engano. Estava com o seu celular e a sua carteira.

Traição.

O sentimento de traição estava estampado no seu rosto.

Todas as atenções estavam voltadas para ele, mas ele não tirou os olhos de mim, me encarando com uma mistura de surpresa, horror e decepção fervilhando em suas íris cinzentas.

Um milhão de emoções diferentes travava uma guerra dentro dele, e a decepção estava ganhando. Alguns amigos gritavam. Outros apenas observavam. Alguém estava chorando. Eu não sabia quem. Não conseguia entender nada. Estava travada, com desgosto da minha imprudência.

— Do que você está falando? — Johnny perguntou, perdendo a calma e olhando em volta, querendo que eu retirasse aquilo. — Por que você disse isso, Claire?

— Não, Johnny — Shannon implorou.

— Sua piranha!

— Lizzie, para com isso.

— O que é que significa isso?

— O que você acha que ela está dizendo, gênio?

— Está falando que aconteceu com *ele*?

— Claro.

— Ah, meu Deus!

— Não!

— Ela está mentindo!

— Parem com isso — Hugh ordenou, se colocando ao meu lado. Grata pela sua presença naquele momento e pelo seu braço forte nos meus ombros, me entreguei ao meu irmão, me sentindo fraca e desmoralizada. — Porra.

— Mentira — Lizzie gritou, ainda cuspindo veneno. — Você é uma mentirosa do caralho, Claire!

— Gerard — repeti com a voz embargada e a mão na boca. *O que foi que você fez, Claire? Meu Deus, o que foi que você fez?* Ignorando o ataque verbal da Lizzie, implorei com os olhos que ele não me odiasse. — Por favor.

Ele não falou nada.

Só ficou me encarando como se estivesse vendo uma estranha, e não a pessoa que ele passou a vida toda adorando. E não *a mim*.

— Gerard... — insisti. — Por favor! Está tudo bem. Está tudo bem. Não precisa ter vergonha, amor. Você não fez nada de errado!

— Não! — Johnny esbravejou, com os olhos arregalados de medo. — Não foi ele. — Olhou para mim, esperando que eu explicasse. — Não foi ele.

Baixei a cabeça de constrangimento.

— Gibs... — Johnny disse, disparando para a porta atrás do melhor amigo. — Espera.

Mas era tarde demais.

Ele já estava indo embora.

— Gerard, espera!

Ele não me respondeu.

Tampouco olhou para trás.

Só saiu tão rápido que nem vi.

Como se estivéssemos presos por um cordão invisível, corri atrás dele.

— Gerard, espera!

Disparei pelos corredores escuros e vazios, passando por um casal de desconhecidos se pegando nos armários. Chamei o nome dele com todas as forças.

Não devíamos estar ali — ninguém podia entrar no prédio depois das dez da noite —, e eu sabia que a minha gritaria poderia alertar algum professor da nossa invasão, mas não me importava.

Tudo o que eu era e tudo o que eu seria estava focado unicamente no garoto à minha frente.

— Gerard! — berrei, ofegante, empurrando a porta e vendo-o atravessar o pátio. — Espera, por favor!

Seu paletó tinha sido descartado com a gravata-borboleta. Passei por cima deles sem parar de correr enquanto a adrenalina comandava minhas pernas.

— Por favor — implorei, agarrando a manga da sua camisa quando enfim o alcancei. — Não vai embora assim.

Aproveitei sua hesitação momentânea e me joguei nele.

— Me desculpa, amor, me desculpa por ter falado daquele jeito — eu disse, enchendo seu pescoço de beijos desesperados e me agarrando ao seu corpo. — Te amo. Te amo, te amo, te amo...

— Não. — Com a respiração entrecortada, Gerard colocou as mãos na cintura e baixou a cabeça. — Por favor.

— Quero te ajudar. — Em prantos, segurei sua camisa, morrendo de medo de que ele fosse embora de novo. — Por favor, me deixa te ajudar!

— Claire, para — falou, desviando o rosto quando tentei beijá-lo. — Quer parar? — Um forte tremor percorreu seu corpo. — Agora *não consigo.*

Eu queria insistir. Queria derrubar seus muros e adentrar seu coração e seus segredos, como ele fez comigo tantos anos antes, mas a sua expressão me dizia que ele estava prestes a perder a paciência.

— Gerard, quero te ajudar...

— Não quero a sua ajuda! — Ele afastou as minhas mãos da sua camisa e recuou. — Não quero a ajuda de ninguém, ok?

— Gerard, por favor. — Meu coração se partiu quando vi uma lágrima escorrendo. — Estou com você. Por favor, fala comigo.

— Não tenho nada pra falar! — Seu corpo inteiro tremia quando ele ergueu a mão para sinalizar que eu não devia avançar. — Porque estou bem, Claire! Está me ouvindo? Estou bem, caramba. Estou *sempre* bem, Claire!

Sua resposta só nos fez chorar mais.

— Você foi estuprado.

— Não. — Ele balançou a cabeça, negando em vão o que ambos sabíamos. — Não!

— Gerard, ele é um predador. Não posso não fazer nada. — Balancei a cabeça e senti as lágrimas escorrendo. — Eu me recuso. E se ele abusar de outras crianças?

— Esse segredo não era seu, Claire — ele disse, tremendo todo. — Era meu.

— Era o seu segredo?

— Era minha culpa!

— Aquele monstro abusou de você e isso não é culpa sua! — falei, sem querer ceder nem desistir dele. — *Não* é sua culpa!

— Não me olha assim — ele avisou, enxugando os olhos com o dorso da mão. — Não me olha como se eu não fosse a pessoa que você conhece há dezesseis anos!

— Não estou te olhando assim — choraminguei, desesperada para consolá-lo. — Sei quem você é. — Meus pés andaram sozinhos até ele de novo. — De verdade, amor. Eu sei.

— Para de me olhar como se eu estivesse quebrado, Claire — ele disse, recuando mais ainda quando tentei me aproximar. — Para de olhar pra mim, caralho!

Meu Deus.

Gerard estava mais que arrasado e eu não conseguia atravessar o muro que ele tinha erguido. As mentiras que ele tinha inventado para esconder a verdade. Eram como musgo escondendo as paredes de uma casa, escondendo as verdadeiras cores e as rachaduras no cimento. Eu não conseguia consertar essas rachaduras porque ele sequer aceitava reconhecer que estavam lá.

— Gerard... — tentei de novo, ouvindo minha voz falhar sob o peso da torrente de emoções. — Por favor, volta pra lá comigo.

Ele balançou a cabeça devagar e continuou se retraindo.

— Não quero te machucar.

— Você não vai me machucar se me disser a verdade, Gerard.

— Já estou te machucando — falou, arfando. — Agora mesmo, Claire. — Fungando, conteve um lamento e passou a mão pelo cabelo. — Porra! — Então perdeu a calma, olhou para o céu noturno e rugiu a plenos pulmões: — Porra! Você está me pressionando, Claire. Sem parar! — Ergueu as mãos, impotente. — E não tenho nada mais pra te dar.

— Mas eu tenho — falei, diminuindo o espaço que ele colocou entre nós. — Tenho o suficiente pra nós dois.

— Você me magoou — ele disse, respirando com dificuldade. — Você acabou comigo, Claire.

Dor.

A dor me devorou por inteiro.

— Essa nunca foi a minha intenção — sussurrei, chorando com as mãos no peito enquanto suas palavras me atingiam feito chumbo. — Sinto muito se te magoei por ter falado daquele jeito. — Fungando, respirei fundo e acrescentei: — Mas não me arrependo de ter te defendido, Gerard.

Minhas palavras não confortaram meu namorado, porque em vez de pegar a mão que estendi, ele balançou a cabeça e se afastou mais. E então suas palavras dilaceraram minha alma:

— Não quero mais ser seu amigo.

— Você não está falando sério.

— Estou, sim. — Lágrimas escorriam sem parar pelo rosto dele. — Não sou seu namorado, Claire Biggs, e não sou seu amigo.

— Gerard!

Vozes familiares encheram o ar, e ouvi Johnny chamando o nome dele com um tom desesperado.

— Não, Gerard — comecei a dizer, mas ele já estava correndo. — Espera! — gritei, segurando a cabeça. — Ah, meu Deus!

— Gibs! — Johnny surgiu no corredor e veio direto até mim. — Claire? Onde ele está? — Estava ofegante, olhando para o pátio vazio. — Cadê o Gibs?

— Claire... — Shannon falou logo depois, correndo para mim com a saia do seu lindo vestido branco erguida. — Ah, meu Deus, Claire!

— Estraguei tudo, Shan — falei com a voz rouca. — Estraguei tudo.

— Está tudo bem. — Ela me olhou com compaixão e se aproximou, só parando quando eu estava nos seus braços. — Você não fez nada de errado. Shhh. Shhh. Está tudo bem.

— Falem comigo — Johnny implorou, me encarando de um jeito impotente. — Falem comigo, meninas.

Sem tirar o braço de mim, Shannon enfiou a mão no sutiã e pegou a carta, me olhando como quem pedia permissão. Assenti de modo fraco, me amparando nela.

— A Claire encontrou isso no quarto do Gibsie hoje. — Fungando, ela entregou a carta para o namorado e depois limpou uma lágrima no rosto.

Sem dizer nada, Johnny desdobrou o papel e, como estava escuro demais para ler, pegou o celular. Então destravou a tela e o ergueu sobre a carta enquanto seus olhos absorviam cada palavra terrível.

Ele arquejou, mas em vez de levantar a cabeça foi se abaixando devagar, tateando em volta com a mão trêmula.

— Caralho... — Sua voz falhou e fiquei vendo aquele garoto imenso, de popularidade e poder infinitos, ter um troço na nossa frente. — Caralho! — Agarrou os cabelos e ficou olhando para o papel. — Porra, Gibs. — Um lamento sofrido lhe escapou. — Você não, cara. — Seus ombros grandes tremiam. — Você não, Gibs!

— Johnny... — Shannon disse, chorando, se aproximando comigo junto e colocando a mão na sua cabeça.

— Eu sei, baby. — Quase instintivamente, ele segurou a perna dela. — Eu sei.

77

Não quero mais ser sua amiga

CLAIRE

— Vai ficar tudo bem. — Com o braço em torno da minha cintura, Shannon me levou de volta para a área comum. — O Johnny vai encontrar ele.

— Eu devia ter ido com ele — falei, entorpecida. — É culpa minha.

— Não é, Claire. Nada disso é culpa sua, prometo. — Ela parou na porta e se virou para mim. — E você não está em condições de sair correndo pela cidade procurando por ele. O Joey não está bebendo. Ele vai nos deixar na sua casa, e vamos estar lá quando o Johnny voltar com o Gibs. Porque ele *vai* achar o Gibs, Claire. Não vai desistir até achar.

— Não consigo lidar com a Lizzie agora, Shan — admiti, gesticulando para a porta fechada. — Não consigo. — Fungando, enxuguei uma lágrima. — Porque, se ela disser mais uma palavra sobre o Gerard, acho que vou surtar.

— Então espera aqui fora, ok? Vou lá dentro pegar meu irmão.

— Ok — concordei, soluçando, sem querer chegar perto da nossa outra amiga.

Quando a Shannon abriu a porta um instante depois e tentou entrar discretamente, a voz da Lizzie ressoou.

— Não ligo pro que ela diz. Ele claramente está tentando fazer a cabeça dela e está distorcendo tudo — gritava. — Ela está inventando essa história só pra limpar a barra dele.

Então foi isso.

Não aguentei mais.

Perdi todo o controle que ainda tinha e esmurrei a porta.

— Inventando? — falei com a voz fria, parada no corredor com os olhos cravados naquela loira magrela. — *Inventando?*

— Por que você fez isso? — Lizzie choramingou, se virando para mim. — Por que está inventando coisas sobre a minha irmã?

— Não menti — respondi, sabendo que eu já tinha perdido a única pessoa que me importava. — Não inventei nada. — Estreitei os olhos e falei, entredentes: — O Mark não estuprou a sua irmã.

— Estuprou, *sim*! Li a carta suicida dela — Liz gritou enquanto as lágrimas escorriam livremente. — Eu sei, Claire! — Soltou um suspiro pesado e soluçou. — *Sei* o que ele fez com ela!

— Você não sabe de nada! — gritei de volta, descontrolada. — Não faz ideia do que aconteceu de verdade, Lizzie.

— E você sabe?

— Sei — berrei. — A sua irmã não é a vítima dessa história. Nunca foi vítima do Mark. Foi cúmplice dele!

Daria para ouvir uma agulha caindo.

Todos os olhos se voltaram para mim.

— O que está falando, Claire? — Hugh perguntou, se aproximando de mim. — O que significa isso?

— Não foi a Caoimhe, Hugh — falei quando meu irmão colocou as mãos nos meus ombros. — Foi o *Gerard*.

— O quê? — Ele cambaleou para trás com a mão no peito. — Como assim foi o Gibs?

— A Caoimhe escreveu uma carta — tentei explicar, sentindo o corpo todo tremendo. — Que o Gerard guardou esse tempo todo. — Me crispei e acrescentei: — Na carta, ela conta tudo.

— Como ousa? — Lizzie perguntou, com os olhos carregados de horror e traição. — Não existe outra carta.

— Como *você* ousa? Você o tratou mal todos esses anos. — Eu não conseguia impedir as lágrimas nem manter a voz calma. — E existe outra carta, sim, a carta verdadeira, e sugiro que você leia, Liz. Daí quem sabe comece a direcionar a sua raiva pra pessoa certa. — Estreitei os olhos e disparei: — Porque o Gerard Gibson nunca devia ter sido o seu alvo!

— Não, não, não, eu sei a verdade — ela falou, cheia de desespero, refutando as minhas declarações aos prantos, e eu não a via vulnerável assim desde o enterro da irmã.

Ela estava tão arrasada e perdida que, por um instante, tive vontade de puxá-la para os meus braços e fazê-la se sentir melhor.

Mas não podia fazer isso.

Não daquela vez.

Não podia ceder à sua raiva.

Aquela dor pertencia a ela. Não era justo projetá-la em nós.

Ela não era a mesma menininha com quem cresci e, embora meu coração estivesse mesmo partido por todo o sofrimento que ela enfrentou, eu não aguentava mais conviver com aquele nível de toxicidade.

— Eu sei o que aconteceu.

— Você não estava lá — falei, me esforçando para recuperar a calma, pois só sentia o oposto. — Você não sabe a história toda. Nunca soube. Nenhum de nós sabia. — Endireitei a coluna e me obriguei a acrescentar: — Mas agora a gente sabe.

— Ele está tentando mudar a narrativa.

— Do quê?

— Da morte da minha irmã!

— Não está, não. Gerard nunca fez nada além de tentar sobreviver às coisas que aconteceram com ele.

— Não acredito em você — ela disse, afastando o Patrick quando ele tentou abraçá-la. — Meu Deus, estou te odiando tanto agora, Claire!

— Está bem. Não acredite em mim. Me chame de mentirosa. Se me odiar preenche um buraco no seu coração, fique à vontade e me odeie, mas não espere que eu passe a mão na sua cabeça. Porque estou de saco cheio disso tudo. Inclusive de você.

— Claire... — Shannon tentou intervir. — Você não está falando sério.

— Ah, nunca falei tão *sério* na vida, Shannon. Não aguento mais ela. Não *vou* aguentar.

— E eu não te aguento mais — Lizzie retrucou, chorando.

— Bem, então é isso. Cansei de ficar calada e não vou mais deixar você fazer dele o seu saco de pancadas.

— Você é uma *escrota*.

— E você faz bullying — esbravejei. — Sabe, o Gerard aguentou as suas merdas por anos. — Sacudi a cabeça, furiosa. — Ele sabia a verdade e te deixou tratá-lo daquele jeito. Te deixou tentar virar os nossos amigos contra ele. — Estreitei os olhos de indignação. — Você fez isso, Lizzie. *Você* fez isso com ele, mas já chega. Entendeu? Vai procurar ajuda. Cuida da sua cabeça, porque estou cansada. Estou fora!

— Gente, por favor — Shannon disse. — Não briguem.

— Não estou brigando, Shannon — declarei. — Só estou cansada.

— A gente pode dar um jeito — Shannon insistiu. — Vamos. Depois de tudo o que a gente já passou... a gente pode resolver as coisas.

— Eu não. — Lizzie soluçou de chorar. — Não depois de hoje.

Eu também não conseguia.

— Nunca mais fala comigo, Lizzie Young — avisei.

E então, completamente decepcionada comigo mesma, abandonei uma das minhas amigas mais antigas em detrimento de outro amigo.

78

Te amo pra caralho!

GIBSIE

— Gerard, por favor — minha mãe disse, mas ninguém poderia me acalmar nem me consolar naquele momento. Eu estava arrasado demais. Tudo que eu tinha trabalhado tanto para reconstruir depois que ele me arruinou foi para os ares em um instante.

Não sabia como cheguei em casa depois do baile. Não sabia se estava em um pesadelo nem se ainda estava respirando. Não conseguia entender uma palavra sequer.

A mão dele na minha nuca, pressionando meu rosto no colchão.

— Papai! — tentei gritar, mas ele não poderia me ouvir lá do céu. — Volta e me leva com você.

— Fica parado aí, seu merdinha!

— Está doendo — choraminguei, me crispando de agonia quando senti algo entrar em mim por trás, rasgando meu corpinho.

— Isso mesmo — grunhiu enquanto continuava me machucando, me empurrando mais fundo, mais forte, mais brutalmente. — Vou te transformar num homem, seu marica.

— Para! — Eu estava chorando. Sabia que estava. Minha boca estava aberta, eu sentia as lágrimas no rosto, mas minha voz não saía. — Por favor, para.

Entorpecido, senti a vida se esvaindo do meu corpo cada vez que ele enfiava suas partes íntimas nas minhas, e, quanto mais a dor piorava, mais minha mente divagava...

Encurralado, saí quebrando, rasgando e destruindo tudo em que eu botava as mãos, pois eu não via nada além do rosto dele em todos os lugares.

— Keith, ajuda, por favor! Ele vai se machucar! — minha mãe falou de algum lugar distante, mas eu não enxergava seu rosto. Eu não conseguia enxergar nada além *dele*.

Deitado em posição fetal na minha cama, eu o observei acima de mim, fechando o zíper das calças. Ele usava o uniforme dos meninos mais velhos. Os que estavam no secundário.

— Você sabe como as coisas funcionam, maninho. — Ele sentou na beirada da cama, afastou o cabelo do meu rosto e enfiou a mão entre as minhas pernas. — Fica de boca fechada que vou continuar pegando leve com você.

Tremendo, não ousei respondê-lo nem olhar para ele. Porque eu sabia o que acontecia quando eu não me comportava. Quando eu não dava o que ele queria.

— Bom menino. Você está sempre bem, né? — Ele fez carinho no meu rosto e se levantou. — Te vejo amanhã à noite.

Esperei a porta se fechar antes de vestir o pijama do Power Rangers de volta e estremeci ao ver o sangue na minha mão...

Eu sabia que tinha perdido a noção da realidade. Senti minha sanidade me escapando na escola. O pequeno resquício de dignidade e o orgulho que consegui manter nos últimos dez anos enfim tinham me abandonado.

— Vou casar com você quando for grande — ela me disse, esticando o braço para pressionar o rosto da sua Barbie no meu bonequinho. — Você vai ser o meu príncipe encantado no cavalo branco, e eu vou ser a sua princesa. — Quando ela sorriu, também sorri. Porque ela estava sem os dentes da frente e parecia uma boba.

— Você vai mesmo se casar comigo?

— Uhum. — Seus olhos castanhos eram grandes e alegres e ela tinha cheiro de sol. — Vou te levar pro meu castelo no Polo Norte, onde a gente vai poder construir bonecos de neve o dia todo e o Papai Noel vai vir nos trazer presentes toda noite.

— O seu castelo tem chaminé?

— Hum, acho que não.

— Então como é que o Papai Noel vai trazer os nossos presentes?

— Ele é superesperto — ela disse. — Vai fazer o seu pai descer do céu e usar a magia pra abrir a porta...

— O que aconteceu com ele, Keith?

— Não sei, Sadhbh. Talvez tenha tomado alguma coisa no baile.

— Liga pros amigos dele. Se tomou, precisamos chamar uma ambulância!

— Vou chamar a Sinead.

— Rápido!

— Por que você está falando isso? — Caoimhe pulou do sofá e se afastou de mim o máximo que conseguiu. Como se eu fosse sujo. Como se fosse alguém ruim. — Você está mentindo agora, Gerard Gibson? Porque isso é a coisa mais horrível que você poderia dizer de alguém.

— Não sei — respondi.

— Você não sabe se está mentindo ou não sabe o que está falando? — ela perguntou com as mãos na cintura. — Vou te dar mais uma chance de falar a verdade. — Seus olhos pareciam tão bravos. — Daí vou contar pra sua família o que você disse.

— Eu... — Balancei a cabeça com tristeza, porque eu sabia o que ela queria que eu falasse, e eu queria agradá-la. Era a minha babá favorita. Contava as melhores histórias, e ninguém entrava no meu quarto quando ela estava lá. Eu não queria que ela fosse embora. — Eu... — Franzi a testa e pensei bastante no que fazer, tentando encontrar as palavras que a deixariam feliz e fariam com que ela gostasse de mim de novo. — Eu... estava... brincando?

— Ah, graças a Deus! — Ela deu um suspiro enorme e sonoro e voltou para perto de mim. — Você nunca mais pode falar essas coisas, Gibs. — Ela se sentou ao

meu lado no sofá. — Sei que eu já era sua babá antes de ser namorada do Mark, mas você não pode inventar histórias sobre ele só porque está com ciúmes...

— Claire? É a Sadhbh, querida. Tem alguma coisa errada com o Gerard. Acho que deve ter tomado algo no baile. Preciso que você venha pra casa agora mesmo. Se souber o que ele tomou, você tem que me contar agora.

— O que ela está falando?

— O que, Claire? Não estou te ouvindo direito, meu bem. Se acalma e para de gritar. Me conta o que aconteceu.

— Sadhbh?

— Cala a boca, Keith. Estou tentando ouvir a garota. A ligação está chiando e ela está se esgoelando de chorar.

— Está vendo? — A loira no escritório perguntou, pressionando a minha mão no seu seio. — É gostoso, não é?

Assenti devagar.

— Você já tocou alguma mulher antes?

Balancei a cabeça.

— Você gosta da sensação?

Assenti de novo.

— Você é tão fofo... — Sorrindo, ela pegou minha outra mão e a enfiou dentro da saia. — Você pode praticar em mim se quiser...

— Gibs...

— Ah, Johnny, graças a Deus você está aqui. Ele está surtando. Não sei o que fazer. O Gerard está quase socando o espelho.

— Sadhbh, acho que você precisa ler isso.

— O que é isso, Johnny?

— Só lê, *por favor.*

— Não chega perto dele, Kavanagh. Ele está descontrolado.

— Vou ficar bem. Só me dá uns minutinhos com ele.

— Kavanagh, cuidado. Ele parece não estar nos reconhecendo.

— Ele sabe quem eu sou, não sabe, Gibs? Está tudo bem, amigão. O cap está aqui.

— Tudo bem, pessoal, olhem aqui pra frente — o sr. O'Donovan ordenou quando entrou na sala na segunda-feira de manhã com um menino alto e de cabelo escuro. — Tem um aluno novo começando hoje — declarou, batendo no ombro dele. — Esse é o Jonathan Kavanagh. Ele e a família vieram de Dublin esse verão, e quero que todos vocês se esforcem pra acolher o rapaz. — O professor apertou o ombro do menino carrancudo de novo. — Pelo que ouvi, podemos esperar grandes feitos dele no rúgbi. — Ele se virou para o garoto e disse: — Kavanagh, por que você não se senta lá no fundo da sala com o jovem Gibson? — E, então, apontou para mim.

Ainda carrancudo, ele passou pelas carteiras com a cabeça erguida. Eu sabia que os caras diriam que isso era coisa de filho da puta metido, mas achei ótimo.

Ele deixou a mochila no chão ao lado da minha, puxou a cadeira para trás e se sentou de cara feia, parecendo achar que era bom demais para estar ali.

— E aí? — Robbie Mac sussurrou, se virando da carteira da frente para se apresentar. — Robbie.

— Johnny — o garoto do meu lado respondeu com um aceno educado.

— Então quer dizer que você joga rúgbi, é, Johnny?

Ele deu um sorrisinho.

— Acho que sim.

— Bem, eu e uns outros caras aqui da nossa turma costumamos jogar um pouco depois da aula de segunda. Aparece lá.

— E você?

Levei um tempo para perceber que ele estava falando comigo.

— Eu? — perguntei só para garantir, porque além do Hugh e do Feely ninguém mais dava a mínima para mim.

— É. — Johnny assentiu. — Você joga?

Abri a boca para responder, mas o Robbie falou primeiro.

— Quem, o Gibsie? — Deu risada e disfarçou com a mão. — Ele não pode praticar esportes. Desmaia quando vê sangue. — Riu de novo. — Ele é o Billy Elliot da sala. — Mais risadas. — Ele gosta de dançar com as garotas.

Senti o rosto esquentar de vergonha e abaixei o olhar para o caderno à minha frente, esperando que o garoto ao meu lado fosse o candidato perfeito para o clube dos babacas. Fiquei encarando os garranchos que nem eu mesmo conseguia ler direito.

— E daí? — Johnny disse, me surpreendendo. — Você acha que tem algum problema gostar de dançar?

— Você não acha?

— Não.

— Merda, então talvez o professor tenha te colocado na carteira certa ao te botar junto com ele — Robbie zombou, gesticulando para mim.

— Talvez — Johnny respondeu de maneira seca.

— Que seja, meninas — Robbie falou, se virando para a frente. — Aproveitem a companhia uma da outra.

— Sou o Johnny. — Estendeu a mão para mim. — Johnny Kavanagh.

— Gerard Gibson — respondi, aceitando seu aperto de mão. — Mas todo mundo me chama de Gibsie.

— E aí, Gibsie, quer dizer que essa turma é cheia de babacas que nem esse aí? — perguntou, apontando para o Robbie.

— Tem alguns, sim — respondi, dando um sorrisinho. — Basicamente, é isso.

Johnny assentiu de forma solene.

— E quem é o seu melhor amigo?

— O meu melhor amigo? — Ergui as sobrancelhas. — Bem, eu, ah... sou bem amigo daqueles dois ali. — Apontei para o outro lado da sala, onde estavam o Hugh

e o Feely. — Mas eu não diria que são meus melhores amigos. — Sorri e acrescentei: — Tenho uma namorada. Mas ela estuda em outra escola.

— Ela é sua amiga ou namorada?

— Pode ser os dois?

— Hum... — Johnny ficou pensando um pouco antes de perguntar: — Quer ser meu melhor amigo? — Deu de ombros. — Parece que vou passar um tempo nessa cidade, então é bom me enraizar um pouco.

— Eu?

— É, você.

— Você quer que eu seja seu melhor amigo?

Ele fez que sim de novo e, só com aquela única interação, já tinha percebido que ele era esperto. Ele não deixava ninguém fazê-lo de trouxa. Claramente tinha avaliado todos e, por algum motivo estranho, decidiu que eu era o melhor entre os piores.

— E aí, o que vai ser, Gibs?

— Pode ser. — Sorri. — Topo.

— Boa — respondeu, rindo. — Agora, a primeira coisa que a gente vai trabalhar é essa sua fobia de sangue. — Ele sorriu e empurrou meu ombro com o seu. — Porque tenho a impressão de que tem um asa implacável aí dentro só esperando pra brilhar...

— Gibs...

— Vamos, cara, sou eu.

— Volta, Gibs. Volta pra mim.

Ouvi a voz do meu melhor amigo e girei a cabeça, me deparando com ele no meio do quarto com as mãos no ar.

— Johnny?

— Eu mesmo. — Seu tom era suave e satisfeito. — Está vendo? Eu sabia que você estava me ouvindo, seu fanfarrão.

Eu estava desesperado, pois era como se tivesse sido engolido por um dos meus terrores noturnos para logo em seguida ser cuspido no mundo real.

— Johnny?

— Sou eu, Gibs. — Ele se aproximou com as mãos ainda erguidas. — Estou bem aqui, cara.

Olhei em volta, sentindo aquela velha onda de histeria ao notar a carnificina que eu tinha provocado. Sabia que era o responsável por aquilo. Estava tudo bagunçado. Minha cama. Meus móveis. As paredes. As cortinas...

— Meu Deus do céu!

E minha mãe... Olhei para ela em pânico. Ela estava parada na porta com as mãos na cabeça. O Keith estava atrás dela, pálido feito um fantasma.

— Isso — Johnny continuou falando, mas quando sua voz falhou, vi que lágrimas escorriam pelo seu rosto. — Fica comigo, Gibs.

Por que ele estava falando aquilo?

Por que ele estava chorando?

Por que *eu* estava chorando?

— Gerard! — A voz da Claire atravessou toda a névoa e confusão e me virei para vê-la sendo abraçada pelo irmão.

— Que porra está acontecendo? — perguntei ao notar todos olhando para mim. — O que foi que eu fiz?

— Nada, Gibs — Johnny disse, dando outro passo na minha direção. — Eu só... — Ele fez uma pausa, molhou os lábios com a língua e olhou para a minha mão antes de voltar a atenção para o meu rosto. — Você está me ouvindo?

— Claro que estou te ouvindo! Por que é que eu não estaria te ouvindo?

Ele olhou para a minha mão de novo e foi então que percebi.

— Ah, meu Jesus amado!

Sangue.

Minha mão vertia um sangue grosso e vermelho, que pingava no carpete. O enorme caco do espelho quebrado que eu estava segurando era, sem dúvida, o culpado pelo sangramento.

— Meu Deus — falei, atirando o caco para longe e ofegando ao ver minha camisa toda suja de sangue. — Eu não... eu não ia... — Balancei a cabeça e recuei, me sentindo mole ao ver aquela cena. — *Jamais* machucaria nenhum de vocês.

— A gente sabe, cara — Johnny falou, chegando mais perto. — Você é um bom homem. Não faria mal a uma mosca. Então não se preocupa com isso, ok? Porque não é com a gente que estamos preocupados, Gibs.

— Não era a minha intenção — respondi para acalmá-los, enxugando as lágrimas de qualquer jeito enquanto o sangue vertia da minha mão direita. — Não sei como ainda estou de pé — murmurei, pois eu não tinha desmaiado ainda. — Acho que posso estar em choque ou alguma coisa assim, Johnny. — Ergui a mão trêmula e dei batidinhas na cabeça. — Acho que pode ter alguma coisa errada aqui dentro.

— Não se preocupa com isso... — Sua voz falhou quando ele segurou minha nuca e me puxou para o seu peito. — Acontece com todo mundo.

— Estou bem, cap — falei contra o seu ombro enquanto ele me abraçava. — Estou sempre bem.

— *Ah, meu Deus, Gerard, é verdade?* — minha mãe perguntou um pouco afastada, chorando.

— *Como assim?* — Meu velho amigo Hugh falou. — *Claro que é verdade, Sadhbh! Olha só pra ele.*

— Gibs? — *O Feely também estava chorando?*

— Gerard! — *O meu próprio coração falou.*

— Será que vocês podem nos dar uns minutinhos? — meu melhor amigo disse, cortando todas aquelas vozes. — Gibs e eu precisamos de um tempo e não de um bando de bebês chorões nos cercando, não é, Gibs?

— Não. — Entorpecido, encostei o rosto no seu ombro e deixei que ele me segurasse. — Nada de bebês chorões.

— O Gerard precisa levar uns pontos nesse corte, Johnny, e a Gardaí está a caminho.

— Tudo bem, a gente já vai resolver tudo — Johnny falou em um tom tranquilizador, nos abaixando no chão. — Só nos dê um minuto.

— Eles sabem, né? — sussurrei, apoiado no meu amigo. — Todo mundo sabe.

Seus braços me apertaram com mais força e ele me puxou para perto.

— Você vai ficar bem.

— Todas aquelas coisas que ele fez com o meu corpo... — Fiquei olhando para a frente e me sentindo meio morto enquanto as lágrimas escorriam pelas minhas bochechas. — Eu não queria nada daquilo, Johnny.

— Sei que não, Gibs... — Ele conteve um lamento e continuou me balançando para a frente e para trás. — Acredito em você.

— Não quero que ela saiba.

— A Claire?

Assenti, completamente vazio.

— Ela não vai conseguir me amar agora.

— Ela já te ama, cara. Todo mundo aqui te ama. — Fungando, ele me abraçou mais e deu um beijo na minha cabeça. — Você é o melhor amigo que eu já tive, e te amo pra caralho, seu idiota. — Segurou uma risada triste. — E, se acha que isso vai me assustar, pode tirar o cavalinho da chuva, sua besta, porque nunca vou te abandonar. Está me ouvindo? Porque você é o meu Gibs.

— E você é o meu Kav.

— Isso aí.

Ele estava chorando muito e acho que eu também, mas me sentia tão seguro com ele que não me dei ao trabalho de lutar contra os barulhos e as palavras e os sons que me escapavam. E, pela primeira vez desde a morte do meu pai, deixei tudo sair.

79

O depois

CLAIRE

Na tarde seguinte, me sentei na calçada na frente de casa e fiquei vendo a Sadhbh Allen receber outro policial.

Os policiais com quem falei ontem estavam de uniforme, mas aquele não estava, o que me levou a deduzir que devia ser o detetive trabalhando naquele caso. Eu não tinha certeza, porque não podia atravessar a rua, muito menos fazer perguntas.

— Esse é o inspetor detetive. — Shannon me entregou uma caneca de chocolate quente e sentou ao meu lado com a sua. — A gente se conheceu quando ele estava trabalhando no caso da minha família. — Ela assoprou a bebida antes de dar um gole. — É um dos poucos de quem gostei.

Entorpecida, mantive a atenção focada na janela do quarto que ficava bem na frente do meu. As cortinas que estavam fechadas desde o dia anterior enfim se mexeram.

E quando as janelas se abriram, meu coração logo se encheu de esperança.

Será que ele estava acordado?

Estava falando?

Então o Johnny apareceu na janela, revelando que era o responsável por tê-la aberto, e minha esperança se encolheu e morreu no meu peito. Com a atenção em nós, ele deu uma piscadinha para mim e desapareceu de vista.

— Eu devia estar lá com ele — falei com a voz rouca.

— Entendo o que você está sentindo, mas não seria bom pra você ouvir as perguntas que os policiais estão fazendo pra ele. — Shannon ajeitou o cobertor sobre os meus ombros, tirou o cabelo do meu rosto e o prendeu em um coque solto. — E não seria bom pra ele que você ouvisse essas coisas.

— Mas o Johnny pode ficar lá — eu disse, arrasada. — Também sou a melhor amiga dele.

Eu me lembrava bem do que o Gerard tinha me falado na noite anterior, terminando o nosso relacionamento e a nossa amizade, mas para mim nada estava acabado. Nunca estaria. Porque éramos parte um do outro.

— Sim, e sei que isso não é fácil pra você, porque você quer estar ao lado dele. — Shannon colocou o braço no meu ombro e suspirou com tristeza. — Mas o Johnny é o único que o Gibsie quer ver agora e a gente precisa respeitar a vontade dele.

— Amo ele, Shan. — Me virei para ela sem nem me dar ao trabalho de enxugar as lágrimas. — Preciso que ele fique bem. — *Eu precisava dele. Simples assim.*

Ela assentiu de um jeito compreensivo.

— Me arrependo de ter falado daquele jeito, mas não me arrependo de ter falado — confessei, mordendo o lábio. — Sou uma pessoa ruim por isso?

— Não, você é uma pessoa forte, Claire.

— Só quero que ele se abra comigo.

— Tenha paciência — Shannon disse baixinho. — Você precisa dar tempo pra ele. Essas coisas demoram bastante. Não é fácil. O passado dele está cheio de trauma e agora ele está revivendo tudo. Mas ele vai encontrar o caminho até você.

— Que nem você encontrou o caminho até o Johnny?

— Isso — ela respondeu, assentindo. — Mas isso não aconteceu da noite pro dia, e fico muito grata por ele ter tido paciência comigo. Por me mostrar que o amor pode ser gentil e paciente e tudo aquilo que eu nunca tinha experimentado antes. — Ela estremeceu e acrescentou: — Porque eu estava desesperada pra mantê-lo afastado de tudo.

— Por quê?

— Porque eu não queria que ele visse as partes feias em mim e fugisse.

— Não existe nada feio em você — falei. — Nem por dentro, nem por fora.

— Obrigada por me falar isso, Claire, mas era assim que eu pensava. Eu não conseguia superar o meu passado... Precisei de bastante tempo, incentivo e gentileza. Pessoas traumatizadas têm as suas peculiaridades. Olha só pra mim e pro Joey. Não poderíamos ser mais diferentes nem se tentássemos. Olha só pro Ollie e pro Sean. Ou pro Tadhg. Todo mundo morou na mesma casa, mas cada um se apresenta ao mundo de um jeito completamente diferente.

— Não quero ser paciente — admiti. — Só quero entrar naquela casa e consertar as coisas pra ele. Melhorar as coisas pra ele.

— Você não pode fazer isso — ela disse com um tom solidário e compreensivo. — Você não pode consertar nem melhorar nada pra ele. Ele tem que fazer isso sozinho.

— Mas dói tanto ver ele sofrer!

— Eu sei — concordou, apertando a minha mão. — A sensação de impotência dói, né?

— Muito.

— Você pode ajudar se ficar — Aoife disse, se juntando a nós na calçada com o filhinho no colo.

Balancei a cabeça, confusa.

— Ficar?

— Aguentando firme — ela confirmou com ares de sabedoria. — E acreditando que o garoto que mora dentro do cara traumatizado vai conseguir sair da escuridão. Não é fácil. Dói pra caramba, e você às vezes vai querer correr pras montanhas. E ele vai se afastar a ponto de você duvidar da sua própria sanidade. Mas sua habilidade de amá-lo apesar de tudo é o que vai fazer a diferença. Porque, no fim das contas, isso é tudo o que podemos fazer, amiga. — Ela suspirou pesadamente. — Amar esses garotos com todo o nosso coração, e esperar e rezar pra que se reergam e nos mostrem que valem todo o esforço. Que vale a *pena* lutar por eles.

80

Vou passar o Natal sozinha

CLAIRE

— Claire? — Minha mãe sorriu do outro lado da mesa, mas foi um sorriso forçado, assim como os outros sorrisos daquela noite. — Vamos, filha, pelo menos tenta comer alguma coisa.

Entorpecida, continuei jogada na cadeira, com o prato intocado.

— Por favor, Claire — tentou de novo com a voz embargada. — É Natal.

— Não é, não — Hugh disse, me surpreendendo. — Porque Natal significa família. — Inclinou a cabeça para a cadeira vazia na mesa. A cadeira com a palavra “Gibsie” entalhada. — Está faltando um membro dessa família.

Direcionei a atenção para a cadeira vazia, e o buraco crescendo sem parar dentro do meu coração se transformou em um grande abismo. Dizer que minha vida ficou solitária aquela semana não chegava nem perto de descrever a desolação que eu sentia. Pois sentia sua ausência em todos os lugares. Era como se alguém tivesse deixado a porta dos fundos aberta durante a noite e o frio tivesse se infiltrado lá dentro. Os presentes de Natal debaixo da árvore identificados com o meu nome estavam fechados, porque na minha mente, se não havia um presente em forma de Gerard Gibson para mim, eu nem queria saber.

Com a mente a mil pela descoberta da carta da Caoimhe, foi como se tudo ao meu redor estivesse desmoronando. A culpa que eu sentia pela humilhação pública que fiz Gerard passar era paralisante. Era difícil respirar à noite. Porque eu não o via desde a noite do baile de inverno e estava morrendo medo de nunca mais voltarmos a ser o que éramos. Pelo menos, não como antes.

— Vamos, vocês dois — nosso pai falou, se esforçando para apoiar nossa mãe durante a tempestade que tinha se instalado em casa. — Vocês não podem fazer greve de fome agora.

— Bem... — Hugh arrancou da cabeça o chapéu de papel que tinha ganhado em uma brincadeira natalina e o jogou no prato igualmente intocado antes de empurrar a cadeira para trás. — Vou dar uma volta.

— Não, Hugh. — Meu pai abaixou os talheres. — Não é assim que se lida com as coisas, filho.

— Não, pai, definitivamente não — meu irmão concordou com sarcasmo. — Mas, se eu fosse lidar com as coisas do *seu* jeito, eu nunca mais sairia do sótão.

— Hugh!

— Você não se sente responsável, mãe? — meu irmão fez a temida pergunta que pairava pesada sobre a nossa família. — Porque eu, com certeza, me sinto.

— Você *não* é responsável pelo que aquele monstro fez — nosso pai respondeu. — Então tira isso da sua cabeça, filho.

— Ah, então *agora* ele é um monstro — Hugh desdenhou, erguendo as mãos. — Ele sempre foi um monstro, pai. A Liz falou isso por anos, mas ninguém ouviu.

— É diferente — minha mãe interveio com uma voz cansada. — A Lizzie e a família dela estavam errados.

— Como é que a gente sabe? — Hugh perguntou. — Hein? Como é que a gente pode ter certeza das coisas se o nosso melhor amigo passou quatro anos sendo estuprado bem na frente da nossa casa toda maldita noite por aquele monstro?

Um soluço de choro me escapou, e cobri o rosto com as mãos.

— Só vejo duas famílias inocentes destruídas por aquele monstro — ele continuou com a voz rouca. — E agora essas famílias estão brigadas, sendo que deviam estar trabalhando juntas pra acabar com ele.

— Hugh!

— Ele nem foi preso! — Mais que lívido, meu irmão vociferou enquanto todo o seu enorme corpo chacoalhava de nervoso. — Só porque ele está fora do país. Que grande bosta! Ele estupra uma criança de sete anos várias vezes e depois se manda pra brincar de familinha feliz com uma mulher que não faz a menor ideia do perigo que o filho corre com esse pai!

— *Não* sou a lei — minha mãe comentou com os olhos marejados. — E me sinto bastante culpada por não ter percebido os sinais, Hugh Andrew Biggs. Bastante.

— Então, por favor, nos poupe desse papo de culpa — meu pai disse com uma voz grave. — Porque sua mãe e eu já estamos nos afogando de arrependimentos.

— Ah, é? Bem-vindo ao clube, pai.

— Hugh, espera. Não sai desse jeito — meu pai falou, mas era tarde demais, porque meu irmão já tinha saído de casa e batido a porta.

— Por favor, sente-se — minha mãe implorou quando o imitei e empurrei a cadeira para trás. Porque eu também não aguentava ficar ali sentada, sorrindo e celebrando quando o nosso mundo tinha implodido à nossa volta menos de uma semana atrás.

— Me desculpem — falei para os meus pais, abandonando a ceia de Natal e correndo atrás do Hugh.

Ao sair, encontrei meu irmão na garagem, encostado no carro estacionado. De braços cruzados, ele encarava a casa da frente. Sempre tinham a melhor decoração de Natal da rua, mas aquela noite a casa estava escura.

Porque a Sadhbh e o Gerard não estavam ali. Eu sabia. Eu os vi indo embora no banco traseiro da Mercedes do John três dias atrás. Logo depois, Keith Allen encheu seu land rover com os seus pertences e partiu. Só que na direção oposta.

— Você teve alguma notícia deles? — perguntei, me recostando no carro ao lado do meu irmão.

— Uma vez — Hugh disse. — O Johnny ligou quando chegaram na casa dos pais dele em Blackrock.

Segundo a Shannon, os Kavanagh tinham oferecido a casa de Dublin como refúgio para o Gerard e a mãe enquanto o padrasto retirava as coisas da casa. O divórcio já havia sido iniciado, e a Sadhbh decidiu que era melhor tirar o Gerard de casa até que todos os vestígios do Keith e do filho fossem eliminados.

— Ele comentou se o Gerard estava bem? — perguntei, com o coração quase parando. — Você sabe quando voltam?

Foi o John quem levou os Gibson para Dublin, mas foi seu filho quem permaneceu ao lado deles na propriedade. Johnny quase não saiu do lado do Gerard desde a revelação. Ele tinha até perdido o Natal na sua casa para estar com o amigo, e meu coração ficava quentinho de saber que, onde quer que o Gerard estivesse agora, tinha o Johnny.

Hugh balançou a cabeça.

— Ouvi que eles voltariam antes do ano-novo, mas não tenho certeza.

Fiquei em silêncio por um longo tempo, pensando sobre a nova informação enquanto repassava a noite do baile sem parar na cabeça.

— Você acha que ele vai me odiar pra sempre, Hugh?

Meu irmão deu uma suspirada e descruzou os braços para me abraçar de lado.

— Acho que ele não sabe odiar, Claire. — Suspirou de novo. — Teve diversos motivos pra odiar o mundo, mas simplesmente não é da natureza dele.

— Porque ele é uma pessoa tão boa — falei, perdendo o controle sobre as minhas emoções de novo. — Sempre falou que eu era como o sol, Hugh, mas agora que a gente sabe o que sabe, o quanto ele sofreu em silêncio e continuou sorrindo... — Balancei a cabeça e soltei um suspiro trêmulo. — Acho que não existe outra pessoa nesse mundo que mereça mais esse título.

— Pois é — meu irmão concordou baixinho. — Entendo o que você está dizendo.

— O que vai acontecer agora? — perguntei.

— Como assim?

— Depois do Natal, quando a gente voltar pra escola. Nada vai ser como antes. — Um tremor me dominou. — Mas estou com ele, Hugh — sussurrei. — Estou cem por cento com ele.

Assentindo com veemência, meu irmão continuou olhando em frente. Eu sabia que ele me entendia — entendia a importância do que falei. Não havia como desfazer o que tinha acontecido.

— Você amava ela antes.

— Sim, Hugh, nós dois amávamos, e olha só onde fomos parar.

— Não vira as costas pra ela, Claire. — Engoliu em seco. — Ela precisa de você.

— Ela pode até precisar de mim, Hugh — respondi com a voz rouca. — Mas não preciso dela.

— Não diz isso, Claire. Você não é cruel.

— Não sou — concordei. — Mas também não sou mentirosa.

Ele afastou o braço do meu ombro.

— Claire...

— Não consigo, ok? Não consigo ignorar como ela o tratou. Gerard carregou esse peso sozinho por anos e ainda aturou os desaforos dela... Só fiquei quieta porque acreditava no mesmo que ela. Mas, agora que sei a verdade, tudo mudou. Não consigo voltar atrás. E não vou voltar.

81

Já tomei minha decisão

GIBSIE

— Nesse estágio da investigação, não temos mais novidades.

Fazia menos de uma hora que tínhamos voltado de Dublin e a Gardaí já estava na nossa porta.

Eu sabia que isso aconteceria por um tempo — o John tinha me avisado —, o que não tornava as coisas mais fáceis. Porque, quando sentaram comigo tentando me adular, pareceram se esquecer que *não* estavam falando com a criança de sete anos que eu era quando tudo começou. Eu não era o mesmo garotinho que tinha enterrado o pai e a irmã um mês antes de o irmão postiço imprensá-lo na beirada da cama e profanar seu corpo. Também não era mais a versão de oito, nove, dez ou onze anos daquele garoto.

Eu tinha dezessete anos, o corpo de um homem adulto, e podia derrubar qualquer filho da puta que colocasse as mãos em mim. Tinha namorada e amigos e uma vida que eu me *recusava* a perder só porque os adultos ao meu redor enfim sabiam a verdade.

Cheguei até ali e não foi por ficar me balançando para a frente e para trás no cantinho. Claro, perdi a noção da realidade quando tudo veio à tona, mas eu estava em posse da minha sanidade de novo. Bem, pelo menos do que me restava dela.

Eu não sabia se um dia superaria o que tinha me acontecido e, para ser sincero, nem se estava lidando com as coisas de um jeito saudável, mas eu sabia que não podia apagar nem fugir do meu passado, então apenas seguia em *frente*. Pensar que havia uma pequena chance de isso impedir que ele ferrasse a vida de outra criança me dava um pouco de conforto. De qualquer forma, era ano-novo e eu não tinha nenhum plano de carregar esse maldito fardo para 2006.

— Vocês não têm novidades? — Minha mãe assoou o nariz com um lenço amassado e ficou encarando o detetive sentado à sua frente na mesa da cozinha. — Então é isso? Ele ainda está andando por aí como um homem livre?

— Até agora, as autoridades de Mumbai em contato com a Gardaí ainda não conseguiram localizar Mark Allen. De acordo com funcionários da companhia aérea, ele não deu entrada no Aeroporto Internacional de Shirdi nas datas que você nos forneceu.

— Então quer dizer que ele pode estar em *qualquer lugar*? — minha mãe perguntou, olhando ansiosamente para mim. — Inclusive na Irlanda?

— Por favor, tenta não se preocupar, sra. Allen — o detetive disse. — As autoridades competentes estão trabalhando sem parar a fim de que esse homem seja localizado e julgado com todo o rigor da lei.

Revirei os olhos e voltei a atenção para o jogo da cobrinha que eu estava jogando no celular.

— E não se preocupe, Gerard... — o detetive acrescentou. — Todas as medidas foram tomadas para garantir a sua proteção.

— Se você está dizendo... — respondi, tamborilando os dedos com raiva no teclado do celular. — De qualquer forma, não estou preocupado.

— Gerard... — minha mãe choramingou, colocando a mão no meu braço. — Você está seguro agora, filho. Trocamos as fechaduras e conseguimos uma medida protetiva.

— Bom saber, mãe — falei, assentindo, olhando para a cobrinha se movimentando pela tela. — Porra, essa fase é complicada.

— Não sei o que dizer pra ele — minha mãe comentou com o detetive. — Ele fica ignorando o assunto.

Não, eu não estava ignorando nada. Estava tentando viver minha vida do mesmo jeito que tinha vivido desde que ela botou aqueles escrotos para dentro de casa.

Toda aquela merda podia ser uma novidade aterrorizante para ela, mas fazia dez anos que eu vivia em um constante estado de medo. O pavor que ela sentia agora era o que eu sentia toda vez que chegava a *hora de dormir*.

— Você está extraordinariamente calmo.

— Sou extraordinário, ponto — retruquei, escolhendo não comentar que os remédios que a psiquiatra tinha prescrito para mim eram *extraordinariamente* eficazes. Eu até me sentia mal pelo Joey, o coitado, pois ele nunca receberia permissão para dar uma voltinha naquela montanha-russa de psicotrópicos que nem eu.

— Também tem a questão da Deirdre O'Malley — o detetive disse. — Sem o seu depoimento, o Ministério Público não vai conseguir prosseguir com a acusação.

— Bem, que novidade excelente! — declarei, abaixando o celular. — É a primeira boa notícia que ouvi desde que toda essa confusão começou.

— Confusão? — Minha mãe olhou para mim boquiaberta. — Gerard, querido, estamos falando da sua vida.

— Sei que estamos falando da minha vida. Afinal, eu é que estou *vivendo* tudo isso.

Ela se crispou e um soluço escapou da sua garganta.

— Eu não sabia.

Eu não sabia.

Três palavras que, na minha experiência limitada de vida, eram tão inúteis quanto botar uma camisinha no pau *depois* do sexo. Se eu ganhasse um euro cada vez que alguém disse "Eu não sabia" para mim na última semana, estaria rico. As pessoas tinham boas intenções, mas isso não ajudava nada. Não precisava que minha mãe ou ninguém que eu amava validasse a própria ignorância ou reafirmasse que não tinha feito por mal. Eu sabia que não sabiam. Era assim que tinha que ser. Era assim que eu tinha sobrevivido.

— Gerard! — minha mãe disse. — Aquela mulher *abusou* de você!

Na verdade, aquela mulher tinha mantido minha cabeça pra fora da água em um período em que eu estava me afogando, mas não me dei ao trabalho de explicar isso para nenhum deles. Porque eu sabia que o que a Dee fez era errado. Ela havia ultrapassado limites que jamais deveriam ser atravessados, só que isso não significava que eu queria ser seu juiz, júri ou carrasco.

— Filho, você vai ter que falar com a gente — insistiu. — Temos depoimentos de vários alunos do Tommen que confirmam o seu. Mas você precisa entregar o *seu* depoimento por escrito.

— *Estou* falando com você — respondi com tranquilidade. — E já falei com *todos* vocês, só não estou falando o que querem ouvir, então eles continuam vindo aqui. — Balancei a cabeça. — Já tomei minha decisão.

— Gerard... — minha mãe choramingou. — Por favor, pensa melhor.

— *Já* tomei minha decisão, mãe.

— Está feliz agora? — Johnny perguntou ao entrar no meu quarto mais tarde aquela noite com um dvd de *Simplesmente amor* na mão. — Eu tive que arrancar esse treco das mãos do Tadhg.

— O garoto tem bom gosto.

— Pelo contrário, cara, acho que dá pra dizer que o apego dele com o filme tem muito mais a ver com a nudez frontal do que com o maldito Hugh Grant.

— Ah, dificilmente chamaria aquilo de nudez frontal — eu disse, dando risada. — Só dá pra ver um peitinho.

— Ah, é? Bem, fala isso pra minha mãe então. — Ele bufou, atirou o dvd no meu colo e sentou no pufe ao meu lado. — Porque tive que aguentar um sermão de quarenta minutos daquela mulher sobre a importância de não corromper mentes inocentes com filmes pornográficos — grunhiu, pegando o controle remoto.

— Nossa, até parece que *Simplesmente amor* é pornô.

— Gibs... — ele falou. — Estamos falando da mulher que ainda cobre os meus olhos quando tem alguma cena de beijo na televisão. — Sem pausar o Fifa que estávamos jogando mais cedo, Johnny apertou os botões do controle do PlayStation. — Feliz ano-novo pra mim, hein?!

— Nah, ainda tem umas horinhas até dar meia-noite.

— 2005. — Meu melhor amigo balançou a cabeça. — Que ano doido, não?

— Pois é. — Dei um suspiro pesado. — Mas também foi memorável.

— Você lembra do ano-novo de 1999? — perguntou com um sorrisinho.

— Como não? — grunhi, estremecendo com a lembrança. — Pensei que a sua mãe fosse me matar.

— Cara... — Johnny disse, rindo. — Você jogou um balde de água na fogueira.

— Só porque pensei que o fogo estivesse ficando fora de controle.

— Gibs, a fogueira estava na *lareira*.

— Exatamente, Johnny — comentei. — Pensei que estivesse rolando um incêndio na chaminé. Como eu ia saber que a fumaça se comportaria daquele jeito? — Dando de ombros, acrescentei: — Eu só estava tentando *salvar* a mansão.

— Bem, minha mãe com certeza soltou fogo pelas ventas quando a fuligem destruiu o novo papel de parede.

— Ela ainda joga isso na minha cara, sabia? — murmurei. — Todo Natal.

— Hum... — Johnny riu baixinho e errou uma rasteira contra o meu jogador, que resultou no meu time marcando um gol. — Merda!

— Você é péssimo no PlayStation, hein, cap?

— Falou o cara que usa pijama de canguru.

— Ei, não fala mal do meu pijama. — Sorri. — De pijama ou não, acabo com você no PlayStation.

— Talvez eu jogasse melhor se tivesse mais tempo livre.

— Verdade — comentei, marcando outro gol. — Ouvi dizer que morar com a namorada pode ser uma distração e tanto.

— Falando em namoradas... — falou com um tom cauteloso. — Você ainda não viu a sua?

Ali estava.

A pergunta de um milhão de dólares.

Eu não via a Claire desde a noite do baile, e quanto mais os dias passavam, mais difícil ficava *encará-la*.

Porque eu podia lidar com as perguntas da Gardaí e os olhares compassivos que o Johnny lançava para mim quando pensava que eu não estava prestando atenção. Conseguia lidar com a minha mãe chorosa e com a ira da família Young. Conseguia lidar com os sussurros e até com as encaradas, mas eu *não podia* lidar com a Claire Biggs me olhando como se eu fosse menos que um homem.

Não importava se era um medo racional ou não, pensar na minha namorada me olhando de um jeito diferente do que ela fez por dezesseis anos me fazia querer jogar a toalha.

— A gente terminou — lembrei meu amigo, sentindo uma pontada no peito.

Johnny revirou os olhos.

— Desculpa, desculpa.

— Falei umas coisas péssimas da última vez que a gente se viu, cap.

— E daí?

— Daí que ainda estou puto.

— Bem, ela não vai se apegar a nada disso, Gibs — comentou. — Confia em mim, cara.

— Bem, eu ainda estou me preparando.

— A Shannon está lá.

— Aposto que a Shannonzinha está me amando. Primeiro, roubo o namorado dela no Natal, e agora ele está passando o ano-novo no meu quarto, levando uma surra no PlayStation.

— A gente vai passar um monte de Natais juntos — falou baixinho.

— Pode ir lá com ela, sabe? — falei, dando a permissão que ele claramente achava necessária. — Não precisa ficar aqui bancando a minha babá. Estou *bem*, cara.

Ele me olhou daquele jeito triste e logo piscou para disfarçar.

— Você acha que estou aqui porque tenho pena de você?

Arqueei a sobrancelha.

— Não é?

— Vamos fazer um acordo — falou, abaixando o controle do videogame. — Eu passo o ano-novo com a minha namorada se você passar com a sua.

82

Ano-novo

CLAIRE

— Vou morrer sozinha com meus gatos!

— Não vai, não.

— Vou sim, Shan — declarei, sentada debaixo da árvore de Natal. Tudo bem, talvez eu não estivesse bem *sentada*, mas sim jogada de costas no chão com meu pijama de unicórnio e uma língua de sogra murcha pendurada na boca. — Já sou a louca dos gatos. — Soltei um suspiro dramático e estiquei o braço para fazer carinho na Cherub, que estava em cima do meu peito, ronronando alegremente. *Pelo menos alguém estava feliz.* — Mas era legal ter um companheiro de aventuras.

— Isso não dói? — Shannon perguntou, distraída.

— Ah, claro que dói, Shan — falei de modo solene. — Na verdade, acho que não me lembro mais como é viver sem sentir essa dor no meu coração.

— Não estou falando do seu coração, Claire. Esses gatinhos estão arranhando e puxando todo o seu cabelo — ela disse, dando risada e apontando para Tom, Dick e Harry brincando com os meus cachos. — Você está parecendo a Medusa com o cabelo espalhado desse jeito.

— Estão passando por um momento difícil — comentei com tristeza. — Estão com saudade do pai. — Outro suspiro cansado me escapou. — Você pode até pensar que sou eu, mas é o Gerard que é o disciplinador desses gatinhos mal-educados.

— Sabe, confesso que nunca pensei nisso. — Ela riu de novo e pegou o celular quando ele vibrou no braço do sofá.

— Deixa eu adivinhar — grunhi. — É uma mensagem do Johnny desejando um feliz ano-novo pro riozinho dele com um monte de beijinhos.

— Sim, é o Johnny.

— Ah, que droga, Cherub! — choraminguei. — Não me abandona, por favor.

— Claire?

— Hum?

— Faltam, tipo, três minutos pra meia-noite. Será que vamos conseguir ver os fogos de artifício aqui da sua rua?

— Acho que sim.

— Ah, que bom! — Shannon guardou o celular no bolso do roupão e se levantou empolgada demais para a minha crise existencial em pleno andamento. — Vamos lá fora ver.

— Pra quê? — resmunguei. — Podemos ver na TV.

— Levanta daí — ordenou, rindo e oferecendo a mão para mim. — A gente não vai passar o ano-novo debaixo da árvore de Natal com os seus gatos — acrescentou, me colocando de pé. — Vamos lá fora fazer a contagem regressiva.

— Está bem — cedi, bufando e colocando o capuz do pijama de unicórnio. — Mas não vou ficar animada. — Deixei que ela me empurrasse para fora de casa, emburrada. — E também tenho direito de... — Parei de falar quando saí e vi o garoto parado do outro lado da rua com seu pijama de canguru. — Gerard?

— Ursinha...

— Feliz ano-novo, amiga — Shannon falou no meu ouvido. — Te amo. — Ela deu um beijo no rosto antes de sair correndo na direção do outro garoto. — Oi, Johnny.

— Oi, Shannon — ele disse, pegando-a no ar quando ela se jogou nos seus braços. — Feliz ano-novo, baby.

Assim que nossos olhares se encontraram, o som dos fogos de artifício tomou conta do ambiente. Logo depois, o céu noturno explodiu em cores e luzes cintilantes.

— Gerard? — Soltei um suspiro de surpresa e tive que bater de leve no meu peito para reiniciar meu coração, porque o coitado parou de funcionar quando o Gerard levantou a mão e acenou para mim.

Então ele atravessou a rua e se aproximou com passos firmes e determinados.

Infelizmente, a minha capacidade de permanecer calma tinha me abandonado, e cada dica, truque e lição de sedução que a Aoife me deu escapuliu de uma vez.

Acenei de volta para ele feito a louca dos gatos que eu era e quase quebrei o pescoço na pressa de chegar até ele, tropeçando nas pantufas e escorregando em um trecho congelado do caminho.

— Meu Deus! — Gerard gargalhou, colocando o braço nas minhas costas e me segurando antes que eu caísse de bunda. — Essas pantufas são um perigo. — Ele me botou de pé e avaliou meus calçados com um brilho travesso nos olhos. — Amei.

— Não era pra você falar que ama as minhas pantufas, Gerard — reclamei, agarrando o pijama dele. — É pra você falar que me ama.

— Sério? — Ele enfiou as mãos nos bolsos do canguru e inclinou a cabeça para o lado. — Mas achei que isso era óbvio.

Meu coração disparou e balancei a cabeça.

— Eu, ah... eu não, tipo... eu não sabia se você ainda me amava.

— O amor não é um interruptor, Claire — ele disse, se aproximando. Uma emoção me bombardeou, ameaçando me consumir a ponto de eu desmaiar. — Não dá pra desligar e pronto.

— Não — concordei, suspirando fundo. — Não dá.

— E aí? — Ele andou para trás com as mãos nos bolsos e deu de ombros. — Quer conversar?

Quero, fiquei com vontade de gritar com todas as forças, mas o medo de afastá-lo me fez engolir a empolgação e acenar a cabeça timidamente.

Meio deslizando, meio andando, caminhei ao lado dele enquanto seguíamos a velha rota até a casa da árvore. Tínhamos feito aquilo milhares de vezes, mas dessa vez havia um peso pairando sobre nós. Como se a iminência da vida adulta, a tristeza e a esperança estivessem todas entrelaçadas em um cobertor pesado e complicado.

— Cuidado — falei, sem conseguir me conter ao subir primeiro e ver Gerard evitar por pouco aquela viga que quase o matou na nossa última aventura. — Meu pai não está em casa pra te salvar dessa vez.

— Engraçadinha — respondeu, desviando da viga antes de se sentar no chão da casinha. — Ele saiu mesmo este ano?

— Pois é. — Assenti, imitando-o e me sentando de pernas cruzadas à sua frente. — Levou minha mãe pra comer fora.

— Nossa! — Ele esfregou o queixo e ficou olhando em volta. — Essa é nova.

— É o primeiro ano-novo que ele sai desde o acidente — concordei.

— Hum...

Não me aguentei e deixei meus olhos vagarem por todo o seu corpo, absorvendo-o, segurando a vontade de me jogar em seus braços. Havia muitas palavras não ditas entre nós. Precisávamos conversar primeiro.

— Então, ah... — Gerard ficou brincando com um fio solto do pijama e deu uma olhada ao redor antes de enfim se concentrar em mim. — Vamos direto ao ponto. Que tal?

— Ok. — Assenti e respirei fundo. — Mas, antes de qualquer coisa, posso dizer que sinto muito pela forma como falei, Gerard?

— A forma como você falou... — ele repetiu devagar. — Então você não sente muito por ter falado?

— Não, sinto muito pela forma como falei — confirmei com determinação. — Não posso me arrepender por ter te defendido, Gerard.

— Aquela carta não era sua, Claire.

— Não era — concordei, tremendo. — Mas aquele também não era um fardo pra você carregar sozinho, Gerard.

Ele ficou me encarando por um longo tempo antes de curvar os ombros, derrotado.

— Eu estava indo bem — falou de cabeça baixa. — Estava indo bem, Claire.

— Não estava, não — retruquei, balançando a cabeça.

— Como é que você pode dizer isso? — perguntou com uma voz dura.

— Porque te conheço melhor que você mesmo — respondi, sem querer ceder em algo tão importante. — Só fico mal de não ter visto os sinais mais cedo.

— Sinais... — murmurou baixinho.

— Sim, Gerard, sinais — falei com urgência. — Todos nós deixamos você na mão. Cada um de nós, e sinto muito por isso. Eu devia ter visto os sinais. Devia ter sido seu suporte, mas não fui, e nunca vou me perdoar por isso.

— Claire, por favor — ele grunhiu como se estivesse com dor. — Podemos não falar disso?

— Mas a gente *tem* que falar disso — insisti, notando a desolação na minha própria voz. — Gerard, a gente tem que conversar sobre o que aconteceu.

— Nunca te machuquei — ele disse com os olhos brilhando de emoção ao se cravarem nos meus. — Nunca machuquei ninguém. Eu estava sendo uma boa pessoa, fazendo coisas boas, mantendo as aparências, e não precisava que o mundo inteiro soubesse que sou a porra de um fracote!

— Você se acha fraco? — perguntei, perplexa. — Gerard, você é a pessoa mais forte que já conheci.

— Até parece. Me sinto mais impotente agora do que quando tinha sete anos, Claire.

— É mesmo? — Suspirei, horrorizada. — Por quê?

— Porque todo mundo sabe. — Arfando, passou a mão pelo cabelo. — Me sinto humilhado pra caralho e não tem nada que eu possa fazer. Não posso voltar no tempo, Claire. Vou ser rotulado como vítima o resto da vida. — Um tremor sofrido o percorreu. — Não sei como vou conseguir ir pra escola na semana que vem, quanto mais pro treino, e encarar os meus amigos.

— De cabeça erguida — falei, desesperada para confortá-lo e encorajá-lo. — Porque você não fez nada de errado! — Meu coração estava destroçado e não consegui me impedir de segurar a sua mão. — Eu não queria te fazer sofrer. — Por sorte, ele não me afastou. Em vez disso, deixou que eu entrelaçasse os dedos nos dele. — Mas não podia guardar esse segredo.

— Sei que não — sussurrou com a voz entrecortada. — Mas agora não sei se consigo...

Senti meu coração se dilacerando.

— Como assim?

— Nunca quis que você soubesse, Claire. Não queria que você visse essa parte minha. Essa feiura. — Deu de ombros e ficou olhando para as nossas mãos unidas. — E, agora que você sabe, não sei como seguir em frente.

— Juntos, Gerard — falei. — A gente vai seguir em frente junto. Porque eu ainda estou aqui — completei, precisando que ele soubesse que eu jamais o abandonaria. Que eu sempre estaria ao seu lado. — Ainda sou a sua ursinha.

— Mas agora tudo mudou.

— Não precisa ser pra pior, Gerard.

— Não sei se consigo continuar sendo o seu Gerard.

Aquilo foi a gota d'água, e explodi.

— Como você ousa? — Furiosa, recolhi a mão e fiquei de joelhos. — Como você ousa falar isso pra mim?

— Claire...

— Não, não, não. — Balançando a cabeça, fui até a abertura da casinha e desci as escadas, disparando para a porta dos fundos da minha casa.

— Meu Deus, Claire, quer me esperar?

— Pra quê? — falei por cima do ombro, ouvindo seus passos no gramado congelado. Eu estava surtando de frustração ou raiva ou amor. Eu não sabia direito, mas as emoções estavam subindo pelo meu peito e saindo pela minha boca. — Pra você terminar comigo de novo? Acho que não, Gerard.

— Estou tentando conversar com você — Gerard disse, segurando a porta do pátio antes que eu a batesse. — É o que você quer, não é? Ter essa maldita conversa? Tipo, deve ser isso o que você quer. Foi por isso que você contou pro mundo sobre aquela carta.

— Não, Gerard, contei pro mundo sobre aquela carta porque queria te proteger! Porque eu queria fazer justiça por você. Porque eu queria impedir um pedófilo de abusar de outras crianças! Estamos tendo essa conversa porque você está tentando me bloquear da sua vida — retruquei, dando um passo relutante para o lado para que ele entrasse na cozinha. — Você está dando pra trás, Gerard, porque é isso que você faz quando as coisas complicam. Eu mergulho de cabeça e você vacila. — Quando estávamos dentro de casa, fechei a porta de correr do pátio com um baque alto. — É isso que você sempre fez, e não vou mais tolerar isso.

— Está falando *sério*?

— Nunca falei tão sério na vida. — Me virei para ele. — Não vou pedir desculpas pelo que fiz porque te amo. Está me ouvindo? Te amo, Gerard Gibson. Amo o menino que você foi e amo o homem que se tornou. — Soltei um suspiro frustrado, me aproximei dele e coloquei as mãos no seu peito. — E vou lutar por todas as suas versões, seja bebê, menino ou homem! Vou lutar por você mesmo quando você não puder fazer isso por si mesmo, porque é o que melhores amigos fazem. — Agarrei o seu pijama e o encarei antes de acrescentar: — E nunca vou pedir desculpas por isso.

Seus olhos cinzentos e tempestuosos se cravaram nos meus.

— Você não pode continuar me amando do mesmo jeito.

— Você tem razão — concordei. — Porque te amo mais ainda.

— Não mente. — Sua voz estava dolorosamente vulnerável. — Por favor, não diz se não for pra valer.

— Te amo mais — repeti sem hesitar. — Te quero mais ainda. Me sinto terrivelmente atraída por você, Gerard Gibson, e nada no seu passado pode mudar isso.

— Claire... — Suas mãos pousaram na minha cintura e um arrepio proibido me percorreu. E um arrepio similar percorreu seu corpo enorme. — Só... não sei mais o que fazer.

Meu coração se partiu mais ao ouvir sua confissão, e a verdade era que eu também não sabia. Mas tinha certeza de que deveríamos seguir juntos. Então falei exatamente isso.

— A gente, Gerard. — Passei a mão pelo seu cabelo e lhe ofereci o que torci para ser um sorriso tranquilizador. — O que é que a gente faz? Somos um time, esqueceu?

Uma mistura melancólica de tristeza e esperança encheu seus olhos.

— Você está falando sério mesmo, né?

— Estou.

— Então o que é que a gente faz agora, ursinha?

— Bem... — Dei de ombros. — Eu poderia começar te desejando um feliz ano-novo e daí você me beija.

— Ah, é? — Um sorrisinho familiar surgiu nos seus lábios, e fiquei encantada. — Então vai em frente.

Limpei a garganta e sorri.

— Feliz ano-novo, Ger...

Minhas palavras foram engolidas pelos seus lábios esmagando os meus.

Imersa na sensação do seu grande corpo pressionado o meu, da sua boca na minha, da sua pele, eu o beijei de volta com uma fome que beirava o desespero. Porque cada segundo de pânico, dor, culpa e medo do desconhecido que crescia dentro de mim desde o baile explodiu para fora da minha cabeça e para dentro daquele beijo.

— Te amo — ele sussurrou, passando os lábios pela minha bochecha e descendo até o meu pescoço. — Sempre foi você, ursinha.

Eu sabia que ele estava falando a verdade, porque eu sentia o mesmo. Sempre existiu apenas ele. E mais ninguém.

— Só preciso de um tempo pra entender como agir agora — explicou com a voz rouca quando interrompemos o beijo. — Passei tanto tempo me escondendo que nem sei mais quem sou. — Ele soltou um suspiro trêmulo, descansou as mãos nos meus ombros e deu de ombros de um jeito vulnerável. — E vou precisar de um tempinho pra descobrir.

83

Cobras e escadas

GERARD

Tudo parecia estar de ponta-cabeça.

Eu sabia que não fazia sentido, mas era como minha vida estava desde o baile. Keith tinha ido embora, minha mãe tinha assumido o modo superprotetor, e a cada abraço eu perdia mais a lucidez.

Eu queria receber a atenção e o afeto dela, eu precisava disso, mas também não precisava.

Porque isso piorava as coisas.

Tornava tudo mais real.

Meu segredo tinha sido revelado, o mundo todo sabia, e eu não podia mudar a narrativa. Eu era uma vítima declarada e detestava isso.

Pensar em voltar para a escola na segunda-feira era quase insuportável, e juro que não fazia ideia de como ia encarar o time. Na verdade, estava sinceramente disposto a vender minha alma para voltar no tempo e apagar tudo aquilo.

— Tem certeza que está quentinho o suficiente, meu bem? — minha mãe perguntou no sábado à noite ao ir até a sala para dar uma olhada em mim pela centésima vez.

— Estou, mãe.

— Posso aumentar o fogo.

— Está bom assim, mãe.

— Tem certeza, querido? Porque não quero que você fique gripado.

— Mãe, só falta você botar uma porra de uma maçã na minha boca pra me assar no espeto — falei, gesticulando para a lareira acesa e depois para mim, só de short. — Relaxa, tá? Estou bem.

A preocupação que vi nos seus olhos me garantiu que ela não tinha a menor intenção de relaxar nunca mais na vida.

— E a Claire, filho? — Ela voltou a atenção para a loira inclinada sobre a mesinha de centro na minha frente, tentando bloquear o dado que tinha acabado de lançar no Cobras e Escadas que estávamos jogando.

— Estou bem, obrigada, Sadhbh — Claire respondeu, com a língua aparecendo no canto da boca enquanto habilmente pulava uma cobra no tabuleiro. — Na verdade, estou até com calor.

— Você está roubando — falei, pegando seu peão e o empurrando para a cobrinha. — Tirou quatro.

— Tirei cinco — ela retrucou de um jeito meio hesitante, já que era a pior mentirosa do mundo e suas bochechas vermelhas a denunciaram. — Não me faz descer a cobrinha, Gerard.

— Não sou eu. — Dei risada, erguendo as mãos. — São as regras do jogo.

— Então quebra as regras — ela disse, me lançando um olhar suplicante. — Por mim?

Revirei os olhos e acabei cedendo, colocando seu peão de volta no lugar que ela queria.

— Você é o melhor — falou, se sacudindo e dançando no lugar antes de pegar o dado de novo.

— Ei, é a minha vez.

— Oba! Dois seis. — Claire me ignorou e moveu o peão dez casas antes de abrir um sorriso alegre. — Adoro jogar com você.

Eu não tinha dúvidas. Desde a nossa trégua no ano-novo, a gente só fazia isso: passar o tempo com jogos de tabuleiro, com ela trapaceando e eu deixando. Era quase como se nada tivesse mudado entre nós.

Quase.

Mas meu segredo ainda estava ali, pairando pesado no ar entre nós, e nada podia consertar isso. Ela era a Claire e eu ainda era eu, mas, de alguma forma, acabamos retomando nossa versão amigos, e não casal. Eu não sabia se era culpa minha ou se era porque ela não se sentia mais à vontade comigo. Mas era tão complicado que eu não gostava de ficar pensando muito nisso. Por isso os jogos de tabuleiro. Em meio àquela loucura, acabei chegando a uma conclusão: eu podia não saber quem eu era ou qual era o meu lugar no mundo, mas tinha a mais absoluta certeza que não queria viver nada sem a Claire Biggs.

Nem o cap.

— Tudo bem. Bem, vou estar na cozinha se precisarem de mim — minha mãe disse antes de sair da sala de forma relutante.

Esperei que ela fechasse a porta e então soltei um suspiro.

— Não sei se consigo aguentar mais, ursinha.

— A Sadhbh só está preocupada com você — ela disse, jogando os dados pela terceira vez na sequência e pulando outra cobrinha em que tinha parado. — Não fica bravo com ela, Gerard.

— Não estou bravo — respondi, me recostando no sofá. — Só estou... — Dei de ombros e soltei um suspiro frustrado. — Irritado.

— Com a sua mãe?

— Com o mundo.

Ela piscou os olhos castanhos e sorriu com doçura.

— Até comigo?

— Sobretudo com você. — Um sorriso relutante se espalhou pelo meu rosto. — Você é a pior.

Claire mostrou a língua, debochada, e juro que, só de olhar para ela, senti palpitações que poderiam ser confundidas com alguma questão médica. Felizmente, eu sabia que essas dores no peito eram resultado direto das repercussões do amor.

Porque eu a amava.

Meu Deus, eu a amava com todas as forças.

Na última semana, ela não saiu do meu lado, mesmo que eu estivesse uma companhia de merda. Claire não se importava. Ainda tínhamos que ter algumas conversas difíceis, mas eu não estava pronto e ela também não insistia. E eu nem sabia se algum dia estaria pronto para as conversas que precisariam acontecer no futuro, mas, por enquanto, parecíamos ter chegado a um frágil acordo, apesar da minha vulnerabilidade.

— Você está me encarando — declarou com um tom provocativo.

— Não posso? — retruquei, e a pergunta pareceu surpreendê-la. Mais que isso, Claire soltou um suspiro de choque. Porque aquela era a primeira vez que um de nós cruzava aquele limite específico desde o beijo na cozinha da casa dela.

Ela inclinou a cabeça para o lado e me observou com atenção.

— Está flertando comigo, Gerard Gibson?

Será que eu estava?

Claro que estava.

Mas será que eu conseguiria lidar com as consequências?

Só o tempo diria.

Me sentindo um pouco exposto e bastante vulnerável, dei de ombros, impotente.

— Não posso?

— Depende.

— Ah, é? — Ergui as sobrancelhas. — Do quê?

— Do quão rápido a gente consegue se livrar da sua mãe e atravessar a rua. — Sorrindo maliciosamente, ela ficou de pé e ergueu a mão para mim. — Porque ela está parecendo um cão farejador, e estou precisando com urgência de uns chamegos proibidos pra menores do meu Gerard Gibson.

Puta merda.

Ela não precisava falar duas vezes.

Saltei do sofá feito um bumerangue voltando para a sua dona, peguei sua mão e bati continência com a outra.

— Me mostra o caminho, capitã.

— Tudo bem, mas antes da gente ativar o modo ninja, só quero que você saiba que sou perdidamente apaixonada por você, que te acho muito gostoso... tipo, gostoso de verdade, superultramegagostoso, e não pretendo te pedir nada além do que você quiser me dar. — Suas palavras saíram rápidas e furiosas, como se ela as estivesse segurando por um longo tempo.

Ela esticou o braço, colocou meu rosto entre as mãos e ficou na ponta dos pés.

— Porque já tenho tudo o que preciso bem aqui na minha frente. — Ela deu um beijo suave no canto da minha boca. — E temos todo o tempo do mundo pras partes tristes. — Então ela se afastou e abriu um sorriso safado. — E, agora, estou achando que a gente devia se concentrar nas partes felizes.

— Ah, é? — Sorri para ela. — E que partes felizes você acha que a gente devia se concentrar?

— Bem... — Claire deu uma risadinha travessa. — Eu estava pensando que a gente podia se concentrar na sua escada, se você se concentrasse na minha árvore.

— Estou dentro — declarei, sem hesitar. — Só um aviso: minha escada já está meio dura.

— Vamos ver.

— Caralho!

Quarenta minutos depois, eu estava de novo no seu quarto, na sua cama, com as roupas jogadas no chão e seu corpo nu em cima do meu.

— Tudo bem? — Claire perguntou contra os meus lábios. — Te tocar desse jeito?

— Tudo certo — grunhi, adorando sentir as suas mãos no meu corpo. — Tudo mais que bem.

— Estou bem aqui com você. — Rebolando em cima de mim da forma mais primitiva possível, ela pegou minhas mãos e as colocou na sua pele. — Somos só você e eu.

Sem conseguir aguentar a pressão no meu peito nem por mais um segundo, me sentei e a ajeitei no meu colo. O movimento nos fez gemer de prazer. Assim ficava bem mais profundo.

Em todos os sentidos.

— Você me faz sentir que é possível — falei enquanto nossos corpos se mexiam em um ritmo perfeito.

— Hum? — Uma gota de suor foi descendo do seu pescoço até o seu peito. — O que é possível?

— É como se tudo pudesse ficar bem de novo. — Segurei seus quadris com mais força e aumentei a velocidade, sentindo aquela velho desejo me dominar. — Como se eu pudesse ficar bem de novo.

— Porque vai ficar tudo bem — Claire disse, com uma voz rouca e ofegante enquanto agarrava meus ombros e rebolava com fúria em mim. — Porque você vai ficar bem.

— Sim. — Arfando, segurei sua nuca e puxei sua testa para a minha. — Mas é você que me faz acreditar.

— Gerard, eu... — Suas palavras se interromperam, mas os seus olhos não deixaram os meus quando ela começou a tremer. Seu corpo vibrou e se contraiu, e como peças de dominó caindo uma após a outra, logo a imitei.

Quando abri os olhos no domingo de manhã, fui recebido por olhos castanhos maliciosos me encarando.

— Nossa! — falei, quase tendo um ataque do coração de tão perto que ela estava do meu rosto.

— Bom dia — Claire cantarolou, me observando de pernas cruzadas na cama com um sorriso radiante estampado no seu lindo rosto. — Adivinha o que você fez ontem à noite?

— Te levei à loucura de prazer de um jeito que você nem sabia que era possível?

— Isso! Adivinha o que mais você fez ontem à noite?

— O que foi que eu fiz?

— Você dormiu! — Vibrando de empolgação malcontida, ela bateu palmas. — Por três horas seguidas! — Seu sorriso se alargou. — Sem pesadelos. Sem sonambulismo. Você só dormiu. Eu vi.

— Você... viu?

— Uhum — assentiu antes de acrescentar: — Você tinha razão sobre o ronco, aliás. Infelizmente, sou a culpada.

— Te falei — eu disse, me sentando. — Agora, podemos voltar à parte em que você confessa ficar me observando feito uma doida enquanto eu durmo?

— Ah, por favor. — Ela revirou os olhos. — Como se você já não tivesse feito o mesmo um milhão de vezes.

— Não fico vendo você dormir, Claire. Eu ouço. A casa inteira ouve.

— Ah, para com isso. Não ronco tão alto assim — ela bufou, batendo no meu braço. — Além disso... — Ela deu uma piscadinha. — Tenho certeza que o meu ronco é fofo.

— Quem te disse isso estava tentando se enfiar na sua calcinha.

— Bem, pois ele conseguiu o que queria ontem à noite.

— E que calcinha adorável, hein!

Ela deu risada, pegou um travesseiro e o acertou na minha cabeça.

— Vamos, Gerard Gibson — falou, se inclinando para dar um beijo na minha bochecha. — Vamos dar uma volta.

84

A Grande Guerra

CLAIRE

Era 6 de janeiro de 2006, o primeiro dia do novo semestre escolar, e eu estava nervosa para ver o que esse ano me traria. Se ele fosse parecido com o ano que tínhamos deixado para trás, a viagem seria turbulenta — pelo menos o garoto que estava no carro comigo com certeza me faria uma ótima companhia.

Tudo tinha mudado irreversivelmente nas nossas vidas. Não só para o Gerard, mas para mim também.

Eu me sentia diferente.

Mais velha.

Calejada.

Desperta.

Eu sabia que tínhamos um longo caminho pela frente, e o Gerard só estava começando a jornada de cura, mas enquanto ficássemos juntos tinha certeza que conseguiríamos.

Decidi que 2006 seria o nosso ano.

Sem mais muros.

Sem mais segredos.

O que quer que aparecesse no nosso caminho, enfrentaríamos juntos.

Ficaríamos bem.

— A coisa vai ficar feia — Gerard disse, me fazendo desviar a atenção dos meus pensamentos. Ele parou na vaga de sempre, desligou o motor e puxou o freio de mão antes de se virar para mim. — Com a Lizzie.

Pois é, eu imaginava.

A dinâmica de todo o nosso grupo estava abalada, e, apesar de algumas coisas terem mudado para a melhor, como a minha relação com o Gerard, várias outras tinham mudado para a pior.

Agora não dava para voltar atrás. Seguir em frente era a única possibilidade.

Limites tinham sido estabelecidos, lados tinham sido tomados e, pela primeira vez na vida, eu me sentia à beira do precipício da grandeza e da dor. Nada mais seria o mesmo. Mas tínhamos um ao outro. E, naquele momento, isso era tudo o que precisávamos.

— Sei que você está em uma péssima posição — meu namorado disse com as bochechas vermelhas. — Mas só preciso que saiba que não estou esperando que você tome partido, ok? — Gerard soltou um suspiro sofrido, pegou minha mão e beijou os meus dedos. — Você pode ter as duas coisas.

— As duas coisas?

Ele fez que sim devagar e beijou de novo meus dedos.

— Você pode ser amiga dela e minha namorada. — Ele se inclinou pelo painel e colocou uma mecha de cabelo que escapou do rabo de cavalo para trás da minha orelha. — Não precisa ser uma coisa ou outra.

— Na verdade, precisa sim — falei.

Gerard franziu as sobrancelhas.

— Não entendi.

— Isso é importante, Gerard — expliquei, pousando a mão no seu pescoço para puxar seu rosto para o meu. — Aprendi bastante sobre mim mesma esse ano. Sobre quem sou e quem amo e quem quero ser. E não tenho mais medo de me defender e defender o que eu acredito e, principalmente, defender aqueles em quem acredito. Ou seja, você, Gerard. Todos os caminhos me levam a você. — Dei de ombros, impotente. — Então, se eu tiver que pisar em alguns calos ao longo do caminho, não ligo. Porque, daqui pra frente, somos um time. E, se o mundo inteiro quiser te derrubar, vão ter que me derrubar também. — Sorri, dei outro beijo nos seus lábios e disse: — Você vem primeiro lugar, Gerard.

— É mesmo?

A vulnerabilidade e a incerteza na sua voz fizeram uma onda protetora crescer dentro do meu coração, e o puxei para mais perto, tendo feito minha escolha.

— É mesmo.

— Não vou estragar isso, Claire — prometeu com a voz rouca, pegando a minha mão. — Mas não vou só ficar aqui falando. Vou te mostrar.

— Uau! — Abri um sorriso radiante para ele. — Você sempre me ouve, né?

— Cada palavra, ursinha — Gerard respondeu, dando uma piscadela. — Cada palavra.

— Arranjem um quarto, porra — uma voz conhecida falou pouco antes de alguém tamborilar os dedos no capô do carro do Gerard. — Você tem que seguir as minhas regras, Gibs.

Gerard conteve um grunhido, apoiou a cabeça no meu ombro e suspirou.

— Já te falei que vou sair do time, cap.

— E já te falei que não aceito demissões. — A porta do motorista se abriu. — Agora dá um beijo na sua namorada, diz que vocês se veem no almoço, como sempre, e leva essa bunda pro vestiário. — Johnny esticou o braço dentro do carro, soltou o cinto do Gerard e o puxou para fora. —

Porque temos um campeonato pra jogar e não tenho a menor intenção de deixar o Royce ganhar esse ano.

— Ora, ora, se não é o maior hipócrita conhecido pela humanidade! — Gerard grunhiu, lutando com o melhor amigo perto do carro. — Ei, não me belisca, Jonathan.

— Então não me arranha, Gerard.

— Está pronta? — A familiar voz da Shannon ressoou pela janela do carona, e me virei para sorrir para ela.

— Sim, mas estou nervosa.

— Bem-vinda ao clube — ela respondeu, rindo baixinho. — Acho que passei a vida toda em um constante estado de nervosismo e apreensão.

— Até hoje?

— Ah, sim — assentiu, ainda sorrindo. — É o meu jeitinho.

— Você já viu ela? — perguntei, saindo do carro e pegando a minha mochila e a do Gerard no banco de trás. — A Lizzie?

— Já — Shannon respondeu com um tom cauteloso, caminhando ao meu lado. — Ela não está muito bem.

— Não é problema meu — foi tudo o que eu disse.

— Claire.

— Mas não é, Shan. Desejo o melhor pra ela e espero mesmo que ela seja feliz, mas não posso mais ficar do lado dela.

— Bem, continuo do lado de vocês duas — Shannon falou com tristeza. — Amo vocês e não vou escolher ninguém.

— Não estou te pedindo pra escolher.

— Ele, por outro lado, já fez a escolha dele — acrescentou, apontando para Johnny e Gerard à nossa frente, brincando de lutinha no pátio. — Ele é do time Gibsie até o fim.

— Pois é — comentei, ajeitando as mochilas nos ombros. — Eu também.

— Está pronta, Shan? — Johnny perguntou quando os meninos voltaram para nós, ofegantes. — Pros próximos seis meses de aula, baby?

— Mais pronta que nunca — minha amiga respondeu antes de dar a mão para ele. — Vou arrasar.

— Com certeza — Johnny concordou com aquela voz calma e tranquila, apertando a mão dela e esticando o outro braço para dar um tapinha nas costas do Gerard. — Vocês dois vão arrasar.

— Vão mesmo — sussurrei no ouvido dele quando ele veio pegar a mochila. Seu corpo tremia e meu coração doeu. Aquilo era difícil para ele. Mais que difícil. Era uma tortura. Mas ele estava ali, ainda de pé, ainda sorrindo.

— Pois é. — Ele pegou a minha mão, entrelaçou os dedos nos meus e a apertou de leve. — Então vamos acabar logo com isso.

Seguimos um pouco atrás do Johnny e da Shannon, atravessando os velhos portões do Colégio Tommen de mãos dadas. Assim que entramos, notamos os olhares e as encaradas, mas felizmente ninguém era estúpido o bastante para comentar algo em voz alta.

— Então essa é a sensação de estar num aquário — Gerard disse, tentando aliviar o clima enquanto atravessávamos a multidão na direção da área comum do sexto ano, ignorando os olhos de falcão em cima de nós.

— Verdade — falei, apertando sua mão de novo. — Ou de ser o Johnny Kavanagh.

— Ignorem eles — Johnny disse para nós no meio da multidão, antes de acrescentar com uma voz muito mais alta: — As pessoas têm memória curta e são bisbilhoteiras demais nessa maldita escola.

Funcionou.

Todo mundo desviou o olhar.

Grata pela intervenção, deixei que ele seguisse na frente, sabendo que havia algo naquele dub que acalmava o meu namorado. Johnny fazia o Gerard ter um porto seguro e, naquele momento, ele precisava de bastante segurança.

A mudança no nosso grupo não poderia estar mais evidente quando entramos na área comum do sexto ano alguns momentos depois e fomos recebidos pelo que eu só poderia descrever como a grande divisão.

Johnny, Gerard e eu ficamos na porta. Aoife e Katie estavam sentadas em um dos sofás de couro macio, com Patrick no outro, dedilhando suavemente seu violão. Enquanto isso, Hugh estava encostado na janela com a cabeça entre as mãos, e Joey e Lizzie cochichavam na cozinha. De pé no meio da sala, estava Shannon, parecendo dividida.

— O grupo de oito desmanchou — Helen expressou meus pensamentos em voz alta, se aproximando de mim. — Nossa, nunca pensei que veria isso!

— Não era um grupo de dez, Hels? — Shelley disse, gesticulando primeiro para o Joey e depois para a Aoife.

Assim que a Lizzie nos viu parados na porta, senti o ar pesar ao nosso redor. Ele ficou frio e denso e pegajoso. Seus olhos azuis foram de mim para o Johnny e depois se fixaram no Gerard.

Sem pensar, assumi uma posição defensiva na frente dele para que ela soubesse que eu não estava para brincadeira. Eu defenderia aquele garoto com tudo que eu tinha no meu arsenal. Até a morte.

— Eita, isso está bizarro — uma das meninas murmurou. Shelley ou Helen, eu não sabia quem. Estava concentrada demais encarando a Lizzie.

Então uma mão puxou a minha, chamando minha atenção, e me virei para o Gerard.

— Vamos dar uma volta, ursinha — ele falou baixinho, fazendo carinho nos meus dedos.

— Pra qualquer lugar — respondi, apertando a sua mão. — Vou aonde você quiser, Gerard Gibson.

Uma mistura de alívio, tristeza e amor cintilou em seus olhos.

— Digo o mesmo pra você, Claire Biggs.

Sem olhar para trás, dei meia-volta e saí de mãos dadas com o único garoto que tinha a posse do meu coração.

Os problemas fervilhavam entre os nossos amigos.

Eu sentia.

Dava até para sentir o gosto.

Mas os limites tinham sido traçados.

E eu ficaria para sempre com aquele garoto.

Afinal, domar o sete foi a aventura da minha vida.

ESTA OBRA FOI COMPOSTA EM ADRIANE TEXT POR BR75 E IMPRESSA
EM OFSETE PELA GRÁFICA BARTIRA SOBRE PAPEL CHAMBRIL AVENA
PARA A EDITORA SCHWARCZ EM AGOSTO DE 2025